모교 고려대학교 교정에서 아내와 함께

사랑하는 어머니

어머니와 가족들

필자의 결혼식 피로연

유일하게 남은 아버지 사진

우리 4남매

동생과 함께

삼형제가 함께

대학시절 친구들과

중고등학교 친구들과

은하회 친구들과

네팔 여행에서 친구들과

한뫼회 모임

이경회 모임

80년 내 인생
해넘이 길에서

Autobiographical Life History

80년 내 인생 해넘이 길에서

정경진

미다스북스

추천사

"내 평생 감사, 정경진 일가와의 만남"

오래되고 가까운 친구 가운데에는 마치 혈육의 형처럼 느껴지는 분들이 있기 마련이다. 이 책 저자 정경진은 그중에서 요즘식으로 말하면 대표적인 찐 '그분'이시다.

정경진은 필자와 같은 고등학교 동기 동창으로(경복고 37회, 1959-1962), 같은 대학교, 같은 단과대학, 같은 학과를 졸업했다.(고려대 법대 행정학과 1962-1966) 그리고 손에 손잡고 공군 장교 제53기 간부후보생 선발 시험 후 4개월간의 장교후보생 교육과정을 거쳐 공군 소위로 임관(1966.7.1.), 2년 후 같은 날 공군 중위로 진급, 모두 4년간의 의무 복무 기간을 마치고 같은 날 전역했으니(1966.4-1970.4) 그와 필자와의 관계에 대한 더 이상의 설명이 필요할 것 같지 않다. 그의 가족 모두 필자와 한 가족 같다는 느낌과 함께 필자의 경진과 그 가족에 관한 기억중심의 내력을 소묘 스타일로 짧게 그려본다.

먼저 정경진의 어머니와 누님 이야기이다. 어린 시절부터 중학교 졸업까지 강릉 시대의 필자는 엎어지면 코 닿을 만큼 가까운 거리의 '친구

집에서 밥 먹기'를 그야말로 '밥 먹듯'하며 살았다. 하지만 고등학교 입학부터 시작된 서울살이로 '친구 집에서 밥 먹기'는 언감생심(焉敢生心), 거의 불가능했다. 다만 경진 어머님의 경우는 예외였다. 이일 저일 핑계로 경진네 집에 자주 들린 데다가 어머님이 차려주시는 밥상이 워낙 정갈, 조촐, 맛있었기 때문이다. 어머님이 바쁘시거나 안 계실 때에는 누님이 차려주셨는데 모전여전이랄까 두 분의 밥상은 모방 불가, 압도적인 '으뜸 밥맛'이었다.

'밥맛이 좋으면 특별한 반찬이 필요 없다'는 속설의 사례로도 충분했다. 경진 어머님은 늘 자애로운 모습으로 마치 큰어머니 같으셨고 누님은 에누리 없는 사촌누나이셨다. 어머니는 시도 때도 없이 들이닥친 아들 친구들에게 한결같은 밥맛을 안겨 주시다가 2005년 일백세 가까운 연세로 소천하셨다. 누님은 아직 건강한 모습으로 남편 박치호 회장님과 슬하의 자녀손들과 행복한 나날을 보내고 계시다.

경진의 형님 정락진 회장님은 필자가 1966년 경진과 같이 대학 졸업 후 공군 간부후보생으로 입대할 때 경진과 필자의 입대축하연을 당시 최고급 사교 클럽으로 이름을 떨치던 유엔센터 나이트클럽에서 푸짐한 비프스테이크와 스카치 위스키 그리고 당대 톱 가수들과 악단(최희준, 현미, 이봉조악단?)이 펼치는 화려한 나이트 쇼 참관으로 베풀어주셨다. 그리고 필자의 신혼여행 마지막 코스로 들렸던 인천 올림포스 호텔 특실을 내주시고 나이트클럽에서 아름다운 추억의 시간을 만들어주셨고 이튿날 오후 운전기사와 함께 승용차로 서울로 데려다주셨다. 그뿐 아니다. 매부 박치호 회장님과 아우 경진과 당신의 직장 후배들, 그리고 경진, 필자와 함께 경복고 절친인 홍성길과 함께 만드신 초월회에 필자의 자리까지 내주셔서 매월 첫 월요일 저녁이나 점심을 정기적으로 함께 하며 정을 나누고 있다.

경진의 아우 광진은 경복고와 고려대 사회학과 & 대학원 졸업 후 공군소위-중위로 전역하는 등 형과 같은 코스를 거치며 젊은 시절을 보내고 미국 L.A지역에서 지방은행을 설립, 대표직을 수행하며 서울을 오가며 성공했으나 지병 악화로 2018년 소천한 아까운 인재다. 그의 경복고 2학년 시절, 내 큰아우 최종무가 강릉 출신으로 경복고에 신입생으로 입학하자 입학식 후 자신의 동급생 여러 명을 대동, 내 아우 종무의 학급교실을 공개적으로 방문 격려해줌으로써 학기 초 지방 출신 신입생들이 겪기 쉬운 타교생 핸디캡을 덜어주는 데 큰 힘을 보태주었다. (崔鍾武: 경복고, 서울대 의대, 육군 군의관, 아산병원 기획관리실장, 아산재단 강릉병원 초대원장 등 역임. 교통사고로 소천)

그리고 진짜 잊을 수 없는 한 분, 우리 정경진의 평생 동반자이시며 세 따님을 혼신 양육하신 어머니 김혜자 여사. 꽃다운 젊은 나이에 당시 현역 공군 정보장교의 적극적 프로포즈를 수용, 사랑의 화답으로 마침내 정경진 일가를 완성하신 분이다. 게다가 시도 때도 없이 들이닥치는 남편 친구들을 위한 심야 한잔을 겸한 야식 밥상 차리기와 심지어 이부자리까지 챙겨주느라 애쓰셨으니 그야말로 찐 형수님 모습이 아닌가.

끝으로 정경진. 그는 온윤(溫潤)한 성품, 호방(豪放)한 기개, 소탈(疎脫)하고 강직(剛直)하며 청렴(淸廉)한 천품을 타고난 진짜 좋은 사람이다.

한번 사귀면 평생을 함께한다. 수십 년 한결같은 우정으로 지금까지 정기적 모임을 계속하고 있는 고등학교, 대학교, 공군 친구들과 그와 인연을 맺었던 사람들, 그가 살았던 동네와 이웃들, 그가 근무했던 직장의 동료와 선후배들의 존재가 그 예다. 그의 웃을 때 표정도 명품 중 명품이다. 웃을 때 상하좌우로 시원스레 쫙 벌어지는 경진 특유의 큰 입, 다른 사람의 그 비슷한 모습을 여태 본 적이 없다. 친구들의 일이라면 팔 걷어붙이고 나섰다가 더러 불이익과 손해를 본 적도 없지 않다. 하지만 파란만장한 삶이 아니라 평온 무사하고 보람 있고 행복한 삶, 전체적으로 축복의 삶, 성공의 삶으로 일관했음은 분명하다.

경복고 교내지 '학원(鶴苑)'에 수필을 기고하는 등 만만찮은 글솜씨의 소유자이다. 그리고 학창시절에 시작한 승마를 평생 여가활동으로 유지한 은근과 끈기의 대장부다.

그 정경진이 주변의 사람들과 주고받은 손편지들과 일기장, 그리고 사진을 통해서 자신의 80년 삶의 역정을 뒤돌아본 귀한 기록물을 세상에 내놓는다니 반갑고 기쁘다. 이 책을 통하여 격동의 현대사의 한 축을 감당하며 즐겁고 슬기롭게 살아온 저자 정경진에게 필자 포함 독자들이 자신의 모습을 투영해보고 유추해볼 수 있다는 기대감으로 벌써 가슴이 울렁인다.

2022.02.25.

최종문(前 전주대학교 문화관광대학 학장, 前 타워호텔 대표이사)

프롤로그

오래 소중히 간직했던 손편지와 일기를 펼쳐보면서

이 책『80년 내 인생 해넘이 길에서』를 준비하고 출간하면서 지난 80년 인생을 되돌아보는 소중한 시간을 가질 수 있었다. 이렇게 모아놓고 보니 한 나라나 한 민족의 역사와는 비할 바가 못 되지만, 한 사람의 역사라는 것도 쌓아놓으니 제법 그 양이 많고 또한 되짚어볼 것도 많다.

한 민족과 국가의 역사는 그 무리에 속한 현명하고 위대한 지도자들의 열정과 피나는 노력으로 이루어지고 발전하지만, 세월이 지나면 그들의 생각과 행동도 따로 기록되지 않으면 역사의 큰 줄기에 묻혀 잊혀지고 사리지기 마련이다. 그러나 역사는 그에 속한 지도자들만이 이룬 게 아니라 그와 함께 산 수많은 개인들의 삶이 모여서 이뤄진 것이라고 생각한다.

그러나 평범한 사람들의 생각과 삶은 그 개인의 죽음과 함께 아무도 모르게 세상에서 영원히 사라지고 마는 것이 역사의 아주 작은 부분이라도 토양에 기여했을 보통 사람들에게는 조금은 섭섭한 일이 아닐까 하는 생각이 든다.

나도 해방 직전 일제강점기인 1943년 봄 서울에서 태어나 초등학교 때 6.25전쟁을 겪었고, 고등학교 시절에 4.19와 5.16을 맞았고, 대학과 군대시절에 군사정권을 지나 민주화 운동 시기를 거쳐 이제는 사회생활에서 은퇴한 80세가 내일 모래인 속칭 노땅 세대가 되어 앞날보다는 지난 날을 자주 되돌아보는 것이 어쩔 수 없는 일상이 된 것 같다. 나름대로 최선을 다해 열심히 살아온 것 같은데 가족이나 사회에 뭐 하나 내세울 것 없는 너무 허무한 일생을 보낸 게 아닌가 하는 생각이 문득문득 들곤 한다.

이렇게 내 인생을 끝내버리는 것은 너무 안타깝지 않은가? "호랑이는 죽어서 가죽을 남기고 사람은 죽어서 이름을 남긴다."고 했는데, 아무리 평범한 일생을 살아왔다 해도 이 세상에 왔다갔다는 무슨 흔적은 남겨야 하지 않을까 하는 생각이 든다. 그래서 억지로 생각해낸 게 60여년 전 중학교 시절부터 버리지 못하고 모아온 친구나 지인들로부터 받은 손편지(컴퓨터 보급으로 요사이는 거의 사라짐)와 일기를 낡은 가방에 한가득 보관하고 있는 게 생각 나 이것들을 잘 정리하여 "옛날 손편지 모음"을 엮어 남겨보면 어떨까 하는 생각을 하게 되었다.

우리 선조들이 서로 주고받은 서신들을 모아 문집, 서간집 등 형태로 남겨 후손들에게 큰 즐거움을 주었다는 이야기를 들은 게 생각이 나서 나도 한 번 흉내 내어 이것이라도 남겨보면 내 평범한 인생에 조금이라도 의미 있는 일이 되지 않을까 하는 마음으로 죽기 전 마지막 일이라 생각하고 딴엔 잘 만들어보려고 작정하게 되었다.

나의 인생에 좋은 인연을 맺고 살아온 가족, 친척, 친구, 지인들의 고마운 일상을 소중히 생각하며 그들의 진정한 마음을 기억하고 보답해 보려는 조그만 계기가 되었으면 어느 면 보람된 일이 아닌가 생각해본다. 살아가면서 누군가를 기억하고 누군가에 기억된다는 것은 참으로 의미 있는 일이고 가슴이 설레이는 행복한 일일 것이다.

늘 곁을 지켜주는 아내와 힘이 되어주는 세 딸과 사위에게 고마움을 전한다. 특히 이 기록들이 책으로 나올 수 있도록 지지해주고 큰 도움을 준 큰딸에게 특별히 고맙다고 말하고 싶다. 더불어 난삽한 자료들을 세심하게 정리하여 이 책이 나오도록 애써준 미다스북스 출판사 관계자분들 모두에게 감사를 전한다.

2022년 꽃 피는 봄에,

정경진

목차

추천사 – "내 평생 감사, 정경진 일가와의 만남" … 12
프롤로그 – 오래 소중히 간직했던 손편지들을 펼쳐보면서 … 18

1부 추억과 기억 : 손편지와 사진들

1장 존경하고 친애했던 선생님들

1. 철학자 김형석 연세대 명예교수님의 손편지 … 30
2. 부산여자대학교 박 교수님 내외의 손편지 … 42
3. 중학교 이효철 담임선생님의 손편지 … 47

2장 힘이 되어 주었던 가족들

1. 아버지 사진과 어머니의 손편지 … 54
2. 형님께 받은 손편지 … 76
3. 세상을 먼저 떠난 동생이 보내준 손편지 … 87
4. 누님이 보내준 손편지 … 103

3장 사랑하는 아내와 처가 가족들

1. 아내에게 받은 손편지 … 114
2. 장인, 장모님이 보내주신 손편지 … 133
3. 아내의 자매들이 보내준 손편지 … 145
4. 미국에 사는 제수씨가 아내에게 보내준 손편지 … 165
5. 친구들이 아내에게 보낸 손편지 … 169

4장 소식을 주고 받던 친인척과 지인들

1. 친인척과의 손편지 … *184*

2. 지인들과의 손편지 … *194*

3. 대학교 1학년 때 서클부터 지금까지 만나는 친구들의 손편지 … *213*

4. 학교 동창생들이 보내준 손편지 … *218*

5. 공군 2325전대에 함께 근무했던 정승명 선배의 손편지 … *228*

5장 평생 다정하게 지냈고, 지내는 친구들

1. 건강하게 노년을 보내고 있는 친구들의 손편지 … *238*

2. 유명을 달리한 너무 보고 싶은 친구들의 손편지 … *312*

6장 젊은 날 인연을 맺었던 여성 지인들

1. 첫사랑의 추억 … *382*

2. 젊은 날 다정한 친구 GOLD가 보내준 손편지 … *405*

3. 짧은 인연이 있었던 이들의 손편지 … *421*

2부 내 삶의 기록 : 일기와 직접 쓴 글들

1장 나의 성장기 : 청년 시절까지 썼던 일기

1. 젊은 날의 일기장을 정리하면서 … *438*
2. 중고등학교, 대학 시절의 일기 … *440*
3. 군 복무, 사회 생활 시절의 일기 … *502*

2장 나의 군인 시절 : 공군정보장교 복무 시절의 기록

1. 공군사관 후보생 제53기 훈련소 입영 시 … *526*
2. 실미도작전지원 208대 복무 시 회고 … *540*
3. 김포특수경비지구 사령부 근무 시 사건들(요도호항공기 납치사건) … *551*

3장 나의 직장생활 : 인연을 맺었던 직장들과 모임들

1. 주식회사 흥국상사(현재 SK에너지) … *560*
2. 한국산업개발연구원(KID) … *568*
3. 주식회사 한국생사(김지태 회장 그룹사) … *577*
4. 주식회사 리몽드(한진전자) … *587*
5. 주식회사 진씨앤아이 & 삼성상호신용금고(현재 키움YES저축은행) … *597*
6. 오륙십 년이 지난 지금도 계속되는 친구들의 모임 … *610*

4장 나의 기록들 : 살면서 써 온 글들

1. 평생의 취미, 승마 예찬 … *632*
2. 내 인생 최고의 네팔 여행기 … *649*
3. 경기도 소리산 수봉정의 추억 … *657*
4. 내 손으로 써낸 글들 … *663*

사랑하는 세 딸에게! … *678*

에필로그 – 추억의 손편지와 옛날 사진의 정리를 마치면서 … *682*

1부

추억과 기억
: 손편지와 사진들

1장

존경하고 친애했던 선생님들

1. 철학자 김형석 연세대 명예교수님의 손편지

만 100세가 넘으셨는데 지금도 연 100회 이상 강연을 하시고 계신 박형석 교수님이 42세 때 쓰신 손편지와 나의 답장이다. 내가 고등학교를 졸업하고 대학생이 된 1962년도 초에 서울 거주 남녀 대학생 15명이 은하회라는 모임을 만들어 매주 회의를 갖고 의욕적인 활동을 하였다. 그 때 우리 모임의 발전을 위해 100세가 넘으셨는데도 왕성한 저술활동과 강연 등을 계속 하고 계신 전 연세대 철학과 김형석 교수님께 자문을 요청드리는 편지를 드렸는데 바로 좋은 자문의 글을 보내주셔서 잘 간직하게 되었다. 노령의 학자까지 58년 전인 40대초에 직접 써주신 손편지는 김 교수님에게도 큰 추억이 될 수 있겠다는 생각도 해본다.

그 당시 『영원과 사랑의 대화』, 『고독이라는 병』 등 김 교수님의 저서는 베스트셀러가 되고 청년학생들의 필독서로 인기가 대단했었던 기억이 58년이 지난 지금도 생생하다.

광화문

101세 김형석 교수의 30년전 우려

배성민
문화부장 겸
국제부장

'100년을 살아보니…' 18일 오전 한 유튜브채널을 통해 특별한 행사가 진행됐다. 유튜브를 통해 실시간 중계된 대산문화재단의 '탄생 100주년 문학인 기념문학제'에서 철학자이자 수필가인 김형석 연세대 명예교수가 문단의 역사 속 인물이 아닌 현역 문인으로 호명된 것이다.

'탄생 100주년 문학인 기념문학제'는 2001년 시작됐지만 생존 문인이 조명된 것은 극히 이례적이다. 실제로 올해 조지훈 시인과 한하운 시인, 이범선 소설가, 조연현 문학평론가 등이 김 교수와 함께 문학제의 주인공이었지만 김 교수만이 추억이 아닌 현재 인물로 더욱 부각됐다. 행사의 시작도 선배 문인들에 대한 묵념이었지만 김 교수만은 조금 달랐다. 동갑내기이자 막역한 친구 사이로 1960~70년대 함께 따뜻한 글들로 젊은이들의 지성을 일깨운 김태길 전 서울대 교수와 안병욱 전 숭실대 교수가 몇 해 전 고인이 된 것과 비교해도 그렇다.

김형석 교수와 여러 문인에게 특별한 의미로 다가왔을 '탄생 100주년 문학인 기념문학제'는 대산문화재단과 한국작가회의가 개최해 올해로 벌써 스무해를 맞은 연례행사다.

대산문화재단은 '국민교육진흥'과 '민족자본형성'을 기반으로 교보생명과 교보문고를 일군 신용호 창립자의 아호를 땄다. 문화재단의 행사로 이 같은 문학제가 열린 것은 신창재 교보생명 회장이 2대 이사장으로 취임(1993년)한 8년 뒤 일이다.

남북 화해 상징이 폭파된 날은
38선을 '큰 빙산'이라고 일갈한
자유인 김수영이 생 마감한 날

시인의 염원대로 빙산도 녹고
문인들 남북대결·통일 걱정은
문학의 큰 강이 씻어갔으면…

20년을 맞은 문학제와 더불어 빼놓을 수 없는 것은 30년째 계절마다 바뀌어 걸리는 '광화문글판'이다. 교보생명 빌딩 외벽에 걸린 가로 20m, 세로 8m의 '광화문글판'에는 공자, 헤르만 헤세, 파블로 네루다, 도종환, 김용택, 정현종, 나태주, 서정주 등의 시와 금언 등 글귀가 새겨진다.

30자 이내의 짧은 문구지만 수많은 이가 여기에 감동했다. 1998년 IMF 체제라는 엄혹한 시절에는 '나무 하나 하나 죽이지 않고/ 숲이 되다'(고은)라는 글이 눈길을 끌었고 '사람이 온다는 건/ 실은 어마어마한 일이다/ 한 사람의 일생이 오기 때문이다'(정현종 '방문객') 같은 시는 지금도 회자된다.

대산(大山)이라는 명칭처럼 문학제에서 조명되고 '광화문글판'에도 실리곤 하는 문인들은 모두 산속의 숲이요 나무이기도 하다. 납북, 월북으로 상대적으로 소외됐던 조명암·이용악·김사량·함세덕·오장환 작가 등이 학자들의 집중조명 대상이 됐다. 시인이 가장 사랑하는 시인이지만 남과 북에서 모두 경계인 취급을 받은 백석은 2012년 학술대회와 문학그림전 '가난한 내가 아름다운 나타샤를 사랑해서'까지 열릴 정도였다.

김소월, 윤동주 등 애송 시인은 말할 것도 없고 친일과 독재옹호 시비 등으로 공과가 나뉜다는 평가를 받는 서정주, 김동리 등도 문학적 성취를 중심으로 조명돼 홀대받지 않았다. 일제 강점기 최고의 사실주의 작가로 평가받았지만 1944년 38세의 나이로 요절한 강경애가 남북 학자들의 첫 공동 논문집인 '강경애, 시대와 문학'을 통해 2006년 문학사로 한발 성큼 들어온 것도 빛나는 업적이다. 문학관의 차이, 문학사를 바라보는 입장의 차이, 친일이나 월북 같은 정치적 차이 등 다양한 스펙트럼을 통해 근대 문인들이 선택 또는 배제된 데서 벗어난 것이다.

김형석 교수는 30년 전 통일 독일을 지켜보면서 한반도 내부 문제 때문에 빠른 시일 내에 통일을 이루기는 힘들 것 같다고 점쳤다. 100세 지성의 그 우려는 여전히 유효한 걸까. 지난 16일 북한은 평화의 한 상징인 개성의 남북연락사무소를 폭파하는 도발을 감행했다. 공교롭게도 그날은 영원한 젊음과 자유의 시인인 김수영이 1968년 교통사고로 47세의 짧은 생을 마감한 날이기도 했다.

'세계에서 제일 높은 빙산의 하나'(산문 '해동')라고 일갈한 38선(휴전선)은 김수영 시인이 탄생 100주년을 맞는 내년에도 꼭 지금처럼 얼어붙어 있을까. 그가 '곧은 절벽을 무서운 기색도 없이 떨어진다'(시 '폭포')고 노래한 폭포수 같은 도저한 흐름으로 남북과 사회 도처의 갈등이 씻겨내려갈 수 있을까. 30년간 '광화문글판'은 굴곡 없이 평평하고 문학의 큰 산(大山)은 한없이 호젓한데 말이다. baesm100@

〈머니투데이〉 2020. 06. 19.

철학자 김형석 연세대 명예교수님의 손편지

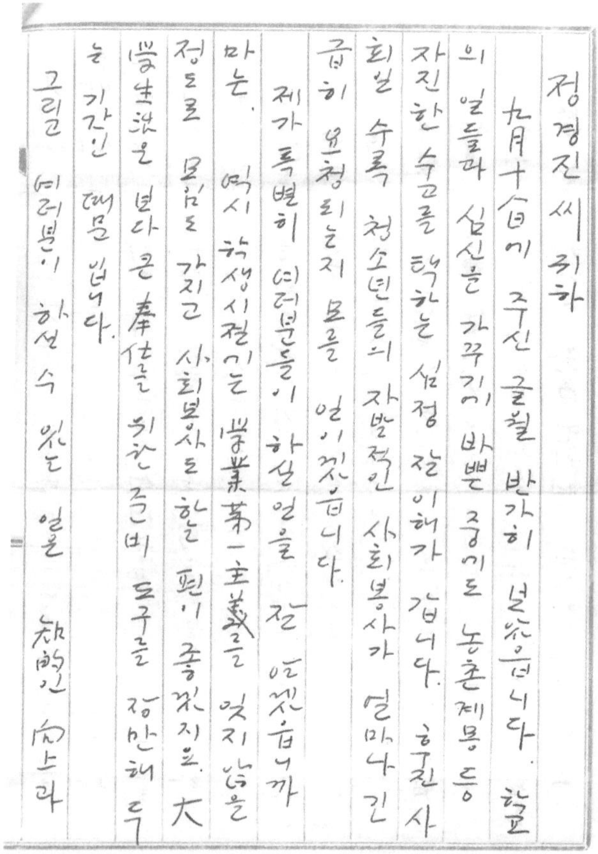

정경진 씨 귀하

九月十日에 주신 글월 반가히 보았읍니다. 학교의 일들과 심신을 가꾸기에 바쁜 중에도 농촌계몽 등 자진한 수고를 택하는 심정 잘 이해가 갑니다. 후진 사회일수록 청소년들의 자발적인 사회봉사가 얼마나 긴급히 요청되는지 모를 일이겠읍니다.

제가 특별히 여러분들이 하실 일을 잘 알겠읍니까마는. 역시 학생시절에는 學業第一主義를 잊지 않을 정도로 모임도 가지고 사회봉사도 한 편이 좋겠지요. 大學生活은 보다 큰 奉仕를 위한 준비 도구를 장만해 두는 기간인 때문 입니다.

그럼 여러분이 하실 수 있는 일을 知的인 向上과

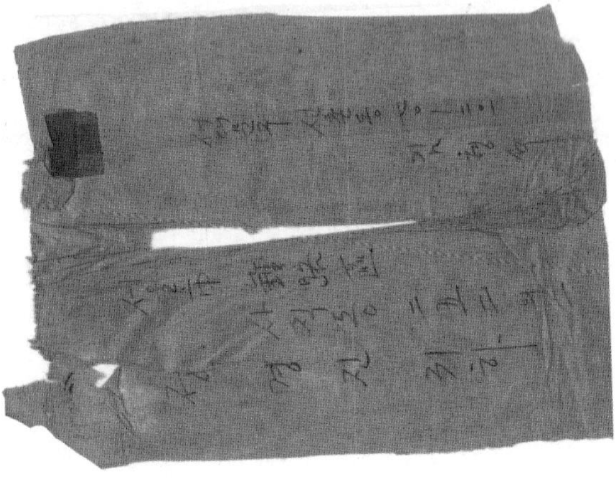

이웃에 대한 봉사이겠는데 여름방학을 이용한 농촌봉사활
목마를 때 물을 주듯이 하지 말고 그들에게 우물을 파주
는 일같이 한 지역이나 마을을 정해 놓고 꾸준히 도웁도록
해 보시지요. 그 일을 위한 준비도 필요하겠고 잘 하려면
여러가지 예비적 과제도 있을 테니까요.
너무 많은 일을 착수했다가 성공도 어렵고 공부에 지장이
있어도 좋지는 않을 겁니다. 한 가지 일이라도 잘 결실시킨
다는 편이 좋을 것 같습니다.
그리고 뜻이 같은 벗들이 모인다면 모임을 위한 모임보
다는 서로의 人生觀, 生活觀 등을 토의하거나 교환하는 시
간, 독서의 시간 등을 가져 보시지요. 그러나 잘 가진 모임
는 없겠지요. 한 달에 한 번이면 좋지 않을까요.
때로는 좋은 선생이나 선배들의 얘기를 듣는 일도 보
람이 있겠지만 모두 바쁠 테니까 그런 분들의 얘기가
있을 때는 찾아가 듣는 편이 보람 좋지 않을까 합니
다. 저는 每 日요日 午后 二時마다 光化門 새문안
教會에서 기독교 강좌를 가지고 있습니다만…
그러면 오늘은 이만 하기로 하겠습니다.
모두 건강들 하시며 뜻있는 결실이 있기를 바랍니다
九月 二十日
김형석

정경진 씨 귀하.

9월 18일에 주신 글월 반가히 보았습니다. 학교의 일들과 심신을 가꾸기에 바쁜 중에도 농촌계몽 등 자진한 수고를 택하는 심정 잘 이해가 갑니다. 후진 사회일수록 청소년들의 자발적인 사회봉사가 얼마나 긴급히 요청되는지 모를 일이겠습니다. 제가 특별히 여러분들이 하실 일을 잘 알겠습니까마는, 역시 학생 시절에는 학업제일주의를 잊지 않는 정도로 모임도 가지고 사회봉사도 하는 편이 좋겠지요. 대학생활은 보다 큰 봉사를 위한 준비 도구를 장만해두는 기간인 때문입니다.

그리고 여러분이 하실 수 있는 일은 지적인 향상과 이웃에 대한 봉사이겠는데 여름방학을 이용한 농촌봉사를 목마를 때 물을 주듯이 하지 말고 그들에게 우물을 파주는 일 같이 한 지역이나 마을을 정해놓고 꾸준히 돕도록 해보시지요. 그 일을 위한 준비도 필요하겠고 잘 하려면 여러 가지 예비적 과제도 있을 테니까요. 너무 많은 일을 착수했다가 성공도 어렵고 공부에 지장이 있어도 좋지는 않을 것입니다. 한 가지 일이라도 잘 결실시킨다는 일이 퍽 좋을 것 같습니다.

그리고 뜻이 같은 분들이 모인다면 모임을 위한 모임보다는 서로의 인생관, 생활관 등을 토의하거나 교환하는 시간 독서의 시간 등을 가져보시지요. 그러나 자주 가질 필요는 없겠지요. 한 달에 한 번이면 족하지 않을까요. 때로는 좋은 선생이나 선배들의 얘기를 듣는 일도 보람이 있겠지만 모두 바쁠 테니까 그런 분들의 얘기가 있을 때도 찾아가 듣는 편이 오히려 좋지 않을까 합니다. 저도 매일마다 광화문 새문안 교회에서 기독교강좌를 가지고 있습니다만….

그러면 오늘은 이만하기로 하겠습니다. 모두 건강들 하시며 뜻 있는 일들이 많기를 바랍니다.

9월 20일. 김형석

필자가 김교수님에게 보낸 손편지

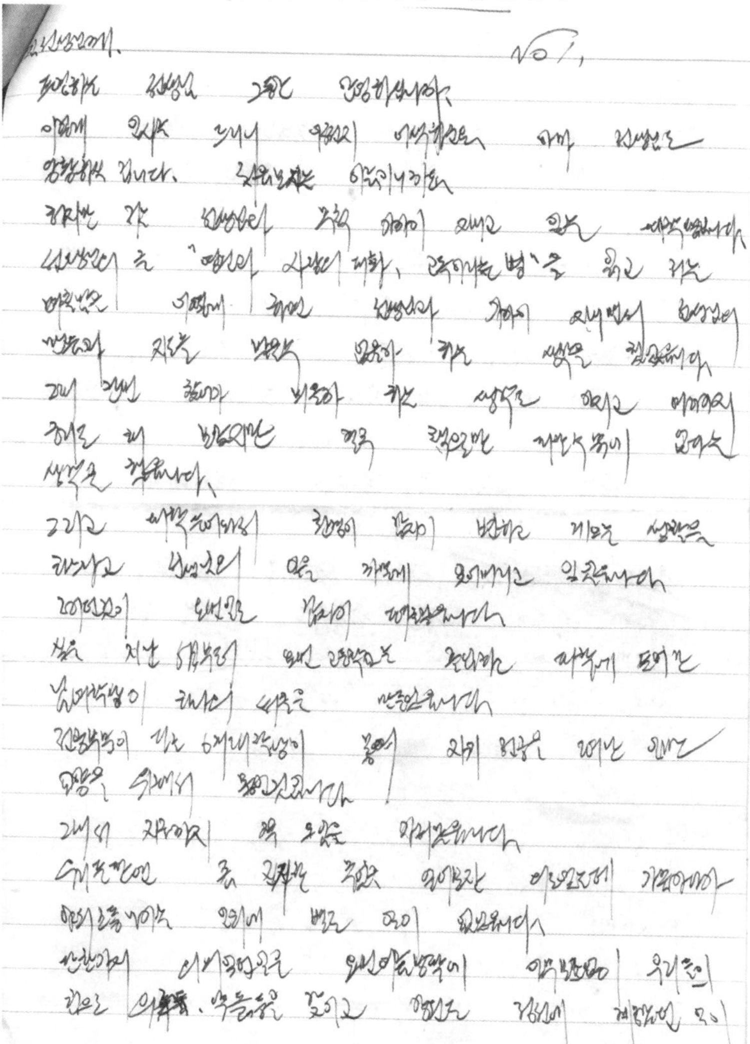

No2,

없습니다.

지금까지도 안계시고 [illegible] 우리들에게 해주시기도 했고

한 얼굴만 [illegible] 말씀하셨고 잘 못하는 일이라 생각하는 듯

없습니다

하루하루 수업시간 중에 졸도하고 오는 16일에는 우리들에게

밤나무 밑에 가서 하루는 놀기도 했습니다

그렇지만 항상 한편에 허전한 느낌이 들었습니다

그래서 어떻게 하면 우리의 몸을 효과적으로 [illegible] 우리들의

대학생활에 도움을 주시려고 [illegible] 하루를 바쁘게 보내시면

바로 실용한 생각이 들지 않아서 생각해 보았지 어떻게

선생님이 지금은 병환 중이시라 하는 결론은 없었습니다

그중에서 하루살이라는 선생님은 보시다가 우리들의 모임이

어떤 목욕 이렇게 하면 좋겠다는 말씀을 듣고

했지만 바쁘신 선생님은 그런데 도리어 같이 이번으로

다른 한편으로 바라보는 생각을 하게 되었습니다.

부디 빨리 생각하지 마시고 우리들의 힘이 되어

주신다면 감사하겠습니다

선생님께 관심이 되시고 우리들의 마음이 밝은 날에

되었으면 합니다.

이번에 철면피 다 [illegible] 되겠지만 특히

우리가 [illegible]에 선생님은 어떻게 하여 주실

바랍니다 [illegible] 하며 주시면

감사합니다.

No.3.

박군에 선생님이 고향이 생각되시오 벌써 비가 오시면
그래도 쓸쓸한 처지를 이나마 잘하여 주는 당신께
배우고 있는 처지가 [illegible] 보냅니다
부디 수업받는데는 불편들이 없으시게 되시어 하여 주시라고
빕니다 [illegible] 이만 줄이겠습니다
밤이 깊어 [illegible]
한국기에 부디 몸 건강하시길 축원하며 빌겠습니다

1962. 9. 18.

정호 올림.

P.S. 에이까지 바쁘시겠지만 [illegible] (22日) 하지
기뻐하며 [illegible]
너무 [illegible] 늦어지고 [illegible]
하지 마음에 두고 [illegible]

1962. 9. 23. [illegible]
[illegible]

은하회 회원명단

• 남자회원 명단

1. 인하대학교 공과대학 조선공학과 : 장영석
2. 중앙대학교 법과대학 : 박홍승(미국 거주)
3. 서울대학교 공과대학 금속과 : 김세량(미국 거주)
4. 고려대학교 법과대학 행정학과 : 정경진(필자)
5. 서울대학교 법과대학 김영남(호주 거주)
6. 서울교육대학교 : 서홍원
7. 서울대학교 의과대학 : 김태기
8. 서울교육대학교 : 이진삼(사망)
9. 서울대학교 문리과대학 심리학과 : 박찬식(사망)

• 여자회원 명단

1. 서울대학교 간호학과 : 정명옥
2. 숙명여자대학교 경영학과 : 정병자
3. 이화여자대학교 교육심리학과 : 홍경옥
4. 이화여자대학교 불문학과 : 이금희
5. 이화여자대학교 교육학과 : 이계숙
6. 연세대학교 화공학과 : 이추경
7. 중앙대학교 가정학과 : 유기원

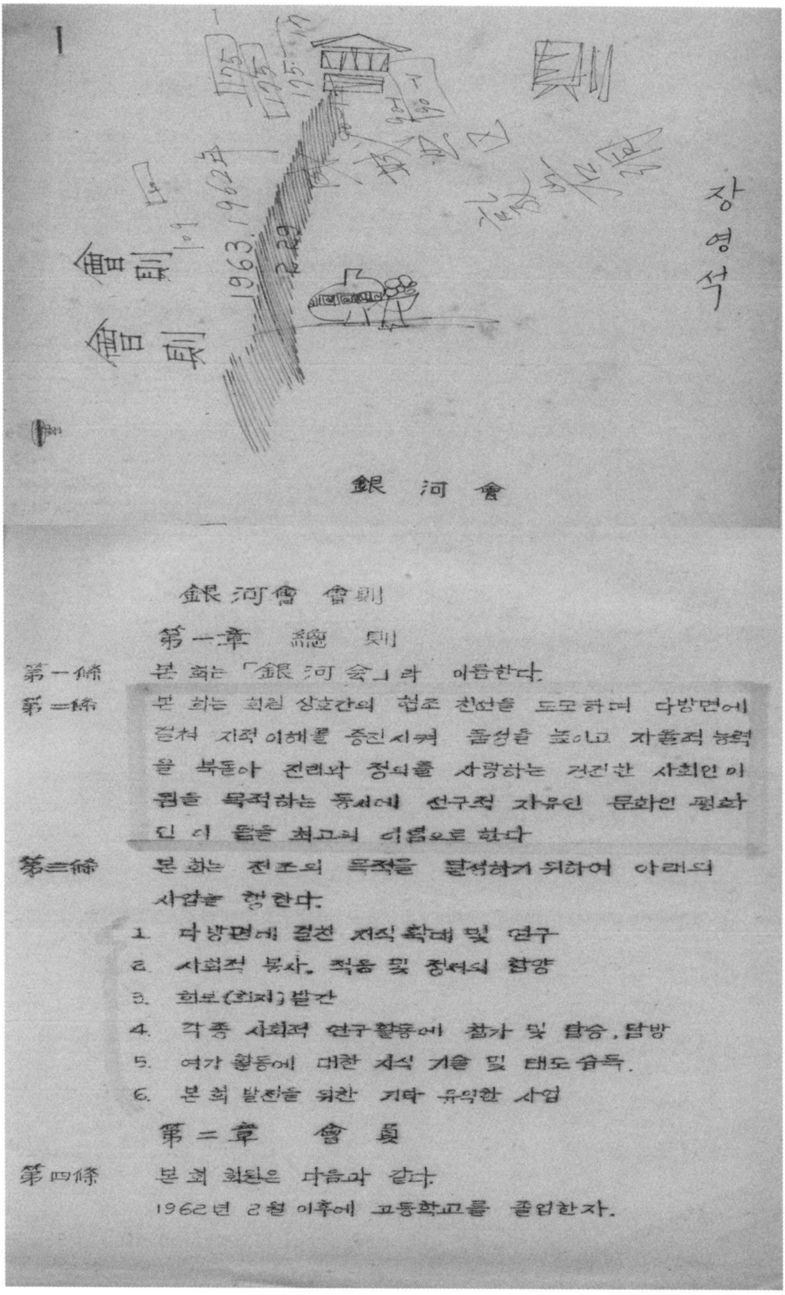
會則
1963. 1962年
장영석
銀 河 會

銀河會 會則

第一章 總 則

第一條 본 회는 「銀河会」라 이름한다.

第二條 본 회는 회원 상호간의 협조 친선을 도모하며 다방면에 걸쳐 지력 이해를 증진시켜 돌성을 높이고 자율적 능력을 북돋아 진리와 정의를 사랑하는 건전한 사회인이 됨을 목적하는 동시에 선구적 자유인 문화인 평화인 이 됨을 최고의 이념으로 한다

第三條 본 회는 전조의 목적을 달성하기 위하여 아래의 사업을 행한다.
1. 다방면에 걸친 지식 확대 및 연구
2. 사회적 봉사. 적응 및 정서의 함양
3. 회보(회지) 발간
4. 각종 사회적 연구활동에 참가 및 탐승, 답방
5. 여가 활동에 대한 지식 기술 및 태도 습득.
6. 본 회 발전을 위한 기타 유익한 사업

第二章 會 員

第四條 본 회 회원은 다음과 같다.
1962년 2월 이후에 고등학교를 졸업한 자.

1962.7.14. 서울특별시 재건국민교육원 하계학생계몽대 과정 제2기생 수료식

재건국민운동 강원도지부장과 기념사진

계몽대와 주민간 운동시합

남평초등학교 체육대회 개최

아동반 실내 무용교육

2. 부산여자대학교 박 교수님 내외의 손편지

박 교수님은 내가 부산에 내려가 서대신동 2층집 2층에 전세 살 때 집주인 인연으로 알게된 분으로 온화하고 품위 있던 모습이 지금도 생생하게 기억이 난다.

부산에서만 여자 중 · 고등학교, 대학까지 평생 여성교육자로 보내신 분으로 교수님이 우리나라 여성들은 결혼 후에는 자기를 버리고 남편만을 위하는 삶을 살고, 아이들이 생기면 남편을 버리고 애들에만 매몰되고, 애들이 성장해 자기 품을 떠나면 애들을 버리는 3단계의 생을 사는 것 같아 너무 안타깝고 허무한 생각이 든다고 푸념같이 말씀하셨던 생각이 나 딸만 셋인 나에게는 50년이 지난 지금도 문득문득 생각이 나곤 한다.

더구나 교수님댁에 살 때 생전 처음으로 도둑을 맞아, 그 시절에 제법 재산이던 텔레비전, 카메라 등을 도둑맞아 교수님 부부와 집사람이 있던 자리에서 도대체 여자들이 집에서 무얼 하느라 도둑까지 맞고 하느냐고 불같이 화를 냈었는데 옆에 있던 교수님이 차분한 목소리로 "정

선생, 살다보면 죽고 사는 일도 생기는데 진정하라고 하시던 말씀에 창피했던 기억도 난다.

나중에 사모님에게 교수님이 부산에서 학교 선생님으로 자리 잡았던 총각시절에 시골에 있던 동생을 데려와 부산에서 학교를 보내고 보살폈는데 함께 생활하던 하숙집에서 연탄까스 중독으로 그렇게 아끼던 동생을 잃었던 아픔을 겪었다는 이야기를 들은 후, 도둑을 맞았다고 그렇게 화를 냈던 일이 한층 더 창피하게 생각되어 교수님이 "정 선생, 사람이 살다 보면…" 하던 말씀이 잊혀지지 않는다.

부산여자대학교 박 교수님 내외의 손편지

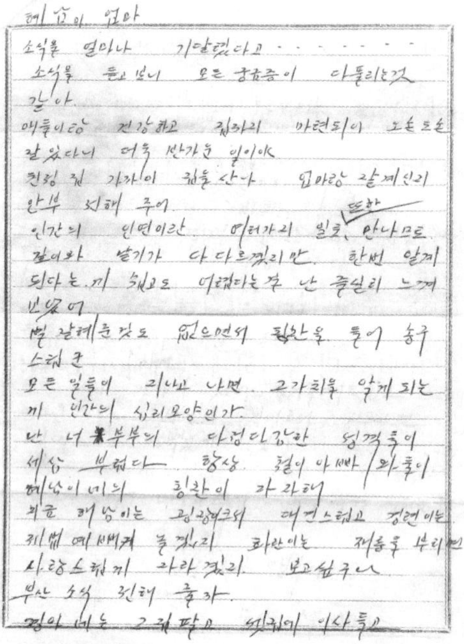

혜삼이 엄마
소식을 얼마나 기다렸다고 · · · · · · · ·
소식을 듣고 보니 모든 궁금증이 다 풀리는 것
같아.
애들이랑 건강하고 집자리 마련되어 오순도순
잘 있다니 더욱 반가운 일이야.
친정 집 가까이 집을 산다 엄마랑 같께 있니
안부 전해 주어.
인간의 인연이란 여러가지 일로 또한 만나므로
같이 살기가 다 다르겠지만 한번 알게
된다는 게 쉽고도 어렵다는 걸 난 골실히 느껴
보았어.
별 잘해준 것도 없으면서 칭찬을 들어 송구
스럽군
모든 일들이 지나고 나면 그 가치를 알게 되는
게 인간의 심리 모양인가.
난 너 부부의 다정다감한 성격들이
세상 부럽다. 항상 철이 아빠와 둘이
혜삼이 너의 칭찬이 자자해
지금 혜삼이는 공부하느라 대견스럽고 경련이는
지 엄마 예쁘게 놀겠지 화란이는 재롱을 부리면
사랑스럽게 자라겠지. 보고 싶구나
부산 소식 전해 줄까.
영아 네는 그 집 팔고 서귀에 이사 들고

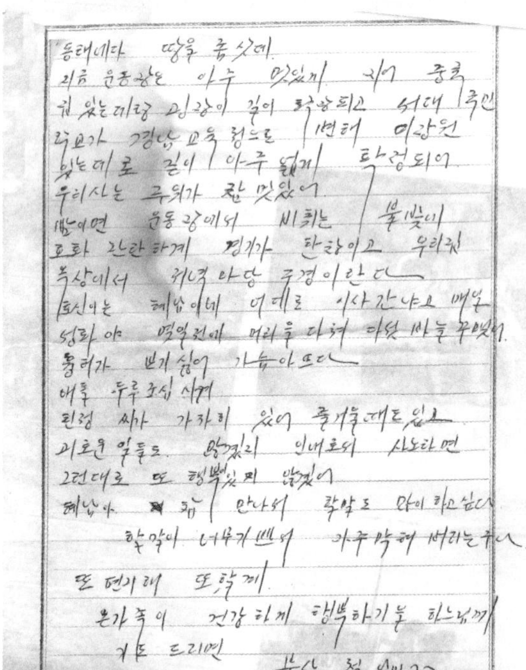

동래에다 땅을 좀 샀대.
지금 운동장은 아주 멋있게 지어 중축
되어 있는데랑 임강이 각이 확장되고 서대 국민
학교가 경남교육청으로 변해 이강원
있는데로 길이 아주 넓게 확정되어
우리 사는 주위가 참 멋있어.
밤이면 운동장에서 비치는 불빛이
호화 찬란하게 경기가 한창이고 우리집
옥상에서 지내려 마당 구경이란다
효신이는 혜삼이네 어데로 이사 갔냐고 매일
성화야 떡없는데 머리를 다쳐 다섯 바늘 꾸맸어.
둘이가 보기 싫어 가슴아프다
애들 두루 조심 시켜
친정 싸가 가까이 있어 즐거울 때도 있고
괴로운 일들도 있겠지 인내로써 사노라면
그런대로 또 행복있지 않겠어
혜삼아 참 만나서 곡상도 많이 하고 싶다.
할말이 너무가 쌓여 가주 막혀 버리는구나.
또 편지해 또 할께.
온가족이 건강하게 행복하기를 하느님께
기도 드리면
부산 철 엄마가

정 선생님에게.

보내주신 소식 듣고 반가웠습니다. 아침저녁 제법 쌀쌀 날씨로 바뀌는 이 때 정 선생 내외분과 해남이 형제들 모두 잘 있습니까? 이곳 부산의 철이네집에는 할머니를 위시하여 저희 내외 그리고 아이들도 다 잘 있습니다. 집을 좋은 곳에 마련하고 차츰 서울 생활이 안정되어 간다하니 정말 축하합니다. 정 선생의 그 대인관계를 비롯 근면함과 친절, 정확한 사리 판단, 화목한 부부애 등은 언제나 저의 머리에 남아 있어 꼭 성공하리라 믿고 있습니다. 불편했던 객지살이를 따뜻한 배려로 잊지 않고 있다니 더욱 미안한 생각도 있습니다마는 언제 어느 곳에 있든지 서로 변치 말고 양가 소식이 날로 더해져서 인연의 가교를 튼튼히 하고 싶습니다. 저도 서울 가는 일이 있으면 틈을 내어 찾겠습니다.

이 곡은 54회 국체를 앞두고 축제 무우드가 무르익고 있습니다.

내내 안녕하심과 번영을 빌면서.

73. 10. 9. 부산 박 선생 드림

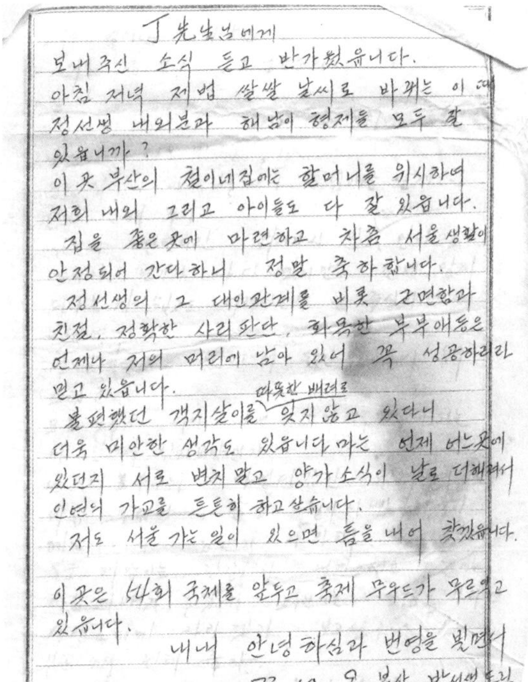
丁先生님에게
보내주신 소식 듣고 반가웠읍니다.
아침 저녁 제법 쌀쌀 날씨로 바뀌는 이 때
정선생 내외분과 해남이 형제들 모두 잘
있읍니까?
이 곳 부산의 철이네집에는 할머니를 위시하여
저희 내외 그리고 아이들도 다 잘 있읍니다.
집을 좋은 곳에 마련하고 차츰 서울생활이
안정되어 간다하니 정말 축하합니다.
정선생의 그 대인관계를 비롯 근면함과
친절, 정확한 사리판단, 화목한 부부애등은
언제나 저의 머리에 남아 있어 꼭 성공하리라
믿고 있읍니다.
불편했던 객지살이를 따뜻한 배려로 잊지 않고 있다니
더욱 미안한 생각도 있읍니다마는 언제 어느곳에
있던지 서로 변치 말고 양가 소식이 날로 더해져서
인연의 가교를 튼튼히 하고 싶습니다.
저도 서울 가는 일이 있으면 틈을 내어 찾겠읍니다.
이곳은 54회 국체를 앞두고 축제 무우드가 무르익고
있읍니다.
내내 안녕하심과 번영을 빌면서
73. 10. 9 부산 박선생 드림

부산 박 교수님 댁 2층 옥상에서
(1972. 8. 9. 둘째 딸 2살 생일날)

아내와 두 딸

서 있는 첫째 딸(4세)과 둘째 딸(2세)

흥국상사 여직원과 첫째 딸

3. 중학교 이효철 담임선생님의 손편지

이효철 선생님은 경복중학교 3학년 때 담임 선생님으로 그 시절 우리 어린 중학생들로부터 제일 존경받았고 내게는 어려운 중3 시절을 지켜주신 고마운 선생님이셨다. 내가 늑막염에 걸려 두 달 동안 휴학하고 복교한 후 첫 고등학교 입시 모의고사에서 전교 10등(콘사이스 상품을 받은 기억) 안에 든 것을 대견하게 생각하시고 나에게 관심을 가지셨던 것 같다. 나도 대학 입학 때까지 계속 편지를 드리며 고마운 마음을 전해 드렸던 것으로 기억하고 있다.

그 후 성공한 후 찾아뵙겠다는 생각을 늘 하고 지냈는데 크게 내세울 만한 일을 이루지 못해 결국은 못 찾아뵙는 우를 범하고 말아 두고두고 후회하는 일이 되고 말았다. 크게 성공한 게 없다 해도 항상 찾아뵙고 지냈어야 했는데 말이다. 선생님을 떠올릴 때마다 죄송한 마음은 금할 길이 없다.

이효철 선생님의 손편지와 엽서

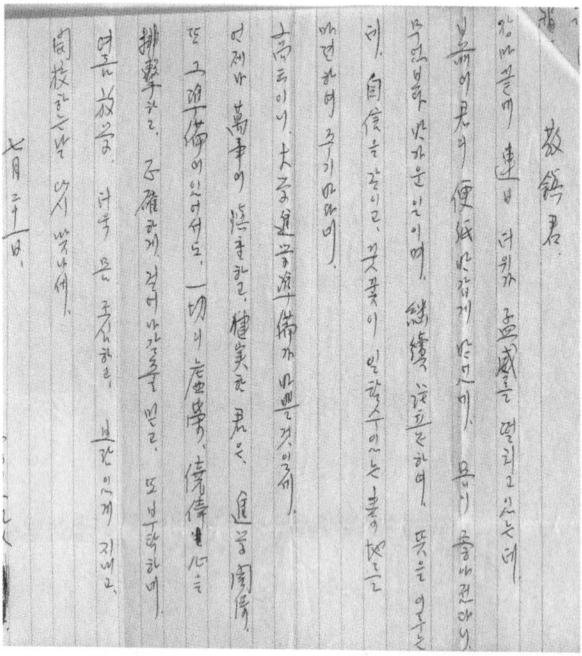

敬鎬君.

장마끝에 連日 더위가 猛威를 떨치고 있는데,
旅中에 君의 便紙 반갑게 받았네. 몸이 좋아졌다니
무엇보다 반가운 일이며, 繼續 注意를 하여, 뜻을 이루는
데, 自信을 갖이고, 꿋꿋이 일할 수 있는 素地를
마련하여 주기 바라네.
高三이니, 大學進學準備가 바쁠 것이겠네.
언제나 萬事에 臨할, 健實한 君은, 進學 關係,
또 그 準備에 있어서도, 一切의 虛榮, 僥倖心을
排擊하고, 正確하게 걸어나가기를 빌고, 또 부탁하네.
여름 放學, 더욱 몸 조심하고, 보람 있게 지내고,
開校한 다음 다시 맞나세.
七月 二十一日.

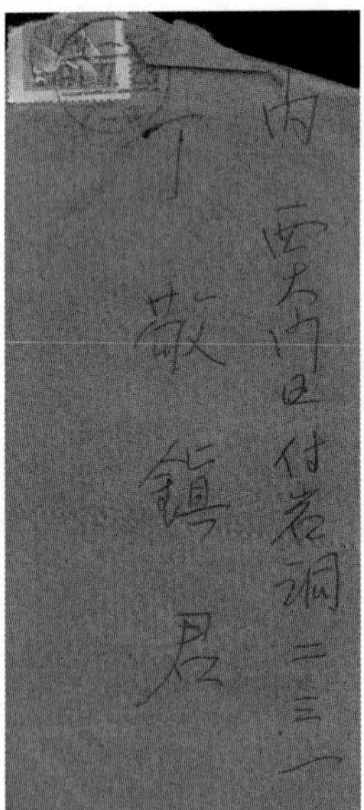

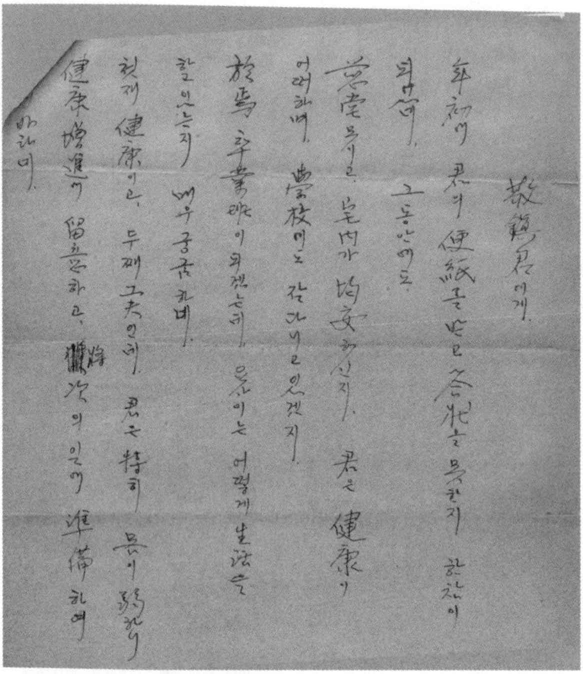

敬鎬君에게.
年初에 君의 便紙를 받고 答状을 못한지 한참이
되었네. 그동안에도
萱堂 무사고, 宅內가 均安하신지. 君은 健康이
어떠하며, 學校에는 잘 다니고 있겠지.
於焉 卒業班이 되겠는데, 요즘이는 어떻게 生活을
하고 있는지 매우 궁금하네.
첫째 健康이오, 두째 工夫인데, 君은 特히 몸이 弱한
健康增進에 留意하고, 將次의 일에 準備하여
바라네.

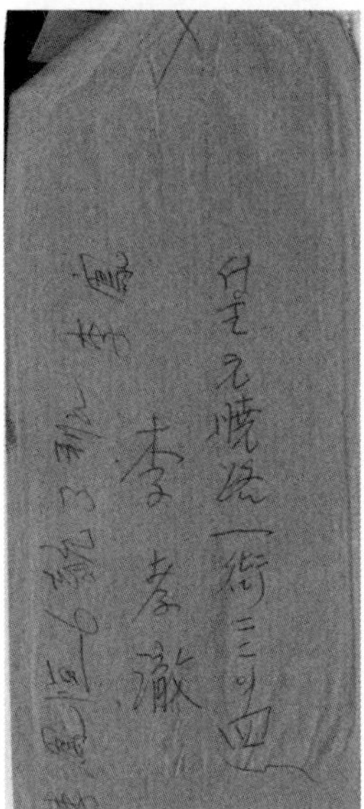

서울 元曉路 一街 二二四
李孝澈

일기가 심히 불순한데 그간 별고 없고, 또 대학 진학 관계가 궁금하던 참에 오늘 편지를 받았네. 목표하던 곳에 진학 못 한 것, 일단은 서운하겠지만 앞으로의 사회에 있어서는 다른 게 문제가 아니라 본인의 실력이 문제인 때이니 군의 노력이 그 문제는 해결하고도 남음 있을 줄 믿네. 고대에는 교수진에도 최고선배들이 많이 계실, 학생들 중에도 많이 있으니 지도 받고 사귀어 성과가 있기를 바라네. 틈이 있을 때 놀러오기 바라며 이만.

3월 2일.

이효철 서(書)

*　*　*

편지 고맙게 받았습니다만, 받은 지 참으로 오래되었는데, 그간 군은 어떻게 지냈으며 가내 안녕하시고 여의하신지 궁금합니다. 쉬 말 나기도 하고, 서신(書信) 연락이라도 가끔 있기를 바랍니다.

1964년 1월 7일

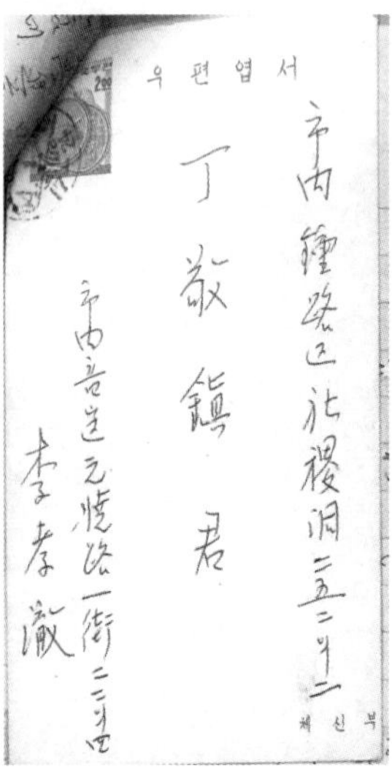

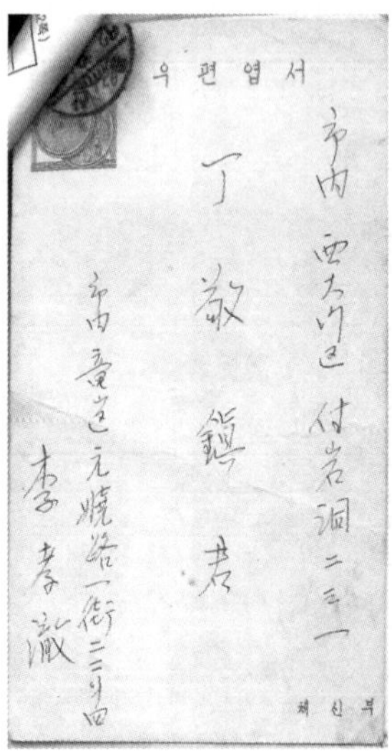

이효철 선생님께 보낸 손편지와 그날 일기

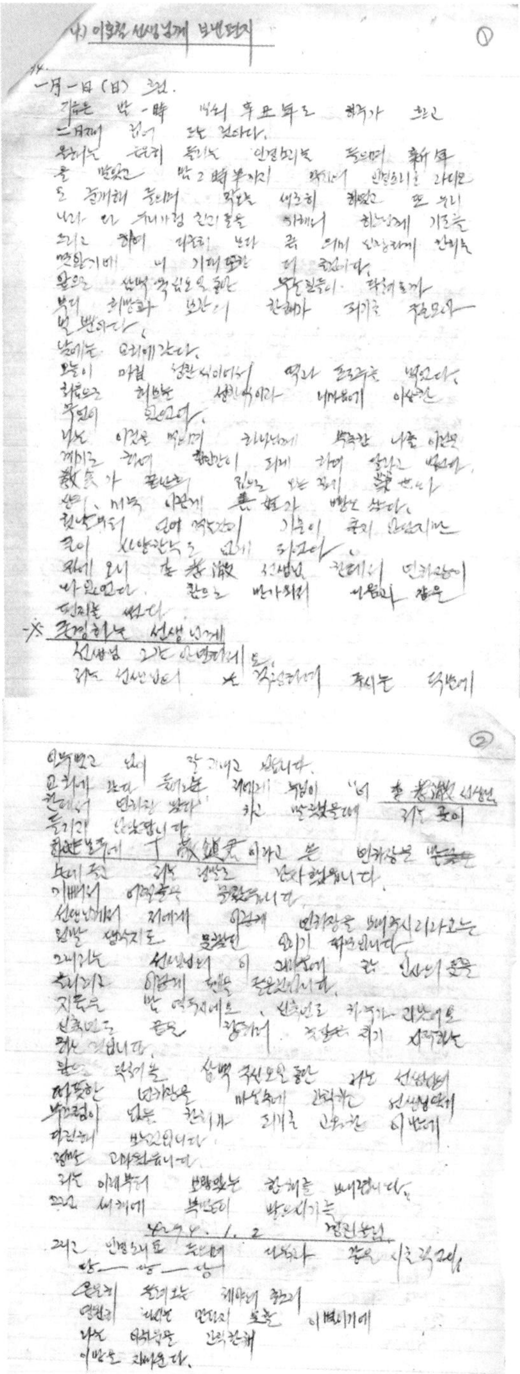
(4) 이효철 선생님께 보낸 편지

①

一月一日 (日) 흐림.

※ 존경하는 선생님께

선생님 그간 안녕하셨는지요.

②

2장

힘이 되어 주었던 가족들

1. 아버지 사진과 어머니의 손편지

나는 1950년 6.25사변 때는 우리집이 지금 광화문 세종문화회관 근처여서 길 건너 수송초등학교에 다니고 있었다. 그 당시 대부분이 그랬듯이 피란을 못 떠나고 서울에 있었던 우리 식구들은 하도 폭격이 심하여 집에 파편들이 날아들고 위험해서 간단한 식기구만 챙겨 아버지 친구분이 의사로 근무하시던 효자동 소재 당시 순화병원(그 후 시립중부병원이었는데 지금은 어떻게 변했는지는 모르겠다)의 방공호로 잠시 피신을 했다 돌아오니 우리 동네가 폭격으로 모두 불 타 집이 없는 평평한 들판이 되어 북쪽 길 건너 중앙청(지금은 경복궁)이 바로 보여 무척 놀랐던 기억이 어렴풋하다.

그 후 1.4후퇴 때는 아버지 고향인 충청북도 괴산으로 피란을 갔었고 거기서 아버지도 졸업하신 명덕초등학교 3학년에 편입했고 6학년 초에 수복된 서울로 이사와 돈암동에 있던 정덕초등학교에 편입하여 졸업했었다.

전쟁 통에 1년을 놀고 5년 동안 서울, 괴산, 서울 3군데 초등학교를 다녀 초등학교 친구가 하나도 없어 주위 친구들이 초등학교 동창회다 반창회다 하며 어릴 때 동창친구들을 만난다는 얘기를 들으면 몹시 부러웠다.

그 때 서울에서 아버지는 한약사로 일하셨는데 일제강점기에는 일본 징용을 갔다 오시고 6.25전쟁 때는 또 보국대로 동원되셔서 몸이 약한 선비 타입이셨던 아버지는 내가 중학교 3학년 봄인 1958년 동양한의과 대학 돈암동 병원에 근무하실 때인 51세의 젊은 나이에 돌아가셨다.

약한 분이 두 전쟁에 모두 동원되어 고생을 많이 하셔서 돌아가신 게 아닌가 하여 무척 안타까운 마음이다. 다행히 내 기억에 부모님은 한 번도 싸우시는 것을 본 일이 없어 무척 금슬이 좋았던 것으로 기억된다.

누님 졸업식에 참석한 가족

동생 중학교 졸업식, 필자 고등학교 졸업식에서

6.25 전란으로 모두 소실되고 남은 유일한 아버지 사진

아버지, 어머니 슬하 우리 4남매

6.25 전쟁 소실 후 가장 오래 보관한 사진
(1953년 괴산 명덕초등학교 4학년)

박정희 선생님과 명덕초등학교 정문에서

박정희 선생님과 명덕초등학교 교정에서

명덕초등학교 교정에서 동생(1학년)과 함께

명덕초등학교 4학년(필자)

아버님이 중학교 3학년 때 지병으로 돌아가셔서 아쉬움이 너무 컸지만 어머님은 99세가 되시던 2005년도 봄까지 건강하게 지내시다 여름에 돌아가셨다. 같은 해 2월 우리 큰딸 해남이의 박사학위 수여식까지 무사히 함께하셔서 감사할 따름이다. 홀로 자식들을 건사하시느라 고생이 많으셨던 어머니는 우리 4남매에게는 너무나도 고맙고 현명한 분이셨다.

서울에 사시다가 6.25동란 때는 충북 괴산에 피란 내려가 저녁이면 사랑방에서 동네 부녀자들 모아놓고 장화홍련, 심청전, 홍길동전 등 옛날 이야기책을 읽어 주셨던 기억이 지금도 생생하다. 돌아가시기 직전까지 늘 신문을 열심히 보시고 마음에 드는 기사들이 있으면 노트에 옮겨 적은 공책이 수십 권이 되셨던 부지런한 어머니셨다. 내가 여유가 있으면 어머니와 함께 내 인생에 크게 도움을 주셨던 지금은 80세 중반이 넘은 형님을 기리는 조그만 가족박물관을 만들어 보는 게 꿈인데 나도 벌써 팔십이 되었으니 실현은 어려울 것 같다.

그래도 꿈속에서라도 조그맣고 예쁜 가족박물관을 평화로운 전원에 만들어놓고 어머님과 형님의 모습을 보며 아름다운 노년을 보내는 생각을 그려본다.

어머님이 나에게 보내주신 손편지

걸라 아빠에게

보내준 달력도 편지도 다 잘 바더보앗다 해마다 잊지안
코 달력을 보내주니 고맙다 신정을 지나고 나니 날씨가
너무 추워서 직장에 다니는 사람들이 고생이지 아파트 안
에서는 내복이 필요 업시 항상 훈훈 하니 어미 추운 걱정은
안해도 된다 나이 젊다라고 가마니 드러 안젓스니 추운줄
을 모르지 · 나무근들 하라니 아이덜도 방학이 되엇지 걸라
는 엇더튼 방학때 후회이 되엇는지 궁금 하구나 그놈이 발서 중
학교을 가니 더 열심이 버러야 되갯다 [illegible]이 부산에서 고생이
된다니 걱정이다 그럿타고 두집 살림도 할 수 업고 서울은
서울대로 집이 적적 할 테이고 남자가 집에 업스면 항상
쓸쓸 한데 어더게 하면 조흘지 모르갯다 여기는 다 무고 하고
아이덜 충실 하나 광진이가 전번에 알푸던 허리가 도로 알
푸다니 걱정이다 그럿타고 무작정 쉬고 잇실 수도 업고
회사가 삼주 치료하라고 하는걸 이주 만에 가서 이쫄근
일 하려니 도로 도지는 모양이니 걱정 이다 회사 일로 아직
결정이 안 된 모양이고 이추운 날씨에 출장 가고 집에도
업단다 출장 가서 허리가 도로 알푸다고 큰 하가 왓다
다 일주일간 그럼 다음으로 미루고 이만 주린다
내내 건강 하게 지내기 바란다

뉴욕에서 엄마가

나에 사랑하는 진아

어미생일을 생각하며 보낸편지와 화분은 생일 전날 바다보았
스며 정성어린 너의 편지사연 눈물을 흘리며 보았다 너에들
게부모노릇 한것도 없시 환갑이 되고 보니 한심하고 처량한 마
음뿐이다 그러나 너는 객지에서 얼마나 고생이 되는지 안 한가
운 마음 비할 때 없다 이곳 어미는 너에 염려지덕으로 근력 여
전하고 형과 형진이도 믿고 강 하니 다행이다 그러나 형
에사 없이 그저 그모양으로 있시니 생활이 걱정이다 그래서
몇푼들지는 않치만 옌서도 못사보내고 편지만 만느졌스니
그점 량해하여라 어미생일은 집에서 아무것도 아니해먹
고 큰형과 석홍형과 갗치 온천으로 인천으로 다녀서이
박삼일에 집에도라와 보니 혜자가 속으일 오우에 바지
하고 버선을 사가지고 왔다가 내가 집에 없다니가 므
러보지도 안코 갔다니 아직 약혼도 아니한거시 저의어머니
게 걱정을 끼처드린거 갗히 불안하다 그리고 이도 한번왔
다가 내가 누의집에 간사이 왔나보구나 너도 없는데 나를
보러왔실턴인대 얼마나 섭섭하였을지모르겠다
그럼 과로 하지말고 몸조심 잘르 있다가 오기바
란다 산삼일 만손과 아기 다리다 할 말은 만
으나 못 처럼 붓을 드니 글시도 아니되고 정신도
흐미하여 선후 없시 적어 보내니 량해해서
보아라 그럼 안녕

유월 십일일

모서

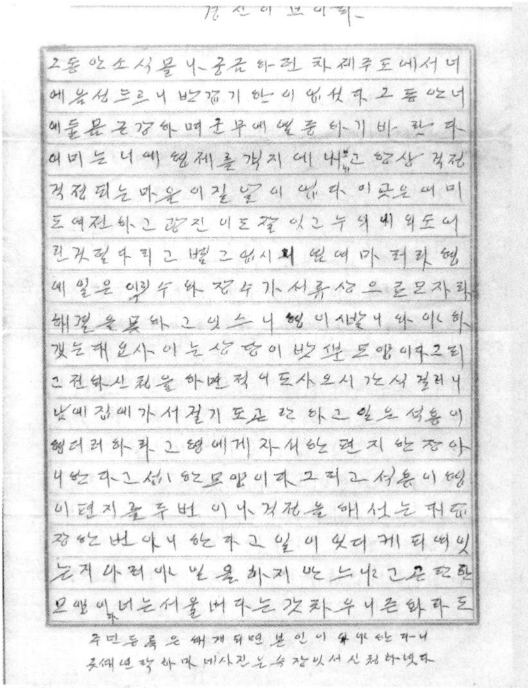

경진이 보아라

그동안 소식몰나 궁금하든차 제주도에서 너
에 소식 드르니 반갑기 한이 없섯다 그동안 너
에들 몸 건강하며 군무에 열중하기 바란다
에미는 너에 형제를 객지에 내보내고 항상 걱정
걱정되는 마음이 길날이 없다 이곳은 에미
도 여전하고 광진이도 잘잇고 누의네 외도 여
런것털다리고 별그없시 지낸데 마저라 형
에 일은 임수와 정수가 서류상으로 모자라
해결을 못하고 잇스니 형이 시발나와 이스히
갯는데 요사이는 상당히 바쁜 모양이다 그리
고 전화 신청을 하면 적어도 사오시간식 걸러니
남에 집에 가서 걸기도 곤란하고 일은 석용이
형더러 하라고 형에게 자세한 편지 한장 아
니한다고 섭섭한 모양이다 그리고 석용이 형
이 편지를 두번이나 걱정을 해서는 편지 한
장 한번 아니한다고 일이 엇더게 되여 잇
는지 아러 아니 말을 하지 안느니 곤란한
모양이다 너는 서울 떠나는 갓차우니 큰와라도

주민등록을 쌔게 되면 본인이 나와야 한다니
못새면 연락하마 네사진 본수장 잇서 신청하엿다

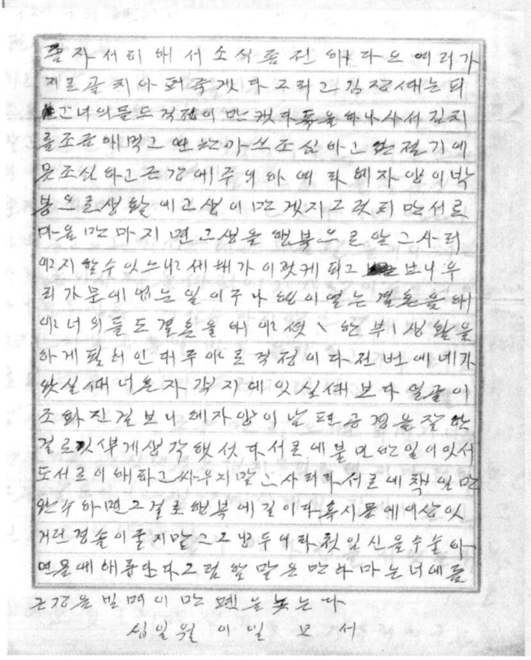

졸자 서리해서 소식 좀 전해다오 에러가
지로 골치아퍼 죽겟다 그리고 김장새는 되
고 너의들도 걱정이 만켓다 쪽을 파나서 김치
를 조금 해먹고 연탄가스 조심하고 연절기에
몸조심하고 건강에 주의하여라 혜자 양이 박
봉으로 생활에 고생이 만켓지 그럿지만 서로
마음만 마지면 고생을 행복으로 알고 사러
에지 할수 잇스니 세배가 이럿게 되고 [illegible] 보니 우
리 가문에 없는 일이구나 형이 열는 결혼을 해
에 너의들도 결혼을 해에 석 \ 한 부 I 생활을
하게 될터인데 우애로 걱정이다 전번에 네가
왓실때 너혼자 객지에 잇실때보다 얼굴이
조아진걸 보니 혜자 양이 남편공경을 잘한
걸로 잇시부게 생각햇섯다 서로에 불만한 일이 잇서
도 서로 이해하고 싸우지 말고 사러가 서로에 책임만
완수하면 그걸로 행복에 길이라 흑시 몸에 이상잇
거던 정숙이 줄지 말고 그 병두어라 치잇신을 수술아
면 몸에 해롭다 그럼 할말은 만하마는 너에들
건강을 빌며 이만 펜을 놋는다
십일월 이일 모서

경진에게.

한 번 다녀간 후로 편지 한 장 아니 하고 전화 한 번 아니 하는 걸 보니 섭섭한 일이 많은 모양인데 세상을 살아가자면 그런 일 저런 일 인생살이가 아니냐. 그렇지만 늙은 어미가 몸 성히 잘 있나 하고 부모에 대한 향심이 부족함을 어미는 괘씸한 마음 비할 데 없다. 금년같이 심한 더위와 장마에 너희들 세 식구는 어떻게 지내나 하고 더구나 너의 아내는 몸이 무거우면 덥기도 더 덥고 부엌은 옹색한데 얼마나 고생이 되는지 주야로 걱정이다. 해남이 놈 충실하며 외할머니께서는 내려가 계신 지 산월이 가차우니 매사가 걱정이다. 몸을 풀더라도 몸조심 잘 하도록 하여라. 에미는 너의 염려 덕으로 잘 있고 형 내외도 어린 놈도 다 무고하니 염려 말어라. 그리고 답십리 누이는 양력 팔월 일일날 생남하였다. 너희들 꼭 아들 낳아야 한다. 이번에는 순산할 차례다. 너의 아내가 가던 날 눈물을 흘리고 아침 밥도 잘 아니 먹고 떠나간 후에 지금도 어미는 마음에 걸려 생각이 자꾸 난다. 너희들 형제 동서간에 불편 없이 사이좋게 살기 위해 어미는 잔소리지 다른 뜻이 있겠느냐. 궁금하야 두어자 적으니 순산하면 곧 전화하여라.

유월 십오일 모 서

* * *

사랑하는 진에게.

멀리 떠나 보낸 후 궁금하던 차에 너의 편지 받아보고 즉시 답장 못하여 오죽 궁금하였겠느냐. 지난 토요일에는 광진이 면회를 형하고 갔다 와서 그 이튿날 밤에 위경련이 일어나서 며칠 고생하다가 요사이는 좀 낫다. 차일피일 편지가 늦어져서 미안하다. 요사이 일기가 아침저녁으로는 제법 선선하구나. 너의 내외 몸 건강하며 해남이도 잘 놀고 재롱이 더 늘었겠지. 더 보고 싶구나. 대미라피는 2술 먹고 효과가 있는지 모든 것이 궁금하다. 그리고 술 먹지 말고 근무에 열중하여 남에게 잘 보이도록 하여라. 고생되는 일도 많겠지마는 극복하여 이겨나가야 한다. 너희들 보내고 나니 마음에 걸리는 것이 한두 가지가 아니다. 밀가루도 좀 준다던 것이 잊어버리고 그렇지만 아직 식구 작을 때 알뜰히 해서 잘 살아라. 형이 보람이 있도록 해라. 이곳은 형 내외도 잘 있고 누이 내외도 어린 것들도 충실하다. 형은 바로 건너 출근하고 있다. 너의 형수도 그때 생각할 때보다 매사를 잘 하고 어미에게 잘 하니 걱정하지 말아라. 또 석홍이 형이 오십만 원을 사기를 당해서 전부를 뺏기고 거리로 쫓겨났다고 취직을 시켜달라고 속을 썩여 골칫거리다. 수유리 이모도 돈 십만원 봐달라고 그 성화지 어떻게 하면 좋을지 형 대할 낯이 없지 뭐냐. 새로 들어온 형수 있지, 뒤늦게 친정붙이로 속을 썩이는지 모르겠다. 그럼 다음 또 소식 전하마.

시월 이일 모 서

* * *

나의 아들 진에게.

어제 너의 편지 반갑게 받아보았다. 전번 어미 편지는 못 본 모양이구나. 요사이 환절기에 몸조심들 하고 해남이 놈 감기 안 들게 주의하여라. 안방에 자주 못 가게 하고 남의 집에서 아이들 때리고 소요 떨지 말고 천진난만한 애 기 죽이지 말고 매사를 조심하여라. 형은 너의 편지를 보고 취직을 잘 못 시켜준 것 같다며 큰 걱정을 하고 있다. 이번에는 이사비용도 주고 해서 그런지 다음 달을 기다려보아라. 돈이 사람을 따라야지 사람이 돈을 따르면 아니 된다. 신용 있게 실수하지 말고 잘 해 보아라. 광진이는 공휴일마다 올까 하고 기다려도 못 오는 모양이다. 그럭저럭 임관식도 얼마 남지 않았으니 조금만 참으면 되겠지. 너는 광진이 임관식에 못 오겠지. 무리를 하지 말아라. 노는 날도 아니고 생각해 하여라. 집에서는 인천으로 이사를 할까 한다. 집을 내놨는데 들어오지도 아니하고 전세라도 들리려고 할 작자가 나서지 아니할까 걱정이다. 지배인이 말레이시아로 가면 일주일에 한 번 오기도 힘들다니 어떻게 하면 좋을지 걱정이다. 어떻게 되겠지. 네 걱정도 태산 같은데 집 걱정은 하지 말아라. 부산에서 온 사람 말 들으면 서울보다 물가가 더 비싸고 살기 나쁘다고 하니 공연히 간 것 같아 애가 쓰인다. 집 생각하지 말고 안심하여라. 인제는 네 집도 아니고 집안 환경이 싹 변한 걸 알아둬야 한다. 그럼 다음으로 미루고 안녕.

시월 구일 모 서

＊＊＊

나의 아들 진에게.

전번에 너의 편지 받아보고 즉시 답장을 못 하여 오죽 궁금하였겠느냐. 너의 세 식구 건강한 듯 반갑다. 광진이 임관식 때 가면 혹시 너를 만날 희망을 가졌더니 얼마나 서운한지 모르겠다. 광진이는 형의 덕으로 그날 같이 집에 와서 이틀간 쉬고 대방동 부대로 근무하고 있으니 걱정하지 말아라. 너의 형제는 형을 잘 두어서 얼마나 영광이냐. 답십리 집을 전세를 놓고 인천으로 은행에서 빚을 얻어서 방 세 개 있는 집을 사가지고 이달 십칠일에 이사를 갈 모양인데 어떻게 또 할지 정신이 아득하다. 금년에는 집이 매매가 없서 팔리지 아니하여 날씨는 추워지고 할 수 없이 그리하기로 했다. 형이 집 구하느라 요사이 바빠서 잠도 제대로 못 자고 고생이 많다. 석홍이 형은 또 취직시켜 달라고 쫓아다니니 할 수 없어서 제주도로 화요일날 내려 보냈는데 또 잘 가 있을지 우리 식구는 곧 다 걱정을 덜었다 했더니 또 죽겠네 살겠네 하고 쫓아다니니 그 중에 협박공갈이나 아니하면 밉지나 않지 아주머니는 집에 와 계시니 놀고 잡숫지는 않지마는 형수 보기 민망하구나. 뒤늦게 친정식구들이 왜 이리 속을 썩이는지 모르겠다. 해남이 사진 두 장 보내니 받아보아라. 어떻게 귀엽게 잘 나왔는지 예쁘다. 그럼 다음으로 미루고 이만 그친다.

시월 십일 모 서

며느리, 손녀에게 보내주신 손편지

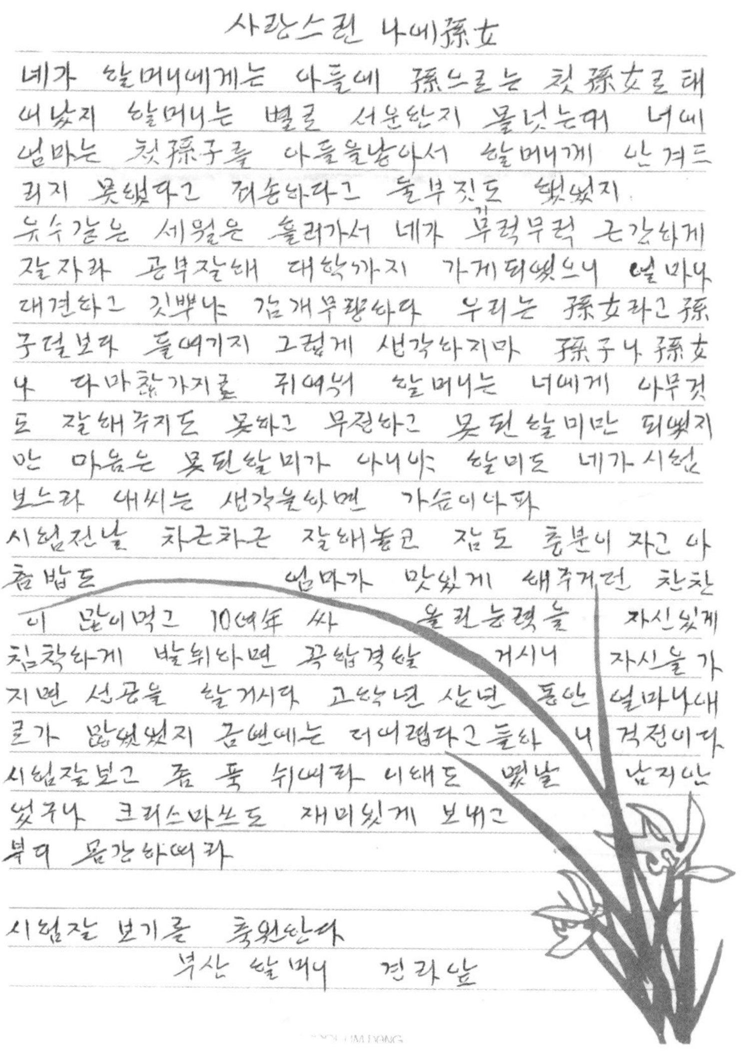
사랑스런 나에孫女
네가 할머니에게는 아들에 孫으로는 첫孫女로 태
어났지 할머니는 별로 서운한지 몰넜는데 너에
엄마는 첫孫子를 아들을낳아서 할머니게 안겨드
리지 못했다고 죄송하다고 눈부짓도 했었지.
유수같은 세월은 흘러가서 네가 무럭무럭 건강하게
잘자라 공부잘해 대학까지 가게되였으니 얼마나
대견하고 깃뿌냐 감개무량하다 우리는 孫女라고 孫
子덜보다 들여기지 그렇게 생각하지마 孫子나 孫女
나 다마찬가지로 귀여워 할머니는 너에게 아무것
도 잘해주지도 못하고 무전하고 못된할미만 되였지
만 마음은 못된할미가 아니야 할미도 네가 시험
보느라 애씨는 생각을하면 가슴이나파
시험전날 차근차근 잘해놓고 잠도 충분이 자고 아
츰밥도 엄마가 맛있게 해주거던 찬찬
이 많이먹고 10여年 싸 올린능력을 자신있게
침착하게 발휘하면 꼭합격할 거시니 자신을 가
지면 성공을 할거시다 고삼년 삼년 동안 얼마나애
로가 많았었지 금번에는 더어렵다고들하 니 걱정이다
시험잘보고 좀 푹 쉬여라 이해도 몇날 남지안
었구나 크리스마쓰도 재미있게 보내고
부디 몸간하여라

시험잘 보기를 축원한다
부산 할머니 견라남

경라에게

경라야 또 삼년을 공부를 해서 박사가 되고 대학 교수도 하고싶다니 참으로 용감하다 그래 여자도 배짱이있어야 우리집안에 여박사가 탄생했으니 큰영광이다 경사가 아니냐 아들이 되였더라면 아쉬움도 있다마는 딸도 잘되면 아들이나 다름없지 아비가 불쌍하지 않으냐 극성끈해서 부모에게 은혜를 보답하여라 무엇이던지 자기가 결심해서 노력하면 안되는 일은 없는법이다 할머니는 구십이 넘었서 살면 몇해나 더살겠니 네가 박사되는것도 못보고 죽을지도 몰라 너의덜이 생각하는 그렇게 못된 할머니는 아니이다 할머니가 능력만 있으면 너의덜에게 다잘해주고 싶지만 능력이 없잖아 할머니가 얼마나 외롭고 쓸쓸하게 사는지 너의덜은 모를것이다 며누리도 없고 손자손녀도 없고 몸이아퍼도 누구하나 차자주지도 않에 아퍼서 죽을지경이라도 기여나가 물이라도 떠다먹고 죽이라도 낄끄려 먹으면 벌서죽었을것이야 아들덜이나 가끔 차자 주지만 말년에 이렇게 외롭게 살줄은 생각도 못했다 큰엄마는 밉다고 생각하겠지마는 큰아빠가 왜 미우냐 큰아빠가 얼마나 아빠를 생각하는지 너의덜은 모를것이야 할아버지가 사르셨서도 큰아빠 갔치 못하실게다 애가 밖꿔어도 큰아빠에게 세배도 안오고 할매는 미워도 큰아빠에게 감사하고 고맙게 생각하야지 느가 잘못됐다고 생각해 가정에 불화하니까 아비

는 죄인이 되는것이다 아비만 가끔오면 식구덜 눈치보너라고 애를쓰니 그착하고 좋은아빠를 왜그렇게 만드는거냐 아빠야 말로 인격이 남만 못하나 학식이 남만 못하냐 고대.법대 졸나왔으니 고시공부해서 법관이 되였스면 고생안하고 돈잘벌고 훌륭하게 될터인데 연애하느라 공부도 못하고 큰아빠가 공부하라고 얼마나 권했는데 너는 아빠가 너갔으면 얼마나 조웠겠니 공부도 팔자에 있는것갔다 너의덜은 복이 만은 놈들이여 아빠가 이해심 많고 참고 견디는 그 뚝심 마음이 바다 갔치 항상 조은 안색을하고 할머에게 불쾌한 말 한마디없이 항상 갔뿐 안색을 보여 주는 생각을하면 아비가 불상해서 할머니가 남모르게 눈기도 많이 울었다 아비가 얼마나 속상한일이 많는줄을 너의 덜은 모르지 내 아들이라고 칭찬하는것에 아니라 너의덜도 항상 아빠를 존경하고 감사하고 박봉으로 공부식여 주시고 키워주시고 얼마나 고마우냐 남에 아들덜 부럽잖게 세놈이 아빠 엄마에게 효도하고 아빠엄마에 마음상하게 하지말고 시집가서 살더라도 항상 보모 잊지 말고 남들이 효녀덜이라고 칭찬하도록 잘해야 너는 맛딸이라 책임이 무거울것이다 보고싶구나 한번 차자 주려무나.

너의 엄마는 몸이 곤간치 못하니까 집에 오면 엄마를 많이 도와주어라

해남 엄마에게.

미국 온 지 일 년이 넘도록 며느리들이 편지 한 장 전화 한 번 없어서 항상 마음속으로 괘씸한 생각이 들더니 너의 편지 받아보니 그만 저만 없이 반갑기만 하구나. 날씨가 눈도 오고 춥기도 하고 쓸쓸한 신정에 너희들 몸 건강하며 아이들 충실한 듯 다행이다. 전번에 아이들에게 카드 보낸 건 잘 받았겠지. 여기는 다 무고하고 아이들 충실하니 너의 시동생이 허리가 아파서 걱정이다. 의사가 삼 주 정도 누워 있으라고 하는 걸 직장을 오래 비울 수가 없으니까 겨우 이주 만에 간신히 나가더니 또 아프다니 큰 걱정이다. 그저 건강이 제일이나 너희들도 항상 건강 유의하여라. 너는 몸이 많이 난 모양이니? 내가 병원에 가면 류마티스 관절염에 좋은 약이 있느냐고 물으면 진찰을 해봐야 알지 어떻게 아느냐고 하니 어떻게 살 수가 없구나. 광진이 회사는 아직도 결정이 안 되어 있는 모양, 나가면 같이 나가고 못 나가고 저희들은 있게 되면 나는 나가야지 어떻게 될지 모르겠다. 할 말은 많다만은 다음으로 미루고 이만 줄인다. 모쪼록 건강하게 잘들 있거라. 어머님께 안부 여쭈어라.

1월 10일. 시모 서.

＊＊＊

어미 보아라.

너의 첫 글씨 받아보니 기쁘고 대견한 마음 비할 데가 없다. 차일피일 답장이 늦었다. 요사이 일기가 매우 쌀쌀해지니 모든 걱정이 태산 같구나. 한 준비나 해놓았는지 그리고 연탄가스 조심하여라. 너희 내외 몸 건강하고 해남이 놈 환절기에 감기 안 들게 조심하고 젖 뗄 때, 간식을 식혀 어린 것 축 안 가도록 하여라. 말도 좀 하겠지. 가끔 재롱떠는 것이 보고 싶구나. 내년 봄쯤 한 번 갈까 하는데 마음대로 될는지. 돈 부지런히 벌어서 시에미 가거든 구경 많이 시켜다오. 날개가 있으면 훨훨 날아가서 너희들 사는 것을 보고 왔으면 얼마나 좋겠니. 이곳 나는 요사이 한약을 먹고 있다. 의원 말이 한약을 삼사제 먹으면 뱃속 아픈 것이 낫는다고 하니 그래서 먹는데 나을는지 모르겠다. 서울은 집안이 무고하고 정완이네도 별고 없으나 집을 팔십만 원에 전세를 놓고 보니 인천

가서는 도저히 집 같은 것을 구할 수 없으니 조그마한 집을 살까 하나 집장사 집 짓다가 만 집을 살까 망설이고 있는지 전세 올 사람은 빨리 내달라고 독촉이고 골치가 아프구나. 대전 네 시동생은 24일 밤 12시에 왔다가 6일 오후 차로 내려갔으니 그리 알어라. 임관식이 2일 오후 2시라니 집에서는 세 식구나 가려고 하는데 너희들은 못 오겠지. 서울로 올지 못올지는 아직 모르겠다. 그럼 다음으로 미루고 몸 조심들 하여라.

시월 삽입일.

시모 서.

남에게 역정난 사람처럼 어린 것 때려주지 말고 천진난만한 어린 것 기죽이지 말고 살살 달래라. 너희가 그 집 없이 살란 법 어디 있니. 노력만 하여라. 영준이 편지가 벌써 온 걸 동봉하니 너희 남편에게 전하여라.

노인대학 졸업 사진

사랑하는 어머니 사진

1971.5.3. 어머님과 동생과 경주 불국사에서

1966년 2월 25일
대학졸업식.
어머니, 형님과 함께

어머님 생신 축하
(형님 내외와
누님과 함께)

어머님 모시고
88올림픽 경기 관람시

어머님과 함께한 여행

어머니 사진(우측 끝에 어머님)

천안 공원 묘지 어머님 산소

어머님과 사남매와 그 배우자

2. 형님께 받은 손편지

형님은 나보다 8살 위이지만 내가 중학교 3학년 올라간 봄에 아버지께서 돌아가셔서 그 후 나와 동생에게는 늘 아버지 역할을 해주신 고맙고 고마운 형님이다.

군복무 시절부터 그때는 가능했던 후생사업도 하고 제대 후는 일치감치 취업을 하셔서 서울에 사는 친척들의 아들, 딸들까지도 취직시켜주시기도 하며 우리가정이나 친척들을 위해 많이 애쓰셔서 모두들 고마워하고 칭송했었다.

이렇게 가족과 이웃을 위해 좋은 일을 많이 하셔서 복 많이 받으셔서인지 건강하시고 사회 · 경제적으로는 성공하였으나 2012년에 큰 사고로 맏아들을 잃고, 2018년에 아들같이 키웠던 막냇동생을 먼저 보내는 아픈 일을 연이어 겪으셨다.

다행히 80대 중반이신데도 여전히 건강하셔서 지금도 친구들과 자주 골프도 치고 약주도 하시고 지내시지만 사랑하는 아들과 동생을 먼저 보낸 심정이야 오죽하랴 생각하면, 가슴이 너무 아프다. 너무나 끔찍할 일이기에 여지껏 위로의 말씀도 제대로 못하고 지내온 게 이제 10년이 다 되어 가고 있어 죄송할 따름이다.

나에게는 너무 좋은 아버지의 역할을 해 주신 데 비해 나는 마음뿐이지 형님을 위해 해드린 게 하나도 없는 못난 동생이 되고 말았지만 얼마 남지 않은 남은 삶 동안 형님의 평온함을 위해 좀 더 애쓰며 살겠다는 다짐을 해본다.

형님께 받은 손편지

敎鉉

너의 便紙 잘 받어보았다
집 얻은 어머님과 議論하여 하도록 하고
네가 移사 하게되면 내가 잘 얼마 무엇
인지 알려주고 市民아파트에 40만원
내라 라고 하였는데 구체적으로 알려주기
바란다 즉 보증금 40万원에 15年동안
每月 2000원씩 納入하는것을 말하는지 아니
면 40万원을 每月 2000원씩 納入
하는것인지 하여튼 그것만은 알아서
처리하기 바란다
그럼 이만 pen을 놓는다

11月 25日

兄 書

敎鉉

오래간 만이다 그간 無故 하니
軍務 한다니 반갑구나
나는 그동안 事業關係로 좀 바빴
는데 이제는 자리가 어지간히 잡혀
가는것 같다
서울 京東件은 時間이 경과하면
自然히 解決될것으로 믿는다
濟州에 오는 航空便이 자주 있다니
時間이 있는데로 자주들러 쉬어가거
라
客地에서 아무쪼록 健康에 注意
하고 어머님께 자주 安否하여
드리라
그럼 이만 pen을 놓는다

9月 30日

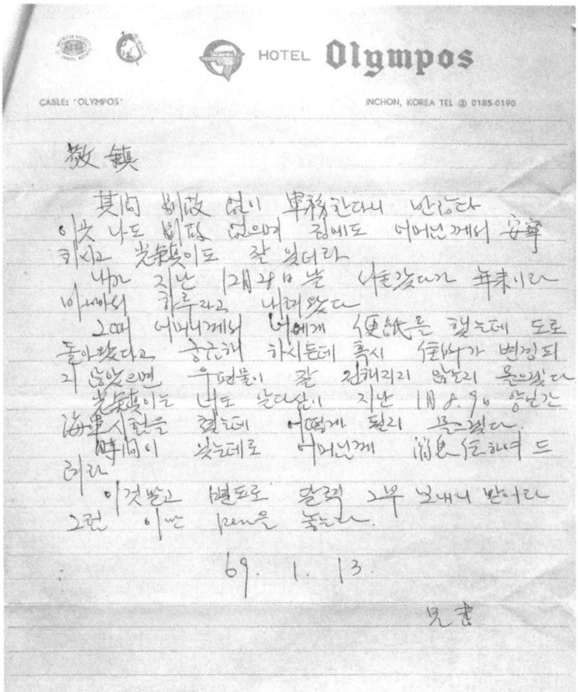

HOTEL Olympos

CABLE: "OLYMPOS"　　INCHON, KOREA TEL ⑤ 0185-0190

敬鎭

其間 別故 없이 軍務한다니 반갑다
이곳 나도 別故 없으며 집에도 어머님께서 安寧 하시고 光鎭이도 잘 있더라
나는 지난 12月 28日 날 서울갔다가 年末이라 바빠서 하루라고 내려왔다
그때 어머님께서 너에게 便紙를 했는데 도로 돌아왔다고 궁금해 하시든데 혹시 住所가 변경되지 않았으면 우편물이 잘 전해지지 않는지 모르겠다
光鎭이는 너도 알다싶이 지난 11月 8.9日 양일간 海軍시험을 쳤는데 어떻게 될지 모르겠다.
時間이 났는대로 어머님께 消息 전해 드려라
이것 받고 別도로 달력 2부 보내니 받어라
그럼 이만 pen을 놓는다.

69. 1. 13.

兄 書

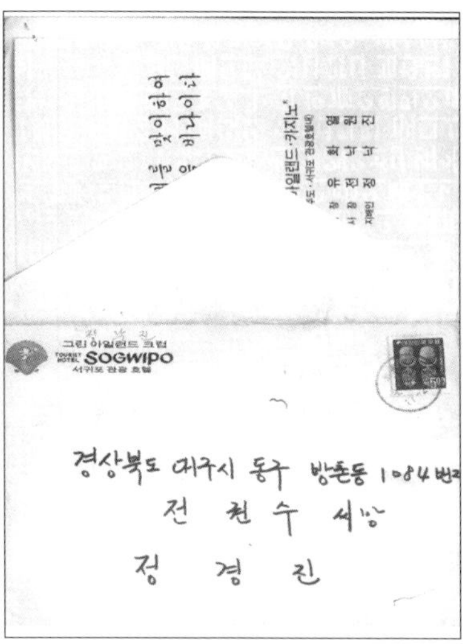

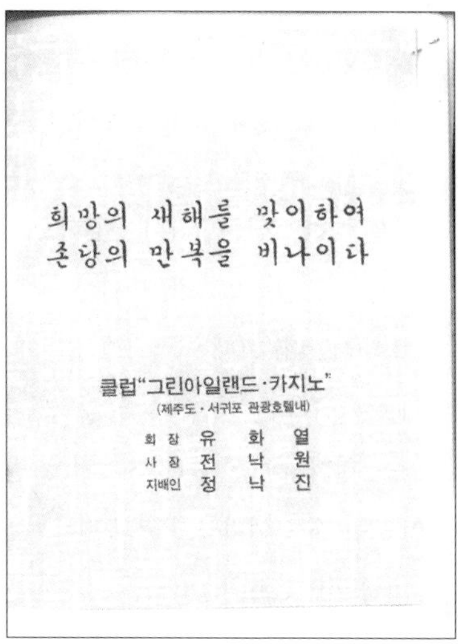

희망의 새해를 맞이하여
존당의 만복을 비나이다

클럽"그린아일랜드·카지노"
(제주도·서귀포 관광호텔내)

회 장 유 화 열
사 장 전 낙 원
지배인 정 낙 진

경진.

너의 편지 잘 받아보았다. 집 일은 어머님과 의논하여 하도록 하고 네가 이사하게 되면 내가 할 일이 무엇인지 알려주고 시민 아파트에 40만원 내외라고 하였는데 구체적으로 알려주기 바란다. 즉 보증금 40만원에 15년 동안 매월 2,000원씩 불입하는 것을 말하는지 아니면 40만원을 매월 2,000원씩 불입하는 것인지 하여튼 그곳 일은 알아서 처리하기 바란다. 그럼 이만 pen을 놓는다.

11월 25일. 형 서(書).

* * *

경진.

오래간만이다. 그간 별고 없이 군무한다니 반갑구나. 나는 그동안 동업관계로 좀 바빴는데 이제는 자리가 어지간히 잡혀 가는 것 같다. 서울 경동 건은 시간이 경과하면 자연히 해결될 것으로 믿는다. 제주에 오는 항공편이 자주 있다니 시간이 있는 대로 자주 들러 쉬어가거라. 객지에서 아무쪼록 건강에 주의하고 어머님께 자주 안부전하여 드려라. 그럼 이만 pen을 놓는다.

9월 30일. 형 서.

* * *

경진.

그간 별고 없이 군무한다니 반갑다. 이곳 나도 별고 없으니 집에도 어머님께서 안녕하시고 광진이도 잘 있더라. 내가 지난 12월 28일 날 서울 갔다가 연말이라 바빠서 하루 자고 내려왔다. 그때 어머니께서 너에게 편지를 했는데 도로 돌아왔다고 궁금해 하시던데 혹시 주소가 변경되지 않았으면 우편물이 잘 전해지지 않는지 모르겠다. 광진이는 너도 알다시피 지난 1월 8, 9일 양일간 해군시험을 쳤는데 어떻게 될지 모르겠다. 시간이 있는 대로 어머님께 소식 전하여 드려라. 이것 말고 별도로 달력 2부 보내니 받어라. 그럼 이만 pen을 놓는다.

69. 1. 13. 형 서.

내가 형님께 보낸 손편지

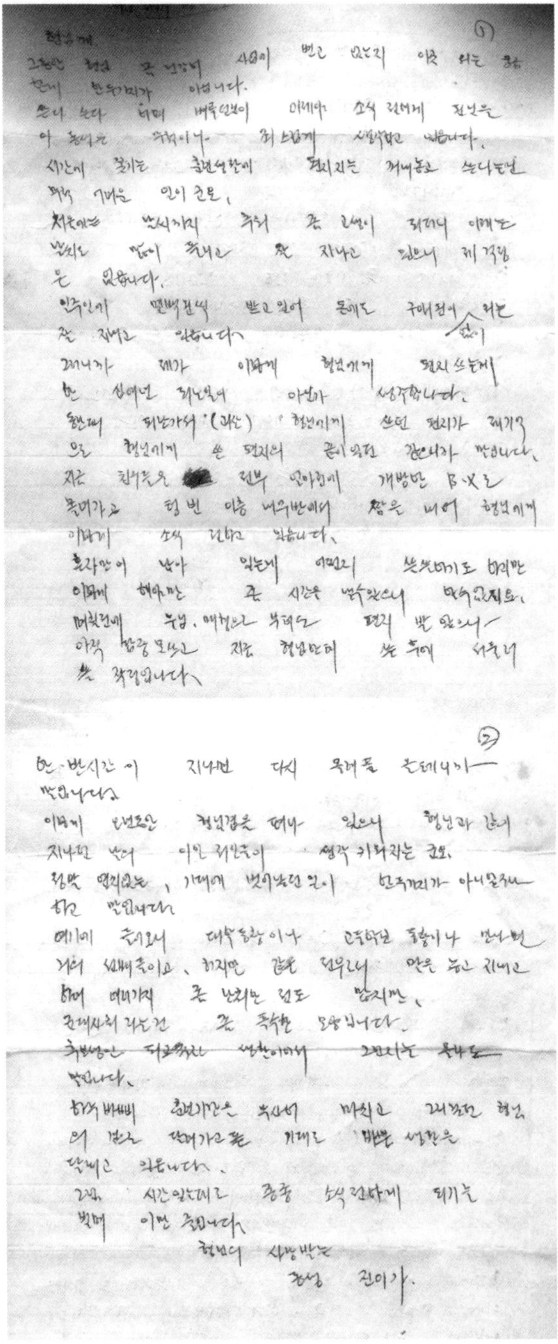

형님께.

그동안 형님 몸 건강히 사업에 별고 없는지 이곳 저는 궁금한 게 한두 가지가 아닙니다. 쓴다 쓴다 하며 벼르던 것이 이제야 소식 전하게 된 것을 이 동생은 무척이나 죄스럽게 생각하고 있습니다. 시간에 쫓기는 훈련생활에 편지지는 꺼내놓고 쓴다는 건 무척 어려운 일이군요. 처음에는 날씨까지 추워 좀 고생이 되더니 이제는 날씨도 많이 풀리고 잘 지내고 있으니 제 걱정은 없습니다. 일주일에 몇 백 원씩 받고 있어 돈에도 구애됨이 없이 저는 잘 지내고 있습니다.

그러니까 제가 이렇게 형님에게 편지 쓰는 게 한 십여 년 되는 일이 아닌가 생각합니다. 동란 때 피란 가서(괴산) 형님에게 쓰던 편지가 제 기억으로 형님에게 쓴 편지의 끝이었던 것 같으니까 말입니다. 지금 친구들은 전부 얼마 전에 개방한 P.X.로 몰려가고 텅 빈 이층 내무반에서 짬을 내어 형님에게 이렇게 소식 전하고 있습니다. 혼자만이 남아 있는 게 어쩐지 쓸쓸하기도 하지만 이렇게 해야만 좀 시간을 낼 수 있으니 할 수 없지요. 며칠 전에 누님, 매형으로부터도 편지 잘 받았으나 아직 답장 못쓰고 지금 형님한테 쓴 후에 서둘러 쓸 작정입니다. 한 반 시간이 지나면 다시 몰려들 올 테니까 말입니다.

이렇게 오랫동안 형님 곁을 떠나 있으니 형님과 같이 지나던 날의 이 일 저 일들의 생각만 커지는군요. 정말 염치 없는, 기대에 벗어났던 일이 한두 가지가 아니었구나 하고 말입니다. 여기에 들어오니 대학 동창이나 고등학교 동창이나 만나면 거의 선배들이고, 하지만 같은 전우로서 말을 놓고 지내고 하여 여러 가지 좀 난처한 점도 많지만, 군대사회라는 건 좀 특수한 모양입니다. 후보생인 피교육자 생활이어서 그런지는 몰라도 말입니다. 하루 바삐 훈련기간을 무사히 마치고 그리웠던 형님의 곁으로 달려가고픈 기대로 바쁜 생활을 달래고 있습니다. 그럼 시간있는 대로 종종 소식 전하게 되기를 빌며 이만 줄입니다.

형님의 사랑받는 동생 진이가.

LA 미국대학 초청시 형님과 미국 방문(KAL 1등석 탑승)

형님(중앙)

필자

귀국 길 일본 경유 시 한국대사관 참사관 조카사위와 함께

필자 집에서 어머님 생신잔치(가운데 형님, 오른쪽 끝이 필자)

1962.2. 필자 고대 졸업식에서
(형님과 함께)

1965.1.28. 동생 경복고 졸업식에서
(삼형제와 어머님)

1992년
미국 라스베가스에서
(오른쪽이 형님)

1992.5.
미국 LA 동생집에서
삼형제(가운데 형님)

1968.10.29.
제주도 서귀포
선상에서
형님(오른쪽)과 함께

필자 집에서
어머니 생신날
가운데 형님과 함께

1972년 여름
부산 해운대 해수욕장에
서 어머님, 형님 부부와
우리 부부
(형님 장남,
필자 장녀도 함께)

3. 세상을 먼저 떠난 동생이 보내준 손편지

나에게 하나뿐인 동생 광진이는 나와 천륜으로 맺어진 인연이지만 나와는 함께 자라오는 동안 너무나 많은 사연을 함께하였다. 6.25 피란 시절 충북 괴산의 명덕초등학교와 서울 돈암동의 정덕초등학교를 4년간 함께 다녔고, 경복고등학교 3년, 고려대학교 4년이 같았고, 4년간의 공군장교 생활도 함께한 동생이자 학교 동문이자 같은 군에서 근무한 전우로, 사는 동안 15여년을 같은 조직에서 지낸 드문 사이로 주위의 부러움을 사기도 했었다. 당연히 내 친구나 동생 친구들이 우리 집에 놀러올 때면 동창회를 하는 듯하여 서로 격의 없이 지내는 즐거운 자리가 되곤 했다.

동생이 1970년대에 올림푸스 전자회사 미국지사에 근무하게 되었고 그 후 계속 미국에서 자리 잡고 지내게 되었지만, 거의 매년 동생이 사업차 한국에 방문하여 반갑게 식구들과 만나 즐거운 시간을 보냈었다.

다행히 동생은 미국 내에서 케이트레딩이라는 제법 규모 있는 전자제품 도매회사를 운영하여 경제적으로 성공하였고 60대에는 패시픽뱅크라는 은행을 설립하여 이사장에 취임하는 등 미국에서 성공한 기업인이 되어 형제들의 큰 자랑을 주기도 하였다. 그렇게 자랑스럽던 동생이 70세가 되면서 폐가 석화되는 원인 모를 지병이 생겨 고생을 하다 2018년 5월에 폐 이식 수술까지 하였으나 결국 소용이 없었다. 2018년 11월 30일에 세상을 떠나 우리는 4남매의 막내를 제일 먼저 보내는 크나큰 슬픔을 겪어야만 했다.

형님과 누님은 투병 중인 미국에 있는 동생을 몇 번 만나 보았으나 나는 문병을 못해 늘 미안했다. 다행히 폐 이식 수술을 잘 마쳤다는 소식에 이제는 건강을 회복하게 되겠구나 생각하였는데 수술 6개월 만에 세상을 떠났다는 청천벽력을 겪게 되었다.

형님과 조카, 누님 부부, 나와 두 딸 7명이서 동생 장례식에 참석하였으며 나는 세상을 등진 후에야 LA 소재 큰집을 처음으로 방문한 허전함은 이루 말할 수가 없었다. 더구나 제수씨로부터 임종할 때 의사들 뒤를 보며 “저기 작은형이 있어.”하는 말을 했다는 이야기를 들었을 때는 아플 때 한 번도 만나보지 못한 이 못난 형이 얼마나 보고 싶었으면 그랬을까 하는 생각이 들어 가슴 깊이 느껴지는 슬픔을 감당하기가 어려웠다. 장례를 치르고 숙소로 돌아와 형님, 누님, 조카와 딸들 앞에서 슬픔을 이기지 못해 끝없이 통곡을 계속하였던 것이 지금도 아프게 기억된다. 먼 이국땅에서 열심히 노력하여 크게 성공하였으나 너무 일찍이 떠나버린 사랑하는 내 동생 광진이의 명복을 빌며 이 못난 형은 오늘도 슬픔을 달래본다.

동생이 보내준 손편지

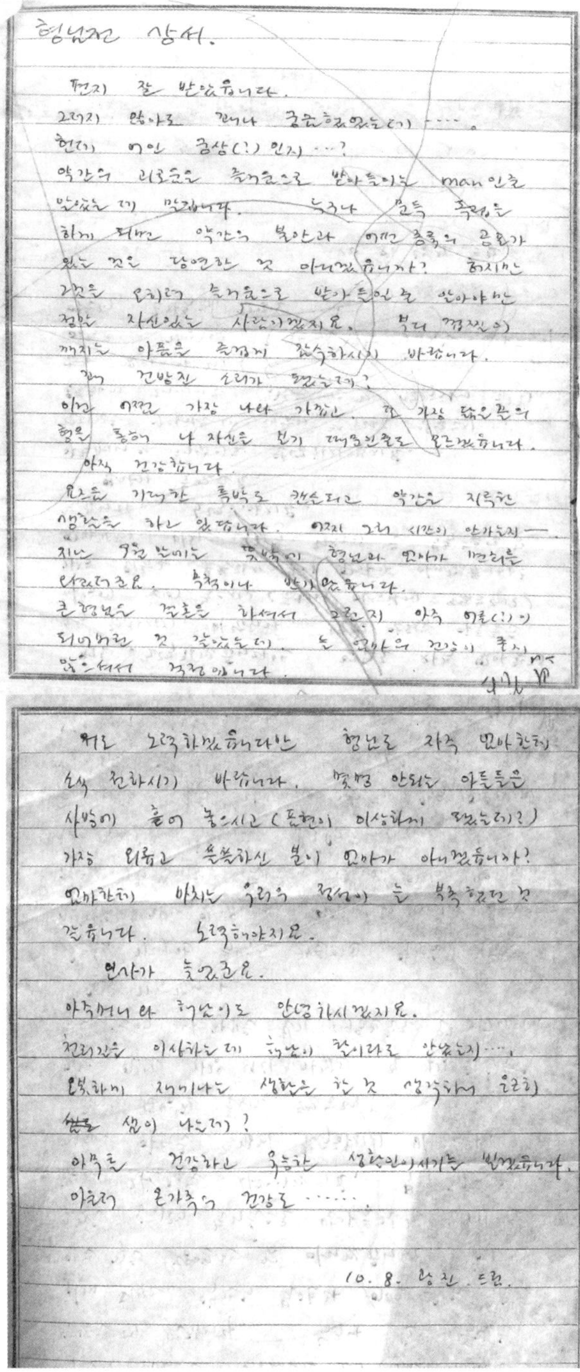

형님전 상서.

편지 잘 받았습니다.
그렇지 않아도 꽤나 궁금했었는데…
현재 어인 공상(?) 인지…?
약간의 리포트를 추가로 받아들이는 man인줄 알았는데 맞았네요. 누구나 문득 주렁을 하게 되면 약간의 불안과 어떤 종류의 공포가 있는 것은 당연한 것 아니겠습니까? 하지만 그것을 오히려 즐거움으로 받아들인 줄 알아야만 정말 자신있는 사람이겠지요. 부디 껍질이 깨지는 아픔을 즐겁게 감수하시기 바랍니다.
저야 건방진 소리가 됐는데?
이건 어쩜 가장 나와 가깝고 또 가장 닮은 꼴의 형을 통해 나 자신을 보기 때문인줄로 모르겠습니다.
아직 건강합니다.
오는 거대한 폭발로 했는데 약간은 지루한 생활을 하고 있습니다. 어찌 그리 시간이 안가는지—.
지난 9월 말에는 뜻밖에 형님과 엄마가 면회를 와주셨군요. 무척이나 반가웠습니다.
큰형님은 결혼을 하셔서 그런지 아주 어른(?)이 되어버린 것 같았는데. 늘 엄마의 건강이 좋지 않으셔서 걱정입니다.

서로 노력하겠습니다만 형님도 자주 엄마한테 소식 전하시기 바랍니다. 몇명 안되는 아들들을 사방에 흩어 놓으시고 (표현이 이상하게 됐는데?) 가장 외롭고 쓸쓸하신 분이 엄마가 아니겠습니까? 엄마한테 바치는 우리의 정성이 늘 부족했던 것 같습니다. 노력해야지요.
인사가 늦었군요.
아주머니와 혁남이도 안녕하시겠지요.
천리길을 이사하는데 혁남이 짐이라도 안됐는지…,
오붓하게 재미나는 생활을 할 것 생각하니 은근히 샘이 나는데?
아무쪼록 건강하고 우수한 생활인이 되시기를 빌겠습니다.
아울러 온가족의 건강도……

10. 8. 동진 드림.

형님!

문득 찾아온 독서의 즐거움이 나를 지난 밤 한 잠도 이루지 못하게 했고, 그래서 나는 아직 책을 탐한다는 멀리 잊은 것만 같던 나를 발견하고 흥분했고, 역시 나는 규칙적인 생활을 할 사람이 못 된다는 가벼운 자책감에서도 행복했던 시간이 지나고, 지금은 다시 제복의 틈에 끼어 지루하고 곤혹의 시간을 보내고 있습니다. 연말의 술렁임이 먼 나라의 것인 양 느껴지는, 그렇고 그런 생활 중에서도 올해는 유독 빛깔 없는 무색의 생활을 했고 또 그런 생활을 해야만 할 것 같은 생각이 나를 불안하게 하면서도 한층 안정감을 느끼게도 합니다. 형! 연말의 연휴에 한 번 다녀가시지 않겠습니까? 전보다 약간 비좁아졌지만 한 가족의 아늑함이, 단란함이 얼마나 좋은 것이겠습니까? 어머님도 형님도 꼭 그렇게 해주시길 원하고 있습니다. 물론 나도. 올라오시는 날을 연락해주시면 제가 서울역으로(아니면 고속버스 정류장)으로 나가죠.

＊＊＊

작은형!

무척 오랜만에 펜을 들었습니다. 아주머니 해남이 모두 건강하시고 형님도 열심히 생활하시리라 믿습니다. 집에도 별일 없습니다. 어머님도 건강하시고, 형님도 여전하십니다. 다만 새로 태어난 조카놈이 퇴원해서 집에 오자마자 울지를 못해서 온 식구를 긴장(?)시키드니만 얼마 전부터 그리 우렁차진 못하지만 그래도 곧잘 울어댑니다. 뭐 석유난로 탓이라나요? 요즈음 큰형님의 애에 대한 정성은 눈물겨울 정도랍니다. 역시 — 이름을 연권(演權)이라고 지었습니다. 정연권(丁演權)! 제 최초의 조카놈 이름이죠. 지난 번 모처럼 서울에 오셨을 때는 아주 초라한 모습을 보여드려서 죄송했습니다. 너무도 급격한 주변 상황의 변동 때문에 거기에 대한 어떤 타협점을 모색할 겨를도 없이 그냥 말려 들어간 모양입니다. 아직도 그 여파는 계속되고 있고 또한 상황이 변동되진 않았지만 이제는 그래도 여유 있는 마음을 조금은 가질 수 있을 것 같습니다. 아무튼 내가 쉽게 타협하지도 반항하지도 못하는 어중띤 성격이라는 것을 확인한 참담한 꼴을 면치 못했지만 말입니다. 이미 굳어버린 어떤 관계 때문에 몹시도 그 탈피가 어렵지만 강하게 살겠습니다. 서울이란 것이 얼마만큼이나 중요한 것이기에 거기에 목을 매겠습니까? 마음 먹은 대로 살다가 어려워지면 백령도 구석이나 일월산 꼭대기라도 올라가서 고고히(?) 살겠습니다. 그것이 사회에까지 연장되는 패배라도 감수할 수밖에 없을 것 같군요. 쓸데없는 소릴 했군요. 전화라도, 편지라도, 아니면 현신(現身)이라도 자주 연락해 주십시오. 엄마의 그 살뜰한 정을 위해서라도 다시 쓰겠습니다.

늘 건강하시길 빌며

— 1971. 3. 18. 광진

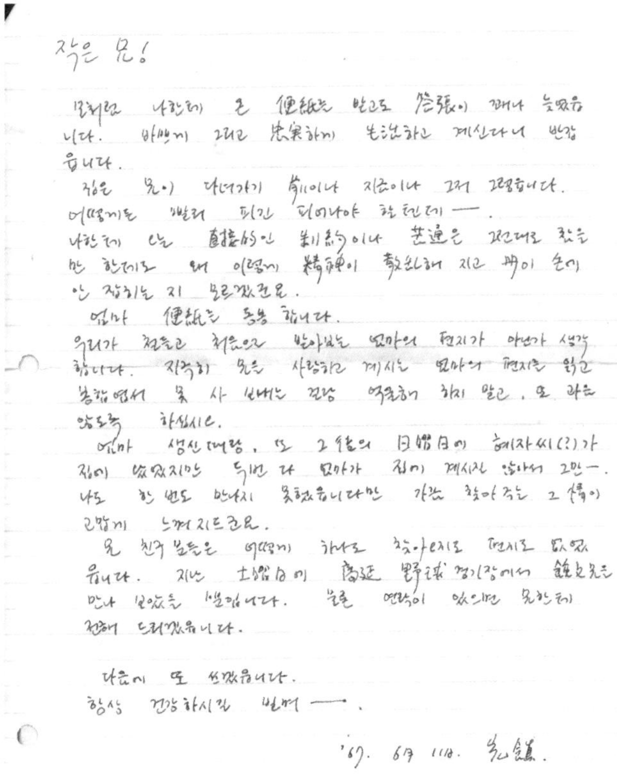
작은 兄!

모처럼 나한테 온 便紙는 받고도 答狀이 꽤나 늦었읍니다. 바쁘게 그리고 忠實하게 生活하고 계신다니 반갑읍니다.

집은 兄이 다녀가기 前이나 지금이나 그저 그렇습니다. 어떻게든 빨리 피긴 피어나야 할 텐데 ——.

나한테 오는 直接的인 制約이나 苦痛은 그런대로 참을만 한데도 왜 이렇게 精神이 散亂해 지고 冊이 손에 안 잡히는 지 모르겠군요.

엄마 便紙는 동봉 합니다.

우리가 철들고 처음으로 받아보는 엄마의 편지가 아닌가 생각합니다. 지극히 兄을 사랑하고 계시는 엄마의 편지를 읽고 봉함엽서 못 사 보내는 걸랑 억울하게 하지 말고, 또 과음 않도록 하십시오.

엄마 생신 때랑, 또 2월의 日曜日에 혜자씨(?)가 집에 왔었지만 두번 다 엄마가 집에 계시질 않아서 그만—.

나도 한 번도 만나지 못했읍니다만 가끔 찾아 주는 그 성의가 고맙게 느껴지드군요.

兄 친구 분들은 어떻게 하나도 찾아오지도 편지도 없었읍니다. 지난 土曜日에 高延 野球 경기장에서 鍾大兄을 만나 보았을 뿐입니다. 물론 연락이 있으면 兄한테 전해 드리겠읍니다.

다음에 또 쓰겠읍니다.

항상 건강하시길 빌며 ——.

'67. 6月 11日. 光鎭.

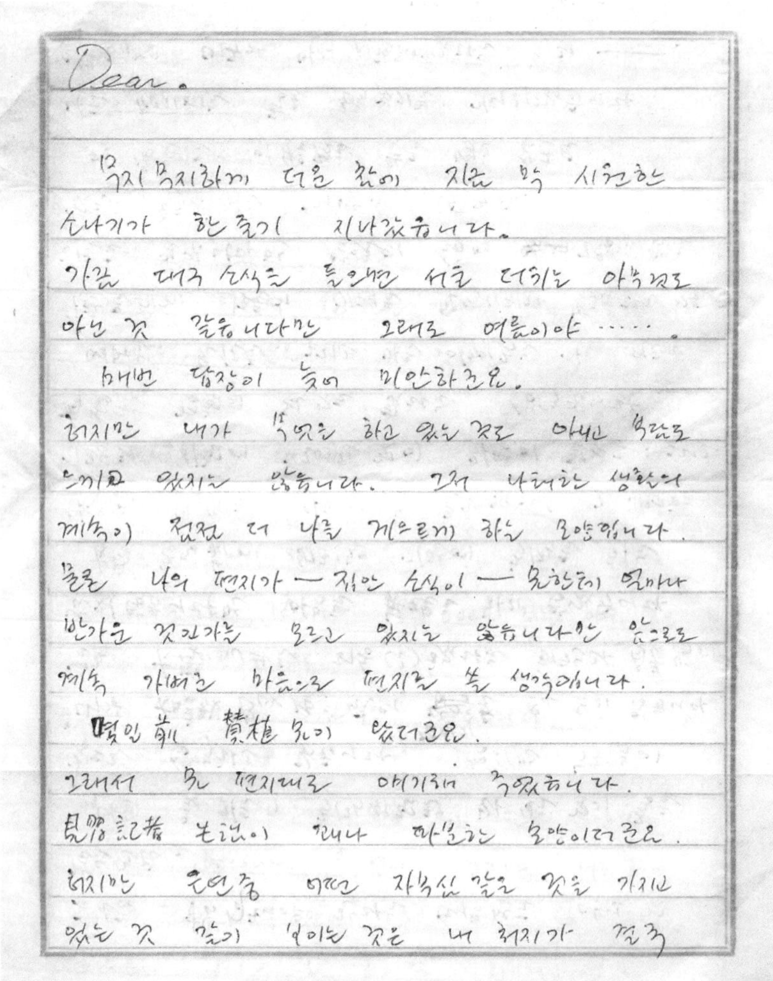

Dear.

무지무지하게 더운 참에 지금 막 시원한 소나기가 한줄기 지나갔습니다.
가끔 대구 소식을 들으면 서울 더위는 아무것도 아닌 것 같습니다만 그래도 여름이야…….
매번 답장이 늦어 미안하군요.
하지만 내가 무엇을 하고 있는 것도 아니고 부담도 느끼고 있지는 않습니다. 그저 나태한 생활의 계속이 점점 더 나를 게으르게 하는 모양입니다.
물론 나의 편지가 — 작은 소식이 — 兄한테 얼마나 반가운 것인가를 모르고 있지는 않습니다만 앞으로도 계속 가벼운 마음으로 편지를 쓸 생각입니다.
몇일 前 贊植 兄이 왔더군요.
그래서 兄 편지대로 얘기해 주었습니다.
見習記者 노릇이 꽤나 피곤한 모양이더군요.
하지만 은연중 어떤 자부심 같은 것을 가지고 있는 것 같이 보이는 것은 내 허지가 [illegible]

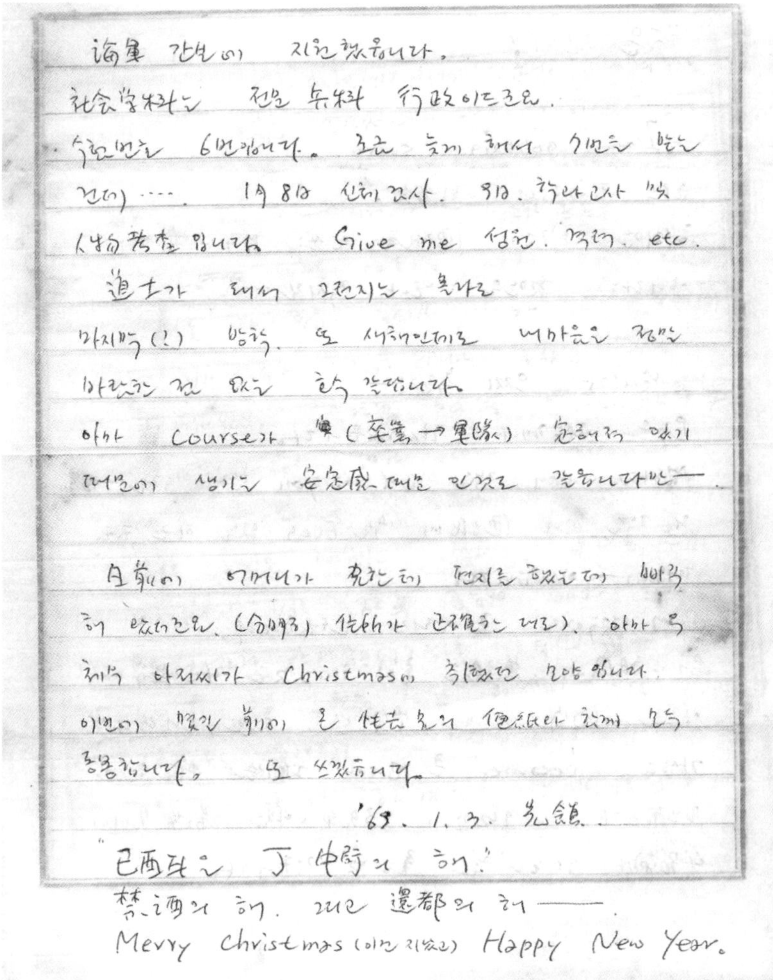
論集 간보에 지원했읍니다.
社会学科라는 전공 육科와 行政이드군요.
수험번호는 6번입니다. 조금 늦게 해서 7번은 받는 건데……. 1月 8日 신체검사. 9日. 학과고사 및 人物考査입니다. Give me 성원. 격려. etc.
追土가 돼서 그런지는 몰라도
마지막(!) 방학. 또 새해인데도 내 마음은 정말
바랄한 것 없는 듯 같습니다.
아마 course가 (卒業→軍隊) 定해져 있기 때문에 생기는 安定感 때문인 것도 같습니다만—.

月前에 어머니가 오신 뒤 편지를 했는데 빠짐
해 없더군요. (송매형) 선배가 교회하는 대로). 아마 목
체육 아저씨가 Christmas에 취했던 모양입니다.
이번에 맞긴 新年에 온 性로 먼저 便紙와 함께 오늘
동봉합니다. 또 쓰겠읍니다.
'69. 1. 3. 光鎬.
"己酉年은 丁 中尉의 해."
禁酒의 해. 그리고 還都의 해——.
Merry Christmas (이건 지났고) Happy New Year.

작은언니! I'm gobbaigi sorry.

그런 놈이려니 치십쇼. 하지만 이렇게 편지를 안 쓰는 것이 고의는 아니라는 것만은 알아주시길…. 날씨가 으찌 추운지 — 요즈음 고생께나 하시겠습니다. 엄마는 작은언니 생각에 안절부절 — 일전의 작은언니 편지에 무슨 이유도 없는 야근 운운 때문에— 이시랍니다. 내 생각에도 좀 안되긴 안됐습니다. 뭐 조국에 충성을 혼자 하시는 것은 아닐 텐데— 아무튼 시간 있으면 중간 경에 한번 올라왔다 가십쇼. because 큰언니가 그때쯤 서울 한번 오신답니다. 오랜만에 3형제(아참 석홍 형까지 4형제)가 모여보는 것도 좋을 것 같습니다.

＊＊＊

My Dear Brother.

형의 편지 잘 받았습니다. 면회 건은 토요일은 큰언니 시험이라 부득이 일요일로 정했답니다. 그런 것이 말썽이 많군요. 아무튼 10시 20분 대전 착. 11시까진 형이 말한 B.C. 다방에 가겠습니다. 형의 대대장님께서 보낸 편지에는 4월 30일 이후의 일요일은 면회가 허용된다고 하였으니 (8:00부터 16:30까지) 별탈은 없을 것입니다. 5월 1일이 아주 먼 것 같이 생각되드니만 이제 정말 며칠 안 남았군요. 빨리 공군제복의 장교님을 만나보고 싶은데……. 참! 그리고 매형은 (누나와 같이) 이번에 우리와 동행하지는 못할 것 같습니다. 가게가 무척 바쁜 날이라드군요. 세 번째 일요일에나 가게 될까요? 오늘 학교에서 형법 시험시간에 윤성이를 만났습니다. 형과 타령하던 날이 그리운(?) 모양입디다. 나한테 전화번호를 적어주며 종종 하랍니다. 같이 마시잖아요? 며칠 안 남았지만 만나볼 때까지 건강하시길—. 엄마한테의 편지는 조금 수고스럽드라도 정자로 썼으면 합니다. 형의 편지를 받고도 내가 올 때까지 기다리는 어머님이 참 안 되셨습니다. 그럼 bye~ bye~

1966. 4. 27. 광진

＊＊＊

형!

날씨가 무척 좋습니다. 그동안 별고 없겠지요. 오늘 다시 편지를 쓰는 것은 다음 다음 일요일(29일)에 큰언니가 면회를 가겠다는군요. 그래서 미리 알려두고자 편지하는 것입니다. 이 편지 받거든 받았다는 연락을 해주시기 바랍니다. 여러 가지로 의논할 일이 있다구요. 나도 따라가고 싶지만 데려갈 줄 모르겠어요. 아무튼 서울은 무사합니다. 동대문 시장에 큰불이 있어 났다기에(150점포는 태운 큰불) 걱정을 했더니 다행히 매형 장소는 무사하다더군요. 얼마 전에 성길, 찬식이 다녀갔습니다. 성길은 장소팔 집에 있다고요. 편지하겠답니다. 한 번 내려가고 싶어도 돈이 없다더군요. 이제 서울은 예년과는 달리 매우 조용합니다. 대신 곳곳에 빌딩 세우는 소리, 육교 공사, 지하철 공사 등의 함마 소리만 따가운 태양 아래 들릴 뿐입니다. 이제 형이 서울 오면 촌놈 구실하기 딱 맞죠. 요금 인상(bus 일반 8원, 합승 15원), 또 급행버스 제도, 합승의 대형화, 가로등도 수은등으로 바꾸고 있습니다. 쓸데없는 소리 이만 쓰렵니다. fighting!

'66. 5. 18. 광진.

* * *

형! 편지 잘 받아보았습니다. 건강하시다니 반갑군요. 이곳도 모두 무고하답니다. 서울일은 걱정 마십시오. 모든 게 잘 될 겁니다. 어제(18일)가 어머님 생신이었답니다. 형의 편지가 바로 어제 아침에 도착했기 때문에 어머님께 한껏 위로가 되었답니다. 형이 최고라더군요. 어머님의 생신을 잊지 않고 편지해준 아들이 무척이나 고마웠던 모양입니다. 우리는 7월 4일부터 학기말 고사입니다. 아마도 이번 주일에는 모두 종강할 것 같습니다. 공부는 하나도 하지 않고 사고만 일으키고 다녔으니……. 형! 자기 자신이 무척 조그맣고 보잘 것 없게 느껴보신 적이 있으셨는지요? 아주 아주 작아서 아주 없어져 버렸으면 좋을 정도로. 참, 참 미안했습니다. 형이 오면 전부 얘길 해야겠어요. 이제 며칠만 참으면 형을 볼 수 있겠군요. 일전에 썼던 편지를 커다란 나의 부주의로 붙이지 못하였습니다. 이번에 동봉하겠습니다. 소식 궐해 대단히 죄송합니다. 다시 볼 때까지 건강하십시오.

66. 6.19. 광진

내가 보낸 편지

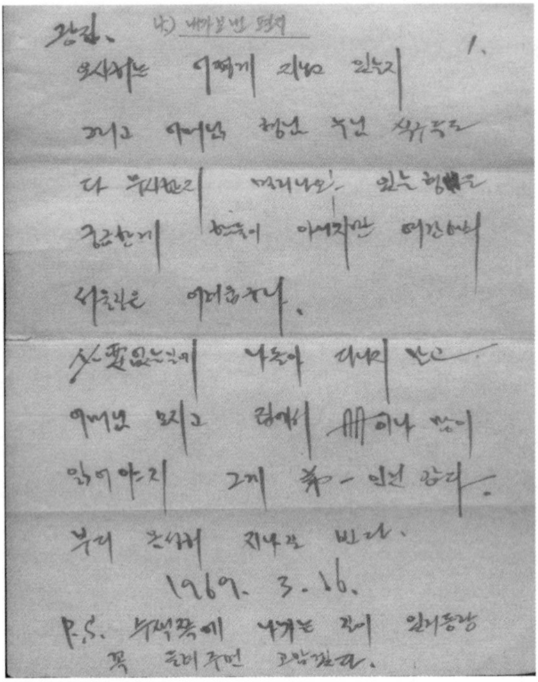

광진.

요사이는 어떻게 지내고 있는지. 그리고 어머님, 형님, 누님 식구들도 다 무사한지. 멀리 나와 있는 형은 궁금한 게 한둘이 아니지만 여간하여 서울길은 어렵구나. 필요 없는 일에 나돌아다니지 말고 어머님 모시고 집에서 책이나 많이 읽어야지 그게 제일인 것 같다. 부디 몸 성히 지내길 빈다.

1969. 3. 16.

P.S. 수색 쪽에 나가는 길이 있거들랑 꼭 들려주면 고맙겠다.

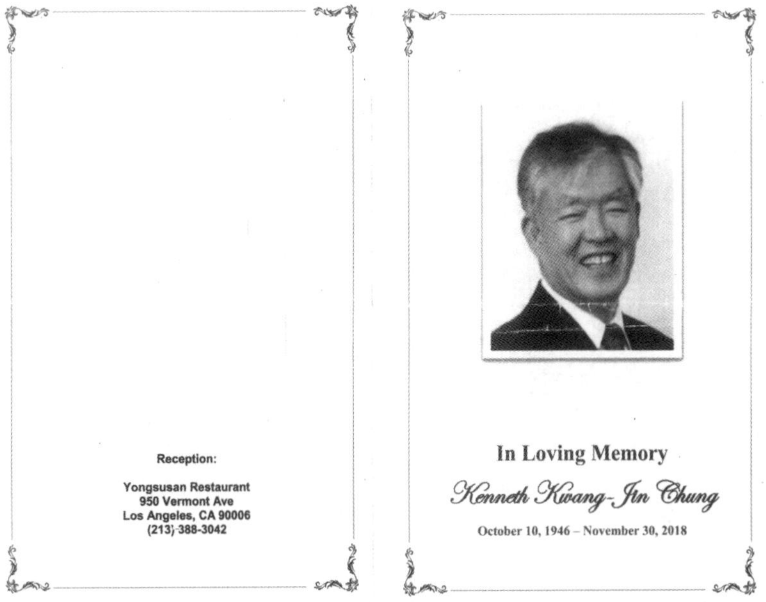

Reception:

Yongsusan Restaurant
950 Vermont Ave
Los Angeles, CA 90006
(213) 388-3042

In Loving Memory

Kenneth Kwang-Jin Chung

October 10, 1946 – November 30, 2018

미국 LA동생 장례식장 안내문

제155호 景福同窓會報 2020년 7월 10일 (금) 【13】

회상기

문학을 꿈꾸던 소년들 경복시절 동아리, 문예반

故 丁 光 鎭 (40回)

景福에 입학한 후 한 달이 채 못 되어 한 학년 위인 오동식 선배에게 문예반 가입을 권유받았다. 그 때 이원택 신근수 류재엽 신용우 박종원 동문이 함께 권유를 받았다. 다음날 방과 후 꾀꼬리동산 아래에 있는 문예반실에서 우리 여섯 명이 모두 모였다.

우리 여섯 명은 서로 마음이 잘 맞아서 문예반실이나 낙엽이 수북이 쌓인 꾀꼬리동산에 누워 인생을 이야기하고 문학을 이야기 했다. 그러면서 매주 [경학]이라는 제호의 유인물을 만들어 작품 발표와 합평회를 가졌다. 또 다른 학교 문예반원들과 교류를 갖기도 했다. 이 무렵 각 고등학교 문예반에서는 문학의 밤을 유행처럼 개최하였다.

우리 학교에서는 9월 '운강 詩 낭독회'를 개최하였다. 이럴 때면 진명여고나 이화여고, 경기여고, 창덕여고, 숙명여고 등 이웃 학교 여학생들이 행사를 관람하기 위해 학교로 찾아와 다른 친구들의 부러움을 사기도 했다. 또 경기, 서울, 사대부고와 경복이 공동 주최하는 '4개교 문학의 밤'이 매년 가을 순번제로 개최되었는데, 이 때 사귄 친구들이 평생지우가 되었다. 용산고와 경동고가 4개교 문학의 밤에 같은 공립학교인 자기네가 빠졌다고 드러내놓고 불만을 나타내기도 하였지만 대선배들부터 10여년이 지나도록 그렇게 진행되어 왔으니 어쩔 도리가 없었다. 문학의 밤에는 지금 작고하셨지만 소설가 서기원(24회, 전 KBS사장) 선배, 시인 유경환 (31회, 전 연세대 교수) 선배와 소설가 백인빈(33회, 전 서라벌예대 교수) 선배 등이 오셔서 우리 후배들에게 힘을 실어주셨다.

그러던 중 문예반 전원이 그만 두는 일이 생겼다. 평소 군기를 잡는다고 2학년 선배들이 소위 '빳다'를 치기도 하였는데, 우리들은 그게 늘 불만이었다. 글을 쓰는데 무슨 군기가 필요하며, 예비문인이라고 자처하는 우리에겐 그 일이 지

용산고, 진명여고, 수도여고, 이화여고 문예반원들과 '썰물'이라는 문학 서클을 만들었다. 이 서클은 3학년 선배들이 주선을 해준 것이다. 매주 화요일 방과 후 서대문 근처에 위치한 '신우관'에 모여 서로가 쓴 작품에 대한 합평회를 열거나 세계명작, 한국 명작에 대한 독후감을 교환하기도 하였다. '썰물' 출신으로 문인이 된 이는 경복의 신근수, 이원택, 류재엽 이외에 용산의 윤후명, 진명의 장미라, 이화의 전경자 등이 있다. '썰물'의 문학 지도는 고교 2학년 학생의 신분으로 당시 최고의 종합지인 《사상계》 신인문학상에 〈입석부근〉이란 작품으로 당선된 소설가 황석영(37回) 선배가 맡아주었다. '썰물'은 1년쯤 지속되다가 해산되었다. 20년 전쯤에 어느 여자 회원 한 명이 '썰물 이후'라는 서클을 다시 만들어보자는 제안이 있었지만 유야무야되었다.

1학년 겨울방학을 한 달 앞둔 시점이었다. 느닷없이 김재훈이 우리 여섯 명을 찾아왔다. 교지 《학원》과 신문 〈경복〉을 만들어야 하는데, 당시 문예반원 가운데 편집 경험이 있는 사람이 아무도 없으니 도와달라는 것이었다. 경복중학교를 졸업한 학생들은 중학시절 교지와 학교신문을 편집했던 경험이 있었다. 이에 박종원을 제외한 5명이 문예반에 다시 복귀하여 신문의 편집과 제작에 참여했다. 그래서 문예반 식구는 8명으로 늘어났고, 이원방, 서건치도 가끔 문예반실에 들르기도 하여 탄탄한 '경복문예'의 진용이 갖추어졌다.

재학시절 소설을 공부하던 이원택은 경복중 2학년 시절 교내 백일장에 수필부 차하로 입상하는 등 차분한 글 솜씨가 돋보였다. 그는 서울대 의대를 마치고

부터 재치가 번뜩이는 글 솜씨를 자랑했다. 고려대 불문과 재학 중 〈고대신문〉 편집국장으로 활동하였다. 졸업 후 〈서울신문〉 기자를 지내고 경남기업 파리 지사장을 역임했는데, 최근까지 파리 몽마르뜨에서 〈플랭〉 호텔을 경영하고 있다. 그 역시 일찍이 〈동아일보〉와 〈조선일보〉 신춘문예 희곡 부문에 각각 「불구경」과 「공항 대합실」이라는 작품으로 당선하여 화려하게 극작가로 데뷔하였다.

신용우는 서울대 의대를 마치고 단국대 의대 교수로 재직하였다. 재학 시절 시를 잘 쓰고 글씨도 잘 썼던 과묵한 친구였는데, 대학에서 퇴임 전부터 10여 년간 문학연구에 전념하여 프랑스 초기 낭만주의 시인인 샤토브리앙을 연구하여 『나의 샤토브리앙』이란 800페이지에 달하는 저작을 출판 중에 있다니 반가운 소식이 아닐 수 없다.

시를 공부하던 박종원은 서울대 공대를 졸업하고 개인 사업을 하다가 일찌감치 유명을 달리하여 주위의 안타까움을 샀다.

김재훈은 수산대학을 졸업하고 양식업에 종사하다가 농심연구소에 들어가 '덕볼 새우깡' 등을 개발하여 회사 발전에 크게 기여했다. 고교 재학 시절 교내 백일장에서 1학년 때 장원, 2학년 때 차상에 입상하는 등 문재가 돋보였으나 직업 탓인지 글과는 멀어졌다.

이성열은 성균관대 국문과 재학 중 불의의 사고로 유명을 달리하였고, 안창옥은 오래 전에 도미하여 최근까지 뉴욕 근교에서 사업을 한다고 했으나 동창들과의 연락은 두절이다.

이원방(필명 이원하)은 「이 강산 낙화유수」로 〈서울신문〉 신춘문예에 당선되

된 저서가 있으며, 비평문학상, 동국문학상, PEN문학상 등 여러 문학상을 받기도 했다.

당초 문예반원이 아니었고 경복중학교 재학 시절 농구선수로 활약하다가 성균관대에 진학한 배성기(필명 배성)는 대학 졸업 후 외환은행에서 청춘을 바치고 퇴임한 뒤 새삼 문학에 도전하여 마침내 《문학나무》 2015년 여름호를 통해 시단에 나왔다. 또 서울대 법대를 졸업한 오지황 목사도 2015년 《사상과 문학》을 통해 늦깎이 시인으로 데뷔하여 경복 일원들이 문학에 대한 열정을 쏟고 있다고 한다. 이밖에 서전치, 김기수, 임영환 등이 교내외 백일장에 입상하는 등 문재를 뽐냈다. 특히 서전치는 중학교 시절 이승만 대통령 탄신 기념 전국 백일장에서 최고상을 받았다.

어느 특활반이나 그러했겠지만, 우리 문예반은 소수 정예 위주의 반원을 선발하여 집중적인 문학수련을 하였다. 반원 모두가 문학을 좋아하고, 문인으로서의 활동하기를 원했다. 완성도가 떨어질망정 글을 습작하고, 책을 읽고, 독후감을 서로 나누고, 사랑 이야기에 안타까워하고, 연극과 영화 이야기에 공감하였다. 그러면서 자긍심은 하늘을 찔렀다. 문학과 관련이 있는 학과로 진학한 이는 신근수, 류재엽, 이원방 등 세 명이고, 이들은 그 후 문인이란 타이틀을 얻었다. 대학 전공과 문학이 무슨 관련이 있나 의문을 갖는 분들이 있을 줄 알지만, 아무래도 대학에서의 분위기가 그쪽으로 몰고 간 결과가 아닐까 싶다.

20년 전쯤의 일이라고 들었다. 이원택이 미국에서 날아오고, 신근수가 파리에서 아침 비행기로 서울에 도착했다. 그날 밤 류재엽을 포함한 세 명은 피맛골 나지 집에서 막걸리로 대취했단다. 다음날 아침 이원택과 신근수는 각각 미국과 프랑스로 돌아갔다고 한다. 옛날 문우가 보

경복고 총동창회보에 기고한 동생의 글

동생 장례식장에서(2018.12.9. 미국 L.A. Hollywood Ferever)

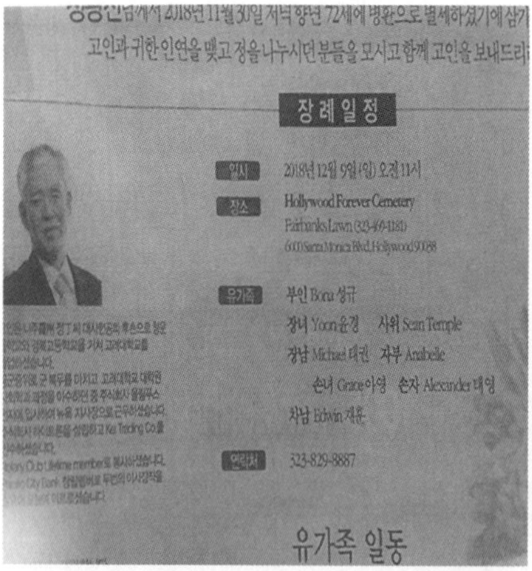

1965.1.28.
경복고 졸업식,
어머니, 형님, 누나 부부
(가운데 앉은 사람이
동생)

필자 경복고등학교 3학년,
동생 청운중학교 3학년
(졸업 후 경복고교 진학)

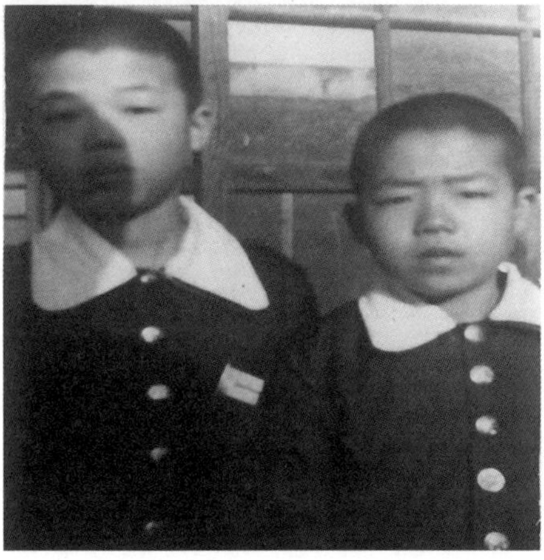

6.25사변시 충북 괴산
명덕초등학교에서
(오른쪽 동생 초등학교 입학)

동생 공군 소위 임관식날 대전에서
(오른쪽 어머니, 왼쪽 필자)

동생 공군 소위 임관식장에서

1966.7.1. 필자 임관식에 온 동생
(오른쪽 끝에 필자, 그 옆에 동생)

필자 임관식에서(왼쪽 끝에 동생)

어머니 팔순 잔치
왼쪽 필자,
오른쪽 동생

1962년 5월
LA 동생 집에서
3형제 함께(왼쪽 동생과
동생의 장남)

경주 석굴암 앞에서
오른쪽 동생과 함께

동생, 어머니, 형님

1971.5.3. 경주 불국사에서 왼쪽 동생, 어머니와 함께

4. 누님이 보내준 손편지

나는 4남매로 남자형제 3명 그리고 누나가 유일한 여자형제여서 살아오는 동안 누나는 어느 면, 외로움을 느낄 때도 있을 것 같은 생각을 해본다. 매형은 개성이 고향이어서 6.25사변 때 몇 살 위였던 누님과 먼저 남쪽으로 피신하고 나중에 보기로 했던 부모님과 영 생이별이 되어 두 남매는 늘 북쪽에 계신 부모님을 그리워하며 지내는 이산가족이다. 다행히 누이는 미장원을 하고 동생인 매형은 동대문시장에서 원단 장사를 하여 경제적으로 성공하였다. 매형은 일찍이 이북오도청에 관여하여 고향인 경기도 개성군 장단군 장단면의 명예 면장, 군수로 지내며 고향에 대한 그리움을 달래셨던 것으로 생각된다. 그 후에 경기도 민주평화통일위원회 위원과 고문 등을 역임하여 국무총리 표창, 대통령녹조근조훈장등을 수여받으며 경제적으로나 사회적으로 성공하신 삶을 보내시고 있다.

슬하에 딸 셋, 아들 하나를 두고 사남매 모두 출가하여 행복하게 살고들 있어 가정적으로도 성공한 행복한 노후를 보내고 계시다. 더구나 장녀인 박정완 조카는 글로벌 인재가 되어 국내 여러 다국적기업에 임원으로 벤츠코리아, 로레알코리아, 모토로라, 델, 질레트, 콘티넨탈 등을 거쳐 지금은 코캄의 부사장으로 있는 재원으로 키워낸 행복한 부모가 되었다.

매형과 누나는 80세가 지난 지금도 모두 건강하시고 두 분이 함께 교회를 열심히 다니고 계신다. 정말 부러운 삶을 살아오신 누나 부부가 자랑스럽다. 아버지가 일찍 돌아가셔서 형님과 나와 막내 동생의 뒷바라지를 잘해주신 고마운 누님인데 돌이켜 생각해 보니 고마운 마음을 제대로 표한 적이 없는 것 같아 너무 죄스러운 마음이다. 앞으로 두 분께 좀 더 잘하도록 노력해야겠다는 다짐을 해본다.

누나가 보내준 손편지

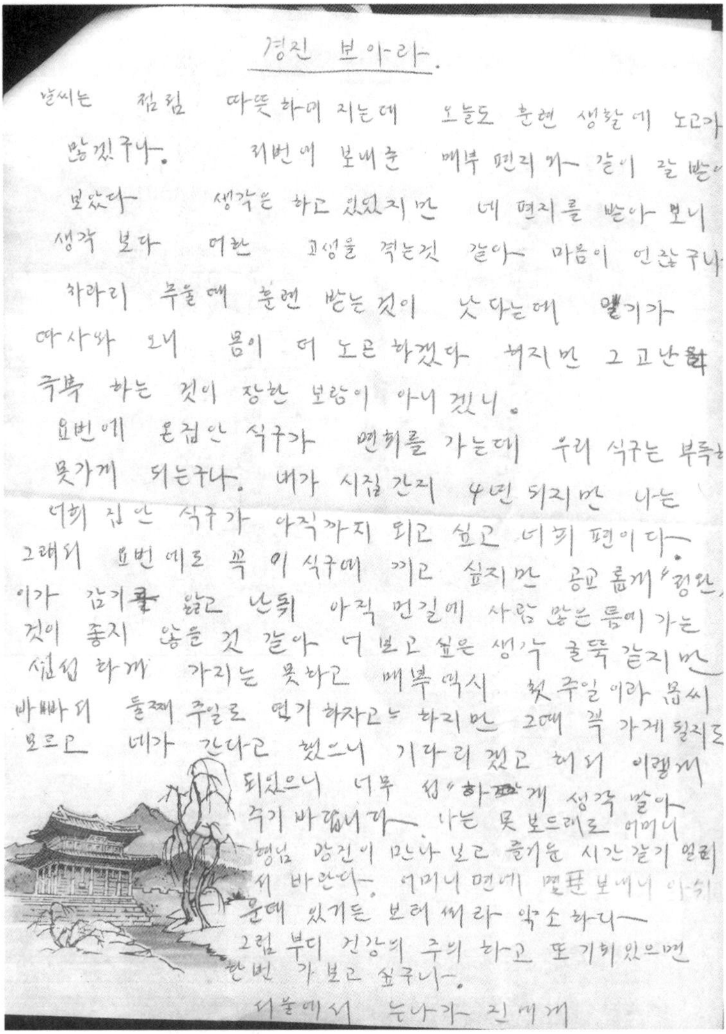

경진 보아라.

날씨는 점점 따뜻하여 지는데 오늘도 훈련 생활에 노고가
많겠구나. 지번에 보내준 매부 편지 까 같이 잘 받아
보았다 생각은 하고 있었지만 네 편지를 받아 보니
생각 보다 어려운 고생을 격는것 같아 마음이 언잖구나.
차라리 추울때 훈련 받는 것이 낫다는데 날씨가
따사와 오니 몸이 더 노곤 하겠다 하지만 그 고난을
극복 하는 것이 장한 보람이 아니겠니.
요번에 온집안 식구가 면회를 가는데 우리 식구는 부득이
못가게 되는구나. 내가 시집 간지 4년 되지만 나는
너희 집안 식구가 아직까지 되고 싶고 너희 편이다.
그래서 요번에도 꼭 이 식구에 끼고 싶지만 공교롭게 '경완'
이가 감기를 앓고 난뒤 아직 먼길에 사람 많은 틈에 가는
것이 좋지 않을 것 같아 너 보고 싶은 생각 굴뚝 같지만
섭섭하게 가지는 못하고 매부역시 첫 주일이라 몹씨
바빠서 둘째 주일로 연기 하자고는 하지만 그때 꼭 가게 될지도
모르고 네가 간다고 했으니 기다리겠고 해서 이렇게
되었으니 너무 섭섭하게 생각 말아
주기 바랍니다. 나는 못 보드래도 어머니
형님 광진이 만나 보고 즐거운 시간 갖기 [illegible]
서 바란다. 어머니 편에 몇푼 보내니 아쉬
운데 있거든 보태 써라 약소 하다.
그럼 부디 건강에 주의 하고 또 기회 있으면
한번 가 보고 싶구나.
서울에서 누나가 진에게

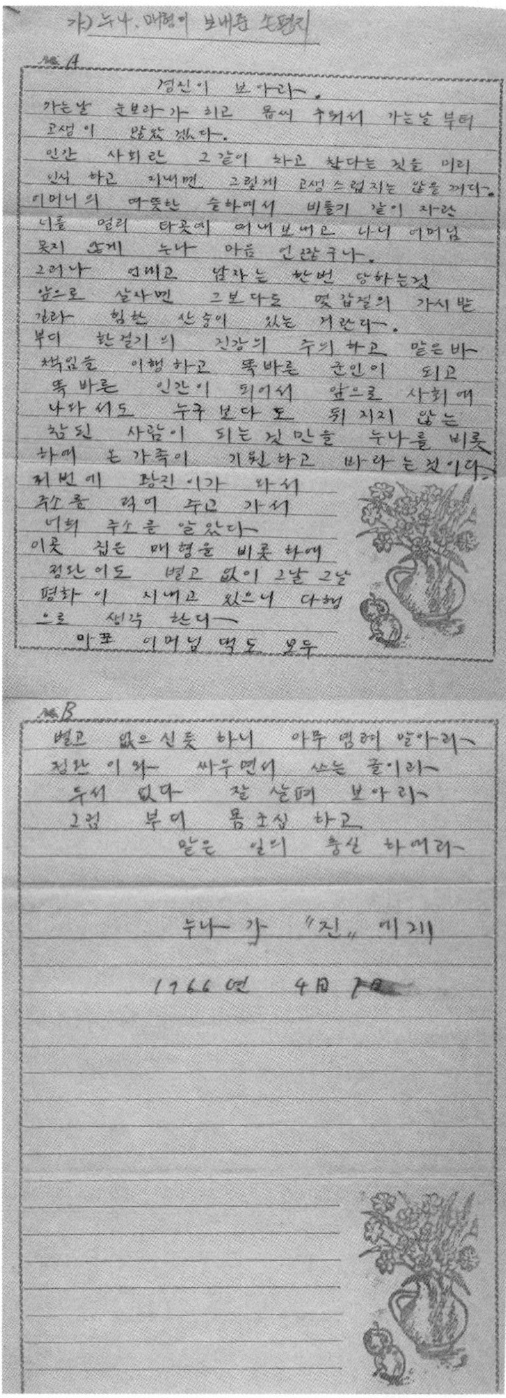

가) 누나. 매형이 보내준 손편지

A

경진이 보아라.
가는날 눈보라가 치고 몹씨 추워서 가는날 부터
고생이 많았겠다.
인간 사회란 그같이 차고 찹다는 것을 미리
인식 하고 지내면 그렇게 고생스럽지는 않을 꺼다.
어머니의 따뜻한 손아래서 비둘기 같이 자란
너를 멀리 타곳에 떠내보내고 나니 어머님
못지 않게 누나 마음 안탑구나.
그러나 어쩌고 남자는 한번 당하는것
앞으로 살자면 그보다도 몇갑절의 가시밭
길라 험한 산속이 있는 거란다.
부디 환절기의 건강의 주의하고 맡은바
책임을 이행하고 똑바른 군인이 되고
똑바른 인간이 되어서 앞으로 사회에
나와서도 누구보다도 뒤지지 않는
참된 사람이 되는것만을 누나를 비롯
하여 온가족이 기원하고 바라는것이다.
저번에 광진이가 와서
주소를 적어 주고 가서
너희 주소를 알았다.
이곳 집은 매형을 비롯하여
정란이도 별고 없이 그날 그날
평화이 지내고 있으니 다행
으로 생각 한다.
마포 어머님 댁도 모두

B

별고 없으신듯 하니 아무 염려 말아라.
정란이와 싸우면서 쓰는 글이라
두서 없다 잘 살펴 보아라.
그럼 부디 몸조심 하고
맡은 일의 충실 하여라.

누나가 "진" 에게

1766연 4日 [illegible]

경진 전(前).

화창한 봄 날씨에 훈련연마에 얼마나 고달픈가? 항상 머릿속에 궁금턴 중 이제 겨우 필을 들고 보니 지루한 훈련도 일 개월은 되었나 보군! 허지만 이것이 우리 생애에 피할 수 없는 수련이라면 더욱 분발과 건강만이 국가를 위함이요, 가족을! 아울러 자신을! 참다운 인간으로 이끌어나가는 길잡이라 생각함이 타당할 걸세. 이곳 서울은 연(連)이나 다름없이 별일 없는 하루하루 삶의 터전이 넓어질 뿐, 다름이 있다면 자네 없는 마포집에는 빈집같이 쓸쓸타고 어머님께서 상심하심만이 우리 주위에 변화이겠지. 그러나 공군장교로서의 갖추어야 될 인격과 수련이 너무나 당연한 의무일진데 사사로운 인정에 얽매여서야 쓰겠나? 오히려 내일의 씩씩한 자네의 임관을 생각함에 벅찬 기쁨만이 우리 가정에 위안일세. 그런데 자네 왜 편지를 자주 하지 않는 모양인데 어머님께 매주 한 번씩은 하여 드리게. 집에 염려는 조금도 말고 하나의 목표에만 정신을! 바라며 이곳 형은 면회가 허락되는 날 가보겠네. 이젠 더운 날씨가 많을 텐데, 땀이 많이 나는 훈련이 있는 날은 소금물을 꼭 먹어야 되네. 그러면 다음에 면회 날 기다리며 이만 줄인다. 부디 몸 건강하기를 가족 전체 빌며.

6.10. 휴일. 형으로부터

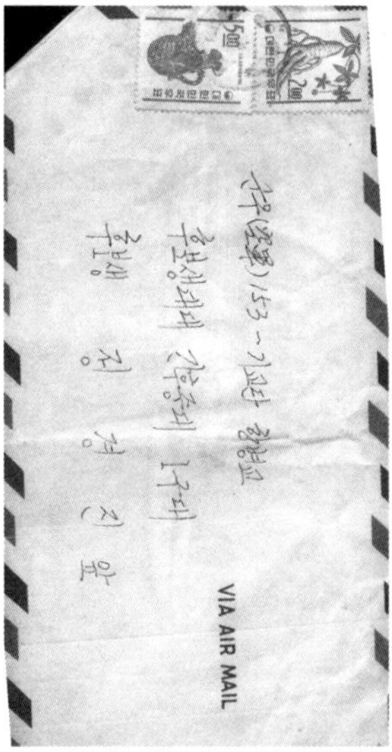

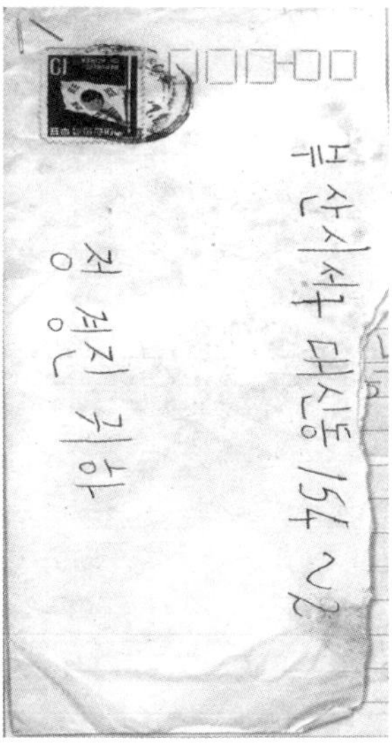

조카(누나의 큰딸)가 7살 때 보내준 손편지

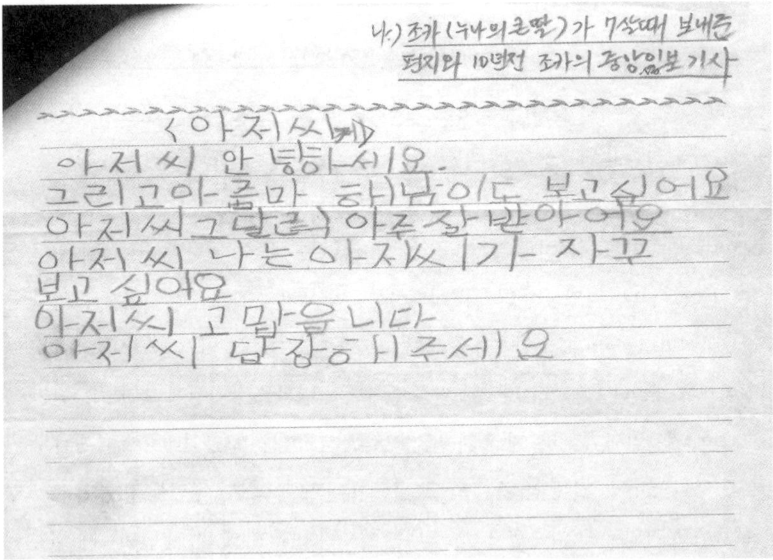

나:) 조카(누나의 큰딸)가 7살때 보내준
편지와 10년전 조카의 중앙일보 기사

<아저씨께>

아저씨 안녕하세요.
그리고 아줌마 하나님이도 보고싶어요
아저씨 그 달력 아주 잘 받아어요
아저씨 나는 아저씨가 자꾸
보고 싶어요
아저씨 고맙습니다
아저씨 답장해주세요

10년 전 조카의 중앙일보 기사

2012년 11월 14일 수요일 중앙일보

기업 인사담당자가 말하는 '글로벌 인재' ④ 로레알코리아 인사부 박정완 전무

'꿈 이룬 나' 상상하라, 아이디어에 개성 더해라, 행동으로 옮겨라

중앙일보
joongang.co.kr

이북5도청 장단군 군수 취임식(앞줄 가운데가 장단군수 매형),
뒷줄 오른쪽 두 번째 필자

1962년 필자 고대 졸업식에서
(왼쪽 누나와 조카, 오른쪽 어머니)

1963.12.12. 매형, 누나 결혼식(시민회관 결혼식장, 현 세종문화회관)

1965.1.28. 동생 경복고 졸업식에서
(왼쪽 누나 내외, 오른쪽 끝에 필자)

1997.5. 지금 글로벌 인재가 된 조카내외와 일본집에서
(가운데가 필자, 꼬마는 조카의 딸)

일본 요코하마 항구에서 조카와 그 딸과 함께

3장

사랑하는 아내와 처가 가족들

1. 아내에게 받은 손편지

아내와 나는 내가 공군 중위로 전근 후인 1968년 공군정보부대에서 실미도 작전과 관련된 업무수행을 위해 대구 동촌비행장에 파견되어 근무하던 시절에 만나 결혼하였으니 벌써 50여년의 세월이 훌쩍 지나가버렸다.

결혼 생활을 하기에는 너무 어린 나이였지만 두 사람이 모두 서울 종로구 태생이라 별 이질감 없이 서로를 이해할 수 있었으나 월급이 9천원(현재 90만 원 정도 가치) 정도인 중위 월급으로 생활하기에는 조금 무리한 생활이었다.

동춘 비행장 후문을 나선 방촌이라는 마을에 단칸방을 어렵게 세 얻어 시작한 신혼생활이 50여년이 지난 지금까지 딸 셋을 낳고 서울로 부산으로 여러 번 이사 다니며 조금씩 나아져 지금은 딸 셋이 모두 독립하여 본인들 집에서 살고 있고, 우리 부부도 서울 소재 넓은 내 아파트에 살고 있으니 그동안 저축하고 절약하는 생활을 잘 영위해온 아내의 공이 제일 크고 고맙다. 더욱이 친구들 중 결혼을 제일 빨리한 덕분에 친구들이 제집처럼 우리집을 드나들었고, 회사 손님들도 많았는데 항상 정갈한 음식과 웃는 얼굴로 사람들을 맞이해준 점 또한 고마울 뿐이다. 내가 사람들과 많은 인연을 길게 가져갈 수 있었던 것은 전적으로 아내의 역할이 크다. 물론 아내와 성격이 정 반대인 탓에 서로 마찰도 없지 않았으나 딸 셋을 나름대로 잘 키웠고 큰 사고 없이 여지껏 살아왔으니 이만하면 서로 잘 살아온 것이 아닐까?

아내가 오랫동안 몸이 건강치 못하여 두세 살 위인 큰딸이 초등학교 때부터 엄마를 도와 동생들을 돌보고, 둘째와 막내도 그런 언니를 잘 따라준 것 또한 고맙다. 결과적으로 아픈 엄마 덕분에 딸 셋이 합심해서 잘 지낸 것 같고, 지금까지도 세 딸 모두 나와 아내를 세심하게 배려하면서 각자의 삶을 잘 꾸려가고 있다.

아내 덕에 식구 모두가 안정적인 생활을 하게 된 것을 아내에게 다시 한 번 감사하다는 말을 해본다.

진, 안녕?
이것이 당신에게 적어보는 세번째 글이 되는군요.
한번도 보여보진 못했지만 ····
혜자는 당신의 염려으로 잘 지내고 있어요.
당신의 알뜰한 반려자가 되기 위해서 노력하고
있어요, 어때요? 우리가 이렇게 떨어져 있는
것도 ···· 당신과 저의 이다음이 어떤
결과를 초래 할것인가? 생각해볼 재미
있을것 같아요, 당신 안 그러세요?
혜자는 항상 당신의 객지 생활이 마음에 걸려요.
사무실의 냉기기는? 옷은 자주 갈아 입으시는지··
식사는? 한두가지가 아니랍니다.
요새 기온의 차가 심한것 같으니 귀찮더라도
자주 갈아 입으세요, 객지에서 감기 조심 하셔야죠,
지금 무얼 하고 계실까?
책을 읽고 계실까? 음악을 듣고 계실까요,
아냐 혹시 꿈길에서 그 누구랑 "데이트" 하는것
아녜요, 어쩜, 피곤 하지도 않으신가 봐
전 지금 동양라디오의 "사랑의 메아리"를
듣고 있어요, 박춘석 악단의 "너와 나"가
귓전을 울려 주는군요, "마음과 마음으로 맺은
너와 나" 얼마나 아름다워요.
다정한 밤의 속삭임이죠?
전 매일밤 이 시간을 즐겨 들어요.
당신도 여유만 있다면 ··· 권하고 싶군요
하루의 피로를 풀만 하답니다.
지난번 어머님 생신 전날 들렀어요.
안 계시더군요! 집에서 안지내신다고 인천엘 가셨데요
일주일후 다시 들렀더니 답십리엘 가셨다구요
당신이라면 기분이 어땠을까? 돌아 오면서
혼자 웃었어요, 자기도 없는 집인데 ····
4일 "최" 만나 봤어요. 부탁 하신것
기꺼히 전해 드리겠습니다.
문순이 엄마가 입원 하셔서 이틀 있다 왔기
때문에 당신편지 늦게 받아 보았어요.
답장이 늦어서 미안 합니다,
저희집 이사는 6월 24일 갑니다,
그럼 안녕.
당신의 반려자
惠子 로 부터 드립니다

정열적인 태양빛이 한 발자국씩 그 위력을 앞세우며 다가오고 있는데 그 동안 별고 없으시죠. 덕분에 지금 마포길 다녀오는 길입니다. 못 올 것 같아서 망설이다가 6:30분경 들렸더니 예상한 바, 가족은 다 계시지만 어머니가 좀 편찮으신 것 같아요. 답십리 조카가 와 있어 집안에 화기가 도는 듯하더군요. 당신 서울에 올라옴 벌턱 내야 돼요. 물론 자기의 본의가 아니더라도 서울도 비와는 인연이 없고 아니 서울뿐만 아니겠죠. 특히 대구라니 덕분에 고생 좀 하셔야죠. 없는 물에 빨래를 하셨다니 제일 반갑군요. 어머니도 기특하신가 보던데— 해가 서쪽에서 뜰려나. 저의 손은 한결 나았구요. 지금은 어수선하지만 그런대로 자리가 안정돼 갑니다. 저는요, 이 글이 대구로 보내는 마지막 글이 되길 바란답니다. 그럼 더위에 몸조심하세요.

혜자로부터.

P.S. 왜 같은 날 보내고서도 그렇게 판이하게 다른지 못쓰겠어요.

엄마랑 동생이랑 같이 웃었어요.

***

제일 늦게 받아볼 줄 알았던 당신의 편지를 생각조차 안 한 오늘 낮 받아본 순간의 기쁨, 말할 수 없이 컸어요. 고마워요, 진. 이 못난 혜자를 생각해주시니 인간에겐 기다린다는 것 영원한 것이겠죠. 그렇지만 저의 현 상태로서는 이 받는다는 기쁨이 하나뿐 외엔 아무것도 없을 거예요. 특히 당신, 될 수 있으면 안 하리라 하고 처음 마음을 도사려 먹었으나 헛일이군요. 뵈온 지 얼마 안 되는데 무척 오래된 것 같고 보고 싶어요. 큰일 났죠, 이러다간. 아마 객지라 그런가 봐요. 저의 생활은 이젠 완전히 틀이 잡혔다 할 수 있어요. 처음엔 어리둥절했었는데……. 얼마나 있어야 될지 저 자신도 모르겠어요. 이것도 당신하고 의논해야 되겠죠. 이번엔 당신 말 착실히 잘 들을게요. 어떻게 생각해 보면 여기 오래 있을 만해요. 진, 오늘도 약 먹었어요. 날마다 당신의 애정을 새삼스럽게 느끼면서 식후에 정성껏 먹고 있어요. 이만함 착하죠. 진, 우리가 이렇게 떨어져 살아가는 것, 괴롭다고 생각하지 않기로 해요. 떨어져 있어도 서로 상대방을 믿고 의지하면 될 것 아녜요.

덕분에 저는 무사히 도착하였어요. 큰형부와 언니가 나오셨더군요. 오늘 마포에 와 이렇게 아픈 손으로 수고를 하였답니다. 수고스럽더라도 조그만 그릇에 넣어가지고 점심 식사 때도 잡수세요. 그리고 그릇도 잘 두세요. 너무 소홀하지 말고, 이다음 우리가 쓸 제가 산 그릇이거든요. 제 손은 상상 외로 심한 편. 나으면 당신 곁으로 갈까 합니다. 마포 어머니가 저보고 당신한테로 가라고 이르시더군요. 방을 얻어주시겠다고. 저는 그냥 웃고만 있었어요. 여기 와 있어도 당신이 고생하는 게 몹시 걸린답니다.

당신의 혜자.

회답을 먼저 주세요.

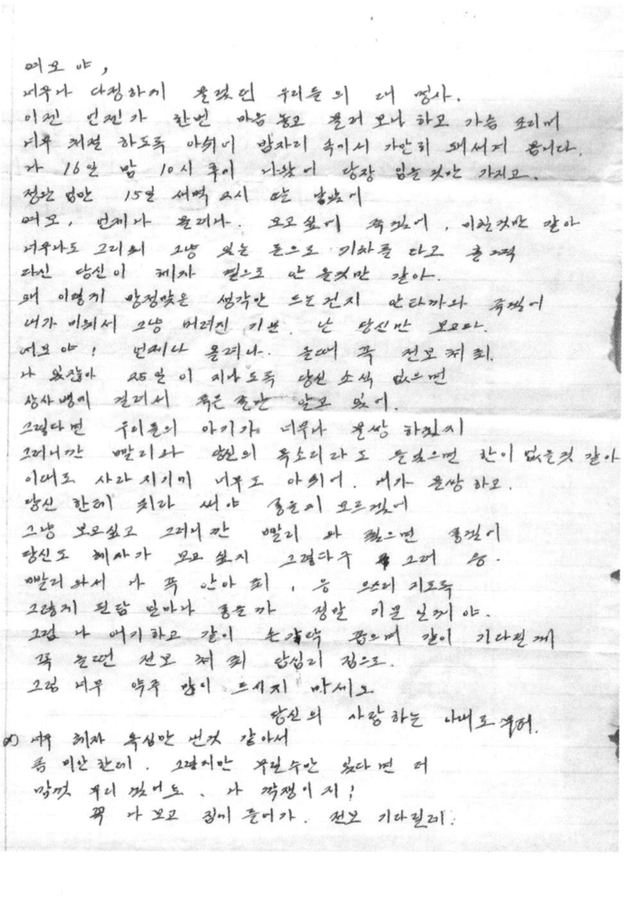

여보야,
너무나 다정하게 불렀던 우리들의 대명사.
이젠 언젠가 한번 마음 놓고 불러 보나 하고 가슴 조리며
너무 처절하도록 아쉬어 잠자리 속에서 가만히 [illegible] 봅니다.
가 16일 밤 10시 후에 나왔어 당장 입을 것만 가지고.
정신없이 15일 새벽 2시 [illegible]
여보, 언제나 올려나. 오고 싶어 죽겠어, 미칠 것만 같아
너무나도 그리워 그냥 있는 돈으로 기차를 타고 훌쩍
다시 당신이 혜자 곁으로 안 올 것만 같아.
왜 이렇게 방정맞은 생각만 드는 건지 안타까워 죽겠어
내가 미워서 그냥 버려진 기분. 난 당신만 보고파.
여보야! 언제나 올려나. 올 때 꼭 전보 쳐 줘.
나 있잖아 25일이 지나도록 당신 소식 없으면
상사병에 걸려서 죽은 줄만 알고 있어.
그렇다면 우리들의 아기가 너무나 불쌍하잖지
그러니까 빨리 와 당신의 목소리라도 들었으면 한이 없을 것 같아
이대로 사라지기에 너무도 아쉬어. 내가 불쌍하고.
당신한테 뭐라 써야 좋을지 모르겠어
그냥 보고 싶고 그러니까 빨리 와 줬으면 좋겠어
당신도 혜자가 보고 싶지 그렇다구 그래 응.
빨리 와서 나 꼭 안아 줘, 응 으스러지도록
그렇게 된담 얼마나 좋을까 정말 기뻐 날 거야.
그럼 나 여기하고 같이 손가락 꼽으며 같이 기다릴게
꼭 올 때 전보 쳐 줘 단 심리 [illegible].
그럼 너무 약주 많이 드시지 마세요.
당신의 사랑하는 아내로부터.
추) 너무 혜자 욕심만 쓴 것 같아서
좀 미안하네. 그렇지만 부릴 수만 있다면 더
맘껏 부리겠어도, 나 욕쟁이지!
꼭 와 보고 집에 들어가. 전보 기다릴게.

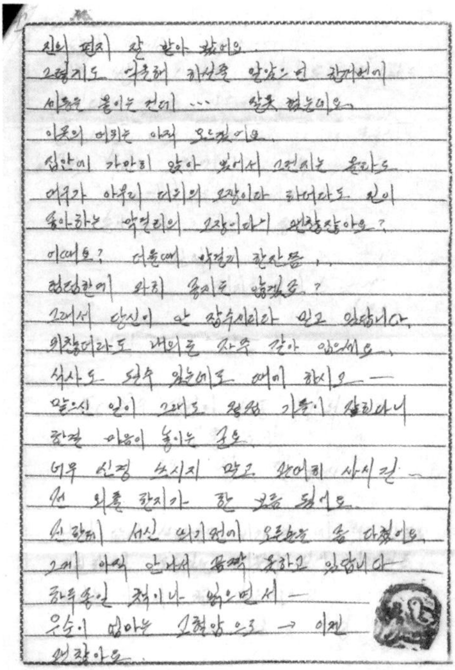

진의 편지 잘 받아 봤어요.
그렇지도 약혼해 하선을 알았으면 할거였어
세종을 돌이는 것이 … 살곳 했는데요.
이곳의 어리는 아직 모르겠어요.
집안에 가만히 앉아 있어서 그런지는 몰라도
여우가 아무리 더위의 오랑이라 하여라도 진이
좋아하는 악얼리의 오랑이라니 괜찮잖아요?
어때요? 더울때 악걸리 한잔쯤,
점심한데 와서 좋지도 않겠죠?
그래서 당신이 안 장수시리라 믿고 있답니다.
귀찮더라도 내의는 자주 갈아 입으세요.
식사도 되수 있는데로 때에 하시오 —
맡으신 일이 그래도 잘잘 가뭄이 살리다니
한결 마음이 놓이는 군요.
너무 신경 쓰시지 말고 편히 사시길 —
전 외출 한지가 한 보름 되어요.
신 한테 서신 띄기전에 오른손을 좀 다쳤어요.
그게 아직 안나서 꼼짝 못하고 있답니다
하루종일 책이나 읽으면서 —
운순이 엄마는 고혈압으로 → 이젠
괜찮아요.

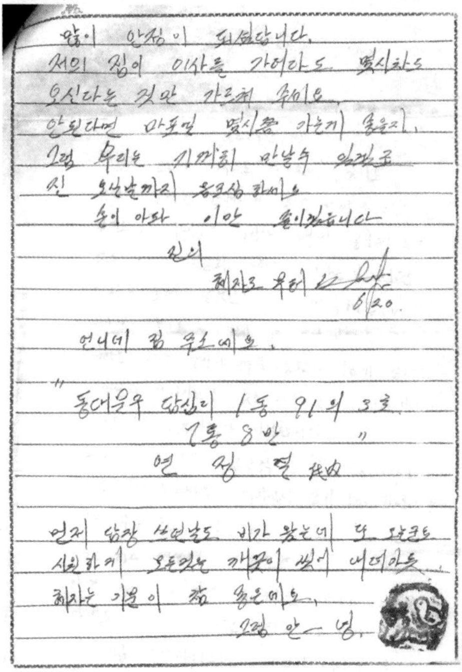

많이 안심이 되었답니다.
저의 집이 이사를 가더라도 몇시차도
오신다는 것만 가르쳐 주세요.
안된다면 마포밑 몇시쯤 가는게 좋을지.
그럼 우리는 기꺼이 만날수 있겠군
진 오실날까지 몸조심 하세요.
손이 아파 이만 줄이겠습니다

진의
혜자로부터 [illegible]
6/20

언니에 잘 주소예요.

"동대문구 답십리 1동 91의 3호
7통 8반 "
연 정 렬 氏宅

먼저 답장 쓰던날도 비가 왔는데 또 오늘도
시원하게 모든것을 깨끗이 씻어 내려가듯.
혜자는 기분이 참 좋은데요.
그럼 안—녕.

필자의 결혼식 사진(광화문 코리아나 호텔)

결혼식 후 친구들과 피로연

군대 시절 사진

신혼 초 아내와 함께(1968.9.14. 포항에서)

아내와 함께(1970.4.19. 인천 작약도에서)

필자 부부 유럽 여행지에서(1999년 8월)

필자 부부 유럽 여행지에서(1999년 8월)

필자 부부 중국 여행에서

필자 부부 국내 여행에서

아내와 국내 여행 시 사진 모음

아내와 국내 여행시 사진 모음

친구들과 결혼 35주년 기념 축하연에서(2003년도 8월)

우측 박석환 박사 부부는 결혼 25주년 기념

아내와 추억의 사진

어머님의 팔순 잔치에서
(신라호텔 영빈관)

필자 석사학위
수여식에서
(건국대학교 행정대학원)

필자 집에서
친구 모임

모교 고려대학교 교정에서 아내와 함께

2. 장인, 장모님이 보내주신 손편지

필자 처갓집은 위로 딸 넷을 두시고 막내가 아들인 딸 부잣집이고 아내가 셋째 딸이다. 장인, 장모님은 아내 위로 어린 아들 셋을 여의고 계속 딸을 낳자, 넷째 딸 이름을 혜남(惠男)이라고 짓고 다섯 번째는 아들을 얻으셨다. 이것이 모두 이름의 사내 남(男) 자 덕분이라고 생각하시는 것 같았다.

그래서였는지 우리 큰딸 이름을 돌림자 바다 해(海) 자를 넣어서 해미(海美)로 장인어른께 출생신고를 부탁드렸더니 사내 남(男)자를 넣어 해남(海男)으로 신고를 하시고 아들을 낳으시길 바랐지만, 우리는 딸만 셋을 두어 부모님의 기대가 어긋나고 말았다. 여자애 이름이 남자 이름같이 바다의 사나이(해남)가 되어 우리 큰딸 초등학교 입학통지서가 남자아이로 통보가 와서 아내와 당황하였던 기억이 난다.

내가 외아들로 장남도 아니니 아들이 없다 해도 괜찮다고 생각하였는데 장인, 장모님은 큰처형과 작은처형과 달리 우리 집만 아들이 없는 것에 대해 늘 미안하고 아쉬운 생각을 하시는 것 같았다. 장모님은 특히 꽃을 좋아하셨고, 조용한 편이셨던 우리 어머님과 달리 외향적이며 사교적인 성격이셔서 10년 연상인 우리 어머님과 형님 아우같이 친하게 지내셔서 우리 내외가 늘 고마워했었다.

그래서 두 분을 함께 모시고 우리 내외가 여러 번 국내여행을 같이하는 즐거운 시간을 갖기도 하였었다. 내 나이 팔십이 된 지금은 모두 돌아가셨지만 함께 하였던 지난날이 너무 그립고 살아계셨을 때 좀 더 잘 해드리지 못한 죄송함과 아쉬움이 늘 가슴을 아리게 한다.

장인어른이 아내에게 보내주신 손편지

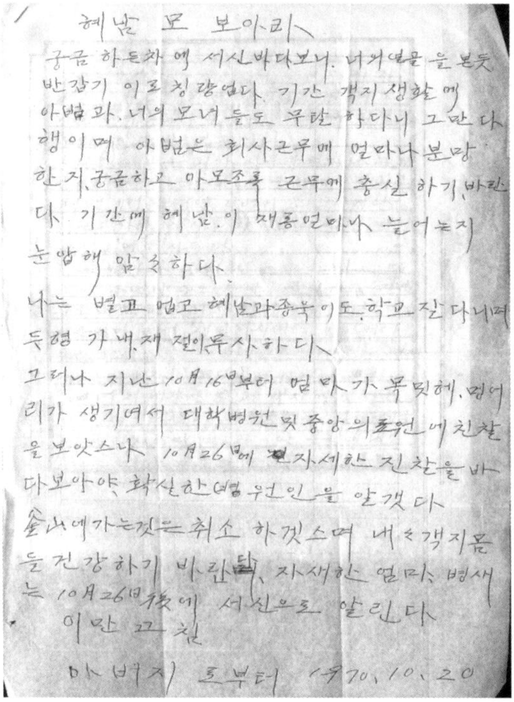

혜남 모 보아라

궁금 하든차 에 서신바다보니. 너의 얼골 을 본듯
반갑기 이로 칭량업다. 기간 객지 생활 에
아범 과. 너의 모녀 들도 무탈 하다니 그만 다
행이며 아범은 회사근무에 얼마나 분망
한지. 궁금하고 아모조록 근무에 충실 하기 바란
다. 기간에 혜남. 이 재롱얼마나 늘어는지
눈압해 암ㅎ하다.
나는 별고 업고 혜남과종욱이도. 학교 잘 다니며
두형 가 내. 재 절이무사하다.
그러나 지난 10月 16日부터 엄마가 목밋혜. 멍어
리가 생기여서 대학병원 및 중앙의원 에 친찰
을 보앗스나 10月 26日에 자세한 진찰을 바
다보아야. 확실한 병 원인 을 알갯다
釜山에 가는것은 취소 하겟스며 내ㅎ객지몸
들 건강하기 바란다. 자새한 엄마ㅎ 병새
는 10月 26日 後에 서신으로 알린다
이만 그침
아버지 로부터 1970, 10, 20

해남 모 보아라.

궁금하든 차에 아범 서신과 너의 편지 잘 보았다. 그간 너희들 별고 없고 해남이도 무탈하며 재롱이 얼마나 늘었으며 장난도 심하겠지. 안 봐도 본듯하다. 요사이 아범은 회사, 사무에 얼마나 분망하며 충실이 근무하는지 궁금하며 사회 교제면에서 음주에 각별히 조심하여라. 너는 요사이 식사를 잘 한다니 엄마 매우 안심되어 하시드라. 나는 엄마와 종욱, 정윤이와 별고 없으며, 두 언니들도 가내가 균일하고 조카들도 별고 없으니 생남하시어서 엄마께서 축하하신다고 인천 해남 조모님께 축하편지를 전하여라. 전일 너희 엄마 생신에 너희 내외만 부산 객지에 있어서 매우 섭섭하였다. 우체국명은 성동우체국으로 하여라. 할 말 많으나 이만 그치며 내내 몸 성이 있기를 축복한다.

아버지로부터. 1971.2.17.

혜남 모 보아라

No.

수차 편지를 하아도 답장이 없고
일전에 동원이 집으로 시외 전화로 지난
四月 二、三日경에 서울에 상견 하겠다 하여
고대 하였스나 오지 안코 기후 소식이 없서서
도 어자 서신을 보내오니 편지 보는대로 즉시
편지 하여라. (엄마는 소식이없서서 밤이면 잠도
못주무시고계시다)

기간에 너의 내외와 혜남이도 다무고들
한지 궁금하기 이로 헤아릴수 없스며 이곳
나는 별고 없고, 담심리와, 유림이 가내들
도 별고들 없스니 안심하여라. 요사히 환절기
관계로, 더욱 감기에 유의 하며 아범도 예일 회사
에 충실이 근무하며 근일 혜남이 예 재롱이 많
히 늘어슬을 눈앞에 암수하다.

엄마 신병은 다소 차도가 있스니 너무 심
녀 말어라 아범 生日이 객지 에서 가치 못지나
여서 섭섭하다. 유림 언니 學校(계)가 四月十二
日 20萬원짜리를 모은다니 一萬원을 송금을하
여라 아모조 자세한 것은 기후 편지로알리겠스
며 四月十五日內에 편지와 송금이 도착하도록하
내소 몸성이 유의 하기를 주의 하여라. 편지를
수차하아도 서신이 없서 이번에는 등기우편으로하
였다. (자세한 편지를 기다리며 혜남이큰집 소식도
궁금하다) 1971. 4. 12 日. 父로부터

장모님이 아내에게 보내주신 손편지

사랑하는 딸에게.

꿈같이 다녀간 후 궁금하던 차에 전화 주어 반갑게 소식 들었다. 오라고 하지 않아도 너 사는 것을 보고 싶고 몸까지 지루하여서 할머니 생신이나 지나고 가려고 한다. 이곳은 다 별고 없이 지내니 걱정하지 말어라. 연탄가스 주의하고 해남이 잘 보아라. 너는 임신 같으냐 아니냐 궁금하다마는 말은 만나서 하자. 답장 곧 해다오.

모로부터. 1월 3일

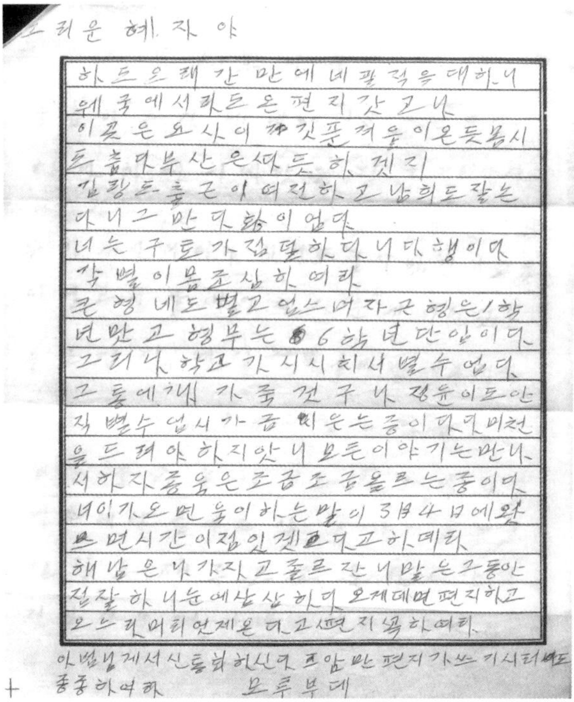
그리운 혜자야
하드으래 간만에 네 필적을 대하니
웨국에서 타드온 편지 갓고나
이곳은 요사이 깃픈 겨울이 온듯 몹시
드 춥다 부산은 따드 하겠지
길량도 춘근이 여전하고 남희도 잘 논
다니그만 다 [illegible]이 업다
너는 구토가 감 덜하다니 다행이다
각별이 몸조심하여라
큰형 네도 별고 업스며 자근 형은 1학
년 맛고 형부는 6학년 담임이다
그러나 학교 가시시 처서 별수 업다
그 통에 개네 가족 걱구나 정윤이도 안
작 별수 업시 가금 [illegible]우는 중이다 미천
을 드려야 하지 안니 모든 이야기는 만나
서 하자 종욱은 조금 조금 올르는 중이다
너이가 오면 웃이 하는 말이 3월 4일에 왔
으면 시간이 젊 있겠다고 하데라
해남은 나 가지고 줄르 잔니 말은 그동안
전 잘 하나 눈에 삼삼하다 오재되면 편지하고
오느라 머리 언제 온다고 편지 꼭 하여라
아범님께서 신통해하신다 요암만 편지가 쓰기 시터도
종종 하여라 모로부데

해남 모 보아라.

궁금하던 차에 네 편지 보았으나 이사한다 하여 이제 답을 한다. 어린 것하고 이사하느라고 오죽 고생을 하였겠니. 번듯하게 네 어미가 있어도 철이 바뀌니 소용이 없구나. 날씨가 차가운데 어린 것 옷을 조정하여 입혀라. 얼마나 예쁠까. 보고 싶은 마음 숨길 수 없구나. 웃고 옹알이도 하느냐. 백일에 세상없어도 가서 아기도 보고 김장도 해주고 올라고 한다. 전일 혜남이는 내가 하도 오지 못하는 너를 온다고 하여 수선을 떨고 이삼일을 기다리다 맘이 풀리다 다시 형이 편지 안 보낸다고 화를 낸다. 편지 보고 혜남이가 언니는 안달복달해야 답을 얻는다고 한다. 식모를 두었으면 처음부터 길을 잘 들여라. 엊저녁에 작은형네 식구가 다 와서 보고 네 이야기도 하고 우경은 두고 갔다. 이사하는데 돈 모자라는 건 어찌 치렀니. 보지는 못하고 궁금하여 죽겠다. 자세한 답 바란다.

28일. 모 서.

* * *

해남 모 보아라.

궁금하든 차 부산 소식을 들으니 반갑기 측량 없으며 그간 어린 것 하고 김랑도 별고 없는지 두루 궁금하며 이곳에는 아버님 모시고 종욱 남매와 별고 없으나 애들이 독감으로 어찌나 몹시 앓았는지 그런 고통이 없었다. 혜남이는 이번 월요일부터 기숙사로 들어간다. 꼭 시집보내는 것 같다. 이곳 걱정 너무 말고 가사나 잘 꾸려나가라. 나는 시간만 있으면 부산이 눈에 선하다. 네가 오죽이나 어렵겠니. 한 걸음에 가도 아주 고심다. 그러나 마음뿐이구나. 이제 혜남이가 없으니 꼼짝도 못할 일 생각만 해도 답답하다. 애기 병 안 나게 주의 잘 하여라. 할 말 많으나 다음으로 미루고.

14일 밤 12시. 모로부터.

장모님이 나한테 보내주신 손편지

궁금하던차 보내준글은 반갑게 보았네.
다녀간 뒤 너무 못챙겨 밥은이라 좋지에
너무 섭섭히 대한것 같아 마음 한구석이
허전 하구 미안함을 금치 못하였지.
외식식사라도 했더라면 덜 섭섭 할것을 ---
이곳은 별고 없이 지내니 안심 하길 바라오.
이제까지 집에서 쉬던 종욱이도 어제부터
학교에 다니지.
의사측에선 더 휴양을 권하지만 집에서
너무 쉬는것도 정서교육상 좋지 않을것 같아
보내지만 안심은 되지 않지.
혜자의 부족한점이 많드래도 너그러운 마음으로
이해하고 부디 잘지내기를 바라는 마음이야.
부친께선 혜자가 직장 생활을 하는 줄 아시고 계시
지. 종욱의 건강문제로 너무 심려가 큰 까닭에 아직
알려 드리지 않고 있네.
그곳의 사정을 알면서도 부모노릇을 못하는 심정
을 알아 주기가 바라오.

주말에 이사를 한다고 했는데 시간있는대로
자주 소식주기 바라네.
기온의 차가 몹시 심한 환절기라 건강에
주의 하며 몸성하길 빌뿐이오.
서울에 올라 오는 일이 있으면 꼭 들리어 주게.
욱이도 답장을 한다고 좋아 했는데 그만 한지
잠이 들었고 또 늦으면 받아 보지 못할것 같아
이만 간단히 글을 끝 맺겠네.
그럼 몸성하길 빌면서.
9月 18日밤
혜자 모친 씀

궁금하던 차에 편지는 반갑게 보았네. 집에 별고 없다 하니 다행이나 나는 해남이 삼형제가 눈에 삼삼하네. 그러나 경자가 갔다 하니 무슨 일이 있었는 듯하네. 집은 넓고 애들하고 큰일났네. 종을 부리자면 종에 종노릇을 하여야 하네. 남의 사람을 두고 하고 싶은 소리 다 하고 사는 줄 아나. 남의 사람이 자주 바뀌면 집안 흉만 나는 법이네.

가 봐주지도 못하고 큰 걱정이네. 이곳은 아버님 모시고 별고 없네. 그러나 혜남이는 얼결에 시험치고 합격되었네. 이번 월요일부터 출근할 듯하네. 혜남이는 시험 치자 수속부터 정신없이 돌아가네. 그믐에는 가져온 수표로 약을 지어 보낼까 하나 에미 혼자 약을 달여 먹을지 모르겠네. 그리고 내가 부산 갔을 때 어멈이 아버지한테 편지한 것 안 들어왔네.

1973.4.20. 빙모 서.

오늘 아범 생일 보지 못하여 섭섭하기 그지없다. 다같이 지내고 싶구나.

해남 엄마로 편지 못하여 미안하다.

장인, 장모님 사진

장모님 팔순 잔치(큰동서, 작은동서, 필자 부부와 처남 부부)

필자 부산 근무 시 장인, 장모님 모시고 간 한려수도 여행 사진

어머님과 장모님을 모시고 간 여행지에서

가운데 어머님, 왼쪽 필자 장모님, 오른쪽 동생 장모님(어머님 생신 날)

왼쪽 필자 아내, 큰언니, 장모님, 작은언니, 며느리

장모님과 함께한 여행

3. 아내의 자매들이 보내준 손편지

큰처형이 아내에게 보내준 손편지

내 처갓집은 4녀 1남으로 위로 4명이 딸이고 막내가 유일한 남자로 딸부자집이다. 아내는 셋째 딸로 위로는 두 언니 밑으로는 여동생, 남동생이 있는 형제간으로 나는 여동생이 없는데 아내는 오빠가 없어서 아쉬운 모양이다.

큰딸인 처형은 딸이지만 어려운 생활에도 동생들을 잘 돌보는 맞아들 같은 역할을 꾸준히 해준 덕이 있는 분으로 장인, 장모님이 늘 고마워하셨다. 가난한 선비 집 외아들에게 시집 간 큰처형은 아들 둘을 낳고 경제적으로 고생도 많이 했었다. 생각지도 않게 조상으로부터 송파구 일대의 땅을 상속받아 지금은 조그만 빌딩이 3채나 되고 큰동서는 한성대학교 법과대학 교수로 정년퇴직하고 두 아들도 모두 출가시켜 손주들도 보아 행복한 노후를 보내고 계셨는데 지난 7월에 큰처형이 지병으로 돌아가셔서 모두들 너무 슬퍼하고 아쉬웠었다.

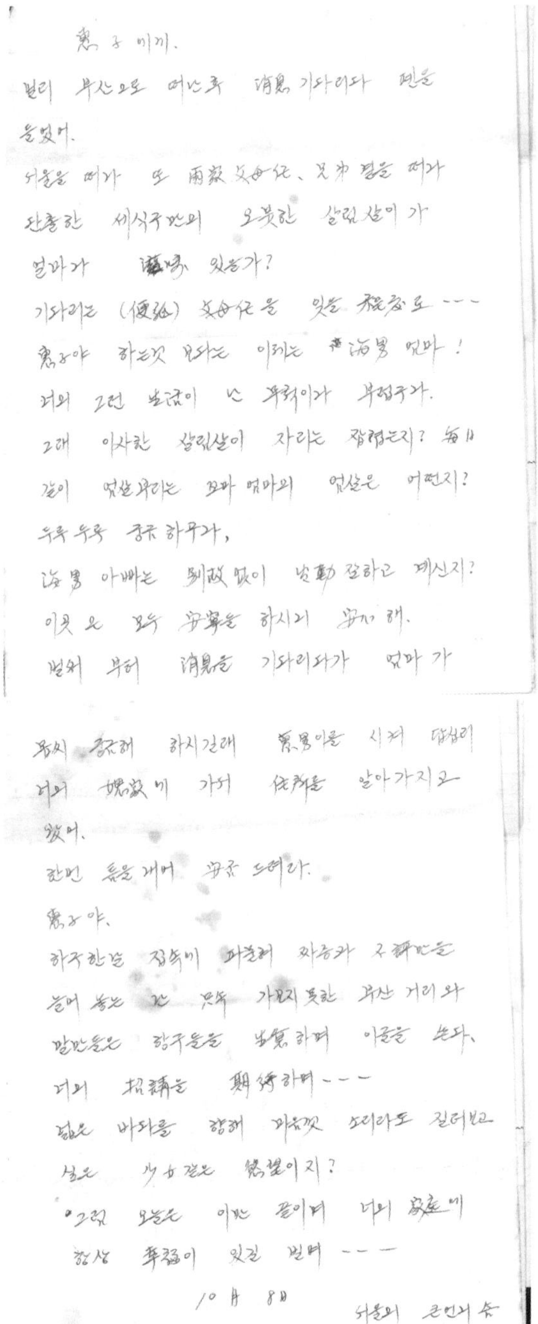

惠子 에게.

멀리 부산으로 떠난 후 消息 기다리다 펜을 들었어.

서울을 떠나 또 兩家 父母任、兄弟 곁을 떠나 단출한 새식구 만의 오붓한 살림살이 가 얼마나 滋味 있는가?

기다리든 (便紙) 父母任을 잊을 程度로 ---

惠子야 하는것 보다는 이제는 海男 엄마!

너의 그런 生活이 난 부럽기가 부럽구나.

그래 이사한 살림살이 자리는 잡혔는지? 海男 같이 엄살부리는 꼬마 엄마의 엄살은 어떤지?

두루 두루 궁금 하구나,

海男 아빠는 別故 없이 出勤 잘하고 계신지?

이곳은 모두 安寧을 하시니 安心 해.

벌써 부터 消息을 기다리다가 엄마 가 몹시 궁금해 하시길래 惠男이를 시켜 대신히 너의 媤家에 가서 住所를 알아가지고 왔어.

한번 틈을 내어 安否 드려라.

惠子야,

하루 한날 집속에 파묻혀 짜증과 주[illegible]만을 늘어 놓는 건 몹시 가보지 못한 부산 거리와 말만 들은 항구들을 想像하며 이글을 쓴다.

너의 招請을 期待하며 ---

넓은 바다를 향해 마음껏 소리라도 질러보고 싶은 少女 같은 欲望이지?

그럼 오늘은 이만 끝이며 너의 家庭에 항상 幸福이 있길 빌며 ---

10月 8日

서울의 큰언니 씀

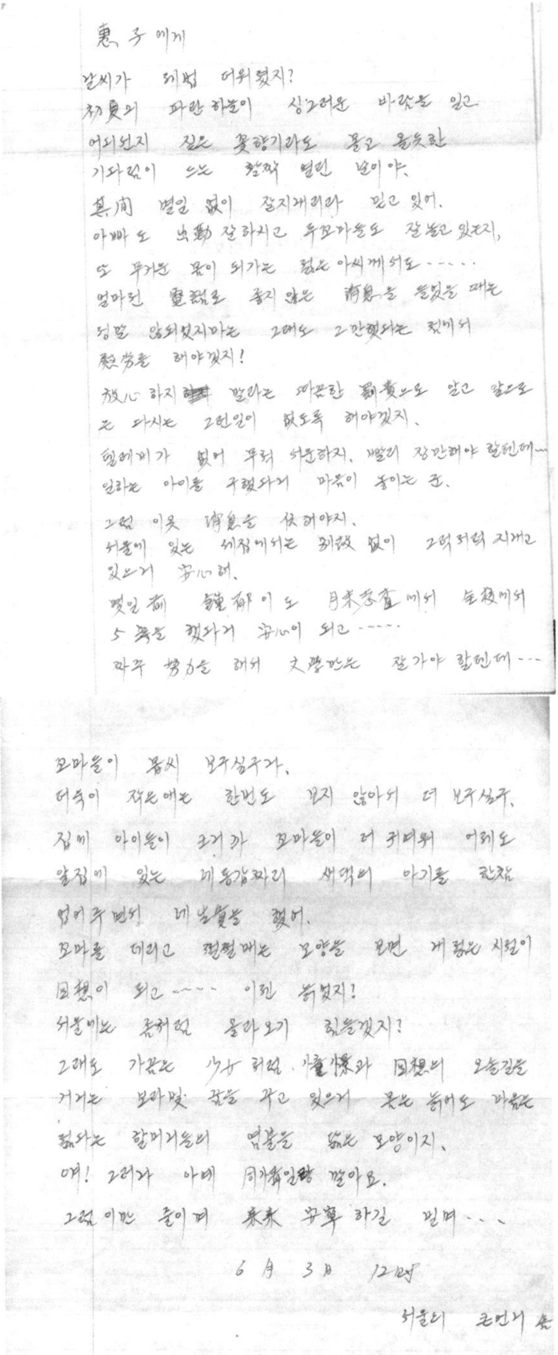

惠子 에게

날씨가 제법 더워졌지?
初夏의 파란 하늘이 싱그러운 바람을 일고
어디선지 짙은 꽃향기라도 몰고 올듯한
기다림이 드는 활짝 열린 날이야.
其間 별일 없이 잘지내리라 믿고 있어.
아빠도 出勤 잘하시고 두꼬마들도 잘 놀고 있는지,
또 무거운 몸이 되가는 젊은 아씨께서도.....
얼마전 電話로 좋지 않은 消息을 들었을 때는
정말 안되었지마는 그래도 그만했다는 것에서
慰勞를 해야겠지!
放心 하지 말라는 따끔한 叱責으로 알고 앞으로
는 다시는 그런일이 없도록 해야겠지.
할머니가 없어 무척 서운하지. 빨리 장만해야 할텐데...
일하는 아이를 구했다니 마음이 놓이는 군.
그럼 이곳 消息을 傳해야지.
서울에 있는 세집에서는 別故 없이 그럭저럭 지내고
있으니 安心해.
몇일 前 鍾郁이도 月末考査에서 全校에서
5等을 했다니 安心이 되고.....
좀더 努力을 해서 大學만은 잘가야 할텐데...

꼬마들이 몹시 보고싶구나.
더욱이 작은 애는 한번도 보지 않아서 더 보고싶구.
집에 아이들이 크니까 꼬마들이 더 귀여워 어제도
앞집에 있는 네 동갑짜리 새댁의 아기를 한참
업어주면서 네 生覺을 했어.
꼬마를 데리고 쩔쩔매는 모양을 보면 내 젊은 시절이
回想이 되고..... 이런 늙었지!
서울에는 좀처럼 올라오기 힘들겠지?
그래도 가끔은 少女 시절 가족과 回想의 오솔길을
거니는 보라빛 꿈을 꾸고 있으니 몸은 늙어도 마음은
젊다는 할머니들의 옆불을 쬐는 모양이지.
얘! 그러다 아예 [illegible] 말아요.
그럼 이만 줄이며 永永 安寧 하길 빌며...

6月 3日 12時

서울의 큰언니 씀

해남 엄마에게.

무엇보다도 순산을 했다는 말을 듣고 안심을 했어. 처음에는 딸이라는 말에 다소 서운하기는 했으나 변천하는 요즈음 세상에 너무 섭섭해 하는 것도 시대에 뒤떨어지는 관념이겠지? 네가 언제인가 나에게 보내는 글 가운데 이런 글이 있었어. 너는 마음이 착해서 남의 딸을 데려오는 것보다는 희생정신으로 딸을 낳아 남에게 좋은 일을 하겠다고…. (내가 언제 그랬느냐고 신경질 부리지마, 이건 분명해.)

해남 엄마, 이번 아기는 사내 남(男)자를 넣어 이름을 잘 지어. 경련이 위는 분명 아들이었을 텐데…. 혜남이도 내가 이름을 잘 지어 남자 동생 보았잖어. 건강하고 똑똑한 딸은 못된 아들보다는 몇 십 배 나은 거니까 실망하지 말고 밥 잘 먹고 몸조심 해야지. 나이 어린 네가 벌써 세 아이의 엄마란 말이 실감이 나지 않어. 해남 아빠는 별일 없이 안녕하시다니 이곳 안부나 말씀드려. 이곳 서울은 별일 없으니 두루 안심하고……. 혜남이가 국밥이나 입에 맞게 끓여주는지 궁금해. 엄마는 요새도 몸이 불편해서 혼나셨어. 그래도 부산을 다녀왔음하고 무척 걱정하고 계셔. 나라도 몸을 뺄 수 있으면 좀 가서 보기라도 했으면 좋겠지만 마음뿐이고 미안하다. 그럼 몸 조리 잘하고…. 안녕.

11월 15일 밤. 큰언니 씀

* * *

이모 보세요. 이모, 그동안 안녕하셨어요. 이모부께서도 안녕하시고 아기도 잘 있는지요? 우리 집은 별일 없이 다들 안녕하시며 저도 몸 건강히 공부 잘 하고 있습니다. 부산은 날씨가 서울보다 더웁다지요. 그러나 넓은 바다에서 시원한 바람이 불겠지요. 아버지 말씀이 부산은 우리나라에서 제일 큰 항구이어서 외국의 큰 배와 작은 배들이 많이 있다지요. 여름 방학에는 부산에 가서 이모도 뵙고 항구 구경도 하고 싶어요. 이모 그럼 안녕히 계십시오.

6월 11일. 동원 올림.

좌측 큰동서와 필자

좌측 큰동서와 필자

좌측 큰언니와 필자 아내

이모 보세요 No.

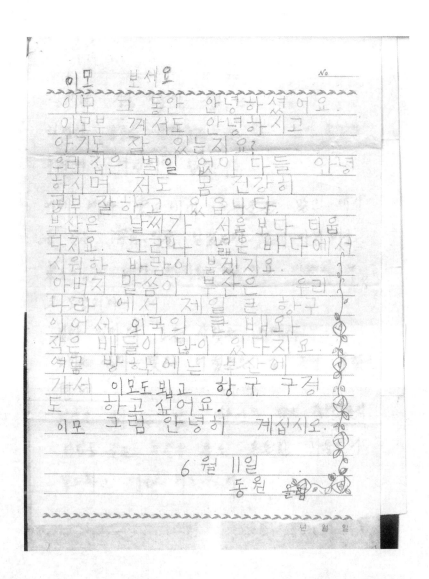

이모 그 동안 안녕하셨어요.
이모부 께서도 안녕하시고
아기도 잘 있는지요?
우리 집은 별일 없이 다들 안녕
하시며 저도 몸 건강히
공부 잘하고 있읍니다.
부산은 날씨가 서울보다 더웁
다지요. 그러나 넓은 바다에서
시원한 바람이 불겠지요.
아버지 말씀이 부산은 우리
나라 에서 제일 큰 항구
이어서 외국의 큰 배와
작은 배들이 많이 있다지요.
여름 방학에는 부산에
가서 이모도 뵙고 항구 구경
도 하고 싶어요.
이모 그럼 안녕히 계십시오.

6월 11일
동원 올림

년 월 일

우측 큰처형 부부와 우리 부부

우측 큰처형 부부와 함께

큰처형 장남 대학 졸업식에서

작은처형이 아내에게 보내준 손편지

내 아내의 작은언니는 아들 하나 딸 둘을 둔 부부교사였다. 동서가 경북 영주 사람으로 성품이 곱고 내외가 모두 정년까지 초등학교 교사로 지내고 은퇴 후 두 분이 함께 연금을 받아 행복한 노후를 보내는 처지로 걱정 없이 지내는 금슬 좋은 부부였다.

슬하 삼남매도 모두 결혼하여 손주들을 얻고 일가가 모두 잘 지내고 있었으나 몇 년 전에 집에 화재가 발생하여 작은동서가 황망하게 세상을 떠나는 너무 안타까운 일이 발생하여 모두를 슬프게 하였다.

나와도 가끔 만나 술도 한 잔 나누며 가깝게 지내던 조용하고 다정하던 작은동서가 네 동서 중에 제일 먼저 돌아가셔서 작은처형을 대할 때마다 마음이 너무 무겁고 안 된 생각이 든다.

통상환 증서 동봉함.

No. 1

혜자에게

서울에 올라와 바로 쓴다는 편지가 일에 쫓기어
보니 늦어 미안하구나.
내가 떠난 후에도 아빠 술은 잘 하시고 해남이.
정윤이 잘 노는지 궁금하구나.
이곳 아버지, 어머니 무고하시고. 종욱이는 13일 졸업
식을 무사히 끝마치고, 배재고등학교에 입학
원서를 넣었단다. 신문을 보아 알겠지만 8.6 대 1
이니 걱정이란다. "사대부고"에 시험 보라는 것을 낮
추어 안전하게 입학하려 했는데 4500여 명의 경쟁
자를 물리칠런지 하여튼 기다리는 수밖에. 없고
해남이는 15일 졸업식을 하고 몇군데 이력서를
제출하였는데 그것도 기다려야 겠고.
답십리 언니네 집아. 우리 집도 다 무고 하다.
세춘이는 "경희고등"학교에 원서를 접수시켰는데
10:1 이상이니 그것도 걱정이란다.
혜자야.
이번에 내가 너의 집을 방문하여 너무 많은 폐를
끼친것 같구나! 너의 내외의 호의에 정말로 감사
하구나. 두고 두고 잊지 않겠다라는 말밖에 할 수
없는 이 무능력한 내가 원망스럽구나!

년 월 일

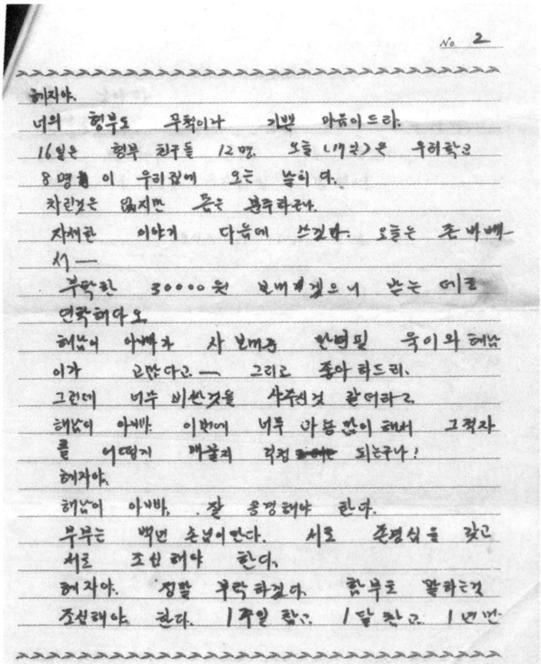
No. 2

혜자야.
너의 행복도 무척이나 기쁜 마음이드라.
16일은 형부 친구들 12명. 오늘(17일)은 우리학교 8명들이 우리집에 오는 날이다.
차린것은 없지만 몹시 분주하구나.
자세한 이야기 다음에 쓰겠다. 오늘은 좀 바빠서—
부탁한 30000원 보내겠으니 받는 데로 연락해다오.
해남이 아빠가 사 보내준 반지및 욱이와 해남이가 고맙다고— 그리고 좋아 하드라.
그런데 너무 비싼것을 사주신것 같더라고.
해남이 아빠 이번에 너무 마음 많이 써서 그적자를 어떻게 메꿀지 걱정 되는구나!
혜자야.
해남이 아빠. 잘 공경해야 한다.
부부는 백번 조심이란다. 서로 존경심을 갖고 서로 조심해야 한다.
혜자야. 정말 부탁하겠다. 화목하도록 말하는것 조심해야 한다. 1주일 참고. 1달 참고. 1번 번

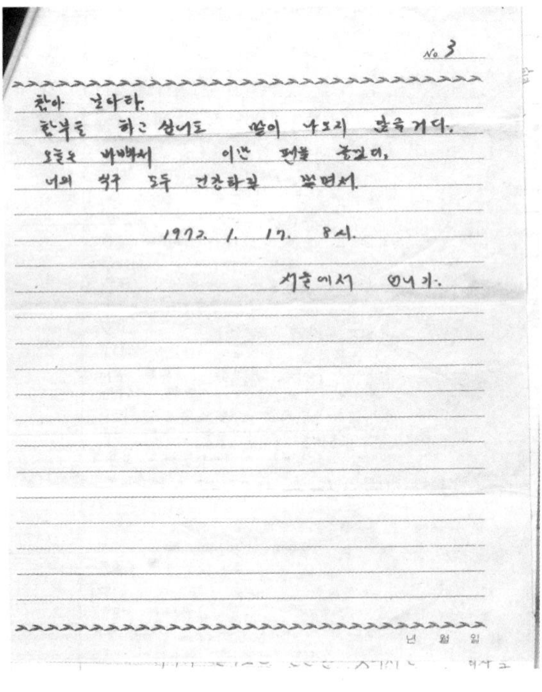
No. 3

참아 보아라.
화부를 하고 싶어도 말이 나오지 않을거다.
오늘도 바빠서 이만 펜을 놓겠다.
너의 식구 모두 건강하길 빌면서.

1972. 1. 17. 8시.

서울에서 언니가.

년 월 일

혜자에게.

계절은 벌써 아침저녁으로 신선한 날씨, 가을의 문턱 앞에 왔구나! 그곳 해남 아빠께서도 아무 일 없이 회사 출근 잘 하시고 해남, 경련 모두 몸 건강한지 또 너는 어떤지 궁금하구나. 밥은 잘 먹는지 얼굴에 기미? 또 얼마나 뚱뚱해졌는지 보고싶구나. 경련이 돌 때 가보고 싶었지만 못 가서 섭섭했다. 이곳 아버지, 어머니, 혜남, 욱 모두 아무 일 없으시고 언니네 집이 장마에 마당에 물이 들어 한바탕 혼났다. 8.27 일요일 언니네 네 식구 모두 우리 집에 와 놀다 저녁 때 돌아갔다. 너와는 언제 그렇게 될지—.

우리 집 소식은 할머니 안녕하시고, 너의 형부는 올 여름 내내 "강습"으로 날을 보내고 나 역시 강습과 장마 후 학교 출근으로 올 여름 방학은 끝났다. 유림, 욱영, 경림, 모두 잘 싸우고 잘 논다. 8월 초 해남 아빠 상경 시에 우리 집에도 오실 줄 알았는데 몹시 섭섭했다. 아버지께서 매우 섭섭해 하시더라. 그리고 요즈음 너의 건강 궁금하구나, 병원에는 자주 가서 정기적 진찰을 꼭 받도록. 이번에는 고추가 탄생되어야 할 텐데. 9월에 30만 원 계 타는 것 축하한다. 개학 후 다시 연락하기로 하고 너의 계획이 궁금하니 속히 알려주기 바란다. 그럼 몸 건강히 잘 있고 행복이 가내에 가득히 깃들기 바라며 이만 난필을 놓는다.

8월 28일 밤.
서울에서 언니가.

좌측 작은처형과 필자 아내

우측부터 큰처형, 작은처형, 필자 아내

작은처형 장남의 서울대 졸업식에서

1972.10. 부산 해운대에서
작은처형 부부와 필자 부부

처제가 아내에게 보내준 손편지

처갓집 딸 4명 중 막내인 처제는 오랜 직장생활을 그만두고 일본으로 이직하였는데 거기서 막내 동서를 만났다. 늦은 나이에 결혼하였지만, 늦은 만큼 서로를 아끼며 잘 살고 있다.

위에 두 동서는 나보다 10년 가까이 연배여서 대하기가 서먹한 점도 있었으나 막내 동서는 나와는 10여년 아래로 연령 차이는 있으나, 성격이 활달하여 나에게는 윗동서들보다 편하게 어울릴 수 있는 게 좋았다.

막내 동서는 한국코스믹라운드(주)라는 농업용 용수를 제조하는 중소기업을 창업하여 잘 운영하고 있어 경제적으로 어려움은 없는 것 같은데 너무 바쁘게 지내는 것 같고, 처제는 천주교 성당에 열심히 나가고 성당에서 봉사활동도 많이 하고 지내고 있다.

막내 동서가 외아들로 90세가 넘은 노모를 모시고 있어 처제가 항상 시모 걱정이 많은 것 같지만 큰일 없이 잘 지내고 있는 듯하다.

언니께

언니 그동안 별고 없단 소식 들으니 기뻐요.
형부께서도 근무 잘 하시고 해남도 무럭무럭
잘 자란다니 서울에 있는 정희이는 마음이 놓이는군요.
저는 그동안 아무 사고 없이 학교 잘 다니고 있답니다.
종국도 공부 열심히 하려고 하는 것 같애요.
큰언니댁과 작은 언니댁도 아무 사고 없이
다 안녕 하십니다.
엄마, 아버지는 무사히 서울에 도착 하셨읍니다.
번번히 형부와 언니가 너무 애를 쓰는것 같군요.
이다음에 내가 돈 벌면 형부와 언니에게 무엇을
해줄까 하는 생각이 갑자기 드는군요.
엄마, 아버지 께서는 너무 자식에게 폐를 끼친다고
무척 안되신 모양이요. 경주에서도 구경 잘하시고
오셨어요. 서울에는 또 올른지...
해남이의 그 웃음 치는 모습이 무척 보고 싶어요.
계집애가 너무 빨랑 까졌어요. 교육은 각별히
조심해서 시키시길 두분께---
형부 께서는 땅이 더 넓어지셨다니 기쁘겠네요.
그러다가 혹시 하늘 높은 줄 모르고 땅 넓은 줄만
알아서는 큰일이니----.
얼마 있다가는 또 모의고사 중간 시험에
마의 기분이에요. 요새는 집에서 학교를
다녀서인지 피곤함을 가끔 느끼는군요.
그럼 언니 안녕히 꼭 조심하세요.
형부도 안녕히 계시고 해남도 앙탈하지 말고 잘 놀아라

서울에 정희

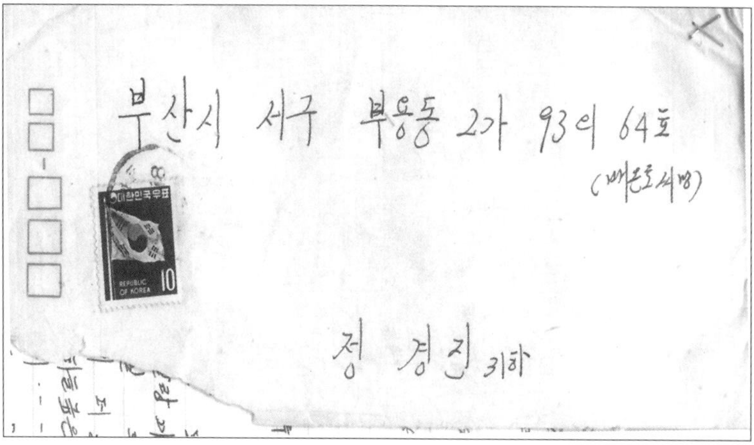

언니에게.

녹음이 우거지는 듯 벌써 여름이란 글자가 어울리는군요. 언니, 그동안 몸 건강히 잘 지내시리라 믿고 이 글을 쓰고 있답니다. 저는 공부 열심히 하고 저의 책임을 완수하느라 하고 있답니다. 형부께서도 회사에 근무 잘 하시고 해남도 잘 놀고 있다니 한결 마음이 가볍군요. 부모님과 동생 주위의 여러 사람도 모두 잘 지내고 있으니 염려 놓으십시오. 6월 2일 이사를 가니 아버지는 아마도 6월 4일쯤 내려가실 것 같애요. 아버지는 무척 기쁘신 모양이에요. 딸이 많아 부산 구경까지 하신다면서…… 어쩜 내려가실 때 대전, 대구를 들려 가실 것 같애요. 그러니 부산 도착은 늦을 것 같군요. 언니가 너무 힘을 쓰는 것 같애요. 그렇지만 우리의 기쁨은 엄마, 아빠를 우리 힘으로 즐겁게 해드리는 것이 자랑이라 생각해요.

언니께
언니 그간 안녕 하신지요.
형부 께서도 안녕 하시고 조카들도
몸 건강히 지내고 있겠지요
저는 이곳 숙소 에서 동료 들과
같이 지루 하지 않은 하루 하루를
보내고 있답니다. 근무에 들어 가서도
아직은 재미가 있답니다.
집에는 일주일에 한번 들려 와요.
시간이 있으면 부산에 가서 언니께
들려 드릴 얘기가 무척 많은데 주어
돈을 벌은 다음에 가야 겠죠.
저는 밤근무에는 그다지 시달림을
받지는 안하요. 원래 밤 잠이 없어서
그런가 봐요. 졸다가 걸리면 큰일 나요.
정이사님은 머릴 만나 뵙게 될때가
많아도 목례만 할 정도 에요.
제가 이곳에 들어 오고 나서 느낀 것도
무척 많아요. 제가 돈을 쓸 때는
그렇게 돈 쓰는 것이 아까와 졌어요. 그전 보다
그 어려움이 더 심해 졌죠.
그리고 저도 애들과 잘 어울리려고
노력 많이 하고 있어요
형부를 만나 뵙지 못해서 무척
서운 했어요. 형부 도 아무리
시간이 없으셔도 잠깐 들리시지
저는 너무 서운 했어요.
죽이 옷 간식히 지금 입고 있읍니다.
29일날 월급 16,010원 탔어요.
제가 처음 으로 번돈 너무 신기했어요.
내일 은 집에 갑니다. 저도 회사의
휴일이예요. 피로가 몰려 오는군요.
그럼 다음에 또 70n을 들리고
오늘은 이만 조심을 니다
가족의 번영과 건강을 빌며
6.4. 시작하니
희숙올림.

처제가 나(형부)에게 보낸 손편지

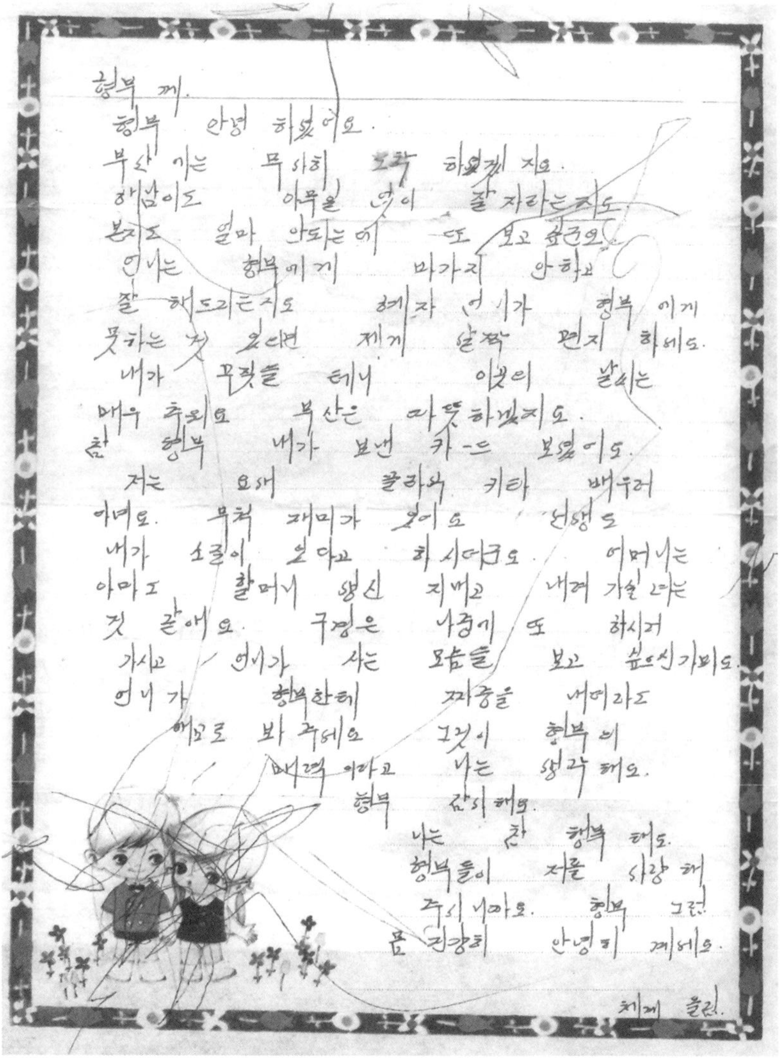

형부 께.
형부 안녕 하셨어요.
부산 에는 무사히 도착 하셨겠 지요.
해남이도 아무일 없이 잘 자라는지요
본지도 얼마 안되는데 또 보고 싶군요.
언니는 형부에게 바가지 안하고
잘 해드리는지요 혜자 언니가 형부 에게
못하는 것 있으면 제게 살짝 편지 하세요.
내가 꼬집을 테니 이곳의 날씨는
매우 추워요 부산은 따뜻하겠지요.
참 형부 내가 보낸 카-드 보셨어요.
저는 요새 클라식 키타 배우러
다녀요. 무척 재미가 있어요 선생도
내가 소질이 있다고 하시더군요. 어머니는
아마도 할머니 생신 지내고 내려 가실려는
것 같애요. 구경은 나중에 또 하시러
가시고 언니가 사는 모습을 보고 싶으신가봐요.
언니가 형부한테 짜증을 내더라도
애교로 봐 주세요 그것이 형부의
매력이라고 나는 생각 해요.
형부 감사 해요.
나는 참 행복 해요.
형부들이 저를 사랑 해
주시니까요. 형부 그럼
몸 건강히 안녕히 계세요.
처제 올림.

형부께.

형부, 바쁘신 일과 중에서 틈을 내셔서 보내주신 서신 감사히 받아 보았습니다. 형부께서도 안녕하시며 언니도 안녕히 계신지요. 조카들도 감기 안 걸리고 몸 건강히 놀고 있는지요. 저는 부모님 모시고 잘 지내고 있습니다. 종욱이가 감기가 몹시 걸려 오늘 조퇴를 하고 왔답니다.

부산에서도 조심하세요. 서울은 야단이랍니다. 저는 처음으로 직장이란 것을 가져보니 마음이 이상할 따름입니다. 아직 정식 사원은 안 되었으나 한 달 교육을 마치면 정식으로 임명이 된답니다. 아침 8시에 출근해서 오후 5시에 끝납니다. 처음이라 그런지 무척 고되더군요. 언니는 얼마나 고생이 심합니까. 큰집에 혼자서 일을 해야 하니 어서 일하는 아이를 하나 구해야 할 텐데 언니가 병이라도 날까봐 걱정입니다.

지금 밖에는 비가 내리고 있습니다. 형부, 저도 이제부터는 삶의 보람을 느끼며 제 힘껏 노력해서 세상을 성실히 성의껏 살아보겠어요. 그러면 언젠가는 그 보답이 제 자신에게 돌아오리라 믿고 기다리겠어요. 형부의 무궁무진한 발전을 기원하며 오늘은 이만 줄이겠습니다. 안녕히 몸 건강히 계십시오.

73년 5월 1일. 혜남 올림.

처남 고등학교 졸업식에서
(왼쪽부터 필자 아내, 장모님, 군복 필자, 처남, 처제, 작은처형)

큰처형 장남 대학졸업식에서(왼쪽부터 처제, 조카, 필자 아내)

장흥에서 처제(왼쪽)와 아내

필자 집에서 처제(왼쪽)와 아내

1970년도 처제 고교 교정에서

4. 미국에 사는 제수씨가 아내에게 보내준 손편지

1979년도에 우리나라에서는 처음 전자시계를 제조하였던 올림푸스 전자 뉴욕 지사장으로 미국생활을 시작한 동생의 아내는 경기여고를 졸업한 후 고려대학교 문과대학에 입학한 재원으로 대학교 시절에는 여학생회 회장을 지냈을 정도로 활동적이었던 성품이었다고 알고 있다. 올림푸스전자가 도산한 후 LA로 이사한 동생이 케이트레딩(주)라는 전자제품 도매상으로 성공하였고 지인들과 함께 퍼시픽은행을 설립하여 이사장으로 선임되는 데 크게 내조하였던 것으로 생각된다. 우리 4남매 형제 중 막내인 동생이 지병으로 폐 이식 수술까지 했는데도 세상을 떠나서 너무나 안타깝고 슬픈 마음을 지금까지 가누지 못하고 있다. 제수씨가 미국 생활 초기에 아내 생일에 보내준 편지가 새삼 동생을 더 그립고 슬프게 한다.

형님께.

어떻게 날이 지나가는지 모르게 새생활의 리듬에 쫓기어 또 사막의 땡볕이 작리며 노력하며 지내는데 언제나 정돈이 되고 안정이 될른지요... 부산 다녀 오셨다는 소식만 들었지요. 모두 안녕하실줄 믿고 새 주소 알려드립니다. 아주버님께서 저의 親家 일에 도움을 주신다니 감사드립니다. 소식 자주 못 드려도 이해하실줄 믿으며 이만 줄입니다.

윤경모 올림.

1/10/82

형님께.

답답하고 긴 겨울날 뜻밖에 형님 편지 반갑게 받았읍니다. 달력도 잘 받았구요. 부치는 정성뿐만 아니라 송료도 꽤 되니 마음만 보내주셔도 고맙겠읍니다.

요즘도 김장을 하는지요. 여긴 아직 예전같이 상당히 춥진 않지만 여긴 서울보다 밤이 길지요. 오후 4시반 5시면 캄캄한 밤이 되고 아침엔 7시반이 되야 환해지니까요. 위도가 훨씬 북쪽이라서요.

여기서 3년 산 덕에 이젠 급하면 해진후 어쩌다 수퍼마켓에 다녀올 수 있는 「강」이 좀 생겼지요. 그러나 늘 조심하죠. 이제 겨울이 지나고 봄 — 늦게오는 봄이지만 — 이 오면 여기 무서운 청소년 애들의 강도질도 조심해야지요.

형님 몸이 많이 좋아져서 즐겁군요.

우습게 다친 윤경아빠 허리가 지금 라스베가스 출장중에 다시 통증이 왔대서 또 걱정이지요. 이젠 술 많이 마시면 다음날 토하고 난리지요. 통금이 해제되면 술집만 좋아하는거 아닐지. 주부들은 비상인 것 같구요. 올림픽 허세가 주부들만 더 피곤하게 만들지 않나 생각되는군요.

저도 재훈이 낳은 후로 몸이 예전같지 않아서 이번 겨울엔 늘 감기지요. 어머님께선 건강하시구요. 좀 답답하시겠지만 재훈이한테 정을 붙이셔서 못 가시고 계시죠.

경하가 벌써 중학생이니 형님은 기분 좋으시겠어요. 가까이 있으면 졸업식에라도 가련만.

형님 생일엔 모두 모여 즐거운 저녁이라도 드시구 커다란 마음의 선물을 님에게서 받으세요.

축하합니다. 멀리서 윤경이 올림

형님께.

그간 안녕하시겠지요?

윤경 아빠 편에 민속촌에서 찍은 사진 잘 받고서도 편지도 못 했어요.

경나가 대학에 진학했다니 기특하군요. 축하드려요.

요즘에도 성당일에 바쁘신지요. 어머님께서 영세를 받으셔서 얼마나 감사한지 모르겠어요. 한국에서는 성서연구가 활발하다지요. 저도 연수만 많았지 아는 게 전혀 없어서 지난주부터 성서반에 들어 매주 한번씩 수녀님 말씀 듣지요. 저는 신자라고 할 수도 없을 정도랍니다. 세월은 쉬지 않고 가는데 저는 길가에 털썩 주저앉아 빈둥거리고만 있으니 안타깝기만 합니다. 끈기이 부족하지요.

일은 밀려있고 올 겨울에 다른해에 비해 꽤 추워서 앞뒤 뜰에 얼어 죽은 작은 나무들 정리할 일도 까마득한데 손도 못대고 있지요.

지난 여름에 저희 식구들에게 써 주신 정성에 다시 감사드리며 즐거운 생일 맞으시길 빕니다.

안녕히 계십시오.

1988. 2. 8.

윤경모 올림

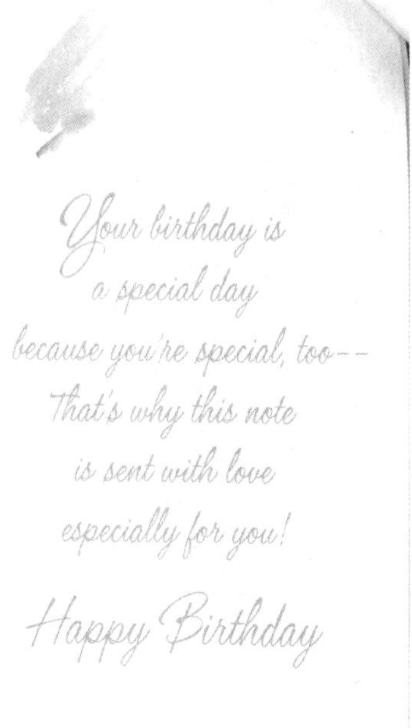

Your birthday is
a special day
because you're special, too--
That's why this note
is sent with love
especially for you!
Happy Birthday

오른쪽 세 번째 제수씨

뒷줄 오른쪽 제수씨

5. 친구들이 아내에게 보낸 손편지

내가 보관하였던 손편지들을 정리하다보니 아내 친구들이 보낸 편지들이 발견되어 몇몇 친구들의 젊은 날에 아내에게 보내준 편지를 정리해보았다. 금자라는 친구는 아내와 어릴 때부터 가깝게 지낸 오랜 친구로 아내가 제일 친하다고 하는 친구이다. 오래전에 미국으로 이민 가서 L.A에서 자리 잡고 생활하였으나 수의사였던 남편과 사별 후 재혼하여 지금은 아리조나에서 노후생활을 보내고 있는데 지금도 아내와 카톡 등으로 소식을 주고받고 있는 다정한 친구이다.

은순이라는 친구는 아내와 직장생활 잠깐 같이 했던 친구로 요즘은 딸과 함께 지내고 가끔 아내와 연락하는 사이로 알고 있다. 원자라는 친구는 학창 시절 친구로 요즘도 자주 왕래하는 친구이다.

아내가 금자에게 보낸 손편지

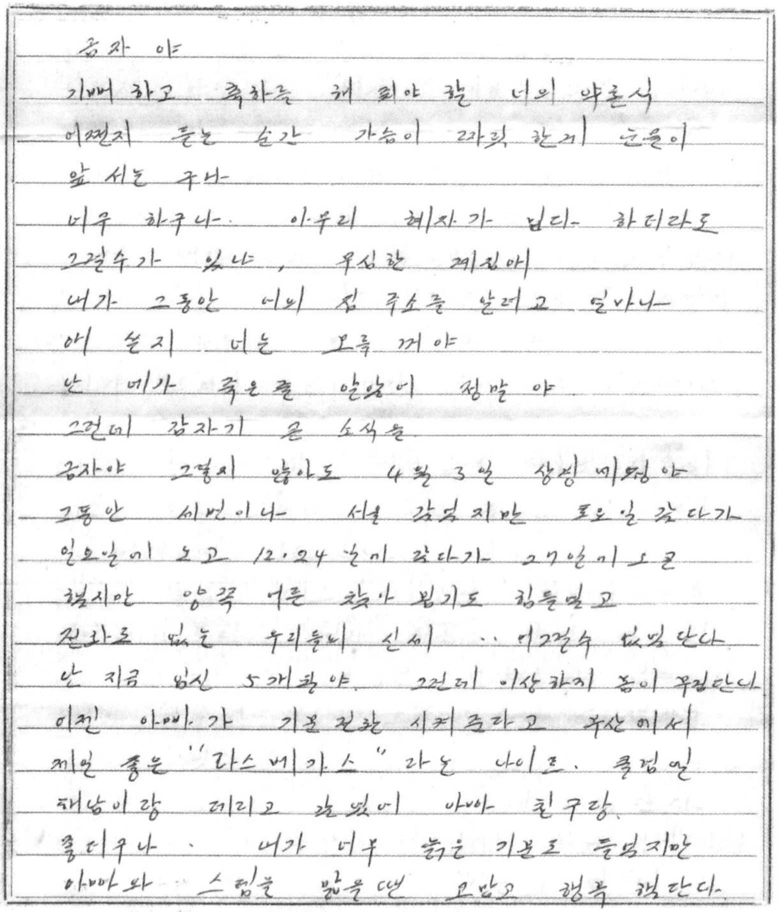

금자 야

기뻐 하고 축하를 해 줘야 할 너의 약혼식
이제서 듣는 순간 가슴이 철렁 한게 눈물이
앞 서는 구나
너무 하구나. 아무리 혜자가 밉다 하더라도
그럴수가 있냐, 무심한 계집아
내가 그동안 너의 집 주소를 알려고 얼마나
애 썼지 너는 모를 꺼야
난 네가 죽은 줄 알았어 정말 야.
그런데 갑자기 온 소식을
금자야 그렇지 않아도 4월 3일 상경 예정 이야
그동안 세번이나 서울 갔었지만 토요일 갔다가
일요일에 오고 12.24 날에 갔다가 27일에 오고
했지만 앙꼭 너를 찾아 볼기도 힘들었고
전화도 없는 우리들의 신세 .. 어쩔수 없었단다
난 지금 임신 5개월 야. 그런데 이상하게 몸이 무겁단다
이젠 아빠가 기분 전환 시켜준다고 부산에서
제일 좋은 "라스베가스" 라는 나이트. 클럽엘
재남이랑 데리고 갔었어 아빠 친구랑.
좋더구나. 내가 너무 늙은 기분도 들었지만
아빠와 스텝을 밟을 땐 고맙고 행복 했단다.

주식회사 홍 국 상 사

우리 가정은 부산 지사에서 제일 모범 가정으로
알려져 있단다. 혜자는 서울에 부산 왔지만
약하고 힘없지 로 복방없이 소신껏 살고 있어
금자야. 네가 만일 서울을 올라 간다면
하루 전인 그 날 네 집으로 전보를 치구 가아.
그런데 내가 올라. 날이 때문이 갈수 있을런지.
3일날 가서 너의 예쁜 성장 한 모습과 신랑감
을 보고 싶구나. 만일 못가면 꼭 사진 부쳐 줘
어딘가 모르게 백인 빠진 너의 얼굴 이었지만
이상 말을 더였으면 힘있게 말아라.
그리고 되는 거야. 혜자 같은 바보도 사는데
그리고 사돈을 넣다니 약혼식 끝나고 바로 부산
으로 내려오면 어떻겠니. 봄이니 사쿠라 꽃
구경도 할겸. 그리고 오래 간만에 만나서 속좀
털어 보자 구나. 네가 시집을 가면 영원히
영원히 우리에 집 이런 기회가 다신 없을테니
우리가 처음에 네가 오길 얼마나 기다렸다구
아빠 첫눈이 왔는데 왜 안오지 하면서.
그 동안 엄마가 일주일간 다녀 가셨단다.
금자야. 어려 생각 할것 없이 한번 다녀 가려
으나. 내가 올라 가도 긴 시간이 없으니

네가 꼭 놀람이 있다면 바로 답장을
해 줘
예전날 같이 한 이불 속에서 밤새도록 이야기
해 보자 구나. 너와 나랑.
여쨌지 네가 약혼을 한다니 나한테서
아주 가버리는 것 같구나,
금자야 네가 는다면 나의 꿈들이 예정
을 이루어 너랑 함께 자겠다.
그럼 기대를 걸어 보아.
너의 영원한 친구
혜자. 씀.

아버지, 어머니 안녕 하시고 동생들도
학교에 잘 다니는지 부모님께 안부 전해다오.
왠지 자꾸 눈물이 나려 하는 구나.
죄송 부탁이지만 이 기회에 부산에 한번
다녀 가려므나 꼭.

" 행복한 너의 약혼식 이
되길 바란다.
9월 26일

금자가 아내에게 보낸 손편지

Dear 혜자.

차가운 한파와 함께 겨울의 여신이 날아오고 있다. 혜자야, 너와 나의 상면은 무척이나 오랜 일이라 생각하며 너에게 몇 자 보낸다. 그간 별일 없으리라 생각했지만 그것은 나의 억측이었나 봐. 혜자야, 좀 더 참을 길이 없었던 것은 아닐 텐데 넌 기어이 가버리고 말았구나. 하지만 널 원망하지도 나무라도 싫은 심정은 아니다. 다만 친구의 곁을 영원히 떠나고 만 것 같은 서운함 때문이랄까? 혜자야, 그렇지만 그렇게도 섭섭할 수가 있을까? 난 너를 부산에 보내놓고 언제까지나 너의 소식을 기다렸지. 전부 다 부질없는 것을— 난 거기서 인간이란 것의 둘레를 또 한 번 돌아봤다고 느꼈어. 그 뒤 2개월 후 서울에 올라왔어. 너의 집 주소를 안 가지고 왔기에 부득불 언니 학교를 방문했었지. 언니의 한숨 짓는 사연으로 너의 근황을 알 수 있었다. 도시 암담한 마음으로 발길을 돌렸단다. 혜자야, 내가 너의 모든 것을 모르고 하는 말은 아니지만 난 친구로서 널 나무라고 있는 거야. 진심으로. 침묵 속의 대화가 통할 리 없다고 말한 사람은 없어. 혜자야! 저 아스팔트 위를 달리는 자동차의 바퀴만큼 많은 사람들이 어찌 다 행복할 수 있을까? 행복은 오직 자기 자신만이 희구함으로써 얻는 노력의 대가가 아닐까. 혜자야, 부디 너의 복을 마지막 저물어가는 68년에 빌어본다. 그럼 내내 건강에 주의하기를 바라며, 안녕! 할 말은 많으나 어찌 다 지면으로 채울 수가 없구나.

1968.12.17.

서울에서

* * *

혜자에게.

그동안 잘 지냈니. 나는 나의 인생에 많은 변화를 가졌단다. 사람이 살아가는 데 물질만이 행복이 아니라는 것을 이제 생각하니 정말 미련했구나. 혜자야, 유성이 아빠가 위암에 걸려서 병원에서 수술을 하였구나. 한 40일간 병원에 입원했다가 퇴원했단다. 우리 부부는 이번 일로 해서 정말 하나님이 살아계신다고 확신하고 우리는 경험했단다. 혜자야, 이제는 어느 정도 안정을 해서 집에서 쉬고 있구나. 너도 열심히 교회에 나아가 살아계신 아버지를 믿어라. 우리가 경험한 것을 말할게. 9월 달에 이곳은 무척이나 더웠어. 숨을 쉴 수가 없을 정도로. 그런데 유성이 아빠가 식욕이 없고 피곤하다고 하더구나. 정말 나도 집에 오면 식욕도 없고 피곤하고 짜증도 나고 해서 별로 신경을 쓰지 않았는데, 하루하루 지나면서 보니까 정말 눈에 보이게 피로해 보이더구나. 그래서 9월 29일 병원에 갔구나. 피검사도 하고 변 검사도 하고 소변도 하고 그런데 변 검사에서 피가 있다고 해서 위장 전문 의사한테로 다음 날 갔구나. 결과 위 속에 암이 있다고 하는구나. 의사가 빨리 수술을 하자고 해서(그날이 금요일) 월요일날 수술을 했구나(10월 3일) 이곳은 모든 것이 전문의사가 하기 때문에 외과(수술전문의) 의사가 말하기를 너무나 암이 크게 퍼져서 열어보아야 한다고 하면서, 수술을 하면 아마도 간, 쓸게, 취장, 위 모두 6가지 장을 떼 내야 한다고 하면서, 만약에 오른쪽 간까지 퍼졌으면 수술을 할 수가 없다고 하는구나. 정말 하늘이 무너지는 것 같고, 숨을 쉬어도 숨을 쉬는 것 같지가 않았단다.

그래서 밤을 새워 기도했구나. 하나님 아버지, 수술만 할 수 있게 하나님 아버지 도와주십시오, 하면서 말이다. 정말 부끄럽게도 말야. 우리 부부는 하나님 아버지도 믿지도 않고 교회에 다니는 사람은 도둑놈이나 사기꾼이라고 무시하고 상대도 하지 않았는데 말야. 정말 나도 모르게, 밤을 새워 기도를 하고 새벽 5시에 다시 병원으로 차를 몰고서 가는데(유성이 아빠는 병원에서 자고) 내 입에서 자꾸 찬송가가 나오지 않겠니. 할렐루야, 할렐루야 하면서. 그래서 나 혼자 내가 미쳤나, 이게 웬 말인가, 즐거운 것도 아니 이 시간 미친 사람 같이 할렐루야를 하다니 말야. 그래서 병원에 도착을 하니까 눈물이 쏟아지고 가슴이 답답해야 할 시간인데(새벽 7시에 수술이 시작함) 마음이 평온하고 걱정도 없고, 이상하게 그냥 조그마한 종기 수술하러 가는 것같이 걱정이 되지 않더구나.

그러고 있는데 우리 교회에 있는 집사님 항시 우리가 그 사람을 가리켜서 광신자라고 흉보던 사람이 그 새벽 7:30분에 병원에 왔더구나. 그래 우리는 대합실에 앉아서 아마도 그때 10여 명이 앉아서 기도를 올렸어. 정말 간절한 마음으로. 내 생전 처음으로 정말 나의 혼신을 다해서 기도를 했단다. 7:00시에 수술실을 들어갔는데 9:00시가 되니까 의사가 우리한테 전화를 했더구나. 수술이 지금부터 시작된다고 하면서 조사를 해본 결과 퍼진 곳이 없다고 하니 얼마나 감사하니. 정말로 눈물로 감사의 기도를 부끄러움도 없이 했단다.

12:00시가 되니까 의사는 수술을 마치고 얼굴에 웃음을 띠우고, 우리 앞으로 걸어 나오시더구나. 순간 나는 이제 살았구나 했단다. 내 생각대로 의사가 말씀하시는데 수술 정말 잘 되었습니다, 수술하면서 계속 세포를 떼어서 조직을 검사해보았으나 암세포가 퍼진 곳이 없다고 하면서 환자가 너무 좋아서 수술하는데 맥박 한 번 떨어지지 않고 수술이 끝났다고 하면서 정말 잘 되었다고 하면서 아마도 4시간 후에야 마취가 깨일 것이라고 하면서 집에 가서 조금 쉬고 오라고 해서 모든 사람이 식당에 들러서 식사를 하고 집에 조금 들렀다 다시 병원으로 왔단다.(유성이 큰아버지랑 엄마랑 말야)

중환자실에 전화를 해서 깨어났나 보려고 물어보니 벌써 깨어난 지 2시간 되었다고 간호사가 말하면서 깨어나서 의사하고 이야기를 하고 어떻게 수술을 했는가 물어보고 말야. 그래서 유성이 아빠가 있는 병실로 가보니 정말 죽은 것 같이 누워 있어서 들어가지는 못하고 있는데 간호원이 들어가라고 하더구나. 그래서 들어가니까 인기척에 깨어선 눈을 뜨고 나를 쳐다봐서 나 알아 하니까 응 하면서 자기 배를 좀 보라고 하더구나. 온통 반창고를 바르고 정말 피가 마르는 것 같아서 기도를 했단다. 하나님 아버지 이 사람 손을 잡아주소서 하면서. 하루 저녁 그곳에서 지내고 다음 날 병실로 바꾸었단다.

병실에 가서 정말 괴로워하는 것은 정말 볼 수가 없었단다. 가래가 목에서 끓고 말야. 그래서 서로 손을 잡고 하나님 아버지 이 가래를 가라앉게 해주십시오, 하면서. 하나님께서 응답하셨는지 유성이 아빠가 한참 자더니 깜짝 놀라면서 일어났어. 나는 깜짝 놀래서 얼른 유성이 아빠 손을 잡고 유성이 아빠, 왜 그래 하니까 어떤 사람이 지금 자기의 목을 세 번 탁탁 치면서 이제 다 나왔다 하드라고 하드라. 그래서 꿈을 꾸었다 하면서 그냥 건성으로 그러했냐 했단다. 그런데 말야. 이상하게도 조금 전까지 가래가 목에 꽉 차가지고 숨을 못 쉬던 사람이 씻은 듯이 가래가 없어졌단다. 나는 그때서야 하나님께서 우리와 함께 하신다는 것을 확신했단다.

그러고 3일 지냈단다. 갑자기 유성이 아빠가 열이 나기 시작했단다. 의사도 왜 열이 나는지 알 수가 없었구나. 그래서 다시 검사가 시작되었어. X-레이로 내장을 찍으려고 약물을 먹이게 하는데 유성이 아빠는 위를 떼어버려서 위가 없어서 한번에 1/2컵의 물밖에는 마실 수 없는데 5cup의 약물을 마구 먹이니 얼마나 죽을 것 같았겠니. 정말 지옥에 떨어진 것 같았단다. 그래서 유성이 아빠가 정말 45년 만에 처음으로 기도를 했대. 하나님, 살려주십시오, 하면서. 그랬더니 하나님의 음성이 귀에 들리더란다. "그래, 살려놓고 보리라"하는 소리가. 그 소리가 끝나자마자 X-레이 의사가 끝났습니다, 하드랜다. 정말 검사하면서 얼마나 고생을 했는지 정말 송장과 같이 얼굴 색깔이 파란색으로 변해서 나왔어. 그러면서도 나에게 하는 말이 유성이 엄마, 나는 살을 것이야. 하나님의 음성을 들었다고 하는구나. 나는 정말 이 말을 듣고 믿어야 좋을지 어떨지 몰라서 그냥 그러냐고만 했단다. 그날 약물을 먹으면서 물이 폐로 들어가서 숨을 잘 못 쉬어서 폐 운동을 시키는 기계로 운동을 시키고 정말 말이 아니었단다.

그러고 1주일 지났어. 그러면서도 계속 열은 104도 106도를 오르락내리락 하면서 그러던 밤이었단다. 아마도 거의 12:00가 다 되었어. 모든 사람이 다 자는 시간이면 우리는 더욱 무섭고 불안하고 말야. 유성이 아빠는 열이 있어서 그러는지 너무 놀래서 그런지 조금 눈만 붙이면 깜짝 놀래서 잠을 못 자고 말야. 밤새도록 내 손을 잡고 있어야 조금 자고 내가 조금이라도 조는 것 같이 힘이 없어지면 마구 깨우고 정말 힘이 들었단다.

그런데, 그날 말이야. 우리에게 기적이 생겼어. 유성이 아빠가 오줌이 누고 싶다고 해서 누워서 아무리 오줌을 누려고 해도 안 되어서 억지로 침대에서 내려와서 오줌을 누었단다. 그리고 다시 침대로 다시 누웠어. 그런데 말야. 환자 침대에서 옆에 쇠로 칸막이가 되어 있는데 어떻게 된 일인지 그것이 부러지고 말았단다. 그래서 간호원을 불렀어. 그랬더니 간호원이 자기 간호원 생활에 침대가 부러진 일은 처음이라고 하면서 침대를 새것으로 바꾸었단다. 아마도 40분 정도 걸렸을 거야.

그리고 침대에 다시 누웠는데 그때는 뱃속에 호스가 많이 달려 있었어. 4줄이나. 그래서 그것을 잘 정돈하려고 유성이 아빠 가운을 올리고 배를 보고 있는데 이것이 웬말이니. 꿰매서 거의 다 나았다고 생각하던 곳에서 갑자기 피고름이 쏟아지는구나. 그래서 간호원을 불렀어. 간호원도 놀라고 나도 놀라고 유성이 아빠도 놀라고 정말 이것이 웬말인가 하면서. 정신없이 피고름을 닦다 보니 4시간이 흘렀어. 아무리 생각해도 안 되겠다 싶어서 의사한테 응급 전화를 간호원이 했단다. 새벽 6시가 되니까 의사가 놀래서 올라오셨어. 그래서 본격 치료를 시작했는데 그때부터 열도 떨어지고 조금씩 회복을 하더구나.

그러면서도 정말 감사한 것은 유성이 아빠나 나나 실망하지 않고 생활하는 데 활기를 다시 찾을 수 있는 것, 그리고 나나 유성이 아빠나 하나님을 알고 정말 진실하게 믿고 의지하면서 살 수 있는 것, 사는 날까지 하나님 아버지가 좋아하시는 일 하면서 살 수 있는 것 감사한단다. 혜자야, 정말 내가 알지 못했던 하나님 영접하고 유성이 아빠도 45년만에 처음 하나님 영접한 것, 그리고 생명의 연장 주신 것 감사합니다. 혜자 너도 나의 이 경험을 토대로 열심히 신앙생활 하기를 바란다. 혜자야, 정말 죽을 수밖에 없는 이 생명 살리신 주님께 너도 기도해주기 바란다. 다음에 다시…….

금자가.

은순이가 아내에게 보낸 손편지

조용한 오후야
태양이 있어서 외롭지 않았고 별들이 있기에 쓸쓸하지
않았다는 옛적 보헤미안의 푸념거리가 이제는 재즈와
트위스트의 혼돈을 즐기는 20대의 젊은이의 입으로 오르
내리는 값싼 타령이 되어 버리고 말았구나.
아무런 말도 없이 하루살이 [illegible] 단자리 장식해
갔다면 이것은 먼 훗날 일말한 보람을 갖게 하겠
지만 이것 역시 적막에 묻혀 버리고 마는 현실
이로구나.
차디찬 파란 빛이 깔린 8월의 하늘
보고 있고 싶지가 않구나
어떤 진실의 주인공이 말하시는 세상에서 가장
허무한게 인생이라는데(?)
혜자야 정아와 함께 저 푸르른 대지를 마음껏
걷고 싶지 않니.
아니야 둘이서 아주 멀리 버려 보는거야
무척 멋있고 아름다운 꿈이지. 하지만 꿈이 아닌
현실이야 자꾸만 계속하다보면 너와 나는 현실에서
도피하는것 밖에 안돼.
혜자야 정아와 함께. 미련과 기쁨이. 있겠지만.. 달래 봐

조 흥 은 행　　서B23 (25.7×18.2)

자 꿈나

꿈의 전신을 하는거야 과거를 생각지 말고 현실에만
만족을 채우게 하는거야 미래를 그리면서 말야
혜자야 지금막 너의 사진을 보고 눈물이 글썽해서 적었단다
왜냐고. 나도 몰라. 몹시 보고 싶은 얼굴이 생각키운거야
노래는 무슨 노래를 불렀냐고? 응 ~ 노래나 배워
그대신 우리가 서로 만나는 날에는 멋있게 나에게 불러
주어야 돼.
흰구름이 피어오르는 무형산 저너머로 그대와 단둘이서
가보았으면. 하얀 돛단배라고 물새를 앉히우고
아무도 살지 않는 작은섬을 찾아서 아담하게 집을짓고
그대와 단둘이 행복의 보금자리 마련 했으면 —
그리고 또와서 불러주라는 노래, 머리 바람 정도로
괴로워 죽겠어, 그렇다고 해서 어느 누구를 원망(?)
하는것도 아냐 다만 정아 자신만을 저주해 보고 싶은
거야. 차라리 모든것을 부인해 버릴래.
혜자야 떨어진 시간이 퍽이나 지루하기만 하겠지 나역시
매일 처럼 반복되는 이런생활에는 권태가 났겠더니깐
언젠가 태봉에서 찍은 사진 있지 웃는 ● 매력고 입은 메기
입, 눈은 쪽째 버릇 하고 허리에 칼을 찬 멋있는 돌장군님을
부등켜 안고 찍은 사진이. 나에게 있어. 너는 주지 않을거야

조 흥 은 행 서B23 (25.7×18.2)

혜자야 나 지금 3일전부터 자꾸만 설사를 하여 나서
기운이 빠지고 힘이 없어서 죽을지경야. 노동자는 부산가 있어
아마도 생사봉에 걸리고 만것같애 (볶겠지)
부러나고? 너말야 고향에도 편지가 없어서 이다음에
그사람한테는 어떻게 할려는거니.
참 미쓰 최 언니 너무하더라. 글쎄 전화도
한번 안 걸어주더라. 그리고 정영두한테는 언니가
전화 해 줘서 한번 전화 걸었어
너무해 모두가 미워 다 잊어버리고 말을까봐
너도 마찬가지야 나를 외롭게 만들어주니까
생각조차 괴로워 나의 라거는 없어 차라리 죽고
파 모든것 잊고 싶어.

• 설운 맘 우물곁에 서있는 보리수 나는
그 그늘 아래 단 꿈을 보았네
가지에 희망에 말 새기어 놓고서
기쁠 때나 슬플 때나 찾아간 나무밑.
찾아간 나무 밑.

잘있어 좋은 너의 소식 기다릴래.

보고픔을 간하는 정아가 —

너무나 잔인한 인생이 되고 말았단다. 차마 말하고 싶지 않은 인생이란다. 조용한 것이 싫어서 시끄럽고 잡음으로만 빈 방안을 메꾸어 버리는 넓은 책상 앞에 기대어 앉아 보았단다. 모든 주위의 사람들은 나를 울려만 주려했지. 마음을 달래주려 하지는 않았어. 우연히 필연이란 말을 들었어. 맞는 말이었어. 세상이란 나에게 너무 어마어마하고도 순 모순투성이였으니깐. 세상과는 먼먼 이방인이 되어버리고 만 것 같아. 인간들 간의 즐거움을 나만은 왜 고독과 외로움만으로 지내야 하는지 몰라. 울고 싶어졌어. 나도 모르게…….

난 뭐가 뭔지 통 모르겠어. 너의 복됨을 한없이 축복하련다. 받고 싶지 않다하면 억지로라도 감행을 하며 축복해주고 싶어. 먼먼 훗날…… 그 언제까지라도. 인생의 아름다움이란 어떤 것인지 난 아직 못 느껴봤어. 황홀하고도 신비스럽다고 하겠지. 하지만 난 말야. 억지와 가면이라고 하겠어. 불행하게도 너가 그런 것이 아니라고 욕설을 하며 단정을 내린다 해도 난 달게 받겠어. 인생의 모독자라고 해도 난 어찌하는 도리가 없을 것만 같애. 초라한 나라는 한 인간이 알기에는 이것이 모두인 것만 같애. 나에게는 더 이상의 것이 없는 것만 같애. 엉엉 흐느끼며 얼굴이라도 쥐어뜯고 싶구나. 인간은 누구나가 다 자기의 갈 길을 찾는다지만 이것도 팔자이고 운명인지도 모르겠어. 모든 것을 잊고파서 마음에다 내키지 않는 많은 말들로 흥얼거려 보았단다. 하지만 쓸쓸했어. 빈 공간을 메꾸기란 나에게는 너무 벅찬 짓이었어. 단잠을 청한 너의 꿈속에 뛰어들고 싶구나.

세상에서 저주받은 인간처럼 울며 펜대를 잡은 못난 나를 데려가 주지 않겠니. 정말이지 긴 여로에 잠기고 싶었단다. 못난 정아가 되고 싶지는 않아. 하지만 정아는 많은 인간 속에서 버림을 받은 거야. 살 권리가 박탈당한 것만 같아. 흐느끼고 싶었던 거야. 이제는 인생에 대한 아무런 흥미도 가지고 있지 않아. 아니 아무런 원심도 가질 수가 없기에 모든 것을 망라해 버리는 것인지도 모르겠어. 미쳐버릴 것만 같애.

혜자야, 잠은 오지는 않고 말야. 과거를 잊고 현실에만 치우치며, 만족하고 싶은 거야. 허지만 세상이란 무척 힘이 들었어. 과거만을 머금고 사는 정아. 퍽이나 불행할 거야. 죽고파, 혜자야. 모든 인간은 나에게서 멀리 떨어져 나가 버린 지 오래야. 나에게는 아무도 없어. 오직 나뿐이라니깐. 괴로웠어. 그 동안의 많은 일들이. 아니 망각하려고 노력도 하였어. 모든 것이 부족했던 나. 비로소 자신을 알아버린 것만 같애. 앞으로 좀 더 성숙해지는 날 그때가 돌아오겠지. 그날을 기다려보는 것이니깐.

혜자야 가슴 아픈 시련이 왜 나에게만 돌아오는지는 모르겠어. 인간 밖의 이 미련둥이는 말야. 오랜만에 올라온 너에게 따뜻한 대접을 못해줘서 미안할 따름이야. 언젠가는 즐겁게 맞이할 날도 오겠지. 복된 하루하루가 되기를 빌겠어……

영등포에서

은순

* * *

잘 있는지 궁금하구나. 일찍 엽서 띄우고 싶었지만 마음대로 할 수가 없구나. 요즈음의 하루 일과는 어떤지? 너의 소식은 대강 들었어. 그렇다고 Miss 최를 만난 것은 아냐. 보고 싶구나. 만나는 날 쌓이고 쌓인 말 많이 많이 하자꾸나. 혜자야, 미치고 싶은 하루이구나. 죽어버리고 싶은 마음뿐이야. 지금 나에게는 공허뿐이니깐 말야. 나 무엇 하냐고. 음악 감상중이야. 유엔군 총사령부 방송. 푸른 잔디에 누워 음악 속에 묻혀 죽었음해. 어떻게 마음에 갈피를 못 잡겠어. 너한테 가고 싶어. 나에게는 왜 이렇게도 시간의 여유가 없는지. 혜자야, 내가 이번 일요일이나 월요일쯤 해서 한 번 갈게. 참 식사는 어떻게 하고 있니? 김치 생각 있으면 편지 해. 먹고 싶은 것도 많겠구나. 가보지 못한 나 이해하기 바란다. 우리 집도 엄마 많이 나았어. 오후에는 엄마와 나 둘밖에 없어. 시간을 내기란 나에게는 하늘에 별 따기야. 대구소식은 어떻게 됐어. 약속 날 못 가드라도 만약을 위해 가는 곳을 자세히 적어주어.

몸조리하길 바라면서.

영등포에서.

원자가 아내에게 보낸 손편지

성큼 다가서는 동장군의 위세에 또 두터운 옷과 더 눈물 신세를 져야 하나보다(물 일을 하자니). 귀여운 아가의 재롱 속에 바쁜 나날을 보내고 있겠지. 낭군님도 안녕하시고 인간이 자기 생활을 가지면 그렇게 되나보지. 너를 보더라도 말이야. 아무리 생소한 곳이라도 낭군님을 따라나서는 인내와 용기. 그래야 되는 것이지만 물론 전적으로 사랑의 힘이었지…. 네가 이사한다는 것을 알면서도 가보지 못했구나. 공교롭게도 그날따라 집이 비었으니 말이다. 미안함에 그리 너의 이해를 바랐지. 나 재미가 어떻냐고. 그리 덤덤할 뿐.

결국 그 사람의 전사통지서를 받고 보니 산다는 것이 이런 건가 싶어. 좀 흥밋거리를 찾는 중이지. 참 너 장위숙 알지. 그 왜 경상도 애 있잖아. 눈 뚱그렇고 혼자 자취하던 애 알지. 걔네가 부산에 산대. 생소한 곳에서 동창을 만나면 얼마나 반갑겠니. 위숙이는 아마 부산 조폐공사에 다닌다나 봐. 주소는 "부산시 동래구 온천동 407번지 조폐공사."

그리고 얘, 빅 뉴스가 있어. 이번 12월 5일 상숙이가 시집을 간다나봐. 상대는 32세, 실업회사의 간부급, 맏아들인가 봐. 상숙이 결혼식에 위숙이가 온다나 보더구나. 열성이지 뭐니. 아무튼 (님도 보고 뽕도 딸 겸이겠지. 서울에 애인이 있으니) 상숙이가 저의 언니, 고모, 오빠들에게 미안해 죽겠대. 지가 먼저 가게 됐으니 말야.

혜자, 너 싱싱한 생선은 실컷 먹겠구나. 혼자만 먹지 말고 이 갈비 씨에게도 맛 좀 보일 수가 없을까. 글쎄다. 몸조심하고 너의 집에 행운이 있기를 빈다.

서울에서 원자가.

4장

소식을 주고 받던 친인척과 지인들

1. 친인척과의 손편지

일본 롯데연구소에 근무하던 외사촌형과의 손편지

내가 고려대학교 4학년 때 고대 에스페란토 모임 대표로 일본에서 열리는 세계 에스페란토 대회에 참가할 예정이었다. 그때 일본 롯데연구소에 근무하고 있는 외사촌형(김상환)에게 일본 가면 찾아뵙겠다는 편지를 보낸 일이 있었는데 형이 보내준 답장이다.

우리 식구가 6.25사변 때 남으로 피란 가는 길에 여주 이천에서 부유하게 살고 있던 상환이 형 집에 며칠을 유숙했었는데 그때 내가 일곱 살이었음에도 불구하고 그때의 일이 지금도 어렴풋이 기억난다. 유성기라고 불리던 손으로 한참 돌리고 유성기판에 새까만 빈대떡 같은 판을 올려놓으면 돌아가면서 노래 소리가 나던 일이며, 그때 상환이형의 큰형은 육군 장교로 늠름하던 모습이며, 사촌 큰형의 형수가 어린 내 눈에도 갓 결혼한 이쁜 새색시였던 기억이 생생하다. 그 큰형은 전쟁 부상으로 제대한 후 여러 가지 사업을 했으나 여의치 못하여 캐나다로 이민 가셨다. 우리 어머님이 살아계실 때는 가끔 안부도 주시고 했는데 요사이는 연락이 두절되어 소식을 모르고 지내고 있다.

외사촌 형이 보낸 손편지

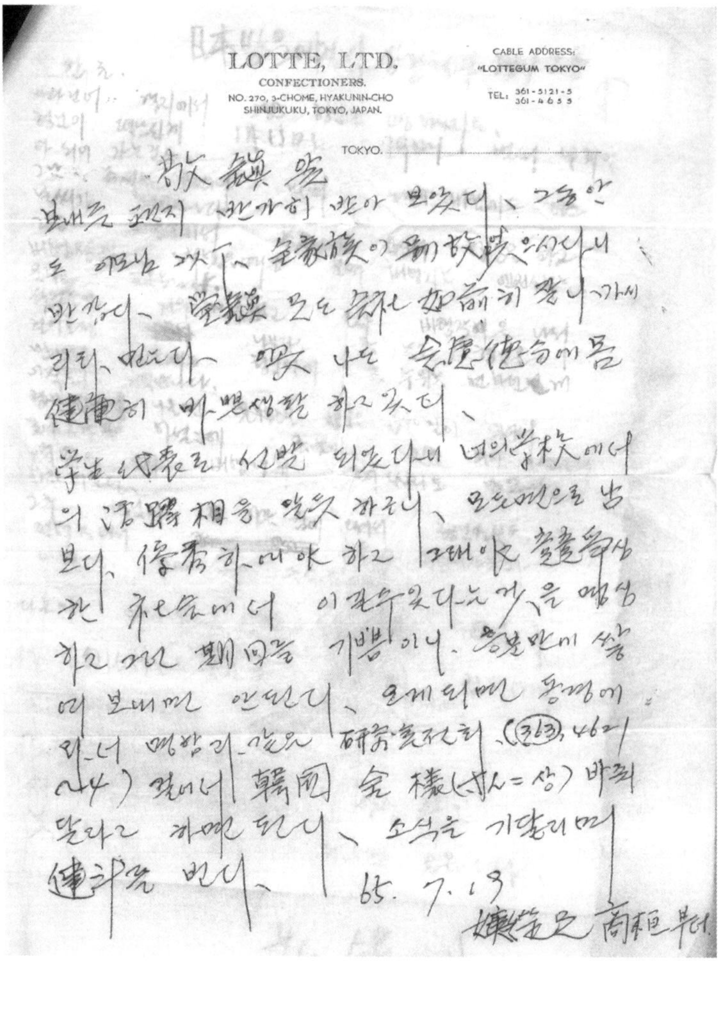
LOTTE, LTD.
CONFECTIONERS.
NO. 270, 3-CHOME, HYAKUNIN-CHO
SHINJUKUKU, TOKYO, JAPAN.
CABLE ADDRESS:
"LOTTEGUM TOKYO"
TEL: 361-5121-5
361-4655
TOKYO.

65. 7. 19

경진 앞.

보내준 편지 반가이 받아 보았다. 그동안도 이모님 이하 전가족이 별고 없으시다니 반갑다. 형도 회사 여전히 잘 나가시리라 믿는다. 이곳 나도 덕분에 몸 건강히 바쁜 생활 하고 있다. 학생 대표로 선발되었다니 너의 학교에서의 활약상을 알 듯 하구나. 모든 면으로 남보다 우수하여야 하고 그래야 경쟁 심한 사회에서 이길 수 있다는 것을 명심하고 그런 기회를 기쁨이나 흥분만 쌓여 보내면 안 된다. 오게 되면 동경에 와서 명함과 같은 연구실 전화(363, 4621~4) 걸어서 한국 김상(金樣) 바꿔 달라고 하면 된다. 소식을 기다리며 건투를 빈다.

65.7.19.

상환으로부터

내가 보낸 손편지

상환 형.

바다 건너 객지에서 그동안 형님은 건강하신지요. 형님이 떠나신 게 1월 13일로 기억하니 벌써 반회기가 다 되어가는군요. 그날 몹시도 춥더니 벌써 바람이 불어도 더운 날씨가 되었습니다. 그날 시청 앞에서 줄을 서서 간신히 합승을 하고 비행장에 도착했을 때는 벌써 비행기는 엔진소리를 울리고 있었습니다.

식구들만 겨우 만나 뵙고 혼자 비행장을 나와 걸어오다 나보다는 좀 늦은 형님을 만나서 올 때는 형님 덕에 좀 추위를 면하던 게 아직도 기억납니다. 형님 집에서 나올 때 형님은 급한 일이 있어서 못 나온다 하셨는데 좀 늦게 차를 몰아 오셨다며 시간이 늦어 비행장에 들어오시지도 않았다고 하시더군요. 그 후 이모님이 가끔 집에 오셔서 형님 소식을 전해주셔서 듣고 지내다가 이렇게 펜(pen)을 들었습니다. 다름이 아니라 이번 7월 말경 일본에서 에스페란토 대회가 열리는데 참석하게 될 것 같아 미리 연락하고 지내는 것이 좋을 듯해서입니다.

외국에 간다는 것이 상상외로 복잡하고 일이 많은 것 같습니다. 이번에 꼭 가게 되어 이번 기회에 가깝고도 친밀하게 지낼 수 있는 기회가 마련되었으면 합니다. 8월 제가 참석하게 될 것 같은 대회는 제21회 세계청년에스페란토 대회로 8월 8일부터 15일까지 교또에서의 행사며 이는 숙식을 완전히 제공하지만 대회 며칠 전에 동경에 갈 예정으로 되어 있으니 혹시 가게 되면 형님이 좀 편리를 보아주셔야 될 것 같습니다. 아직 어떻게 될지 모르나 안부 삼아 형님에게 소식 전합니다. 그럼 객지에서 몸성히 연구에 충실하시길 바라며 이만 줄입니다.

1965.7.18. 서울에서 동생 경진이가.

* * *

상환 형.

바쁘신데 보내주신 편지 반갑게 받아보았습니다. 편지 보낸 지 오랜 후에도 소식이 없어 주소가 틀렸나 혹시 몸이나 불편하신 게 아닌가 걱정하던 차에 몸 건강히 연구에 충실하시다니 정말 반갑습니다. 우리들은 부산에서 고베까지 배로 가고 고베에서 기차편으로 동경에 도착하게 될 것 같습니다. 만일 일주일이 더 연기된다면 동경에 들리지 않고 직접 교토로 가게 될 것 같습니다. 그럼 형님의 몸 건강을 빌며 이만 줄이겠습니다.

1965.7.24.

경진이가

고려대학교에 같이 다녔던 조카 행자의 손편지

No. 1 金箕 아재 !!

思春期 인가?! [illegible]하게 !!

바람도 오고 있는 모양이지?
우울한 心情을 보니 말이야, 아니 몸이 不便하다니 혹시 酒毒은
아닌지? 아니면 Home-sick 에라도 걸린건지?
금년이 할머님 환갑 생신인것은 온집안이 모르고 있었어.
서운한 마음만 드는군. 내년에 해잡술려구 연락을 안하셨나 부지?
올해는 이왕 지났으니 내년에라도 가서 뵙지.
혜자가 가 있었다니 흐뭇하겠군.
우정맹이(失禮) 아들보다 친절한 며느리감이 와 있었겠으니 말야.
결정은 잘했어. 서울역 창에서 "혜자를 영원히 사랑
해 주어야겠다" 고 마음먹은것 말야.
[illegible]식은 뭐 치사 한거지.
순수한 女性의 오롯한 사랑을 받는 金箕 아재가. 三者가
보기엔 무척 부러운 像이군. 영원히 그마음에 변동이
없기를 바라고 祝福해 마지 않는 바이야.

나 그러지 않아도 便紙 무척 기다렸어. 주소를 알고 싶어서
마포에 한번 갈려던 참이었어. 요즘 政界 처럼 나도
김종필 당의장 비슷한 事情에 놓여 있거든 (아주---).
정말야. 그래서 自意 반 他意 반 大邱로 내려 갈까
생각했던 거야. 그러니까 이번이야 말로 [illegible]

No. 2

모든 公職(?)에서 完全히 떠나려는 결단 직전이야.
그런 中 같은 거야 뭐 순전히 自意 辭職 에서지.
뭐 조용한 시간을 갖으려고 했다니 고맙군.
나에게 뭐 조용한 말 나눌 일이라도 있었던가?
글쎄- - - - - - - - .
요즘은 좀 진지하고 성실한 자세가 취지 않고 모든 것이
번데기 몸바꿈 처럼 시시하게 생각되니 어떠한
결정이 내려 질려는 징조인지는 모르지만
金箕 아재의 便紙를 받아 보고 나서 난 이상한 기분을
느꼈어. 自信이 不足한 상태니 모든 것이 그렇게
보이고 들리는 건지는 모르지만.
뭐 누구를 眞心으로 좋아 한거라
조용한 시간을 너와 갖으려고 했으나 [illegible]---
미안해 좀더 眞實한 태도로 받아줄수 있도록
이몸이 순수하지 못해서 그런거야.
아무튼 客地에서 못난 후배를 그만큼 生各 하고
펜을 들어 글월을 썼다는 이사실 !!
정말 고마움을 금치 못하겠어. 정말야!
事情이 허락하는 데로 그곳에 한번 가보아야겠어.
이모님도 한분 계시니까 며칠 쉬다 오고 싶어.
엄마가 허락했어. 물주만 허락하면 되는데- - - -

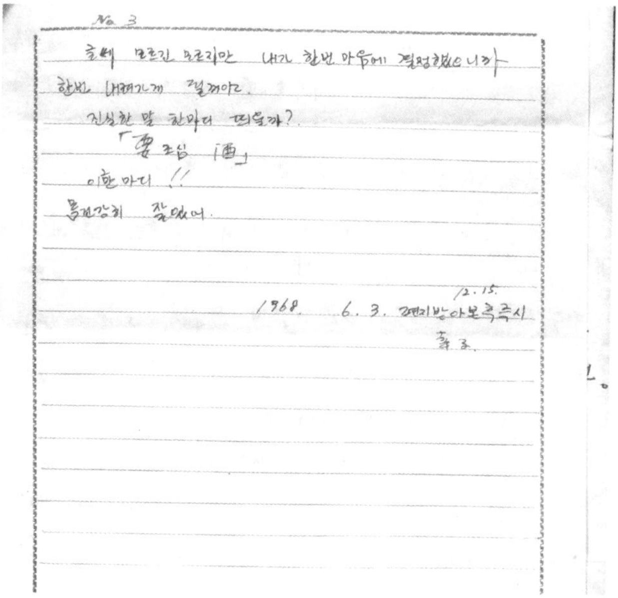

No 3

글쎄 모르긴 모르지만 내가 한번 마음에 결정했으니까

한번 내려가게 될꺼야.

진실한 말 한마디 띄울까?

「零 조심 酒」

이 한마디!!

몸건강히 잘있어.

12.15.
1968. 6. 3. 편지받아보고즉시

幸子.

경진 아재!

편지 받고 즉시 회답 못해서 궁금했지? 난 아무 일 없고 우리 집도 무사(無事)해. 불번에 조조할머님 댁에 들렸어. 큰아저씨 워커힐에 근무하시는 건 알고 있겠지. 대구는 굉장한 폭염이라면서? 서울의 더위는 한 고비 지난 것 같애. 아침저녁으로 서늘한 바람이 불고 낮 한 때 더운 것뿐야. 요즘 날씨 같애선 꼭 초가을 같은 기분이야. 아주 상쾌하거든.

행자는 역시 "선남선녀" 중의 한 분자였고 앞으로도 일백의 하찮은 범부로 묻히게 되나봐. 한 남편의 끼니를 해주고 또 빨래를 빨아주고 하는 말야. 남편의 건강을 위해 머릴 쓰고 또 반찬의 칼로리에 신경을 쓰는 범부 알지? 무조건 축복해줘. 행자의 결혼식을!! 양력 8월 20일, 오전 11시, 종로예식장 본관 2층. 신랑은 오청(吳清). 부디 건강해.

8월 13일. 떨어져가는 행자.

나와 같은 62학번인 이화여대를 다녔던 조카 옥기의 손편지

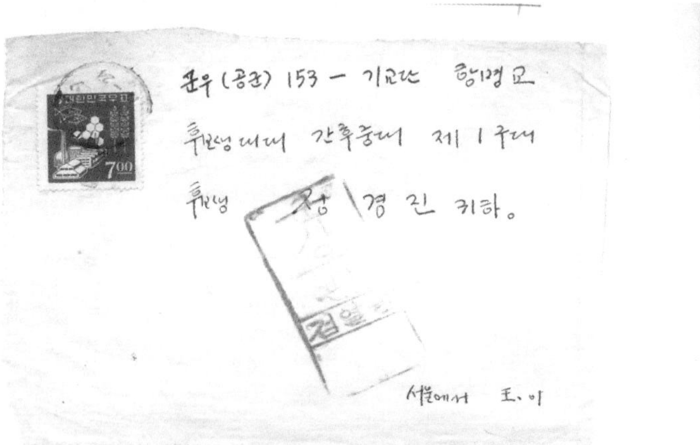

필자 대학교 졸업식날(1966.2.25.) 참석한 조카: 우측 끝

아저씨께.

아저씨 그동안 아무 일없이 군생활에 충실하고 계시다니 무엇보다도 반갑군요. 지금쯤은 검둥이가 무색할 정도로 멋있게 반짝이겠죠? 하루속히 보고픈 아저씨의 얼굴을 생각하며 혼자 미소를 띄워봅니다. 이곳에 계시는 여러분께서도 전과 다름없이 하루의 해를 보낸답니다. 그런데 한 가지 아저씨에게 사과(?)를 드려야겠군요.

다름이 아니라 아저씨께서 저에게 충고하였든 대학생활의 마지막 봄을 즐겁게 지내라고 하신 것 말예요. 이 충고를 받아들이지 못하고 여름을 맞아야 하니 사과를 할 수밖에요. 역시 4학년은 동(銅)값인가보죠! 아니 구리값만도 못한가 봐요. 글쎄, 아무도 놀러가자고 청을 하지도 않으니 말예요. 제가 불쌍하다고요? 천만에 말씀. 실은 아저씨께서는 뜨거운 태양 밑에서 구슬 같은 땀방울을 씻어대며(사실은 씻지도 못하시겠지, 참) 끝없는 대지를 향하여 보행하고 있을 것을 생각하니 어디 미안해서….

아저씨! 웬 편지봉투를 그리도 단단히 붙였어요. 세상에 그렇게 의심이 많으면……. 하여튼 아저씨답지 않은 짓(?)이니 또 한 번 폭소를 터트리는 수밖에. 웃어서 해로울 것이라고는 없을 테니 어디 아저씨 덕택에 마음껏 웃어봅시다 그려. 아저씨애! 다음에는 그렇게 거치장스럽게 편지지에 쓰시지 마시고애. 엽서로 하이소. 무슨 군인이 7원씩이나 하는 우표를 마구 씁니까? 이러한 우표일랑 아저씨께서 좋아하는 아가씨에게 소식 전할 때 쓰시고 말입니더. 아저씨는 참 행복하시겠습니더. 이런 사정까지 보아주는 조카를 두셨으니 말입니더. 이 만년필이 망령이 났는지 통 말을 안 듣습니다. 그러니 할 수 없이 Good-bye를 해야겠군요.

4.28. 옥 드림.

P.S. 5월 초에 마포에서 아저씨 면회 가신다는가 봐요.

"삶이 그대를 속일지라도 슬퍼하거나 노여워 말라 슬픔의 날은 참고 견디면 머지 않아 기쁨의 날은 오리리 마음은 미래에 사는 것, 현재는 언제나 슬픈 것. 모든 것은 한 순간에 지나간다. 그리고 지나간 것은 다시 그리워지는 것이려니"– Phushkin

내가 보낸 손편지

옥기 앞.

약속대로 입영하는 즉시 편지 내려 하였으나 이제 겨우 허락을 얻어 쓰게 됨을 용서하여 주기 바랍니다(?) 그래, 졸업반이 되신 기분은 어떠하신지. 이제 병아리들 마냥 몰려 다니시지들 말고 점잖은 숙녀들이 되는 것도 건강에 해로우시지는 않을 듯. 황금의 시절 대학의 마지막 때를 보내는 때의 마지막 봄철이 되었는데— 내가 나갈 때는 뜨거운 여름철이 되겠구만. 여기 대전은 일기가 고르지 못하여 밤에 추위에 몇 번씩이나 잠을 깨야 되고 제멋대로 자유스럽게 지내던 이 아저씨는 틀에 매인 군대생활이 몹시 부자유를 느껴 괴로울 때도 많지만 남들이 다 하는 것, 나도 보름을 뺏다 몇 대 맞는 것으로 무난히 넘길 수 있었지. 할 일이 많아 자세히는 지내는 일을 적을 수는 없지만 앞으로는 좀 시간의 여유도 생길 것도 같고 하니 시간 있는 대로 소식 주면 한다. 아마 이게 너와 나의 첫 편지가 되는 것 같은데 시간에 쫓기는 군인으로(지금은 군인도 민간인도 아닌 후보생 생활이지만, 사관학교생도 같은 생활같이 생각된다.) 재미없는 편지가 된 것은 미안히 생각하면서 이만 줄인다. 우표가 딱 한 장 남아 동자동 누나에게도, 구로동 행자에게도 소식 못 전하니 만나는 기회 있으면 안부 전하길 아울러 빈다. 지금 또 옆 침대에서도 전우들이 편지에 열중들 하고 있다. 빨래도, 세수도, 변소도, 수양록도 구두 닦을 것 등등 많이 밀렸으니 이만.

그럼 환절기에 몸조심하길 빌며.

대전에서 경진이가.

옥기 조카의 일본 거주 집에서 누나 큰딸 정완이와 함께

일본 황궁 앞에서 조카 옥기와 함께

2. 지인들과의 손편지

최부길 선배님, 한인수 목사님과 주고받은 손편지

우리 가족이 6.25사변 때 피난 가서 몇 년 지내고 환도했을 때 사변 전에 살던 현재 세종문화회관 근처의 우리 집은 폭격으로 흔적도 없이 사라졌기 때문에 돈암동에 있는 커다란 기와집의 행랑채에 세를 들어 서울 살림을 시작했었다.

그 집은 마침 내가 다니던 경복중학교 교감 선생님댁이었고 선생님에게는 두 아들이 있었는데 위에 형이 나의 경복고등학교 선배였는데 내가 고등학교 3학년 때 보내주신 편지가 보관되어 있었다. 나는 그 집에서 돈암동에 있던 정덕국민학교 6학년과 경복중학교 3년 내내 살았다. 내가 중학교 3학년 때 늑막염을 앓아 두 달 동안 휴학을 하였었는데, 그때 교감선생님의 사모님께서 병원도 소개해주시고 늑막염에 좋다는 지네닭도 달여 주셨던 고마운 기억이 있다. 지금도 부잣집 맏며느리 같으셨던 인자하신 사모님의 모습이 지금도 생생하게 생각난다.

두 달 휴학 후 등교하여 고등학교 입학 모의고사를 보았는데 내가 전교 학생 중 9등을 하여 한영콘사이스를 부상으로 받아 교감선생님 부부가 어린 나를 무척 대견해하셨던 기억이 최부길 형의 편지를 보며 다시 생각나 어렸을 때 아름답고, 고마웠던 추억을 새삼 느끼게 해주었다.

아울러 형님은 군대에 가계시고 어머님, 누님, 동생 네 식구가 종로구 내수동에 있던 5가구로 기억되는 기독교인 가정이 함께 거주하던 에덴원이라는 곳에 1년 정도 살았는데 그때 그 시설에 전도사로 계셨던 상이군인이셨던 한인수 선생님과 주고받은 편지도 함께 기록해본다.

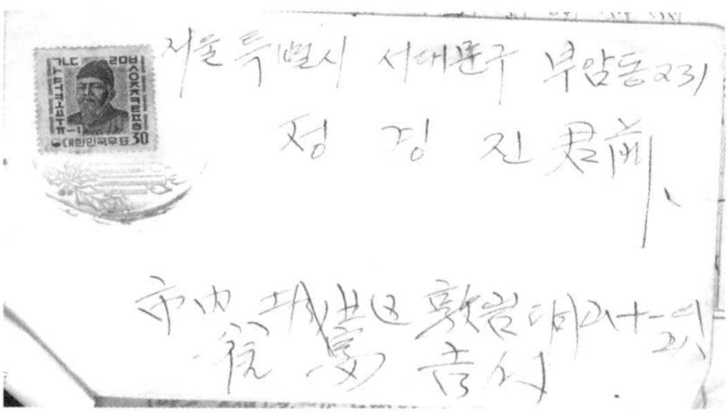

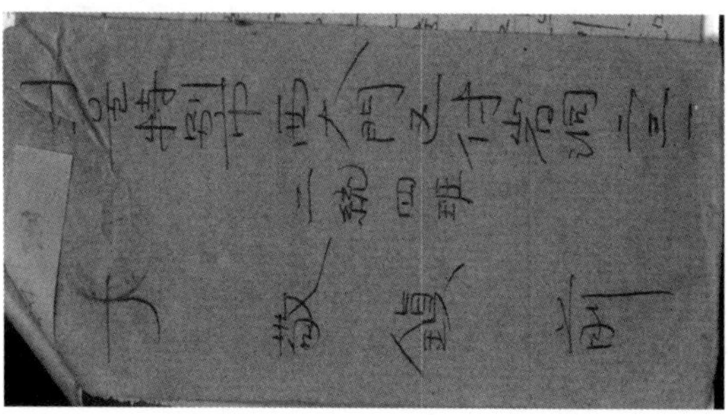

최부길 선배와의 손편지

광진이 보게,
대학 입시에 얼마나 고생이 많은가?
그간 어머님과 부님, 형님 모두들 무고 하시고 광진이도
몸성히 잘 있겠지? 이젠 머지 않아 지난 몇년동안
君이 공부 해온 것을 총결산 할때가 되었군 그래,
하지만 지금이 제일 중요한 시기라는 것을 잊지
말고 열심히 끝까지 분투 노력 하기 바라네.
마지막 끝인 지점에서 매배한 나 자신을 돌이켜
볼때 부끄러운 마음 금할길 없지만 君에게도
이와 같은 쓰라림을 맛보게 하고 싶지 않은
심정에서 Pen을 들어 몇마디 X-mas 선물
로 적어 보겠네.

지금 이 시각에도 42키로 몇 키로(Km)를 위해서 열심히
뛰고 있는 선수들을 생각할때 잠시라도 마음을 놓아서는
안되네. 지금은 모두 지쳤네. 바로 이때가 기회일세.
좀더 스피드를 내서 앞서가는 선수를 따라 갈수있는
Chanccok. 앞서가는 선수는 지쳤어 뒤에서 오는
선수가 무서운 거야, 이점 잘 명심해서 앞으로 남은
20日間 꾸준히 쉬지 말고 총정리를 해보게,
그렇게 기간 잡아가면 승리는 君에게 돌아갈 걸세,
나는 여기서 실패를 했던거야, 그럼 난필은
이만 그치겠어. 君이 앞날에 보람 있는 일만
있기를 바라가면서 ~ ~ 못난 선배 부길 씀.
(추) 어머님께 안부 전해 주기 바래. 4294. 12. 25

경진이 보게. 대학 입시에 얼마나 고생이 많은가? 그간 어머님과 누님, 형님 모두들 무고하시고, 광진이도 몸 성히 잘 있겠지? 이젠 머지않아 지난 일 년 동안 군이 공부해 온 것을 총 결산할 때가 되었군 그래. 허지만 지금이 제일 중요한 시기라는 것을 잊지 말고 열심히 끝까지 분투 노력하기 바라네. 마지막 골인 지점에서 패배한 나 자신을 돌이켜볼 때 부끄러운 마음 금할 길 없지만 군에게는 이와 같은 쓰라림을 맛보게 하고 싶지 않은 심정에서 pen을 들어 몇 마디 X-mas 선물로 적어보겠네. 지금 이 시각에도 나머지 몇 키로(km)를 위해서 열심히 뛰고 있는 선수들을 생각할 때 한시라도 마음을 놓아서는 안 되네. 지금은 모두 지쳤네. 바로 이때가 기회일세. 좀더 스피드를 내서 앞서가는 선수를 따라갈 수 있는 chance야. 앞서가는 선수는 지쳐서 뒤에서 오는 선수가 무서운 거야. 이점 잘 명심해서 앞으로 남은 20일간 꾸준히 쉬지 말고 총정리를 해보게. 그렇게만 한다면 승리는 군에게 돌아갈걸세. 나는 여기서 실패를 했던 거야. 그럼 난 필은 이만 그치겠어. 군의 앞날에 보람 있는 일만 있기를 바라면서…….

못난 선배 부길 씀. 1961.12.25.

추) 어머님께 안부 전해 주기 바래.

＊ ＊ ＊

형님에게,

형이 주신 편지 정말 고맙게 받아봤습니다. 한 공부도 없이 게으름을 피우던 차에 형님의 그 말씀 저에게 얼마나 도움이 됐는지 모릅니다. 다른 생각이 날 적마다 이 편지를 읽으며 앞으로 남은 보름동안 끝까지 성심껏 달려볼 생각입니다. 이것이 형님의 염려에 조금이라도 보답하는 길이겠지요. 이번 호랑이해 형님에게 뜻있는 해가 되기를 빌면서.

경진 올림.

한인수 목사님과의 손편지

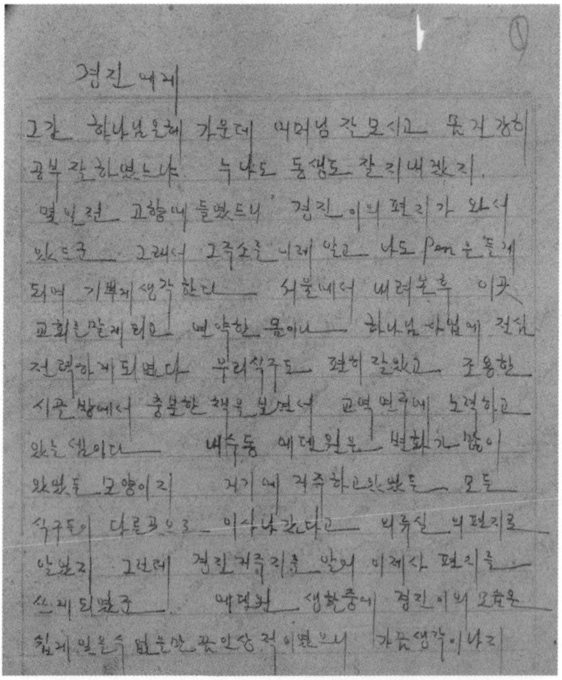

경진에게

그간 하나님은혜 가운데 어머님 잘 모시고 몸건강히
공부 잘 하였느냐. 누나도 동생도 잘 지내겠지.
몇일전 교회에 들렀드니 경진이의 편지가 와서
있드군 그래서 그 주소를 내게 알고 나도 Pen을 들게
되며 기쁘게 생각한다 서울에서 내려온후 이곳
교회를 맡게 되고 변약한 몸이나 하나님 사업에 전심
전력하게 되였다 우리식구도 편히 잘있고 조용한
시골 방에서 충분한 책을 보면서 교역연구에 노력하고
있는 셈이다 내수동 예배원은 변화가 많이
왔었든 모양이지 거기에 거주하고있었든 모든
식구들이 다른곳으로 이사를 갔다고 비추실의 편지로
알았지 그런데 경진 거주지를 알게 이제사 편지를
쓰게 되였군. 예배원 생활중에 경진이의 모습은
잊게 될수 없는만큼 인상적이였으니 가끔 생각이 나지

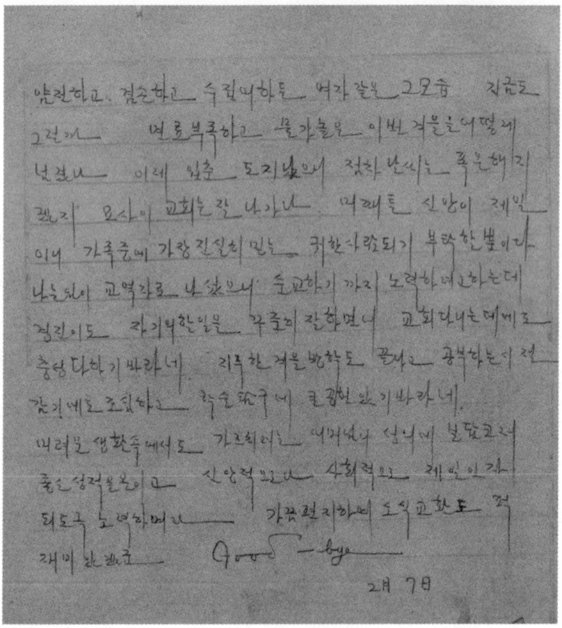

얌전하고 겸손하고 수줍어하드 여자같은 그모습 지금도
그런가 여로 부족하고 물가놀음 이번 겨울은 어떻게
넘겼나 이제 입춘 도지났으니 점차 날씨는 좋은해지
겠지 모사이 교회는 잘 나가나 어째든 신앙이 제일
이니 가족중에 가장 진실히 믿는 귀한사람되기 부탁할뿐이다
나는 뒤에 교역자로 나섰으니 순교하기까지 노력하려고하는데
경진이도 자기가할일은 꾸준히 잘하면서 교회다니는데에도
충성다하기 바라네. 귀족한 것을 벗하도 끝나고 공부하는 시절
같기에도 조심하고 학술연구에 큰 공헌 있기 바라네.
내려온 생활중에서도 가르치려는 내게보니 선생에 보답코저
좋은 성적을 올리고 신앙적으로나 사회적으로 제일인자
되도록 노력하여라 가끔 편지하며 소식교환도 즐
재미있겠군 Good-bye

2月 7日

존경하는 아저씨에게.

계절이 바뀌는 이 때에 하느님의 사업에 전심하시는 아저씨의 몸 건강하신지요. 아저씨의 편지 받은 지 보름이 되도록 답장을 쓰지 못한 저의 게으름을 용서하여 주시겠어요. 저는 아저씨가 기도하여 주시는 덕분에 몸 건강히 잘 지내고 있어요.

에덴원이 해산한 후 우리 가족은 효자동 밖 자하문으로 이사를 갔어요. 효자동 종점에서 서너 정거장 밖에 안 되지만 송림이 우거진 북악산 기슭을 끼고 도는 깨끗한 아스팔트길은 공원에 들어가는 길 같이 경치가 아름다운 곳이지요. 우리가 이사 간 집 뒷동산에는 감나무가 있어서 작년 가을에는 탐스러운 감이 주렁주렁 달려있지요. 좀 시골 같은 기분이 나지만 조용한 곳이 제 맘에 꼭 들어요.

아저씨 편지 받고 저는 참 기뻤어요. 편지를 읽으면서요, 저는 아저씨 계신 시골을 상상해봤지요. 주일마다 언덕 위에 조용히 자리 잡은 교회당에서 맑은 종소리가 들리는 그림책 속에 나오는 평화롭고 아담한 마을 같이 생각돼요. 한번 가보고 싶은 마을일 거라고요. 저는 작년 10월달부터 친구가 다니는 서울교회에 다니게 되었는데 아주 조그만 교회예요. 학생회는 중고등부가 합쳐서 20명 남짓한 곳예요. 그렇지만 가족 예배를 보는 것 같이 마음이 즐거워서 마음에 들어요. 이 교회에 다닌 뒤부터는 여지껏 교회에 가는 것을 내 생활에 자극이 되는 도의적인 교훈을 듣기 위하든 것이 이제는 신앙이라는 것에 대하여 생각하게 되었지요. 앞으로 아저씨의 많은 일깨워줌이 계셔야겠어요. 이렇게 답장을 늦게 한다고 화 내지 마시고 아저씨의 그 시골 전도사업의 즐거움을 저에게도 나누어 주셨으면 해요. 앞으로는 절대로 이렇게 늦지 않을 테니까요. 그럼 하느님의 영원하신 사랑이 아저씨와 함께 하시기를 두 손 모아 빌며. 이만 안녕히.

3월 1일 경진.

미국 거주하는 친구 최영일, 후배 조윤성의 손편지

최영일 군은 나와 경복중고등학교와 고대 법대를 함께 다닌 친구이다. 1970년도 서울신문사 체육부 기자 시절 멕시코 여자배구대회 취재 출장 후 귀국길에 미국의 이모 댁에 들렀다가 이모의 강력한 권유로 미국에 불법체류를 하게 되었다. 서로 끔찍이 사랑하는데 처가에서 반대하여 야간에 처갓집 담장을 넘어 무단가택침입의 일화를 남기기도 했던 아내와도 강제로 헤어지게 되었다. 최 군은 미국에서 미군에 입대를 시도해보고 아내는 미국을 방문코자 하였으나 모두 실패하여 결국은 강제 이혼 상태가 되고 말았다. 최 군은 불법체류자가 되어 생각지 못한 갖은 고생을 다했지만, 내가 1992년 5월경 미국 방문 시에는 목사가 되어 작은 교회를 운영하며 생활이 안정된 상태로 보여 마음이 놓였다.

조윤성 군은 나와 경복중 · 고등학교, 고대 2년 후배로 나의 경복고, 고대 법대와 군대까지 동기생인 최종문 군의 아저씨뻘로 알게 된 사이이다. 서로 술을 좋아해 친구들보다 자주 만나고 지내던 후배로 젊은 날 함께 사고도 많이 치고 지냈던 기억이 지금도 미소 짓게 한다.

조 군의 아버지는 변호사협회 회장까지 지낸 존경받던 변호사여서 장남인 조 군은 아버지의 대를 잇는 사람이 되고자 노력하였으나 여의치 않아 1970년대 초에 미국으로 이민 길을 택하여 부인과 함께 한국을 떠나 미국시민으로 살고 있으나 한국을 자주 찾아오고 한국에 대한 미련을 못 버리고 지내는 것으로 보였다. 아들이 미국 육군사관학교를 우수한 성적으로 졸업하고 이란, 아프칸의 전쟁터에도 참가한 유능한 장교로 자란 것이 큰 자랑으로 한국에서도 미국에서도 못 이룬 의미 있는 생을 조금이라도 보상받은 것 같다고 한다. 요사이는 암수술도 하고 하여 몸이 건강하지 못해 고생하고 있는 것이 몹시 안타깝다.

1992년 5월 미국 방문 시 조 군의 집을 방문하여 그때 마당에서 조 군의 초등학생이던 아들과 찍은 사진이 있어 첨부해본다.

최영일이 보낸 손편지

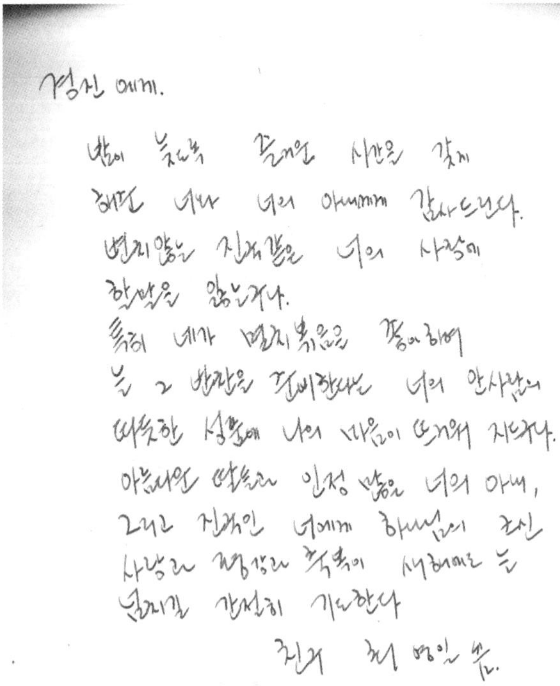

경진 에게.

밤이 늦도록 즐거운 시간을 갖게
해준 너와 너의 아내에게 감사드린다.
변치않는 진리같은 너의 사랑에
할말을 잃는구나.
특히 네가 멸치볶음을 좋아하여
늘 그 반찬을 준비한다는 너의 안사람의
따뜻한 성품에 나의 마음이 뜨거워 지는구나.
아름다운 얼굴과 인정 많은 너의 아내,
그리고 진객인 너에게 하나님의 주신
사랑과 평강과 축복이 새해에도 늘
넘치길 간절히 기도한다

친구 최 영일 씀.

1992년 5월 필자 미국 방문시 최영일 목사와 함께

조윤성이 보낸 손편지

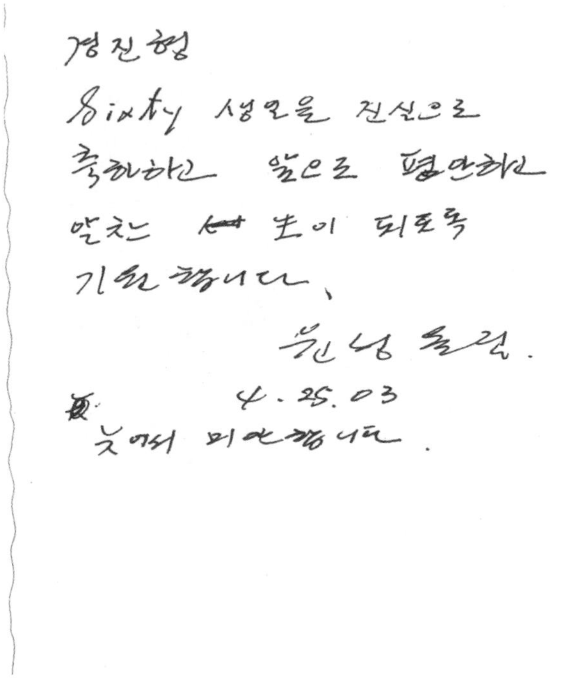
경진형
Sixty 생일을 진심으로
축하하고 앞으로 평안하고
알찬 生이 되도록
기원합니다.
윤성 올림.
4.25.03
늦어서 미안합니다.

YUN S. CHO.
1537 Avenida Selva.
Fullerton CA. 92833.
U.S.A.
SANTA ANA CA 927
PM
23 APR
2003
SPECIAL OLYMPICS
AIR MAIL
PAR AVION
정 경진 귀하.
서울 강남구 역삼동 642-16
성지하이츠 II Bldg 1105호
Seoul, So. Korea
00190/2000

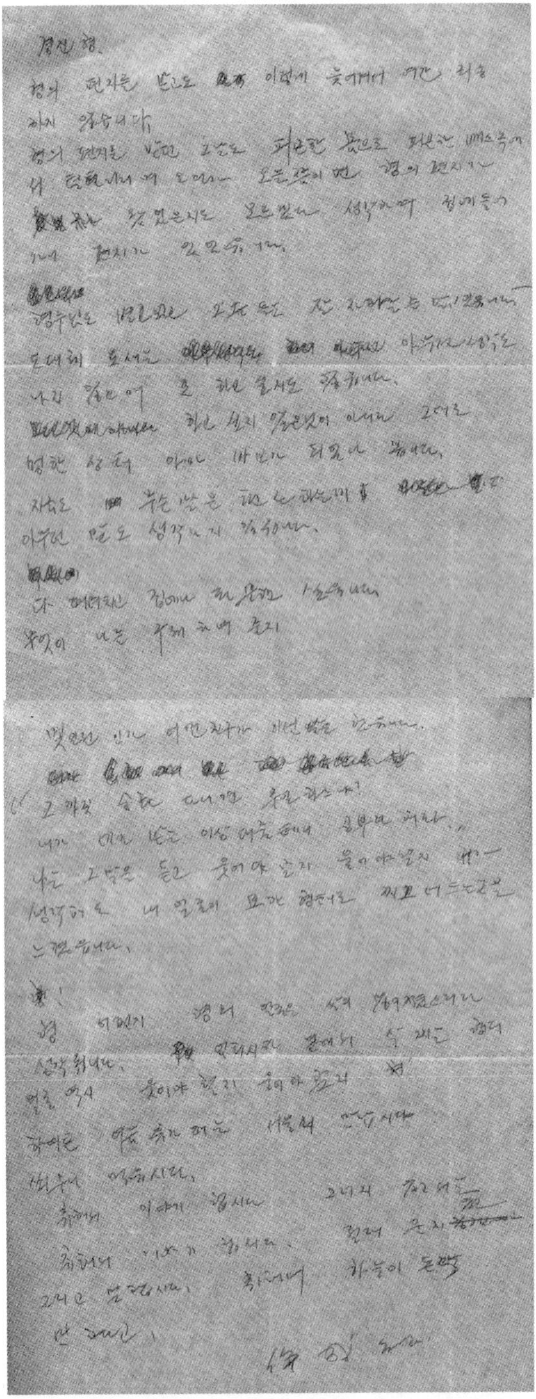
경진 형.

형의 편지를 받고도 이렇게 늦어져서 여간 죄송하지 않습니다.

형의 편지를 받던 그날도 피곤한 몸으로 피곤한 [illegible] 속에서 헐떡거리며 오다가 오늘쯤이면 형의 편지가 와 있었는지도 모른다는 생각하며 집에 들어가니 편지가 있었습니다.

[illegible] 오랜 동안 잘 지내셨는지 [illegible] 아무런 생각도 나지 않는데 [illegible] 하는 소리 같은 것이 아니라 그대로 멍한 상태 아마 바보가 되었나 봅니다.

지금도 [illegible] 무슨 말을 하고는 하는데 [illegible] 아무런 말도 생각나지 않습니다.

[illegible]

무엇이 나는 [illegible]

몇 년전 인가 어떤 친구가 이런 말을 했습니다.

"그까짓 술을 마시면 [illegible] 하느냐? [illegible] 공부나 하라."

나는 그 말을 듣고 웃어야 할지 울어야 할지 [illegible] 생각하며 내 얼굴이 모난 형상으로 찌그러드는 것을 느꼈습니다.

형!

형의 편지 [illegible]

[illegible] 생각합니다. 얼굴 역시 웃어야 할지 울어야 할지

하여튼 여름 휴가 때는 서울서 만납시다.

실컷 마십시다. 그래서 취해서 이야기 합시다. [illegible] 취해서 [illegible] 하늘이 돈짝 그리고 [illegible]

안녕!

[illegible]

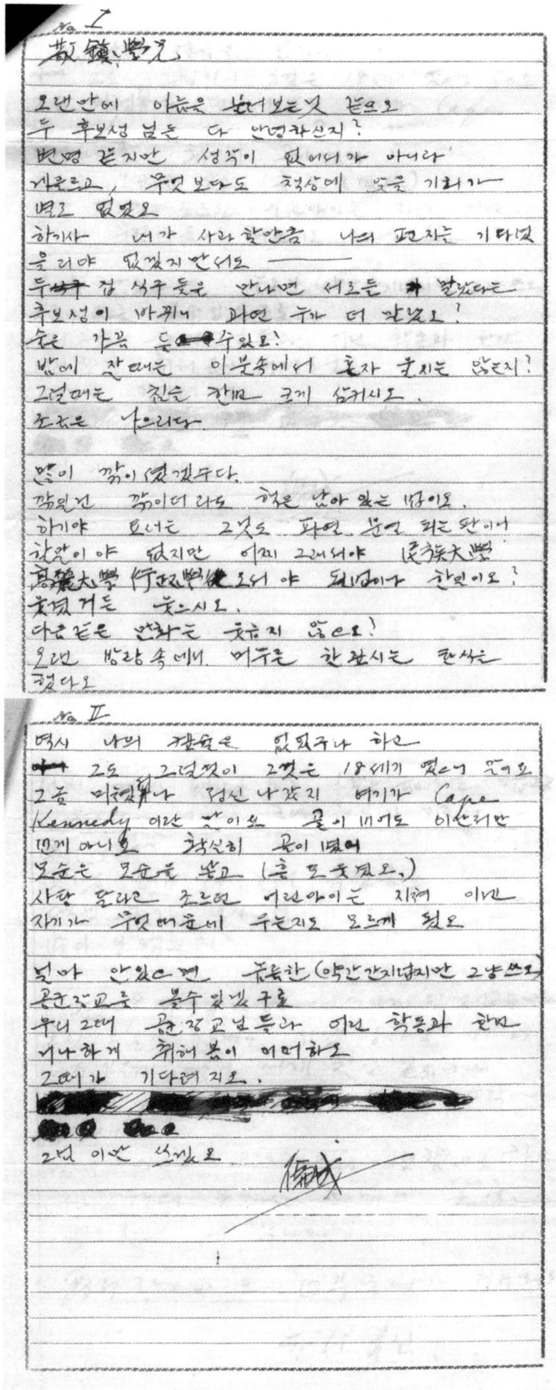

No. I

敬鎭 學兄,

오랜만에 아들을 낳아보는 것 같으오
두 후보생 님도 다 안녕하신지?
변명 같지만 생각이 없어서가 아니라
게을러고, 무엇보다도 책상에 앉을 기회가
별로 없었오
하기사 내가 사과할만큼 나의 편지를 기다렸
을리야 없겠지만서도 ——
두 집 식구들은 만나면 서로들 잘났다는
후보생이 바뀌니 과연 누가 더 잘났오?
술은 가끔 들 수 있오!
밤에 잘 때는 이불속에서 혼자 울지는 않는지?
그럴때는 침을 한때 크게 삼키시오.
조금은 나으리다.

많이 깎이었겠구다.
깎일건 깎이더라도 혀는 남아 있는 법이오.
하기야 요새는 그것도 과연 문제 되는 판이니
참말이야 없지만 어찌 그래서야 民族大學
高麗大學 行政學徒로서야 되겠는가 한번이오?
웃었거든 웃으시오.
다음 편은 만화는 웃기지 않으오?
오랜 방랑속에서 머무는 한 찰나는 환상을
했다오

No. II

역시 나의 기술은 없었구나 하고
그도 그럴것이 그것은 18세기 였으니 말이오
그중 미쳤나 정신 나갔지 여기가 Cape
Kennedy 이란 곳이오 곳이 바뀌어도 이런 이야기만
있게 아니오 확실히 곳이 변해
모순은 모순을 낳고 (좀 또 웃겼오.)
사람 달라고 조르던 어린아이는 지쳐 이제
자기가 무엇때문에 우는지도 모르게 됐오

낮아 안왔으면 웅장한 (약간 간지럽지만 그냥 쓰오)
공군장교를 볼수 있겠구료
우리 그대 공군장교님들과 이런 학동과 한때
거나하게 취해 봄이 어떠하오
그때가 기다려 지오.
[redacted]
그럼 이만 쓰겠오.

偉成

경진 형.

전번 형의 편지를 받고 나 같은 놈에게도 답장을 주나 하여 얼마나 황감했는지 모릅니다. 편지를 제가 다시 한 번 올렸었어요. 댁의 주소가 나와 있기에 댁으로 했었는데 받아보셨는지? 이번 9월 28일에 내려가게 될 것 같습니다. 공장 준공식 관계로 기념행사로 여기서 내려가는데 거기 가게 될 것 같습니다. 거기서 빠져나와 밤이 새도록 쇠주나 먹읍시다. 절대 사고도 치지 않는 방향으로 하고 내내 형의 가운과 사업에 발전 있기를 바랍니다. 용서하십시오. 너무 글씨가 더러워서.

윤성 올림.

＊ ＊ ＊

경진 형.

그동안 너무나 소식이 없어 죄송한 마음 무어라 할 수 없습니다. 그 사이 나대로 무엇을 시도해볼까도 하였고 공부를 계속하려고 무척 노력하였으나 워낙 재주가 없고 노력도 부족하여 일단 보류하기로 하였습니다. 이런 여러 관계로 사람 만나기도 싫고 또 만나보았자 유쾌하지도 못하고 하여 자연히 피해왔던 것입니다. 경진 형에게는 여러 번 편지를 써서 주머니에 넣고 다니다가 술 먹고 잃어버리곤 하고 또 시일이 자나가면 싱겁기도 하였습니다. 이유야 어떻든 시시한 변명에 지나지 않을 뿐입니다. 다시 한 번 용서를 바랍니다. 저는 연합철강에 비비고 들어가서 일을 하고 있습니다. 월급쟁이를 안 할라고 하였으나 술값이나마 내 손으로 벌어야 하겠기 우선 꺾어두기로 하였습니다. 전번 서울에 형수와 같이 올라오셨다는 소식을 종문이로부터 내려가신다고 듣고 인천으로 연락하여 두 분을 만나보려고 하였으나 연락 불충분으로 뜻을 이루지 못하였습니다. 무척 뵙고 싶었고 할 말도 많았는데 여간 섭섭하지 아니하였습니다. 언제 한 번 올라오시면 잊지 마시고 꼭 한 번 불러주십시오. 일과 중에도 23-0331~9 총무과로 연락하십시오. 그럼 두서없고 졸렬한 것 이만 줄이겠습니다. 여름 철 몸 건강하시고 발전 있기를 빌겠습니다.

윤성 드림.

조윤성 후배의 아들과 함께

1992년 5월 미국 LA 조윤성 후배집 방문 시

미국인과 펜팔 편지

여기 첨부한 영문편지는 미국 여성과 64년부터 65년까지 펜팔했던 편지이다. 펜팔이 어떻게 시작되었는지, 어떻게 끝났는지, 무슨 내용을 주고받았는지 전혀 기억이 나지 않는데 다른 손편지들과 함께 보관되어 있어 두 부만 꺼내어 기록키로 했다.

Route 1, Box 4401
Issaquah, Washington
July 21, 1964

Dear Kyung Jin Chung,

Did you receive my letter from People-to-People, Inc? I know I am going to enjoy corresponding with you. I will try to tell you about where I live and what I do now that I am on vacation from college.

I live on a farm with my sister and brother and parents. The town of Issaquah is about a 25 minute drive by car from Seattle, Washington's largest city. Issaquah is mainly an agricultural region. Shortly there will be a pulp mill here for paper manufacture. The farmers raise mainly dairy cattle but there are a few beef.

The region where I live has quite a bit of rainfall which makes it hard to ride my horse. We have quite a few trees, mostly evergreens on our farm. We have some wild animals, such as, coyotes, raccoons, porcupines and deer. Although lately the deer haven't been around because hunters shoot them.

I love to go horseback riding. I have a horse called "33". He is gentle as well as being short and stocky. What type of horses do you have in Korea? How do you ride in your country? Do you have a horse? My sister, Nancy, also has a horse who has to be trained in order to be ridden. He is beautiful. My sister belongs to a riding group where she learns how to take care of her horse and learns the proper way to ride a horse.

Although I am not going to college right now, I go to school at a small college in Seattle. I go to school usually from September to June. While I was in school last year I took American Literature, United States history and logic. When I start school again in September I think I am going to take philosphy, biology and ancient history. I have not decided what to do for my life's work. I would like to study Far Eastern history and become a librarian. I think I would like to be a teacher and teach handicapped youngsters, especially deaf children.

What is college like for you? What kind of subjects do you take? When do you go to school? (What part of the year?)

The other day I went to the public library and borrowed some interesting books. The book that I am reading at the moment is a novel entitled The Agony and the Ecstasy, which is a story of the life of Michelangelo, the famous Italian sculptor and painter. He was truly an amazing man. He worked 20 hours a day in order to finish a piece of sculpture that he was anxious to finish and display. He was anything but a handsome man. When he was 14 hears old he got in a fight in which his nose was broken. This accident disfigured him even more. Michelangelo lived from 1475-1564.

Another book I got at the library is entitled Bradford's History of Plymouth Plantation. This is a personal account written by William Bradford who was governor of the Plymouth colony. The Plymouth colony was one of the early settlements in America. The governor describes their sufferings and misery of the people in the wild wilderness. The colony was started in 1620. The small band of hardy people had fled first from England in 1606 and gone to Holland in 1609 where they fled to America in 1620. This small band of religious persecuted people were hardy and God-fearing.

Another book that I got from the library was entitled The Autobiography of Benjamin Franklin. This is the story of Franklin's early life written by himself after he was older. Another book is The Spy by James Fenimore Cooper. Cooper was one of the earliest story writers and novelists. He wrote swash-buckling tales of the American frontier from 1750- 1850. The tales were about people pushing across the United States and settling the wilderness. However, The Spy is the story of a small group of American patriots during the American Revolution who spied on their enemy, the British. The main spy in the story is Harvey Birch who lives where there are lots of British who support England's cause against the Americans. It is a very exciting book.

Another book by James Fenimore Cooper is entitled The Pioneers which is about a frontier scout in the United States who is old and anxious to stay away from the advancing settlements and civilization across America. The scout is Natty Bumppo. Another book I borrowed from the library by the same author is entitled The Last of the Mohicans. This book further describes the life of Natty Bumppo, the frontier scout, when he was a young man. Other books I got from the library were: The Crater by James Fenimore Cooper; The Poems of Edward Taylor and Select Tales of Tchehov. Tchehov was an early day Russian writer.

I also love to cook. What are your native foods and dishes like? Here in the United States we have many different and exotic dishes which come from many lands because of the many nationalities in America.

Would you be interested in the different kinds of horses in the United States? If you are, I will try to describe in different letters the various kinds of horses here in America.

Well, I must help cook dinner so I will close for now. Write when you can.

Yours truly,
Penny Middleton
Penny Middleton
Route 1, Box 4401
Issaquah, Washington

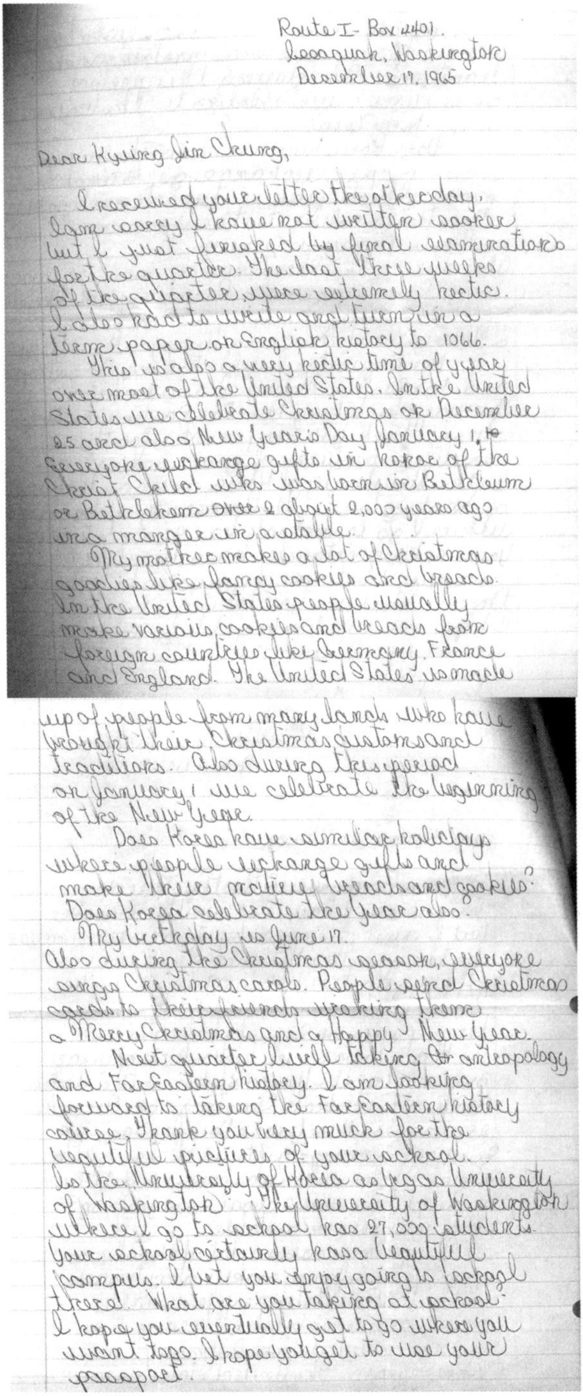

Route I- Box 4401.
Issaquah, Washington
December 17, 1965

Dear Kyung Jin Chung,

I received your letter the other day. I am sorry I have not written sooner but I just finished by final examinations for the quarter. The last three weeks of the quarter were extremely hectic. I also had to write and turn in a term paper on English history to 1066.

This is also a very hectic time of year over most of the United States. In the United States we celebrate Christmas on December 25 and also New Year's Day January 1. to Everyone exchange gifts in honor of the Christ Child who was born in Bethleum or Bethlehem over 2 about 2,000 years ago in a manger in a stable.

My mother makes a lot of Christmas goodies like fancy cookies and breads. In the United States people usually make various cookies and breads from foreign countries like Germany, France and England. The United States is made up of people from many lands who have brought their Christmas customs and traditions. Also during this period on January 1 we celebrate the beginning of the New Year.

Does Korea have similar holidays where people exchange gifts and make their native breads and cookies? Does Korea celebrate the Year also?

My birthday is June 17.

Also during the Christmas season, everyone sings Christmas carols. People send Christmas cards to their friends wishing them a Merry Christmas and a Happy New Year.

Next quarter I will taking Ar anthropology and Far Eastern history. I am looking forward to taking the Far Eastern history course. Thank you very much for the beautiful pictures of your school. Is the University of Korea as big as University of Washington? The University of Washington where I go to school has 27,000 students. Your school certainly has a beautiful campus. I bet you enjoy going to school there. What are you taking at school? I hope you eventually get to go where you want to go. I hope you get to use your passport.

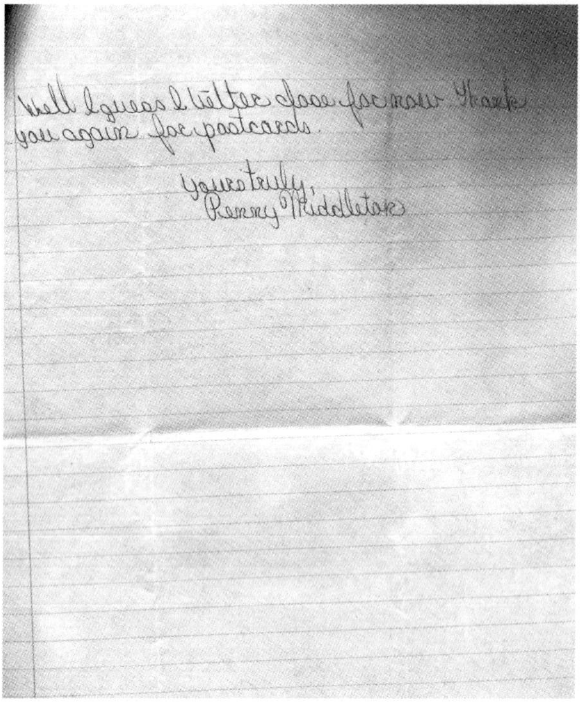

Well I guess I better close for now. Thank you again for postcards.

Yours truly,
Perry Middleton

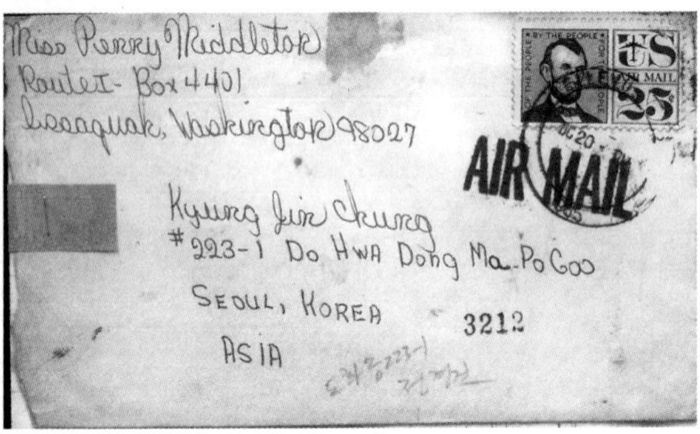

Miss Perry Middleton
Route I- Box 4401
Issaquah, Washington 98027

AIR MAIL

Kyung Jin Chung
#223-1 Do Hwa Dong Ma-Po Goo
SEOUL, KOREA 3212
ASIA

3. 대학교 1학년 때 서클부터
지금까지 만나는 친구들의 손편지

대학교 1학년 때 함께 써클을 하였던 친구들이 10여 명 있었는데 대학을 졸업하고 군대를 갔다 온 후 그 중 3명은 1970년대 초에 미국으로 이민을 하였고 한명은 호주로 이민을 갔었다.

미국에 이민 가서 의사생활을 40년 하고 은퇴하여 한국에 돌아와 노인병원 의사로 있는 김태기 군, 교대 졸업 후 초등학교 교사를 하다 퇴직하고 대학로, 서초동에서 모란집이라는 한정식집을 했던 서홍원 군, 회사생활을 마친 후 양재동 꽃시장에서 10여 년 동안 꽃배달업을 했던 서재철 군, 지금도 커피수입을 하는 작은 기업을 운영하고 있는 정대석 군, LG그룹 임원을 지낸 후 지금은 평택에 내려가 살고 있는 장영석 군과 필자 이렇게 6명이서 두 달 정도에 한 번씩 만나 젊은 날의 이야기를 나누며 우정을 꽃피우고 있다.

고대를 졸업하고 초등학교 선생을 하고 삼화인쇄소에서 정년퇴직을 하였던 이진삼 군이 10여년 전에 병마로 아쉽게 먼저 떠났다. 6대 공립 축구시합에 늘 경기고등학교 선수로 뛰었던 차돌 같던 이진삼 군을 그리워하며 우리라도 건강히 지내자고 다짐하곤 한다.

서홍원 군의 손편지

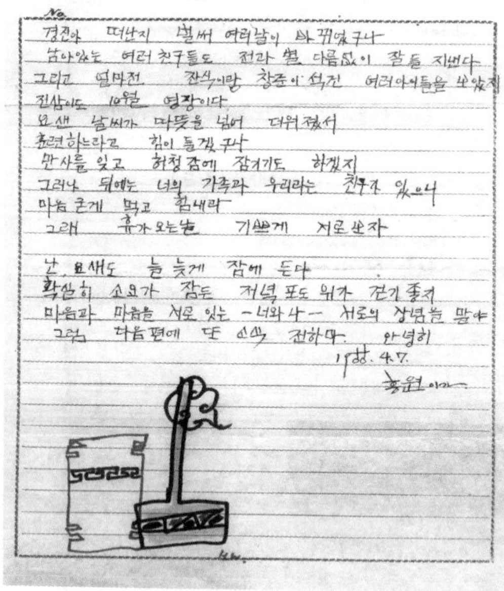

No.

경진아 떠난지 벌써 여러날이 바뀌었구나
남아있는 여러 친구들도 전과 별 다름없이 잘들 지낸다
그리고 얼마전 잔석이랑 창준이 석진 여러아이들을 보았지
진삼이도 10월 영장이다
요새 날씨가 따뜻을 넘어 더워졌서
훈련하느라고 힘이 들겠구나
만사를 잊고 허청잠에 잠기기도 하겠지
그러나 뒤에는 너의 가족과 우리라는 친구가 있으니
마음 굳게 먹고 힘내라
그래 휴가 오는날 기쁘게 서로 보자

난, 요새도 늘 늦게 잠에 든다
확실히 소요가 잠든 저녁 포도 위가 걷기 좋지
마음과 마음을 서로 잇는 ―너와 나― 서로의 생각을 말야
그럼 다음편에 또 소식 전하마. 안녕히
1986. 4.7.
홍원이가

서재철 군의 손편지

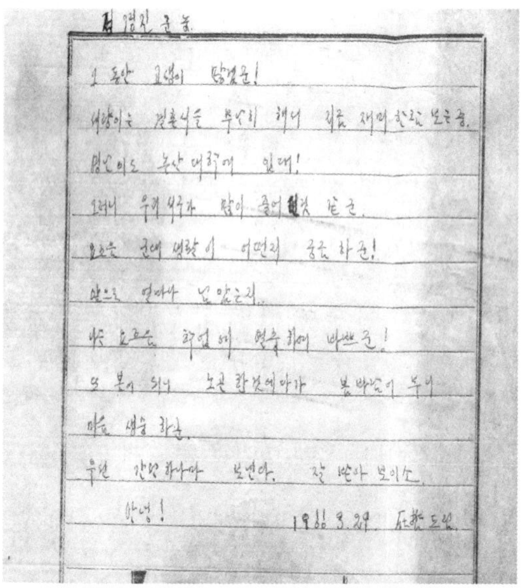

영진 군 앞.

그 동안 고생이 많겠군!
새달이는 결혼식을 무사히 해서 지금 재미 한창 보는 중.
명남이도 농산 대학에 입대!
그러니 우리 식구가 많이 줄어든것 같군.
요즘은 군대 생활이 어떤지 궁금 하군!
앞으로 얼마나 남았는지.
나? 요즘은 학업에 열중하여 바쁘군!
또 봄이 되니 노곤 한것에다가 봄바람이 부니
마음 생숭 하군.
우선 간단하나마 보낸다. 잘 받아 보이소.
안녕! 1986 3.29. 在喆 드림.

정대석 군의 손편지

경진이 보아라.

궁금하던 차에 너의 엽서를 반갑게 받아 보았다. 잘 있다니 다행이다. 네가 나더러 같은 처지라 했지만 환경조건이 다르겠지. 그래 어디 참아보자. 나도 수용연대에서 영남이를 헤어진 지 소식 없어 궁금하다. 너에게 연락이 온다면 나에게도 전하여 다오. 지나간 마지막 술좌석이 충무로 2가 "진고개"에서였지. 그럼 다음 좌석을 찾아볼 궁리나 하자. 나의 훈련소 생활도 반은 지나간 셈이다. 거긴 어떻게 됐는지? 너도 그렇겠지만 편지가 기다려지고 서울 소식이 궁금하구나. 하니 서로 편지왕래나 자주 하자. 시간이 나는 대로 말야. 그리고 서울 소식이 있거든 나에게도 전하라. 나한테는 아직 영석이에게서만 소식이 왔더군. 하여튼 다음 만날 때엔 장교와 쫄병, 어쩐지 분위기가 이상할 것 같구나. 그때에 쫄병으로 배운 대로 장교님께 경례하마. 여가를 타서 간단히 적는다.

훈련소에서 대석이가.

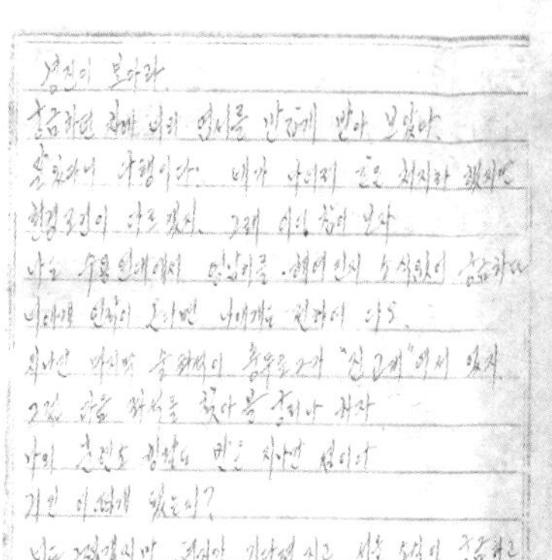

경진이 보아라.
궁금하던 차에 너의 엽서를 반갑게 받아 보았다.
잘 있다니 다행이다. 네가 나더러 같은 처지라 했지만
환경조건이 다르겠지. 그래 어디 참아 보자
나도 수용연대에서 영남이를 헤어진지 소식없어 궁금하다
너에게 연락이 온다면 나에게도 전하여 다오.
지나간 마지막 술좌석이 충무로 2가 "진고개"에서 였지.
그럼 다음 좌석을 찾아볼 궁리나 하자
나의 훈련소 생활도 반은 지나간 셈이다
거긴 어떻게 됐는지?
너도 그렇겠지만 편지가 기다려지고 서울 소식이 궁금하구
나. 하니 서로 편지왕래나 자주하자. 시간이 나는 대로 말야

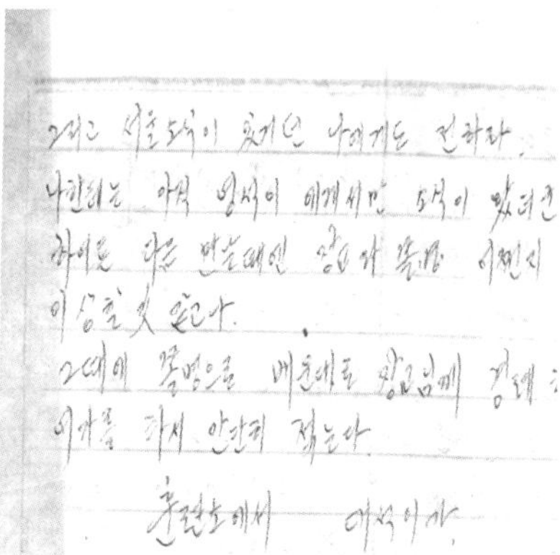

그리고 서울소식이 있거든 나에게도 전하라.
나한테는 아직 영석이 에게서만 소식이 왔더군
하여튼 다음 만날때엔 장교와 쫄병 어쩐지
이상할 것 같다.
그때에 쫄병으로 배운대로 장교님께 경례하
여가를 타서 간단히 적는다.
훈련소에서 대석이가.

1963.3.10. 도봉산에서
(우측 끝 서홍원 군,
가운데 필자,
지금은 유명을 달리한
이진삼 군은 우측에서
두 번째)

1963.3.10. 도봉산에서
(왼쪽 끝 서홍원 군,
그 옆 필자.
우측 끝이 이진삼 군)

1962.8.1.
농촌계몽 시
강원도 정성군
남평초등학교에서
(서홍원 군, 이진삼 군,
필자)

1962.8.1. 농촌계몽시 강원도 정성군 남평초등학교에서
(가운뎃줄 오른쪽 끝 서홍원, 그 우측 뒤 필자)

서홍원 군의
농촌계몽시 사진
(남평초 교정)

강원도 여행시
· 앞줄 왼쪽에서 두 번째 서재철군, 그 오른쪽이 정대석 군.
· 뒷줄 왼쪽 끝에 서홍원 군, 가운데 필자
· 앞줄 오른쪽 두 번째가 이진삼 군

4. 학교 동창생들이 보내준 손편지

중동 건설현장 사우디에서 송준일의 손편지

송준일 군은 중고교 동창이고 이 친구는 상대, 나는 법대였지만 같은 대학을 다닌 친구이고 한국생사 기획실에서 70년대 말 80년도 초 함께 근무했던 인연이 많은 친구이다. 아직도 그 당시 기획실에 함께 근무하였던 동료들이 한생회(구 한기회)라는 모임으로 두 달 정도에 한 번씩 모임을 갖고 친하게들 지내고 있다.

이 친구가 건설회사에서 중동 사우디아라비아 현장 근무 시에 보내준 편지가 남아 있는데, 건설역군들의 현지생활의 일면을 알 수 있는 소식을 전해주고 있다.

안타깝게도 오래전에 큰 아픔을 겪고 부부가 카톨릭에 귀의하여 성당에서 다양한 봉사활동을 하며 생활하는 신실한 카톨릭 신자가 되어 주위 지인들에게 귀감이 되고 있다.

정형에게.

이곳에 온 지도 벌써 석 달이 다가오는 것 같네. 도착 즉시 안부를 전한다는 것이 차일피일 미루다 이렇게 늦어지게 되었소. 삼복 더위 중에 한기회(韓企會) 친구들이랑 모든 동문들 잘 지내고 있는지 궁금하오. 그리고 무엇보다 정형의 취직 문제가 어떻게 되었는지 가장 알고 싶소. 내 능력이 모자라 도움이 되지 못한 것이 안타깝게 생각되오만 자네의 경륜이 어디로 간 것이 아니니 좋은 결과를 볼 것이라는 점은 확신하고 있다오.

이곳은 그곳과 마찬가지로 Four Season이 있어 지금 한참 더울 때이긴 하나 Red sea에 접해 있어 해양성 기후라 지내기는 오히려 그곳보다 좋은 편이라오. 바닷바람이 불기 때문에 그렇게 무더운 것을 느끼지 못하고 햇볕에 나가면 좀 뜨거운 느낌만 들지. 대략 서울 기온에 +10°쯤 생각하면 대체로 틀림없을 것이나 어디에고 간에 Air-con이 되어 있어 잘 모르고 지낸다네.

내가 있는 곳은 Jeddah 시내 동북부에 위치한 삼환(三煥) Camp인데 SAUDI 본부는 이 나라의 수도인 Riyadh로 이주하였으나 경리만은 여러 가지 사정이 있어 Jeddah 지사에서 본부 기능을 수행하고 있다네. 내가 주로 하고 있는 일은 SAUDI 세법에 따른 세무대책과 SAUDI 내 전 현장의 회계 문제라네. 이 나라는 지금까지는 석유수입관계로 워낙 재정이 여유가 있으므로 세금에 관한 한 가장 관대한 나라이었는데, 최근에는 물류지원과 석유소비감소 등으로, 재정이 다소 핍박해진 것 같고 따라서 종전에는 C.P.A의 노출만으로 finalize 되던 조세의무가 이젠 당국의 실지조사를 실시하는 방향으로 전환하고 있어.

나는 이곳에 오자마자 조사를 받느라 홍역을 치렀다네. 이곳에서 생활하는데 의식주 면에서는 별로 불편이 없고 직장생활도 편한데 가장 문제가 무미(無味)와 건조(乾燥)라네. 가족과 떨어져 지내는 외로움은 제껴 놓더라도 매일 똑같은 사람들과 어울려서 똑같은 다람쥐 쳇바퀴 일과 씨름하며 술과 여자와 낭만이 없는 생활을 상상해 보게나. 거리에 나가도 맨 흰 옷을 입은 남자만의 세상이고 워낙 계율이 까다로워 금욕적인 생활만을 하는 사람들인지라 TV를 봐도 매일 기도하는 것만 나오니 말일세.

그래 나는 매일 일과 마친 후에 Tennis 치고 잠자리에서는 중국 무협소설을 늦게까지 읽다가 자고 주말(여기는 금요일)이면 Red sea에 나가 낙지를 잡거나 수경 쓰고 물

속에 들어가 바다 속의 절경을 보며 수영을 하기도 하고 시내에 나가 무지하게 사치스런 고급 shopping Center에서 Window Shopping을 하기도 하며 지낸다네. 이따금씩 유일한 오락장이랄 수 있는 Hotel Bowling장에 가서 Bowling을 하기도 하고…… 우리 딸아이는 주위의 모든 이들의 보살핌에 힘입어 비교적 좋은 경과 보이고 있다고 하니 너무 걱정하지 않아도 될 것 같으이. 내년 5월 8일이 되면 1개월 휴가를 얻게 되니까 그때 우리 한 잔 잘 꺾음세.

자네 가족들 모두 다 안녕하시리라 믿고 모두에게 하느님의 가호가 함께 하시기를 기원하네. 내 주소는 P.O.BOX 4934 JEDDAH, SAUDI ARABIA로 하면 되네. 한기회 친우들에게 안부 전해 주게.

1984.7.31.

Jeddah에서.

준일 드림.

한국생사(주) 기획실 근무 시 함께 한 사진
(왼쪽 끝 필자, 두 번째가 송준일 군)

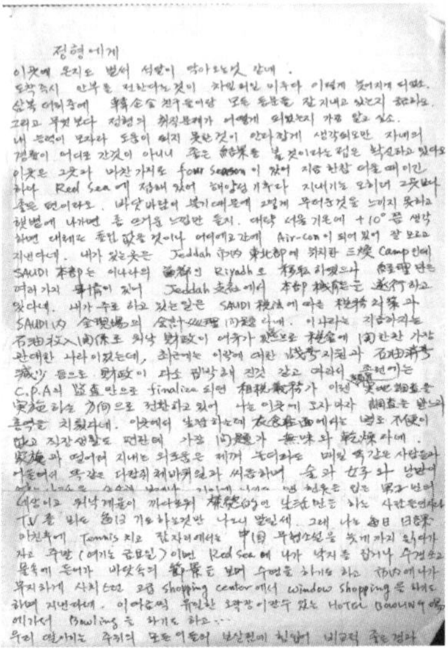

정형에게
이곳에 온지도 벌써 석달이 넘어오는것 같네.

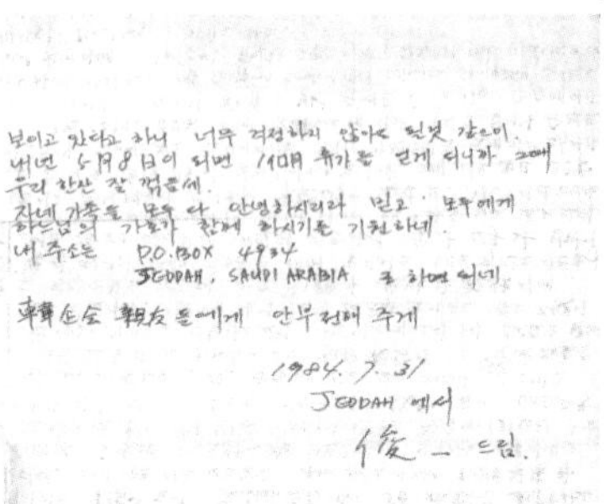

보이고 있다고 하니 너무 걱정하지 않아도 될것 같으이.
내년 5月 8日이 되면 1個月 휴가를 얻게 되니까 그때
우리 한잔 잘 꺾음세.
자네 가족들 모두 다 안녕하시리라 믿고 모두에게
하느님의 가호가 함께 하시기를 기원하네.
내 주소는 P.O.BOX 4934
JEDDAH, SAUDI ARABIA 로 하면 되네
韓寄會 親友들에게 안부전해 주게
1984. 7. 31
JEDDAH 에서
俊一 드림.

미국에서 최주호 동창이 보내준 손편지

정경진 인형(仁兄).

격식 차리니까 너무 이상하구만. 서울은 어떨까? 더위 다가오고 나라살림 형편도 별로 나아진 거 같지 않은데, 우리 경진 씨, 건강하고…… business도 잘 되고 있겠지? 창주, 우전은 여러 가지를 우리 내외가 노력했는데 역부족, 지난 3월 달이 후 사정은 잘 모르는데, 하는 데까지 하고 난 후라 “아쉬움, 허탈” 그런 것들도 잊은 상태이네. wife가 최후까지 이것저것 직원들 신경 썼었던 거 같은데…… 이래 저래 여러 사람들 고생시키는 거 같네. 젊을 적, 기회, 겨를이 없어서 못했던 동창(회) 관계 잘 좀 해보리라고 마음 먹었었는데…… 이것도 그만 미안할 따름이네. 회장단 · 총무단 여러분께 문안 올린다고 전해주게. 원래 돈 욕심이 없었던 터라, 이제 거의 아무것도 없는 상황이 되니까—오히려 마음 홀가분하고…… 그저 추하지 않게 여생 지내자—하는 생각이네. 건강하시고…… 대록, 명진, 호일, 종국 등 산에서 함께 여러 밤 지낸 친구들도 생각이 많이 나네. 가까웠던 주위에 안부 좀 여쭤주게나. 또 쓸게, 안녕.

98.6.1. 최주호

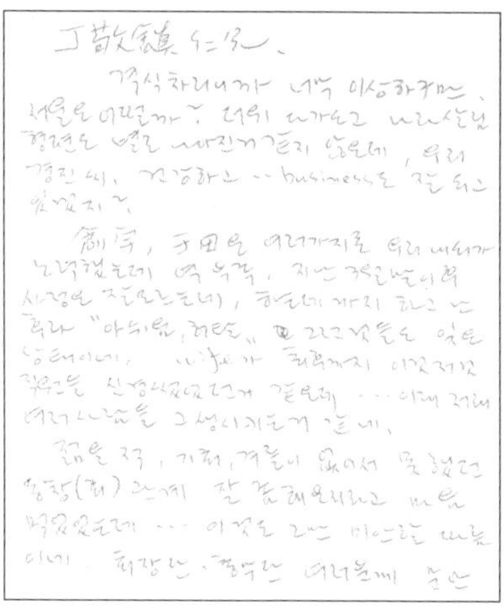

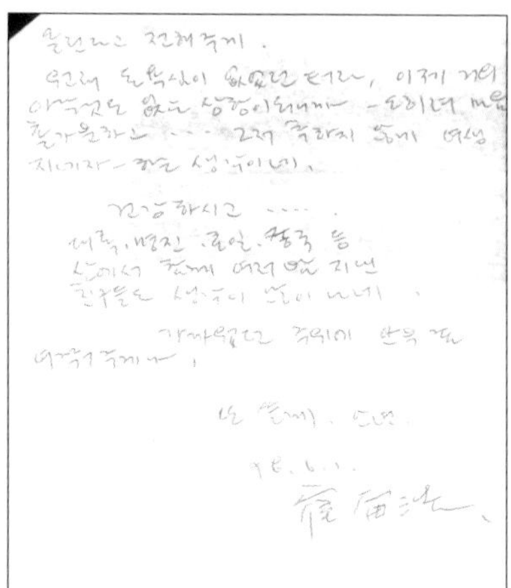

동창생 양평별장에서 찍은 사진

가운데 최사장 부부, 그 옆이 필자

경복고등학교 동창 김의철의 손편지

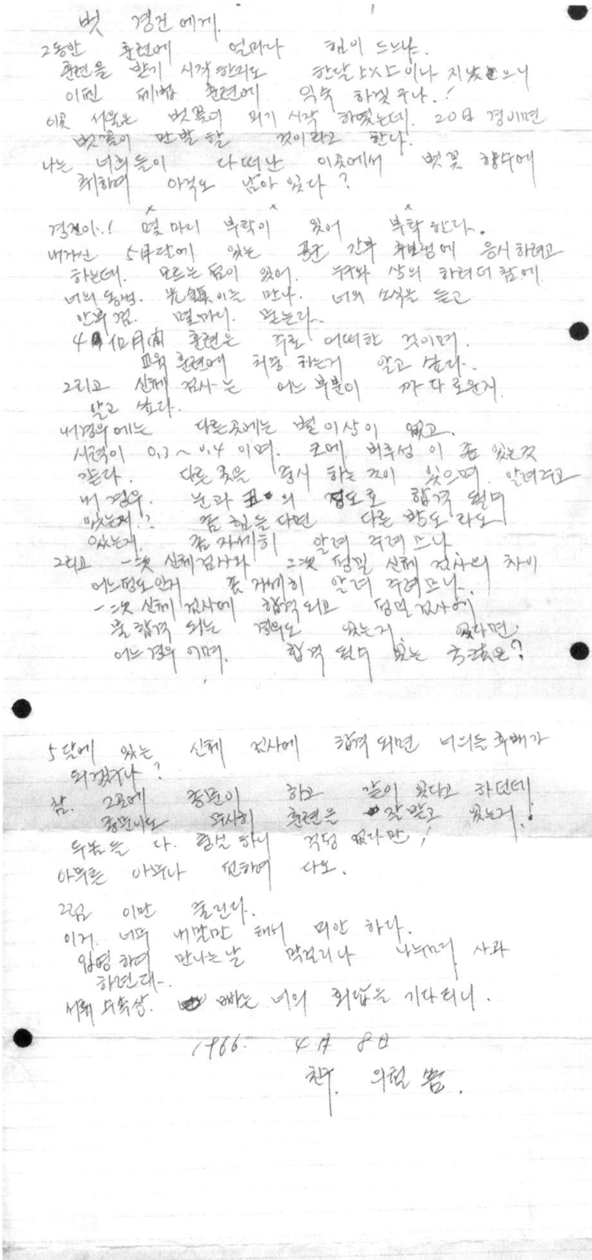
벗 경건에게.

그동안 훈련에 얼마나 힘이 드느냐.
훈련을 받기 시작한지도 한달 보름이나 지났으니
이젠 제법 훈련에 익숙 하겠구나.!
이곳 서울은 벚꽃이 피기 시작 하였는데. 20日 경이면
벚꽃이 만발 할 것이라고 한다.
나는 너희들이 다 떠난 이곳에서 벚꽃 향수에
취하여 아직도 남아 있다?

경건아.! 몇 마디 부탁이 있어 부탁 한다.
내가선 5月달에 있는 공군 간부 후보생에 응시 하려고
하는데. 모르는 점이 있어. 누구와 상의 하려던 참에
너의 동생. 光鎬이를 만나. 너의 소식을 듣고
안부 겸. 몇 마디 묻는다.
4月 12月(?)의 훈련은 주로 어떠한 것이며.
교육 훈련에 치중 하는지 알고 싶다.
그리고 신체 검사는 어느 부분이 까다로운지
알고 싶다.
내 경우에는 다른 곳에는 별 이상이 없고.
시력이 0.3~0.4 이며. 코에 비후성 이 좀 있는 것
같다. 다른 곳은 중시 하는 것이 있으며 알려주고
네 경우. 눈과 코의 정도로 합격 되며
있는지? 좀 힘든다면 다른 방도 라도
있는지. 좀 자세히 알려 주려므나
그리고 一次 신체검사와 二次 정밀 신체 검사의 차이
어느 정도인지 좀 자세히 알려 주려므나.
一次 신체 검사에 합격 되고 정밀 검사에
불합격 되는 경우도 있는지 있다면,
어느 경우이며. 합격 될 수 있는 方法은?

5月달에 있는 신체 검사에 합격 되면 너희들 후배가
되겠구나?
참. 그곳에 종민이 하고 같이 있다고 하던데!
종민이도 무사히 훈련은 잘 받고 있는지.!
두놈 다. 충실 하니 걱정 없다만,!
아무튼 아무쪼록 건강하여 다오.

그럼 이만 줄인다.
이거. 너무 내 말만 해서 미안 하다.
입영 하여 만나는 날 막걸리나 나누며 사과
하련다.
서울 도봉산. 빠른 너의 회답을 기다리니.

1966. 4月 8日

친구. 의철 씀.

고려대학교 법대 동창 김경덕의 손편지

경진 전.

경진아! 그간 무사했는지 궁금하다. 너의 편지 받아보고 미 몇 자를 쓴다. 새해에 복 많이 받기를 바란다. 2일에 편지 받았다. 그런데, 임마! 자식이 예수도 안 믿으면서 무슨 놈의 Christmas 소리냐? Christian을 위한 Xmas지. 너 같은 drunkard를 위한 것이냐? 상식 부족이다. 상식을 위한 공부를 좀 하게. 공부해서 남 주냐? 앙…? 군의 말을 명심해서 공부를 시작했네, 내가 말야. 중학교 입시 공부 말일세. 그래서 그런지 실력이 좀 느는 것 같아. 예로써 Ich liebe dich. 등, Adam Smith나 France니 Paris 피날레를 장식한다느니, 도쿄니(東京)니 하는 따위, 중국어로서는 "띵호"(好)니 하는 따위. 하여튼 5개국어를 알지. 게다가 문학에 대한 실력 또한 지대한 발전상을 보이고 있지. 예를 들면 Maugham이니 Peal Buck이나 Hugo니 셰익스피어니 모파상이나 들려면 한이 없을 것 같고 내용은 말하나마나지. "Schweigen ist gold"라는 말이 있듯이……. 말만 하기로 했네. 작가의 이름(名) 아는 것이 50점, 내용 아는 것이 50점, 도합 100점, 만점이지. 안 그렇니?

이놈아! 남녀 칠세 부동석이거늘(중국의 성현공자의 말씀) 연애가 다 뭐야! 또 독일어 시간에는 착실하게 개근하더니, glükliche니 Wieder sehen이니 하는 꼬부랑 말만 쓰고 밤낮, 에미 애비 속만 태우다가 말겠다는 것이냐?…… 불효막대한 놈아. 생전에 효도를 해! 다 못하면 내가 할게.

농담은 이만 하고 심각하게 한 마디 하는데 경진군! 애인만 사람인가? 친구는 사람 아닌가? 애인에게만 색종이 쓰니 말야. 괜히 공처가가 되지 말고 떳떳한 대한의 남아가 되거라. 제발 부탁이다. 너는 항상 지각이고, 개근 상장만 타니 웬일이냐? 석원이한테서 편지 두 번 왔다. 친구들 한테서도 한 번씩 왔더라. 친구 한 명의 별명은 Pigmy 병장이다. 새해를 기해 가명했다. 그리고 내 주소 동네 이름을 좀 똑바로 읽히도록 해봐. 남포동이다, 남상동이 아니고. 향덕이라니 웬말이냐. 경덕인데 족보에 오른 이름을 고치면 어떡허니? 허허. 이상 농담, 이상 진담.

경진이 녀석 말야, 요사이 심적인 고통이 큰 것 같은데 내가 서울이 아닌 부산에 있으니 갈 수도 없고 하니 너희들이 가서 잘 접대해주길 바란다. 나도 최대의 ~을 보아서 편지를 2일에 보냈지만… 창녀이 자식 말야. 만나거던 석원이가 심적 고통 때문에 놀러

온 놈한테 푸대접(쌀대접…… 쌀쌀하니까) 했다고 정상을 참작해달라는 letter가 새끼 군(경덕)에게 왔다고 잘 말해주게. 정 안 들으면 한방 주게나. 그 다음에 막걸레(탁주) 한 잔 사주면 되지 않겠나(?) 다음 석원이를 찾아가서(편지 받은 즉시 행한 事) 어떻게 하던 간에 밖으로 끌어내게. 그놈은 집에만 있으면 더 여위어지고 신경질만 더 늘게 될 거그던. 힘이 좀 들겠지만 내 갈비 한 대 먹으면 보신이 될 게 아닌가. 곤란할 때의 친구가 진정한 친구가 아니겠나. 자네는 문학 작품도 많이 읽었고 실력도 풍부할 테니 이만쯤 하면 알 걸세. 「행동즉시의 원칙에 의하여 계엄사령관 김경덕이 엄숙하게 명령하는 바이다. 단기(4296년 1월 2일(계엄령 2호)」 행동법칙의 원칙에 의해서 석원이를 끌어낼 것을 고함. 사업에 열중하신 선생님이시여 Word의 종속이 천만리 같아야 죄로운 쌀쌀이루 헤일 수 없나이다. 이하 략(略). 정열이 불타는 사나이여 매사에 진중을 기하기를 위해서 길게 썼으니 친구의 우의에 감사할 수 있는 인간이 되기를 충심으로 바라오며 용광로 같은 이마를 잠시나마 식히는 겸 박 군의 제 정신 이후에 노력을 아끼지 말기를 바라노라. 야! 암마. 그렇다고 석원이가 돌아버린 놈은 아니야. Crazy나 mad가 아니란 말야. 주의하게. 경진아! 너 말띠냐 염소띠냐. 나는 말띠다. 계묘년에는 내 운수가 대통이드라. 서울 가 한 턱 내마. 대의출마도 해봐야겠다. 어떨지……? 여기 항구의 도시 부산은 기후가 여전히 따뜻하여 놀기에는 Very good이다. 토끼해가 주를 많이 마시면 탈 나기 쉬우니 가정의 평화를 위해서 금주, 금연 하기를 바란다. 담배값이 얼마나 드노…… 엉. 경제를 배웠나? 건강 생활을 하란 말이지. 히…… 히히히. 계묘년을 기해 만복을 받기를 바람. 가내의 번영을 바라마지 않는 바임(석원이 식이지). 하여튼 Very Well 하면 돌 게 아닌가. 잘 있게. 회답이나 바라네. 내가 너무 농담이 심했으니 이해하게나. Good bye 정경진.

from 경덕.

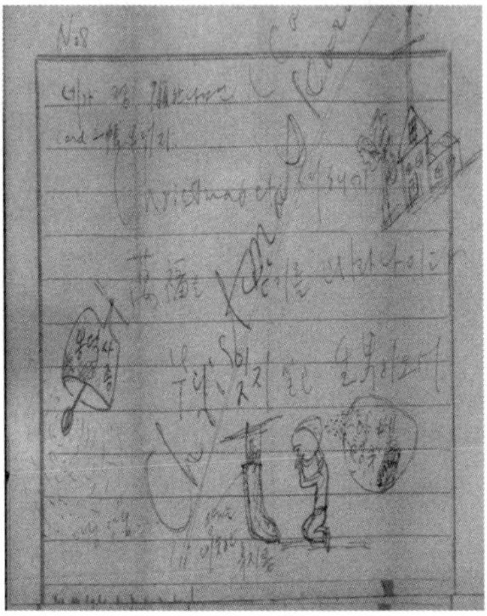

김경덕의 크리스마스 카드

경복고등학교 동창 김대호의 손편지

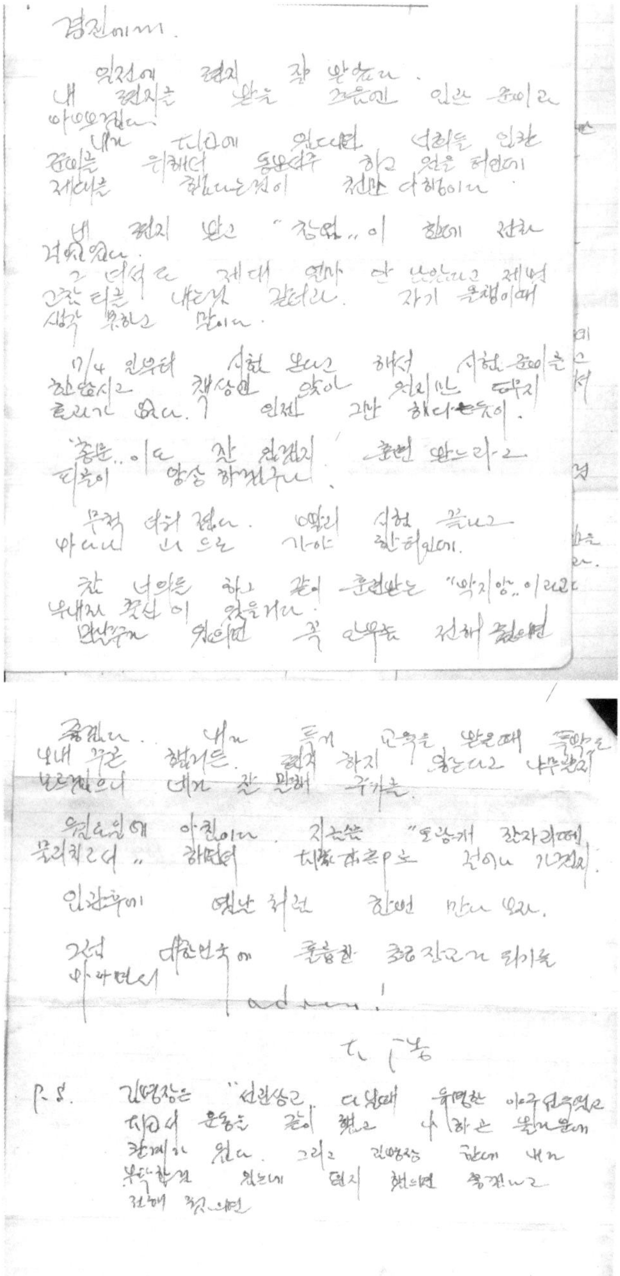

경진에게.

일전에 편지 잘 받았다.
내 편지를 받을 즈음엔 입관 준비로 바쁘겠다.
내가 대구에 있다면 너희들 입관 준비를 위해서 동분서주 하고 있을 터인데 제대로 [illegible] 천만 다행이다.

내 편지 받고 "창열"이 한테 전화 걸었었다.
그 녀석도 제대 얼마 안 남았다고 제법 고참 티를 내는 것 같더라. 자기 졸병이때 생각 못하고 말이다.

7/4 일부터 시험 보느라고 해서 시험 준비는 한답시고 책상에 앉아 있지만 [illegible] 인젠 그만 하다는 듯이.

"종문"이도 잘 있겠지. 훈련 받느라고 [illegible] 앙상 하겠구나.

무척 더워졌다. 빨리 시험 끝나고 바다나 [illegible] 가야 할텐데.

참 너와는 하고 같이 훈련받는 "박지앙"이라고 [illegible] 이 있을거다.
만날 수가 있으면 꼭 안부를 전해 주었으면 좋겠다. 내가 특기 교육을 받을때 [illegible] 보내 주곤 했거든. 편지 하지 않는다고 [illegible] 네가 잘 말해 주기를.

월요일 아침이다. 지금쯤 "도살장에 끌려가는 소처럼" 하면서 [illegible] 걸어가겠지.

입관후에 옛날 처럼 한번 만나 보자.

그럼 대한민국에 훌륭한 초급 장교가 되기를 바라면서

adieu!

대호

P.S. 김병장은 "선린상고" 다닐때 유명한 야구 선수였고 [illegible] 운동을 같이 했고 나 하고는 [illegible] 관계가 있다. 그리고 김병장 한테 내가 부탁할 게 있는데 편지 했으면 좋겠다고 전해 줬으면

경진. 종문 후보생 각하들 보시오.

그간에 훈련 받느라고 고생이 많았겠다. 여러 번 소식을 전하려고 했었는데 이럭저럭 시간이 흘렀고 "김병장" 서울 온 김에 훈련 잘 받고 있다는 것을 확인했다고. 내가 항공병 학교에 20개월 있었거든. 그래서 그곳 사정을 잘 알고 있다고. 더군다나 꼬마 김병장 하곤 그곳에서 야구를 같이 했거든. 복교할 때 "창염"이한테 3/8에 대전으로 간다는 말을 들었지. 졸업식 때도 가고 싶었는데 난 제대를 하고 복교하려고 하는데 졸업한다고 좋아들 하니 기분이 과히 좋지는 않더군. 그래서 가지도 않았었고. 경진이 넌 길에서 몇 번 만났었지만 종문인 참 오랜만인 것 같다. 지금 뚜렷이 생각나는 건 강릉 갔을 때일 뿐이고. 지금쯤 종합훈련도 다 갔다왔겠고, 임관만을 생각할 텐데 법대 출신은 보급 특기를 많이 받더라. 만일 보급 특기 받으면 잘 해 봐라. 희망이 있는 것이지. 대전 있을 때 훈련 받으러 오는 기술병, 후보생들의 피복 따위는 내가 취급했었지. 임관할 때까지 곤란한 점이 있으면 "김병장"한테 이야기하면 아마 섭섭지 않게 하여 줄 것 같다. "김병장"도 왕년에 선린상고에 명 유격수였거든. 운동하는 사람은 의리가 있으니까. 임관 후에 한번 만나보자. 씩씩한 대한의 공군장교로서 말이다. "의순" "준일" "대록", "창일" 이 모두 복교해서 자주 만난다. 그럼 남은 기간에 건투를 바란다.

대호.

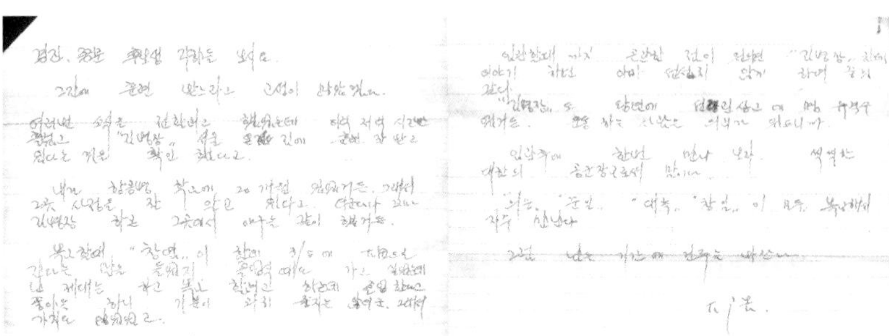

5. 공군 2325전대에 함께 근무했던 정승명 선배의 손편지

공군2325전대는 당시 오류동에 소재하고 있던 공군관련 정보를 수집, 전파와 관련업무 교육을 담당하는 부대로 A, B, C 3지구로 나누어져 있었고 A지구는 본부, B지구는 공작과 심리전을 관할하는 첩보지원대, C지구는 교육, 훈련을 담당하는 교육대가 있었다. 지금은 3지구 모두가 도로와 주거지로 변했고 부대도 국군정보업무 편제 변경으로 없어진 것으로 알고 있다.

정승명 선배는 고대 법대 1년 선배이나 군대는 나와 동기생으로 같은 정보특기로 정보교육수료 후 함께 2325전대에 배속되어 나는 첩보지원대 계장으로 정선배는 작전과 작전계장으로 보직을 받았었다. 정선배는 작전과에 능력을 인정받아 특이하게 4년 내내 보직변경 없이 근무하고 전역하는 기록을 세운 바 있다.

제대 후에는 극동석유, 세양건설 사장을 역임하였으며, 은퇴 이후에는 경복궁과 덕수궁의 해설사로 자원봉사하는 한편, 색소폰 악기를 열심히 배우고 있다. 또한 독실한 천주교 신자인 부부가 함께 성당을 중심으로 노인 봉사활동을 열심히 하며 노년을 건강하고 알차게 보내고 있다. 정 선배는 존경하는 선배로 지금도 2325전대 근무자를 중심으로 한 동기생 정보장교 모임인 공군 23회에서 정기적으로 만나고 있는 분이다.

더구나 우리 부부가 1984년 6월 16일 역촌동 성당에서 세례를 받을 때 대부, 대모까지 해주신 고마운 선배이다.

내가 공군 2325전대 정보지원계장시 우리 사무실에 함께 근무했던 김이태, 김방일(몇 년 전에 심장마비로 사망)은 후에 실미도부대 공작원훈련 소대장으로 차출되어 갖은 고생을 해가며 근무하다 공작원 집단탈출사건을 맞아 기간 장병이 모두 피살되는 사건 발생시 유일한 생존자이다. 그 사건 후 20여 년이 다된 2000년인가 MBC 방송의 "이제는 말할 수 있다"라는 프로에 김이태, 김방일 생존 소대장과 인터뷰 방송을 아내가 보고 알려주어 이들의 소식을 접하게 되었다. 아내는 부산에서 실미도사건에 대한 방송, 신문을 접하고 몹시 슬퍼했었는데 나와 같이 근무했던 김방일, 김이태 소대장이 살아남았다는 데 감격하여 MBC 방송에 연락처를 남기고 열심히 부탁해서 김이태 소대장이 경북 대구에 살고 있다는 소식을 들었다. 집사람과 함께 대구에 내려가 김이태 소대장 집에서 하룻밤을 묵으며 백동화가 쓴 실미도 장편소설에 관한 이야기와 나도 잘 모르는 실미도 섬 훈련 현장 상황에 대한 이야기를 나누고 왔었다.

그 후 김이태 소대장 딸이 서울올림픽공원 내 결혼식장에서 결혼을 하게 되어 다시 만났었다. 그 당시 50세가 훌쩍 넘었지만 전국의 마라톤 대회에는 모두 참석한다고 하여, 서울 마라톤대회 참석시는 상경하여 서로 안부 전화도 나누기도 했었다.

지금은 모두 너무 오래 된 일이어서 기억이 정확하지 않은 것도 같지만 그때 일들을 떠올릴 때마다 그 시절의 가슴 아픈 일들이 생생하게 떠오른다.

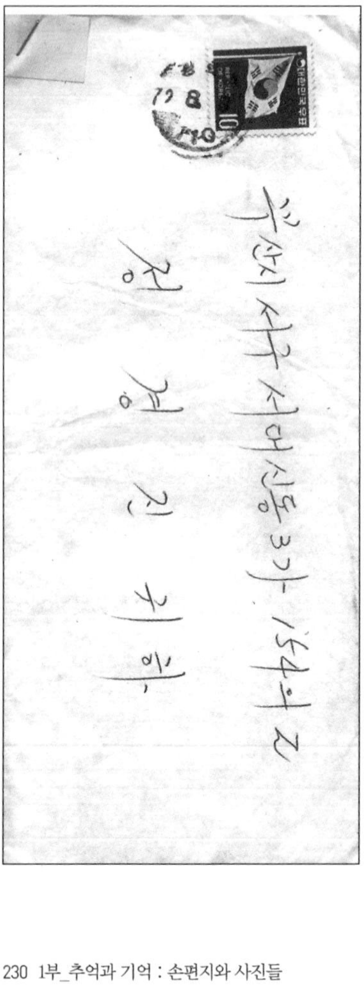

부산으로 보내준 손편지

J兄, 에게

봄의 花信과 함께 보내주신 書信 반가히 받았읍니다. 除隊後 兄이 一次 來合浦을 來訪한 후 그런 소식이 단절됐다가 이렇게 兄과 서신을 往來할 수 있어 여간 반갑지 않읍니다. 그새 弟도 兄의 소식을 알려고 흥국상사에 수차 연락을 해본바 釜山에 있다는 것은 알고 있었읍니다.

애기가 둘이라 하니 (弟도 作品하날 만들었읍니다만) 세월의 흐름을 感知할수 있을 것 같으며 지난 三年間의 時間이 몹시도 길어 보입니다.

三年前 모여 "수고했다"는 말한마디와 악수로 四年을 相對하고 軍門을 나올때의 感懷가 새삼스럽소이다. 막연한 현실, 불안, 그리고 기대가 交錯되는 가운데 시작된 社會生活은 기대와는 너무나 동떨어진 생활에 지친 하나의 群像만을 만들었을 뿐이오. 뭔가 보다나은 生活을 위한 存在가 돼야 한다는 強迫感과 초조감이 항상 머리를 무겁게 누르고 있으나, 실상 매일 매일의 생활은 무의미한 짓만 되풀이 하고 있소이다. 아마도 이것이 인간 인가 보오.

며칠전 김병수를 만나 부산서 兄께 厚한 대접을 받았다는 말을 들었소. 무척이나 반가웠을 것이오. 서울에서는 가끔 만나 옛날 도끼자루 썩히던 오류동 애기를 하면서 한잔합니다.

오류동 동기생들 모임에 한번 나가 봤으만, 제대를 앞둔 동기생들이 무척이나 초조해 보입디다. 이해 할수 있는 일이죠.

6월경에 上京한다 하니 그때 만나 못다한 사연을 털어 놓읍시다.

부인께 안부 전하며 댁에 행복이 있기를 빕니다.

72. 4. 22

서울에서 愚弟 올림.

極東셸石油株式會社
Kukdong Shell Oil Co,. Ltd.

極東셸石油株式會社
Kukdong Shell Oil Co,. Ltd.

丁兄에게

兄의 서신 받은지도 꽤 오래 됐는데 차일피일
하다 이제야 글을 전합니다
그간도 별고 없으리라 믿으며 12월에 鄭명수로
부터 兄의 얘기 자세히 들어 알고 있읍니다마는
객지에서 兄이 그만큼 자리잡은 것도 다 兄의
努力의 결실이라 하겠오.
弟는 이번 여름 휴가 며칠을 이용하여 모처럼
안식구와 같이 7월 22, 23일 부산을 다녀
올까 합니다
숙식은 죄송하오나 兄께 폐를 끼쳐야 할것
같은데 이곳 형편이 어떨런지 궁금합니다
兄이 부산에 있어 용기를 내는 것이오니 양해
하시기 바랍니다.
더위가 한창이니 질병도 만연할 것
같읍니다 더위에 가내 무고하기 바라며
곧 상면할 수 있을 것 같아 오늘은
이만 줄입니다

72. 7. 12.
서울에서 공명 드림.

※ 집 전화나 약도 알려주시면 좋겠읍니다.

極東쉘石油株式會社
Kukdong Shell Oil Co., Ltd.

丁兄에게

요사이도 더위에 수고가 많겠읍니다.
보내주신 사진은 반가히 잘 받았으며, 사진전시회
에 출품할만한 걸작들이 많아 더욱 재미있고
잊지못할 추억이 될 것 같읍니다.
지난번 휴가지 兄 내외분의 友情어린 好意로
모처럼 부산을 방문할 즐거움을 가졌읍니다만
한편 兄께 너무 폐가 많아 마음의 짐이
되기도 합니다. 가까운 사람끼리 쫓기는
생활속에서나마 잠시 여가를 내어 서로 만나
대화를 나눈다는 건 확실히 의의있고 또 생활을
살찌게 하는 것이라 생각됩니다.
집은 아늑하고 깨끗한걸로 잘 꾸며 두었는지요
兄이야 이제 주택만 마련된다면 어느정도
안정된 생활이라 할수 있겠읍니다. 안정된
생활토대 위에서 삶을 즐기고 또 친우간의 성실한
교류를 갖는다는 건 얼마나 좋은 일이겠오. 그러나
이러한 것이 나에겐 까마득하기만 하오
8월 9일이 애기 돌이니 축하드리면서, 즐거운
날이 되기 바라오. 다음에 또 소식전하기로
하면서 이만 줄입니다.

8. 4. 서울에서 공명 드림

極東쉘石油株式會社
Kukdong Shell Oil Co., Ltd.

정형에게

정형!

오래간만입니다. 이렇게 소식을 전하여 주셔 반갑고 고맙게 그지 없습니다. 세 번째 아기를 순산하였다 하니 반갑습니다. 이곳 서울에서는 정영수와 송휘석 대위를 가끔 만납니다. 제는 그간 약간의 변동이 있어 법무실에서 판매부로 자리를 옮겼습니다. 약간의 수당이 있어 좀 낫다고는 하겠으나, 별반 생활에 보탬이 되는 것도 없고 역시 무의미한 생활이기는 마찬가지입니다. 한국생사의 김종선과는 종종 만나고 있습니다. 한국생사 사무실과 저의 거래회사와 이웃하여 있어서 자연히 자주 만나게 되지요. 서울은 지금 추위가 한창 기승을 부리고 있습니다. X-mas tree와 현란한 네온사인, 전구도 한창이지요. 지금 편지를 하면서 머리가 정돈되지 않아 두서가 없습니다. 부친의 중환으로 무엇이 무엇인지 모를 지경입니다. 집안에 우환이 없어야 한다는 말을 이제야 절실히 깨달을 것 같습니다. 정형도 무엇보다도 집안 모두가 건강한 것을 최대의 행복으로 생각하십시오. 다음 주에는 부친의 생사를 건 수술을 할 예정이오. 인명은 재천이라니 모든 것을 신의 뜻에 맡기는 수밖에 없겠소. 오직 신의 은총을 바랄 뿐이오. 인간에게는 으레 인생의 시련이 있게 마련일 것이니 지금 그 시련을 겪는 중이라고 생각하오. 제의 어두운 사정만 전하여 미안합니다. 그러나 형 아닌담에는 이러한 사정 말할만한 데도 정말 없구려. 집사람과 쎌모는 다 잘 있습니다. 형 덕에 항상 행복이 있기를 기원하면서 오늘은 이만 줄입니다.

1972.12.14.

서울에서 승명 서.

부산 방문 시 함께 찍은 사진

1972.7.22. 정 선배 부부 부산 방문시 정 선배 가족과 아내와 큰딸

부산 우리집 옥상에서 정 선배 부부

정 선배 아들과 우리 두 딸(부산 집 옥상에서)

천주교 역촌동 성당 영세 기념 사진(1984.6.16)
(상단 우측 끝이 필자)

5장

평생 다정하게 지냈고,
지내는 친구들

1. 건강하게 노년을 보내고 있는 친구들의 손편지

전주대학교 문화관광대학 학장을 지낸 최종문 교수의 손편지

최종문 군은 나와 고등학교, 대학교 공군장교 생활을 함께했던 친구로 내 일생 친구 중 현재까지 가장 자주 만나고 지내는 사이로 나와는 주민번호 뒷자리 번호까지 똑같은 인연이 있는 친구다.

친구들 대부분 은퇴하고 건강관리나 하며 조용히 지내는 지금도 재단이사장이고, 매주 지방 대도시 문화회관에 클래식음악 감상회 강좌를 열어 꼬박꼬박 지방에 내려가고 장로교회 원로 장로로 매주 예배에 빠짐없이 참석하는 등 너무 바쁜 나날을 보내고 있다. 친구들 모두 늙은 나이에 너무 몸을 혹사하여 건강을 해치지 않을까 걱정을 할 정도이다. 죽으면 한줌 흙으로 돌아갈 몸 아끼지 말고 열심히 사는 것도 좋겠지만 그것도 어느 정도야 하지 않을까?

호텔 사장, 해외 브랜드 요식업체 대표 등의 경력이 크게 인정되어 뜻하지 않게 지방 유수 대학의 문화관광대학 학장으로 발탁되어 유감없이 실력을 발휘하여 학교로부터 크게 칭송을 받아 매우 만족해하던 정년 때의 모습이 지금도 생각난다. 노래 잘하고 말솜씨가 뛰어나며 매사 긍정적으로 생각하는 삶을 사는 친구로 말주변이 없는 나로서는 그 재주가 늘 부럽다.

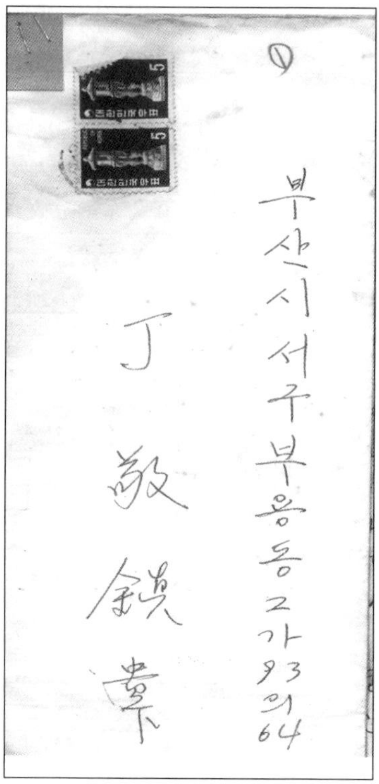

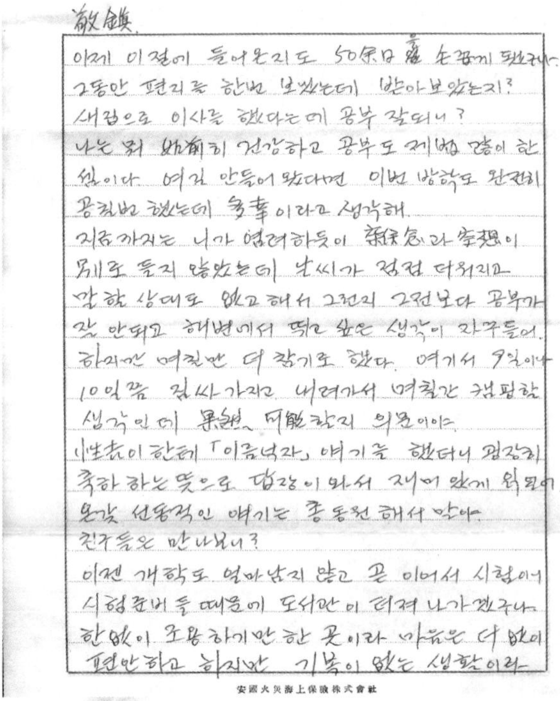

敬鎭.

이제 이절에 들어온지도 50余日을 조금 넘게 됐구나.
그동안 편지를 한번 보냈는데 받아보았는지?
새집으로 이사를 했다는데 공부 잘되니?
나는 뭐 如前히 건강하고 공부도 제법 많이 한 셈이다. 여길 안들어왔다면 이번 방학도 완전히 공칠번 했는데 多幸이라고 생각해.
지금까지는 니가 염려하듯이 雜念과 妄想이 별로 들지 않았는데 날씨가 점점 더워지고 말할 상대도 없고 해서 그런지 그전보다 공부가 잘 안되고 해변에서 뛰고 싶은 생각이 자꾸들어. 하지만 며칠만 더 참기로 했다. 여기서 9일이나 10일쯤 짐싸가지고 내려가서 며칠간 캠핑할 생각인데 果然 可能할지 의문이야.
小生者이 한테 「이름넉자」 얘기를 했더니 굉장히 축하하는 뜻으로 답장이 와서 재미있게 읽었어. 온갖 선동적인 얘기는 총동원해서 말야.
친구들은 만나보니?
이젠 개학도 얼마남지 않고 곧 이어서 시험이니 시험준비들 때문에 도서관이 터져 나가겠구나.
한없이 조용하기만 한 곳이라 마음은 더 없이 편안하고 하지만 기복이 없는 생활이라

安國火災海上保險株式會社

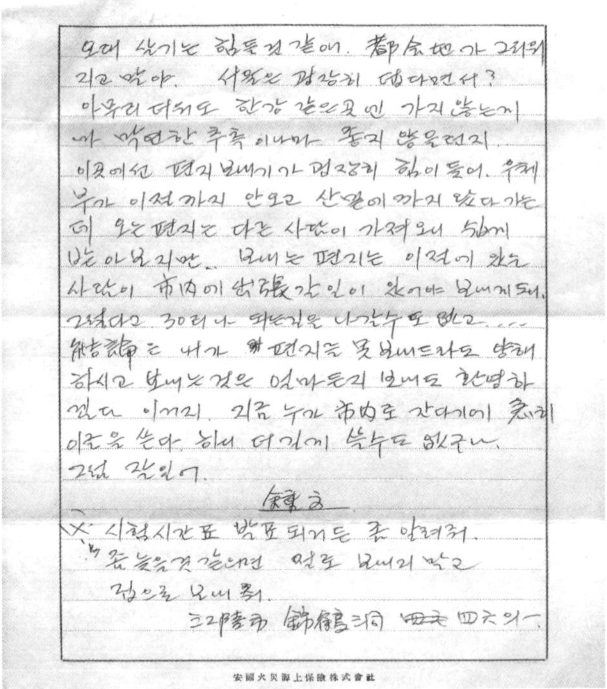

보다 살기는 힘든것 같애. 都會地가 그리워지곤 말야. 서울은 굉장히 덥다면서?
아무리 더워도 한강 같은곳엔 가지 않는게 나 막연한 추측이나마 좋지 않을런지.
이곳에선 편지 보내기가 굉장히 힘이들어. 우체부가 이절까지 안오고 산밑에까지 왔다가는데 오는 편지는 다른 사람이 가져오니 쉽게 받아보지만.. 보내는 편지는 이절에 있는 사람이 市内에 出張갈일이 있어야 보내게돼. 그렇다고 30리나 되는길을 나갈수도 없고...
結論은 내가 편지를 못보내드라도 양해하시고 보내는 것은 얼마든지 보내도 환영하겠다 이거지. 지금 누가 市内로 간다기에 急히 이글을 쓴다. 하니 더길게 쓸수도 없구나.
그럼 잘있어.

錫文

※ 시험시간표 발표되거든 좀 알려줘.
〃 좀 늦을것 같으면 절로 보내지 말고 집으로 보내줘.
江陵市 錦鶴洞 四六의一.

安國火災海上保險株式會社

경진.

우선 A학점 2, B학점 4, C학점 1의 올 패스를 축하해야겠다. 그처럼 걱정하던 진의 얼굴이, 유아기의 그것이라던 그 환한 웃음으로 가득 차 있을 것을 생각하니 내 마음도 유쾌해진다. 네 말대로 새 출발을 암시하는 것으로 보고 더욱더 공부 열심히 하여 마지막 대학생활을 멋있게 보내길 충심으로 빈다. 장장 여섯 장에 달하는 경진의 글을 정말 엄숙한 자세로 읽었다. 더구나 알아보기 힘든 진 특유의 그 휘갈긴 필체를 해독하느라고 진땀을 뺐다. 실례.

그 이후로 숙에게서 몇 통의 편지가 날라 왔고, 나도 몇 통의 편지를 보냈다. 그날의 격한 감정을 서로들 쓰다듬느라 노력하는 듯한 흔적을 찾아볼 수 있었다. 나는 애써 유모어를 섞느라고 노력했고, 숙은 귀엽게 쓰느라고 노력한듯 하다. 나는 몇 번의 서신대화에서, 우리를 막고 있던 어떤 보이지 않는「벽」의 무너지는 소리를 들을 수 있었다.

네 편지 내용의 심각도로 보아 나의 글이 상당히 격해 있었나 본데, 솔직히 말하면 지금 무얼 어떻게 썼는지 생각이 잘 안 난다. 굉장히 격해 있을 때 쓴 거니까, 버리지 말고 잘 보관해 뒀으면, 내가 상경해서 다시 한 번 볼 수 있을 게다. 너는 자기가 택한 길이 숭고하고 존귀하다고 하는 나의 주장에 대하여 약간의 의문을 표시하면서, 그것이 누구에게도 침해받지 않는 한 절대적인 것이라는 나의 주장에 대해서는 전적으로 반대했다. 자기의 자유의지에 의한 간섭도 엄연한 간섭이라고 했다. 그러나 나의 주장은 지금도 같다. 자기가 택한 길이 숭고하고 존귀하지 않다면 무엇이 숭고하고 존귀하단 말인가? 또 자기의 자유의지에 의한 간섭은 내가 말하는 침해가 될 수 없다. "자유의지에 의한 간섭" 그 자도 자기가 선택한 길이기 때문이다. 결국 자기의 자유의지에 의한 것만이「결단」에 참여할 수 있다는 말이다. 물론 선택과 결단의 과정에는 여러 면으로부터의 간섭이 있을 수 있으나, 일단「결단」이 되면 그 선택된 길은 숭고하고, 존귀하고 누구도 침해할 수 없는 위한 절대적인 것으로 되는 것이다. 결국 자기가 선택한 길에 처한 최종적인 책임은 자기가 지게 되므로 결단과정에 있어서 남의 간섭 따위는 문제되지 않는다는 말이다. 이 점에 대하여는 내가 상경하면 충분히 토론하리라 생각하고 이만 쓴다.

또 담배연기 자욱한 비어홀의 구석에서 보아 눈이 덮인 해변이 훨씬 나에게 맞았을 것이라는 경진의 말에는 전적으로 긍정한다. 그런데 그 당시의 상황이 그렇지 못해서, 나도 할 수 없이 비어 홀을 택한 것이다.

이렇게 쓰다 보니 재미가 없다. 요즈음은 날씨가 어찌나 추운지 정신이 없고, 공부도 제대로를 못한다. 금년 토정비결과 나의 관상이 엄청나게 좋다는 얘기를 듣고 공부 열심히 해야겠다는 소박한 생각이 든다. 오늘은 어찌된 셈인지 편지가 잘 써지지 않는다. 여기서 끊어버리자. 또 쓰기로 하고, 감기 걸리지 않도록 조심하고 편지 자주 보내 주게.

1.3. 종문.

* * *

경진.

너무나 오랫동안 소식을 전하지 못해 미안한 마음 금할 수 없다. 그간 건강하게 근무에 성실하고 있는지? 그리고 부인과 딸놈이도 모두 안녕하신지 궁금하다. 사실 작년 가을에 내가 결혼식에 너를 모시지 못한 건 두고 두고의 후회로서 아직까지 그 생각만 하면 마음이 개운치 못한 심정이다. 비단 나뿐만 아니라 조선생도 마찬가지… 내 친구 중에서 가장 친근감이 가는 경진씨를 어떻게 했길래 결혼식에도 참석 못 시켰는가 하고 죄책이 대단하네. 나중에 만나면 자세히 말하지만 그때로서는 어쩔 수 없었다는 점을 이해해 주게나. 나의 요즈음 생활은 도무지 변화가 없는, 꼭 같은 생활의 연속으로서 특이할 만한 것은 없네. 단지 결혼생활이 퍽 즐겁다는 것과 이달 28일경 미국 및 동남아 일대에 출장을 떠난다는 것을 빼고서는……(그것도 가야 가는가 보다 하는 것이지만) 좌우간 회사에서 보내준다고 하니까 신이 나는 것은 사실이야. 그러나 Boss를 수행해야 하는 고통을 생각하면 별로 좋지도 않다. 이번에 나가게 되면 약40일 정도 걸릴 것이다. 경진아. 이제는 어느 정도 회사 분위기에도 적응되었을 텐데 언제쯤 서울로 오게 될까? 너의 그 시원스런 환한 웃음이 보고 싶다. 성길이 녀석도 통 연락이 없고 나부터 정신을 바짝 차려야지. 이러다간 친구들 다 놓치겠다. 오늘은 이만 줄여야겠다. 사장님께서 찾으시는구만. 부인께 안부 전해다오, 안녕.

종문

필자의 건국대
석사학위 수여식에서
어머니와 최학장과 함께

우리 부부와 함께
(가운데 최학장)

친구들과 야외 나들이
(가운데가 최학장)

고려대학교 교정에서
친구들과 함께
(오른쪽 4번째 최학장,
6번째 필자)

대학교 여름방학 때
강릉 최학장 댁 방문시
(가운데 필자)

강릉 시내에서
(오른쪽 최학장,
가운데 필자)

1966.7.1. 공군장교 임관식 기념

1966.2. 졸업식에서

1965.10. 학교 교정에서 친구들과 함께

현대그룹 임원으로 직장생활을 마감한 친구 전수철 군의 손편지

전수철 군은 나와 경복중 · 고등학교 동창으로 서울, 지방으로 5년간 3개 초등학교를 다녀 초등학교 친구가 없는 나와 중학교 2학년 때인 1957년도부터 친해져 60여년이 지난 지금까지 자주 만나고 지내는 나에게는 제일 오랜 친구이다.

서울법대를 나와 고시공부를 하였으나 뜻을 이루지는 못했다. 고등학교시절부터 문학소년, 소녀로 문예반 활동을 함께하던 문학소녀와 고시공부하던 시절에 결혼하여 초기에는 고생이 좀 많았다. 전 군은 내가 부산에서 직장생활을 할 때 신혼여행을 와서 함께 재미있는 시간을 보내는 등 나와 추억이 많은 친구이다.

전 군은 아남산업에 잠시 근무했다가 현대그룹으로 옮겨 성실히 근무하여 임원도 되고 현대자동차서비스 기획담당 상무시절에는 정주영 회장이 대통령에 출마하여 애도 많이 쓰고 고생도 많았다. 현대에서 퇴직한 후 옥외간판 설치회사를 차려 전국 여러 곳에 대형 입간판을 세워 광고비를 받는 안정적인 사업을 영위하며 잘 지내고 있다.

옛날 편지를 보니 그때는 우리 모두가 대부분 가난하게 지내던 시절이라 전 군도 고생이 많았던 게 생생하게 표현되어 있었으나 지금은 압구정동에서 편안하게 살고 있고 용인에 있는 별장으로 나들이도 다닌다. 나와 똑같이 딸만 셋인데 모두들 출가하여 미국, 영국, 중국에서 각기 잘 살고 있는 그야말로 행복한 노후를 보내고 있다.

특히, 젊은 날의 문학 소년의 꿈을 아직도 간직한 채 죽기 전에 마거릿 미첼 여사와 같이 『바람과 함께 사라지다』 같은 소설을 꼭 한번 쓰고 싶다는 희망을 놓지 않고 있는 대단한 친구이다. 나와는 자주 만나 술잔을 기울이며 내가 죽기 전에 그런 소설을 빨리 쓰라고 내가 재촉하면, 전 군은 내가 쓰기 전에 죽으면 배신자가 되는 것이라고 농담을 주고받는다. 다정한 친구이자 마음이 꼭 맞는 술친구로 서로 만강, 만우라고 호도 지어주며 즐겁게 지내는 좋은 친구이다.

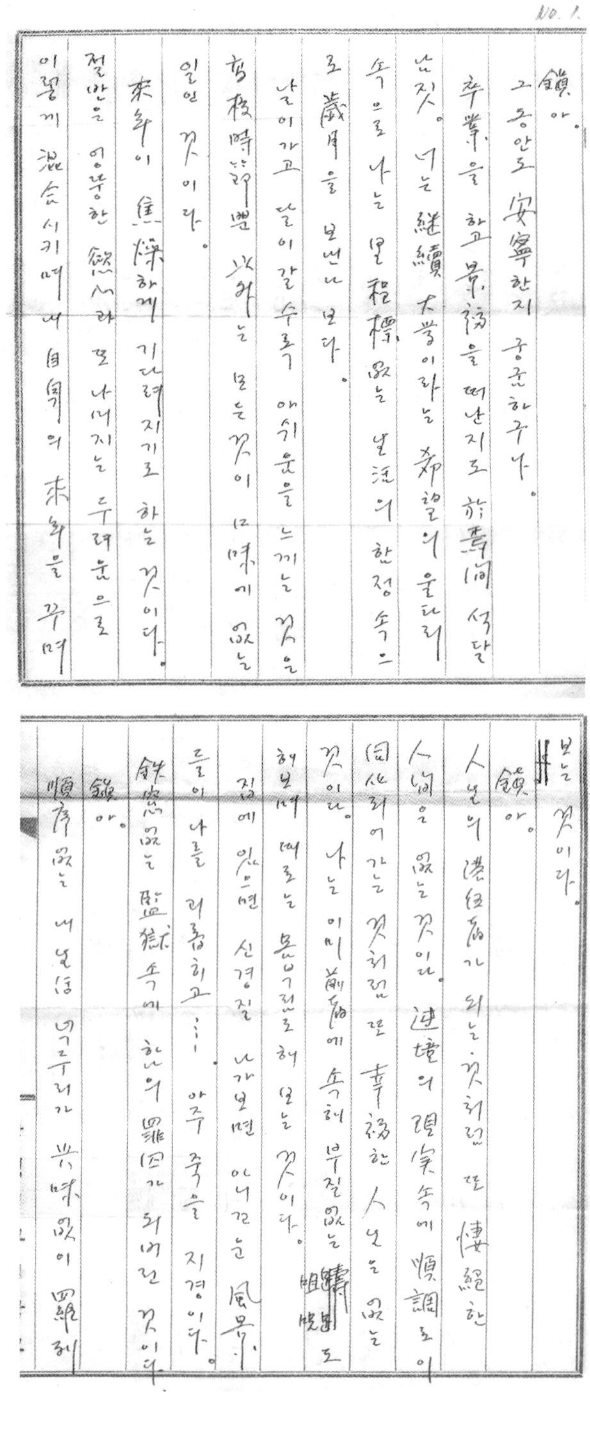

No. 1.

鎭아.

그동안도 安寧한지 궁금하구나.

卒業을 하고 學校을 떠난지도 於焉間 석달 남짓. 너는 繼續 大學이라는 希望의 울타리 속으로 나는 里程標없는 生活의 한정속으로 歲月을 보내나 보다.

날이 가고 달이 갈수록 아쉬움을 느끼는 것은 學校時節뿐 아니라 보는 것이 興味게 없는 일인 것이다. 來年이 焦燥하게 기다려지기도 하는 것이다. 절반은 엉뚱한 慾心이라 또 나머지는 두려움으로 이렇게 混合시키며 내 自身의 未來을 꾸며 보는 것이다.

鎭아.

人生의 濃縮篇가 되는 것처럼 또 悽絶한 人間은 없는 것이다. 逆境의 現實속에 順調로이 回化리에 가는 것처럼 또 幸福한 人生은 없는 것이다. 나는 이미 前者에 속해 부질없는 咀嚼 悅劇도 해보며 때로는 몸부림도 해 보는 것이다.

집에 있으면 신경질 나가보면 이끄는 風景들이 나를 괴롭히고 … 아주 죽을 지경이다. 鉄窓없는 監獄속에 한의 罪囚가 되어버린 것이다.

鎭아.

順序없는 내 生活 너그러이 興味없이 羅列히

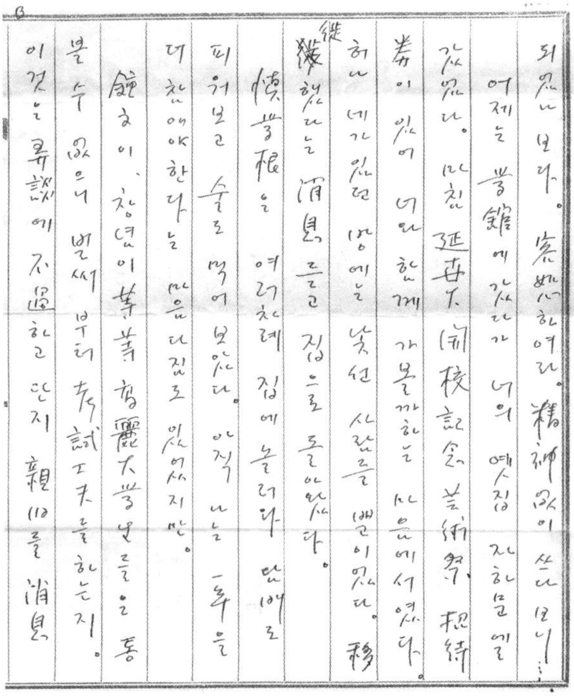

되었나 보다. 突然히 여러 精神없이 쓰나 보니…
어제는 學館에 갔다가 너의 옛집 자리들에
갔었다. 마침 延世大 開校記念 美術祭 招待
券이 있어 너와 함께 가볼까 하는 마음에서 였다.
허나 네가 있던 방에는 낯선 사람들 뿐이었다. 移
徙했다는 消息 듣고 집으로 돌아왔다.
慎當根을 여러차례 집에 놀러와 담배도
피워보고 술도 먹어 보았다. 아직 나는 一年을
더 참아야 한다는 마음다짐으로 있었지만.
鍾호이, 창엽이 等等 高麗大學生들은 통
볼 수 없으니 벌써부터 考試工夫를 하는지.
이것은 雜談에 不過하고 단지 親舊들 消息

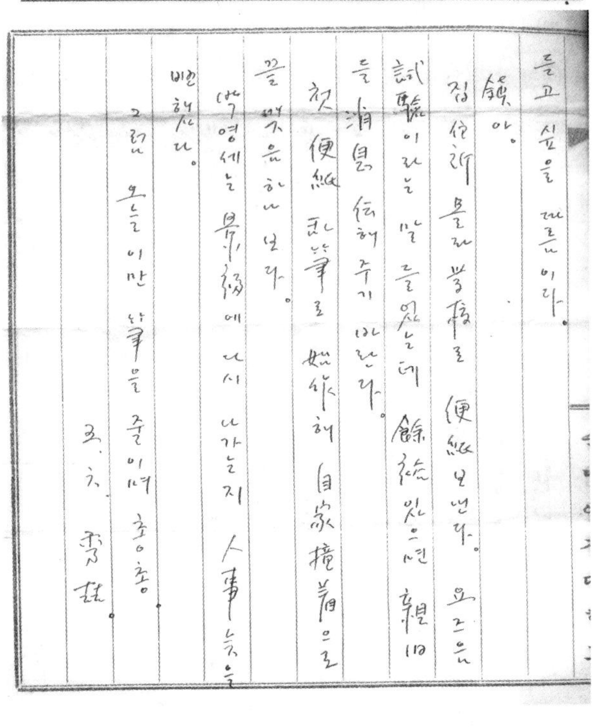

듣고 싶을 때뿐이라.
鍾아.
집 住所 몰라 學校로 便紙 보낸다. 요즈음
試驗이라는 말을 얻었는데 餘暇 있으면 親舊
들 消息 傳해 주기 바란다.
첫 便紙 亂筆로 始作해 自家撞着으로
끝맺음 하나 보다.
박영세는 [illegible]에 다시 나가는지 人事 늦음을
미안했다.
그럼 오늘 이만 붓筆을 줄이며 총총.
五. 六. 雪喆.

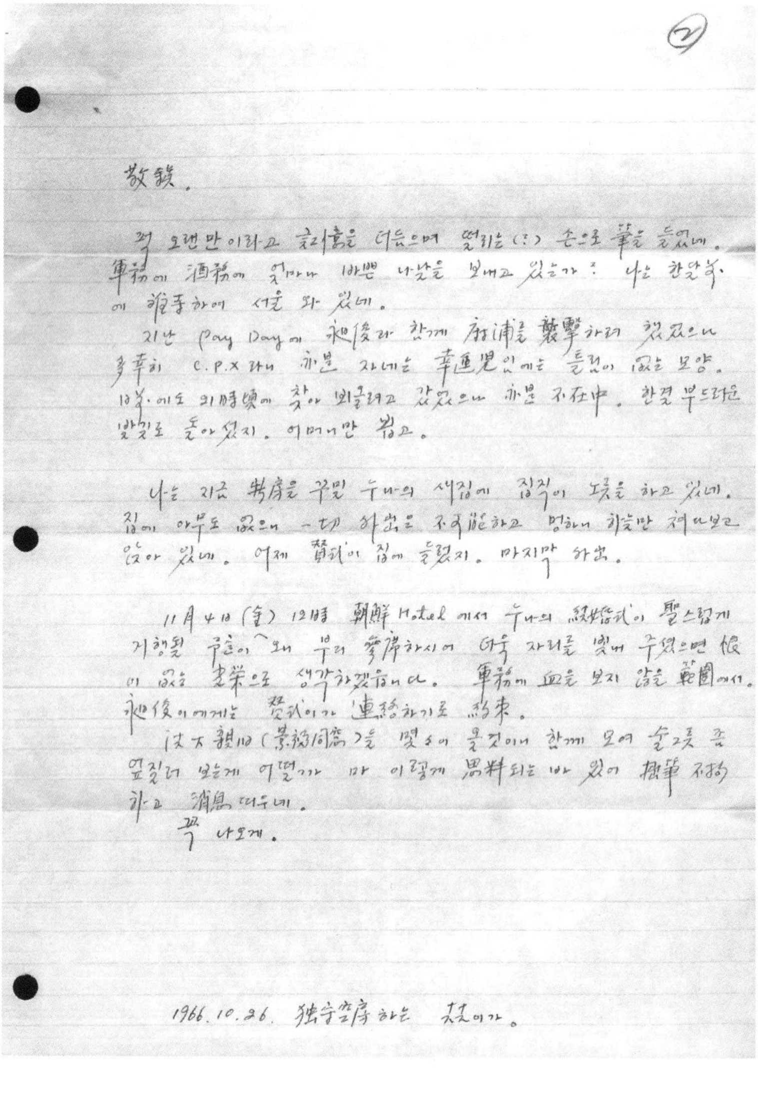

②

敬鎭.

퍽 오랜만이라고 記憶을 더듬으며 떨리는(?) 손으로 筆을 들었네. 軍務에 酒務에 얼마나 바쁜 나날을 보내고 있는가? 나는 한달半에 歸休하여 서울 와 있네.

지난 Pay Day에 和俊과 함께 麻浦를 襲擊하려 했었으나 多幸히 C.P.X라나 亦是 자네는 幸運兒임에는 틀림이 없는 모양. 10日에도 외출時頃에 찾아 뵈올려고 갔었으나 亦是 不在中. 한결 부드러운 발길로 돌아섰지. 어머니만 뵙고.

나는 지금 書齋을 꾸민 누나의 새집에 집직이 노릇을 하고 있네. 집에 아무도 없으며 一切 外出은 不可能하고 멍하니 하늘만 쳐다보고 앉아 있네. 어제 貞熙이 집에 들렀지. 마지막 外出.

11月 4日(金) 12時 朝鮮 Hotel에서 누나의 結婚式이 聖스럽게 거행될 予定이오니 부디 參席하시어 더욱 자리를 빛내 주셨으면 限이 없는 光榮으로 생각하겠읍니다. 軍務에 血을 보지 않는 範圍에서. 和俊이에게는 정式이가 連絡하기로 約束.

法大 親日(景福同窓)들은 몇 名이 올 것이니 함께 모여 술그릇 좀 엎질러 보는게 어떨까 마 이렇게 思料되는 바 있어 拙筆 不拘하고 消息 띄우네.

꼭 나오게.

1966. 10. 26. 獨守空房하는 [illegible]이가.

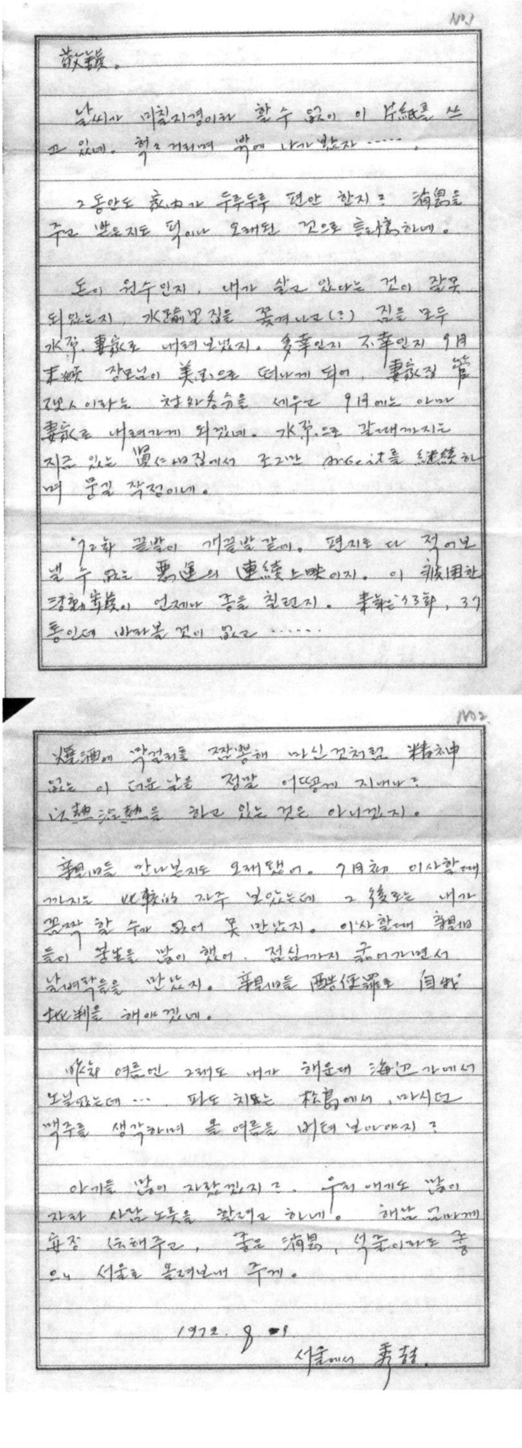

敬鎬.

날씨가 미칠지경이라 할수 없이 이 片紙를 쓰고 있네. 헉헉 거리며 밖에 나가 봤자 …… .

그동안도 家內가 두루두루 편안 한지? 消息을 주고 받은지도 퍽이나 오래된 것으로 記憶하네.

돈이 원수인지, 내가 살고 있다는 것이 잘못 되었는지, 水原에 있던 집을 쫓겨 나고(?) 짐은 모두 水原 妻家로 내려 보냈지. 多幸인지 不幸인지 9月 末頃 장모님이 美國으로 떠나게 되어, 妻家집 管理人이라는 첫 外交令을 세우고 9月에는 아마 妻家로 내려가게 되겠네. 水原으로 갈때까지는 지금 있는 單칸방집에서 조그만 Arbeit를 繼續하며 묻힐 작정이네.

'72年 글발이 개끌발 같네. 편지로 다 적어보낼 수 없는 惡運의 連續上映이지. 이 窮困한 [illegible]生活이 언제나 종을 칠련지. 來年은 73年, 37 통인데 바라볼 것이 없고 ……

燒酒에 막걸리를 짬뽕해 마신것처럼 精神없는 이 더운 날을 정말 어떻게 지내나? 以熱治熱을 하고 있는 것은 아니겠지.

親舊들을 만나본지도 오래됐어. 7月初 이사할때까지는 比較的 자주 보았는데 그 後로는 내가 꼼짝 할 수가 없어 못 만났지. 이사할때 親舊들이 苦生을 많이 했어. 점심까지 굶어가면서 [illegible]들을 만났지. 親舊들을 西遊便羅로 自然批判을 해야 겠네.

昨年 여름엔 그래도 내가 해운대 海辺가에서 노닐었는데 … 파도 치는 桟橋에서, 마시던 맥주를 생각하며 올 여름을 버텨 보아야지?

아기들 많이 자랐겠지? 우리 애기도 많이 자라 사람 노릇을 할려고 하네. 해남 고마께 安否 傳해주고, 좋은 消息, 석줄이라도 좋으니 서울로 올려보내 주게.

1972. 8. ?

서울에서 秀喆.

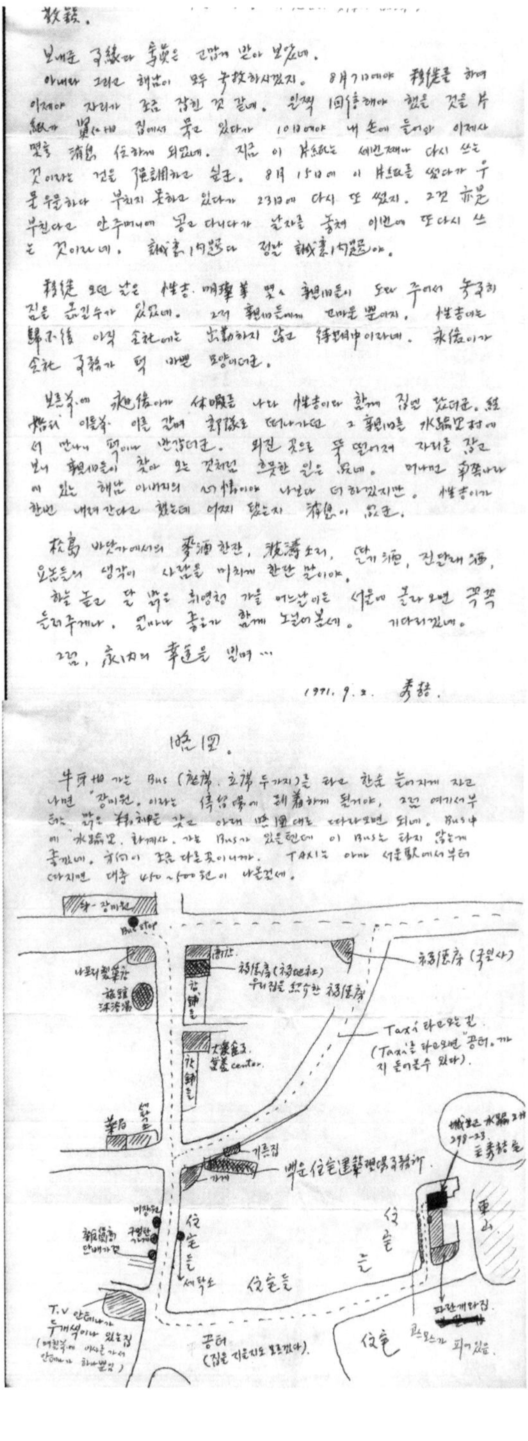

敎錫.

보내준 엽서와 寫眞은 고맙게 받아 보았네.

아내와 그리고 해남이 모두 무고하시겠지. 8月 7日에야 移徙를 하여 이제야 자리가 조금 잡힌 것 같네. 일찍 回信해야 했을 것을 片紙가 집에서 묵고 있다가 10日에야 내 손에 들어와 이제사 몇 줄 消息 傳하게 되었네. 지금 이 片紙는 세번째나 다시 쓰는 것이라는 것을 強調하고 싶군. 8月 15日에 이 片紙를 썼다가 우물우물하다 부치지 못하고 있다가 23日에 다시 또 썼지. 그것 亦是 부친다고 안주머니에 꽂고 다니다가 날자를 놓쳐 이번에 또 다시 쓰는 것이라네. 誠意不足이다 정말 誠意不足이야.

移徙 오던 날은 性吉, 華 및 親知들이 도와 주어서 수월히 짐을 옮길 수가 있었네. 그저 親知들에게 고마울 뿐이지. 性吉이는 歸國後 아직 會社에는 出勤하지 않고 靜養中이라네. 永錫이가 會社 業務가 퍽 바쁜 모양이더군.

보름쯤 前에 永錫이가 休暇를 나와 性吉이와 함께 집엘 왔더군. 結婚式 이틀쯤 이른 部隊로 떠나가던 그 親知를 水踰里村에서 만나니 퍽이나 반갑더군. 외진 곳으로 뚝 떨어져 자리를 잡고 보니 親知들이 찾아 오는 것처럼 흐뭇한 일은 없네. 머나먼 南쪽나라에 있는 해남 아버지의 心情이야 나보다 더 하겠지만. 性吉이가 한번 내려 간다고 했는데 어찌 됐는지 消息이 없군.

松島 바닷가에서의 麥酒 한잔, 波濤소리, 딸기酒, 진달래酒, 요놈들의 생각이 사람을 미치게 한단 말이야.

하늘 높고 달 밝은 휘영청 가을 어느날이든 서울에 올라 오면 꼭꼭 들러주게나. 얼마나 좋은가 함께 노닐어 봄세. 기다리겠네.

그럼, 家內의 幸運을 빌며…

1971. 9. 2. 秀喆.

略圖.

牛耳洞 가는 Bus (두가지)를 타고 한숨 늘어지게 자고 나면 "장미원"이라는 停留場에 到着하게 될거야. 그럼 여기서부터는 精神을 갖고 아래 略圖대로 따라오면 되네. Bus中에 "水踰里, 화계사" 가는 Bus가 있을텐데 이 Bus는 타지 않는게 좋겠네. 方向이 조금 다른 곳이니까. TAXI는 아마 서울驛에서부터 따지면 대충 450~500원이 나올걸세.

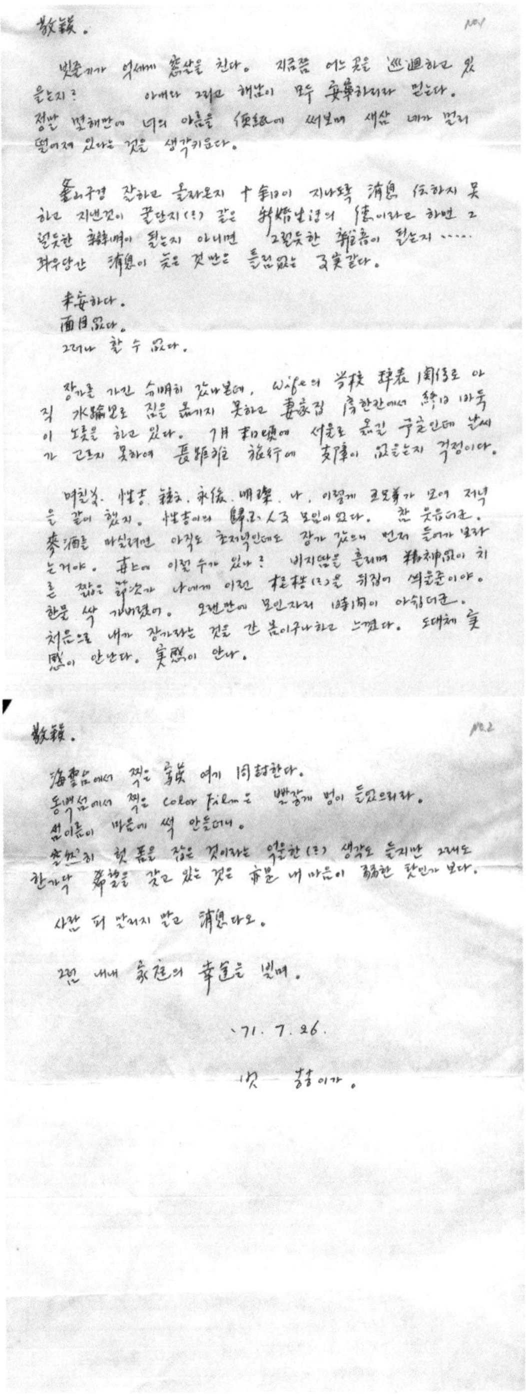

敬鎭.

No.1

빗줄기가 억세게 窓살을 친다. 지금쯤 어느 곳을 巡廻하고 있을는지? 아내와 그리고 해남이 모두 安寧하리라 믿는다. 정말 몇해만에 너의 이름을 便紙에 써보며 새삼 네가 멀리 떨어져 있다는 것을 생각키운다.

釜山구경 잘하고 올라온지 十余日이 지나도록 消息 傳하지 못하고 지낸것이 꿀단지(?) 같은 新婚生活의 德이라고 하면 그럴듯한 辨解가 될는지 아니면 그럴듯한 핑계가 될는지 ..... 좌우당간 消息이 늦은 것만은 틀림없는 事實같다.

未安하다.
面目없다.
그러나 할 수 없다.

장가를 가긴 分明히 갔나본데, Wife의 學校 辭表 關係로 아직 水輪里로 짐을 옮기지 못하고 妻家집 房한칸에서 終日 마족이 노릇을 하고 있다. 7月 末日頃에 서울로 옮길 予定인데 날씨가 고르지 못하여 長距離 旅行에 支障이 없을는지 걱정이다.

며칠전. 性吉. 鍾天. 永俊. 明璨. 나. 이렇게 五兄弟가 모여 저녁을 같이 했지. 性吉이의 歸國人事 모임이였다. 참 웃읍더군. 麥酒를 마실려면 아직도 초저녁인데도 장가 갔으니 먼저 들어가 보라는거야. 世上에 이럴 수가 있나? 비지땀을 흘리며 精神없이 치른 짧은 行事가 나에게 이런 桎梏(?)을 뒤집어 씌운준이야. 한몫 싹 가버렸어. 오래만에 모인자리 時間이 아쉽더군. 처음으로 내가 장가라는 것을 간 놈이구나 하고 느꼈다. 도대체 實感이 안난다. 實感이 안나.

敬鎭.

No.2

海雲台에서 찍은 寫眞 여기 同封한다.
동백섬에서 찍은 color Film은 빨갛게 멍이 들었으리라.
섬이름이 마음에 썩 안들더니.
當然히 헛 폼을 잡은 것이라는 억울한(?) 생각도 들지만 그래도 한가닥 希望을 갖고 있는 것은 亦是 내 마음이 弱한 탓인가 보다.

사람 퍽 말리지 말고 消息다오.

그럼 내내 家庭의 幸運을 빌며.

'71. 7. 26.

벗 [illegible]이가.

경진.

빗줄기가 억세게 창살을 친다. 지금쯤 어느 곳을 순회하고 있을는지? 아내와 그리고 해남이 모두 안녕하리라 믿는다. 정말 몇 해만에 너의 이름을 편지에 써보며 새삼 네가 멀리 떨어져 있다는 것을 생각키운다. 부산 구경 잘 하고 올라온 지 십여 일이 지나도록 소식 전하지 못하고 지낸 것이 꿀단지(?) 같은 신혼생활의 덕이라고 하면 그럴듯한 변명이 될는지 아니면 그럴듯한 잡음이 될는지……. 좌우당간 소식이 늦은 것만은 틀림없는 사실 같다. 미안하다. 면목 없다. 그러나 할 수 없다. 장가를 가긴 분명히 갔나본데, 와이프의 학교 관계로 아직 수유리로 짐을 옮기지 못하고 처갓집 방 한 칸에서 종일 바둑이 노릇을 하고 있다. 7월 말일 경에 서울로 옮길 예정인데 날씨가 고르지 못하여 장거리 여행에 지장이 없을는지 걱정이다. 며칠 전 성길, 종문, 영준, 명찬, 나, 이렇게 오형제가 모여 저녁을 같이 했지. 성길이의 귀국인사 모임이었다. 참 우습더군. 맥주를 마실려면 아직도 초저녁인데도 장가갔으니 먼저 들어가 보라는 거야. 세상에 이럴 수가 있나? 비지땀을 흘리며 정신 없이 치른 짧은 절차가 나에게 이런 수모를 뒤집어 씌울 줄이야. 한물 싹 가버렸어. 오랜만에 모인 자리 시간이 아쉽더군. 처음으로 내가 장가라는 것을 간 몸이구나 하고 느꼈다. 도대체 실감이 안 난다. 실감이 안 나.

경진. 해운대에서 찍은 사진 여기 동봉한다. 동백섬에서 찍은 컬러 필름은 빨갛게 멍이 들었으리라. 섬 이름이 마음에 썩 안 들더니. 공연히 헛 폼을 잡은 것이라는 억울한(?) 생각도 들지만 그래도 한 가닥 희망을 갖고 있는 것은 역시 내 마음이 약한 탓인가보다. 사람 피 말리지 말고 소식 다오. 그럼 내내 가정의 행운을 빌며.

'71.7.26. 벗 철이가.

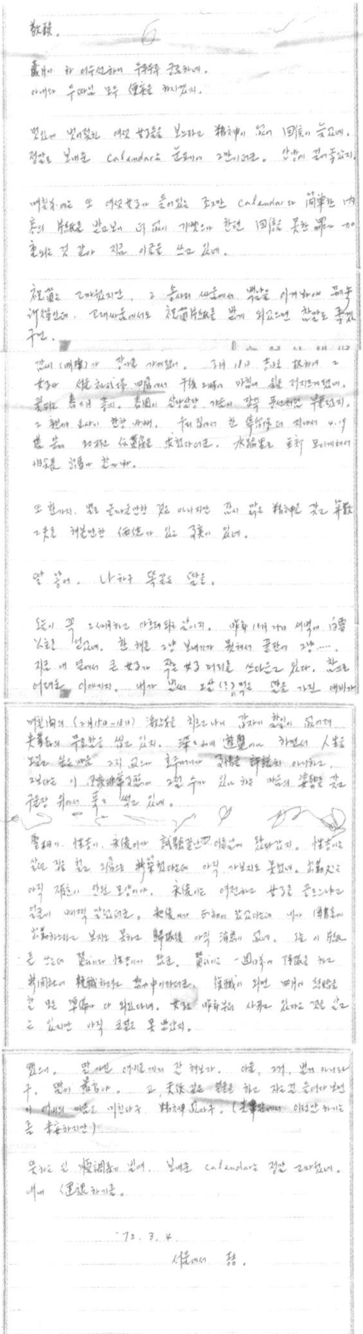
敬啓.

[illegible]
[illegible] 모두 健康을 하시겠지.

[illegible] 精神이 [illegible]
정말로 보내준 calendar는 [illegible] 고맙더군. 안방에 걸어놓았지.

[illegible] calendar와 簡單한 [illegible] 쓰고 있네.

[illegible]

또 한가지. [illegible] 있네.

[illegible]

[illegible]

[illegible]

[illegible]

[illegible] 보내준 calendar는 정말 고마웠네.
내내 [illegible]하기를.

'72. 3. 4.

서울에서 [illegible].

경진.

세월이 하 어수선하니 두루두루 궁금하네. 아내와 두 따님 모두 편안들 하시겠지. 멋있게 벗어젖힌 여섯 여자들을 보느라고 정신이 없어 회신이 늦었네. 정말로 보내준 캘린더는 눈요기에 그만이더군. 안방에 걸어 놓았지. 며칠 전에는 또 여섯 여자가 들어 있는 조그만 캘린더와 간단한 내용의 편지를 받고 보니 더없이 기뻤으나 한편 회신을 못한 죄가 가중되는 것 같아 지금 이 글을 쓰고 있네.

축하는 고마웠지만, 그 송사리 싸움에서 백날을 이겨봐야 별 이득 없는데 고래싸움에서도 축하편지를 받게 되었으면 참말로 좋겠구먼. 며칠 간의(2월15일~18일) 혼전을 치르고 나니 갑자기 할 일이 없어져 실업의 무료함을 씹고 있지. 사천을 유람이나 하면서 인생을 노닐고 싶은 마음 그지없으나 호주머니가 사정을 허락하지 아니하고, 그보다는 이 국가비상사태에 그럴 수가 있나 하는 마음의 자세를 갖고 구들장 위에서 푹 썩고 있네.

성상이, 성길이, 영준이가 시험 끝난 이튿날에 왔다갔지. 성길이는 살던 집을 헐고 2층으로 증축했다는데 아직 가보지도 못했네. 영준이는 여전하고 여자를 고르느냐고 얼굴이 삐쩍 말렀더군. 창준이가 초등학교에 왔었다는데 내가 도서관에 출근하느라고 보지도 못하고 귀가 후 아직 소식이 없네. 오늘 이 편지를 쓰는데 찬식이와 성길이가 왔군. 찬식이는 복직하려고 노력중이라더군. 복직이 되면 4월에 결혼을 할 모든 준비가 다 돼 있다네. 여자는 작년부터 사귀고 있다는 것을 알고는 있지만 아직 큰절은 못 받았지.

깜씨(명찬)가 장가를 가게 됐어. 3월 18일 길일을 택하여 그 여자와 서울예식장 4층에서 오후 2시에 마침내 일을 저지르게 됐네. 꽃피는 춘삼월 좋지. 춘풍이 살랑살랑, 가슴이 잔뜩 풍선처럼 부풀었지. 그 친구 요사이 한창 바빠. 우리 집에서 한 정거장 더 지나서 4.19탑 앞에 20만 원 전세방을 구했다더군. 수유리로 모이게 해서 출마나 할까봐.

또 한 가지, 별로 놀라울 만한 것은 아니지만 잠시 맑은 정신을 갖고 산수공부를 해볼 만한 가치가 있는 사실이 있네.

딸 낳어. 나하구 똑같은 딸을.

오늘이 꼭 2개월하고 아흐레 되는 날이지. 작년 12월 25일 새벽에 백운을 얻었네, 한

해를 그냥 보내기가 뭣해서 끝판에 그냥……. 지금 내 옆에서 큰 여자가 작은 여자 머리를 쓰다듬고 있다. 참으로 어려운 이야기지. 내가 벌써 2살(?) 먹은 딸을 가진 애비가 됐으니. 딸 가진 애비들끼리 잘 해보자. 아들, 그거 별 거 아니라구. 딸이 최고야. 고 천사 같은 얼굴을 하고 자는 걸 들여다보면 이 애비의 마음은 미친다구. 정신없다구.(선배 앞에서 이런 말 하기는 좀 미안하지만).

뜻하는 일 순조롭기를 빌며. 보내준 캘린더는 정말 고마웠어.

내내 건강하기를.

72.3.4. 서울에서 철.

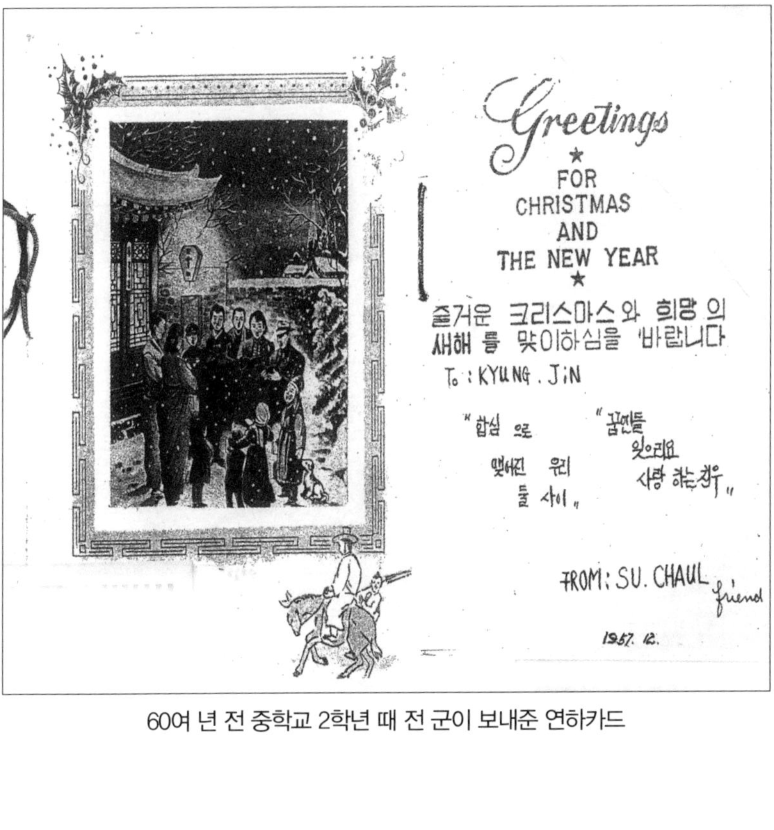

60여 년 전 중학교 2학년 때 전 군이 보내준 연하카드

1971.7.12 전 군 신혼여행시 해운대에서 필자와 전 군

1957.10.18.
중학교 2년 소풍시
진광사
(오른쪽 전 군,
가운데 필자)

오른쪽 전군부부와 필자 부부 왼쪽

친구들과 함께 오른쪽 세 번째 전 군, 그 다음 왼쪽이 필자

왼쪽 전 군 부부, 오른쪽 필자 부부

국내외 건설업계에서 평생을 보낸 홍성길 군의 손편지

홍성길 군은 나와 경복 중고등학교 동창 친구로 매우 냉철한 성격 소유자로 서울대 법대에 진학하여 재학시절부터 열심히 사법고시 준비를 하였으나 지금과 달리 1년에 몇십 명씩만 합격하던 그야말로 하늘에 별 따기보다 어려운 시기라 결국은 포기하고 대학졸업 후 뒤늦게 군에 입대하여 고생을 많이 했었다.

60여 년 전인 그 때만 해도 의무 징집으로 육군에 입대한 청년들은 나이도 어리고 고등학교를 졸업한 사람도 많지 않았던 시절에 명문 고등학교에 서울법대를 졸업한 최고의 학력을 가진 나이 많은 사병은 뭔가 어색하기까지 하여 강원도 전방에서 홍 군 말대로 졸병 생활은 육체적으로나 심적으로나 매우 고달픈 3년 간의 군대 생활이었다고 너무 늦게 입대한 일을 후회하였었다. 제대 후 경남기업에 입사하여 월남 전쟁 시 월남에서 근무하였고 그 후 대림산업으로 옮겨 인도네시아, 싱가폴, 말레이시아 등 동남아지역에서 플랜트공사 업무에 오랫동안 근무하였고 마지막에는 풍림산업에서 해외업무 담당 전무를 역임한 후 감사로 근무하다 퇴직한 우리나라 건설의 역군이었다.

지금은 한적한 경기도 고양시에서 늦게 결혼한 덕에 친구들 중에 제일 젊은(?) 부인과 편안한 노후 생활을 즐기며 동네 사람들과 자주 근처의 산에 산행을 자주하고, 가끔은 마작을 좋아하는 동창 친구들을 만나

마작도 즐긴다고 한다.

나와는 서울역사박물관, 백제박물관 등에서 하는 문화강좌를 함께 다니며 홍군의 해박한 우리나라 고대사에 대한 이야기를 재미있게 들으며 우정을 나누고 지내는 다정한 친구다.

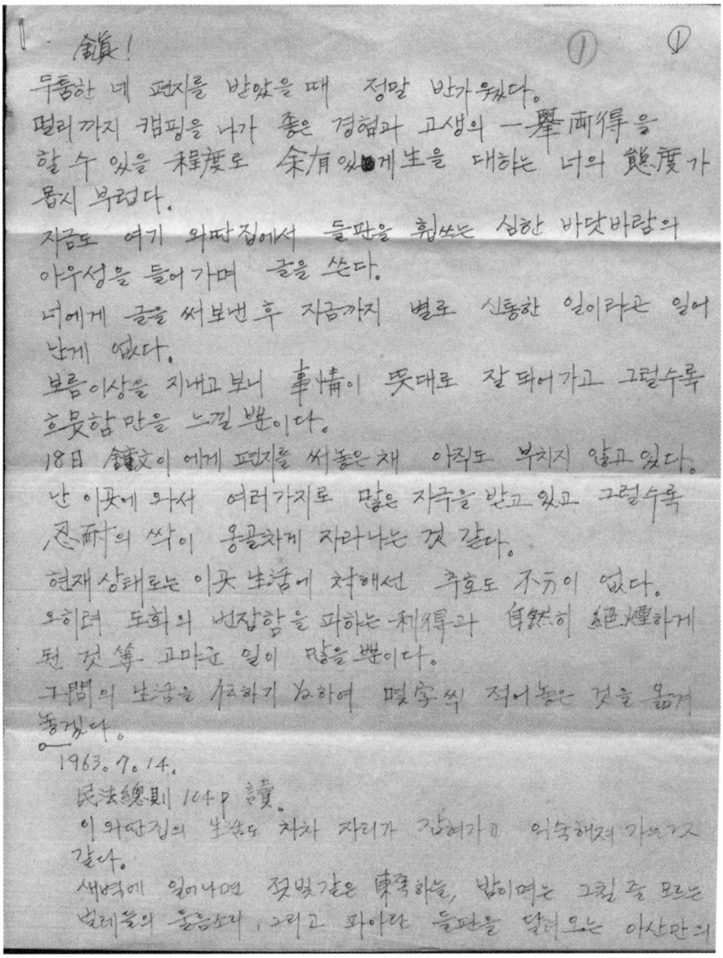

鎭!
두툼한 네 편지를 받았을 때 정말 반가웠다.
멀리까지 캠핑을 나가 좋은 경험과 고생의 一擧兩得을
할 수 있을 程度로 余有있게 生을 대하는 너의 態度가
몹시 부럽다.
지금도 여기 외딴집에서 들판을 휩쓰는 심한 바닷바람의
아우성을 들어가며 글을 쓴다.
너에게 글을 써보낸 후 지금까지 별로 신통한 일이라곤 일어
난게 없다.
보름이상을 지내고 보니 事情이 뜻대로 잘 되어가고 그럴수록
흐뭇함만을 느낄 뿐이다.
18日 鍾文이에게 편지를 써놓은 채 아직도 부치지 않고 있다.
난 이곳에 와서 여러가지로 많은 자극을 받고 있고 그럴수록
忍耐의 싹이 용골차게 자라나는 것 같다.
현재상태로는 이곳 生活에 대해선 추호도 不平이 없다.
오히려 도회의 번잡함을 피하는 利得과 自然히 絶煙하게
된 것 等 고마운 일이 많을 뿐이다.
그間의 生活을 傳하기 爲하여 몇字씩 적어놓은 것을 옮겨
놓겠다.
1963. 7. 14.
民法總則 104p 讀.
이 외딴집의 生活도 차차 자리가 잡혀가고 익숙해져 가는 것
같다.
새벽에 일어나면 젖빛같은 東쪽하늘, 밤이면 그칠 줄 모르는
벌레들의 울음소리, 그리고 파아란 들판을 달려오는 아산만의

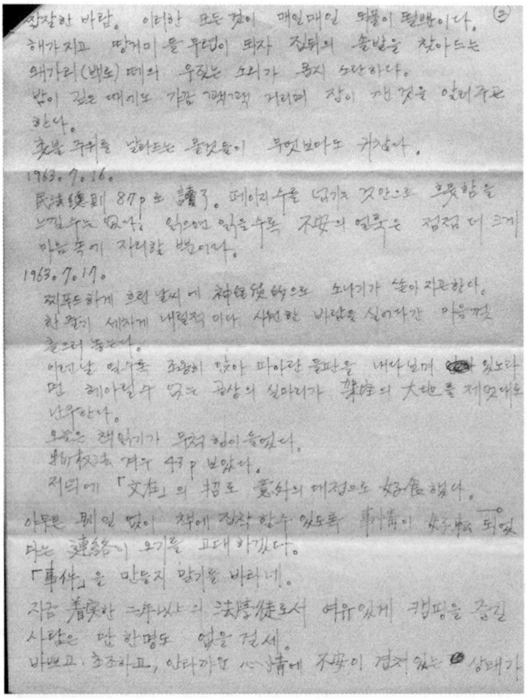
산잘한 바람. 이러한 모든 것이 매일매일 되풀이 될 뿐이다. ②
해가 지고 땅거미 들 무렵이 되자 집뒤의 솔밭을 찾아드는
왜가리(백로) 떼의 우짖는 소리가 몹시 소란하다.
밤이 깊을 때에도 가끔 [illegible] 거리며 잠이 깬 것을 알려주곤
한다.
호롱 주위를 날아드는 물것들이 무엇보다도 귀찮다.
1963. 7. 16.
民法總則 817p로 讀了. 페이지 수를 넘기는 것만으로 흐뭇함을
느낄 수는 없었다. 읽으면 읽을수록 不安의 얼룩은 점점 더 크게
마음 속에 자리할 뿐이다.
1963. 7. 17.
찌푸드하게 흐린 날씨에 神經質的으로 소나기가 쏟아지곤 한다.
한 줄기 세차게 내려쏟고 나면 시원한 바람을 실어다가 마음껏
풀어 놓는다.
이런 날 일수록 조용히 앉아 파아란 들판을 내다보며 있노라
면 헤아릴 수 없는 공상의 실마리가 [illegible]의 大地를 제멋대로
난무한다.
오늘은 책읽기가 무척 힘이 들었다.
物權法 겨우 43p 보았다.
저녁에 「文庫」의 招로 意外의 대접으로 好食했다.
아무튼 別일 없이 책에 정착할 수 있도록 事情이 好轉되었
다는 連絡이 오기를 고대하겠다.
「事件」을 만들지 말기를 바라네.
지금 着實한 二年生의 法學徒로서 여유있게 캠핑을 즐길
사람은 단 한명도 없을 걸세.
바쁘고, 초조하고, 안타까운 心情에 不安이 겹쳐 있는 상태가

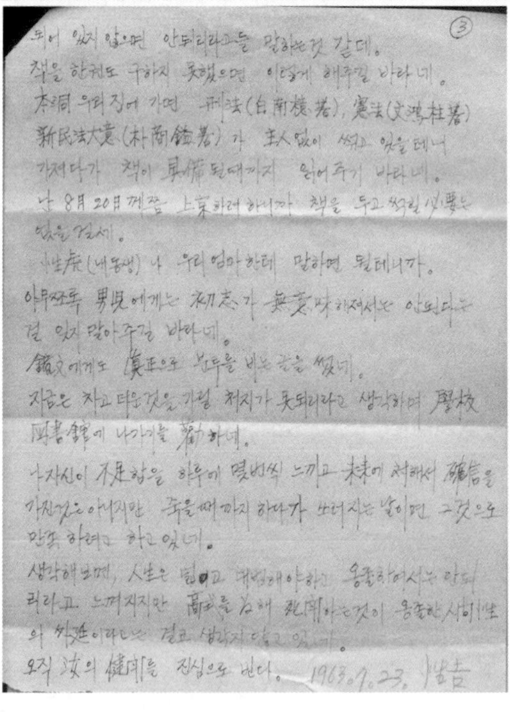
③
되어 있지 않으면 안되리라고들 말하는 것 같데.
책을 한 권도 구하지 못했으면 이렇게 해주길 바라네.
本洞 우리 집에 가면 刑法(白南檍 著), 憲法(文鴻柱 著)
新民法大意(朴商鉉 著)가 主人 없이 쉬고 있을 테니
가져다가 책이 具備될 때까지 읽어주기 바라네.
난 8月 20日 께쯤 上京하려 하니까 책을 두고 쓸 必要는
없을 걸세.
舍弟(내동생)나 우리 엄마한테 말하면 될테니까.
아무쪼록 男兒에게는 初志가 無意味하여져서는 안된다는
걸 잊지 말아주길 바라네.
鎬文에게도 眞正으로 분투를 비는 글을 썼네.
지금은 차고 더운 것을 가릴 처지가 못되리라고 생각하며 學校
圖書館에 나가기를 勸하네.
나 자신이 不足함을 하루에 몇 번씩 느끼고 未來에 대해서 確信을
가진 것은 아니지만 죽을 때까지 하다가 쓰러지는 날이면 그것으로
만족하려고 하고 있네.
생각해보면, 人生은 [illegible]고 [illegible]해야 하고 용졸하여서는 안되
리라고 느껴지지만 [illegible]를 위해 [illegible]하는 것이 용졸한 人生
의 [illegible]이라고는 결코 생각지 않고 있네.
오직 汝의 健鬪를 진심으로 빈다. 1963. 7. 23. [illegible]

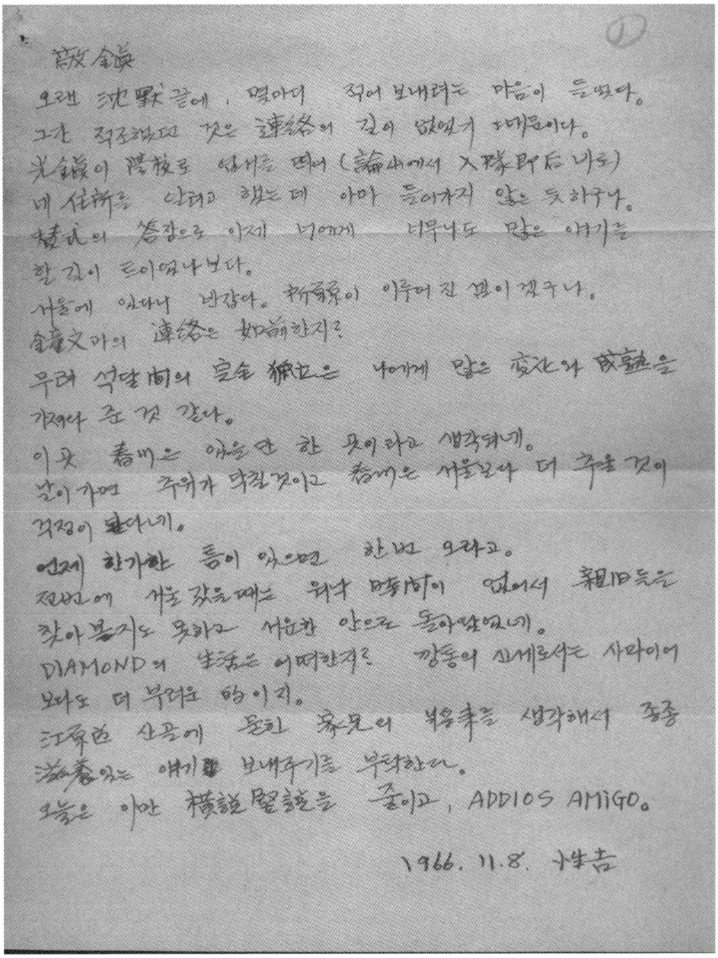

敬鎭

오랜 沈默 끝에, 몇마디 적어 보내려는 마음이 들었다.
그간 적조했던 것은 連絡의 길이 없었기 때문이다.
光鎭이 學校로 엽서를 띄어 (論山에서 入隊한 后 나의)
네 住所를 알려고 했는데 아마 들어가지 않은 듯 하구나.
樣式의 答장으로 이제 너에게 너무나도 많은 얘기를
할 길이 트이었나 보다.
서울에 있다니 반갑다. 所願이 이루어진 셈이 겠구나.
金章文과의 連絡은 如前하지?
우리 석달間의 軍 獨立은 나에게 많은 變化와 成熟을
가져다 준 것 같다.
이곳 春川은 아늑한 한 곳이라고 생각되네.
날이 가면 추위가 닥칠 것이고 春川은 서울보다 더 추울 것이
걱정이 되다네.
언제 한가한 틈이 있으면 한번 오라고.
지난번에 서울 갔을 때는 워낙 時間이 없어서 親旧들을
찾아 뵙지도 못하고 서운한 안으로 돌아왔었네.
DIAMOND의 生活은 어떠한지? 깡통의 신세로서는 사파이어
보다도 더 부러운 일이지.
江原道 산골에 묻힌 家兄의 심정을 생각해서 종종
滋養있는 얘기를 보내주기를 부탁한다.
오늘은 이만 橫說竪說을 줄이고, ADDIOS AMIGO.

1966. 11. 8. 小生吉

경진!

4년 전 생각이 나는 구나. Viel glück라는 고무적인 글을 보내주었지. 무딘 필체의. 그러나 꾸밈없는 우정의. 너의 세심한 배려를 성길은 잊은 적이 없었고, 아마 앞으로도 그럴 것이다. 너와 나 사이에 새로운 전기를 성길은 한번 만들어보려고 전전긍긍했었다. 글을 받는 순간 머언 거리감이 밀려오는 것은 글을 보내는 너에게도 한가지이겠지. 가정적으로 나에게 매우 뿌듯한 분위기가 바로 이틀 전에 이루어졌다. 이제는 푸근한 위안이 나를 밀어주고 있다. 시험의 결과는 명백하다는 것을 내 자신이 객관적으로 판단 내린 지 오래다. 절망적이라는 것을. 15日에는 못 나가는 것이 아니라, 안 나가겠다. 빠스깔의 말대로 시간이 없어서, 글이 길어지고 말았다.

1966.2.13.

성길.

* * *

경진에게.

연말 특박을 얻어 집에 왔으리라 생각고 글을 띄운다. 어영부영 하다 보니 옛날 친구들도 하나 둘 잊혀가고, 어제와 오늘 사이에 커진 너무도 또렷한 단층 속에서 불현듯 한 조각의 화석인 양, 먼 옛날의 희미한 그림자가 객지의 젊은 마음을 로맨틱하게 하는구나. 명찬으로부터는 부단히 소식을 들었으나 「프레스 싸롱」의 다양한 벗들의 동태를 알기에는 미진. 어머님께서도 안녕하시고 형님과 광진이도 여전하신지? 그리고 경진이는 저번에 봤을 때보다도 더욱 세련되고 성숙했을 것만 같은 생각이 드는군. 역시 장교의, 그것도 젊은 정보장교의 노는 차원은 좀 다른 데가 있겠구나 하는 느낌을 받았지. 신년에도 건투하기를.

성길이가.

* * *

경진에게.

편지 받은 지 무척 오래 되었는데 그동안 마음이 내키지 않아서 차일피일 미루다가 의 상할 것 같아 겁이 날 지경이다. 그동안 안녕하시겠지. 사모님께서도 안녕하시리라 믿고, 안부 전하시길. 해남이도 잘 놀고, 꼬마는 건강하게 잘 크는지. 날도깨비 식으로 훌쩍 왔다간, 떠날 때는 말없이 돌아오는 것이 내 특기가 아닌가. 이젠 옛날과 달라 모든 것에 여유가 없어진 탓인지 모르지. 이젠 완전한 산업예비군이 되어 좀 여유가 생긴 것도 같다. 일전에 창준이 두 번째로 나왔을 때도 어찌어찌하다가 쐐주 한 잔 못 나누고 헤어졌더니, 들어가자마자 편지 쓴 즉, 처음부터 「개새끼」로 시작해서 「ㅆㅍㅈㄷ」로 끝마쳤더군. 수철이, 명찬이 여전하고 영준이는 요새 출장 중이고, 종문이는 아들 낳았다더군. 아직 만나지 못하고 남을 통해 들었는데, 아쭈 기고가 대단한 모양이야. 이거 제군들은 모두 그렇게 독주를 하는데 본관은 오날도 영어단어나 외우고 앉았으니 어이하난 말인고. 나도 「ㅆㅍㅈㄷ」. 추석에는 올라오게 되는지. 만나면 재미있는 얘기 나누기로 하고 오늘은 이만. 4식구 모두의 건강을 빌며.

1971.9.25.

성길이가.

왼쪽 홍 군과 함께 찍은 사진

1970년 4월 인천 올림푸스 관광호텔에서
(양 사진 공군장교 복장은 필자, 왼쪽 사진 왼쪽, 오른쪽 사진 오른쪽 끝이 홍 군)

친구들과 소풍 가서(오른쪽 두 번째 홍 군, 세 번째 필자)

1962년 대학교 1학년 때 북한산에서 왼쪽 홍 군, 오른쪽 필자

해병대 사관 35기 친구 변영준 대위의 손편지

변영준 군은 나와 경복중·고등학교 친구로 평소에 글 쓰는 것을 즐겨한 탓도 있겠지만 나에게 보내준 편지가 100여 통으로 가장 많이 서신교환을 한 친구였다.

함께 대학을 졸업한 1966년도에 늦은 나이에 육군에 소집되어 군대생활을 하는 것이 어려울 것 같아 복무기간이 사병보다 길지만 공군, 해군, 해병대 장교시험을 보아 함께 군대생활을 하자고 약속하였지만 나는 공군장교시험(사관53기)만 보게 되고 변 대위는 해병사관(사관35기) 시험만 보아 각각 합격하게 되어 함께 같은 군에 입대하지 못하고 변 대위는 해병대로 나는 공군으로 가게 되었었다. 변 대위 동기생들이 소위 임관 후 진해에서 교육을 받을 때인 1966년 여름 때 주말 외출을 나왔던 해병 소위들과 김해 비행부대에서 조종사훈련을 받던 공군 소위들과 사소한 마찰이 있었는데 이를 기화로 해병 소위들이 집단으로 김해 비행부대에 침입하는 사건이 발생하였다. 쌍방에 한두 명의 사상자와 여러 명의 부상자가 발생하는 우리 국군사에 처음인 커다란 사건이 발생하였고 그 당시 동아일보 1면에 해병 소위의 6명의 중상자 명단에 변 대위 이름이 나와서 잘못되는 게 아닌가 크게 놀라고 걱정을 했었다. 그 일로 날이 안 좋으면 온몸이 쑤시고 아픈 후유증을 갖게 되었다.

변 대위는 김포여단에 보병 소대장을 거쳐 보급 장교가 되어, 포항 해병기지에 근무하였고 나는 군정보장교가 되어 대구 비행장에 파견되어 근무하게 되어 주말에 만나 술도 한 잔 하고 하며 초급 장교 시절에 자주 보며 지냈었다. 항상 해병대 장병에 대한 자부심이 강하여 해병대 찬양을 입에 달고 다녔으며 5년간의 근무 후에도 예지산업이라는 기념품 제조업체를 운영하여 해군·해병대의 각종 기념품 등을 제작하며 해병대와의 인연을 지금까지 계속하고 있는 영원한 해병이 되었다.

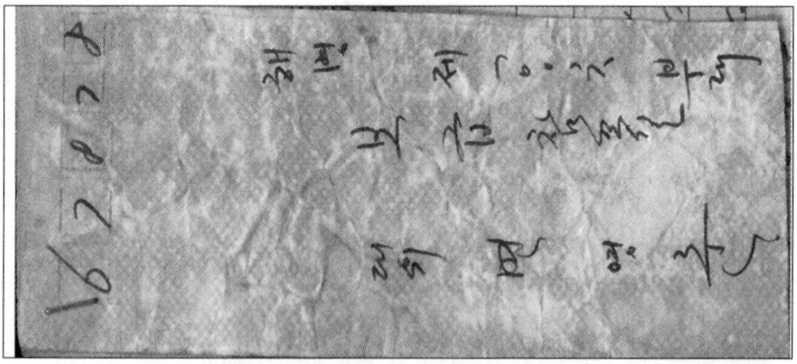

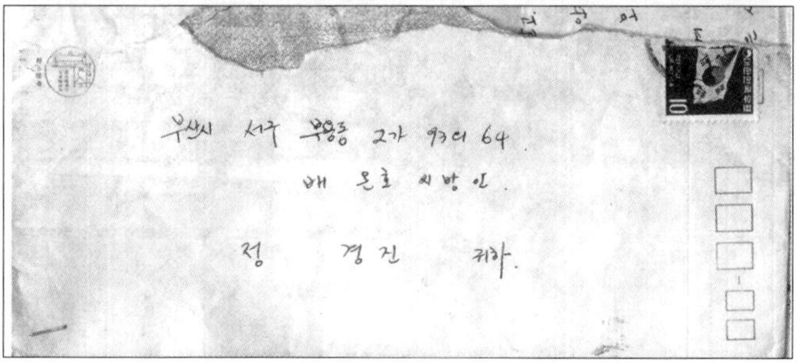

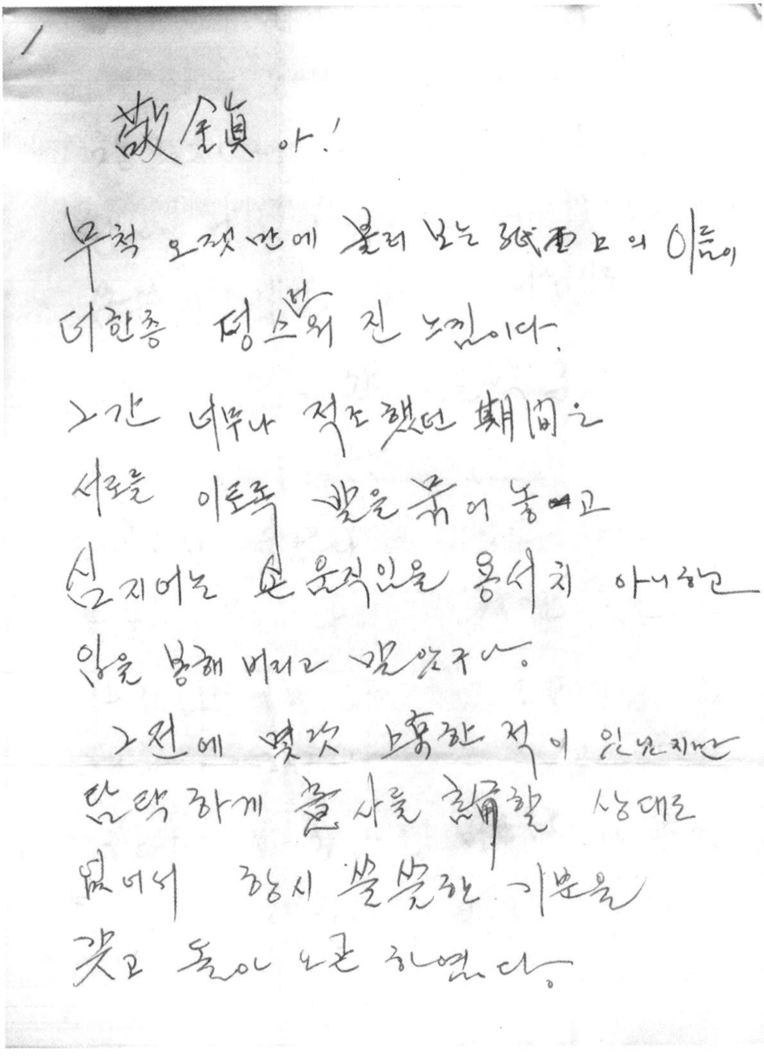

敬鎭아!

무척 오랫만에 불러 보는 張重上의 이름이
더한층 멋스러워진 느낌이다.
그간 너무나 적조했던 期間은
서로를 이토록 발을 묶어 놓고
심지어는 온 움직임을 용서치 아니하는
입을 봉해 버리고 말았구나.
그전에 몇 次 上京한 적이 있었지만
답답하게 意사를 討論할 상대도
없어서 항상 쓸쓸한 기분을
갖고 돌아오곤 하였다.

창균이와 찬식이 와 몇명을
만나는 것이 고작이고
은은한 막걸리 한잔 나누지도
못하구 왁자한 서울역 홈을
떠나곤 하였다.
걸직한 체격과 특색 있는 미소
부끄럽게 떨는 다리. 정확한 보조
체가 아스레히 삼삼한 모습이
그립기만 하구나.
지난주 노형하여 [illegible]이로부터
너의 소식을 들었다.

衣食住 초초한 걸보니
생활 형편이 약간 편 것도 같고
.....
생각하고 짐작컨데 그간
노고가 많은 아닌 모양이구.
좀체로 힘들 것 같다는 노형의
말씀을 기루어 보아 이제야
軍隊生活이 시작되는가부다고
느껴지기도 한다.
바쁘게 지내는 消息이나 伝하고
이젠 가까운 거리에 있으니라
휴일을 만나면 소이나 잠이
보자구나. 그럼 이만 줄이고.
수고 하시오. 友 영균.

"혼자서 보고 불질러 버리는 글." No.1

敬鎭君 보아주게.
오랫동안 소식 전하지 못하여 미안하이.
그동안 잘 살고 있는지 궁금하네.
日前에 計劃한 번 旅行은 3.1日로써 끝내고 좀 소이만 놀았다 왔네.
우리 얘기 하고 싶은 것은 참가 스럽던 旅行談이 아닐세.
기성 세대들이 말하고 긴장된 現實 다케가
내게도 밀려 닥쳐오는 각박한 연령의 문제일세.
종착역에 가까워 질수록 초조감 불이 빠지게 느껴지는
人生 岐路에 左右를 분이 걷다 없는 天涯 고아가 된 것일세.
才能을 갖추지 않은 人生이 생기어
그리운 벗을 불러 보는 것이 오늘의 最高의 낙으로 삼고 있다.
친구여!
일찍이 벗을 그리워 해도 이에 이렇게 절실히 보고파 지는 적은 없었다.
인젠 죽음이란 ## 너무나 눈에 잡힐듯 가깝게 보이는 이 염증이란 놈은 망측한 놈이었다.
괴로움을 ~~ 깊게 참지 못하면 행복한 놈이었다.
하지만 행복을 겪을 용감한 사람이 없다.
허나 본능앞엔, 살고싶다는 막연한 바램 앞엔

No.2

세계를 죽여야 하는 끌찬한 人間이다.
그러나 이제는 죽음이란 이놈은 손아귀에 넣고 그것을 마음 대로 하고 있다.
허지만 모든 것이 끝난 후엔 보기 흉한 주검은 어떻게 처분 할수 있는가 하는 것이 내게 남은 문제이다.
敬鎭이!
보고 싶다.
한번 찾아 와 주기 바라네.
가능하면 창식이 와 같이 와 주는 것이 좋겠네.
얼마나 다정하던 나의 귀한 친구들이었던가!
허지만 자네들도 멀어질 것이 한스러운 노릇일세.
나는 들은 적이 있다.
친구는 죽음을 대신할수 있다고.
정말로 나를 대신할 친구는 몇이나 되겠는가?
~~ 창식君과 敬鎭!
그것은 어려운, 아니 불가능한 일인지도 모를 일이지.
허지만 그렇게 믿고 싶은 가련한 이 마음을 어이 하겠는가?
벗이여!
동정을 바라는 의미도 아닐세.
다만 멀리 간격을 사이에 한 벗들이 지만
항상 나를 부축해 주고 가르쳐준 벗, 당신네들

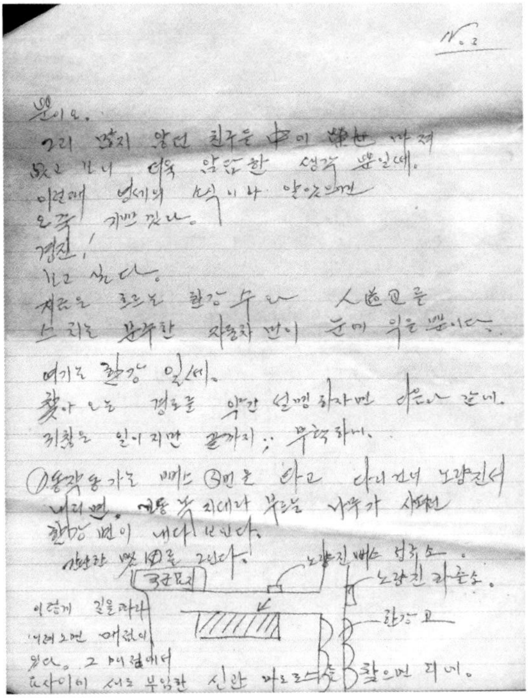

N. 3

뿐이오.

그리 많지 않던 친구들 中에 [illegible] 떠져
나고 보니 더욱 암담한 생각 뿐일세.
이런때 당신의 소식이나 알았으면
오죽 기쁘겠나.
경진!
보고 싶다.
저녁을 흐르는 한강수와 人道교를
스치는 분주한 자동차 떼만 눈에 익을 뿐이다.

여기도 한강 일세.
찾아 오는 경로를 약간 설명하자면 다음과 같네.
기차를 [illegible] 끝까지 ;; 무척하네.

①동작동 가는 버스 ③번을 타고 다리건너 노량진서
내리면, [illegible] 쪽 지대라 부르는 나루가 [illegible]
한강 변이 내다 보인다.
간단한 약도를 그린다.

이렇게 길을 따라
내려오면 [illegible]이
있다. 그 [illegible]에서
[illegible] 새로 부임한 신관 마도로스를 찾으면 되네.

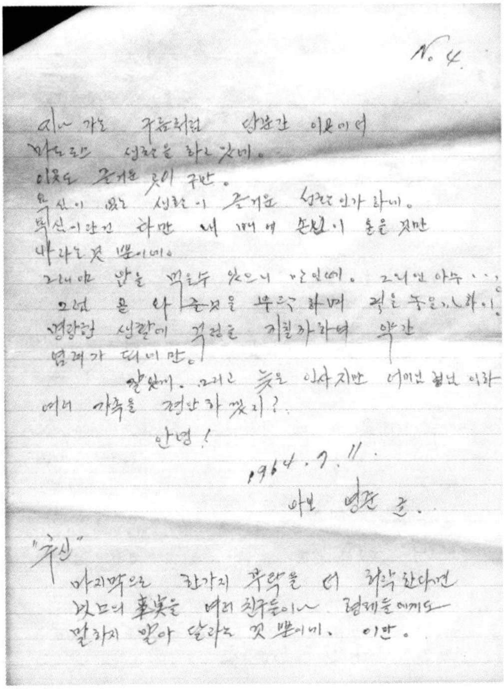

N. 4.

지나 가는 구름처럼 당분간 이곳에서
마도로스 생활을 하고 있네.
이곳도 즐거운 곳이구만.
욕심이 없는 생활이 즐거운 생활인가 하네.
욕심이란건 하나 내 배에 손님이 좋은 것만
바라는 것 뿐이네.
그래야 밥을 먹을수 있으니 말일세. 그러면 아무...
오던 분 다 손짓을 [illegible] 하며 [illegible] 하이!
명랑한 생활에 걱정을 [illegible] 약간
염려가 되네만.
잘있게. 그리고 늦은 인사지만 어머님 [illegible] 이라
에서 가족을 평안하겠지?
안녕!
1964. 7. 11.
바보 영준 군.

"추신"
마지막으로 한가지 부탁을 더 [illegible]
나의 事實을 여러 친구들이나 형제들에게도
말하지 말아 달라는 것 뿐이네. 이만.

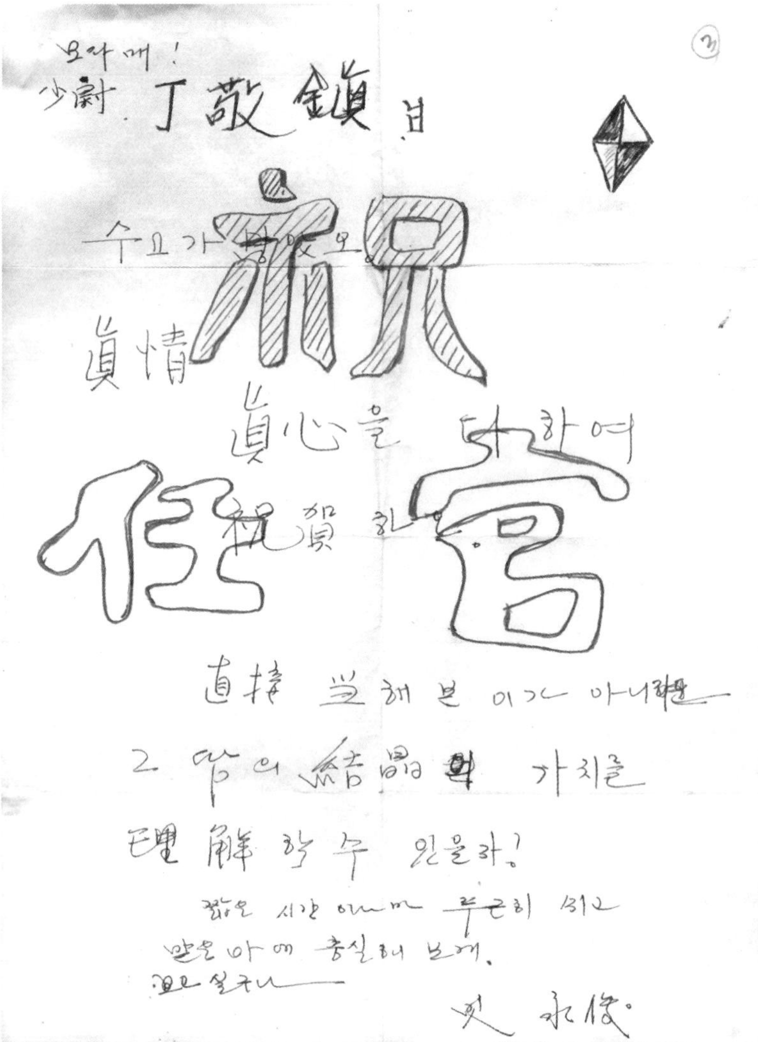
오라배!
少尉 丁敬鎭 님

祝
수고가 많았오.
眞情
眞心을 다하여
任官
祝賀 합니다

直接 當해 본 이가 아니라면
그 땀의 結晶의 가치를
理解할 수 있을까!
짧은 시간 이나마 꾸준히 쌓고
받은 바에 충실해 보게.
또 실천 —
文 永俊

내 자랑스런 벗 진아!

수고가 많겠다. 우리가 서로 남북으로 천리를 격한 거리에서 생활하고 있지만 우리 둘에겐 똑 같은 해와 달이 보인단다. 4월도 다 지나고 막 5월의 하늘 아래 뚜렷한 목표를 향해 줄달음 치고 있지만, 정녕 우리들에겐 따뜻한 봄볕을 외면한 채 높 낮은 고지를 누비고 있지만 군화굽에 걷어채는 진달래가 처량하게 느껴진다. 그러나 우리들은 그런 가냘픈 감정을 느끼고, 지닐 시간적 여유가 없을 뿐더러 불허되고 있는 것이다. 우리는 대한의 이름을 지고 별을 향해 가는 중인 것이다. 편지는 잘 받았다. 오늘은 너의 편지를 거듭 거듭 읽었다. 넌 웃음을 지었다지만 난 가슴이 뭉클해지더군. 어디서 오는 차이일까? 서로 만나게 되면 알 수 있겠지. 건강에 특별히 주의하여라. 집을 떠난 생활에선 건강이 "제일"이다. 찬식을 제외한 다른 친구들은 다 죽은 모양이다. 수철이는 입산했다더군. 특히 또 한 번 건강을.

너를 아끼는 벗 영이.

* * *

해남 아빠와 엄마!

차렷! 부동자세에서 발 한 뼘 움직여보지 못하고 쓰러지는 대원이 있었다면 본인은 그 더위를 폭서라 할 것인가? 아니면 기합이 빠진 군인이라 생각할까? 이렇듯 무더운 한 날에 예기치 않았던 소나기는 반가운 것이었다. 저녁! 퇴근. 상머리에 놓여진 편지는 소나기보다 더 반가운 것이었다. 환갑이셨다는 글을 꽤 많은 일자가 지난 후 접했기에 변명 비슷이 섭섭함을 전하며 참여치 못했던 그 좌석에 표현치 못한 기쁨을 지면으로 올리는 바이외다. 이제금, 귀관은 보다 진취적이고 특수한 고민에 봉착하게 됐음을 실감하게 됐는가 봅니다. 전속명령은 이럴 때 참으로 싫기도 하겠지만 계속 움직이다 보면 트이는 수도 있을 테지. 아이젠하워가 소위 때 매미 여사와 결혼하여 전속, 전속, 또 전속 계속 이사하여 30번째 움직여 이사한 곳이 백악관이었다는 글은 선데이서울이 들려준 믿음이오. 해남! 속히 상경하여 안아주고 싶네. 아! 보고파! 님—!

69.7.1. G-by. 영준

＊ ＊ ＊

경진이 보게.

동안 별고 없겠지? 해남이도 보고 싶구나. 지금쯤 꽤 많이 자랐겠군. 그간 훈련이다 서울이다 분주한 척 뛰었다. 이 글은 군대에서 보내는 마지막 글이 될 것이라고 생각한다. 앞으로 푹 쉬게 되어 잘 됐다고 생각한다. 시원하고 섭섭한 마음을 선배로서 충분히 이해하리라 믿는다. 그럼 가내 평안이 항상!

1.15. 너의 영준.

＊ ＊ ＊

경진아!

그간 별고 없었겠지? 비오는 외지엔 외로움도 그리움도 느끼지 못한 채 이곳의 마지막 가을을 맞는가 싶다. 서울에 있는 친구들이 보고 싶을 뿐. 이젠 집에 가는 것도 별로 신경이 쓰이질 않는다. 요즈음엔 몇 개월 남지 않은 생활을 어떻게 정산(情算)할 것인가? 그리고 그 후엔 어떠한 모습으로 세상을 변화시킬 수 있는가가 간혹 머리에 떠오를 뿐이다. 아직 뵙지 못한 형수께선 어머님 모시기에 당분간 수고가 많으리라 생각한다. 어머님께선 이젠 여러 곳에 신경을 쓰지 않으셔도 되었겠구. 해남이는 제법 자랐겠고—. 창준이는 어떻게 지내는지, 그외 여럿들은 여전하겠지. 그동안 신입사원의 기분도 얼마간 사라졌을 테고. 광진이 임관했겠구나. 유연성이 풍부했던 모습이 약간은 굳어졌으리라 생각한다. 막차가 떠나면 마음은 항상 후련하면서도 불안하고 대견스럽기도 한 것이란다. 차후 만나서 얘기하자. 현실에 충실할 수 있는 기회가 있으면 좋겠다. 수고하게.

10.12. 벗 영준.

＊ ＊ ＊

경진이 보게.

타향처럼 낯선 아파트에 좁은 방에라도 몇 가지 가구를 들여놓고 점차로 정을 붙여가는 즈음, 찾아준 정다운 글귀에 잃었던 나를 찾은 것 같고 여기가 과연 내가 사는 집이구나 하고 느끼게 되었다. 나도 잘 모르는 주소에 보내온 편지는 정말 반가웠다. 창준이는 4월 25일에 결혼을 한다는데 허니문은 제주로 하고 돌아오는 길에 그곳에 들릴 것 같구나. 이렇게 하고 보면 성길이만 독야청청한데 그 녀석도 좀 골병들게 해주어야겠지. 이번 여행에서 님도 보고 뽕도 딴 격이 되어 참으로 의가 깊었다. 해남과 더불어 찍은 사진 몇 장 동봉한다. 또 가까운 장래에 보게 되겠지. 해남 엄마께 보고해주게.(고마움) 친정어머님처럼 자상히 일깨워주더라고. 칭찬이 자자하고 그 고마움을 잊을 수 없다더군. 역시 본관도 그렇고. 오늘은 밤이 깊으니 이만 줄이고 창준이 장가간 후에 다시 연락하마. 내가 다니는 회사는 여전하다. 그러니까 앞으로 계속 국가시책에 커다란 도움을 줄 것으로 생각된다. 안녕히 계시게.

4.23. 변영준 일서.

＊ ＊ ＊

경진!

그간 별고 없었나? 먼 길에 이사하느라고 고생 많았겠구나. 오랫동안 고장 난 통신수단 많이 궁금했었다. 허나 부산에서의 편지를 받고 어리둥절한 가운데 좀 더 가차이 있게 됨을 속으론 좋았다. 집 떠난 생활이 불편하겠지만 그것이 0점으로부터의 시작임엔 오히려 잘 된 일이 될 수 있으리라 믿는다. 금주 말에 방문할 예정이나 이 편지는 아마도 나보다 늦을 것이라 생각한다. 이 몸 여전하나 몇 개월 후에 돌아갈 원점의 터 닦기에 머릿속은 약간 번거로워진 듯하다. 그럼 기쁨의 상봉을 기다리며 안녕을!

벗 영준. 갈 때 전보치마!

＊ ＊ ＊

안녕하세요. 편지 받고, 굉장히 놀랐었습니다.(결국 안심했지만……) 집안에 별 탈 없으시며 해남 양도 잘 크며, 혜자 언니도 안녕하신지 문안드립니다. 그렇게 시간과 시간이 흐르며 이어져서 벌써 계절은 또 바뀌고, 서울의 광란하는 물질의 소용돌이 속에 계절의 감각은 차츰 화려한 쇼윈도에서나 찾을 수 있게 되었습니다. 이렇게 요란한 시대에 살고 또 계속 이보다 더욱 심한 곳에서 살아야 할 사람들이지만, 안타카이 친구의 주소를 묻는다는 일은 글쎄 이유가 어디 있는지 모르지만 정말 부럽게 느껴집니다. 아무쪼록 좋은 친구들이며 또한 내 오빠도 좋은 사람이라고 아니 결국 모두들 좋은 사람들이라고 흐뭇해하면서 제 나름의 미소를 짓고 있습니다. 모두 평안 하시고, 모든 일에 뜻대로 되도록 기원합니다.

"변영준 대위"

경북 포항시 여천동 107번지 이종세 씨방 Tel No. (3709)

20 해병대신문

독/자/기/고

해병이 되는 길

변 대위가 해병대신문에 기고한 글

강원도 삼척 근덕 해수욕장에서 변대위와 필자

1963년 대학시절 함께 전국 무전여행 시
왼쪽 사진: 왼쪽 변대위(오른쪽 필자), 오른쪽 사진: 중앙 변대위(왼쪽 필자)

경복고 동창회(우측 두 번째 변대위, 그 다음 필자)

변대위 부부(왼쪽 뒷모습이 필자 아내)

1961.1.29. 한강 스케이트장에서(경복고 3학년)
왼쪽 : 우측 변 대위　오른쪽 : 오른쪽 두 번째 변 대위, 왼쪽 끝 필자

1968.9.14. 포항에서
필자 부부와 변대위(사복)

오른쪽 끝 군복이 필자,
다음이 변대위,
그 옆에 아내

1968년 포항에서
군복차림 필자와
변대위

한미은행 부행장을 지낸 친구 박석원 군의 손편지

박석원 군은 나와 경복중 · 고등학교, 고대법대 동창으로 가까운 친구들 중에서 어느 면 가장 잘생긴 멋쟁이 친구다. 박 군은 대학 재학시 해군에 자원입대하여 근무를 마치고 졸업 후 몇 년 고등고시 시험을 준비하다 그만두고 서울신탁은행에 입사하여 은행원이 되었다.

그 후 대우에서 한미은행설립을 위한 팀이 대우 김우중 회장실에 신설되었을 때 참여하여 김회장과 아프리카 출장을 함께 하는 등 한미은행 설립에 함께 하였다. 창립 후 본점 심사부장, 미국 지점 지사장 등을 거쳐 부행장까지 역임한 행운아가 되었다.

이제 40대 중반이 넘었을 두 딸은 모두 미국 명문 하버드 대학 교수가 되어 큰딸은 치의학, 작은딸은 생명공학을 전공한 재원들로 부러울 게 없는 행복한 친구이다.

미국 근무 시절로 인해 미국에서도 연금을 받고 있어 1년에 반은 미국에 가서 딸, 손주들과 함께 지내고 반은 한국에서 친구들을 만나며 지내는 모두들 부러워하는 노년을 보내고 있는 친구다.

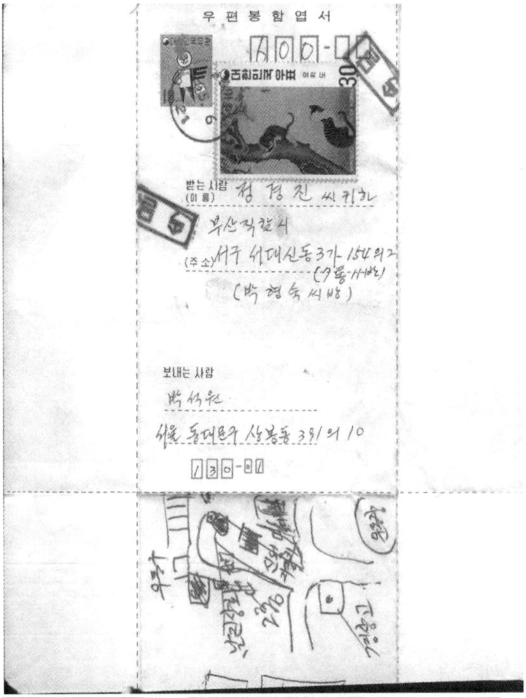
우편봉함엽서

받는 사람 (이름) 정경진 씨 귀하

(주소) 부산직할시 서구 서대신동3가 154의2 (7통 4반) (박형숙 씨 방)

보내는 사람 박석원

서울 동대문구 상봉동 331의 10

130-00

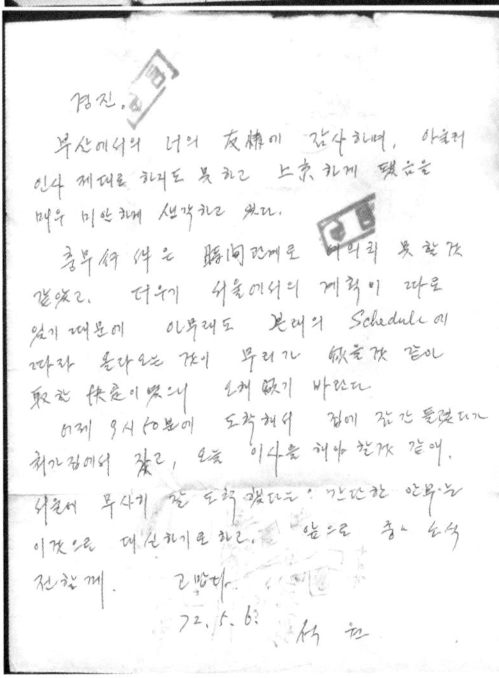
경진.

부산에서의 너의 友情에 감사하며, 아울러 인사 제대로 하지도 못하고 上京하게 됐음을 매우 미안하게 생각하고 있다.

충무行 件은 時間관계로 어려워 못할 것 같았고, 더우기 서울에서의 계획이 따로 있기 때문에 아무래도 본래의 Schedule에 따라 올라오는 것이 무리가 없을 것 같아 取한 決定이었으니 오해 없기 바란다.

어제 9시 50분에 도착해서 집에 잠간 들렸다가 처가집에서 잤고, 오늘 이사를 해야 할 것 같애.

서울서 무사히 잘 도착했다는 간단한 안부는 이것으로 대신하기로 하고, 앞으로 종종 소식 전할께. 그럼 안녕.

72. 5. 6.

석원

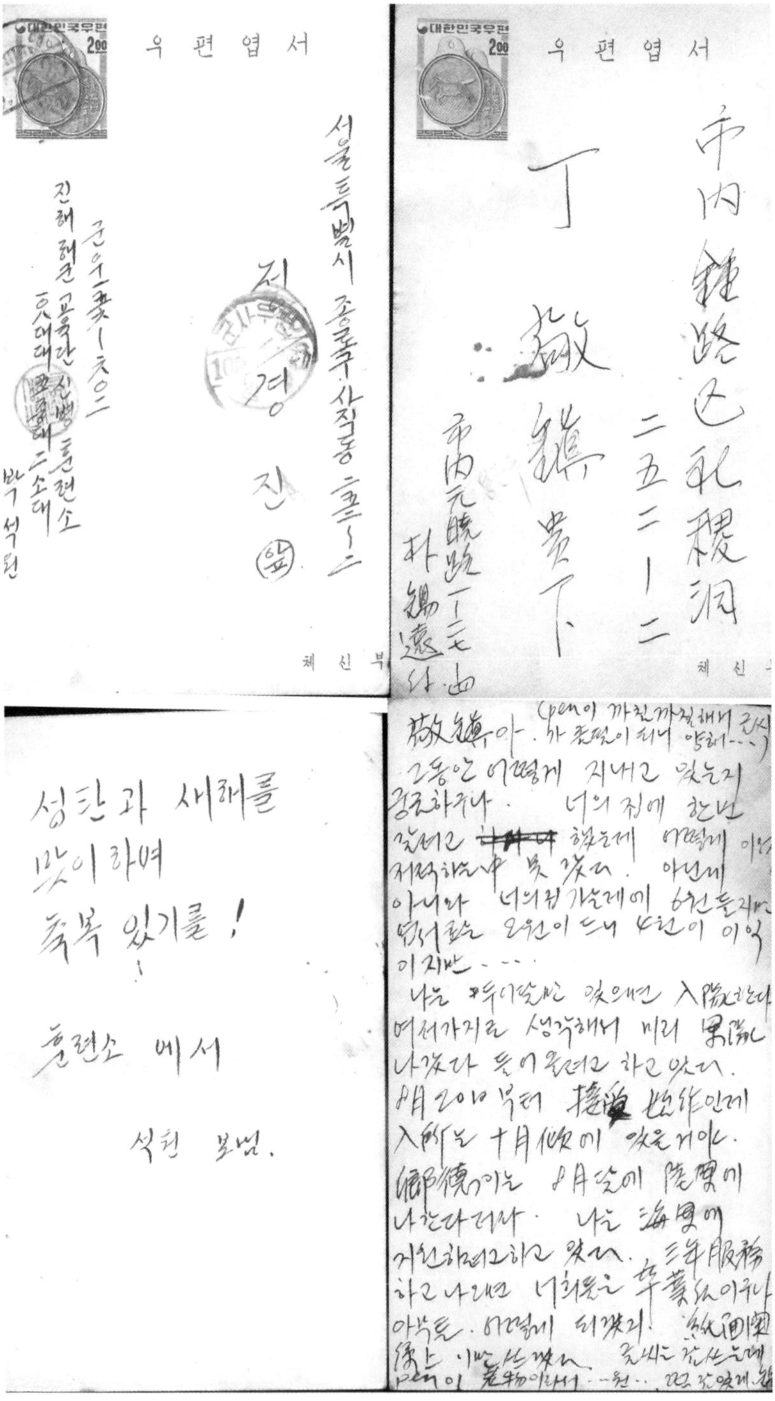
우편엽서

서울특별시 종로구 사직동 二三一~二

정경진 앞

군우 五五一-六〇二
진해 해군교육단 신병훈련소
五대대 三중대 二소대
박석원

우편엽서

市內 鍾路區 社稷洞 二五二ㅡ二

丁 敬鎭 貴下

市內 元曉路 一ㅡ七四
朴錫遠 上

성탄과 새해를
맞이하며
축복 있기를!

훈련소 에서

석원 보냄.

敬鎭아. (pen이 까칠까칠해서 글씨가 좀 엉망이 되니 양해…)
그동안 어떻게 지내고 있는지 궁금하구나. 너의 집에 한번 갔었고 ~~[illegible]~~ 했는데 어떻게 이[illegible] 지체하다 못 갔다. 아닌게 아니라 너의집 가는데에 6원 들지만 [illegible] 오원이 드니 4원이 이익이지만…
나는 9月[illegible] 있으면 入隊한다. 여러가지로 생각해서 미리 [illegible] 나갔다 들어오려고 하고 있다. 9月 20日부터 [illegible] 始作인데 入所는 十月 初에 있을 거야. 鄕德이는 9月 안에 陸軍에 나간다더라. 나는 海軍에 지원하려고 하고 있다. 三年 服務하고 나오면 너희들은 卒業[illegible]이겠니 아무튼 어떻게 되겠지. [illegible] [illegible] 쓰겠다. 글씨는 잘 쓰는데 pen이 [illegible] … 원 … [illegible]

경진아.

너희들과 헤어진지도 벌써 작년이 되었구나. 아무쪼록 새해에는 새로운 기분으로 각오를 다시 하여 부디 목적한 바 모든 것이 다 뜻대로 되기를 충심으로 바란다. 요전에 보낸 엽서의 글씨가 좀 이상하지 않았는지? 열흘 전에 손바닥을 수술을 해서 글씨는커녕 손을 움직이지도 못하여 열흘 동안 환자로서 생활하지 않으면 안 되었어. 그래서 누구한테 써달라고 했지. 지금은~ 거진 다 다 완쾌되어 이렇게 답장도 쓰고 있다. 네 편지 너무나도 반가웠어. 물론 내가 편지를 안 한 탓도 있지만 네 편지가 우리 10명 중의 제일 첫 번째의 편지였어. 나는 여기서 신병중 대장이란 감투를 쓰게 되어서 얻어터지기도 많이 터졌어. 이 새끼들이 잘못하면 내가 책임을 져야 하네. 사람 미칠 지경이야. 4주 동안 하고서 선거를 하게 되는 것인데 이번 선거에 내가 또 불행인지 다행인지 또 선출되었단 말씀이야. 신병 간부가 물론 특권도 많긴 많지만 정신적인 고통이 너무 심해. 허지만 밤에 동초나 입초, 불침번 서지 않는 것은 참 좋단다. 밥도 좀 많이 먹을 수 있고 말이야. 군대란 순 요령이야. 이젠 군대 규율도 제법 익숙해졌어. 이곳 간부란 애새끼들 치고 화풀이하는 것 같은 기분도 없지 않아 있지. 재미나는 이야기는 일일이 말하려면 누구 말대로 태산 같지만 그것은 수료식을 마치고 너와 만나는 날로 미루기로 함세. 손이 점점 아파왔네. 이만 써야겠어. 또 편지나 해라. 시험 잘 보았는지. X-mas. 새해 잘 지내기를!

훈련소에서 석원이가 보낸다.

고대 법대 재학시
친구들과 함께
(앞줄 우측 첫 번째
박부행장)

친구와 야외소풍 시
(우측 박부행장,
가운데 필자)

경복고 37회 동창회에서
가운데 박부행장
우측은 필자

1972년 5월
박 군의 부산 신혼여행시
필자 부부와 함께
(왼쪽 박부행장 부부)

산행에서
박부행장과 함께

1962.8.6. 경포대 해수욕장에서 필자와 함께
(양 사진 우측, 좌측이 박부행장, 가운데 필자)

동부제강 퇴직 후 미래강업을 창업했던 친구 박수명 사장의 손편지

박수명 군은 고대 법대 동창으로 대학교 시절에는 서대문 근처의 커다란 한옥에 거주하던 친구들 중에서 제일 유복한 축에 드는 착하고 성실한 친구였다.

졸업 후 육군으로 병역의무를 마치고 연합철강, 동부제강의 전무이사를 마지막으로 퇴사하여 1994년 6월 29일 미래강업(주), 유화철강상사를 창립하여 몇년 간 잘 운영하였으나 안타깝게도 거래처의 부도를 많이 맞고 경기도 안 좋아 결국은 부도가 난 것이 지금까지 영향을 미치고 있다. 대학동창 모임인 이경회 친구들이 모두 밥걱정은 덜은 듯한데 이 친구가 걱정이다. 자신보다 남의 사정을 더 잘 헤아리는 심성 곱고 긍정적인 박사장이 하루 빨리 안정적인 생활을 되찾고 늘 건강하기를 친구들 모두가 기원한다.

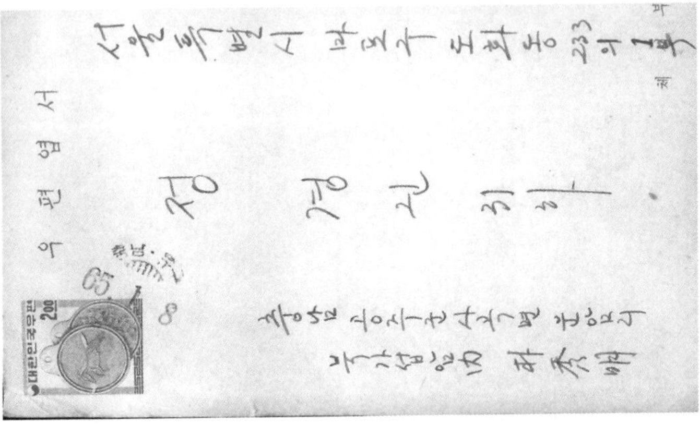

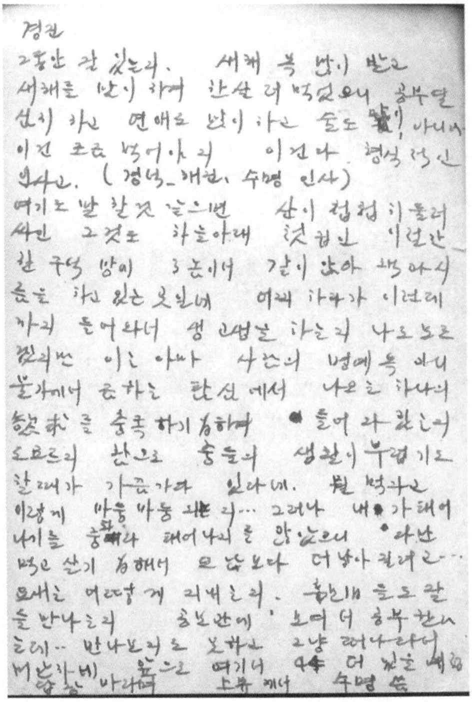

경진.

그동안 잘 있는지. 새해 복 많이 받고 새해를 맞이하여 한 살 더 먹었으니 공부 열심히 하고 연애도 많이 하고 술도 많이, 이건 조금 먹어야지. 이건 다 형식적인 인사고. (경석, 해진, 수명 인사) 여기로 말할 것 같으면 산이 첩첩이 둘러싸인 그것도 하늘 아래 첫 집인 이럴 만한 구석방에 3놈이서 같이 앉아 책과 씨름을 하고 있는 곳일세. 어찌 하다가 이런 데까지 들어와서 생고생을 하는지 나도 모르겠지만 이는 아마 사람의 명예욕 아니 불가에서 금하는 탐심에서 나오는 하나의 욕구를 충족하기 위하여 들어와 있는지도 모르지. 참으로 중들의 생활이 부럽기도 할 때가 가끔가다 있다네. 뭘 먹자고 이렇게 아등바등대는지…. 그러나 내가 태어나기를 중 되려 태어나지를 않았으니 다만 먹고 살기 위해서 또 남보다 더 나아지려고…… 요새는 어떻게 지내는지. 친구들도 잘들 만나는지. 공보관에 모여서 공부한다는데…… 만나보지도 못하고 그냥 떠나와서 미안하네. 앞으로 여기서 4년 더 있을 예정.

답장 바라며, 수명 씀

고대 교정에서 박사장

1966.2.25.
고대 법대 졸업식에서
(좌측 끝에 박사장,
그 옆이 필자)

이경희 야유회에서
(왼쪽에서 4번째 박사장
맨 왼쪽 필자)

멋쟁이 국제신사가 알콜중독자가 돼버린 안타까운 친구 박시덕 군의 손편지

박시덕 군(고교졸업 후 박시우로 개명)은 나와 경복중 · 고등학교를 함께 다닌 친구로 중학교 1학년 때 돈암동 근처 같은 동네에 살아 나에게는 6.25사변으로 3군데 초등학교를 떠돌다 생전처음으로 친구가 되었던 동창이었다.

아버지가 일제 강점기부터 은행에 다니셔서 비교적 부유하여 대학 초년생 때부터 자가용을 타고 다니던 외아들로 외국어대학교 이태리어과에 재학 시는 외대 방송국 국장을 하며 잘생긴 얼굴에 매너도 좋고 노래도 잘해 여학생들의 인기가 대단했던 친구였다.

대학 졸업 후 군대를 마친 후 MBC 문화방송에 입사하여 마스터 디렉터(MD) 등을 지내며 잘 지내던 중 어릴 때부터 호랑이 같이 무섭던 너무 보수적인 아버지를 떠나 독립생활을 시작한 지 얼마 안 되어 아버지가 갑자기 심장마비로 돌아가셨다. 아버지가 은행 대출 등을 크게 이용하여 한양대학교 앞 한 동네를 전부 소유하고 계셨는데 부동산 문제가 엉망이 되어 많은 재산이 상속되는 줄 알았던 박 군에게는 생각지 못한 빚만 상속되는 어처구니 없는 일이 발생되었다. 독단적으로 가정을 이끌어 오셔서 아무것도 모르고 지낸 어머니와 박 군이 뒤늦게 백방으로 해결코자 노력하였으나 본인이 돌아가셔서 줄 사람은 없고 받을 사람만 몰려들어 재산은 모두 경매 등으로 없어지고 급기야는 박 군의 월급까지 매달 차압되는 최악의 경우가 발생하게 되었었다.

이때부터 박 군은 술에 빠지게 되고 그 도가 점점 심해져서 술만 먹으면 행패를 부리는 일이 잦아져 결국은 MBC 방송국에서 쫓겨나는 신세가 되었고 이를 안타까이 여긴 친구들의 노력으로 교육방송에 입사케 되었으나 여기서도 술 때문에 그만두게 되어 알콜중독자 같은 생활을 하게 되었고 한때는 콜택시 기사도 해보는 듯했으나 이도 처음해보는 영업이라 잘되지 않았던 것 같았다. 1980년도 초에 찾아와 지낼 곳이 없으니 당분간 우리 집에서 기거하게 해달라 청하여 아내와 의논하여 허락하였으나 매일 저녁 술을 하고 들어와 초등학생들이었던 우리 세 딸들에게 술 취해 훈시하는 주정이 계속되고 아침에 나는 출근하는데 늦게까지 잠을 자곤 하였다. 우리 집에 올 때 아침에 내가 출근할 때 함께 외출하고 내가 퇴근할 때 귀가해 달라는 집사람과의 약속을 못 지키는 날들이 계속되니 딸들에게도 미안하고 동네 사람들에게도 민망스러우니 집을 나가 달라는 집사람의 간곡한 부탁을 받고 집에 온 지 석달만에 떠나 소식이 끊어졌다. 그 후 나뿐 아니라 친하게 지냈던 동창친구들에게도 연락이 끊어져 모두들 궁금하게 생각하고 지내고 있다.

20여년 전에 박 군 어머니가 위독하시다 하여 친구 몇이서 찾아뵌 길에 소식을 들으니 박 군은 어머니 소재를 모르고 어머니는 부평에 있는 고물상에 기거하며 택시 스페어 운전을 하고 지내는 것으로 알고 있다고 말씀해 주셨었다. 그러시면서 박 군이 그런 비참한 생활을 빨리 끝내고 죽어야 내가 편히 눈을 감을 텐데 하시는 말씀을 들은 친구들이 어머니를 어떻게 위로해 드려야할지 몰라 정말 힘들어 했었다. 그때 옆에 있는 박 군에게 하나밖에 없는 여동생이 혹시 어머니가 돌아가셔도 연락이 안 될 테니 그리 아시고 길에서 우리 오빠를 우연히 만나더라도 식구들 얘기는 하지 말아달라는 안타까운 부탁이 있었다. 그동안 식구들을 얼마나 힘들게 하여 이 지경까지 되었나 생각하니 알콜중독이 얼마나 무서운 것인지 알게되어 끔찍하게 생각되었다.

노래도 오페라 아리아나 가곡만 부르고 술도 고급술만 조금씩 먹던 멋쟁이 신사였고 내가 가끔 만취되어 행패라도 부릴 때면 그러면 못쓴다고 나무라던 친구가 어쩌다가 이렇게까지 되었는지 길지 않은 인생사가 너무 허망하게 느껴지는 안타까움을 주체할 수가 없다. 살았는지 죽었는지, 어디서 무얼 하고 지내는지 알 길이 없는 친구의 인생이 너무 슬프고 가슴 아프다.

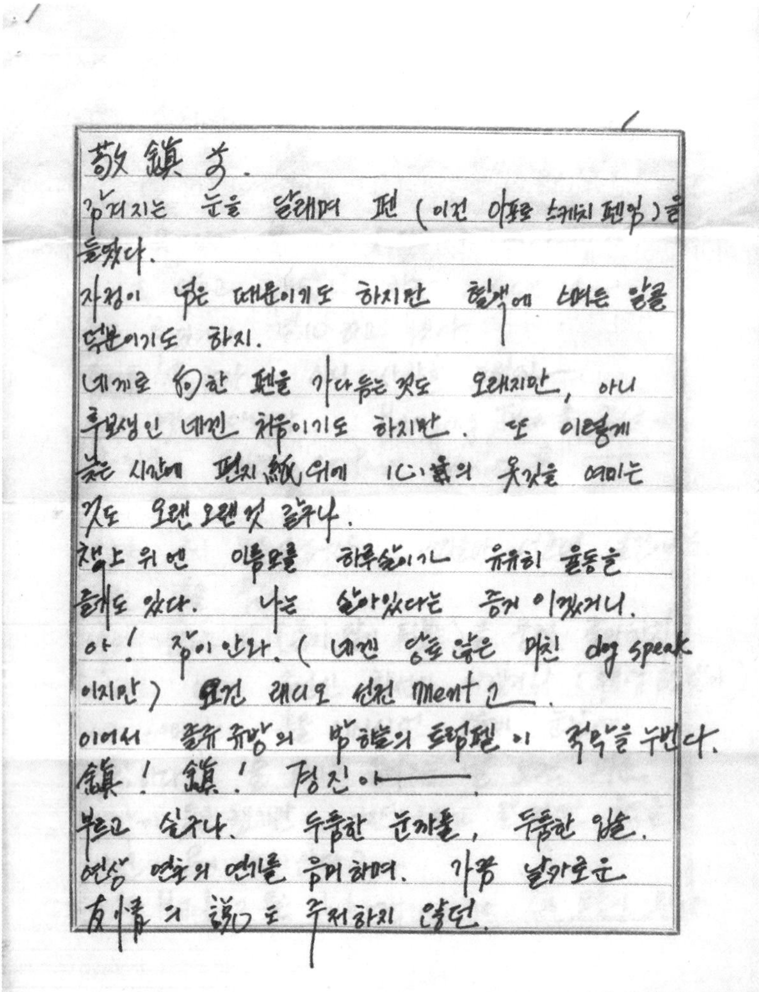
敬鎭 兄.
깜빡지는 눈을 달래며 펜(이건 아주로 스케치 펜임)을 들었다.
자정이 넘은 때문이기도 하지만 칠색에 대하는 일들 덕분이기도 하지.
네게로 向한 펜을 가다듬는 것도 오래지만, 아니 후보생인 네겐 처음이기도 하지만. 또 이렇게 늦은 시간에 편지紙 위에 心의 옷깃을 여미는 것도 오랜 오랜 것 같구나.
책상 위엔 이름모를 하루살이가 유유히 운동을 즐기도 있다. 나는 살아있다는 증거 이겠거니.
아! 잠이 안와. (네겐 당치 않은 미친 dog speak 이지만) 요건 래디오 선전 ment 고—.
이어서 흘러 유행의 밤하늘의 트럼펫이 적막을 누빈다.
鎭! 鎭! 경진아——.
부르고 싶구나. 두툼한 눈까풀, 두툼한 입술. 연상 연초의 연기를 음미하며. 가끔 날카로운 友情의 說도 주저하지 않던.

2

지금은 音樂이 바뀌어서 내가 좋아하는 (약간 미치게)
Los Indios Tabajaras의 Maria Elena 가.
나는 죽기전에 꼭 이 사랑스러운 melody에
心을 담고고 사랑(?) 하는 그 sex와—.
춤을 추겠거니 결心하고 있다.
용서를 求할까. 아니 사과를 드릴까—.
아니 그것도 아니야. Hanging Tree를 마다하지
않으련다. 오히려 A certain smile 을 ——

지금쯤 곤히 잠들었겠구나. 우리들과 어울려 술잔이라도
나누는 꿈을 꾸는지.
나도 비오는 날 (특히 많이 퍼붓는)을 무척 좋아하지.
어차피 네게 주어진 해선지 이겠거니. (후불생 관않아).
네 어머님의 눈물 어리시던 모습이 눈앞에
삼삼하다. 술 마시고 들어오는 널 보면 마음
생각이 들곤 했지만, 이젠 네가 굴 먹던 흔적을
보면 목이 메이신다고—.
정동 Hotel 그 무슨 club 이던가 에서의 네 모습이 뵌다,

3

그 역시 잊을수 없는 아름다웠던 더럽지 않은 추억 이겠거니.

이놈은 뭐 이렇게 잘 살아 있어.
車道를 건널땐 左右를 봐 보다도 면밀하게
살피고 움직이니까, 세대 밥도 잘 부쳐 먹는 편이고.
그런데 異常하게 center foot 쪽은 아주 Zero에
가깝지만.
뭐 결국은 四肢의 활동이 정상이라는 얘기겠지.
이ㄴ 피곤 한데.
이만 총총할까—.
글씨가 엉망 文章이 진창.
용서해라.

푹 자게나.

友佑가.

石火光中에 爭長競短하니 幾何光陰이오.
蝸牛角上에 較雌論雄하니 許大世界오.
—菜根譚—.

金鎭!

이렇게 만년필잡고 네게로 나래를 펴긴
퍽도 오랜만이구먼.
네 편지를 받고 보고 그러니
어찌 사뭇 몽롱한바 또한 없지 않은지고 인데
대한민국 육군 졸병에게 재롱을 떤
공군장교(生)께 졸로 소생 안부를 뵈어 여쭈어
볼까 하는데.
뭐 别로 달라진것 없으니라.
극하 산가 용서를.

뭐. 특별한 차림새는 없드라도.
그런대로의 쭉 — 은 무한이 있으니라
예측 되는바. 오는 2월12.
우리 바깥 양반 어르신네의 생신이신 모양인데.
뭐 그리 바쁜 시간이라구. 장남은 새끼쯤 허락할수
없을까
장남으로서의 감회가?
퍽도 의심스러운바 없지 않으니까.
너무 기대나 속단은 금물인지고

해병중위 "연"가는
볼수가 있었지.
때이한의 꿈가이 댁에서도
"明月이 滿空山 할제 쉬어감도 좋으리"를
질겅이면서. 미세보황을 회상했고

아무것도 아닌일에. 몹쓸것 아닌 그런 대위에
정신을 살가키로 여야는 합의를 보았고
General. 어쩌구 저쩌구의 우롱(的) 언어
국사회는 조속 순간(內)에 명종함이.
君의 앞으로의 출세와 건강에 이로적
효과적인 결과를 초래하리라 단언컨데.

初雪때 한잔 약주 딱 했지.
감상적이고 예술적인 윤주의 시우라는 stick는
무척도 추위를 느끼는 감도가 우수해서.
그저 웃긴 여어는데 여념이 윤주를 다투었지

하지우간 반가운 네 소식에 대한 회신을
이끌서 Adieu는 발하노니.

더 이상은 만사에 기스를 조각치 않도록
11. 13.

영준에게도 안부를 부탁한다.

경진에게.

한 가닥 엷은 우정이란 이름에 의지해서 감히 필을 든다. 먼저 네게 말하고 싶은 건, 나 스스로도 이런 소리를 지껄일 수 있는 자격이든가, 능력이라든가가 거의 결여되어 있는 인격임을 인정한다. 그러나 오직 조금이라도 나를 친구로서 네 마음 한 구석을 허락할 수 있었다면 나의 이 부끄러움을 용서하기 바란다. 때때로 너의 말처럼, 우리 사이의 연륜은 그 농도를 차체하고 우리가 사귀고 있는 어느 누구에 비해서도 가장 오랬고 또 보다 순수했던 시절에 앞으로나 또 어느 때나 쉽게 가질 수 없었다. 맑은 우정을 소유했었으리라 생각한다. 그때의 너와 나의 상황은 내 편에서 보았을 때 퍽 동경의 대상이었던 것이 너의 다정이었음을 말하고 싶다. 얘기해서, 나는 어릴 때부터 거의 좌절된 상태(너도 이 상태란 걸 거의 모를 것이다) 속에서의 성장을 어쩌지 못했고 그러한 이유가 나를 소심하고 몽상적인 인간 형태로 구현시켰을 것이다.

그러는 사이에, 서로에게 변화가 오기 시작했고, 너는 너대로의 개성에 맞는 친구와 어울리었으며 나는 또 나대로의 분위기에 빠져들어 갔던 것이리라 허지만 그런대로 너와 나는 옛 정을 바탕으로 근근이 우정을 유지해 왔으며 나대로는 너와의 우정을 더욱 돈돈히 하려는 노력이 과히 적지는 않았음을 말하고 싶다. 내가 그릇이 적은 놈이라, 나를 표현하는 데 있어서나 여러 가지 상황에서 너의 기분에 맞지 않는 일도 많았을 테고 또 다른 친구들에게도 호감을 주지 못한 일도 있었으리라 믿는다. 그 사이에 너를 극히 숭배하고 헌시적인 창준이란 친구가 놓이게 되었고, 오래 전 너는 창준과의 우정을 내게 권한 바 있었고 너의 말을 액면 그대로 받아들였던 나는 적지 않는 헛소리를 그에게 베풀기도 했던 것이다. 그것이 지금은 무척 후회가 되는구나. 그때에 네가 나에게 창준을 권한 것을 선의의 친구로서의 행위였으리라. 나는 물론 노력의 수단으로 필요 이상의 깊은 곳을 드러내 보이기도 했고, 그를 이해하려고 했고, 추호도 우정을 독점하려 한다거나, 누구의 결점을 탓하려 하지 않았었다. 헌데 한 번은 너에게서 창준이의 나에 대한 불만을 들었고 나는 그 이유에 대해 의아하게 생각하고 있었기도 했다. 너도 그 일은 기억하고 있으리라 믿는다. 이후로 이유를 알 수 없는 너와의 간격이 있었고 네겐 무언가 내게 알 수 없는 오해나 불만을 갖고 있었던 것으로 느끼고 있다. 이 점은 영준에게 있어서도 마찬가지였음을 말해둔다. 사실, 나를 털어놓고 싶기도 했다만, 너도 나도 이젠 다 자란 놈이고 혹 나의 경솔이 될 것 같아서 그대로 나를 묻어왔음을 말한다. 이 얘기는 여기서 그치기로 하자.

퍽 오래전 일이지만 1963년 12월 28일의 나의 일기를 소개하마.

"지난 24일을 회상해본다. 조용힌 반성의 시간으로 보내려던 의도와는 달리 퍽이나 겁겁한 시간을 보낸 것 같다. 하긴 가장 가까운 경진을 빼놓으면 모두가 어색한 친구들이기도 하다만, 경진이의 계획이었기에 그대로 믿고 간 것이 나의 큰 착오이었던 것 같다. 술집에서의 유쾌스럽지 못한 난투극. 그것이 그날의 밝지 못한 분위기의 동기가 되었음에는 틀림없다. 그로 인해 밤은 시끄러워졌으니 말이다. 그들에게 알맞게 마시고 돌아가자고 권한 것이 진정 나만의 독선이고 영세의 말처럼 위선이었을까. 보통 때 같았으면 대수롭지도 않게 생각하는 나이었는데 왜 그날만은 주장을 세웠을까. 마음이 안정되지 않았기 때문이었으리라. 무언가 난 의지할 곳이 없었기 때문인지도 모른다. 그리고 그들은 술이 깬 다음에도 전날 밤의 나의 권고에 불만을 털어놓다니 나로선 커다란 실수였고, 친구를 이해하려 하지 않는 그들의 태도가 섭섭하기만 하다. 좋은 일에로의 권고도 이러한데, 그 반대의 경우는 어떠하겠는지. 세월 따라 강산 변한다지만, 경진이의 뚜렷이 변한 점에 놀라지 않을 수 없다. 억제 없는 행동과 횟수 잦은 음주. 그는 음주로 인해 실연(?)이라는 고배를 체험한 몸이 아닌가. 젊은 나이에 자제만은 곤란한 일이고, 발휘나 반항도 있을법한 일이지만 말이다. 역시 친구의 여건이 자신의 성격에도 많은 영향을 주고 있음이 사실인 것 같다. 옛날의 차분한 경진이었으면 얼마나 오붓한 밤이 되었을까."

너는 나의 이 일기를 읽으며 지난 일을 기억할 수 있으리라 생각한다. 그 이후의 모든 즐겁고 번거로웠던 일은 생략하자. 어제 우리는, 솔직히 말해서, 지척지간에 있으면서도 서로의 위치를 알지 못했던 서운함과 또 나의 위치를 알린다는 일종의 흐뭇함으로 이곳으로 왔던 것이다. 덧붙여 말하고 싶은 건 오래 전, 영준과 함께 창준이가 이곳을 다녀갔는데도 가까이 있는 네가 위치를 알고 있지 않았다는 것이 또 다른 서글픔이기도 하다. 그날, 친구로서, 또 나의 입장으로서 할 수 있는 최선의 우의를 보여주는데 조금도 잘못된 데가 없었으리라. 나의 위치가 아직은 학생이고, 막말로 난 돈병철의 아들도 아니며 치사하고 부끄러운 얘기다만, 아버님에게 한두 푼 용돈을 탈 때마다 남달리 비굴을 느껴야 하는 나의 상태를 너와 또 내게 항상 뭐니뭐니 빈정대며 지껄이는 창준이는 추호라도 그러한 점에 마음을 두지는 않았으리라. 그럴 때마다 감정이 동요가 없었던 건 아니었다만 좋은 게 좋은 식으로 그런대로 참아왔던 것이고. 그 날도 내겐 부담이 되었지만 너와 그를 위해 술을 샀다. 헌데, 너는 파괴라는 유감을 남겨 놓았고, 내게 손질까지 했으며, 그 위에 같이 있는 아가씨를 희롱했었다. 창준인가 하는 애도 그 당시엔 너와 마찬가지였음을 기억해두기 바란다. 누군가의 입에 자주 오르내리는 그 "의리"라는 구차스러운 단어만 아니었더라면, 아마도 내 피는 분명 거꾸로 흘렀을 것이다. 그때에 너는「나를 몹시 무시하는구나」하고 중얼거린 것 같은데, 내가 너를 무시할 하등의 이유가 무엇이며, 오히려 그 말은 내가 너와 창준이에게 했어야 할 말임을 알아두기 바란다. 또 너의 현재 당면하고 있는 고통이나 괴로움 때문이라고 생각을 미루어보아도, 네가 보여준 그 태도엔 도시 납득이 가질 않는구나. 진정 불만의 표현이었는지, 아니면 술 탓으로 인한 너 자신에 대한 것이었는진 모르겠다만. 참으로 유감천만이기만 하다. 비록 먼발치에 있게 된 옛 친구이다만 네게 이런 글이나마 쓸 수 있는 나의 지금의 위치를 영광스럽게 생각하마. 편지에는 어떤 종류의 과격한 말도 삼가라는 선생들의 말씀도 있다만 부기한다.

네가 나의 집에서 내게 컵을 던져야만 할 무슨 한이 있다면 맑은 정신에 내게 정식으로 제의하거라. 어느 때고 네가 원하는 대로 해결해주마. 그리구 창준이란 네 친구도 앞으로 부디 몸조심하라고 말씀이나 드려주기 바란다. 너를 따르는 친구가 있다 해서 네가 그리 훌륭한 일수도 없을 것이며 그러한 상태가 결코 우정이 갖는 진정한 의미는 아니리라 생각한다. 마지막으로, 너도 잘 알고 있으리라 믿는다만, 네가 보여준 그러한 상태는 극히 스스로 조심해야 될 상황임을 나의 좁은 소견을 빌려 감히 말하고 싶다. 평안을 빌며.

시우.

1968.9. 덕수궁에서 우측 박 군, 왼쪽 군복 필자

덕수궁에 함께 갔던 친구들(가운데 필자)

LG그룹에서 평생 직장생활을 한 친구 장영석 군의 손편지

장영석 군은 경기중 · 고등학교를 졸업하고 인하공대에 입학하여 1학년을 마치고 군에 입대하여 경남 진해에 있는 육군대학에서 3년간 군복무를 마치고 복학하여 졸업하였다. 나와는 학교는 다르지만 대학교 1학년 때 남녀대학생의 모임인 은하회에서 만나 서로 친하게 지낸 다정한 친구로 60여년이 지난 지금도 은하회 회원이었던 친구들과 만나고 지내는 사이이다.

장군은 대학교수 있던 아버지가 6.25사변 때 납북되시어 어머니 혼자 장군과 여동생 남매를 키우셨는데 이산가족 상봉행사가 있을 때마다 신청을 하였으나 어머니가 90세가 넘어 돌아가실 때까지 뜻을 이루지 못해 너무 안타까워했던 기억이 새롭다. 장군은 제대 후 금성사에 입사하여 부산으로 발령받아 내가 흥국상사 부산지사에 근무할 때 부산에서 만나 함께 객지생활의 외로움을 풀곤 했었다. 장군은 그 후 LG그룹에서 임원이 되어 LG전자 오산공장의 공장장이 되어 퇴직할 때까지 평생 LG그룹에서 회사생활을 보낸 엔지니어였다.

젊은 날에 내게 보낸 편지가 40여 통이나 되는데 엔지니어답게 모든 편지가 구체적인 생활에 대한 생각을 적어놓아 빼놓기가 아까웠지만 내가 마음에 드는 것으로 몇 장을 추려 보았다.

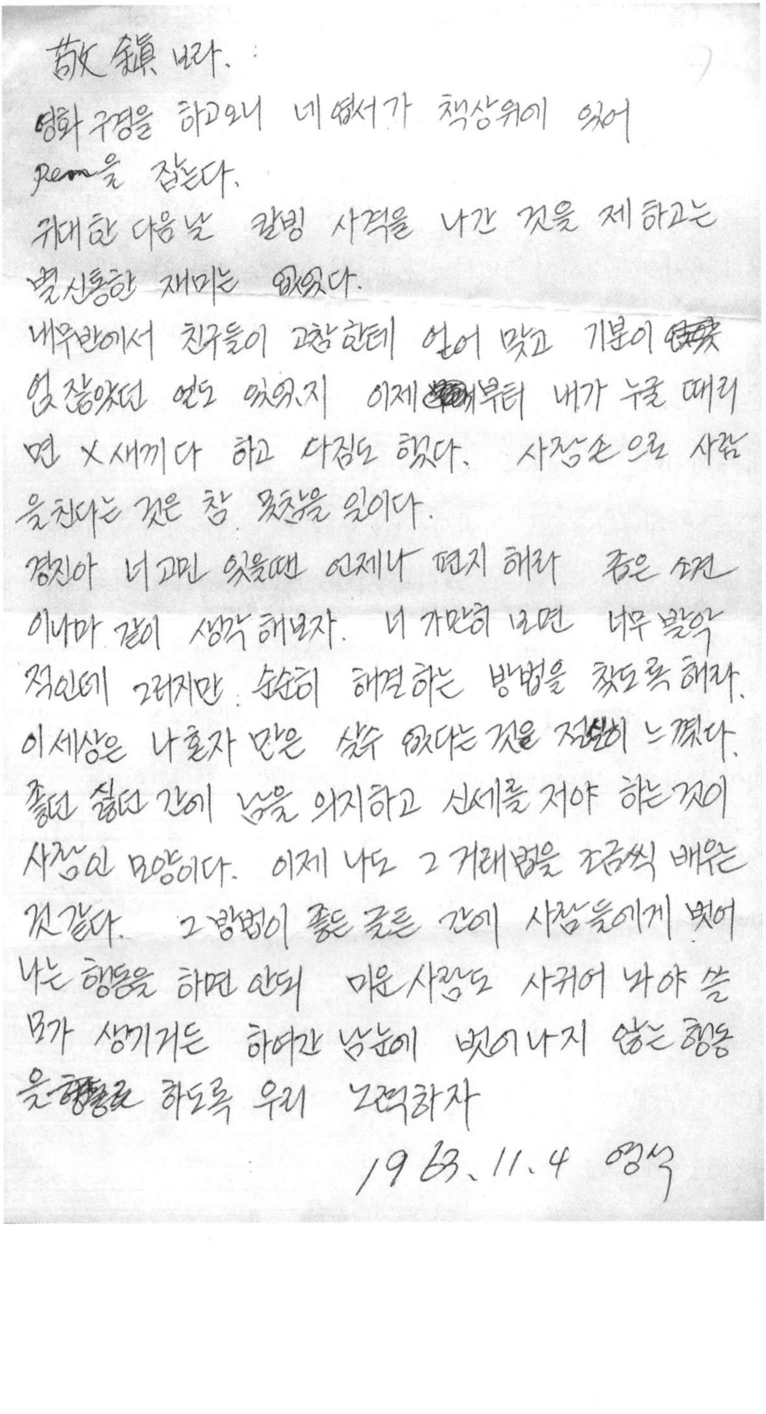
敬鎭 보라.

영화 구경을 하고오니 네 엽서가 책상위에 있어 pen을 잡는다.

귀대한 다음날 칼빙 사격을 나간 것을 제하고는 별신통한 재미는 없었다.

내무반에서 친구들이 고참한테 얻어 맞고 기분이 언잖았던 일도 있었지 이제부터 내가 누굴 때리면 X새끼다 하고 다짐도 했다. 사람손으로 사람을 친다는 것은 참 못찮을 일이다.

경진아 너 고민 있을때 언제나 편지 해라 좁은 소견이나마 같이 생각해보자. 너 가만히 보면 너무 발악적인데 그러지만 순순히 해결하는 방법을 찾도록 해라.

이세상은 나혼자 만은 살수 없다는 것을 절실히 느꼈다. 좋던 싫던 간에 남을 의지하고 신세를 져야 하는 것이 사람인 모양이다. 이제 나도 그 거래법을 조금씩 배우는 것 같다. 그 방법이 좋든 굳든 간에 사람들에게 벗어나는 행동을 하면 안되 미운사람도 사귀어 놔야 쓸모가 생기거든 하여간 남눈에 벗어나지 않는 행동을 하도록 우리 노력하자

1963.11.4 영석

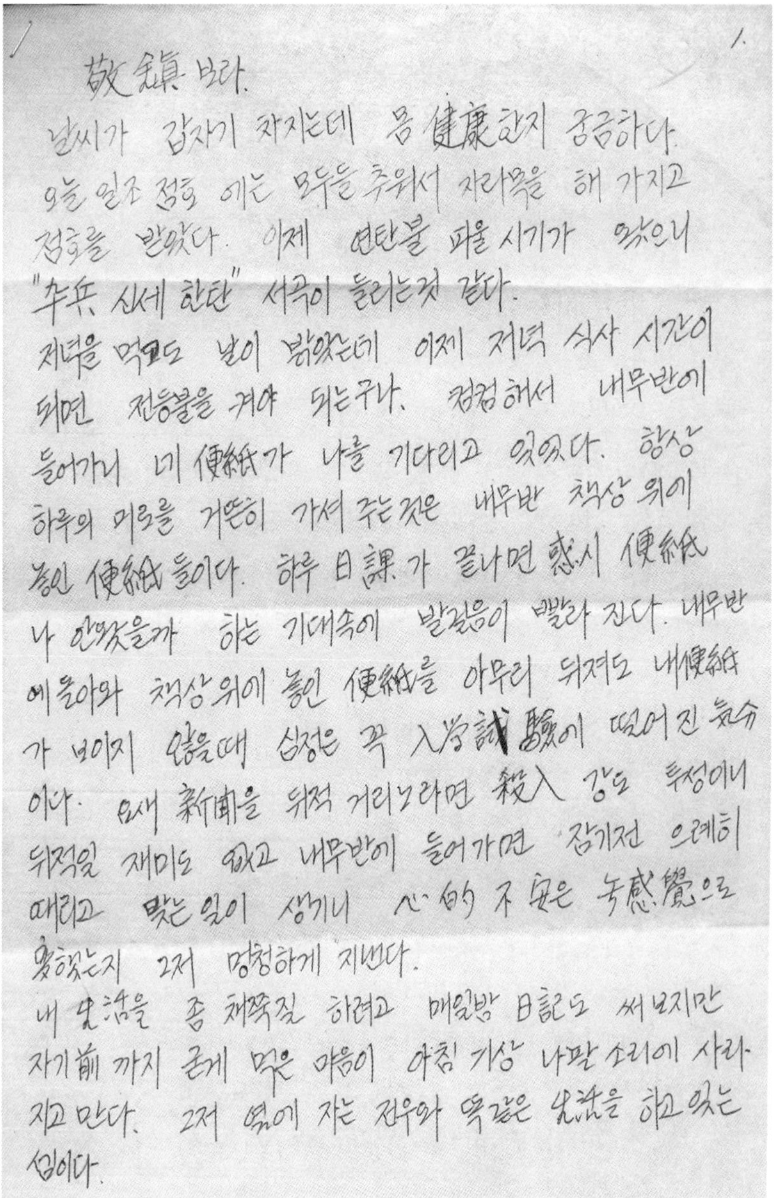
/ 1.

敬鎭 보라.

날씨가 갑자기 차지는데 몸 健康한지 궁금하다.
오늘 일조 점호 에는 모두들 추워서 자라목을 해 가지고
점호를 받았다. 이제 연탄불 피울 시기가 왔으니
"李兵, 신세 한탄" 서곡이 들리는것 같다.
저녁을 먹고도 날이 밝았는데 이제 저녁 식사 시간이
되면 전등불을 켜야 되는구나. 컴컴해서 내무반에
들어가니 네 便紙가 나를 기다리고 있었다. 항상
하루의 피로를 거뜬히 가셔 주는것은 내무반 책상 위에
놓인 便紙 들이다. 하루 日課가 끝나면 혹시 便紙
나 안왔을까 하는 기대속에 발걸음이 빨라 진다. 내무반
에 돌아와 책상 위에 놓인 便紙를 아무리 뒤져도 내便紙
가 보이지 않을때 심정은 꼭 入學試驗에 떨어진 氣分
이다. 요새 新聞을 뒤적 거리노라면 殺入 강도 투성이니
뒤적일 재미도 없고 내무반에 들어가면 잠기전 으례히
때리고 맞는일이 생기니 心的 不安은 無感覺으로
變했는지 그저 멍청하게 지낸다.
내 生活을 좀 채찍질 하려고 매일밤 日記도 써보지만
자기前 까지 굳게 먹은 마음이 아침 기상 나팔 소리에 사라
지고 만다. 그저 옆에 자는 전우와 똑같은 生活을 하고 있는
셈이다.

2.

"발악적" 이라는 것을 구태여 해명 한다면 이해가 갈지 안갈지 모르지만 너는 結論을 너무 일찍 내린다는 意味에서 발악적이다. 后일을 생각하지 않고 너대로의 決定을 내려, 너는 그렇게 생각하지 않을지 모르지만 他人이 생각할때 놀라는 氣分이 든단 말이다. 잠시 利用당하는 그런 기분일 것이다. 나는 너를 완전히 안다고 자부 하기 때문에 이런 말을 하지만 오해 받기 쉬운 말이라고 생각한다. 네 속마음은 발악적이 아니지만 他人이 볼때 너를 웬만히 이해 하지 못하는 사람은 그렇게 생각하기 쉽다는 말이다.

사람은 自己 속마음을 이해 하는데는 시간이 많이 걸린다.

그런고로 겉모양을 보고 오해 받기가 쉬운것이니 되도록 속마음을 自己 行動으로 만들기에 努力 해야 할줄로 믿는다.

내가 말하는 발악적이란 결코 너 인간 자체를 말하는 것이 아니라 오해 받기 쉬운 너의 行動을 말하는것이다. 行動이 그렇게 오해 받기 쉬운 이유는 아까 말한 너무 빠른 結論을 내리는데 있지 않을까 생각한다. 우리와 같은 젊은 世代 에는 이해가 쉽게 되나 좀더 나이먹은 世代 에서는 그렇게 보기가 일쑤라고 생각한다. 이상은 내 생각 이니까 너무 신경 쓸 필요는 없다. 다만 참고로 삼았으면 足하겠다. 내 판단이 옳은지 그른지는 아무도 모른다. 이 세상이 다해도 모를것이다.

추운날씨에 몸조심 하기 바란다 1963. 11. 9 영석

경진 보라.

그간 별일 없이 잘 지냈냐? 나는 염려해준 덕분으로 군무에 충실하고 있다. 지금 내 주위는 고요하기만 하다. 방금 그 고요를 깨뜨리고 밤 열차가 지나갔다. 머리 위에는 보름달이 환히 비친다. 철조망과 달과 총과 철모가 이상한 조화를 이룬다. 봄 날씨라 그렇게 춥지는 않다. 졸지 않을 정도로 선선하다. 며칠 전 태풍 때 안 걸린 것이 다행이다. 내무반이 흔들흔들할 정도로 바람이 불었는데 위병하사 주번 사관이 순찰을 다녀서 편지 쓰는 것을 두 번이나 중지했다. 앞으로 교대가 올 때까지는 너무 지루해 편지를 쓰며 시간을 보낼 작정이다. 신문을 보니 요즘 서울은 데모 바람에 소란스러운 모양이더구나. 너는 혹시 참석 안 했었는지? 여기 진해는 조용하기만 하다. 오늘이 토요일이라 마지막 100원 남은 것을 가지고 외출을 나갔었다. 우선 10원에 열개짜리 국화만두(일병 풀빵)로 배를 채우고 "맨발의 청춘"을 봤다. 억지로 끝까지 봤다. 내일 일요일은 온종일 잠이나 자련다. 서울에서 네가 만든 기회에 우연히 참석하여, 금희를 만났었지만 별다른 마음의 동요는 없었다. 변소 가는 길에 금희가 내가 말할 수 있는 기회를 만들어 줬지만 지나치고 말았다. 솔직히 할 얘기도 없었다. 내 마음 속에서 이미 정리되었다는 것을 느꼈다. 그저 지난 날의 추억으로 남을 뿐이다. 오늘 같이 보초 서는 날 옛날 일을 더듬으며 쓴 미소를 짓고 시간을 보낼 수 있는 추억들이다. 참말로 멋없는 추억이지만 말이다. 지금 나는 또 다른 추억을 만들기 위해 — 이건 단순히 하나의 장난이지만 — penpal이란 걸 생각해 냈다. 귀대할 때 영남이가 사준 잡지 끝에서 주소를 몇 개 뽑았다. 벌써 제1호에 편지를 냈다. 실패하면 2호, 3호…… 성공할 때까지 계속할 작정이다. 너도 답장을 쓸 때는 반드시 부록(?) 이런 것이 붙어야 한다. 편지 내용 이외에 일기를 공개한다든지, 공상을 적어보든지 수필, 시, 그림 아무거나 좋다. 멋진 공상이나 재미있는 사건을 소개해다오. 손이 약간 시리다. 이만 쓴다.

64.3.28.22:00

석 부(付).

＊ ＊ ＊

경진.

환절기에 몸 건강한지 궁금하다. 너무 오래 편지 걸러서 미안한 마음 크다. 이젠 완전히 봄으로 접어들은 양 창밖의 매화나무와 복숭아나무는 가지마다 꽃이 만발하다. 이제 얼마 안 있으면 벚꽃도 만발하겠지. 벚꽃이 명물인 이곳 진해를 구경 못 시켜 주는 것이 유감이구나. 신학기가 돼서 좀 분주하겠구나. 나 역시 봄 준비 작업에 시달린다. 이제 한 5개월 후면 제대한다는 생각을 하니 군 생활 3년 동안에 무엇을 얻고 무엇을 잃었는가를 생각하게 된다. 얻은 것보다는 잃은 것이 많은 것 같다. 얻은 것이라고는 술? 당구? 영어 단어 몇 개? 욕? 이런 것뿐이고 잃은 것은 대학생활을 잃었다. 제대 후 물론 복학을 하겠지만 그때 학교생활은 소극적이고 무미건조한 것이 될 것이기 때문이다. 요즘 바둑을 배우느라고 한창 열을 올리고 있다. 눈을 감으면 바둑판이 아물거리니 그 심정은 너도 알만 할 거다. 휴가 때 한 번 대국함세. 근자에 네 생활을 좀 알려다오. 환절기에 몸 건강하기를 빈다.

1965.3.15.

영석

* * *

경진 전.

날씨가 무척 따듯해졌다. 어제 날짜로 내복을 벗어 버렸다. 아침저녁은 좀 선선하지만 낮이면 등에 땀이 날 지경이다. 개강은 했는지? 어수선하니 공부도 잘 안되겠구나. 홍승이가 고대 신문을 꼬박 부쳐 주어서 잘 읽는다. 어제는 금희 동생 면회를 갔었다. 24일(토)에는 면회를 갔더니 벌써 부대 이동을 하고 진해에는 없었다. 하는 수 없이 어제(25일) 상남으로 면회를 갔었다. 기차로 한 30분 가는 곳이니 별로 먼 곳은 아니지. 면회 신청은 했으나 얼굴을 몰라 혹시 못 만나지나 않을까 걱정했는데 1시간쯤 기다리니 금희 하고 많이 닮은 사람이 나오더군. 눈이 충혈이 되어 있어 매우 고단한 것 같이 보였다. 몇 푼 있던 돈을 털어서 부족하지만 빵을 조금 사줬다. 옆에 면회 온 사람들 보기가 부끄러웠지만 나 역시 군인으로서 그 이상은 하기 힘들었다. 얘기를 들으니 내가 훈련소에서 겪던 것보다 몇 배의 고생을 하는 것 같이 생각되었다. 말만 들어보던 "원산폭격"은 제일 쉬운 기압이라나. 온종일 하라면 할 수 있겠다더라. 벌써 바닷물에 네 번이나 들어갔다 나왔다니 이해가 갈 만한 이야기더라. 그 중에도 애가 좀 똑똑하고 눈치껏 노는 모양이어서 요즘은 기압 같은 것에는 빠지는 모양이더라. 하긴 면회가 끝날 때쯤 해서 소대장이 기압을 준다고 소대 향도가 집합을 시키더라만……. 내가 훈련소 있을 때 생각이 절로 나더구나. 훈련은 5월 22일에 끝나서 그날로 부대 배치를 받는 모양이더라. 아는 사람이 있어서 김포 여단으로 떨어질 것이라고 하더군. 배불리 못 먹여 줘서 서운한 감을 안고 4시쯤 귀대했다. 옛날 알았던 사람의 동생을, 아니 한 사람의 외로운 해병에 잠시나마 위로의 시간이 되었다면 족하겠다. 그 이상 아무것도 바라는 것은 없다. 편지 바란다.

1965.4.26.

석.

* * *

경진 전.

이젠 완전히 봄이 지나간 느낌이 든다. 며칠째 흐리던 날씨가 활짝 개이고 햇볕이 쏟아지니 더운감이 드는 날씨가 되었다. 서울도 며칠째 비가 온다던데 좀 맑아졌는지? 문자 그대로 극한투쟁을 벌여서 겨우 휴가를 얻었다. 지난번 편지 쓸 때만 해도 못 가는 줄 알았는데 열 번 찍어 안 넘어가는 나무 없다고, 하도 조르니 하는 수 없는지 승낙을 하더라. 지금 부터는 금희 동생 면회 제2차 보고가 되겠구나. 이번 일요일은 금희하고 같이 면회를 갔었다. 금희가 일부러 우리 부대로 찾아 와서 같이 면회를 갔었다. 오랜 만에 봐서 그런지 머리를 올리고 하이힐을 신어서 그런지 전보다 예뻐진 것 같더라. 마침 돈이 떨어져 외출 중지하고 내무반에서 잠이나 자려던 판에 불러줘서 생각지도 못했던 행운을 얻은 셈이지. 훈련소에서 남매를 나란히 놓고 보니 정말 닮은 데가 많더라. 나하고 같이 가는 바람에 면회도 몇 시간 못하고 돌아와 버렸다. 오는 길에 훈련소 소대장과 어울려 술을 먹었더니, 빈속이라 그런지 몸을 가누기 힘들도록 취해 버려서 그날 저녁은 금희가 애를 좀 먹었을 거다. 어제(3일)는 11시쯤 만나서 3시쯤 차를 태워 부산으로 보냈다. 오늘쯤은 서울에 도착했겠지. 짧은 시간이나마 정말 즐거운 시간을 가졌었다. 여지껏 나에게 괴로움만 가져다주는 존재였지만 막상 얼굴을 대하고 몇 시간 얘기를 나누니 다정한 친구가 된 기분이 들었다. 글로 표현하지 못하는 착잡한 심정은 너대로의 상상에 맡기면서 이만 줄인다. 서울 도착은 5월 16일(일)이다. 일요일이니 한번 집에 들러 주었으면 좋겠다. 25일간이니 푸짐하게 시간도 좀 있다. 몸 건강하기를 빈다.

1965.5.4.

석 부.

* * *

경진에게.

네가 입대한 지도 벌써 보름이 넘는구나. 이젠 서울도 제법 봄 날씨답게 따듯함을 느낄 수 있다. 예정대로 18일에 세량이 결혼식을 올리고 해운대로 신혼여행을 갔다가 22일에 돌아왔다. 어제(24일)는 그때 수고한 친구들이 세량이 집에서 저녁 대접을 받았다. 너하고 영남이가 빠지니 여간 쓸쓸하질 않았다. 결혼식 당일은 비가 내려서 약간 힘이 들었다. 홍승이가 사회를 보고 나하고 금희가 사진을 찍었다. 수부는 홍원이랑 진상이가 맡고, 하지만 일할 사람이 워낙 부족해서 미스(miss)도 많았다. 결혼식 전날은 내가 함을 지고 홍원이, 홍승이가 호위병 노릇을 했는데 녀석들 워낙 꽁생원이라 신부집에 들어가 꼭 붙잡혀서 그냥 달려 들어가는 신세가 되고 말았다. 나오는 길에 돈을 좀 받어 맥주홀에서 너무 기분을 낸 나머지 그날 저녁은 여관집 신세를 지게 되었다. 영남이 소식은 아직 알 수가 없다. 수용연대에서 같이 있었다는 사람한테서 영남이가 눈이 나빠 재신체검사 대기 중이라는 소식만 들었다. 같이 간 대석이한테서는 오늘 편지가 왔다. 주소는 군우 153- 연무대 제2훈 제26 연대 제16중대 제7소대 군번 11579064 훈병 정대석. 시간 있으면 편지하도록 하는 것이 좋을 것 같다. 아직 날씨가 완전히 풀리질 않아서 내무반 생활이 좀 힘들겠다. 부디 몸조심해서 건강을 해치는 일이 없도록 부탁한다. 이제 주소도 알고 했으니 되도록 자주 편지하겠다.

1966.3.25.

석이가.

＊ ＊ ＊

경진 전.

염려 덕분에 무사히 귀대하여 군무에 임하고 있다. 날씨가 연일 가물어 빨래도 하기 힘든 형편이다. 귀대하자마자 분주해서 며칠 사이에 휴가 기분은 싹 가시고 말았다. 그리도 집에서는 풍족하게 피던 담배도 이젠 짧은 화랑 꽁초를 이손 저손 바꿔 가며 피게 되었다. 세상없이 고단해도 아침 6시에는 일어나야 하고 자기 싫어도 오후 10시에는 눈을 감아야만 한다. 선임하사란 어울리지 않은 직분에 앉아 이 사람 저 사람을 시켜야 하고 잘못 되면 대표로 쿠사리를 먹는다. 어쩌다 모든 것이 귀찮고 신경질이 나게 되면 술이라도 먹고 싶지만 텅 빈 호주머니는 이것도 허락질 않는다. 이번 휴가 때는 네 덕분에 잘 보냈다. 나도 한턱 쓸 날이 있겠지. 네 덕분에 생각지도 못했던 금희를 만나서 좀 다른 각도의 시간을 가졌다는 것이 가장 특기할 일이겠지. 하지만 우정 이상의 범주를 넘지 못했다는 것은 너도 이해가 갈 것이다. 이만 줄이겠다. 건강을 빈다.

석 부.

몇 년 전 친구들과
설악산에서
(뒷줄 왼쪽 끝이 장 군,
가운데가 필자)

1963.1.20.
일산 저수지
스케이트장에서
(왼쪽에서 두 번째 장 군,
그 우측이 필자)

1966.2.25.
필자 고대 졸업식
(앞줄 오른쪽이 장 군)

설악산에서(왼쪽 끝이 장 군, 그 옆이 필자)

왼쪽 중간이 장 군, 오른쪽 맨 위가 필자

2. 유명을 달리한 너무 보고 싶은 친구들의 손편지

한국일보 논설위원이었던 박찬식 기자의 손편지

박찬식 군은 나와 경복중 · 고등학교 6년을 함께 다녔고 고등학교 시절엔 서대문구 부암동(세검정) 동네에도 같이 살았던 잊지 못할 다정한 친구였다.

학교 시절엔 만화가가 되고 싶어 할 정도로 그림을 잘 그려서 내가 받은 편지에 프로를 능가하는 솜씨의 그림을 그려 넣은 연하장이랑 우리 집에 놀러왔다가 내가 자는 모습을 스케치하여 놓고 조용히 돌아간 대학시절 그림을 펼쳐보며 박 위원이 아직 생존했다면 모든 일 내려놓고 젊은 날의 꿈이었던 만화를 그리며 노년을 즐기는 행복을 누릴 수 있었을 텐데 하는 아쉬움이 너무 마음을 아프게 한다.

박 위원은 학창시절부터 클래식 음악을 즐겨 들으며 독서 등으로 조용한 생활을 한 것에 비해, 많은 친구들과 어울려 분주하고 번잡하게 지내는 내가 어느 면 신기하게도 생각되었는지 나에게 많은 관심을 갖고 지내는 나의 진실한 친구가 되어주었다. 수십 통의 젊은 날에 나에게 보내준 박 위원의 편지를 꼼꼼히 다시 읽어보며 박 위원의 진솔했던 우정을 제대로 느끼지 못했던 게 아닌가 하는 자괴감이 들어 며칠간을 멍한 기분으로 박 위원만 생각하며 보냈다. 편지들을 보니 박 위원 젊은 날에 얼마나 많이 자연을, 인생을, 종교를, 인간관계 등 장래의 삶에 대해 많은 생각과 고민을 하며 치열하게 보냈나를 새삼 느끼게 해주었다.

그렇게 힘들게 고독하게 지냈을 친구를 좀 더 헤아리고 함께 깊은 정을 나누지 못했던 그 시절 내 미숙함에 자책을 해보며 박 위원의 그 진솔한 얼굴이 떠올라 너무 보고 싶다. 대학시절 박 위원과 함께 셋이서 전국을 여행하였던 사진을 보며 박 위원이 지금까지 생존해 있다면 셋이서 학창시절 때 여행을 회상하며 노년여행을 해보면 얼마나 좋았을까 생각도 해본다. 박 위원은 다시 볼 수 없지만 예쁜 외동딸 은우와 부인이라도 만나 볼 수 있으면 하는 마음이 간절하다.

박 위원이 "등소평"을 번안하여 책을 발간한 후 어느 날 이 책이 베스트셀러가 되어 인세를 추가로 받았다고 모처럼 환한 얼굴로 만나 술잔을 기울였던 때 행복해 보였던 박 위원의 모습이 새삼 떠오른다. 이승에서 못다 한 박 위원과의 우정을 저승에서라도 만나 마음껏 나눌 수 있었으면 하는 생각도 드는 안타까운 마음이다.

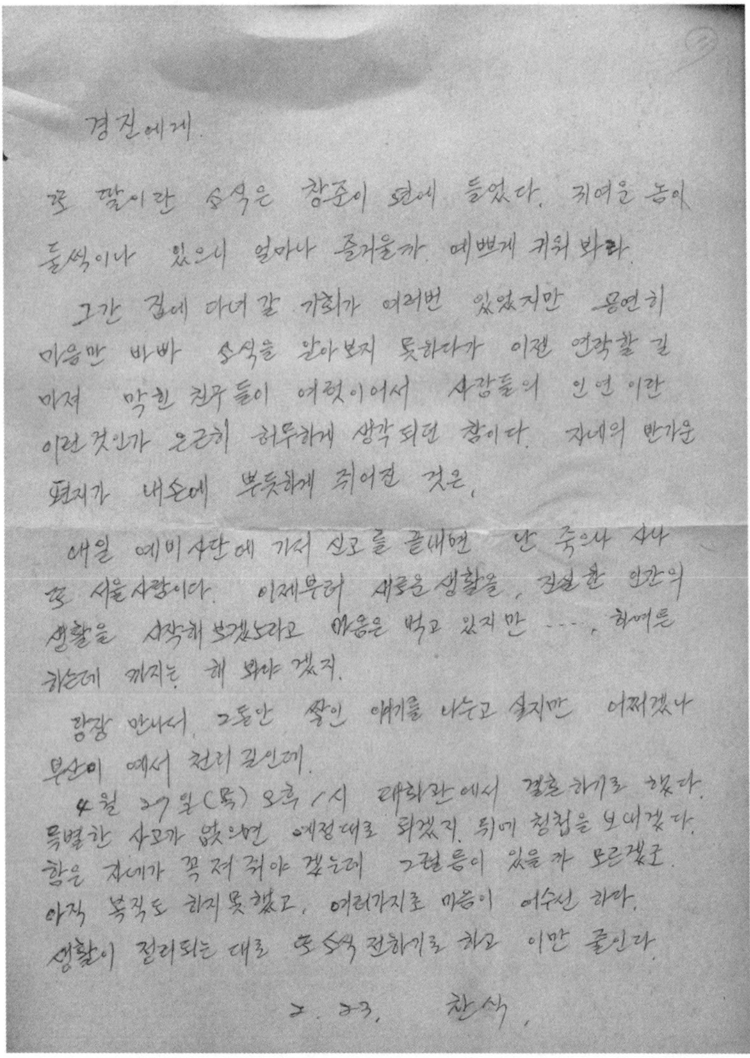
경진에게.

또 딸이란 소식은 창준이 편에 들었다. 귀여운 놈이 둘씩이나 있으니 얼마나 즐거울까. 예쁘게 키워 봐라.

그간 집에 다녀갈 기회가 여러번 있었지만 공연히 마음만 바빠 소식을 알아보지 못하다가 이젠 연락할 길마저 막힌 친구들이 여럿이어서 사람들의 인연이란 이런 것인가 은근히 허무하게 생각되던 참이다. 자네의 반가운 편지가 내손에 뿌듯하게 쥐어진 것은,

내일 예비사단에 가서 신고를 끝내면 난 죽으나 사나 또 서울사람이다. 이제부터 새로운 생활을, 건실한 인간의 생활을 시작해 보겠노라고 마음은 먹고 있지만 ……, 하여튼 하는데 까지는 해 봐야 겠지.

함께 만나서, 그동안 쌓인 얘기를 나누고 싶지만 어쩌겠나 부산이 예서 천리 길인데.

4월 27일(목) 오후 1시 태화관에서 결혼하기로 했다. 특별한 사고가 없으면 예정대로 되겠지. 뒤에 청첩을 보내겠다. 함은 자네가 꼭 져 줘야 겠는데 그럴 틈이 있을 까 모르겠군. 아직 복직도 하지 못했고, 여러가지로 마음이 어수선 하다.

생활이 정리되는 대로 또 소식 전하기로 하고 이만 줄인다.

2. 23. 찬식.

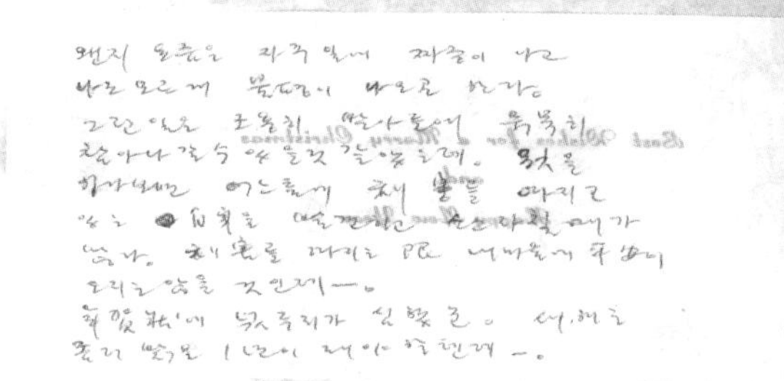

성탄과 새해를 맞이하여
주님의 만복을 비나이다

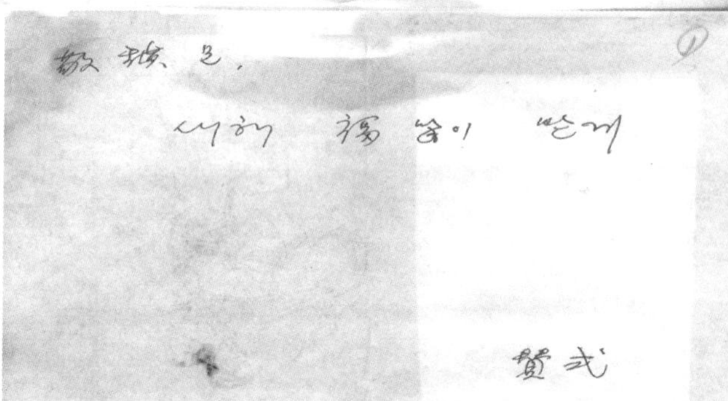
새해 福 많이 받게

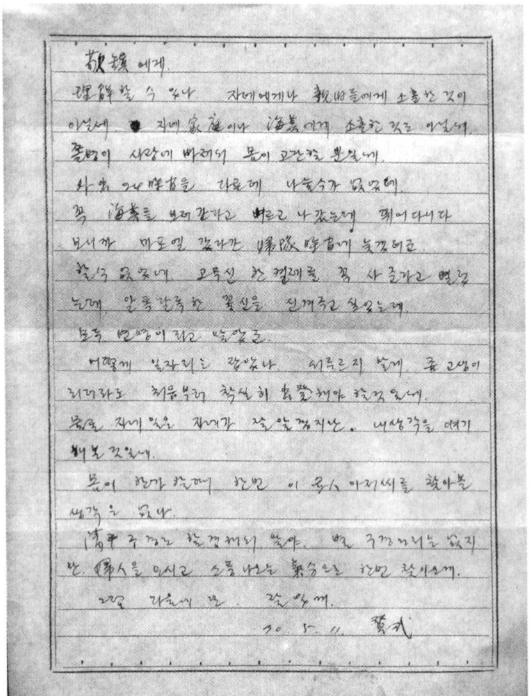

敬鎭 에게.

理解할 수 있나. 자네에게나 親戚들에게 소홀한 것이
아닐세. ● 자네 家族이나 海峯에게 소홀한 것도 아닐세.
[illegible]이 사랑에 빠져서 몸이 고단할 뿐일세.
사실 오는 陰曆을 [illegible] 나올수가 없었네.
꼭 海峯을 보러 갈라고 벼르고 나갔는데 [illegible] 다니다
보니까 [illegible] 갔다간 歸隊時間에 늦겠더군.
할수 없었네. 고무신 한 켤레를 꼭 사 줄라고 별렀
는데. 알록달록한 꽃신을 신겨주고 싶었는데.
모두 변명이 되고 말았군.
어떻게 일자리는 잡았나. 서두르지 말게. 좀 고생이
되더라도 처음부터 착실히 出發해야 할것일세.
물론 자네 일은 자네가 잘 알겠지만. 내생각을 얘기
해본 것일세.
몸이 한가할때 한번 이 [illegible] 아저씨를 찾아볼
생각은 없나.
[illegible] 구경도 할겸해서 말야. 별 구경거리는 없지
만. [illegible]人을 모시고 소풍나오는 氣分으로 한번 찾아오게.
그럼 다음에 또. 잘 있게.
70. 5. 11. 贊式

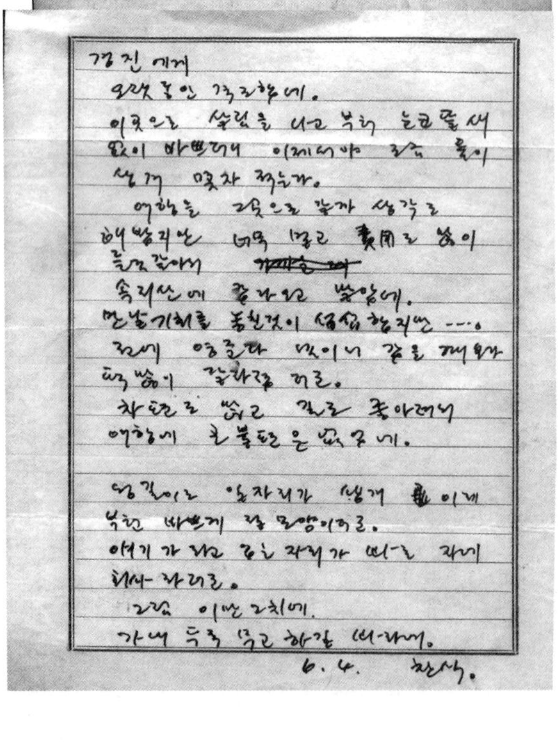

경진 에게
오랫동안 격조했네.
이곳으로 살림을 나고 부터 눈코뜰새
없이 바쁘더니 이제서야 조금 틈이
생겨 몇자 적는가.
여행을 그곳으로 갈까 생각도
해봤지만 너무 멀고 費用도 많이
들것 같아서 ~~[illegible]~~
속리산에 갔다오고 말았네.
만날기회를 놓친것이 섭섭하지만 ----.
[illegible]
[illegible] 하려고 하고.
차편도 좋고 길도 좋아져서
여행에 큰 불편은 없었네.

[illegible] 일자리가 생겨 [illegible]이게
무척 바쁘게 될 모양이더군.
애기가 자라고 있는 자리가 [illegible] 자네
회사 자리더군.
그럼 이만 그치네.
가내 두루 무고 하길 바라네.
6. 4. 찬식.

경진에게.

자네한테서 편지를 받아본 것도 무척 오랜만이군. 사모님이나 공주님, 다 무고하신가. 어머님 건강은 좀 어떠신가. 제대가 얼마 안 남았다니 무척 부럽다. 무언지 모를 불유쾌한 힘에 의해 자유의 날개를 꺾고 형제의 가슴을 찢기 위해 오늘도 부대안에 갇혀 총을 닦아야 하는 병사의 날이 갈수록 더욱 초라하게만 느껴진다. 할 일이 너무 많은데, 궁극을 봐야겠는데, 꼼짝할 수 없어. 3년은 너무 아까워. 이제부터 무엇이든 재주를 닦을 시기인데 안타깝지만 어떻게 할 것인가. 아마 용기가 없었는지 몰라. 나의 신념을 고집하고 견지해 나갈만한 자신도 없었고. 군대생활도 이제 1년이 다 됐군. 그건 그렇고 아파트에 전기가 들어왔다니 이젠 남포를 안 깨뜨려도 되겠구먼. 남포 사대던 돈으로 편지나 자주 쓰게. 그리고 신념을 갖고 용기 있게 뛰게. 평범한 시민으로 일생을 바치더라도 세상을 산다는 것은 위대한 일이 아닌가. 밉고 지겹고 죽이고 싶더라도 별 수 없이 그들과 살을 맞대며 살아야 하는 것을 인간적인 너무나 인간적인 인간들을 사랑할 수밖에 다른 생활방법이 없기 때문이 아닌가. 사람이 가장 초라하고 처참하게 될 때는 그 사람이 의욕을 상실하고 무기력하게 될 때가 아닐까 생각하네. 노력하지 않는 사람은 죽은 자와 마찬가지가 아닌가. 힘차게 뛰어보게. 아내와 자식을 사랑해주게. 비록 가난하더라도 저녁상이 기다리는 따뜻한 가정은 정말 좋은 것인 줄 아네. 몇 줄로 이런 얘기를, 누구나 다 아는 얘기를 또 수다를 떨었나보군. 버릇일세. 쥐뿔도 모르면서 아는 체하는 버릇 말일세. 얘기가 길어지면 또 신세타령이 나올 것 같군. 그럼 잘 있게.

1970.3.13.

찬식

* * *

경진에게.

수철이네 공주(유진: 생후 석달 만에 드디어 작명에 성공) 백일 날 명찬을 만나 잘 있다는 소식 들었다. 자네 둘째 공주도 건강하다고. 신문사에 복직신청을 내놓고 기다리는 중이다. 어쩌면 직업을 바꾸게 될지도 모르겠다. 여러가지 일들이 한꺼번에 겹치고 꼬여서 해결하고 선택하기가 어렵다. 발버둥 친다고 내 생각대로만 일이 풀려나가는 것도 아니고. 국가가 사회가 환경이 허락하는 것을 주는 대로 받을 수밖에 없겠지. 그래서 가슴에 멍이 들도록 아픈 슬픔을 다른 사람에게 되돌려 주게 되지 않도록 내 자식에게 물려주게 되지 않도록 최선을 다해서 살아보는 수밖에 없겠지. 못 만나는 동안 서로 이해하지 못할 만큼 변화가 있어서인지, 보고 싶은 마음 아끼고 싶어서인지 모르지만 아무튼 억지로 만나려 하는 것보다는 때가 되어 저절로 만나는 것이 더욱 아름답고 반가울 것 같다. 그때가 되면 한번 웃음으로 서로의 마음이 겪는 모든 풍상을 알 수 있게 될지도 모르지. 심신이 안정되는대로 또 소식 전하기로 하고.

4.6.

찬식.

* * *

경진.

그 동안 별고 없는지 궁금하군. 결혼도 무사히 끝나고 이제 좀 한가한 틈을 잡아 소식 전한다. 4월 15일부터 다시 한국일보에 다니고 있다. 이번엔 외신부로 배속 됐다. 2, 3개월 동안은 일을 배워야 할 것 같다. 자네 있는 곳으로 여행을 갈까 생각도 해봤지만 공연히 번거로울 것만 같아 여러 가지로 생각 끝에 속리산을 다녀왔다. 여행인지 무언지 꼭 시장바닥 같더구먼. 전에 우리가 갔을 때보다 길은 많이 좋아졌더군. 여러 친구들이 애써 도와준 덕으로 정말 무사히 끝나게 돼서 얼마나 고마운지 모르겠다. 형 집에서 며칠 더 있다가 수유리로 살림을 따로 날 예정이다. 혹시 서울 들릴 기회가 있어 수유리로 오게 되면 한꺼번에 여럿을 만나게 될 거다. 수철, 영찬, 광길이와 아주 가까운 곳에 살게 될 것이니까 말이다. 바쁘겠지만, 좀 자주 소식 전해주겠나. 그럼 또.

5.2.

찬식.

* * *

경진에게.

그동안 너무 격조했던 것 같다. 하는 일 없이 공연히 마음만 바빠서 편지 한 장 못 쓰고 해를 넘겼다. 세 번째 공주께서 탄생하셨다는 소식 들었다. 연초에 잠깐 상경했다가 바삐 돌아갔다는 얘기도 영준이 편에 들었다. 참 영준이가 그저께 정동교회에서 결혼했다. 색시는 영인이 동창이고, 결혼 전에 우리 집에 한 번 온 적이 있었는데 무척이나 얌전하고 꼼꼼했던 것으로 기억된다. 부산으로 간다 하니 자세한 얘기는 자네 쪽이 더 밝을 것 같군.

창준이도 이달 25일에 결혼하기로 작정을 했다는데 직접 만나보지를 못해서 이번 편지에는 자세한 얘기를 전하지 못하게 됐다. 영준이 결혼식에 창준이 부친께서 오셨는데 그분이 그런 말씀을 전해주시더군. 영준이 결혼식을 끝내고 성길, 수철, 성삼, 명찬과 함께 저녁을 먹으면서 세상 돌아가는 얘기랑 네 얘기랑 했다. 수철은 수원에 내려가 있는데 이번 7월에 시험이 있어 그때까지 서울에 올라와 있을 생각이라고 하더군. 성삼이도 그렇고, 명찬이는 지난달에 딸이 백일을 지냈다. 이젠 제법 애 아버지 티가 나더군. 배도 좀 나오고. 역시 자식을 가져야 어른 구실을 하게 되는 모양이야. 그 친구에 비하면 나는 아직도 어린애인 것 같다. 결혼했다는 실감도 제대로 느껴보지 못했고.

이제 가까운 친구들 중에서 결혼하지 않은 친구는 성길이만 남았는데, 그 친구도 차츰 가정을 가져야겠다는 생각을 하게 되는 모양이더군. 남달리 마음이 꼿꼿한 친구여서 그런지 얘기하는 것 들어보면 직장생활에 퍽 속을 썩이고 있는 모양이야. 상사가 좀 점잖지 못한 사람인 것 같더군. 그나저나 모두가 이제 시작인데 우선 나부터도 이렇게 경쟁이 격심한 서울 바닥에서 과연 버텨나갈 수 있을지 겁이 날 때가 많다. 자네는 서울에 올라올 기회를 놓쳤다는 얘기를 들은 것 같은데 언젠가는 올라와야겠지만 뭐 그리 서두를 것이야 있겠나 싶은 생각인데 나보다야 자네가 생각이 깊은 줄은 알고 있지만 너무 섭섭하게 생각하지는 않고 있는지 모르겠다. 그보다 더 좋은 조건으로 또 기회가 오지 않을까.

공주님들 세 분이나 모시느라고 좀 어깨가 무겁겠군. 그렇지만, 그건 또 얼마나 큰 보람인가. 얼마나 큰 기쁨이고 즐거움인가. 두서없이 얘기가 길어졌다. 편지 좀 받아보자. 뭐 나하고 원수진 것도 아닐 텐데 그렇게 외면만 하지는 말아라. 바쁘다는 말은 하지 말아라. 그럼 건투를 빈다.

4월 9일.

찬식.

＊ ＊ ＊

경진에게.

편지 종이 참 좋지? 표창장 같기도 하고 애원하는 자세는 군자의 마음이 아닌가. 소인이란 천만의 말씀일세. 바쁘다는 건 뛰어 돌아다녔다는 의미는 아닐세. 놔주지 않으니까 갈 수 없는 게 아닌가. 지난 일요일 마포에 갔었다가 어머님과 광진이만 보았네. 이사한다니 좀 섭섭하게 되었네. 창준, 명찬이 가 주었다니 고마운 일이군. 그만하면 별로 쓸쓸하진 않았을 줄 아네. 남달리 정이 많아서 섭섭한 일이 많은 자네가 또 분해할 것 같아 좀 불안했었다네. 가족을 못 만난 지 무척 오래 됐는데 요즘 서울엔 통 안 오는 모양이지? 포항에 살림이라도 차린 건가. 마장동에서 춘천 가는 직행버스(170원)을 타고 이곳에서 내려 물으면 잘 가르쳐 줄 걸세. 꼭 일요일이 아니라도 언제든지 만날 수 있네. 그만한 사정은 부대에서도 봐주고 있다네. 참 인천 가서 찍은 사진을 찾고 싶은데 성길을 만나서 좀 갖다줄 수 없겠나? 그럼 여러 사람을 유익하게 할 보람된 일을 하루속히 찾길 바라네. 이만 그치네.

5.26.

찬식.

＊ ＊ ＊

경진에게.

자네 편지에 뭔가 중요한 얘기가 하나 빠진 것 같은데. 글쎄 그대로 그냥 두면 끝나는 것이지만. 그리고 뭐 새삼스레 끄집어 낼 얘기도 아니지만. 그래도 설명이 좀 있었으면 했는데—. 그건 그렇고. 자네 집에 어제 갔었네. 마침 어머님도 계시고 광진이도 있고 해서 자네 얘기는 전했네. 뭐 별일이 있는 건 아니고 주소를 잘못 써서 되돌아온 일이 한 번 있고 해서 몇 번 소식이 못 간 모양일세. 광진이 해군시험을 쳤는데 신체검사 결과가 좀 신통치 못한 것 같네. X-ray를 한 번 더 찍으라고 한 모양일세. 발표는 3월에나 있다더군. X-ray는 잘못 나오는 수가 많은 모양이니까. 별 일은 없겠지. 창준이도 어제 만났네. 권숙이와 헤어졌다더군. 술을 자꾸 같이 먹자고 하는 걸 집에까지 데려다 주고 왔는데 틀림없이 동네 술집에서 고주가 됐을 거야. 좋아하던 여자와 헤어지게 됐을 때 기분이나 그걸 술로 풀어보려는 기분이나 내가 동감하기에는 좀 거리가 먼 일들이라 같이 어울려 주지 못한 것이 무척 유감일세. 언젠가는 나도 그런 생각을 하게 되겠지. 그럼 또 소식 전하기로 하고 이만 줄이네. 참, 1월 4일자로 정식 기자로 발령이 났네. 아직 배치는 좀 더 기다려야 될 것 같고, 뭔가 보람을 느껴야겠는데, 좀 어렵군. 그럼 또 보세.

1969.10.11.

찬식

＊ ＊ ＊

경진에게.

이거 원 황송해서. 너무 칭찬이 지나치지 않나. 부담이 느껴지는데. 모두 자네가 염려해 준 덕이라고 생각하네. 이제 겨우 사흘째 무엇을 제대로 생각해 볼 시간이 있겠나. 그렇다고 바쁜 건 아니고 하루 종일 낙서만 하다가 나온다네. 견습 기간이 6개월이라고 하더군. 첫날은 인사 안 하고 하루 종일 멍하니 앉아있었고, 둘째 날부터 배치되어 글자

고치는 것을 배우고 있네. 신문을 열심히 읽으라는 얘기겠지. 아마 이번 토요일에 끝날 것 같네. 편집국 안에 거의 200여명이 근무하는데, 우리야 최말단이지 뭐. 중압감이 느껴지네. 공부해야겠다는 생각이 절실하고, 분위기는 지극히 자유롭고 간섭이 전연 없다고 해도 될 정도. 모든 것을 알아서 해야 할 판. 참 자네 정훈이라는 친구 알 걸세. 이번에 같이 입사했지. 9명 중 6명이 편집국 떨어졌는데 그 중 5명이 문대 출신이고 정이라는 친구가 자네 동기인 모양이더군. 여자가 2명인데 간판이 엉망이더군. 아침 10시 출근, 7시 퇴근. 조금 늦어질 때도, 너무 지루한 이틀, 참고 기다릴 줄 알아야 할 텐데. 그럼 또.

7.3.

찬식.

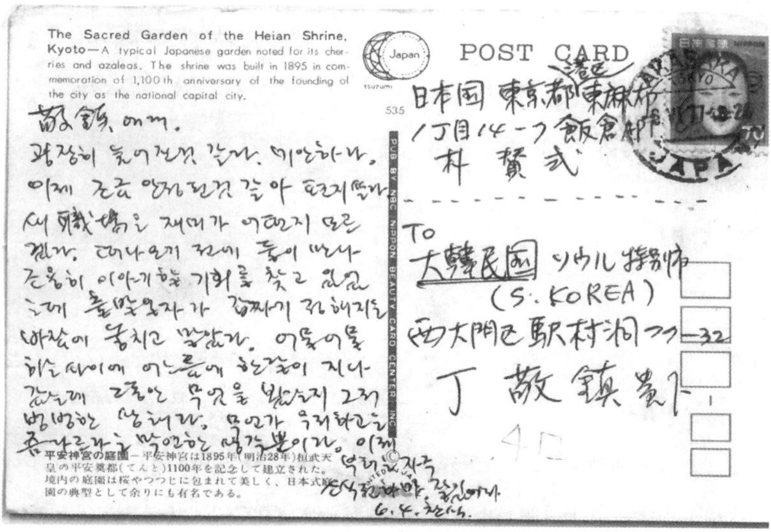

한국일보사에서 1년간 일본 대학 연수 시 보낸 편지

1976년 12월 가운데 박 위원, 우측 필자

1962년 북한산에서(왼쪽 사진 우측, 우측 사진 왼쪽이 박 위원)

1965년 5월 필자와 전국 무전 여행 시(공주, 부여에서) 왼쪽이 박 위원

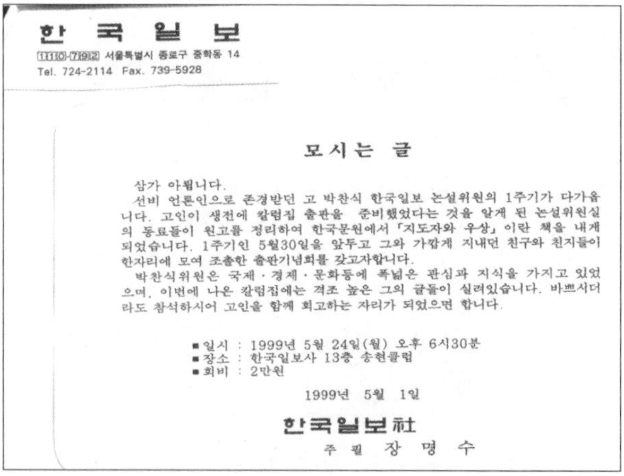

한 국 일 보

110-792 서울특별시 종로구 중학동 14
Tel. 724-2114 Fax. 739-5928

모시는 글

삼가 아뢰니다.

선비 언론인으로 존경받던 고 박찬식 한국일보 논설위원의 1주기가 다가옵니다. 고인이 생전에 칼럼집 출판을 준비했었다는 것을 알게 된 논설위원실의 동료들이 원고를 정리하여 한국문원에서 「지도자와 우상」 이란 책을 내게 되었습니다. 1주기인 5월30일을 앞두고 그와 가깝게 지내던 친구와 친지들이 한자리에 모여 조촐한 출판기념회를 갖고자합니다.

박찬식위원은 국제 · 경제 · 문화등에 폭넓은 관심과 지식을 가지고 있었으며, 이번에 나온 칼럼집에는 격조 높은 그의 글들이 실려있습니다. 바쁘시더라도 참석하시어 고인을 함께 회고하는 자리가 되었으면 합니다.

■ 일시 : 1999년 5월 24일(월) 오후 6시30분
■ 장소 : 한국일보사 13층 송현클럽
■ 회비 : 2만원

1999년 5월 1일

한국일보社

주필 장 명 수

〈출판기념회 초청장〉
모시는 글

1962년 10월
북한산 비봉

1962년 10월
북한산 승가사

한국일보

제15943호 1999년 5월 25일 화요일

“지도자와 우상” 박 위원 저서 출판기념회 기사
–〈한국일보〉 1999년 5월 25일 화요일,
박찬식 칼럼집 「지도자와 우상」 출판기념회

박찬식 칼럼집 「지도자와우상」 출판 기념회
1999. 5. 24 한국일보사

왼쪽부터 장명수주필, 박위원의 부인 박경희, 딸 은우씨, 장재국회장, 박위원의 형 찬웅·찬호씨.
/홍인기기자

故박찬식 본보 논설위원 칼럼집 출판회

고(故) 박찬식(朴贊式) 한국일보 논설위원의 칼럼집 「지도자와 우상」(한국문원 발행) 출판기념회가 고인의 1주기(30일)를 앞두고 24일 오후 6시30분 한국일보사 13층 송현클럽에서 열렸다. 책은 고인이 생전에 칼럼집 출판을 준비해온 사실을 알게 된 장명수(張明秀)주필 등 한국일보 논설위원실 동료들이 원고를 정리해 나오게 됐다.

박위원과 고교동창인 소설가 황석영(黃晳暎)씨는 중국여행중 편지를 보내 「감옥에서 쭈그리고 앉아 신문을 보고 있으려니까 느닷없이 「황석영을 내놓으라」고 일갈한 글을 보고 꼬끄리동산에서 시집을 함께 돌려보던 찬식이가 나를 잊지 않고 있었다는 사실에 눈시울이 시큰했다」며 「오랫동안 우리의 추억 가운데 머물러 있거라」고 고인을 추도했다.

행사에는 박위원의 부인 박경희(朴敬姬)씨와 외동딸 은우(恩雨)씨, 맏형 찬웅(贊雄·서울대의대 교수)씨 등 유족, 장재국(張在國)회장을 비롯한 한국일보사 전·현직 임직원, 고인이 생전에 다녔던 중앙성결교회 정승갑(鄭勝甲)목사와 신자, 경복고동창 최종문(崔鍾文·타워호텔대표)씨를 비롯한 친구등 150여명이 참석했다.

/임종명기자 ljm@hk.co.kr

蘭香의 자취 처럼…

내 어렸적 시전방 떠느라고 문예반에 들진 않았어도 결국은 글쟁이 친구들과 놀 수 밖에 없었는데, 4.19 때 안종길이 죽고 서른도 못된 나이에 김광길이 녀석이 가고, 이젠 전수원이와 찬식이 너나 남았는 줄 알았더니 어느 틈에 먼길을 떠나버렸다니.

나 원래가 무심한 거 잘 알잖아. 처음에 한국일보와 장길산 연재의 인연이 닿아서 몇 달 동안이나 편집국 안을 휘젓고 다니고서야 외신부 귀퉁이에서 너를 발견했지. '너 이거 웬일이냐.' 했더니 너답게 걸내도 침착하게 조용히 웃으면서 이랬지. '너 임마 오래 전부터 왔다 갔다 하는 거 보구 있었다.' '야 그러면 아는체를 하든지 부르든지 해야 할 거 아냐.' 그랬더니 여전히 잔잔하게 말했어. '내 근처루 오면 부를려구 기다렸다.' 세상에 이렇게 침착하고 조용할 수가. 또한 그것이 자네의 빈틈없는 단정함이기도 했지.

하지만 술 한잔 할 때에 보면 두주불사였잖아. 그래도 허튼 소리가 나오거나 남에게 시비 한번 붙는 꼴을 보지못했구나. 술에 취해서도 누군가 틀린 소리를 하면 꼭 자세하게 사건의 자초지종을 따져 주고나서 자기 주장을 관철 시키는 편이었지.

자네가 알다싶이 나는 온 천하가 다 아는 도깨비가 아닌가. 내가 무슨 헤밍웨이나 헷세의 흉내를 낸 건 아니었지만 나는 우리의 식민지식 규율로 얽어맨 고등학교 교육이 죽기보다 싫었어. 그래 진작에 때려 치우고 남도 천리를 방랑하다 베트남 전장에까지 나가고는 청춘 시절을 보내 버렸다. 그래서 너하구 사춘기 이래로 다시 만난 건 이미 우리가 별 재미없는 어른 가장이 되어서야. 그래도 가끔 신문사 언저리 소주집에서 돼지갈비 얹어 놓고 세상사 얘기할 때 자네는 늘 따뜻함을 잃지 않았지.

내가 감옥에서 쭈그리고 앉아 신문을 보고 있으려니까 느닷없이 네가 '황석영을 내놓으라'고 일갈한 글을 본 적이 있어. 어느 무슨 유명한 인권단체가 아니라 저 꼬끄리 동산에서 시집을 함께 돌려보던 솜털이 보송보송하던 꼬마 찬식이가 나를 잊지 않고 있었다는 사실에 눈시울이 시큰했다. 그리고 나와서 한국일보에서 여러 반가운 얼굴들이랑 해후를 하면서 그 틈에서 너를 만났구나. 야 이 사람아 그렇게 몸이 망가진줄을 누가 알았겠나. 따져보니 그게 자네가 가기 바로 얼마 전이었어. 이젠 다들 중늙은이가 되었다마는 아직도 할 일이 얼마나 많은데.

'삶이 저물어 가고 거칠었던 모든 정열들이 가라앉을 때, 그때 마침내 가장 고요하고 모든 날 중 가장 풍요로운 날들이 온다' 고 옛사람은 말했다. 그리고 더 오래 살아남으면 가까이 다가온 죽음이 자신을 평화롭게 만들어 준다고도 했어.

그래 너의 숨결이 담긴 생활의 자취를 이제 남기고, 오랫동안 우리의 추억 가운데 머물러 있거라!

이제 떠나는 자는 자신의 세상을 비운다.

99년, 오월 스무 나흘 초여름에…. 황 석 영

〈소설가 황석영의 추도글
(장례안내문 포함)〉
난향의 자취처럼…

'98.6.3. 한국일보 5

장명수 칼럼

〈2105〉

우정과 편견

지난 5월 나에겐 특별한 일들이 있었다. 개인적인 일이지만, 독자들과 오랜만에 감회를 나누고 싶은 얘기도 있다.

나의 모교인 이화여고와 이화여대는 5월29일과 30일에 열린 개교기념식에서 나에게 「자랑스런 이화인상」을 주었다. 내가 여자로는 처음으로 신문사 주필이 되어 후배들에게 용기와 자극을 주었다는 것이 수상이유였다. 모교에서 주는 상은 기뻤고, 새삼 내가 받은 교육을 뒤돌아보게 했다.

1954년 봄 내가 이화여중에 입학하던 날 학교신문 「거울」이 창간됐다. 6·25전쟁이 끝난 직후여서 물자가 몹시 귀했는데, 당시 신봉조교장선생님은 유엔에서 원조하는 종이를 얻어다가 중고교 신문을 주간으로 발행했다. 청소년 읽을거리가 부족하던 시절 「거울」은 이화학생들뿐 아니라 전국의 중고생들이 돌려가며 읽던 인기있는 신문이었다. 나는 「거울」 기자가 되었고, 이다음에 신문기자가 되겠다는 확실한 목표를 세웠다.

신봉조선생님은 피란지 부산에서 이화재단안에 서울예고를 창립했을만큼 예능교육과 개성교육을 중시하는 분이었다. 선생님은 조회시간마다 『여러분은 모두가 개성을 가지고 있으니 그 개성을 살려서 사회에 기여하는 사람이 되라』고 귀에 못이 박히도록 가르치셨다. 『공부 열심히 하라』는 말 대신 『개성을 살리라』고 강조하는 선생님이었다.

이화여대에는 『이 세상에 여자라고 못할 일은 없다』는 드높은 기상이 있었다. 이화의 초창기 졸업생들은 여자에게 삼종지도를 강요하던 전통을 박차고 새 삶을 개척한 선구자들이었다. 여자로는 처음으로 박사학위를 받고 당당하게 독신으로 살면서 여성교육에 헌신한 김활란선배, 한국 최초의 여자의사로 미국에서 의학을 공부하고 돌아와 나귀를 타고 방방곡곡을 누비며 의료봉사와 전도를 했던 박에스더선배… 이화안에 남녀차별이란 단어는 없었다.

35년동안 신문기자로 일하면서 나는 크고작은 차별에 부딪쳤다. 여자가 있는 곳에는 으레 차별이 있는것이 우리의 현실이지만, 신문사는 특히 보수적인 직장이다. 개성을 중시하는 중고교에서 일찍이 기자라는 직업을 준비하지 않았다면, 대학에서 드높은 기상을 배우지 않았다면, 나는 견디기 어려웠을 것이다. 차별에 승복하고 체념했다면 35년동안 이 직업을 계속할 수 없었을 것이다.

물론 차별만 있었던 것은 아니다. 한 논설위원은 내가 주필로 부임하던 날 고정칼럼인 「지평선」으로 환영사를 대신해 주었다. 「여자주필」에 대한 남자동료들의 거부감을 염려하고 있을지도 모를 나에게 보내준 따뜻한 우정이었다. 그가 쓴 칼럼에는 이런 내용이 있었다.

〈…대처가 영국총리가 됐을때 프랑스인들은 영국에 또 한발 늦었다고 아쉬워했다. 그것은 여자 총리를 가질만큼 영국인의 사고가 유연하고 성숙돼 있다는 뜻이기 때문이다… 근래 우리나라에는 여성들이 두각을 나타내는 몇가지 즐거운 소식이 있었다. 나라가 어려울때 여성의 진출이 활발한 것은 큰 축복이다…〉

63년 12월 대학을 졸업하고 희망과 불안이 교차하는 항해를 시작하던 21살때 내가 막연히 꿈 꾼것이 있다면 먼 훗날 모교를 기쁘게 하는 졸업생으로 교정에 돌아가고 싶다는 것이었다. 그 꿈을 이루어서 기뻤다. 그리고 그 꿈을 이루게 한 원동력이 모교의 교육에서 얻어진 것임을 증언할 수 있어서 더욱 기뻤다.

내가 주필로 부임하던 날 따뜻한 환영사를 써줬던 박찬식논설위원은 5월30일 지병으로 세상을 떠났다. 그가 「여자주필」에게 보낸 배려는 전문직 여성으로 사회에 첫 발을 딛은 외딸 은우에 대한 사랑에서 온 것임을 나는 알았다. 사랑은 사랑하는 대상의 입장을 헤아리게 하고, 그렇게 얻어진 이해와 배려로 다른이들을 보게 한다. 어머니와 아내와 딸을 사랑하는 남자들이 여자에 대한 편견을 우정으로 바꾸는 것은 자연스럽다.

그가 남긴 「지평선」과 모교에서 받은 상들을 보며 여자와 일과 교육, 편견과 우정을 생각하고 있다. 〈張明秀·주필〉

〈한국일보 장명수 주필 칼럼〉
우정과 편견

이상한 아버지

이제 겨우 잠잠할 만한데 또 그 얘기냐고 할 사람이 있을지 모르나, 얘기가 나온 김에 할 얘기는 다 해 두는 것이 좋을 듯싶다.

KAL기 추락사건 보도가 좀 수그러들 만하니까 이번에는 느닷없이 조순씨가 대통령을 해 보겠다고 나서는 바람에 이회창씨 아들 병역스캔들은 잠시 물밑에 가라앉은 느낌이다. 하지만 야당이 9월 정기국회를 벼르고 있고 TV토론이 줄줄이 기다리고 있으니 그냥 이대로는 넘어가기 어려울 게 분명해 보인다.

사람들은 좀체 의심을 풀 기색이 아니지만, 사실 세상에 어느 아버지가 자기 자식을 군에 못 가게 빼돌리겠는가 생각해 본다면 이씨의 해명을 아주 이해 못할 일은 아니다.

지금은 전시가 아니니 생명을 잃을 위험이 있는 것도 아니다. 분별없던 사춘기를 벗어나 사회인으로서 한몫을 맡을 수 있도록 규율과 질서를 가르쳐 주는 훌륭한 교육기관의 일면도 우리 군은 갖고 있다. 실제로 어머니들은 『처음 떠나 보낼 때는 애처로워 눈물이 났지만 군복무를 무사히 마치고 늠름한 사나이의 모습으로 집에 돌아온 아들이 얼마나 대견한지 나라에 감사하고 있다』고 고백한다.

병역을 마치는 것은 또 당사자에게 마땅히 할 일을 해냈다는 자기 믿음을 갖게 하는 의미가 있다. 그것은 그가 세상을 살아가는 동안 구김살 없이 언제나 떳떳하게 처신할 수 있게 하는 귀한 자산이기도 하다.

그런 군대에 자식을 못 가게 한다면 그 아버지는 정말 이상한 아버지임이 분명하다. 더구나 김종필씨나 이회창씨처럼 현역 장교로 군을 경험한 사람이 어떻게 그 「이상한 아버지」 속에 낄 수 있을 것인가. 진실이 밝혀질지는 알 수 없으나, 아마도 그럴 리는 없을 것이다.

말이 나왔으니 말이지만 잘 생각해 보면 「자식을 군대에 보낸다」는 말 자체에 모순이 있음을 발견하게 된다.

성년이 돼서 군대에 갈 나이면 한 사람의 어른이다. 부양가족에서 제외되고 근로소득세 공제대상에서도 빠진다. 부모 품을 떠나서 사회생활을 독립적으로 영위할 수 있는 나이임을 사회와 국가가 인정한다는 뜻이다.

그런 나이의 자식을 품에서 떼 놓지 못하고 껴안고 있으려고만 하는 부모의 집착에 문제가 있는 것이다. 장성한 아들이 군에 입대하겠다는데 부모가 무엇으로 말릴 것이며, 막말로 죽어도 군대에는 안가겠다고 버틴다면 아버지가 무슨 재주로 그를 입대시킬 수 있겠는가.

어차피 군에 가고 안 가고는 당자가 결정할 일이고, 그 결정의 결과도 당자가 감당할 일이다. 자기 자식이라 해서 그의 인생에 개입하려고 하는 것은 염치없는 일이다. 강요된 선택의 결과를 부모가 책임질 수도 없고, 자식의 인생을 부모가 대신 살아줄 수 있는 것도 아니기 때문이다.

이치가 이러한데도 자식이 군에 가는 일에 간여할 수 있다고 생각하는 부모가 있다면, 그는 처음부터 될 수 없는 일에 허욕을 부리는 바보나 마찬가지다. 이씨가 그렇게 어리석다고는 믿기 어렵다. 설령 이씨 아들이 억지로 살을 빼 면제받았다 하더라도 그건 그의 일이지 이씨의 일은 아니라는 얘기다.

그러나 이런 설명으로도 병역스캔들이 아주 없던 일로 될 것 같지는 않다. 사리를 따지고 보면 그럴 것 같기도 한데 영 개운치가 않은 것이다. 그것은 아마도 이치만으로는 설명하기 어려운 「서운함」 탓인지 모른다.

이씨는 김대중씨나 김종필씨처럼 정치적 박해나 인생의 좌절을 경험해 보지 않은 사람이다. 우리나라에서는 그 위에 설 자가 없을 만큼 훌륭한 가문과 학벌을 갖춘 엘리트다. 부족한 것을 알지 못하고 오늘에 이른 셈이다.

사람들은 이 모든 것을 소유한 행복한 지도자에게서 못 가진 자를 위한 희생과 사랑을 느낄 수 없음이 서운한 것인지 모른다. 우리 국민은 마르쿠스 아우렐리우스 같은 낯선 이름보다는 세종대왕이 더 좋고, 명상록보다는 훈민정음 반포문처럼 백성의 불편을 불쌍히 여기는 지도자의 마음이 더 간절한 것인지 모른다.

〈朴贊式 논설위원〉

한국일보 97. 8. 15.

〈박 위원의 논설문〉
(이회창 씨 아들 군대 관련) 이상한 아버지

꾀꼬리 동산의 삼십오년

朴 贊 式
한국일보 논설위원

고1 때가 아니었나 싶다. 점심시간후 첫교시가 이하영선생님의 영어시간 이었다. 도시락을 먹다가 흘린 밥 한덩이를 어디 버릴 곳이 마땅치 않아 주무르고 있다 보니 어느사이에 작은 찰고무 공이 돼 있었다.

그 공으로 손장난을 하면서 선생님의 수업을 듣고 있는데, 그것이 옆자리에 앉은 녀석의 눈에 띄었다. ―그게 누구였는지 머리 속을 아무리 뒤져봐도 영 기억이 나지 않는다.― 녀석은 자기도 한번 만져보자고 보채기 시작했다.

그때 얼른 줘버렸더라면 아무 일이 없을 것을, 그게 무슨 보물이라고, 안주겠다고 각쟁이짓을 하다가, 『한번 줘 봐.』 『싫어, 안돼』 하며 실랑이가 벌어졌다. 차마 소리는 못내고, 손짓 발짓으로만의 다툼이었지만, 장난꾸러기들의 그 미련한 수작이 어찌 선생님의 독수리처럼 날랜 눈길을 피할 수 있었겠는가.

수업이 끝날 때 쯤 슬그머니 닥아오신 선생님의 쇠고랑 같은 손이 내 손목을 「철컥」 채워버렸다. 꼼짝없이 현행범으로 붙잡히고 만 것이다.

『그것 가지고 따라와.』

선생님은 저승사자처럼 명령했다. 옆자리의 그녀석은 치사하게도 「고거 봐라. 별것도 아닌 것 갖고 재더니. 어디 한번 혼 좀 나봐라.」 하며 고소해 하는 표정이었다.

선생님을 따라 교무실로 가면서 생각해 보니, 아무래도 이대로 갔다가는 여러 선생님 앞에서 개같이 무참한 꼴이 될게 뻔했다. 그 밥풀공을 버려야만 그나마 명예를 지킬 수 있을 것이었다.

개선장군처럼 보무도 당당히 교무실로 들어선 이선생님은 『그것 내놔 봐라』고 엄숙히 명령하셨다.

『오는 길에 버렸습니다.』

『뭣이 어째.』

분노한 선생님의 양손은 내 두뺨을 코피가 터지기까지 난타했다. 매를 맞으면서도 그때 참으로 기이하게 느꼈던 것은 다른 선생님들의 너무나 무심한 표정들이었다. 무자비한 구타행위가 밥을 먹거나 똥을 누는 것처럼 日常의 일이었던 것이다. 지금의 교육현장은 어떤 모습인지가 그래서 궁금하다.

경복에 들어 올 만한 아이들이라면 국민학교 때 공부 잘 하고 말 잘 듣는 아이이게 마련이었다. 부모나 선생님에게서 귀염을 받았을 망정 매를 맞는 경험은 별로 없는 아이들이었다.

알아듣게 타이르면 금방 눈물을 흘리며 다시는 잘못을 저지르지 않을 것을, 백번천번 맹세할 아이들을 선생님들은 어째서 그렇게 학대해야만 했는지 지금 생각해 봐도 이해하기 힘들다.

그림그리기의 고통을 깨우쳐 주신 신홍휴선생님이나, 「꾀꼬리동산」에서 고전음악 감상의 기쁨을 난생처음 알게 해 주신 박판길선생님의 사랑이 나이 들수록 그립게 떠오르는 것도 우리의 그 암울했던 사춘기 환경과 무관하지 않은것 같다.

어쩌다 학교 부근을 지나갈 때, 안에 들어가 보고 싶은 생각이 간절하지만 나날의 부질없는 일거리에 쫓겨 번번이 그냥 지나치고 말게 된다. 그때마다 내 귀에는 어린 시절 동무들 喧騷에 섞여 나를 부르는 「꾀꼬리동산」 의 幻聽이 들린다.

꾀꼬리 동산

〈박 위원의 경복고 동창 잡지 기고문〉 꾀꼬리 동산의 삼십오 년

日本에서 우리 문화재의 一部를 돌려왔다.
탑까지 저희 나라에 옮겨간 놈들이니까 갖고 간게 오죽
많으랴만 그래도 돌려주기는 하는 걸 보면, 할 수 없었던
모양이지. 그만큼 아쉬워서 장차 그 보상을 얻어나
받으려 할까. 해방될 때 日本놈들을 그냥 쫓아 보내
지 말고 억류해서 우리가 끌려가 고생한 만큼
일을 시키고 보냈더라면 어땠을까? 유능한 기술자로
잡았고 하니 조금은 더 빨리 工業이 발전했을 거라는
생각인데. 어떨까.
지금 호윤이가 찾아와서 옆에서 책을 보고 있다.
김기창의 "화방 여정"을 보면서 "아 잘 그리는데,
글 참 잘 쓴다" 연방 감탄이다.
5月 말 거진 한 달을 日本에 가서 보냈다더라.
볼 것이 많은 모양이더라.
그럼 또 쓰기로 하고 이만 그친다.
잘 있어라.

66. 5. 21 (土)
贊式

영조이에 관해서 뒤에 ↓

씨께.
해가 서쪽에서 뜨지 않는한 별고 없겠고.
방학은 물론 결축하게 보냈을 테고.
이젠 가을이 왔습니다.
안녕히.

1963. 9. 6.

정능에서.

〈박 위원의 대학교시절 필자 얼굴 스케치와 편지 속 스케치〉

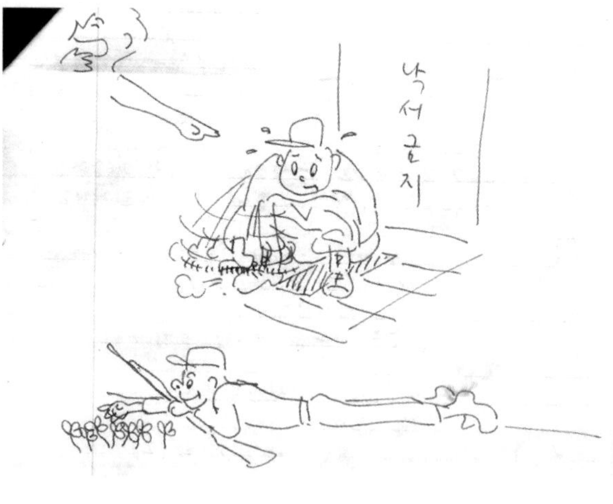

한국 노년학회 회장을 지낸 연세대 심리학과 윤진 교수의 손편지

윤진 군(학교시절: 윤호윤)는 경복 고등학교를 함께 다닌 친구로 고3 때 몸이 아파 인천 적십자 요양원에 입소하여 나와는 불과 2년 동안만 고등학교를 함께 다닌 친구였지만 그 기간 동안 우리의 장래에 대해 가장 많은 의견을 나누었던 사이로 내 인생에 가장 많은 영향을 주었던 잊지 못할 친구이다.

그때 나와는 달리 정치, 사회 문제에 관심이 많았던 윤 교수는 나와 함께 학교가 끝나면 효자동에서 광화문까지 걸어가 동아일보사 외벽에 있던 그 날의 신문기사를 보고 자주 이야기를 나누었다.

나는 고등학교 1학년 때까지는 공과대학에 진학하여 과학자가 되리라 생각했는데 윤 교수와 친해지면서 언제부터는 공대가 아니라 법대에 진학하여 관리가 되어 과학자들에게 도움이 되는 행정가가 되는 것이 내가 직접 과학자가 되는 것보다 효과적이라 생각되어 결국 법대에 진학하였지만 그 꿈은 지금까지도 이루지 못한 꿈이 되고 말았다.

윤 교수는 거제가 고향이고 대가족이 함께 사는 게 익숙해서인지 우리 또래 친구들과 달리 어른, 노인들과 이야기하는 것이 또래들과 이야기하는 것보다 편하다고 해서 참 별난 놈이네 생각했었는데, 서울대 문리대에서 학사, 석사를 마치고 청와대 사회 담당 특별보좌관실 행정관으로 몇 년 근무 후 미국 유학을 다녀와 연세대학교 교수가 된 후 1994

년에는 한국노년학회 회장이 되는 데 동기가 되었는지도 모르겠다.

내 많은 친구들 중에서 결혼 후 새색시를 동반하여 우리 어머니를 집으로 찾아 인사한 친구는 윤 교수가 처음이자 마지막이었다. 윤 교수는 우리와 달리 노인 어른들과 만남이 어색하거나 전혀 힘들지 않은 듯했다. 내가 삼성상호신용금고(현 키움 저축은행) 이사로 재직하고 있을 때 윤 교수 어머님이 돌아가셔서 어머님이 생전에 갖고 계시던 거액의 현금을 한국노년학회에 기부하시고 그 돈을 윤 교수가 저축은행 임원으로 선임된 첫 축하예금으로 내 입사를 축하해주던 생각도 새롭다.

윤 교수 아버님은 우리나라 해군의 창설 멤버이시고 5.16혁명 당시 인천지구 해군 사령관으로 근무하셨는데 혁명에 적극 가담하지 않으신 연유인지 혁명 얼마 후 전역하시고 내가 알기로는 인천항만 초대 도선사로 70세가 넘으실 때까지 계속 일을 하셔서 월간조선에 크게 인간승리라는 특집으로 소개되기도 했었다.

윤 교수 아버님은 바다에서 보낸 자신의 평생을 회고하는 자서전 "바다는 나의 보람"이라는 자서전 출판기념회를 1995년 11월 25일 인천 올림포스 호텔에서 가까운 친구들이 모두 참석하여 축하해 드리고 기념사진도 촬영하고 담소를 나누는 즐거운 자리였다. 더구나 그 자리에는 출판기념회 당시 인천 제1함대 사령관인 장정길 해군 준장(그 후 해군참모총장 역임)이 함께 자리하여 동창 친구 아버지는 초대사령관, 동창친구는 현재 사령관, 이 두 분이 동시에 참석한 멋진 자리를 연출하게 된 것이 한층 더 뜻 깊은 일이 되었던 기억이 생생하다.

이 글을 쓰며 한창 일할 나이인 1997년, 정월에 급작스런 뇌출혈로 세상을 떠난 윤 교수에 대한 그리움이 한층 나를 아프게 한다. 20여 년이 지났건만 그 선하던 얼굴이 너무 보고 싶다. 윤 교수의 명복을 다시 한 번 빌어본다.

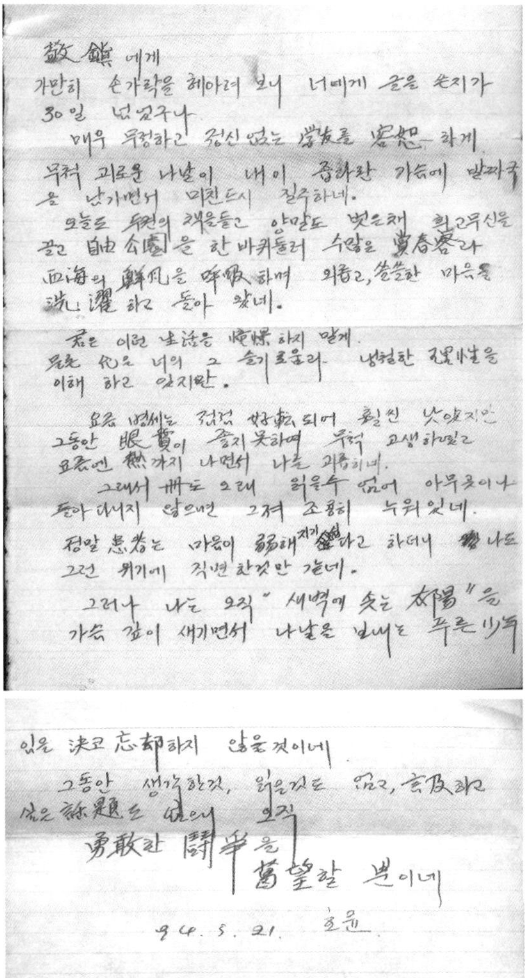
敬鎭에게
가만히 손가락을 헤아려 보니 너에게 글을 쓴지가
30일 넘었구나
매우 무정하고 정신 없는 學友를 容恕하게
무척 괴로운 나날이 내 이 좁다란 가슴에 발자국
을 남기면서 미친듯이 질주하네.
오늘도 두권의 책을 들고 양말도 벗은채 흰 고무신을
끌고 自由公園을 한 바퀴 돌며 수많은 賞春客과
西海의 鮮風을 呼吸하며 외롭고, 쓸쓸한 마음을
洗濯하고 돌아 왔네.
君은 이런 生活을 憧憬하지 말게.
물론 君은 너의 그 슬기로움과 냉철한 [illegible]을
이해 하고 있지만.
요즘 병세는 점점 好轉되어 훨씬 낫았지만
그동안 眼質이 좋지 못하여 무척 고생하였고
요즘엔 熱까지 나면서 나를 괴롭히네.
그래서 冊도 오래 읽을수 없어 아무곳이나
돌아 다니지 않으면 그저 조용히 누워있네.
정말 患者는 마음이 弱해지기 쉽다고 하더니 나도
그런 위기에 직면한것만 같네.
그러나 나는 오직 "새벽에 솟는 太陽"을
가슴 깊이 새기면서 나날을 보내는 푸른 少年
임을 決코 忘却하지 않을것이네
그동안 생각한것, 읽은것도 없고, 言及하고
싶은 話題도 없으니 오직
勇敢한 鬪爭을
萬望할 뿐이네
94. 5. 21. 호윤

/

경진에게 주는 글

北岳의 新綠이 막 나의 幻想에 떠오른다.
그리고 부스럼 하나 없는 효자동의 大路가 나의 眼界를 채우고 深夜에 산보하던 世宗路의 街路燈이 나의 潤氣 없는 머리를 떠올리게 하고 있다.

14일 너와 어느 華商 방에서 일어나 세검정 버스 停에서 작별한 후 15日 학교에 휴학願을 提出하고 京仁列車의 서울逆行客이 되어 西를 향하여 출발은 했었다. 하늘도 今君의 離別을 서글퍼 하는 듯 오전에 가랑비 마저 내려 무거운 walker를 끌고 교문을 나서는 나의 心情은 매우 무거웠단다.

그날 밤 부터 병석에 누워 요양생활로 들어갔다. 내려오면 즉시로 서신을 보냈어야 되었을 걸 …. 벌써 10일이라는 기간이 흘러서 매우 未安하다.

家內 모두 無故 하신줄로 알고 兄嫂氏 [illegible]도 入試工夫에 만전을 기하는줄로 믿어 [illegible]心치 않는다.

10일동안 음식을 좀 잘 먹고 약을 3가지 먹고 쉬다가 놀고 하니까 顔色이 좋아지고 제법 살 좀이 붙어 진것 같이 느껴 지지만, 좀 달음질 하거나 혹은 운동을 하면 아직도 [illegible]의 患者라는 "레델"을 버릴수 없어, 조용히 산보나 하다가 또는 글을 읽으면서 정신적으로 괴로운 하루하루의 생활로서 今君의 歷史를 메우고 있다.

헤어질때 너에게 日記를 보내기로 約束하였다. 그러나 大學 Note 2페이지 씩 쓰는 일기를 전부 寫本化하여 보낼수 없어 날마다 요점, 몇 귀절만을 떼어서 보내련다.

94. 4. 16. 晴 늦으막 하게 기상하여 보니 봄볕이 따스하다. 봄비에 몸을 씻은 소나무가 유난히도 태양광을 반사하기에 정원에 나가 樹木과 더불어 뛰놀고 싶기만 하다. 신문에 게재된 벚꽃놀이의 화려한 사진도 나에겐 이 조그마한 소나무들 만 못하다. 요양환자라는 "表識"를 달고 마루에 걸터 앉으려니 자꾸 악자같이 느껴 지지만 몇개월 후면 완쾌하여 他友들 못지 않게 활동할수 있다고 自然 하면서 책을 들었다. …… 교복을 입고 다니기에 未安하여 잠바 하나를 샀고 집에서 신을 117 고무신 하나를 샀다. 돌아오고 "인생노오트 (유달영 작) 硯北漫筆 (吳宗植)" 두권을 서울에서 푼푼히 모아 두었던 돈으로 샀다. 모두가 수상집 이지만 우리의 현실을 啓發하고 淸新한 思潮를 喝求하는 小品集으로 내가 특히 지녀 보고져 바라오던 책이었다. 집에 가져 오자마자 "病床의 伴侶"라고 命名하였다. 그리고 레코드(목포 부르스 天安 드므 몰)를 사왔지만 그래도 가까운 것은 "書"인지라 "祖國의 幻想"이라는 章을 열고 "祖國의 再起를 祈願하고 國土를 사랑하는 한마디 한마디를 되씹을수 있었다. 希望은 페닉스 (不死鳥) 처럼 영원불멸하고 또 다시 피어 오르는 것 ——. 나는 이것때문에 외로운, 괴로운 生을 營爲하고 있음에 틀림 없다.

94. 4. 17. 雨, 晴, 아침 방송에 백 참의원 의장의 설교조의 목소리가 나온다. 한참 이승만씨의 욕과 4.19의 칭찬을 하고 나서 "파산을 하지 말고 희생적으로 단결" 하자고 부르짖었다. 나는 "一考의 價値도 없는 비루한 족속들의 중얼거림"이라고 단정하고 투덜거렸다. …… 옛날의 그 前의라거는 어디에 하였거는 소위 信念에 사는 基督人, 그중에서도 文學者에 [illegible]은 [illegible] 博士 …….

이런사람이 상원의장의 互選을 버리고 의사봉을 놓지 않으려고 발악하니 우리의 진정한 信任 할만한 주인정치는 요원함을 다시 각지하고 병상에서 신음하는 나이지만 어떻게 조국에 공헌할수 없는가 하는 궁리에 머리를 돌리지 않을수 없었다. ….

…… 이룰수도 없는 커다란 理想을 품고, 그 하나의 目的을 위하여 땀을 흘리고, 피를 흘리고 죄후로 자신을 불사르는 精衛의 情誠, 이것이 우리조국의 건설에, 우리 농촌의 재건에 필요不可欠의 要件이라 믿었다 또다시 유교수는 이렇게 갈파하였다 "국가의 최고 책임자로 부터 一村夫에 이르기 까지, 오늘의 歷史의 부담자로서의 뚜렷하고 공통된 理念과 志向의 길을 命백히 해야 험난한 파동의 역사를 넘어 目的한 彼岸에 도달할 가능성이 있게 될것이다." …… "石見北漫筆"을 70페지 정도 읽었는데 그렇게 머리에 남는것은 없지만 한국의 新聞記者가 이정도로 思考가 깊고 民衆을 계몽할수 있다면 "創造의 出現"은 멀을 상 싶다. 그 벌떼 같은 記者群(=創者群)中에도 이런 사람들을 취렵 흙속에 玉이 섞여 있으니 그 흐린 社会지만 지탱해 나오는 것이다. 어느 계열, 민족 사회든지 극소수의 소금에 依하여 대다수의 부패를 방지 하는것이 通念으로 되어 있는 것이다. 나역시 20년을 자라는데 개인적 국가적으로 은혜를 얼마나 보았는데 나는 그 은혜의 보답으로써 인간 다운 "社会의 소금"이 될수 있느냐!" 다시 내자신을 훑어 본다.

90. 4. 18. 火 晴 "마음의 샘터" 시간인 "意志를 굳게 가져라 곳곳들이 약한 집은 흔들린다 Franklin" 이렇게 흘러 나오는데 五尺短軀의 心은 아무래도 주춧돌이 흔들리는것만 같다. 이만한 병에 일년을 소비할수 있느냐! 이렇게 생각하면 또 가슴은 아프기 시작한다. 이럴때 進退維谷 이란 말이 생겼고 이때의 나의 사정이 서글프기만 하다 ……

작업복 바지에, 흰고무신에, 칩승차장 모자에 힘없이 발을 옮기는 이 너절한 학생친구 에게 行人들은 한결같이 무철한 안광으로 나를 응시하고 만 있었다. 더구나 겨드인 책 한권이 놓였으니 …… 산보길에 코-스를 바꾸어 배다리 시장을 통하여 역전으로 나갔다. 아침장터엔 모두 삶을 위하여 분주히 活動하고 있는데 나만이 쓰잘데없는 군상 같았다. 정말 나도 삶을, 참 삶을 위하여 아침 장터를 거닐고 있는것일까? 이런 想念에 잠기면

아무래도 내가 인간으로서 결점이 수두룩하기만 하다. ……"농촌으로 돌아가라"는 章에 유교수는 이렇게 외치고 있었다. "自由로이 흘러 가는 흰구름과 大地가 울리도록 노래하는 종달새가 그대들을 벗 하고자 하늘에서 부른다. 돋아나는 풀싹과 민들레꽃 할미꽃이 그대 들과 얘기하고자 부른다. 사월의 대자연은 온통 그대들의 크나큰 포부를 예찬하며 환영한다." …… 낮잠을 한숨 자고 나서 저녁때 즈음에 수영, 창호, 신환에게 편지를 썼다. 지난 겨울방학 농촌에서 서로 형제 같이 지내던 그들, 나는 그들의 진실을 믿고 정열을 신뢰 하므로 아픈 가슴을 잡고 子弓이 되도록 편지를 썼다.

막상 長文을 쓰려고 序頭를 열었으나 밖으로 길고 몸도 아프고 하여 모두 2페지로서 끝을 맺었다 …… Radio에서 흘러 나오는 말마다 혁명을 예찬하고 있지만 작년 이날 高大 데모대의 앞도에서 시청앞에 부동하던 청중과 더불어 물결치던" 가슴의 정열은 다시 살아나지 않는다.

90. 4. 19. 晴 오늘 늦게 일어나서 "농민의시간"과 "마음의 샘터"를 못 들었다. 아직도 나는 凡人 중에서도 弱者를 脫皮하지 못하고 항상 百年河清 格으로 청춘을 浪費하고 있는 것만 같아 먼저 憂愁과 앞을 가린다. …… 꿀밭을 만들어 볼까하고 땅을 파는데 숨이 차고 가슴이 아파서 견딜수 없다. 하는수 없이 삽을 버리고 방으로 들어와 눕지 않을수 없었다 몸이 이렇게 약해서 아직도 오랜시간 요양해야 될것 같다.

오늘이 四·一九 일주년, 그러나 나에겐 아무런 감각도 없다. 기념식 중계방송도 듣지 않았다. …… 서울고에 다니는 秀一이 그 친우와 함께 나를 찾아왔다. 국민학교, 중학교 모두 동창이면서 이제 고등학교는 헤어졌지만 항상 親近히 지내고 그랬다 ……

오늘은 여기까지 쓴다. 힘이 없어 더 쓸수 없다 승리의 영관을 향하여 돌진하라고 굳건하게 하자. 90.5.24. 主食

경진에게.

계절은 바뀌어, 입동이 지났으니 겨울로 접어들어 주변은 한결 쓸쓸하여 가는구나. 뜰 앞에 낙엽이 그득히 쌓여 있는 것을 보면 고등학교 교과서 "낙엽을 태우면서"라는 글이 문득 생각나는군. 오랫동안 연락두절되어 미안하다. 그 사정은 더욱 잘 이해하여 주리라 믿는다. 10월 9일 "인천 적십자 요양원"에 들어온 나는 이에 한 달을 지내고 보니 어느 정도 생활에 익숙하여져서 크게 불편 없이 지내고 있다. 그러나 역시 세상에서 자유롭게 지내던 젊은이로서 왜 답답함과 괴로움이 없겠나. 침실은 호텔 같고 정원은 어느 관광지에 못지않으나 그 객은 건장한 나그네가 아니요, 호흡이 곤란한 쓸쓸하고 외로운 행객이 아닌가? 여기 40명의 환자들도 모두 사회에 나아갈 수 있는 쾌유의 그날을 학수고대하면서 하루해를 지우고 있는 것이다. 우리 환자들은 가끔 "병이 사람을 찾아온다"거나 "사람이 병을 찾아간다"느니 하고 토론한다만 확실히 병은 불운한 사람에게 찾아가고, 행복한 사람은 더러운 병을 찾아서 헤매는 것이 아닐까. 다시 말하면 병에 걸리지 않는 사람은 행복한 사람인 반면, 아무리 있다 하더라도, 지식과 덕이 높다하더라도 이에 만성질환에 걸리면 모두가 허사가 아닌가 나는 생각한다. 병에 걸리지 않은 특전을 받은 사람들은 방심할 것이 아니라 항상 주의와 관심을 기울이는 태도를 가지는 것이 필요하지 않을까. 항상 이런 병에 조심해주도록. 현재 병세는 차츰 완화되어 가고 병상도 좋아지니까 안심하여라. 인제 서울에 올라갈 일도 없으니까 만날 날은 근래에는 없을 듯하니 뒷날 내년 봄쯤 한번 만나보자. 광진이와 형, 누님, 그리고 어머님께 안부 전하여 주길 바라며.

1963.11.11.

호윤.

인천시 연수동 220 인천 적십자 요양원 201호

경진에게.

오랫동안 편지 전하지 못하여 미안하다. 집안 여러분 무고하신지? 호윤은 염려의 덕분에 잘 지내고 있다. 며칠 전 편지를 써 놓고 어제 서울에 갔다가 오늘 오전 우체통에 넣고 인천에 내려오니 너의 이전을 알리는 서신이 왔군. 아마 편지는 다시 나에게로 돌아올 것 같다. 요즈음 그런대로 책이라도 읽고, 좀 정상적인 생활을 하고 있다. 처음 병원에서 나왔을 때는, 하루하루가 막연히 흘러가더니. 항상 생각하고 노력하는 그런 사람이 되어보자고 다짐하던 태도로 살려고 힘쓰고 있다. 퇴원 후 줄곧 근처 교회에 나가면서 가스펠에 접할 수 있었고 가끔 이곳에 가서 영어 이야기도 들을 기회를 가졌었다. 우리가 무엇이라고 큰 소리치든 신의 섭리에 의해서 산다면 마지막으론 돌아갈 영구의 생명을 찾는다는 것은 당연한 일이 아닐까? 그는 바이블에서 "진리요, 빛이요, 생명이라"고 갈파하고 있으니까. 아직은 크리스찬의 열성 신도가 아니다. 꼭 종교를 갖고자 원하기에 배우려고 애쓰고 있는 것이다. 불의의 휴교로 인하여 3달이라는 기간을 캠퍼스를 떠나 살게 되어 무척 괴롭겠다. 그러나 이 기간은 굳건히 찾아 나아가야 하지 않겠니? 이번 여름엔 고시에 전념할 것인지, 혹은 농촌을 찾아갈 것인지? 매일 책과 씨름을 하든, 산간벽지를 찾아가든 정성과 인내와 용기로서 맡은 바 임무에 충실하여 보자. 그리고 그 열매를 우리는 기꺼운 마음으로 기다려보자. 경진이, 네가 하고 있는 일, 하려는 일 무엇이든지 신의 가호가 있어 유종의 미를 걷도록 바란다. 나에게는 참 지루한 방학이다만, 올 여름도 4년째로 수영은 못하고 조용히 집에서 지내야겠다. 힘이 크게 모자라는 것은 아니다만 항상 내 스스로가 조심해야만 다시는 이런 사고가 안 나기 때문이다. 아무쪼록 몸조심하여 항상 웃는 얼굴로 세상을 바라보고 낙관해보자. 우리 주변에 너무나 많은 매스컴과 인사들이 내일을 비관하고 울고만 있다. 그러나 지금은 비관적인 사람보다도 낙관적인 사람이 요구되며 울고 앉은 사람보다는 다시 일어나려고 발버둥 치는 사람이 필요하다고 생각된다. 아무쪼록 건투가 있기를 바라는 마음 간절하다. Auf wiedersehen!

1964.7.8.

인천에서 심리학도 윤호윤.

정경진 앞.

오랫동안 소식을 전하지 못하였네? 그 동안 많은 심혈을 기울여 오던 고시준비는 얼마나 많은 진보를 보이고 있는지? 물론 너의 지성과 열정과 인내와 명철을 신뢰하는 윤은 걱정하지 않아도 좋을 것만 같네. 나와 찬식이는 그런대로 정해진 코스대로 나아가고 있고, ―별 뚜렷한 발전은 없었으니 ― 또 학창이 2년 정도 더 남아 있으니까. 너에게 제한된 앞으로의 몇 달, 정녕 끝나고 말 학창이겠지만, 마음의 자세로서는 항상 캠퍼스에 머물러 모든 좋은 관습과 어드밴티지를 자신의 것으로 만들어 보아라. 나는 그동안 너무나 많이 돌아다녀서 그런지 몸이 약간 불편하여 방학 때까지 학교 이외엔 아무 곳에도 가지 말고 안정을 해야겠다. 틈나는 대로 글로서 격려의 박수를 보낼 테니 죽지 않을 만큼 공부하여 머지않은 장래에 〈장원급제〉 하기를 기원한다. 후일 또 pen을 들기로 하고.

A Student of Psychology. 윤호윤. 1965.5.24.

* * *

경진에게. 이 꽃 핀 계절, 신록이 우거진 요즘, 학교교육에 만전을 기하고 있으며 건장한 몸을 더욱 잘 보존하고 있는지 궁금하다. 그동안 너무나 오랫동안 편지를 보내지 못하여 미안하기 짝이 없다. 그러나 무엇이 무엇을 나아도 할 말이 있다고, 구태여 변명을 한다면, 3월28일부터 5월 7일까지 약 40일간 일본 큐슈로부터 북해도 북단 오오츠크해까지 여행을 하고 돌아왔다. 너무나 많은 것을 보고 느꼈기 때문에, 당했기 때문에 앞으로 차례대로 하나씩 글로 써서 보내려 한다. 동경대를 비롯한 각 대학교의 방문기와 2200m 산중턱에서 구름과 함께 놀던 이야기며 「아이누」족의 종족장을 만났던 에피소드까지. 5월 6일 발 현해탄을 넘어서며 달빛 아래 나눈 결론은 「무엇인가는 해보자!」는 것. 너 주려고 사놓은 졸업선물이 잠자고 있다. 약속한 날 "청맥" 메밀국수집에서 너는 못 만나고 girl friend를 찾으러 들어온 창준이 녀석만 만나고 나는 바람만 맞았네. 이름이라도 새기지 않았으면 딴 놈이나 주지. 그러지도 못하고 나, 원…. 참……. 좌우지간 남은 시간은 최선을 다하여 너의 그 저력을 발휘해보게. Good Luck.

호윤. 1966.5.26.

경진에게.

오랜만에 정말 편지를 보낸다. 졸업을 하게 되고 직장엘 드나들게 되니 친구 생각이 더욱 간절하구나. 어부인께서도 안녕하시겠지. 이번에 12월 9일 졸업논문을 통과시키고 방학에는 여행이나 하면서 잠시 쉴까 했는데, 15일부터 청와대 특별보좌관실에 출근하고 있다. 장 교수님이 대통령 사회담당 특별보좌관(차관급)으로 발탁되면서 나를 그의 행정관(비서)으로 데리고 가겠다고 하여 이렇게 된 것이다. 쉴 팔자도 안 되는 모양이다. 우리 교수들의 강권에 못 이겨 한 번 외도겸 별세계의 경험을 해보게 되었다. 잘된 것인지 못된 것인지는 나의 조그마한 역사가 후에 평가할 문제고…… 내년(72년) 즘 해외로 나가 볼 생각은 계속 추진하려는데 어떻게 될런지, 여하튼 현재에 맡은 임무만 충실히 행하련다. 또 우리 집이 팔려서 1월 25일 낙원아파트 13층 12호로 이사 간다. 전화는 그냥(74-5661) 가져가고… 집 사기도 뭐하고 그래서 가까운데 전세를 구했다. 서울 오면 곧 연락하라. 그리고 네 근무처가 흥국상사의 어느 사무소인지 분명히 알려 달라! 또 우리 아저씨(윤일원)가 시사통신 부산지사장으로 내려갔으니 한 번 찾아보아라. 내가 발령(3.1 내지 2) 나거든, 다시 자세히 연락하마. 우선 한 1~2년 학교에는 못 가고 외부에서 Psychological Research를 하게 된 것 같다. 그래도 역시 전문적 연구이므로 별 손해는 없을 듯하다. 건승을 빌면서.

윤진 1971.1.15.

"축" 5·주·년

하늘·사랑·자유 그리고 상담

윤 진 / 연세대 심리학과 교수

생활심리

Psychology Daily 1991·가을호

한국심리상담연구소

KOREA COUNSELLING CENTER

〈팜플렛〉 하늘 · 사랑 · 자유 그리고 상담

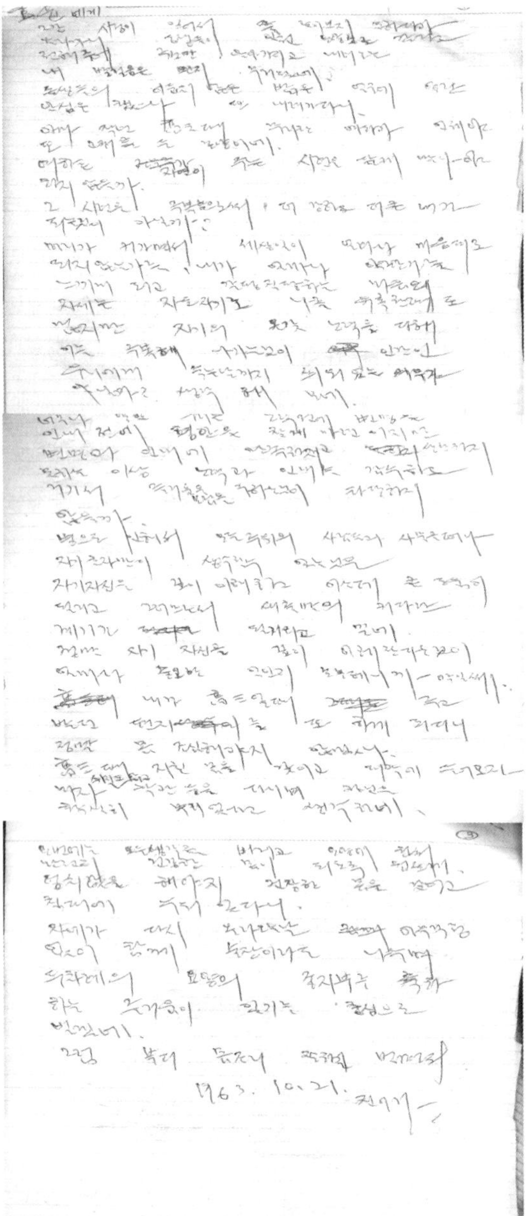

1963. 10. 21.

필자가 윤 군의 2차 요양원 입원 시 보낸 편지

초대 인천해군 사령관 윤교수 아버님 해군 근무 회고록 출판기념회

가운데 윤 교수 아버님, 왼쪽 윤 교수 부부, 오른쪽 장정길 제1함대 사령관 부부
(맨 뒷줄 왼쪽에서 두 번째 필자, 그 아래 필자 아내)

친구들과 함께 (왼쪽에서 세 번째 윤 교수, 오른쪽 세 번째 필자)

친구들과 부부동반 야외 나들이(앞줄 오른쪽에서 두 번째 윤 교수, 세 번째 필자)

앞줄 맨 오른쪽 윤 교수, 그 뒤에 필자

〈동창회보 기사〉

故 윤진교수 추모기념 심포지움 소식

1999년 "세계노인의 해"를 맞이하여 '99 서울국제노년학대회 조직위원회가 주체한 제6회 아시아·오세아니아지역 노년학회 심포지움이 1999. 6. 8~6.11동안 서울 삼성동 섬유센타에서 개최되어 故 윤진(구명:윤호윤)교수를 아끼던 동문들의 마음을 한층 아프게 하였다.

본 심포지움은 윤진동문이 한국노년학회 회장이 되던 1996년부터 한국에서 국제대회를 개최코자 불철주야 노력하였으며 1997. 1. 11 윤진동문이 근무하던 연세대학교 연구실에서 갑자기 유명을 달리하게 된 것도 이 대회 준비를 위한 과로가 사인의 한 원인이 되었었다.

각 국에서 모인 수백명의 학자들이 참석한 서울국제노년학심포지움은 이 대회를 위하여 헌신하였으며 세계노인학회 발전을 위해 크게 공헌하였던 윤진 동문의 업적을 기리며, 그를 추모하는 분위기로 진행되어 윤진동문이 생전에 세계각국을 누비며 학회활동을 하는 모습을 슬라이드로 중간중간 소개하며 진행되어 참석자들을 더욱 안타깝게 하였다.

심포지움에는 윤진동문의 아버님과 미망인 김용숙여사, 아들 윤민석군이 초대되어 참석하였으며, 우리 동문으로는 한뫼회(구 유명회)회장 이상혁, 최종문, 정경진등이 참석하였다.

학자로서 한창 일할 나이에 갑자기 우리를 떠난 윤진동문의 명복을 다시한번 빌며……

1999. 7. 20 정경진

〈동창회보 기사〉 고 윤진 교수 추모기념 심포지움 소식

고 윤 진 교 수

연세대학교 문과대학
장 례 예 배

때 : 1997년 1월 13일 (월) 오전 9시
곳 : 연 세 대 학 교 루 스 채 플
장지 : 충남 천원군 광대면 천안공원 묘원

상공부국장, 한국냉동협회 회장을 지낸 친구 채경석의 손편지

채경석 군은 나와 고대 법대, 공군장교 동기생으로 대학 재학 시 부터 다정한 친구였고 졸업 후 재학 시 가까운 친구 10명이 이경회란 친목모임을 만들이 60년이 다 된 지금까지 부부동반으로 계속 만나고 있는 친구 중의 하나였다. 불행히 몇 년 전에 식도암으로 유명을 달리하여 이경회 친구 중 처음으로 마주하는 죽음으로 너무나 큰 슬픔을 안겨주었던 잊지 못할 아까운 친구였다.

이번에 내가 평생 받은 손편지를 정리하며 60년이 다 된 1964년 2월 3일 대학교 3학년 겨울방학에 예산 고향집에서 보내준 편지를 보고 놀라움을 금치 못해 아쉬운 마음이 복받쳐 한동안 멍한 기분이었다. 매사에 빈틈이 없었던 친구였지만, 어떻게 그 젊은 학생이 나에 대한 평가를 그렇게 면밀하게 할 수 있었을까 새삼 감탄하며 살아 있었다면 함께 편지를 보며 젊은 날의 추억을 되돌아보는 즐거운 시간을 함께 보낼 수 있었을 텐데 하는 안타까움에 먼저 간 친구가 한없이 원망스러울 뿐이었다.

상공부 국장을 끝으로 공직에서 물러난 후 내가 다니던 ㈜리몽드의 자동차 사업부를 인수하여 경기도 발안에서 (주)동한기업을 창립하여 현대자동차 부품을 생산하여 만도기계에 납품하는 사업을 하였었는데 사업을 무리하게 확장하였는지 회사 부도사태를 맞아 몹시 곤란한 처지에 처하였을 때 어느 날 나에게 만도기계 정몽원 부회장에게 보낸 장문의 편지 사본을 아무 말 없이 건네어 너무 당황했던 적인 있다.

내가 무슨 능력이 있어서 전해준 게 아니라 너무 답답한 심정을 친구에게 하소연해서 조금이라도 마음을 가라앉혀 보기 위한 행동이 아니었나 생각하며 아무 도움이나 제대로 위로조차 못했던 못난 친구라는 자책을 했던 기억이 지금도 생생하다. 결국은 금융기관에 담보로 사용했던 처가의 압구정동 소재 빌딩이 처분되는 큰 손실을 입히는 것으로 정리된 것으로 알고 있다.

그 후 한국냉동공조협회 회장을 역임하며 여의도 소재 빌딩에 임대하고 있던 협회사무실을 강남 삼성동에 자가 빌딩을 갖도록 조치하여 협회의 자산을 크게 늘리는 등 협회 발전에 크게 기여하는 수완을 발휘하기도 하여 업계에 큰 도움을 주었던 협회장으로 기록되고 있다고 한다. 매사에 정확한 판단과 순발력으로 우리 이경회 친구들 중 가장 화려하면서도 굴곡 있는 생을 보낸 친구인데 뜻하지 않은 병마로 너무 일찍 우리 곁을 떠난 친구가 새삼 너무 그립다. 자상했던 남편, 더 없이 아들딸을 사랑했던 멋진 아버지를 너무 일찍 여읜 남은 가족에게 다시 한 번 진심으로 위로의 말을 전해드린다.

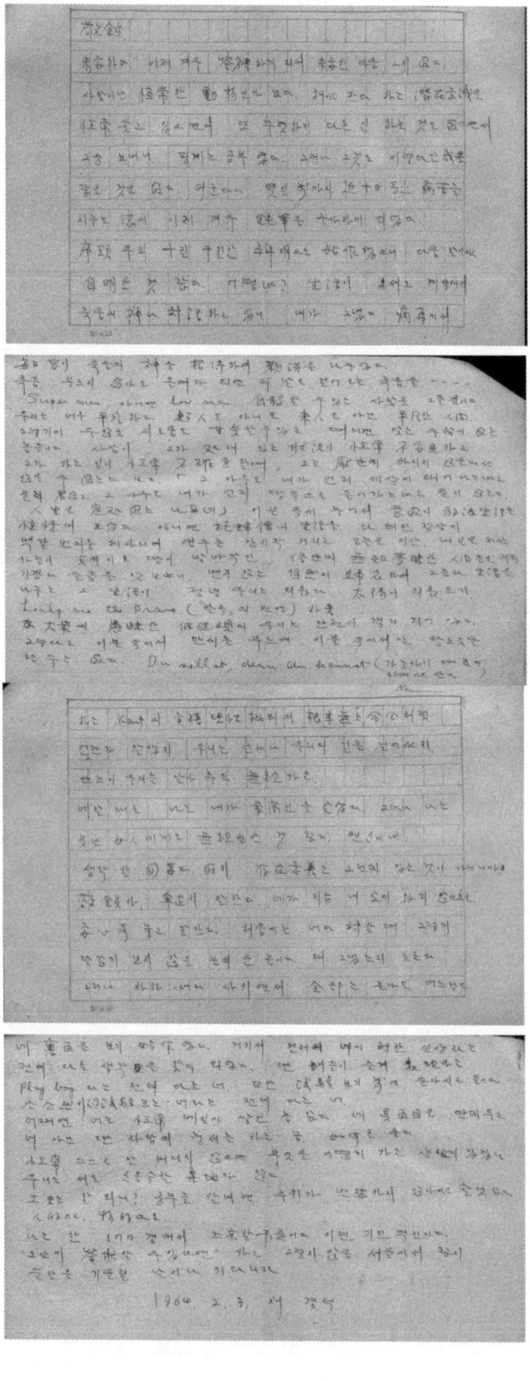

경진.

미안하다. 이제 겨우 답장하게 돼서 미안한 마음 그지없다. 사람이란 괴상한 동물인가 보다. 해야 한다는 하는 잠재의식은 항상 갖고 있으면서 또 뚜렷하게 다른 일 하는 것도 없으면서 그냥 보내니 핑계는 공부였다. 그러나 그것은 이렇다 할 성과 같은 것은 없다. 더군다나 며칠 전까지 근 10일 동안 병고를 치루는 덕에 이제 겨우 둔필을 구사하게 되었다. 서두부터 구질구질한 변명으로 시작했으니 다음 말이야 자명한 것 같다. 어떻냐? 생활이. 요새도 계속해서 죽음의 신과 대화하고 있니. 내가 그랬다. 병석에서 매일 같이 죽음의 신을 초대하여 담소를 나누었다. 죽음. 부르지 않아도 올 때가 되면 제 발로 걸어오는 죽음을…… Super man 아니면 low man 자살할 수 있는 삶은 그들뿐이다. 우리는 너무 평범하다. 초인도 아니고 위인도 아닌 평범한 인간. 그렇기에 수많은 괴로움도 감수할 수 있고. 때리면 맞는 수밖에 없는 놈들이다. 사람이 그가 처해 있는 상황이 항상 불안정하고 그가 하는 일이 항상 불안할 때, 그는 염세에 빠지지 않을래야 않을 수 없는가 보군. 「그 아무도 내가 언제 세상에 태어나느냐고 묻지 않고 그 아무도 내가 언제 땅속으로 들어가느냐고 묻지 않는다. 인생은 정처 없는 나그네」 이불 속에 누워서 끝없이 방랑생활을 해 보았다. 아니면 자연인의 생활을. 다 헤진 장삼에 백팔 번뇌를 헤아리며 염주를 만지작거리고 오늘은 이 산, 내일은 저 산, 하늘이 천정이요 땅이 방바닥인, 속세의 무지몽매한 인간들로부터 기쁨과 슬픔을 맛보느니 변치 않는 자연의 귀의하여 그들과 생활을 나누는 그 생활이 정녕 우리는 외롭다. 태양이 외롭듯이 Lonely are the Brave("탈옥"의 원명)하듯. 대중의 우매한 가치관에 우리는 완전히 격리되어 있다. 그렇다고 이불 속에서 만세를 부르며 이불 속에서만 왕노릇을 할 수는 없다. Du sollst denn olm kannst(가능하기 때문에 하여야 한다)하는 Kant의 실천이성 비판의 근본무상명령처럼 언젠가 말했지. 우리는 언제나 우리의 길을 걸어야지. 세상이 우리를 알아주든 무시하든. 네 말대로 나는 내가 최고인 줄 알았다. 그러나 나는 못난 여인에게도 무시당한 것 같다. 웬일이냐. 생각할 여지가 없지. 존재 의의는 그런 데 있는 것이 아니니까. 경진아. 솔직히 말한다. 네가 지금 내 앞에 있지 않으므로 안심 푹 놓고 말한다. 처음에는 너와 대할 때 그렇게 달갑게 보지 않는 놈의 한 놈이다. 왜 그랬는지 모른다. 그러나 차차 너와 사귀면서 전부는 몰라도 어느 정도 이면을 보기 시작했다. 거기서 먼저 너에 대한 인상과는 전혀 다른 생각을 갖게 되었다. 딴 애들이 즐겨 표현하는 play boy와는 전혀 다른 너. 또한 시험을 보기 전에 술 마시고 들어와 공공연히(?) 시험을 보는 너와는 전혀 다른 너. 어쩌면 너는 항상 베일에 싸인 놈 같다. 네 진면목을 딴 데 두고 너 아닌 딴 사람의 행세를 하는 놈. 여하튼 좋다. 스스로만 버리지 않으면 무엇을 어떻게 가든 상관이 있겠나. 우리는 서로 결합할 소지가 많다. 공부는 잘 되니? 공부를 하려면 주위가 번잡하지 않아야 할 것 같다. 인적으로 물적으로. 나는 한 17일경 해서 상경할 예정이다. 이젠 기진맥진이다. 그 안에 답장할 수 있으면 하고 그렇지 않음 서울에서 같이 술잔을 기울일 날이나 기다리자.

1964.2.3. 채경석

＊ ＊ ＊

경진. 오랜만이다. 공부는 열심히 했겠지. 나는 17일 2시 55분 차로 일단 상경하기로 했다. 가서 알아볼 것 알아보고 기분 봐서 다시 하향하기로 했다. 서울에 가면 전화나 걸어라. 그러면 서울에서.

1964.2.16. 경석

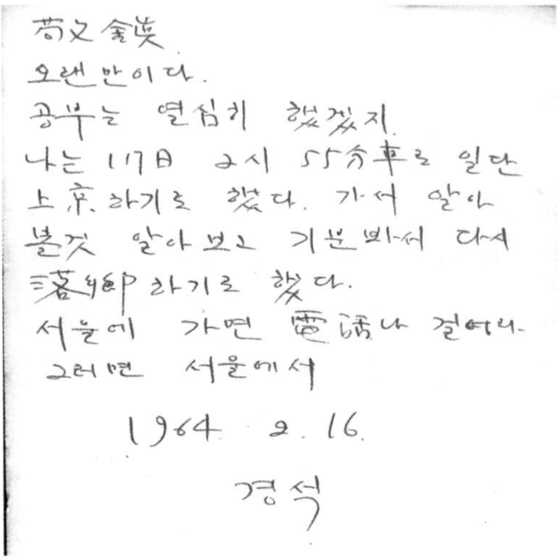
苟文 金英
오랜만이다.
공부는 열심히 했겠지.
나는 17日 2시 55分車로 일단
上京하기로 했다. 가서 알아
볼것 알아보고 기분 봐서 다시
落鄕하기로 했다.
서울에 가면 電話나 걸어라.
그러면 서울에서
1964 2. 16.
경석

1965년 10월 고대 법대 4학년 시절

앞줄 맨 우측 채 군, 바로 옆에 필자

앞줄 맨 우측 채 군, 가운데 셔츠 차림의 필자

가까운 친구와 야외소풍 시 왼쪽 채 회장, 가운데 필자

이경회 부부동반 야유회(예당저수지),
왼쪽 채 회장, 오른쪽 두 번째 필자

서울대학교 내 대한지질학회 직원이었던 친구 곽명찬 군의 손편지

곽명찬 군은 나와 경복중 · 고등학교 동창이었던 마음이 따뜻하였던 친구로 서울의 명문 덕수초등학교와 경복중 · 고등학교를 졸업하였으나 졸업할 시 가정형편이 여의치 못해 대학 진학을 포기했던 친구였다. 지금은 고등학교를 졸업한 학생의 70% 정도가 대학 진학을 하지만 우리가 고등학교를 졸업한 1962년도의 대학 진학률은 10%도 안 되었었는데 가까이 지내는 친구들은 다행히 모두 대학 진학을 하였으나 유일하게 곽 군만 진학을 못하게 되었었다.

그래서인지 친구들과의 술자리에서 가끔 "니네들은……" 하면서 투정을 부릴 때도 있어 친구들을 서운하게도 하였으나 항상 씩씩하게 열심히 살았던 정이 많던 다정한 친구였다.

졸업 후 육군에 소집되어 논산 훈련소에 군사 훈련을 마친 후 그때만 해도 매우 열악한 환경이라는 휴전선 DMZ에 근무하면서 고생을 많이 하여 휴가 나오면 친구들에게 배고픔을 겪는다는 둥 고생담을 늘어놔 친구들을 가슴 아프게 하였던 기억이 난다. 제대 후 서울대학교 내에 있던 대한지질학회에 채용되어 직장 생활을 시작하여 정년까지 성실히 근무하며 서울대학을 졸업한 동창들의 대학 관련 행정업무를 많이 도와주어 모두들 고마워했다는 이야기를 많이 듣곤 하였다.

곽 군이 결혼한 1972년 봄에는 부산에 우리 집으로 신혼여행을 와서 함께 술도 많이 마시고 오랜만에 만난 친구와 즐거운 시간을 보냈던 추억이 그리웁다.

넉넉치는 못했어도, 영민한 부인을 만나 두 딸을 낳고 잠실의 보금자리를(지금은 재건축되어 화려한 고층아파트로 변신) 마련해서 단란하게 살았었는데 학회를 퇴직한 후 얼마 되지 않아 오십을 조금 넘긴 나이에 갑자기 세상을 떠나 가까운 친구들을 너무 안타깝게 하였다.

지금까지 살았다면 잠실의 멋진 고층 아파트에서 현명한 부인과 모두 잘 자리 잡은 두 딸과 행복한 노년을 보내고 있을 터인데 너무 일찍 세상을 떠나 고생만하다 떠난 것 같아 좋은 시절을 못 보고 간 다정했던 친구의 일생이 너무 슬프게 생각된다. 지금도 곽 군의 십팔번으로, 애절하게 부르던 최무룡의 "외나무 다리" 노래가 들리면 너무 씩씩하게 생활했던 다정한 친구의 추억으로 가슴이 아려온다.

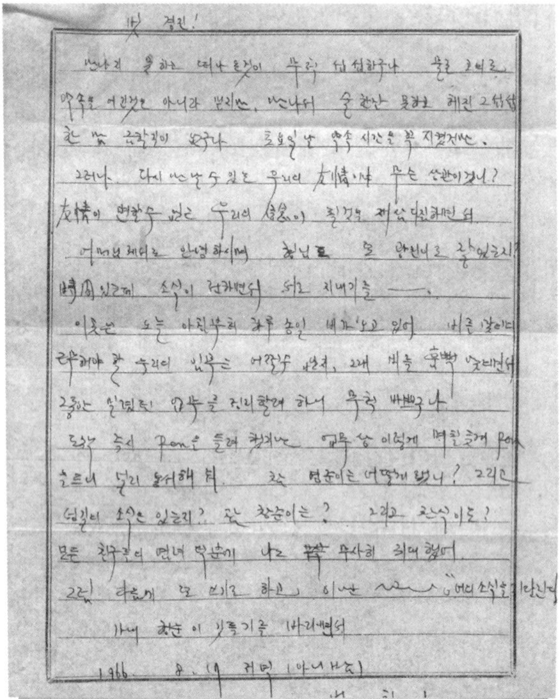

벗 경진!

만나지 못하고 떠나온것이 무척 섭섭하구나. 물론 그대로.
약속을 어긴것은 아니라 말이지만, 만나서 술 한잔 못하고 헤진 그 섭섭
한 맘 금할길이 없구나. 토요일 날 약속 시간은 꼭 지켰건만.
그러나. 다시 만날수 있는 우리의 友情이야 무슨 상관이겠니?
友情이 변할수 없고 우리의 [illegible]이 죽기까지 계속 다짐하면서.
어머님께서도 안녕하시며 형님도 또 부인네도 잘 있는지?
時間 있을때 소식이 전해지면 하고 지내기를 ――.
이곳은 오늘 아침부터 하루 종일 비가 오고 있어. 비를 맞으며
근무해야 할 우리의 임무는 어쩔수 없지, 그래 비를 흠뻑 맞으면서
중요한 실험된 업무를 정리할려 하니 무척 바쁘구나.
요즘 축시 Pen을 들려 했지만, 업무상 이렇게 며칠 늦게 Pen
을 드니 널리 용서해 줘. 참 병준이는 어떻게 됐니? 그리고
형길이 소식은 있는지? 참 창준이는? 그리고 [illegible]식이도?
모든 친구들의 편지 덕분에 나도 무사히 귀대했어.
그럼 다음에 또 쓰기로 하고, 이만 ~~~ "너의 소식을 기다린다"
가내 행운이 깃들기를 바라면서
1966. 8. 19 저녁 (아니 밤도)

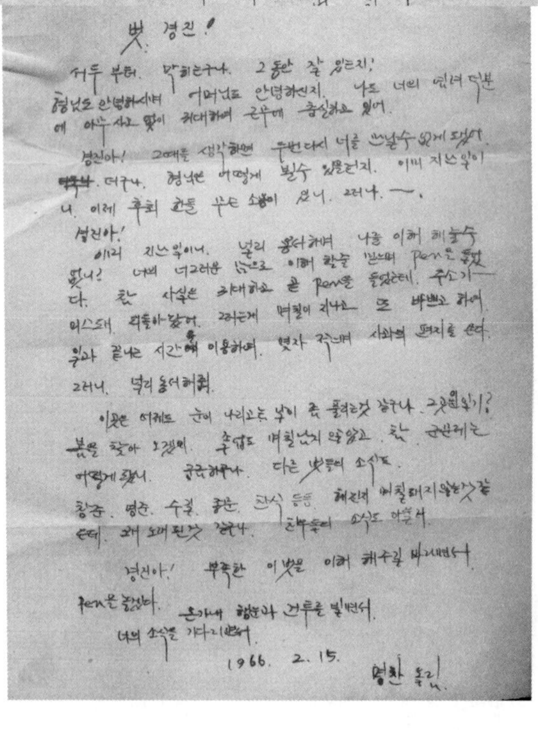

벗 경진!

서두 부터. 막히는구나. 그동안 잘 있는지,
형님도 안녕하시며 어머님도 안녕하신지. 나도 너의 염려 덕분
에 아무 사고 없이 귀대하여 근무에 충실하고 있어.
경진아! 그때를 생각하면 두번다시 너를 만날수 없게 됐어.
[illegible]. 더구나. 형님은 어떻게 뵐수 있을런지. 이미 지난일이
나. 이제 후회 한들 무슨 소용이 있니. 그러나 ―.
경진아!
이미 지난일이니. 널리 용서해줘 나를 이해 해줄수
없니? 너의 너그러운 마음으로 이해 할줄 믿으며 Pen을 놓았
다. 참 사실은 귀대하고 곧 Pen을 들었는데. 주소가 ―
어스레 되돌아 왔어. 그러는데 며칠이 지나고 또 바쁘고 하여
일과 끝나는 시간을 이용하여. 몇자 적으며 사과의 편지를 쓴다.
그러니. 널리 용서해줘.
이곳은 어제도 눈이 나리고는 날이 좀 풀리는것 같구나. 그곳은 어떤지?
봄을 찾아 오겠지. 졸업도 며칠 남지 않았고. 참 군복무는
어떻게 됐니. 궁금하구나. 다른 벗들의 소식도.
창준. 병준. 수길. 종순. 관식 등등. 헤어져 며칠 되지 않는것 같은
데. 왜 오래된것 같구나. 친구들의 소식도 아울러.
경진아! 부족한 이 벗을 이해 해주길 바라면서
Pen을 놓겠다. 온가내 행운과 건투를 빌면서.
너의 소식을 기다리면서.
1966. 2. 15.
명찬 올림.

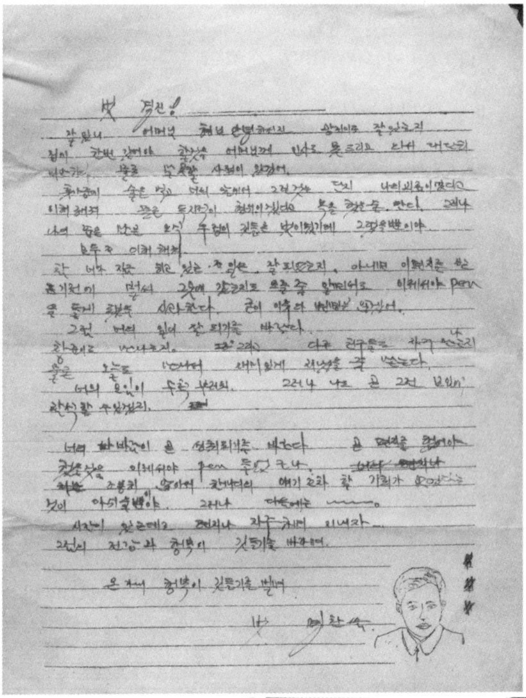

박 명진!

잘 있나 어머님 형님 안녕하시지 [illegible] 잘 있고지

집이 한번 갔어야 할 것을 어머님께 인사도 못 드리고 다시 [illegible] 물론 부득불 사정이 있었어.

휴가중에 술은 먹고 너의 집에서 그러는 것은 단지 나의 외로움이었다오 이해해줘 물론 [illegible] 죽을 죄를 했을 줄 안다. 그러나 나의 몸은 [illegible] 그럴 뿐이야.

모두가 이해해줘.

[illegible] 이제서야 pen을 들게 되었구나. [illegible]

그럼 너의 일이 잘 되기를 바란다.

[illegible]

너의 [illegible] 성취되기를 바란다 [illegible]

[illegible] 이제서야 pen을 들었구나. [illegible] 기회가 없었는 것이 아쉬울 뿐이야. 그러나 다음에는 ~~~~~.

시간이 있으면 편지나 자주 하며 지내자.

그럼 건강과 행복이 깃들기를 바라며.

온 가내 행복이 깃들기를 빌며

박 명찬 [illegible]

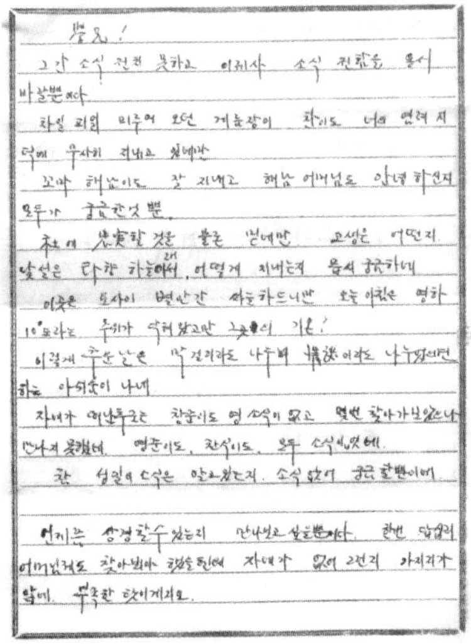

명진!

그간 소식 전연 못하고 이제사 소식 전함을 용서 바랄뿐이다.

[illegible] 오던 겨울잠이 찬이도 너의 염려 지덕에 무사히 지내고 있네만

꼬마 해남이도 잘 지내고 해남 어머님도 안녕하신지 모두가 궁금할 뿐.

社에 忠實할 것은 물론 [illegible] 고생은 어떤지.

낯설은 타향 하늘아래서, 어떻게 지내는지 몹시 궁금하네

이곳은 요사이 별안간 추울까 드니만 오늘 아침은 영하 10°도라는 추위가 닥쳐왔고만 그곳의 기온!

이렇게 추운 날은 막걸리라도 나누며 情談이라도 나누었으면 하는 아쉬움이 나네

자네가 떠난 후로는 창준이도 영 소식이 없고 몇번 찾아가 보았으나 만나지 못했네. 영준이도, 찬식이도, 모두 소식 없었네.

찬 성일의 소식은 알고 있는지. 소식 없어 궁금할 뿐이네.

언제든 상경할 수 있는지 만나보고 싶을 뿐이다. 한번 다녀왔더니 어머님께도 찾아뵈야 했을 텐데 자네가 없어 그런지 가지지가 않네. 부족한 탓이겠지요.

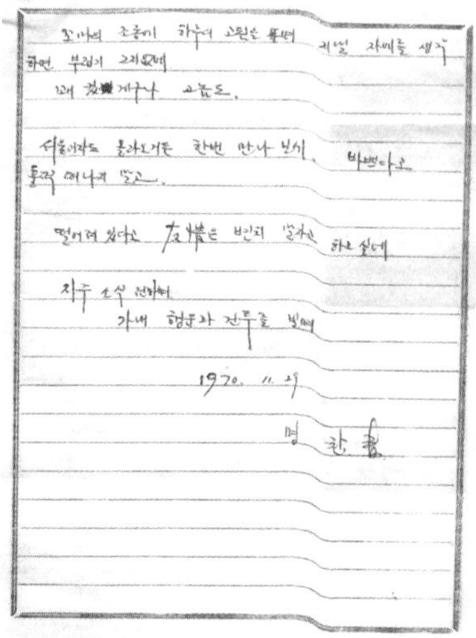

꼬마의 재롱이 하루의 고달픔을 풀며 지낼 자네를 생각하면 부럽기 그지없네

그래 재미 있겠구나 그놈도.

서울이라도 올라오거든 한번 만나 보세. 바쁘다고 훌쩍 떠나지 말고.

떨어져 있다고 友情은 변치 말자고 하고 싶네

자주 소식 전하게

가내 행운과 건투를 빌며

1970. 11. 29

명 찬 書

친우 경진!

오랜만에 펜을 드니 어떤 말부터 해야 할지. 물론 무소식 희소식이란 말도 있지만 너무 오랫동안 소식 없이 지내니 몹시 궁금하군요. 그곳 부산의 기후는 어떤지. 이웃도 개나리가 만발하고 벚꽃도 한창이야. 그저 꽃구경 한번 못하는 따분한 신세로군. 제수님도 안녕하시고 꼬마 녀석도 잘 놀고 있는지. 한번쯤은 만나보았으면 하는 생각, 간절하네만, 어찌 쉽지가 않군. 물론 근무에 열중하리라고 믿네. 반면 고되고 고생되지는 않는지. 이젠 영 부산 사람이 되는가 보군. 벌써 서울을 떠난 지 해를 바뀌었는데. 인천이라도 한번 가보았으면 하는 생각뿐—. 참 창준이가 임관하면서 한 번 둘러보겠다고 했는데, 갔었는지—. 창준의 임관하기 전에 만나서는 너의 얘기 무척 했지. 너와 함께 지금 있다면—. 자신이 생활에 충실하고 노력하느라고 시간과 여유가 없을 줄 알면서도 못내 아쉬워하는 심정뿐이야. 서로 만나서 지난날의 괴로움과 즐거움 그리고 슬픔과 기쁨을 나누지 못한다는 것도 무척이나 안타깝고 괴로운 일이라고 생각해. 하루하루 생활한다는 것이 이젠 타성인 것 같은 느낌마저 들 땐 서글퍼지곤 하네. 쓸데없는 소리만 하고 기쁜 소식 주지 못하는 벗이라 탓이랑 말아주게. 그럼 서로 소식을 약속하며. 가내 행운과 건투를 하느님께 빌면서.

1971.4.23.

명찬.

해남 아빠! 지금에서야 펜을 들게 됨에 용서를 빌며. 학형의 친절한 대접을 받고도 지금까지 소식을 전하지 못하게 됨을 널리 이해하여 주시기 바라면서 재차 감사드립니다.

두 공주님의 귀여움 속에 하루의 피로를 씻고 나날이 행복한 생활에 임하는 학형이 무척이나 부러웠소. 또 아주머님의 친절하신 대접에 보답도 못하고 며칠 씩 폐만 끼치고 훌쩍 떠나 왔으니, 그 사례를 무엇으로 보답할까 두렵소. 이 몇 자가 조금이나마 보답이 된다면…….

아무것도 모르는 철부지가 가정을 이끌어 갈려 하니 애로가 많군요. 도량이 넓으신 선배님의 충고가 아쉽군요. 멀리 떨어져 있지 않다면 얼마나…… 벌써 소식을 전하려 했으나 지금까지 모든 것이 여의치 못하여 늦게나마 소식을 전하니 오해 없으시기를 바랍니다. 그간 무척 바쁜 일이 있어 쉬지도 못하고, 출근하고 늦게 귀가하였소. 물론 이유이겠지만……. 지난 4월 2일이 수철의 딸의 백일이라 가까운 친구 몇 명이 모였고 그 이후론 아직 아무도 만나 보지 못했군. 부족한 놈이라서 그런지 내 집도 알고 있네만 한 번쯤 방문이 있기를 고대하고 있네만 아무도 찾아 주지 않고 있네. 섭섭하기만 하네. 아무 부담 없이 만나면 웃고 웃으며 대화를 나누던 그 옛날이 무척 그리워지는군. 아무리 세상이 각박하고 살기가 어렵다고 우정마저 그러해야 하는지 원망스러운 세상이군요. 참 여행에 찍은 사진이 하나도 나오지 못했소. 필름 잘못 넣어 헛 돌아갔군요. 그래 신혼 여행사진이 하나도 없어 무적 섭섭하고 아쉽군요. 사진이라도 잘 나왔으면 했는데. 부족한 생활을 영유하려 하오니 답답하기만 하오. 그럼 또 소식 전할 것을 약속하며. 가내 행운과 건투를 주님께 빌며.

1972.4.9.

친우 명찬.

친구들과 부부 동반 일본 북해도 여행 시,
왼쪽 곽 군과 필자
가운데 곽 군, 오른쪽 필자

경복고등학교 가을 소풍 시
곽 군 독사진
윗줄 왼쪽에서 3번째 곽 군

경복고 동창회에서
(왼쪽이 곽 군)

친구들과 야유회에서
(오른쪽이 곽 군)

1962년 북한산에서(왼쪽 두 번째가 곽 군)

LG그룹 퇴사 후 뒤늦게 문학박사가 된 친구 김소영의 손편지

김소영 군은 나와 경복중 · 고등학교와 고대 법대 동창으로 친구들 중에서 제일 과묵한 성격으로 항상 조용하고 침착하게 행동하는 것으로 유명하다. 대학 졸업 후 해군장교로 복무하고 전역 후 LG그룹의 비서실 부장으로 오래 근무하였고 그 후 세븐일레븐 중역을 끝으로 은퇴하였다. 은퇴 후 뒤늦게 성균관대학교 한문학과에 편입하여 학사, 석사를 거쳐 환갑이 훨씬 지난 2007년 4월에 문학박사가 되어 평소 하고 싶다던 우리 고전에 대한 공부를 즐기며 노년을 보내는 복 많은 친구이다. 요사이는 건강이 매우 좋지 않아 친구들이 늘 걱정하고 지내는 것이 안타깝다. 김 박사는 부인과 아들, 딸 4식구인데 부인도 박사(성신여대 명예교수) 딸도 박사(이화여대 교수)로 4식구 중 3식구가 박사인 박사 가정으로 친구들의 부러움을 사고 있다.

필자가 손편지 정리를 시작할 때인 2020년 9월 1일 지병을 이기지 못하고 세상을 떠난 이야기를 사후에 부인이 친구들에게 알려왔다. 코로나 사태로 소규모 가족장으로 치루었으니 양해하여 달라는 안타까운 소식이었다.

우리나라 옛 선비들은 서로 주고받은 서간들을 모아 문집을 만들어 후손들에게 전해주곤 하였다는 김 박사의 아이디어로 시작한 손편지 정리인데 마감하여 함께 젊은 날의 추억을 나누고자 했던 기대가 무너져 너무 허무한 심정이다. 조금만 더 우리 곁에 있었으면 얼마나 좋았을까 하는 안타까움에 손편지를 정리하는 내 마음은 한층 더 바빠진다.

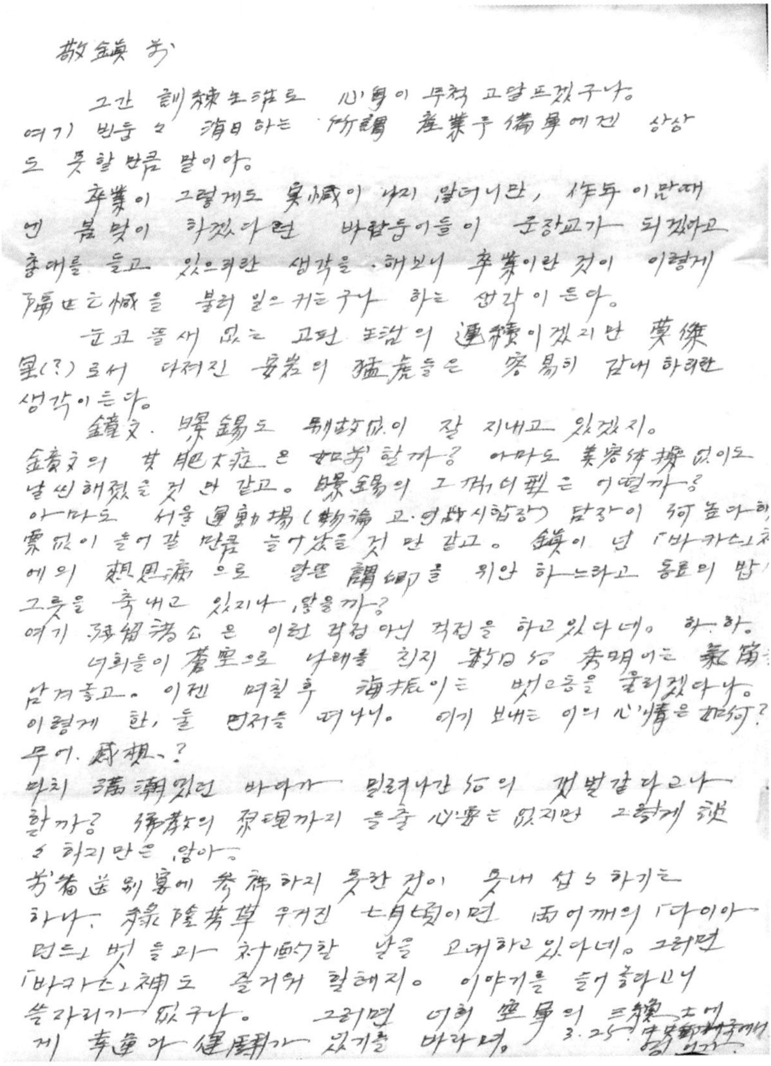

敬鎭 兄

그간 訓練生活도 心身이 무척 고달프겠구나.
여기 빈둥빈둥 消日하는 所謂 産業予備軍에겐 상상도 못할 만큼 말이야.

卒業이 그렇게도 實感이 나지 않더니만, 昨年 이맘때엔 봄맞이 하겠다면 바람둥이들이 운장교가 되겠다고 총대를 들고 있으리란 생각을 해보니 卒業이란 것이 이렇게 隔世之感을 불러 일으키는구나 하는 생각이 든다.

눈코 뜰새 없는 고된 生活의 連續이겠지만 [illegible](?)로서 다져진 安岩의 猛虎들은 容易히 감내하리란 생각이 든다.

鍾文·暻錫도 別故없이 잘 지내고 있겠지.
鍾文의 其 肥大症은 如前할까? 아마도 美容体操 없이도 날씬해졌을 것 만 같고. 暻錫의 그 [illegible]은 어떨까? 아마도 서울運動場(動物園 고·연戰 시합장) 담장이 아무리 높아도 票없이 들어갈 만큼 늘어났을 것 만 같고. 鎭이 넌 「바카스」처에의 相思病으로 많은 [illegible]를 위안하느라고 동료의 밥그릇을 축내고 있지나 않을까?
여기 殘留諸公은 이런 걱정 아닌 걱정을 하고 있다네. 하하.

너희들이 蒼空으로 나래를 친지 數日 後 春明에는 [illegible] 남겨놓고. 이젠 며칠 후 海振이는 [illegible]을 울리겠다나. 이렇게 한, 둘 떠나니. 여기 보내는 이의 心情은 如何?
무어, 感想…?
마치 滿潮였던 바다가 밀려나간 後의 갯벌같다고나 할까? 佛敎의 [illegible]까지 들출 必要는 없지만 그렇게 說說하지만은 않아.
兄들 送別宴에 參席하지 못한 것이 못내 섭섭하기는 하나, 綠陰芳草 우거진 七月頃이면 兩어깨의 「다이아몬드」 빛을과 対面할 날을 고대하고 있다네. 그러면 「바카스」채도 즐거워 할테지. 이야기를 늘어놓다보니 쓸 자리가 없구나. 그러면 너희 三人의 [illegible]에게 幸運과 健康이 있기를 바라며. 3.25. [illegible]

경진 전.

그간 훈련생활로 심신이 무척 고달프겠구나. 여기 빈둥빈둥 소일하는 소위 산업예비군에겐 상상도 못할 만큼 말이다. 졸업이 그렇게도 실감이 나지 않더니만, 작년 이맘 때엔 봄맞이하겠다던 바람둥이들이 군장교가 되겠다고 총대를 들고 있으리란 생각을 해보니 졸업이란 것이 이렇게 격세지감을 불러일으키는구나 하는 생각이 든다. 눈코 뜰 새 없는 고된 생활의 연속이겠지만 막걸리(?)로서 다져진 안암의 맹호들은 용이(容易)하게 감내하리란 생각이 든다. 종문, 경석도 별고 없이 잘 지내고 있겠지. 종문의 그 비대증은 여전할까? 아마도 미용체조 없이도 날씬해졌을 것만 같고. 경석의 그 꺽쇠형은 어떨까? 아마도 서울 운동장(물론 고 · 연전 시합장) 담장이 하 높다 해도 표 없이 들어갈 만큼 늘어났을 것만 같고. 진이 넌 「바카스」신에의 상사병으로 달뜬 위경을 위안하느라고 동료의 밥그릇을 축내고 있지나 않을까? 여기선 이런 걱정 아닌 걱정을 하고 있다네. 하하. 너희들이 창공으로 나래를 친 지 수일 후 수명이는 기록을 남겨놓고, 이젠 며칠 후 해진이는 뱃고동을 울리겠다나. 이렇게 한, 둘 먼저들 떠나니. 여기 보내는 이의 심정은 어떻게 말할까, 마치 만조였던 바다가 밀려나간 후의 갯벌 같다고나 할까? 불교의 교리까지 들출 필요는 없지만 그렇게 담담하지만은 않아. 못내 섭섭하것이 있기는 하나, 녹음방초 우거진 양 어깨의 「다이아몬드」 벗들과 대작할 날을 고대하고 있다네. 그러면 「바카스」신도 즐거워 할 테지. 이야기를 늘어 놓다보니 쓸 자리가 없구나. 그러면 너희 공군에게 행운과 건투가 있기를 바라네.

3.25. 중앙우체국에서 영이가.

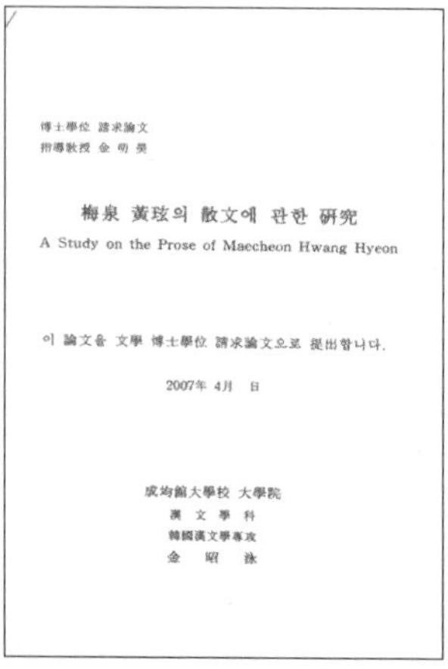
博士學位 請求論文
指導敎授 金 明 昊

梅泉 黃玹의 散文에 관한 硏究
A Study on the Prose of Maecheon Hwang Hyeon

이 論文을 文學 博士學位 請求論文으로 提出합니다.

2007年 4月 日

成均館大學校 大學院
漢 文 學 科
韓國漢文學專攻
金 昭 泳

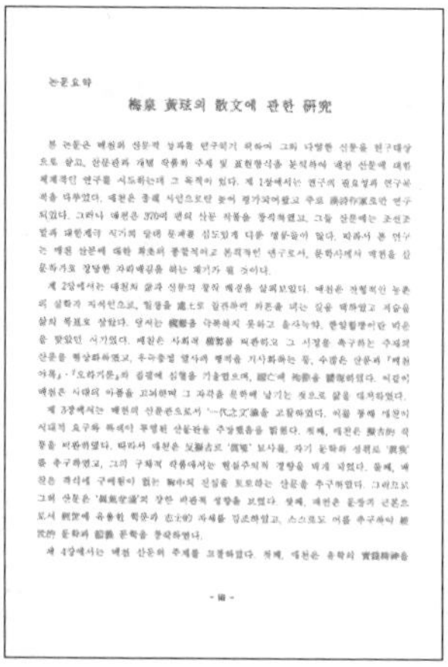
논문요약

梅泉 黃玹의 散文에 관한 硏究

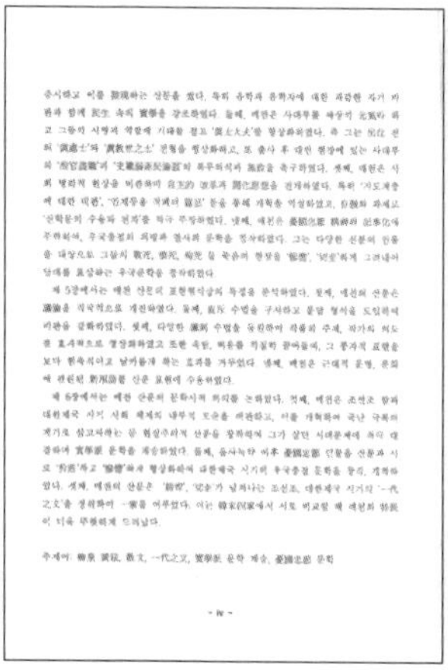

대학 시절 고대 교정에서 친구들과
(뒷줄 오른쪽 끝 김 박사)

가운데가 김 박사

미국에서 잠시 귀국한 박장복 동문과 함께
(우측 끝이 김 박사, 그 왼쪽이 필자)

고대 교내 인촌 묘소 앞에선 김 박사

군의관 전역 후 신촌에서 30여년간

치과병원 했던 친구 박창준 박사의 손편지

박창준 군은 나와 경복중 · 고등학교를 함께 다닌 친구로 경복 동창 친구 중 유일한 이과전공 친구다. 박 박사 아버님이 경복고등학교 유명한 영어 선생님이셨고 박 박사도 공부를 잘했었는데 시험 운이 없어서인지 삼수만에 서울대 치대를 입학하여 대학입학 장수기록을 세운 친구이다. 재수 공부할 때 만나면 이과 공부를 하면서도 고3 국어 교과서에 있는 "페이터의 산문", "산정무한" 같은 글은 처음부터 끝까지 다 외우는 실력을 발휘해 자꾸 시험에 떨어지는 게 신기하게 생각될 정도였다.

결국은 개원했던 치과병원 앞 연세대학교에서 치의학 박사학위까지 받아 늦게 시작한 대학 공부의 한을 풀었지만 말이다. 박 박사는 나 같이 술을 좋아해서 대학시절부터 나와 함께 술을 자주 먹고 사고도 많이 쳤었다.

요번 젊은 날의 손편지를 정리하여 보니까 다른 친구들과 달리 매 편지마다 나와 함께 술잔을 기울이지 못하는 형편에 대한 아쉬움과 투정이 계속 이어져 어지간히 나와 함께 술을 먹고 싶었구나 하는 생각에 웃음까지 지어졌다.

함께 친 사고 중에 잊지 못할 아찔했던 사고는 육군정보부대(MIG) 내무반 습격(?) 사건이었다. 때는 1966년도 가을이었던 것으로 기억된다. 경복고 동창이며 가까운 친구인 4명(박시우 육군 일병, 박창준 치과대학 학생, 변영준 해병대 소위, 필자는 공군 소위)이 박일병 주말에 외출하여 함께 저녁을 먹으며 술도 한 잔 했는데 박일병이 선임병들의 기압 등쌀에 내무생활이 너무 고달프다 하소연하는데 비분강개한 3명이 박일병을 데리고 보광동 육군정보부대로 쳐들어갔다. 갓 임관한 겁 없는 새까만 해병대 변 소위는 정문위병소 앞에서 주말 외출에서 귀대하는 사병들을 집합시켜 제식훈련을 시키고 공군 소위 복장의 정소위(필자)와 가짜 정보대 대위(박 박사가 내 정보장교용 빨간줄이 2개인 공무집행증을 위병에게 제시)는 정문을 통과하여 부대 내 내무반까지 들어가 훈시하고 나오는 어처구니없는 사고를 무사히 치른 일이 아직도 오싹한 기억으로 생생하다.

아무것도 모르는 겁 없는 새까만 소위들이 저지른 일은 마침 주말이라 그 부대에 장교들이 없어서 천만다행이었지 만약 주번 사관이나 사령이 있었으면 변 소위와 나는 군대 영창감이고 박 박사는 공무원사칭죄 등으로 크게 곤역을 치를 수도 있었던 큰 사고였음을 나중에야 인식하고 아찔했던 걸 생각을 하면 지금도 모골이 송연하다.

그 후 박일병은 니 친구들이 소위면 다냐고 내무반 고참들에게 구타를 당하고 괴롭힘이 연속되어 외아들임에도 불구하고 집에서 반대하는 걸 무릅쓰고 월남 파병을 신청하여 월남에 파병되었었다. 만약 박일병이 월남에 파병되었다가 전사라도 했다면 우리 3명은 평생 그 죄책감에 고달픈 인생이 되었을 수도 있겠다라는 생각을 하며 큰 사고로 이어지지 않았던 게 천만다행한 일이라고 생각해 본다.

다정했던 친구들과의 추억을 더듬으며 한창 손편지를 정리하던 지난달(2021년 8월 24일) 박 박사의 딸로부터 사망 소식을 듣고 너무나 황망하였다. 학창시절부터 등산을 즐겨 암벽도 타던 단단한 친구가 팔십도 못 넘기고 간경화를 이기지 못해 세상을 떠난 것이 믿기지 않았고, 상가에서 필자를 붙들고 슬피 울던 박 박사의 세 딸이 너무 안 되고 안쓰러워 며칠을 멍하게 보내었다.

인생이란 이렇게 허무하게 끝나는 것인가? 서로 오래 건강히 살며 젊은 날의 추억을 나누는 생활을 이어가면 얼마나 좋을까? 하느님도 야속하시지…….

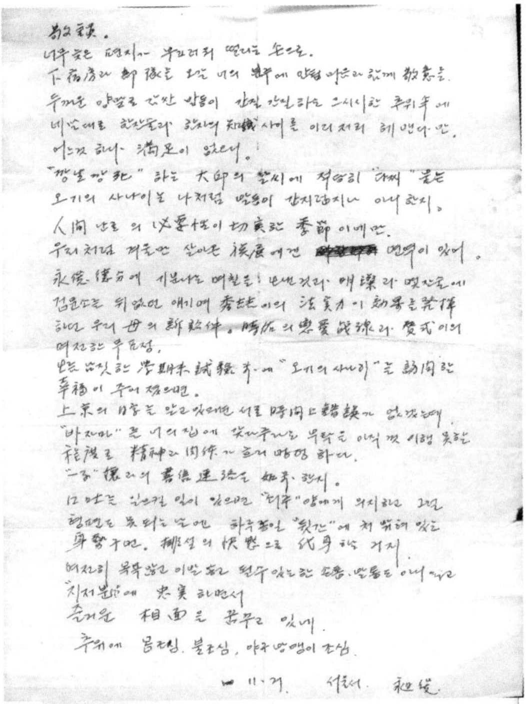

敬鎭.
너무 늦은 편지가 [illegible] 떨리는 손으로.
下宿房의 郵便을 보낸 너의 [illegible]에 [illegible] 敬意를.
두꺼운 양말로 감싼 발들이 [illegible] 으시시한 추위속에
[illegible] 知識 사이를 이리저리 헤맨다만.
어느것 하나 滿足이 없더니.
"[illegible]" 하는 大邱의 [illegible]에 적당히 "[illegible]" 붙는
오기의 사나이는 나처럼 [illegible] 아니 한지.
人間 냄새 의 必要性이 切實한 季節 이네만.
우리처럼 겨울만 살아온 族屬에겐 [illegible] 면역이 있어.
永俊 [illegible]에 [illegible] 며칠을! [illegible] 맥주의 몇잔술에
[illegible] 얘기에 [illegible]이의 [illegible] 發揮
하던 우리 世의 [illegible]. [illegible]
[illegible],
[illegible] "오기의 사나이" 는 [illegible]한
幸福이 주어 졌으면.
上京의 日字는 알고 있으면 서로 [illegible] 錯誤가 없겠는데.
"바지마" 를 너의 집에 [illegible] 아직 껏 [illegible] 못하는
[illegible] 精神과 關係가 크게 [illegible] 하다.
"一字" [illegible]의 書信 連絡을 如何 한지.
12 日은 [illegible] 일이 없으면 "[illegible]" 양에게 [illegible] 그걸
[illegible] 되는 날엔 하루종일 "[illegible]"에 처 박혀 있는
身勢 [illegible]. [illegible]의 快感 으로 代身하는 거지.
[illegible] 목뿐 않고 이발 않고 될수 있는 한 [illegible] 아니 [illegible]
"[illegible]"에 忠實 하면서
즐거운 相面을 꿈꾸고 있네.
추위에 몸조심, 불조심, 아주 [illegible] 조심.

一一 11. 7. 서울서. 永俊.

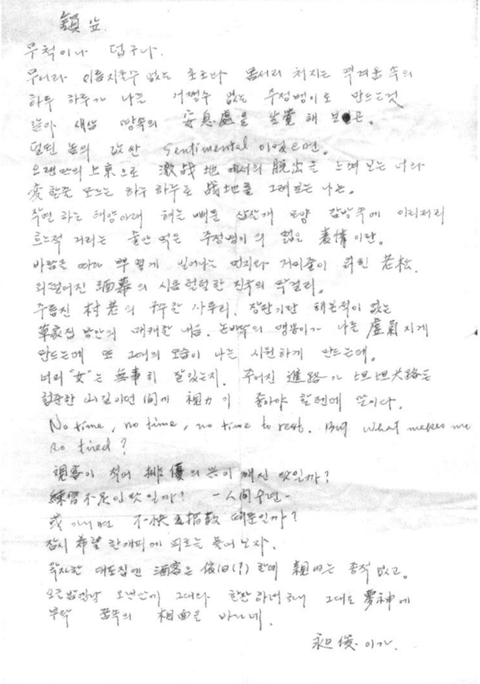

鎭 [illegible].
무척이나 덥구나.
무어라 이름지을수 없는 초조와 몸서리 치지는 역겨움 속의
하루 하루가 나를 어쩔수 없는 주정뱅이로 만드는것
같아 새삼 땅속의 安息處를 發覺 해 보고.
[illegible] 놈의 값싼 Sentimental 이었으면.
오랫만의 上京으로 激戰地 에서의 脫出을 느껴 보는 너와
[illegible] 하루 하루로 戰地를 그려보는 나는.
[illegible] 하는 해양아래 [illegible] 이리저리
흐느적 거리는 술만 먹은 주정뱅이 의 없은 表情이란.
바람은 따라 뿌옇게 일어나는 먼지와 거미줄이 [illegible] 老松.
[illegible] 의 시름 [illegible]
주름진 村老의 [illegible] 사투리, [illegible] 해본적이 없는
草家집 방안의 [illegible] 냄새. [illegible] 나를 虛氣 지게
만드는데 또 그애의 모습이 나를 시원하게 만드는데.
너의 "女"는 無事히 잘있는지. 주어진 進路가 [illegible]는
험준한 산길이면 [illegible] 視力이 좋아야 할텐데 말이다.
No time, no time, no time to rest. But what makes me so tired?
[illegible]이 적어 [illegible] 때문인가?
練習不足이 탓일까! — 人間수련 —
或 아니면 不[illegible] 때문인가?
잠시 [illegible] 한개피에 [illegible] 물어 보자.
[illegible] 대포집엔 酒客은 [illegible] 좋은 적 없고.
오는 [illegible] 그대가 [illegible] 그대를 夢神에
부탁 꿈속의 相面을 바라네.

永俊 이가.

진에게.

날씨 무더운 요즈음 학교 잘 나가는지 궁금하군…… 형도 "Jungle"에서 공부 열심히(?) 하고 있다. 너의 첫 편지 감사하게 받아보았다. 눈을 수술했다고 하니 걱정되는구나. 병중에 심부름시켜서 매우 미안하네. 가요집은 그만 두게…. 네 취직 되는 날엔 내 대형 TV 하나 부탁하지…. 막상 pen을 들면 하구 많은 생각도 모두 피서(?) 가는 모양이지? 며칠 전에는 한 십리쯤 떨어진 복천암이라는 데를 갔었지. 독사도 한 마리 잡고…… 여긴 서울 못지않게 연전 출신들이 많이 있어…… 물건 값도 사람 얼굴 봐서 부르고……. 그러나 놀기는 최고지……. 마침 너도 그런 생각이었다고 하니 어때 한번 시찰(?) 오지 않을래? 물론 방학 중에 말이야. 그런데 왕복 차비가 한 4,000— 들어. 한번 계획해보게.…… 쓸쓸한 초가집 지붕 아래서는 편지 오는 것이 제일 큰 기쁨이지…… 윤식(창준)이도 자주 만나는지…… 그리고 연락 없이 도망 온 것 대단히 미안! 그럼 편지 그만 쓰고 또 공부 해야지. 안 그런가 진이! 그럼 답장 기다리며 이만 줄인다. 너의 건강과 행복을 빌며…

1962.6.4. 아침.

창준이가.

* * *

경진에게.

날씨도 이제는 제법 덥구나. 몸 건강히 잘 있는지 무척 궁금하구나. 부친 책은 기쁨의 탄성이 터져 오르는 속에 감사히 받았다. 내 편지가 너무 구질구질한 것 같았다. 이해해주게, 성길에게서 답장도 왔다. 다 네 수고의 보람이지. 학교생활 여전하겠지……. 은하회는 어떤가? 숙녀들 많이 나오겠는데 몸조심 하도록 하게. 눈에 콩깍지가 끼면 별것이 다 걸리니까. 그렇지만 내가 서울 갈 때까지는 하나 붙들어야지……. 친구는 어제 다른 집으로 옮겼다. 식사 기타 여러 가지 사정으로…… 그러나 거리가 가까워서 왔다 갔다 하고 있다. 어제로서 만 1개월이 됐다. 머리는 덥수룩하게 자랐고 얼굴은 시컴하게 탔는데 버짐은 한참 열을 올리고…… 머리는 나갈 때까지 깎지를 말어야지…… 자연미가 넘쳐흐르는 것 또한 남성의 매력 중의 하나. 그런데 책은 왜 그리 많이 보냈느냐? 미안한 마음 태산 같다. 허나 덕분에 "가오" 한 번 팍 세웠지. 촌놈들 야코 팍 죽였지. 실은 나도 촌놈 다 됐지만……. 여기는 뱀이 많아서 심심하면 뱀 사냥이다. 독사를 맨손으로 잡지. 다람쥐도 많은데 서울 갈 때 몇 마리 갖다 줄게. 물론 이제부터 슬슬 잡어야지. 방학 때 꼭 오도록 하여라. 휴양지론 최상급이다. 윤식이는 자주 만나는지…… 그 녀석 한창 기분 내고 다닐 거다. 늦바람나지 않게 잘 타일러라. 광진이는 공부 잘 하는지…… 내 동생 또 나처럼 될까봐 걱정이네. 데모 때 한창 열 올렸겠지. 특히 미래의 정치가 정 선생께서는…… 언제 한 번 서울 다녀왔으면 좋으련만…… 그림의 떡 같은 생각이고…… 잡소리에 골치 아프지 않게 이만 그친다. 너의 건강과 행운을 부처님께 두 손 모아 빌면서 이만 펜을 놓는다.

1962.6.25.

너의 "창준"으로부터

＊ ＊ ＊

선생.

"편지 없는 사나이"의 명예에 선생의 편지가 x칠을 하려는 것인가. 좌우간 놀라운 사실 중이 하나인가보다. — 너무 했나? 가짜 노릇 여러 번 하다 보니 가짜가 진짜가 되는 수도 있는 모양. 제대한 지 오랜만에 다시 군인 되기 여간 힘들지 아니하다. 빗속에 낮은 포복이나 야밤의 선착순은 버얼써 반납하지 오래이고 이곳은 호텔—남들이 그러드라— 생활이야. 선배 장교님께서 어련히 자알 아시리오. 토요일 날의 오후, 옛날, 조숙했던 탓으로 늙어버린 나는 청춘들의 상념이나 사람—특히 여자—들과의 면회장을 피하여 관물함 밑으로 해골을 들이미는 나는, 허나 결코 고독하지는 아니하더라. 이성은 극도로 발달하여 도사의 경지에 다다르니 일요일 외출은 남을 위해 기사도를 종종 발휘해 보기도 하지만 나만은 중생을 악에서 구제할 정도의 입선 경지, 군대가 좋긴 한가보다. 변 선생 취직 턱을 못 먹어 심히 괴로운 노릇인데 귀관이 해결 방법을 한 번 모색하도록. 앞으로 두세 번 "따로"를 먹고 나면 무교동 낙지볶음도 먹게 되지 않을까. 철조망

밖이 별로 시원해보이지도 않는 것이 외출의 묘미도 예엣날과는 다른 모양이다. 좌우당간 "피"자가 떨어져야 인간 다음의 서열에 설 판이니 피자의 격퇴를 위하여 피 흘릴 각오로 용전분투 중이다. 끝으로 부탁 한 말씀. 「내 몫까지 마셔주」

창준.

* * *

경진 보게.

감정 잡자! 때는 정월, 밖은 모든 것을 얼구는데, 희뿌연 하늘에선 금방이라도 눈이 쏟아질 것 같구나. 길게 뽑을 안테나를 통해 음악은 흐르고 따뜻한 방에 앉아 한 잔 쭉! 이거 마시고 보니 샴페인이군. 해남 애비 화날까 두렵군, 안 보는 데서 천천히 천천히 마셔야지. 다시 한 번 감정 잡자! 숨은 턱에 차오르고 사지는 떨려오는데, 저기 저 음산한 암벽만 기어오르면 정상이다. 발 아랜 얼어붙은 바위 칼이 날을 번쩍이고 있고 나의 몸을 지탱하고 있는 바위 조각은 나의 두 손을 얼구는구나. 발 한번 잘못 디디면 부산으로 부고장 날아갈 판인데, 천천히 숨을 가다듬고 기도하는 자세로 저기 저 바위 조각에 손톱을 박아라. 손톱이 부러져 피가 흘러도 이는 너의 생명을 담은 바위 조각. 기도하는 자세로 온힘을 짜내 올라보자. 정상이 나를 기다리고 있다. 맨발 벗고 쫓아가도 도저히 가망 없는 나의 신세. 편의상 독신주의자를 자처하며 고자(?) 행세 하다 보니 그나마 호박꽃까지 전부 시들어 버리고 자의반 타의반으로 황야의 무법자 마냥 석양에 망토 두르고 찾아드는 주막. 안주 값이 모자라니 권총이나 휘둘러볼까. 심장에 철판 깔고 말이다. 아서라 말어라, 그리하면 못쓴다더라. 몇 달만 참으면 소위는 못 되도 중위는 될 것 아닌가. ○월×일 70년과 71년의 갈림길에서 영준, 시우 & 그의 그녀와 나. 넷이서 맥주 마시다 맥주집서 시우가 잔을 몽땅 부수다. 이유는 피곤이라더라. 빌어먹을 놈의 피로. ○월×일 구랍 12월 27일 밤 7시 39 분에 명찬과 소주 한 잔 하고 무교동 낙지 먹다. 몹시 매워서 냉수를 마시다. 금년 가을엔 자기 결혼 축하금 준비하라고 명찬이 나에게 점잖게 타이른다. 큰 걱정이다. ○월×일 경진 편지 받다. 약을 올리고 공갈을 치다. 문둥이식 공갈이라 겁은 안 나는데 그래도 3월 말쯤 입대 전에 부산으로 찾아가 한번 싸워 보기로 술 한 잔에 맹세해 보다. ○월×일 성길에게서 편지 오다. 경진이 욕을 많이 많이 했고 나에겐 편지 좀 달라고 애걸한다. 기분 좋다. 맞아 죽기 전에 편지를 띄우다.

196…… 틀렸다.

1971.1.12. 창준

* * *

경진.

인생은 진로요 어데를 갔다가 이제사 편지가 왔능가 싶어 씁씁 비감 ~ 흥분, 분노. 잠시— 닭똥 한 방울 뚝. "네가 정말 이러깁니까" 34°를 돌파하는 자연의 아픔은 능금을 잉태하는 산고. 능금 없는 서울은 대낮엔 헉헉. 야삼경엔 오싹. 이상기온이군. 그런대로 단별신사 풋 총각은 계속 마시며 헛소리를 하며 그런대로 건재하시다. 그간 똥(便) 중위는 저번에 상경하여 마시는 사업에 지대한 공헌을 했고, 지난 6월 1일 시우가 컴컴한 얼굴로 귀가. 감사와 기쁜 심정 한량없으나 역시 짝사랑. 명찬 군이 예의 울분을 토로한 적이 있고. 찬식 군은 열심히 공부한 덕분에 한국일보 기자시험에 당당 2등으로 합격한 모양. 아직 정식 신고는 없었으나 나의 정보망은 정확 제일주의니까 틀림없겠지. 청춘사업. 우리 직장의 건장한 처녀 하나 왈 "창준씨 때문 울고 돌아선 여인이 많겠어요." 아왈(我曰) "Miss.군도 울고 싶습니까?" 이 정도지. 허지만 그만 그놈의 "염불"을 집어치게 되어 사업의 전망이 암담한 현황. 공부나 해야지. 수철군처럼 충북 현암사에나 들어가서. 모든 일이 계획대로 된다면 6월 30일 쯤은 영준이와도 상면이 될 텐데. 시우군은 대구로 발령이 난 모양이니 볼 기회가 있겠지. 능금을 잉태하는 산고를 위해 모든 것을 참고 나와 너와 우리들을 위해 우리 모두 피눈물 나는 헛소리를 열심히 열심히. 매사 모든 일은 건강 제일주의로 하기 바라며 우리들의 앞날에 신의 가호가 있기를 소주 한잔에 빌어본다.

1968년 6월 18일 석경에.

준 서.

아우님 보게.

벌써 아침저녁으로 어깨가 움츠러들 정도군. 그곳 항구의 해풍은 한결 매웁겠군. 별로 생산적인 일은 못하면서도 연락 못함을 교육부족에서 오는 소치이니 그래도 학사인 아우님이 바다 같은 아량으로 봐(?) 주셔야 할 것이라고 나대로 쥐구멍을 마련해놨네. 자네의 오붓한 살림살이를 상상하면 두꺼비라도 뒷주머니에 차고 고속도로를 달리고 싶지만 하던 지랄이나 빨리 끝내야겠고 날씨도 추워지니 작년에 맡긴 외투도 찾아야겠고. 그렁저렁 별 탈 없이 잘 크고 있다는 보고와 아울러 종문 결혼, 성길이 편지, 수철의 감감무소식, 찬식의 웅큼함 등도 보고하는 바— 변 대위가 그곳에도 자주 가는지. 서울선 통 소식 몰라 답답하노라.

창준.

해남아. 무럭무럭 잘 크고 있겠지. 큰아버지는 사업(?)이 바빠 이렇게 미니 편지를 쓰고 있구나. 밤에 너무 울지 말어라. 애비 잠 잘 자야 돈 잘 벌고 돈 잘 벌어야 네 우유통도 잘 가져오지. 엄마 보고 아버지 뒷바라지 잘 하도록 부탁해라. 아버진 너희 집 기둥이니까. 그러려면 엄마도 보채면 안 되지. 그렇지! 그렇게 얌전히 있어야지 엄마도 일을 하지. 그럼 코— 하고 잠 잘 자라. 큰애비가.

＊ ＊ ＊

창준.

무사히 도착 근무에 충실하고 있다. 공적, 사적으로 너무나 복잡하고 어려운 문제들이 나를 감당치 못하게 하여 어떤 순간순간 나를 포기하려는 충동을 억지로 막아가고 있다. 사회라는 거대한 조직은 그곳에 너무나 많이 반복되고 있는 그 거의 의미 없는 듯한 관습에서 이탈하면 용납하지 않으려고 여러 가지의 압력을 가하고 못살게 군다.

하지만 기본적인 사실에 있어서 양심에 거리낌이 없다면 두려울 게 없다고 다짐하고 다짐하며 용기를 작고 자신 있게 모든 일을 임하려 한다. 그럼 다시 만날 때까지—.

1969.2.17. 창준 서.

필자와 함께 등산(선글라스 쓴 사람이 박 박사)

1965.1.28. 경복고 졸업식에서
(필자 동생 졸업식 참석차)

친구들과 등산 기념 사진
(오른쪽 끝 박 박사, 두 번째 필자)

51세에 비정하게 생을 마감한 비운의 친구 박영세 군의 손편지

박영세 군은 대한민국의 서울대학과 북한의 김일성 대학을 모두 다닌 엘리트이다. 박 군이 고교시절 나의 다정한 친구였는데 서울대 중국어과에 다니던 1964년 봄에 사라진 후 느닷없이 일본 노무라수용소에서 두 통의 편지를 보내왔다. 편지에 서울대학교 교복과 요리백과사전을 급히 보내달라는 요청을 하여 박 군과 친하게 지냈던 친구 4명이 모여 의논한 바 갑자기 온 연락에 응하지 않는 것이 쓸데없는 사상적 오해를 피하는 길이라 결론을 내었다.

자세한 사정은 모르나 다급한 부탁을 무시해버리는 것은 친구의 도리가 아니라 생각되어 나 혼자 종로5가 헌책방에서 한국요리 백과사전을 사서 배편으로 일본에 송부하며 다시는 연락하지 말라는 편지를 매정하게 보냈던 기억이 난다.

그 후 이 일이 늘 마음 걸렸으나 죽기 전에 한 번은 만날 수 있겠지 생각하며 그때 오해를 풀 수 있는 계기가 마련될 수 있겠지 하며 지냈는데 30년이 지난 1994년 봄에 느닷없이 일간지 1면 톱기사로 탈북했다가 북한 공안원에 체포되어 중국에서 사망했다는 소식을 접하고, 이렇게 느닷없이 신문지상으로 만나게 되는 청천벽력과 같은 아픔을 주었던 비운의 친구였다!

자유분방하고 호방하기까지 했던 꿈 많던 청년이 꿈을 펴보지도 못하고 이른 나이에 아내와 아들, 딸들을 남겨놓고 혀를 깨물어 자결로 생을 마감한 일이 너무나 안타까워 분단된 나라에 살고 있는 우리 시대의 비극으로 생각되었다.

The Chosun Ilbo 西紀 1994年(檀紀 4327年) 4月 9日(陰2月 29日) 土曜日 (日刊)

30년전 越北한 서울大生 탈출 5일만에 잡히자 自殺

지난 2월 龍井서 "돌아가지 않겠다" 혀깨물어

朝鮮日報

1920年 3月5日 創刊

"굶주림·處刑만이 통치수단 남조선가서 증언하려 도망"

◇朴榮世씨가 북한을 탈출한 직후 찍은 사진과 32년전 고교(景福高) 졸업앨범에 담긴 사진.

◇북한을 탈출한 朴榮世씨가 중국공안당국에 붙잡혀 수감돼 조사를 받던중 북으로의 송환을 거부하며 혀를 깨물어 자살한 龍井간수소.【龍井=특별취재반】

현장 本社 취재반 韓滿국경을 가다 北韓 탈출 <1>

◇특별취재반
▲都俊鎬 북한부장
▲金潤光 月刊조선기자
▲許永輸 사진부기자

성분차별 학대에 가족버리고 두만강 건너

〈신문기사〉 30년 전 월북한 서울대생 탈출 5일만에 잡히자 자살

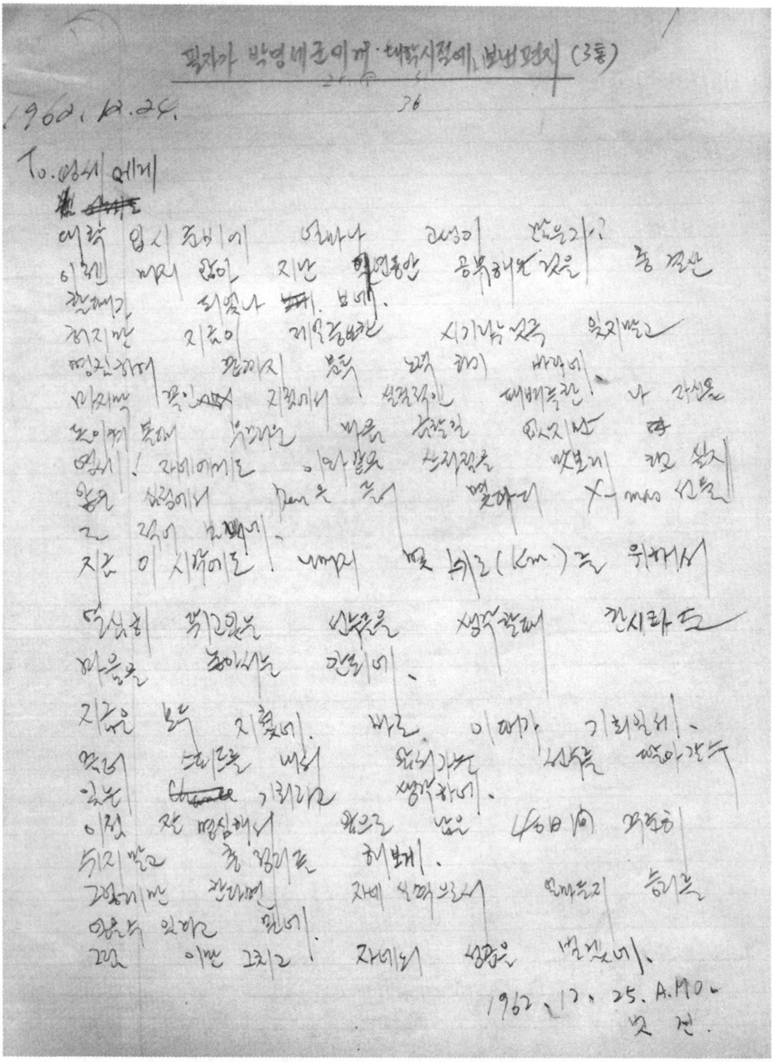

필자가 박영세군에게 · 재학시절에 보낸편지 (3통)

1962. 12. 24.

To. 영세 에게

대학 입시 준비에 얼마나 고생이 많은가?
이젠 머지 않아 지난 일년동안 공부해온 것을 총 결산
할 때가 되었나 보네.
하지만 지금이 제일 중요한 시기라는 것을 잊지 말고
명심하여 끝까지 분투 노력 하기 바라네.
마지막 꼭 [illegible] 지켰어서 [illegible] 때때로는 나 자신을
보이지 못해 부끄러운 바른 생활 없지 않 [illegible]
영세! 자네에게도 이와 같은 쓰라림을 맛보게 하고 싶지
않은 심정에서 Pen을 들어 몇 마디 X-mas 선물로
그 적어 보내네.
지금 이 시각에도 내가 몇 리(km)를 위해서
열심히 뛰고 있는 선수들을 생각할 때 잠시라도
마음을 놓아서는 안되네.
지금은 모두 지쳤네. 바로 이때가 기회일세.
먼저 스피드를 내서 앞서가는 선수를 따라 잡을 수
있는 기회라고 생각하네.
이점 잘 명심해서 앞으로 남은 46日間 허송히
하지 말고 총 정리를 해보게.
그렇게만 한다면 자네 실력으로서 얼마든지 승리를
얻을 수 있다고 믿네.
끝으로 이번 그리고 자네의 성공을 빌겠네.

1962. 12. 25. A.M 0.
박 건.

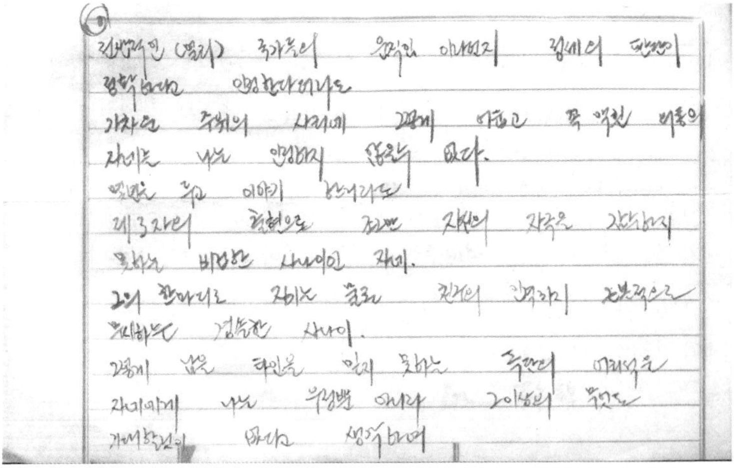

[illegible] 국가론의 [illegible] 아버지 [illegible]의 [illegible]
[illegible] 인정한다 하더라도
가장 [illegible]의 사이에 그렇게 [illegible] 꼭 [illegible]
자네는 나는 인정하지 않을 수 없다.
[illegible] 이야기 [illegible]
제3자의 [illegible] 자신의 자존을 [illegible]
못하는 [illegible] 사나이인 자네.
그의 한마디로 자네는 [illegible] 권리의 [illegible]
[illegible] 결속한 사나이.
그렇게 넓은 타인을 믿지 못하는 [illegible]
자네에게 나는 우정뿐 아니라 그 이상의 무엇도
[illegible] 생각하며

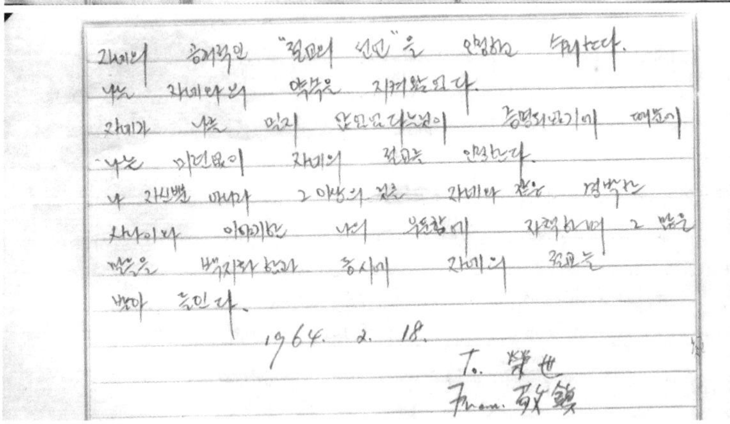

자네의 [illegible] "절교의 선언"을 인정하고 [illegible].
나는 자네와의 약속을 지키겠다.
자네가 나를 믿지 않았다는 것이 증명되었기 때문에
나는 미련없이 자네의 절교를 인정한다.
나 자신뿐 아니라 그 이상의 것을 자네와 같은 결백한
사나이라 [illegible] 나의 우둔함에 자책하며 그 많은
말을 [illegible] 동시에 자네의 절교는
받아 들인다.

1964. 2. 18.

To. 榮世
From. 敬鎭

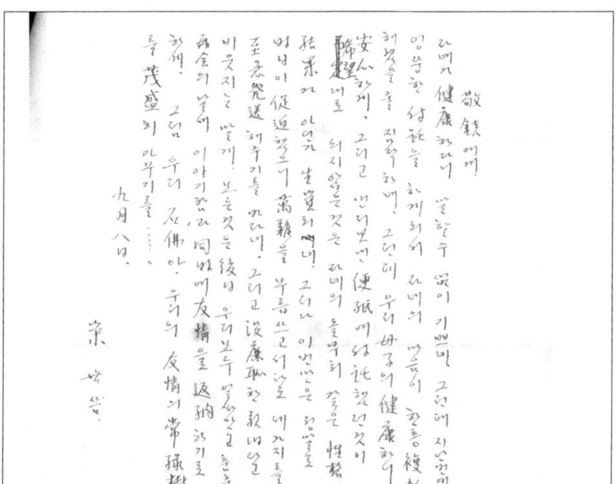

敬鎭에게
자네가 健康하다니 말할 수 없이 기쁘네. 그런데 지난번에는
[illegible] 付託을 하게 되어 자네의 마음이 한층 複雜
해졌을 줄 짐작하네. 그런데 우리 母子의 健康하니
安心하게. 그리고 [illegible] 便紙에 付託했던 것이
[illegible]대로 되지 않은 것은 자네의 [illegible] 性格의
結果가 아닌가 生覺되네. 그러나 [illegible]
[illegible] 促進하므로 萬難을 무릅쓰고 [illegible] 네가 지금
[illegible] 發送해주기를 바라네. 그리고 [illegible]
비웃지는 말게. 모든 것을 後日 우리 모두 [illegible]
[illegible]의 날에 이야기하고 同時에 友情을 返納하기로
하세. 그럼 우리 石佛아. 우리의 友情의 常綠樹
를 茂盛히 가꾸기를……
九月 八日.
榮 씀.

경진아!

오랜만이구나. 그동안 시험준비에 바빴을 줄 안다. 오늘 너의 수험표(시청에서)를 받는 날이기에 좀 일찍 들어 왔으려니 하여 들렸더니 없구나. 앞으로 며칠 안 남았으니 최후의 노력을 기울여서 남들이 4년에 졸업하는 것을 2년만에 졸업할 수 있도록 충심으로 빈다. 그런데 다름이 아니고 "세계의 역사"를 잠깐 참고삼을 것이 있는데 다 봤으면 내가 잠깐 보고 시험 전에 돌려주겠다. 어떻게 너의 시험공부에 지장이나 없을는지…… 그럼, 내일 오후 5시쯤 해서 종로5가 "새서울" 케이크점에서 만났으면 한다. 집에 와봐야 없을 것이다 말이다. 그럼 분투를 빈다.

영세.

박영세 군에게 보낸 마지막 손편지

날짜를 잘 보면 그때의 일이 기억날 거다. 그 후 너의 행동은 위의 것을 더욱 공고히 하는 결과를 가져왔다. 너무나 불성실하고 너무나 불신한 것이 너인지 모르지만 나는 그것을 더 참을만한 인내는 없다. 어머님과 함께 이국의 땅에서 고생이 심한 것 같아 안타까운 맘도 없지 않지만 이제 와서 나는 물질적으로나 정신적으로나 어쩔 수 없는 처지가 되고 말았다. 다 너의 자주적인 행동의 결과이니 누구도 원망치는 않을 줄 안다. 무엇 때문에 일본으로 갔는지 어떻게 일본으로 갔는지는 모르지만 모든 일이 잘 되길 빌겠다. 부탁한 것 모두 들어주고 싶었지만 니가 알다시피 제대로 준비하지 못한 가정교육도 몹시 힘에 부치던 것은 솔직한 고백이다.(물론 지금의 너의 고생에 비할 바 못되겠지만) 의무라고 생각하며 한 내 처사다. 너를 그리워도 하고 너와의 지난 추억을 아쉬워도 하던 친구들에게 끝내 그렇게 피하고 만 너를 못내 안타까워하면서 너의 다정한 벗이었던 친구 경진이가 마지막으로 붓을 놓는다. 옛 친구를 생각하는 마음이 조금이라도 있다면 앞으로는 어떠한 종류의 편지도 보내지 않을 줄 안다. 그만 부디 행운을 빈다.

1964.9.15. 경진

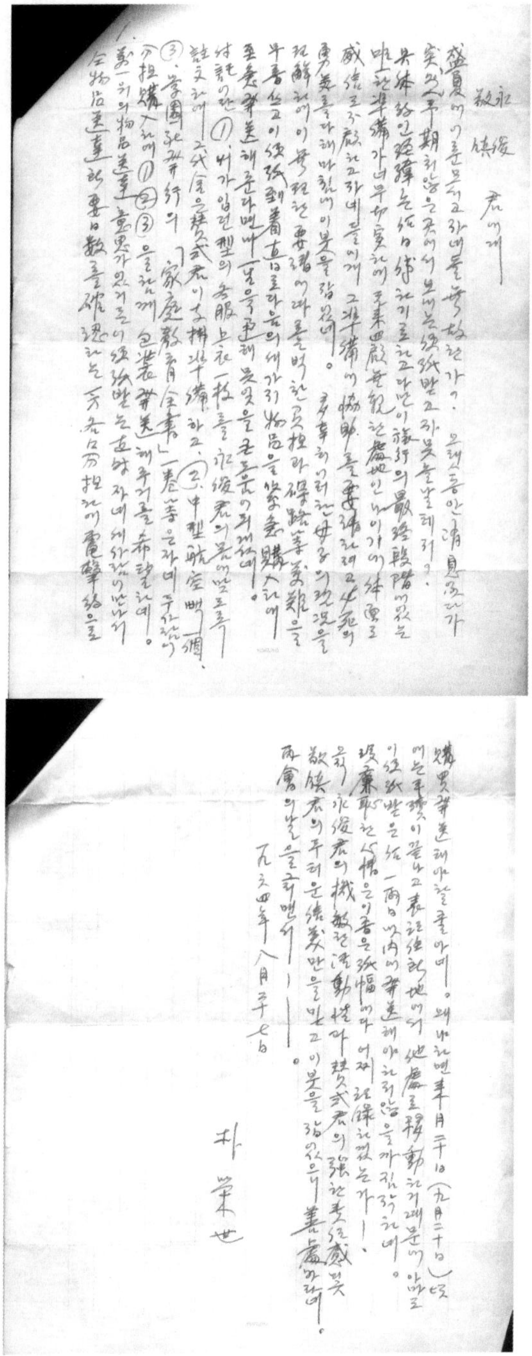

경복고 시절의 박 군의 활달하던 모습

오른쪽 두 번째 박 군(왼쪽 끝에 필자)

정면 가운데 박 군

앞줄 가운데 박 군

왼쪽에 서 있는 친구가 박 군

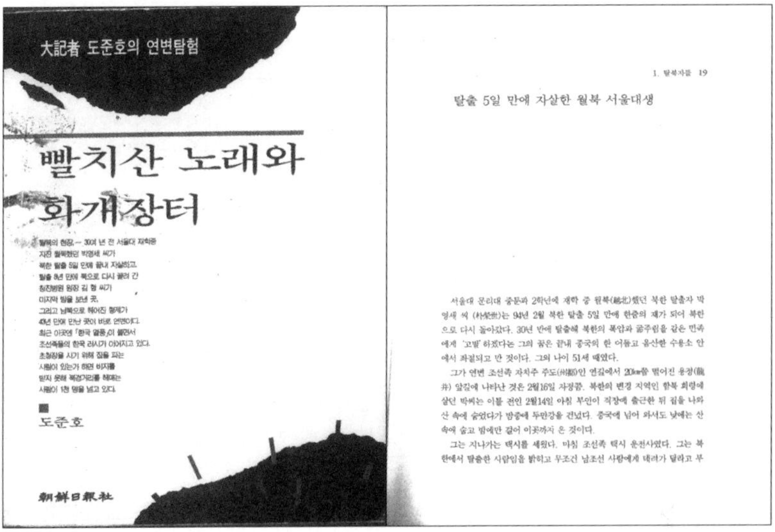

大記者 도준호의 연변탐험

빨치산 노래와 화개장터

탈북의 현장,— 30여 년 전 서울대 재학중
자진 월북했던 박영세 씨가
북한 탈출 5일 만에 끝내 자살하고,
탈출 8년 만에 북으로 다시 끌려 간
청진병원 원장 김 형 씨가
마지막 밤을 보낸 곳.
그리고 남북으로 헤어진 형제가
40년 만에 만난 곳이 바로 연변이다.
최근 이곳엔 「한국 열풍」이 불면서
조선족들의 한국 러시가 이어지고 있다.
초청장을 사기 위해 집을 파는
사람이 있는가 하면 비자를
받지 못해 북경거리를 헤매는
사람이 1천 명을 넘고 있다.

도준호

朝鮮日報社

1. 탈북자들 19

탈출 5일 만에 자살한 월북 서울대생

서울대 문리대 중문과 2학년에 재학 중 월북(越北)했던 북한 탈출자 박영세 씨(朴英世)는 94년 2월 북한 탈출 5일 만에 한줌의 재가 되어 북한으로 다시 돌아갔다. 30년 만에 탈출해 북한의 폭압과 굶주림을 같은 민족에게 '고발'하겠다는 그의 꿈은 끝내 중국의 한 어둡고 음산한 수용소 안에서 좌절되고 만 것이다. 그의 나이 51세 때였다.

그가 연변 조선족 자치주 주도(州都)인 연길에서 20km쯤 떨어진 용정(龍井) 앞길에 나타난 것은 2월16일 자정쯤. 북한의 변경 지역인 함북 회령에 살던 박씨는 이틀 전인 2월14일 아침 부인이 직장에 출근한 뒤 집을 나와 산 속에 숨었다가 밤중에 두만강을 건넜다. 중국에 넘어 와서도 낮에는 산속에 숨고 밤에만 걸어 이곳까지 온 것이다.

그는 지나가는 택시를 세웠다. 마침 조선족 택시 운전사였다. 그는 북한에서 탈출한 사람임을 밝히고 무조건 남조선 사람에게 데려가 달라고 부

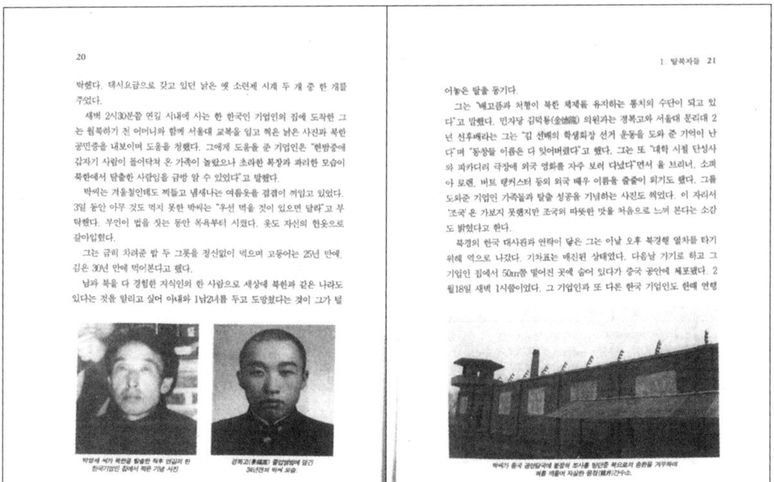

20

탁했다. 택시요금으로 갖고 있던 낡은 옛 소련제 시계 두 개 중 한 개를 주었다.

새벽 2시30분쯤 연길 시내에 사는 한 한국인 기업인의 집에 도착한 그는 월북하기 전 어머니와 함께 서울대 교복을 입고 찍은 낡은 사진과 북한 공민증을 내보이며 도움을 청했다. 그에게 도움을 준 기업인은 "한밤중에 갑자기 사람이 들이닥쳐 온 가족이 놀랐으나 초라한 복장과 파리한 모습이 북한에서 탈출한 사람임을 금방 알 수 있었다"고 말했다.

박씨는 겨울철인데도 찌들고 냄새나는 여름옷을 겹겹이 껴입고 있었다. 3일 동안 아무 것도 먹지 못한 박씨는 "우선 먹을 것이 있으면 달라"고 부탁했다. 부인이 밥을 짓는 동안 목욕부터 시켰다. 옷도 자신의 헌옷으로 갈아입혔다.

그는 급히 차려준 밥 두 그릇을 정신없이 먹으며 고둥어는 25년 만에, 김은 30년 만에 먹어본다고 했다.

남과 북을 다 경험한 지식인의 한 사람으로 세상에 북한과 같은 나라도 있다는 것을 알리고 싶어 아내와 1남2녀를 두고 도망쳤다는 것이 그가 털

박영세 씨가 북한을 탈출한 직후 연길의 한 한국기업인 집에서 찍은 기념 사진

경복고(景福高) 졸업앨범에 담긴 34년전의 박씨 모습.

1. 탈북자들 21

어놓은 탈출 동기다.

그는 "배고픔과 처형이 북한 체제를 유지하는 통치의 수단이 되고 있다"고 말했다. 민자당 김덕룡(金德龍) 의원과는 경복고와 서울대 문리대 2년 선후배라는 그는 "김 선배의 학생회장 선거 운동을 도와 준 기억이 난다"며 "동창들 이름은 다 잊어버렸다"고 했다. 그는 또 "대학 시절 단성사와 피카디리 극장에 외국 영화를 자주 보러 다녔다"면서 율 브리너, 소피아 로렌, 버트 랭커스터 등의 외국 배우 이름을 줄줄이 외기도 했다. 그를 도와준 기업인 가족들과 탈출 성공을 기념하는 사진도 찍었다. 이 자리서 '조국'은 가보지 못했지만 조국의 따뜻한 맛을 처음으로 느껴 본다는 소감도 밝혔다고 한다.

북경의 한국 대사관과 연락이 닿은 그는 이날 오후 북경행 열차를 타기 위해 역으로 나갔다. 기차표는 매진된 상태였다. 다음날 가기로 하고 그 기업인 집에서 50m쯤 떨어진 곳에 숨어 있다가 중국 공안에 체포됐다. 2월18일 새벽 1시쯤이었다. 그 기업인과 또 다른 한국 기업인도 현매 연행

박씨가 중국 공안당국에 붙잡혀 조사를 받던중 북으로의 송환을 거부하여 혀를 깨물어 자살한 용정(龍井)간수소.

도준호 대기자가 쓴 "빨치산 노래와 화개장터" 책자에 실린 박 군 기사,
탈출 5일만에 자살한 월북 서울대생

1994年12月6日 送年號 景福高 37回 同窓會報 第30號 【1】

協剛闘至 同健達誠 母校敎訓	北岳	發行人 林 漢 秀 編輯人 尹 汝 京 發行處 景福高 37回 同窓會 서울 강남구 도곡2동 419-6 TEL : (02)571-3967~9 FAX : (02)575-7776

1994年12月6日 送年號 景福高 37回 同窓會報 第30號 【7】

"1959년과 1964년 그리고 1994년"

- 고 박영세군을 그리며

우리가 고교1년 시절은 지금부터 35년전인 1959년도가 될 것이다. 그때는 우리 모두가 지금보다 훨씬 가난하고 얼마간 생활에 찌들려 지냈지만 우리를 포함한 모든 사람들이 지금같이 복잡하고 정신없이 무언가 쫓기듯이 사는게 아니라 평안하고 조용하게 매일 서로 정을 나누며 지낸 너무나 먼 시절 이었던 것 같은 생각이 든다.

다른 나라들이 이백년 삼백년을 걸쳐 한발 한발 착실하게 이룩한 모든것을 불과 그 30년 정도의 세월에 이루어 놓았으니 다른 나라 사람들은 "한강의 기적"이라고 놀라워 한다는데 그속에서 볶아치며 지낸 우리는 얼마나 여러일로 부대끼며 살아 왔을까 생각하니 지금까지 멀쩡한 제 정신으로 살아 있는 나를 비롯한 우리 모두가 얼마나 대단한 사람들인가 대견한 마음도 든다. 모두 말들은 안하지만 속으로는 얼마나 힘들고 어려웠을까 생각하니 눈시울이 붉어지고 우리 모두가 얼마나 불쌍한 사람들이었던가 하는 생각도 든다.

1959년 우리는 애숭이 중학생티를 벗고 어엿한 고등학생이 되어 앞으로의 우리들 인생에 대해서는 전혀 모른채 서로 어른이 다 된양 뽐내던 꿈만 가득한 시절이 었다고 생각된다. 그때 우리는 중학교 3년간을 같이 했던 약 60명 정도(한반 정도의 인원)의 동창생들을 이런, 저런 이유로 떠나보내고 새로운 동창(이른바 타교생)을 그 숫자만큼 갖게 되었고 공부 잘하는 축에 들었던 그들로부터 지방을 포함한 타교의 생활을 흥미있게 듣기도 하고 호기심으로 그들과 가깝게 지내려고도 했던것 같다.

이무렵 이었던것으로 생각되는데 지금은 교수가 된 Y군, 조그만 업체의 사장이 된 B군 언론인으로 활약하고 있는 P군과 지금 내가 이야기하려는 타교생인 고 박영세군과 서로 친하게 되었던 것으로 생각된다.

특히 B사장과 박군과 나 셋이서는 고교 2학년때 같은 교회에 함께 다니며 교회 교지도 함께 만들고 하며 무척 친하게 되었으며 우리가 대학에 진학한 후 1964년 박군이 소식도 없이 사라질때까지 비록 셋이서 다른 대학 다른학과에 진학하여 고교시절보다는 기회가 줄었지만 자주 만나면 다정한 친구 이었는데....

그후 삼십년이라는 세월이 흐르면서 작은 체구에 다부지던 모습이랑 잘생긴 얼굴 그리고, 자유분방하던 옛친구 모습이 그 시절에 대한 그리움과 함께 문득 문득 생각이 나고 우리가 늙어 죽기전에 어디선가 한번은 만날수 있겠지 하는 기대를 가져보며 그 젊은 청년이 이제는 얼마나 늙었을까? 어떻게 변했을까?

혼자 슬그머니 미소지어보던 즐거움도 있었는데...

이친구가 1994년 봄 어느날 갑자기 내가 생각했던것 보다는 너무나 늙은 처참 한 모습으로 우리가 처음 만났던 그시절의 모습과 나란히 내눈앞에 나타났을 때 당혹함과 함께 당연히 들었어야 할 슬픈 기분이 들지 안았던것은 무슨 연유 이었을까. 몇십년 동안 가끔 생각이 나면 미소지어지던 탓인가. 그 동키호테 같던 친구가 어처구니 없는 몰골로 죽은자가 되어 갑자기 나타나서인가.

죽기전에 이런식이나마 소식을 전해주는 친구에 대한 고마움에서 였는지. 나도 어리둥절한 멍한 기분이었던 것이 지금 새삼스럽게 생각난다.

몇달간 안보이다가 갑자기 없어져 어떤 연유로 무슨사연으로 일본을 거쳐 이북으로 갔고 신문에 난것같이 그 고생을 하며 지냈는지 모르지만 너무나도 허무하고 서글프고 쓸쓸한 이야기가 아닌가 생각된다.

이제는 30명이 넘었을 것으로 생각되는 유명을 달리한 우리 동창들의 죽음도 다 한사람 한사람 깊은 사연이 있겠지만 이 친구 만한 일도 흔치 않은 일이라

생각하니 그가 겪었을 그간의 삶에 대한 애처러움에 가슴이 메어지는 슬픔이 두고두고 내마음을 아프게 한다.

대학에서 만난 선배 K의원은 생각이 나는데 가까이 지냈던 친구들은 생각이 안난다고 했다는 기사를 보고 너무나 허전했던 마음을 지울수가 없었다. 기구한 삶을 살아서 지난일을 다 잊어서 인가. 탈출하느라 기진 맥진한 상태여서 언뜻 생각이 안나는 혼미한 정신이었는지. 우리만이 갖고 있는 남북 분단이라는 현실 때문에 친구들에 혹 누가 될까 일부러 그랬는지. 하지만 고교시절에 다정하게 지냈던 친구의 이름을 기억하지 못한다니 너무나도 허무한 삶이 아닌가. 갈수 있는 땅이라면, 무덤이라도 있다면 찾아가서 정말이냐고 물어보고 싶은 심정이다. "정말 생각이 안 나냐고".

정말 믿기지 않는 일이지만 학창시절 청운의 꿈을 안고 그 패기 발랄하던 옛 친구는 너무나도 허무하게 저승으로 떠나버려 이제 다시는 만날수 없는 사람이 되었고 나는 이승에 남아 그를 그리며 오늘도 분주하게 살아가고 있다. 비록 살아서는 만나지 못했을 망정 하루빨리 통일이되어 가까운 친구들과 함께 그가 살았던 흔적이라고 접할 수 있는 기회가 있었으면 얼마간 위안이 될텐데하는 생가도 해본다.

친했던. 친하지 않았던 우리들과 함께 같은 교정에서 3년동안 같은 꿈을 안고 지냈던 불우한 우리 친구의 명복을 다함께 빌어주자. 이젠 모든것을 다 잊고 평안히 잠들리고.

94년 늦가을 잊혀진 친구가

〈(주)삼성상호신용금고〉
이사 정 경 진

〈경복고 신문기사〉 1959년과 1964년 그리고 1994년–고 박영세군을 그리며

6장

젊은 날 인연을 맺었던 여성 지인들

1. 첫사랑의 추억

나는 꿈 많던 대학생활을 시작하면서 한 가지 계획을 세웠었다. 1학년 동안 마음에 드는 애인을 만들어 놓고 2학년부터는 공부만 열심히 하여 훌륭한 국가 공무원이 되어 보람찬 인생을 살자. 그래서 그 시절 유행하던 남녀대학생들이 음악감상실(르네상스, 메트로, 카네기 등)을 빌려하던 학과별 단체미팅에 열심히 참석하고 심지어 타 대학의 미팅에도 참석했었다. 나의 계획을 실행하려고 노력하던 끝에 숙명여대 경영학과에 다니던 정 양을 남녀 대학생 동아리 모임에서 만나 '아! 이 사람이구나' 하는 마음을 굳히게 되었었다.

그래서 동아리 모임 남자회원들에게 정 양이 마음에 든다고 선언하고 시작하게 되었는데, 정 양은 나에게 계속 일정한 거리를 두고 있어 영 진도가 나가지 못하는 상태가 계속 되었었다. 나는 고대신문을, 정 양은 숙대신문(1부에 3원)을 나올 때마다 서로 보내주고 신문에 메모, 쪽지 형태의 편지를 주고받는 사이가 되었지만 여전히 관계가 발전되지 않아 안타깝고 속 타는 나날이 많았다. 나는 계속해서 호소하였지만 회답을 못 받는 나날이 계속되어 힘든 시간만 지나고 있었다.

그러던 늦가을 어느 날 정 양이 만나자는 연락을 해와 이제 좀 생각이 달라졌나 큰 기대를 가지고 만났다. 그 당시 현재의 조선일보사 자리(광화문)에 있던, 아카데미 극장에서 상영하던 '애수(Waterloo Bridge: 비비안리와 로버트 테일러 주연의 비극적인 사랑 이야기)'라는 영화를 보자 하여 함께 본 후 착잡한 기분과 함께 한강 인도교까지 긴 거리를 걸으며 여러 가지 이야기를 나누었는데 최종 정 양의 힘든 요청은 그냥 친구로 지내면 안 되겠느냐는 얘기였는데 옹졸하게 사랑에 눈이 멀었던 나는 안 된다고 떼를 쓰며 화를 냈던 것 같다. 그날 이후 서로의 연락은 두절되었고 나는 계속 구구절절 편지를 보내며 몹시 괴로운 시간을 보냈었다. 마음이 잡히지 않아 학교 강의를 빠지고 혼자서 당시만 해도 인적이 드물고 한적했던 관악산, 북한산, 청평 등을 헤매며 다니곤 했었다.

당시 대한극장 뒤 필동의 조그만 2층집이었던 정 양의 집 근처를 나도 모르는 사이에 발걸음이 그 집 앞을 지나곤 했다. "오가며 그 집 앞을 지나노라면 그리워 나도 몰래 발이 머물고……"의 노래가사가 내 심정과 똑같다는 생각을 하여 노래 작사자들의 대단한 감성에 감탄하지 않을 수 없었다. 이렇게 내 첫사랑은 결국은 짝사랑으로 끝나고 말았고, 60년도 다 된 지금까지도 내 마음 깊숙이 젊은 날의 괴로웠던 추억으로 남아 있다.

그 후 정 양은 미국으로 유학가고 그곳에서 결혼해서 잘 산다는 이야기를 전해 들었고, 헤어진 후 24년이 지난 1986년도 아시안 게임시 남편과 함께 일시 귀국한 정 양을 동아리 친구들과 함께 잠시 만났는데 개인적인 대화는 하지 못했다. 그때부터 또 35년이 지난 지금까지 아무런 소식도 모르고 지내왔는데 얼마전에 한국으로 다시 들어왔다는 반가운 소식을 듣게 되었다. 이 책이 출간되면 동아리 친구들과 다 함께 모여 우리들의 젊은 날의 이야기를 하루 빨리 나누기를 고대한다.

燦爛한 旋律의 재주다툼

淑大新報

豊饒한 收穫 거두고 閉幕

第四回 全國女高音樂競演大會

社說

學生自治活動에 一言한다

<淑大劇評>

全国 女高音楽콩쿨

1962년 가을 우이동에서

상단 우측 정 양

정 양의 독사진

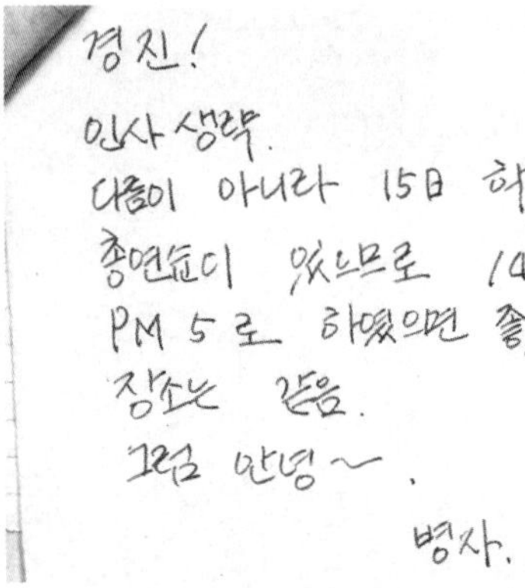

경진!

인사 생략.
다음이 아니라 15日 학교서
종연습이 있으므로 14日
PM 5로 하였으면 좋겠음.
장소는 같음.
그럼 안녕~.

병자.

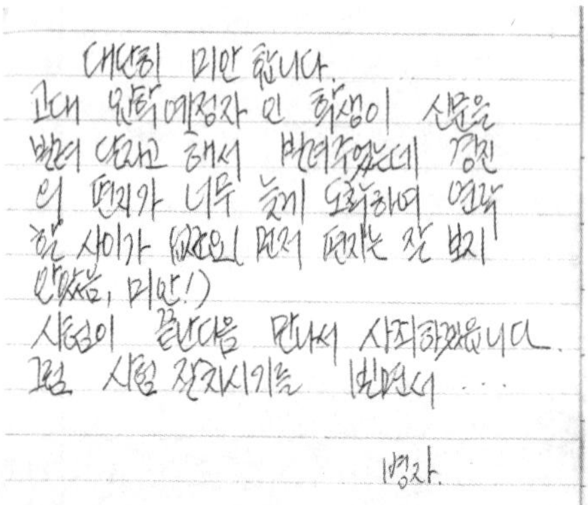

대단히 미안합니다.
고대 입학예정자인 학생이 신문을
빌려 달라고 해서 빌려주었는데 경진
의 편지가 너무 늦게 도착하여 연락
할 사이가 없으니 먼저 편지는 잘 보지
않았음, 미안!)
시험이 끝난다음 만나서 사죄하겠읍니다.
그럼 시험 잘 치시기를 빌면서 ...

병자.

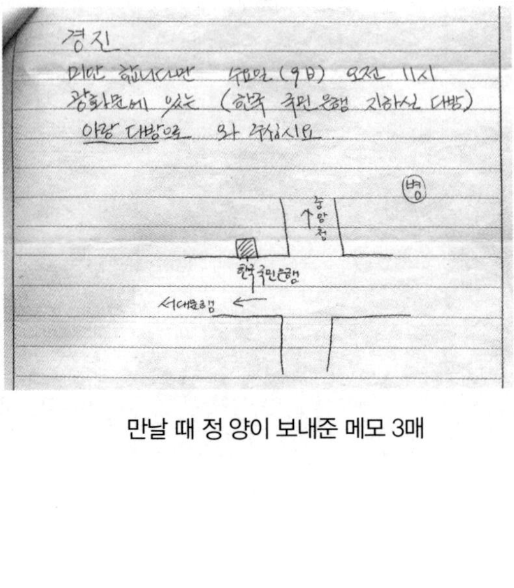

경진

미안합니다만 수요일(9日) 오전 11시
광화문에 있는 (한국 국민은행 지하실 다방)
아랑 다방으로 와 주십시요.

병

만날 때 정 양이 보내준 메모 3매

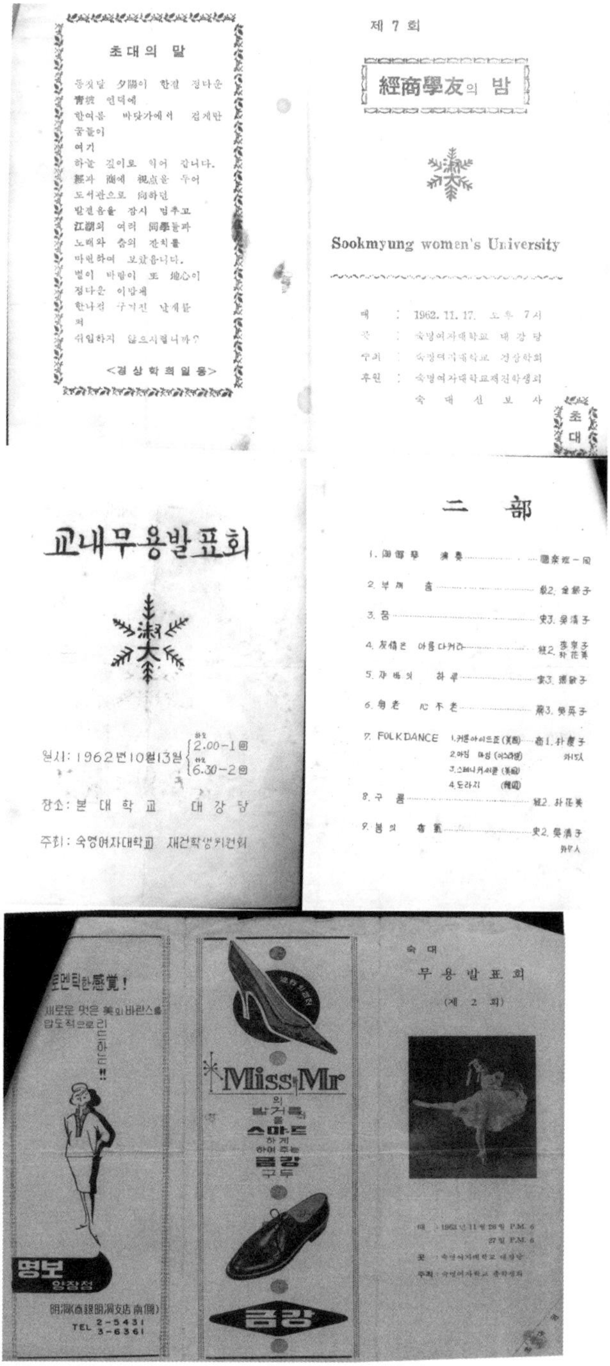
초대의 말
동짓달 夕陽이 한결 정다운
한여름 바닷가에서 검게탄
꿈들이
여기
하늘 깊이로 익어 갑니다.
도서관으로 向하던
발걸음을 잠시 멈추고
노래와 춤의 잔치를
마련하여 보았읍니다.
별이 바람이 또 地心이
정다운 이밤에
한나절 구겨진 날개를
펴
쉬입하지 않으시렵니까?
<경상학회일동>
제 7 회
經商學友의 밤
Sookmyung women's University
때 : 1962. 11. 17. 오후 7시
곳 : 숙명여자대학교 대강당
주최 : 숙명여자대학교 경상학회
후원 : 숙명여자대학교재건학생회
숙 대 신 보 사
초대
교내무용발표회
일시: 1962년10월13일 2.00-1回 6.30-2回
장소: 본 대학교 대강당
주최: 숙명여자대학교 재건학생위원회
二 部
2. 부채 춤
3. 꿈
4. 友情은 아름다워라
5. 자매의 하루
7. FOLKDANCE
1.커툰아이드죠 (美國)
2.아침 마임 (이스라엘)
3.스페니쉬서클 (美國)
4.도라지 (韓國)
外15人
8. 구름
外17人
로멘틱한 感覺!
새로운 멋은 美와 바란스를
압도적으로 리드하는!!
명보 양장점
明洞(商銀明洞支店 南側)
TEL 2-5431 3-6361
Miss와 Mr의 발거름을 스마트하게 하여주는 금강 구두
금강
숙대
무용발표회
(제 2 회)

첫사랑과 함께 만들었던 우리 헌법

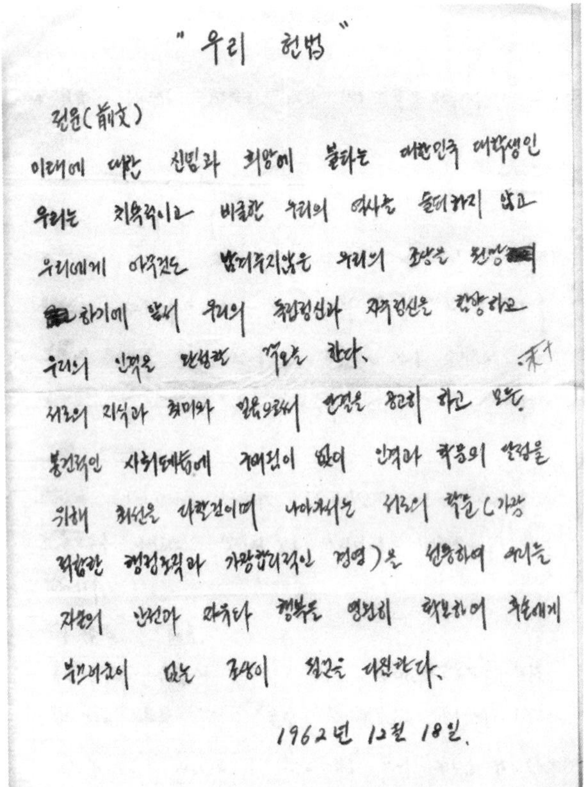

"우리 헌법"

전문(前文)

미래에 대한 신념과 희망에 불타는 대한민국 대학생인 우리는 치욕적이고 비굴한 우리의 역사를 되풀이하지 않고 우리에게 아무것도 남겨주지 않은 우리의 조상을 원망[redacted]하기에 앞서 우리의 독립정신과 자주정신을 함양하고 우리의 인격을 완성할 것을 한다.

서로의 지식과 취미와 일로써 단결을 공고히 하고 모든 봉건적인 사회제도에 구애됨이 없이 인격과 학문의 완성을 위해 최선을 다할것이며 나아가서는 서로의 직업(가장 적합한 행정조직과 가장합리적인 경영)을 선용하여 우리는 자손의 안전과 자유와 행복을 영원히 확보하여 후손에게 부끄러움이 없는 조상이 될것을 다짐한다.

1962년 12월 18일.

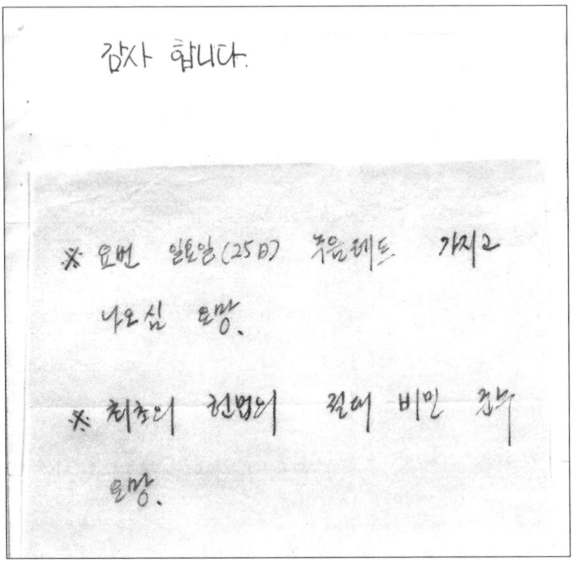

감사 합니다.

※ 요번 일요일(25日) 녹음테프 가지고 나오심 요망.

※ 최초의 헌법의 절대 비밀 준수 요망.

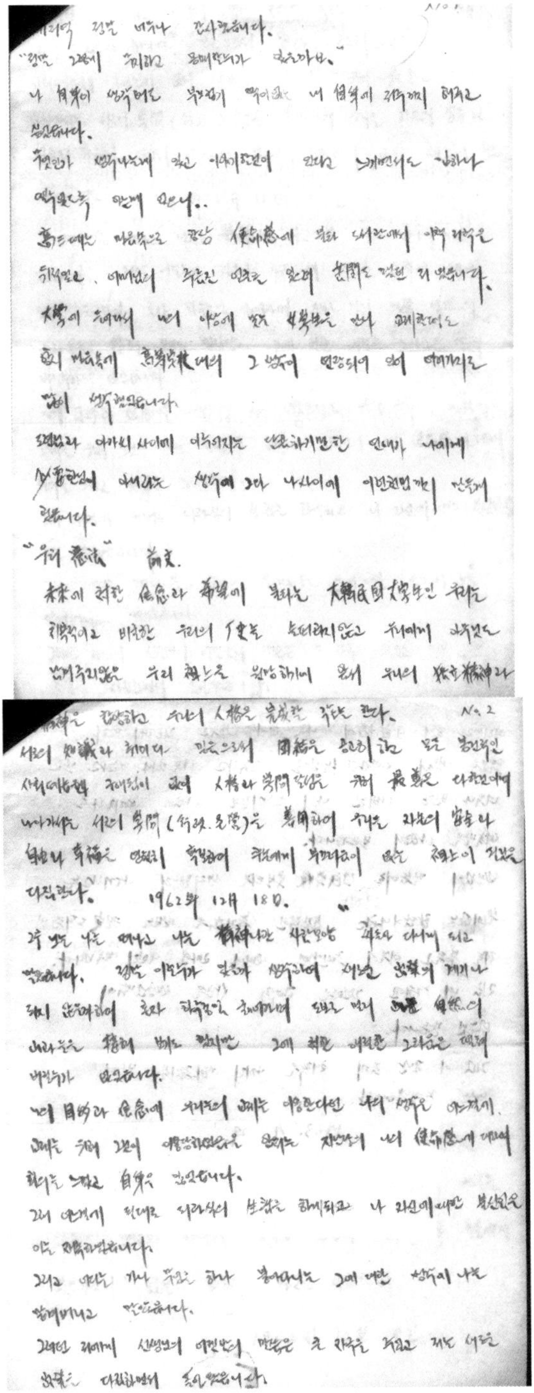

[illegible] 정말 미안하나 감사했읍니다.

"정말 그때에 [illegible]"

나 自尊이 생각해도 부끄럽기 짝이 없는 내 自身에 [illegible] 해지고 싶었읍니다.

무엇인가 [illegible] 이야기한번이 있다고 느껴지면서도 [illegible] 만네 되는나..

高三때는 마음속으로 [illegible] 使命感에 불타 [illegible] 어머님의 [illegible] 新聞도 [illegible] 되었읍니다.

大學에 들어가서 내 이상에 맞는 女學生을 만나 [illegible] 항시 마음속에 高等學校때의 그 생각이 [illegible] 여기까지로 많이 생각했읍니다.

[illegible] 아가씨 사이에 이루어지는 단순하기만한 연애가 나에게 [illegible] 생각에 그대 나 사이에 이번 편지까지 만들게 됐읍니다.

"우리 憲法" 前文.

未來에 대한 信念과 希望에 불타는 大韓民國大學生인 우리는 [illegible] 비참한 우리의 歷史를 [illegible] 우리 祖上을 [illegible] 우리의 獨立精神과 精神을 [illegible] 우리의 人格을 完成할 것을 [illegible]. No. 2

서로의 知識과 취미나 믿음으로서 團結을 [illegible] 人格과 學問 [illegible] 最善을 다함으로써 [illegible] 學問 (科學, 文學)을 [illegible] 自由와 幸福을 영원히 [illegible] 다짐한다. 1962年 12月 18日."

[illegible]

[illegible] 自信과 信念에 [illegible] 自身이 [illegible] 使命感에 대해 [illegible] 自尊은 없었읍니다.

[illegible] 生活을 하게되고 [illegible]

[illegible]

"우리 헌법"

전문(前文)

미래에 대한 신념과 희망에 불타는 대한민국 대학생인 우리는 치욕적이고 비굴한 우리의 역사를 슬퍼하지 않고 우리에게 아무것도 남겨주지 않은 우리의 조상을 원망하기에 앞서 우리의 독립정신과 자주정신을 함양하고 우리의 인격을 완성할 각오를 한다. 서로의 지식과 취미와 믿음으로써 단결을 공고히 하고 모든 봉건적인 사회 폐습에 구애됨이 없이 인격과 학문의 달성을 위해 최선을 다할 것이며 나아가서는 서로의 학문(가장 적합한 행정조적과 가장 합리적인 경영)을 선용하여 우리를 자손의 안전과 자유와 행복을 영원히 확보하여 후손에게 부끄러움이 없는 조상이 될 것을 다짐한다.

1962년 12월 18일

첫사랑과 재건 데이트하던 날들의 일기

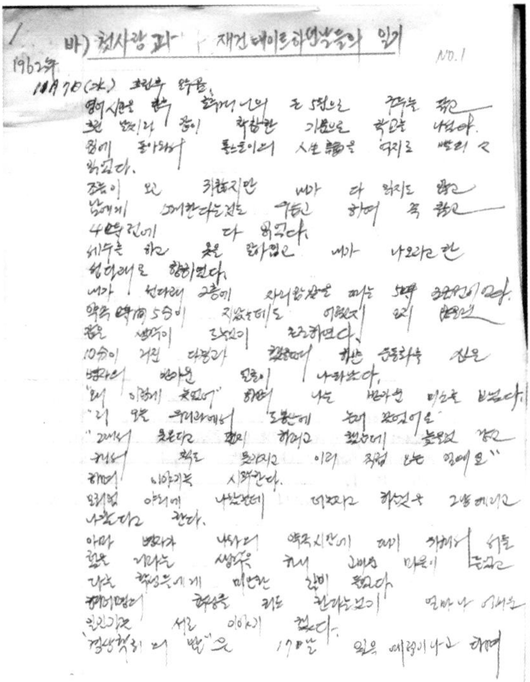

바) 첫사랑과 재건 데이트하던 날들의 일기

NO.1

1962年

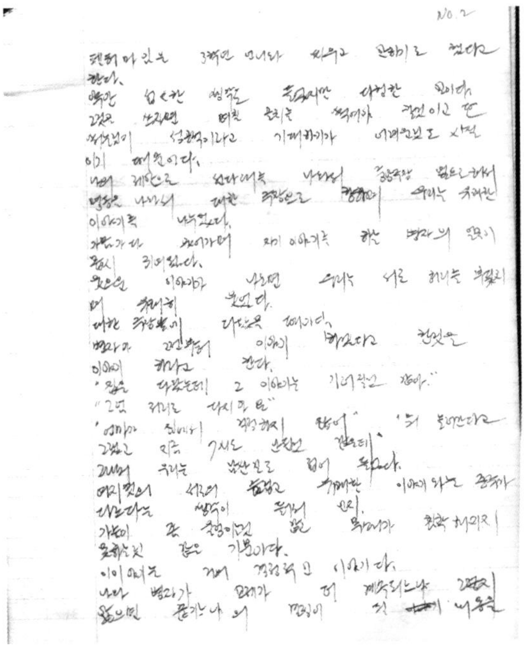

NO.2

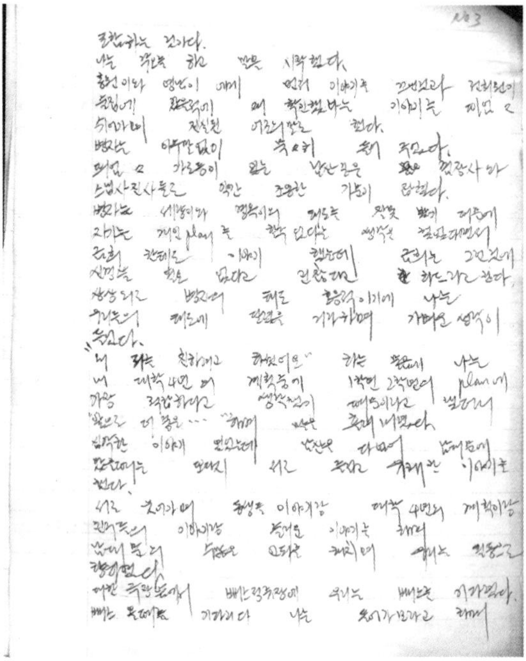

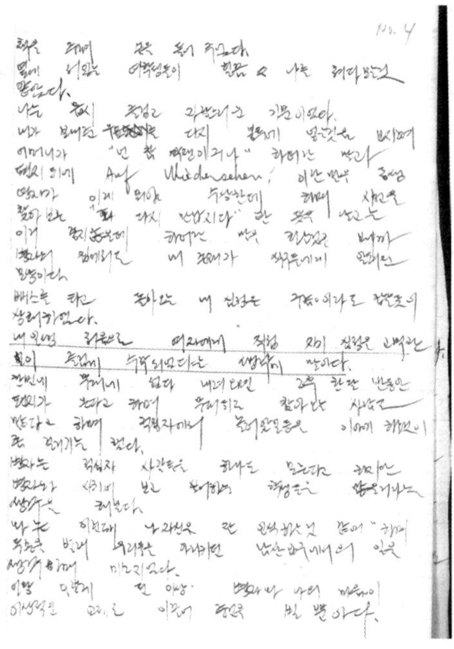

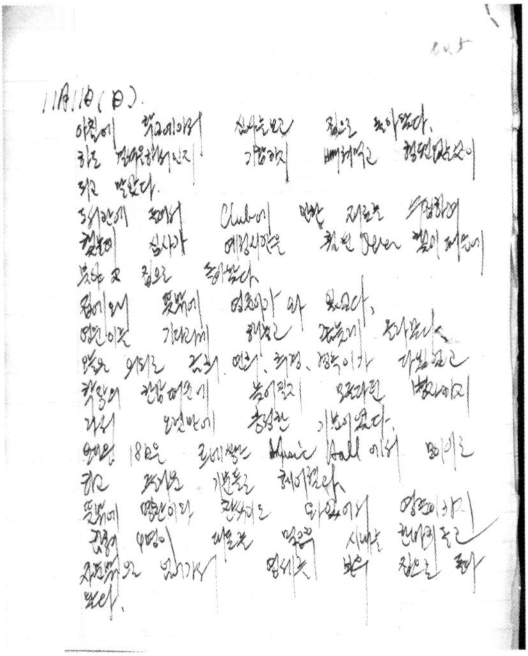

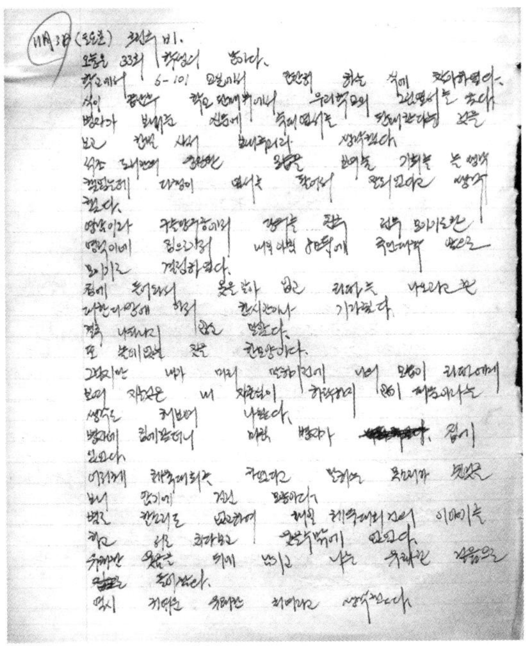

1962년 10월 10일(수) 흐림.

어저께 목욕을 하고 오늘 아침에 이발을 한 나는 가방에 앨범들을 넣고 가뿐한 기분으로 청계천 2가를 향하였다. 너무 일찍 온 탓으로 한참 기다렸다. 약속 시간인 11시에 길 건너에 병자의 가뿐한 모습이 나타났다. 검은색 코트를 입고 머리 고대를 한 병자의 세련된 form을 보고 나는 흐뭇한 기쁨을 느꼈다. 우리들은 나란히 종로2가의 Die Schöne 음악감상실로 향하였다. 오전이라 사람도 별로 없었다. 개표구에 돈을 넣는 병자의 뒤에서 나는 아무리 병자가 시켜주기로 합의 약속을 했지만 좀 안 된 기분이었다. 우리가 자리를 잡고 앉는데 병자 친구들과 만났다. 잠깐 이야기를 하고 헤어져서 우리는 의자를 앞에 놓고 마주 앉았다. 커다란 빈 병을 깨끗이 씻어서 수세미 물을 받는 내 마음은 미안함과 기쁜 마음으로 가득 찼다. 내 앨범을 다 본 후에 병자의 시집을 보았다. 그래서 지금 무용 사진들 참 자랑스러운 정도였다. 병자가 주는 사진을 앨범에 딱 붙이고 앨범을 접어 넣었다. 여학생한테는 처음으로 공개한 일이다. 그동안 나는 숙대 신문을 황금 봉투에 넣어서 가방에 넣으면서 나는 병자의 이러한 성의에 즐거운 마음만이 가득했다. 음악 소리에 이야기 소리가 잘 안 들려 내가 건너가서 병자와 나란히 앉아서 이야기를 했다. 옆에서 보는 내 얼굴이 보기가 어색한지 시종 앞만 보고 이야기를 한다. 화장수병들을 팔지 못하게 깨뜨려버린다는 병자의 말을 들으며 나는 나의 이상과 합치한다는 생각을 하였다. 가짜 외국제 상품의 방지를 위해서 말이다. 1시에 나와서 뉴 · 코리아에서 도너츠를 먹으며 우리는 여성선거에 대한 여러 가지 이야기를 하였다. 그리고 병자의 아버지와 어머니의 관계에 대해서 서로 의논하여 결혼에 대한 이야기를 하였다. 병자는 시종 남자의 마음을 믿을 수 없는가보다고 말한다. 나도 그것을 완전히 부정할 수 없는 심정이었다. 이런 이야기 저런 이야기를 하면서 나는 반말을 하고 병자는 존대를 하는 것이 어쩐지 미안한 느낌이었다. 이렇게 딱 잘러서 반말을 하며 친구관계 이상의 이야기는 할 수가 없지 않나 하는 의심까지 들었다. 솔직히 말해서 나는 시종 사랑해주고 싶은 심정을 느꼈기 때문이다. 병자와 결혼하면 즐겁고 행복한 일생을 보낼 가능성이 있다는 생각을 해보면서 도대체 병자는 나를 어떻게 생각하고 있을까 하는 생각을 해본다. 말투로나 말의 뜻으로서는 날 좋아하고 있는 것은 사실이지만 사랑을 느낄 수 있을까는 의문스럽다. 내가 병자에 비해서 여러 가지로 초라한 느낌이 들기 때문이다. 제과에서 나와서 시청 앞으로 해서 조선호텔을 지나고 동화백화점 옆으로 해서 서울역을 지나 남양동으로 빠지면서 병자는 친구를 여럿 만났다. 가끔 가다가 저기서 아는 사람이 보이면 병자는 골목을 빠져가기도 했지만, 정면으로 만나는 것은 피할 수도 없다. 남양동도 지나면서 병자는 시간이 일러서 그런지 헤어지기가 섭섭해서인지 삼각지로 나왔다. 삼각지까지 와서 병자는 숙대로 가는 길을 모르지만 나는 고2때 이 근처를 싸돌아다녔기 때문에 건물건물 골목을 지나고 땡땡이 거리도 지나서 효창공원에서 병자와 헤어졌다. 오늘 노는 날이지만 학교 무용발표회가 있기 때문에 가서 연습을 해야만 한다는 것이다. 17일 날 만나기로 하고 나는 삼각지 영준이네 집으로 향하였다. 영준이와 보산당 들렀다가 신복이네 집으로 향하였다. 신복이와 같이 나와서 숙대 앞을 지나면서 자꾸 병자를 만날 것 같은 생각이 들어 될 수 있는대로 신복이가 우리 가운데서 걷도록 하였다. 숙대를 조금 지나 부라보에 들어가서 봄에 놀러간 이후의 이야기들을 하였다. 그때 내가 친절히 해준 영순이가 나를 소개해달라고 하길래 "너는 경진이 성격을 몰라서 그래. 경진이는 남자, 여자를 구별하지 않는 성격이야. 남자, 여자 구별 없이 친절히 해준단 말야."하고 짤라 말하였다고 한다. 나는 유쾌한 기분을 느꼈지만 병자가 걸렸다. "그래, 나도 실은 영순이가 좋았었어."하고 말아버렸다. 그때 서로 악수하고 손을 흔들며 헤어지던 일이 생각이 난다. 어쩐지 이국의 여성 같은 느낌이 들었는데 사실 중국애라는 것이다. 처음은 놀랐지만 영순이 얼굴은 잘 생각해보니 수긍이 가기도 했다. 그건 그렇고 하여튼 오늘은 병자와의 유쾌한 날이라는 생각이 들었다. 어둠이 짙은 거리를 걸으면서 신복이들과 28일(일요일) 날 관악산 hiking 약속을 한 것이 병자에게 죄 짓는 기분이다. 어느 결에 병자가 내 마음에 굉장한 지주가 된 모양이다. 즐겁기도 하고 유쾌한 일이다.

* * *

10월 13일(토) 맑음.

오늘 도장에서 심사가 있는 것도 뿌리치고 집으로 향하였다. 한 달 만에 한번 있을까 말까 한 심사를 놓치는 것이 안 되었지만 그 일보다 오늘 병자의 무용발표회가 나에게 더 중요하다는 생각이 들었다. 집에 오니까 하얀 봉투에 갈색의 초대권이 프로와 함께 보내왔다. 나는 어린애 같이 즐거운 마음으로 "왔구나"하고 소리쳤다. 점심도 먹지 않고 영석이에게 몽땅 전해주고 왔다. 서운한 마음까지 들었지만 "돕는 대표에게 보내는 것이 원칙이죠."하고 망설이던 병자와의 의리를 생각해서라도 할 수 없는 노릇이다. 5시 5분에 영석, 영남, 진삼, 태기, 4명이서 집에 갔다. 마침 5명이어서 초대권의 숫자와 꼭 맞았다. 7시 정각부터 무용발표회가 시작되었는데 여자회원은 금희와 계숙이밖에 오지 않었다. 우리가 앉을 뒷자리에 군인과 앞에 온 여학생을 보고 나는 곧 병자 동생과 오빠인 줄 알았다. 뒤에서 보는 눈을 의식하며 자꾸 몸에 신경이 쓰이었다. 고전 무용의 기본형식으로부터 시작한 무용들은 볼만 하였다. 특히 병자의 독주인 "선의 미"가 시작되기 직전에는 얼굴이 화끈 달아오르고 긴장이 되는 것이 딱 내가 무대에 서는 기분이었다. 연습도 제대로 못하고 무슨 실수나 하지 않을까. 만약에 무슨 일이 일어나면 무대로 뛰어 올라가리라는 생각까지 하고 했지만 그것은 한갓 노파심에 지나지 않음을 알았다. 부드럽고 율동적인 병자의 모습, 오히려 그 아름다운 자태를 힘껏 자랑해 보이고 싶은 심정까지 들었다. 부채춤과 Fork Dance에서도 병자가 단연 세련된 몸가짐을 하였다. 저런 아름다운 여자와 교제하고 있다는 것을 생각하니 자랑스러움에 가슴이 부풀어 오른 것 같았다. 9시에 끝나서 교문에서 기다린 우리 8명은 병자 어머니에게 단체로 인사를 하였다. 별 이상 없이 고맙다는 몇 마디를 하시고 병자 말대로 먼저 가버리셨다. 나는 이 자랑스런 나의 여인을 위해서 무엇을 하지 않으면 안 되겠다는 생각을 하며 전부 제과점으로 인도하였다. 지워지지도 않는 루즈에 빵을 먹는 병자의 귀여운 모습 한번 꼬집어주고 싶은 심정이었다. 빵값 100원을 치르고 나오는 내 심정은 상쾌하기 그지없었다. 병자를 위해서 하는 내 의젓한 행동이 자랑스럽기도 했다. "루즈 때문에 들어가기 힘들겠네. 극장 옆인데." "막 뛰어 들어가면 돼요."하고 버스를 타고 떠나는 병자를 우리들은 반갑게 전송했다. 다섯 명이서 홍원이네까지 들려서 오면서 나는 빵을 먹다 말고 가버린 금희랑 남양동에 초라하게 남겨두고 온 계숙이가 마음에 걸렸다. 무용발표회 때 내게 편지 보낸 것 받았냐고 은근히 묻던 금희랑 저번 일요일날 왜 안 나왔냐는 계숙이 말에 거저 인사 정도의 말 밖에 안한 나의 태도에 대해서 그들이 좀 불만인 듯 하는 눈치를 생각하고 말이다. 더구나 병자에겐 집에 들어갈 걱정이랑 보통 때 있는 일 없이 내가 빵값을 뒤집어쓴 데 대한 그들의 심정은 이해가 갈 수도 있다. 그렇지만 지금 나에겐 병자 이상의 여자는 생각할 수 없다. 오면서 수희에게 답장 끝판의 편지를 내야겠다는 생각을 했다. 무대의 위에 선 병자의 모습을 보면서 무한한 상상력의 환상을 달린 두 시간의 무용 발표회의 시간, 참으로 나에겐 생전 처음 느끼는 즐거움의 시간이었다.

* * *

10월 14일(일요일) 맑음.

어제에 이어서 오늘도 몹시 쌀쌀한 날씨다. 왜 이렇게 갑자기 추워지는지 걱정이다. 2시 회에 갔다가 자문 밖에 나가 찬식이와 명찬이에게 28일 날 하이킹 연락을 하려고 했는데 마침 찬식이가 와서 이야기를 하고 있다보니 넘어가서 명찬이도 같이 보자고 하였다. 2시 회에 가보니 남자 회원은 모두 6명이나 왔는데 여자 회원은 병자 하나밖에 안 왔다. 할 수 없이 회의는 시작되고 시시한 이야기들이 오고갔다. 조사를 해온 것은 할 수가 없기 때문이다. 여자 회원들이 하나도 안 온 것이 기분 나쁜 일인데 더구나 병자 하나 놓고 떠들어대면 병자도 생글생글 웃으며 대꾸하곤 하며 유쾌해 하는 모습이 나에겐 몹시 불쾌하였다. 저게 무슨 꼴이냐, 기생 같지 않느냐 말이다, 하는 지독한 생각까지 들으며 웃고 있는 병자에게 가끔가다 심각한 시선을 줄 뿐이었다. 나는 시종 농담 한 말 안 했다. 보통 회의 때는 웃음이랑 분위기 완화 등 이야기를 많이 하는 편이었는데 오늘은 시종 기분 나쁜 얼굴을 하고 있었다. 아이들이 "왜 인상을 쓰고 앉어 있느냐"고 자꾸 웃기려고 한다. 나는 이런 분위기에서 빨리 병자가 가 주었으면 하는 생각을 했다. 적어도 내 심정을 생각해서라도 좀 심각한 미안한 얼굴을 해줄 수는 없는지, 병자의 그 유쾌해하는 모습은 날 보라고 놀리는 듯하여 더욱 미워졌다. 아마 이것이 질투라는 감정일거라고 생각하면서도 어찌할 수 없이 마음에 파고드는 감정이다. 다른 놈들이 나를 어떻게 볼까하고 생각하니 챙피한 노릇이지만 그래 문제가 되지 않는 노릇이다. 일어나서 호통을 치고 나가버리고 싶은 것을 꾹 참았다. 확실히 내가 병자에게 사랑의 감정을 품고 있는 모양이라고 나 자신 다짐해 보지 않을 수 없었다. 회의가 끝나고 나오는데 병자가 "저 수요일말예요. 12시에 결혼식이 있어요." "그럼 시간을 늦추지. 2시로 할까, 3시로 할까 결정해." "그럼 3시예요." 하고 영남이에게 사진값 50원을 치르고 가버렸다. 아이들은 몽땅 당구장으로 올라갔지만 나는 "자하문밖에 나간다"하고 양손을 포케트에 넣고 어슬렁어슬렁 걸어서 적선동 Bus 정류장으로 향하였다. 병자를 도청 앞까지 데려다 주려고 했지만 벌써 사라져버렸는지 보이질 않았다. 우울한 기분으로 세검정행 Bus에 올랐다. "왜 기분 나쁜 일이 있어요." "아니, 별로 수요일날 이야기하지."하던 아까 대화를 생각해 보았다. 별다른 이유도 없이 그저 기분이 나빴을 뿐이다. 남자 회원들한테 약점을 처음으로 잡힌 것 같아서 기분이 좋지 않았다. 회를 어떻게든지 지탱해보자던 나의 꼴이 여기서 이런 행동으로 나오면 위헌을 한 빌미가 되지 않느냐 말이다. 앞으로 좀 정신 차려 행동해야겠다. 찬식이 집에는 마침 영세까지 와있어서 함께 이야기했지만 나는 시종 우울하고 심각한 표정을 벗어 버릴 수가 없었다. 보통 때와 다른 나를 보고 우습다고 한다. 전에 알던 다른 여학생들에서 느낄 수 없었던 이 심정, 나는 이제부터 사랑의 의미를 깨닫게 되는 계기가 되는지도 모른다고 생각하며 내 처음 생각, 절대 사랑에 빠지는 일이 없도록 단단히 마음먹어야겠다는 생각을 하였다. 저녁식사 후 함께 나와 평화장에서 술을 먹으려다 영세의 고등학교 모자 때문에 떨려났다. 할 수 없이 찬식이 모자를 빌려 쓰고 광화문에 나와서 한잔씩들 하면서 신의 존재에 대하여 논쟁하였다. 찬식이는 신을 자기 마음속에 있는 자기의 주관적인 신밖에 있을 수 없다는 주장. 영세와 나는 그 주관적 신들 위에 객관적으로 존재하는 어떤 절대 신이 있을 거라는 주장으로 2시간 남짓한 논쟁을 하였지만 결론을 얻을 수 없었다. 나는 술을 먹지 말아야 하지만 아까 낮에 병자와의 울적한 기분 때문에 두 잔을 먹었다. 같이 넘어가자는 것을 뿌리치고 집에 돌아왔지만 오늘은 하루 종일 울적한 기분이다.

* * *

10월 15일(월) 맑음. 처음으로 가방을 들고 아침 일찍이 학교로 향하였다. 오늘부터는 공부도 꼬박꼬박하고 운동도 열심히 하리라. 결코 병자에게 뒤지는 인생이 되어서는 안 된다. 강의 시간을 몽땅 다 열심히 듣고 그 나머지 시간을 참고열람실에 가서 팬터마임에 대하여 백과사전을 가지고 조사하다 시간 되어 나와서 운동까지 열심히 하고 어두워진 다음에 집으로 돌아오는 기분은 가뿐하였다. 이것도 병자가 나에게 준 자극일지 모른다는 생각을 하니 수요일 3시가 자꾸 기다려진다. 그날은 무엇을 하고 무슨 이야기를 할까 유쾌한 하루가 되기를 빌어본다.

＊ ＊ ＊

10월 17일(수) 맑음. 첫 시간 영어수업을 한 후 참고열람실에서 팬터마임과 희극에 관한 조사를 하고 집으로 향하였다. 점심을 먹은 후 빽에다 누님이 병자 주라고 떠준 양말을 싸 넣고 즐거운 마음으로 집을 나서다가 영준이와 우일이를 만났다. 우리집에 오는 길이라고 한다. 학교 가는 길이라고 거짓말 하고 을지로로 돌아서 왔는데 우일이와 영준이를 또 만났다. 할 수 없이 사실대로 말하고 은근히 가기를 원했는데 갈 생각을 안 한다. 한참 만에 우일이는 갔지만 영준이는 갈 생각을 안 한다. 약간 불안한 기분이 들었다. 병자에게 벌써 친구를 소개할 정도는 되지 않았기 때문이다. 더구나 그 전과 다르게 30분이나 지났다. 무슨 일인가? 정각 이내에 꼭 도착하던 병자인데 그때, "늦어서 죄송합니다"하는 병자의 음성이 들렸다. 기다리는 병자, 반가운 느낌이었는데 이상하게 얼굴이 꺼칠해 보였다. 하필 영준이 자식이 있을 때 이럴까 하는 생각도 했지만 영준이가 어떻게 생각해도 좋다. "그럼 27일 오후 6시에 간다, 잘 가라"하고 손을 세 번씩이나 내밀어도 영준이 자식이 가만히 있다. 마음에 좀 안좋은 생각을 하며 병자와 덕수궁으로 들어왔다. 조용할 것 예상했는데 국전관계로 북적북적 했다. "아까 친구와 무슨 일이 있어요." "아니, 별일 아냐."하고 빈 벤치를 찾아서 나란히 앉았다. 팬터마임이랑 그동안 이야기들을 하느라 두 시간 정도가 흘렀다. 나는 좀 쑥스러운 기분으로 양말 이야기를 하면서 양말을 꺼내었는데 병자는 받을 수 없다고 거절한다. 몇 마디 하다가 다시 집어넣었다. 나오다가 무용발표회에 독주를 하던 언니들을 만났다. "아이 참 자꾸 만나서."하길래, "병자가 먼저 아는 체하지 않았어."하니까 얼굴이 빨개지며 "뭐 내 눈이 그렇게 좋은가, 병자야 하길래 언니 하고 간 거지."한다. 병자의 얼굴이 빨개진 원인이 나에겐 정말로 중요한 것이다. 그 언니들이 "너의 리베냐"하는 소리를 어렴풋이 들은 듯도 하다. 병자가 내 앞에서 얼굴이 붉어진 것은 오늘 하고 저번 날 뉴 · 코리아에서 "왜 남의 얼굴이 그렇게 빤히 쳐다봐"할 때 "빽지가 삐뚤어져서요"하면서와 두 번이다. 덕수궁을 나온 후 버스를 타려고 하는 것을 걷자고 하여 남대문을 지나서 남산으로 올라왔다. 훤히 아스팔트가 되어 있는 조용한 남산길, 사랑하는 두 남녀의 산책 도로로 십상이라는 생각을 했다. 껌을 나눠 먹으면서 우리는 이 얘기 저 얘기를 하면서 남산을 넘어 케이블 정류소에 왔다. 빵을 먹자고 하니까 그냥 가자고 한다. 그냥 내려오다가 드라마 센터에 들어가기를 권하였다. 친구가 집에 들린다고 했으니까 안 된다고 한다. 시간도 안 지켰으면서 지금 가면 만나냐고 했더니 그래도 가봐야 한다고 한다. 손을 붙드니까 "정말 안 돼요. 뭐 붙들고 말 처지도 아니잖아요." 그래서 이것도 단연 기분이 좋지 않았다. "병자는 내 말을 참 안 들어. 내가 곤란하고 난처한 입장이 되기를 원해."하면서 약간 책망의 뜻을 표했다. 24일이 동창회인데 안 간다고 하길래 그럼 만나자고 했더니 "공식적으로 만나는 날이 있잖아요." 한다. 이 말을 듣고 나는 몹시 불쾌하였다. 그럼 여지껏 뭐 하러 만났냐 말이다. 화가 나는 일이지만 참을 수밖에 없다. '한국의 집'을 지날 때 또 한 번 양말을 꺼냈다. 그랬더니 저만치 가면서 "정말 안 돼요. 엄마한테 의논해 봐야 돼요." "이건 병자의 일이야." "그래도 의논을 하고 마음을 정해야 돼요." "그럼 당분간 보관만 해. 누나한테 체면도 있으니까." "보관하긴 뭘요." 그러면서 병자네 골목으로 접어들었다. 나는 너를 친구 이상의 무엇으로도 지금까지는 생각지 않았다는 이야기를 하려고 했지만 끝내 못 하고 말았다. "그럼 의논한 뒤에 받어. 그런다고 약속해. 나는 병자는 약속을 지키는 사람으로 알고 있으니까." 우물쭈물하더니 골목으로 올라가면서 "그럼 안녕히 가세요." "아—"하고 간단히 인사를 하고 골목을 빠져 나온 나는 내가 해가 뉘엿뉘엿 넘어가는 석양 길을 힘없이 터덜터덜 걸어가면서 심각한 인상으로 생각에 잠겼다. 남이 보면 무슨 철학자 아니면 실연당한 놈의 꼴이라는 생각을 했지만 나의 행동이나 얼굴을 고칠 필요성은 느끼지 않았다. 몇 번 말하면 즐거운 표정으로 받을 거라는 나의 기대와는 영 딴판이었다. 자꾸 병자에 대한 욕이 입에서 튀어 나왔다. 내 꼴이 무어냐 말이다. 아주 모욕을 당한 것 같지 않느냐 말이다. 집에 가서도 기분이 나쁘고 힘이 없었다. 누나가 들어오길래 "나 너 때문에 망가졌다. 안 받잖니, 내 얼굴이 뭐가 되니." "그래, 여자들이 남자들한테 물건 받는 거 좋아하는 줄 아니." 하여튼 오늘 기분이 좋지 않은 날이다. 자리에 누워서 가만히 생각해 보니 병자가 자기 마음의 끝을 그렇게 단단히 잡고 있다는 것이 오히려 유쾌한 기분까지 든다. 보통 여자와는 달리 일 하나하나에 뚜렷한 자기대로의 의견에 따라 움직이는 병자의 여러 태도들이 오히려 흡족한 기분이다. 가뜩이나 사람을 많이 대하게 되는 병자가 그런 태도를 갖는 것이 더 필요하리라. 그런 태도로 봐서 병자 말따나 다른 남자와의 교제가 없었다는 것이 증명되는 것 같기도 한 기분이었다. 하여튼 병자와의 사이에 이 일로 좀 신중히 생각해 볼 기회가 되었다는 것 좋은 일이라고 생각해본다. 하여튼 시간이 해결해 줄 문제겠지.

* * *

1963년 1월 1월(화) 함박눈이 하루 종일 쏟아짐.

어제(12월 31일). 오후 6시 30분경. 분하고 섭섭한 마음을 참으며 병자네 집을 찾았다. 다행이 집에 있어서 "병자야, 경진이 왔다."하고 들어가는 식모 뒤에서 "저, 오늘 들어왔어요." "어제 갔었는데. 이모네 집에는." 아이들에게 이야기하고 걱정했던 마음이 일시에 사그라진 듯한 느낌이 들었다. "좀 나가지." "지금 집 식구끼리 노는데요. 안 돼요." "금희랑 영남이랑 태극당에서 7시에 만나기로 했으니까 엄마한테 12시 넘어서 들어간다고 하고 나와." "그렇게 안 돼요." "종소리 듣고 들어간다고 해. 한 번뿐이잖아." "그래도 엄마한테 혼나서 안 돼요. 요새 매일……" "그럼 잠깐만이라도 나와." 대한극장 앞에서 기다려서 코트를 입고 나온 병자를 등을 밀어 억지로 데리고 태극당으로 갔다. 가는 동안 기분 나쁜 소리만 서로 오고갔다. 하여튼 올해 안으로 결정을 내려는 생각을 해서인지 자연히 인상이 험악해진다. 그것을 눈치 챘는지 병자도 좀 명랑해지다가 침울해졌다. 태극당에 들어서니 금희와 영남이도 여전히 인상을 쓰고들 앉았다. 나는 도너츠 남은 것을 주워 먹고 담배를 피워 물었다. 이야기도 없고 서로 침묵 지켰다. 병자는 금희와 조금 이야기하더니 간다고 나가 버렸다. 금희가 부르면서 쫓아 나갔다. 나는 몹시 불쾌한 기분을 느끼면서 영남이를 따라 일어섰다. 아래층 문간에 있는 둘을 지나치고 나는 곧장 병자네 집 쪽으로 걸었다. 영남이가 따라와서 같이 걸으면서 이야기를 걸었지만 나는 담배를 계속해 피우면서 그냥 걸었다. 병자 집 입구에서 섰다. 병자와 금희가 다가오더니 병자가 "그럼 안녕히 계세요"하고 층계를 뛰어 올라간다. "내 말 좀 듣고 들어가라."하며 쫓아가서 붙들려고 했지만 그냥 돌아섰다. 셋이 걸어 나오면서 금희한테 "병자 좀 붙잡아보지 그랬어." "내 말이면 들어 주는데 오늘은 정말 안 된대." "그래"하고 이들과 동화백화점 앞에서 헤어지고 영덕이 집에 들렀다가 세량이네 집에 들어왔다. "어떻게 됐니, 오늘." "기회를 놓쳤어." 열 시가 넘어 영석이도 왔다. 영석이가 보신각 종소리를 들으러 나가자는 것을 나가면 어떤 싸움을 하게 될 것 같아서 안 간다고 하다가 세량이는 12시 정각에 경옥이랑 편지 쓰기로 했다고 하여 "그럼 저 자식 조용히 편지 쓰게 하자."하고 나갔다. 걸음을 재촉하면서 보신각으로 향하였다. 정말 이번 호랑이해는 국가적으로나 내 개인적으로나 여러 가지 번거롭고 극성스러운 해였다는 생각. 정말 아무 한 일 없이 허송세월 했다는 생각을 하며 보신각에 다다랐다. "뎅"하고 제야의 첫 종소리가 울렸다. 이건 어머니의 만수무강을 위해서. "뎅" 일이 잘 되기를 빌어 본다. "뎅" 이건 우리나라가 좀 잘 되어야겠다고 빌어보자. 내 개인적인 것을 국가에 앞세웠구나 하는 생각이 문득 머리를 스쳤다. 여섯 번째와 일곱 번째는 병자와 나의 마음이 서로 완전히 융합 되기를 빌어 보고 놀랐다. 나의 감정이 어떤 게 진짠지 하여튼 두고 보자. 이윽고 종은 멎고 허전하게 인파가 헤어져 갔다. 이 일 년에 한 번 밖에 없는 제야의 종소리는 약속대로 병자와 함께 듣지 못한 것이 매우 섭섭하고 서운했지만 종은 울려왔다. 영덕이와 한일관 앞 선술집에서 호랑이를 기탄없이 보내고 토끼를 맞아 건강과 행운을 비는 의미에서 술 한 되를 마시고 안국동으로 빠졌다. 중앙청 옆 인적이 없고 후미진 곳에 왔을 때 "여보 사람 살려유"하는 소리가 저만치서 들렸다. 깜짝 놀라 쳐다보니 차밖에 서 있고 운전수와 손님(젊은 청년)이 싸움을 하는 모양이다. 가까이 가서 보니 젊은 청년이 "여보, 젊은이 좀 살려주소"하는데 얼굴이 온통 되다. "이거 뭐야, 왜 이래"하고 호통을 치며 안경을 벗어서 허리에 차고 둘을 붙들었다. "왜 이래 말을 해야 잖어."하고 문에 붙어 있는 둘을 끌어내고 문을 쳐서 유리창이 왕창 깨졌다. 운전수가 "어"하는 것을 소리 질러서 막아버렸다. 서로 잘못이 있는지 이야기 안 하고 주먹질만 한다. 영석이는 "이거 왜들 그러슈." 했지만, 나는 여지껏의 울분을 풀어 보이느라고 "이리 죽고 싶어"하며 붙어 있는 둘이 가운데로 주먹을 내지르며 호통을 쳤다. 그래 결국은 떨어지고 운전수는 차를 타고 도망하고 젊은 청년도 "젊은이들이 왜 그러슈"

라고 자기편을 안 들어준 것을 원망하며 내가 준 휴지로 피를 닦으며 비실비실 도망쳐 버렸다. 영석이는 이놈들이 우리를 깡패로 보았는 모양이라고 했다. 우리는 좀더 질질 끌며 좀 조지는 건데 괜히 말려서 보냈다고 생각하며 새해 첫날부터 이게 무슨 shame 이냐 하고 크게 웃었다. 내 손에 피가 막 묻고 손에선 피가 났다. “새해 첫날부터 파괴를 하고 피가 묻고 이거 안됐는데”하며 거리가 울리도록 웃어댔다. 좀 기분이 후련한 듯한 느낌이 들었다. 영석이와 빵을 먹은 후 헤어지고 영남이네 집에 들렀더니 두 시가 다 되었는데 내일 보자고 한다고 할머니가 전하여 나오지는 않는다. 할 수 없이 돌아오며 “영남이 자식, 나를 어떻게 생각하는 거야.”하고 내일 만나면 좀 싫은 소리를 해야겠다는 생각을 하며 돌아왔다. 아침 9시 10분 경 영남이가 들어와 어제께 금희와 헤어지기로 하였다고 하며 얼굴이 까칠한 것이 한잠도 못 잤다고 한다. 12시 30분 우리 집에서 영석이랑 만나서 셋이서 어제의 이야기를 해야겠다면서 갔다. 영남이네 집에 셋이 모이자마자 홍원이와 대석이가 와서 기회를 잃었다. 같이 영남이네 집을 나와 진삼이와 세량까지 붙어서 8명이서 함박눈이 쏟아지는 거리로 나오면서 눈싸움도 하고 노래도 하며 남산을 올라갔다왔다. 세량이는 집에 들어가고 7명이서 홍원이의 제안으로 혜자네 집에 들어가서 정종과 떡국을 얻어먹고 노래를 부르며 놀다가 8시경에 나왔다. 나는 처음인데 너무 무례가 많은 것 같았다. 아이들을 의식적으로 전부 보내고 영석, 진삼, 영남이랑 넷이서 오리온 제과에 자리를 잡았다. 뜻밖에도 영석이가 금희한테 편지했다는 것, 금희의 답장에 밤새도록 울었다는 사연이 있었다는 것 등을 영남이가 말을 꺼내고 영석이도 솔직히 이야기를 했다. 모르는 사이에 그간의 관계가 벌어진 모양이었다. 서로 진지하게 의논한 끝에 영남이는 어제 금희와의 결정대로 금희와 끊고 영석이가 금희와 사귀도록 했다. 나온 것도 나 때문이라고 편지에 쓰여있다고 금희의 편지에 있었다고 그래서 영석이가 다시 편지를 내었으며 25일 선물(금희 것)을 깨뜨려 버려(우연한 것) 26일 날 단념한다는 편지를 보냈고 28일날 아까 받은 답장을 보았다는 말을 하며 영석이도 영남이의 청에 수락하였다. 나는 모든 것이 나의 잘못인 것 같다는 생각을 이야기하고 영남이의 결정에 박차를 가하려고 영남이의 감정을 건드렸다. “너는 내 생각대로 앞으로는 강하다”라고 다짐했다. 영남이는 좀 야속하게 생각할지 모르지만 영남이를 위해서나 우유부단인 영석이를 위해서도 효과가 있으리란 생각은 했다.

영남이의 집에서 병자의 책을 받고 셋이서 club을 해산하기로 하고 마지막 이별의 파티를 벌인 것을 찬식이네 집에 넘어가서 내일 세량이네 2시를 알리고 들어왔다. 앞으로는 남자들만의 club으로 하자는 생각이다. 우리는 완전히 눈이 쌓여 신비스러운 기분이 드는 북악산 모퉁이를 통해 내려오며 서로들 자신에 대해어 무제한 토론을 하였다. 영남이의 그 거리낌 없는 결정에 많은 동정이 났다. 하여튼 club 때문에 배운 것도 많았고 여러 가지 유익했었다는 생각이라고들 이야기하며 집으로 돌아왔다. 병자에게 "얼마나 섭섭했겠소." "도무지 믿어지지가 않습니다." "그건 정말 섭섭합니다"라는 간단한 사연과 함께 시 한 수를 적어보냈다. 나도 빨리 결정을 내야겠다. 하여튼 첫날부터 여러 가지 복잡한 사건과 일들이 있었다. 올해는 좀더 보람있고 확실한 한 해가 되기를 빌고 노력하여야겠다는 생각을 하며 자리에 누웠다.

2. 젊은 날 다정한 친구 GOLD가 보내준 손편지

1962년도 대학입학시절부터 1970년도 초까지 10여년을 수십 통의 편지를 주고받으며 친구로 지냈던 당시 이대 불문학과에 다니던 GOLD는 나에게는 잊지 못할 고마운 친구로 기억되고 있다.

내가 첫사랑을 이루지 못해 방황하고 있을 때 격려의 편지를 주어 내 마음을 다독여주고 때로는 사내가 되지 않는 사랑타령은 그만하고 공부나 열심히 하라고 누나같이 나무라기도 했던 친구로 내가 크게 삐뚤어지지 않도록 해준 고마운 친구였다(이 양 이름에 金(김)자가 있어 GOLD로 애칭). 가끔 만나 막걸리도 한 잔하고 이 양 집에 가서 잘 두지도 못하는 바둑도 함께 두기도 하고 서울 근교에 소풍도 갔던 기억이 난다. 1973년인가 4년인가로 기억되는데 그때 이 양이 돈암동에서 화랑을 열어서 찾아가 동양화 두 점을 사가지고 왔다. 신혼 초인 아내에게 말도 없이 월급 두 달 치나 되는 그림을, 그것도 여자 친구 화랑에서 사왔다고 한 소리 들었던 기억도 새롭다.(그 때 처음 시작한 개인당좌수표를 발행해서 매입)

하나는 청림화백의 설경화이고 하나는 우현화백의 기러기가 세 마리 있는 동양화로 그 때부터 50년이 지난 지금까지 항상 우리집 거실을 장식하고 있고, 나는 그 그림을 보다 문득문득 이 양을 떠올리며 미소 짓곤 한다. 어쩌다 연락이 두절되어 한참동안 어디서 무얼 하고 사는지 몰라 궁금해하며 다시 만날 기회가 있었으면 하는 바람을 가지고 지냈었는데, 얼마 전 운좋게 연락이 닿았다. 옛 동아리 친구들과 함께 만나 젊은 날의 추억을 회상하며 이 책을 안주삼아 막걸리잔을 나눌 날이 하루빨리 왔으면 좋겠다.

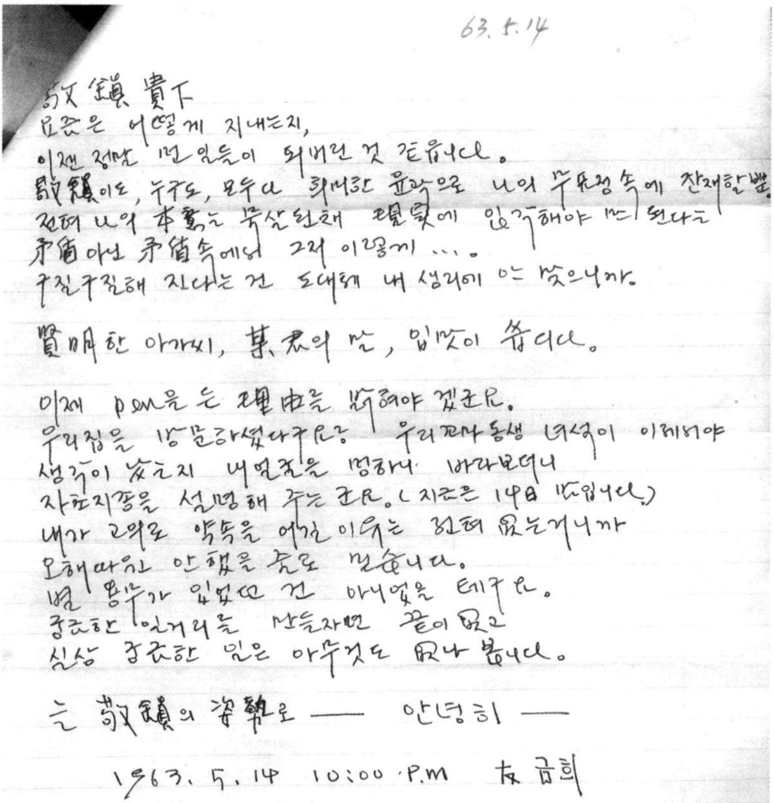
63. 5. 14

敬鎭 貴下
요즘은 어떻게 지내는지,
이젠 정말 먼 일들이 되버린 것 같읍니다.
敬鎭이도, 누구도, 모두 다 희미한 윤곽으로 나의 추억속에 잔재할 뿐.
전혀 나의 本意는 묵살된채 現實에 입각해야 만 된다는
矛盾 아닌 矛盾속에서 그저 이렇게 …
구질구질해 지나는 건 도대체 내 성미에 안 맞으니까.

賢明한 아가씨, 某君의 말, 입맛이 씁니다.

이제 pen을 든 理由를 밝혀야 겠군요.
우리집을 방문하셨다구요? 우리 꼬마 동생 녀석이 이제서야
생각이 났는지 내 얼굴을 멍하니 바라보더니
자초지종을 설명해 주는군요. (지금은 14日 밤입니다.)
내가 고의로 약속을 어길 이유는 전혀 없는거니까
오해 마시고 안했을 줄로 믿습니다.
별 용무가 있었던 건 아니었을 테구요.
궁금한 얘기를 쓰자면 끝이 없고
실상 궁금한 일은 아무것도 없나 봅니다.

늘 敬鎭의 姿勢로 — 안녕히 —

1963. 5. 14 10:00 P.M 友 금희

To. 경진.

아직도 기억하고 있다니. 그보다는 기억하려고 하고 있다니, 글쎄, 반갑달까? 적절한 표현구가 없는 것 같아. 편지를 손에 쥐고, 천천히 들어서 '웬일일까'라는 생각도 전혀 없이, 읽고, 석굴암을 보고, 넣고, 답장을 쓰려고 책상에 앉기까지의 여유 있는 마음의 상태를 뭐라고 표현하고 싶은지 조차도 잘 모르겠어. 말투가 이렇게 자연스러울 수 있는걸 공연히 어색한 존대를 사용하느라 애먹었었군. 안 그래? 오해니 어쩌니 그 따위 거지발사기 같은 말투를 누님에게 사용한다는 건, 앞으로 안하겠다는 맹세 이전에 기정사실이었어야 했을 게 아냐? 웃기지 말라고 한다면 좀 무색하지만. 오늘부터 혼자서 붓글씨 공부를 시작했어. 스스로 군자연해서 붓에만 일념하여 획을 하나하나 그어보겠다는 것이 애초의 동기였으나, 이건, 못된 송아지격으로 초서부터 연구(?)하는 형편. 차라리 낙서라는 게 정확하지만 아무튼 해볼 터. 나를 이해해줄 위인을 구태여 찾고 싶지도 않고 필요도 없지만 남을 이해해 주겠다고 나서서 이해심 많은 척 하고 싶지도 않아. 하지만 이해한다고 믿고 있는 경진일 실망시키고 싶은 생각도 없어. 남이 나를 뭐라고 얘기한다 해서 긴장하여 귀를 기울이기엔 난 아마 약간은 초월했다고 믿고 있어. 내가 경진이에게 할 수 있는 거라곤 마음으로나마 건투를 빌어줄 수 있을 뿐. 가히 기적적인 인연이라고 할 수 있는, 경진이와의 대면부터에서 지금에 이르기까지의 심적인 발달과정을 보아 당연한 사실일 뿐이지. 언젠가 난 이런 생각을 문득했어. 경진일 이해한다고 스스로 생각해왔지만, 이해라기보다는 경진의 모든 행동을 긍정하고 있다고 말야. 비단 경진이에게만 적용해서가 아니라, 모두들—. 물론 나와 비교적 관계가 많은 사람들—의 행동을 난 제삼자의 위치에서 긍정하고 있다는, 그런 생각을 했어. 긍정이 즉 이해라고 누가 낙착시킬런지도 모를 일. 하지만 부정이 포함된 이해가 참말 필요한 이해라고 난 생각해. 역시 계몽 때의 추억은 즐거운 화젯거리를 마련해 주었어. 지난해의 일막극은 먼 옛날 얘기인 것 같구. 그만 써야겠군. 쓰고 싶은 것이, 쓸 것이 많은 것도 같고 하나도 없는 것도 같고 이게 솔직한 마음이야. 나 자신에 관한 일들조차도 남의 일인 양 방관자의 입장에서 무표정해지려는 심적인 난관에 봉착. 기특한 세상, 기특한 삶과 삶. 무엇이든 해결되는 게 있을 테지. "기다림, 이것이 인생이다." 무엇이든 기다려보자, 그것이 죽음이던 간에. 내가 우스워져버렸군. 본의는 결코 아닌데. 그럼 안녕.

1963.8.23. 밤.

gold.

P.S. 부치기 싫은 것도 아니었는데 이렇게 묵혀 버렸군. 결국 내겐 어울리잖는 꿈들을 어쩔 수 없이 깨야겠어. 내게 마련된 삶이 고작 이렇다는 생각이, 사실이 나를 괴롭히지만 현재론 모든 게 무감각 상태. 일 년, 어쩌면 영원히 휴학. 믿고 있지만, 어느 누구에게도 나에 관한 말을 한 마디도 한다는 건 원치 않아. 경진이한테서 내 얘긴 그치는 거야.

8.30.

* * *

To. 경진.

답장이 늦어 미안하다는 생각을 하게 됐으니 나도 제법이지 뭐유. 사실 그 장문의 편지를 읽고 났을 땐 당장 쓸 말이 많았던 거 같은데, 지금 하나 둘 생각들을 생략해 버리고 나니 너무 에누리가 심했나봐. 18일, 홍승군 사진 찍은 게 있거든? 보관료도 없이 내가 보관하고 싶진 않고 그렇다고 그냥 돌려줄 수는 더욱 없는데, 방법이 없을까? 경진이도 뒤에 보이더군. 사진 값을 톡톡히 받아야겠다더라고 전해줄 수 있을까? 낌에, 원한다면 원하는 사람들끼리 모여 보는 것도 좋겠구. 전혀 근거 없었던 얘긴 아니니까. 오늘도 추 씨와 그런 얘길 했어. 이건 정말 전체가 자발적이라야 해. 코방구 뀔 사람은 아예 그만두구. 우리도 모일 수 있는 날짜, 장소, 시간을 생각해볼 테니, 군이 좀 수고하셔서 그 동네 의견을 중계해 주었으면 이건 너무 사무적이라 화를 내시겠구먼. 정말 너무 심한 에누리 덕택인지(?) 아니면 의례껏 겪는 등록의 쌍곡선에 이젠 명철해져버려서인지, 아무것도 쓰고 싶지 않아. 그럼 굿보고 떡 먹을 궁리나 하면서. 내일부터 자의든 타의든 간에 한 몫 끼어 떠들어댈 판. 숙대교정에 가득하게. 그게 자의기를…… 될 수 있는 대로 빠른 연락을. 곧 식을 가능성이 짙으니까. So long.

1964.3.5. gold

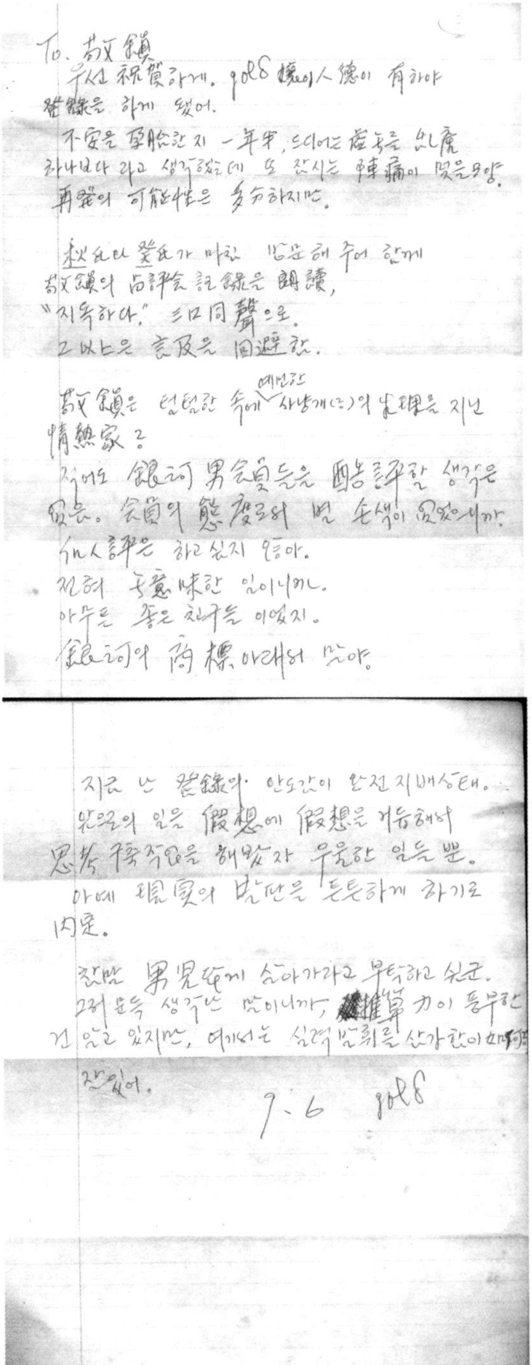

To. 敬鎭

우선 祝賀하게. gol8 嬢의 人德이 有하야 登錄을 하게 됐어.

不安은 豫感한 지 一年半, 드디어는 虛像은 없나 보다 라고 생각했는데 또 잠시는 陣痛이 있은 모양.
再發의 可能性은 多分하지만.

趙氏와 崔氏가 마침 방문해 주어 함께 敬鎭의 品評会 記錄을 朗讀,
"지독하다." 三口同聲으로.
그 以上은 言及을 回避함.

敬鎭은 덤덤한 속에 예민한 사냥개(?)의 生理를 지닌 情熱家로
적어도 銀河 男会員들은 酷評할 생각은 없음. 会員의 態度로서 별 손색이 없었으니까.
個人評은 하고 싶지 않아.
전혀 無意味한 일이니까.
아무튼 좋은 친구들 이었지.
銀河의 商標 아래서 말야.

지금 난 登錄의 안도감이 완전 지배상태.
앞으로의 일은 假想에 假想을 거듭해서 思考構築작업을 해보자 우울한 일들 뿐.
아예 現實의 발판은 튼튼하게 하기로 内定.

참말 男兒들에게 돌아가라고 부탁하고 싶군.
그러는 생각만 말이니까, 推算力이 풍부한 건 알고 있지만, 여기서는 실력발휘를 삼가함이 如何하겠 잖있어.

9. 6 gol8

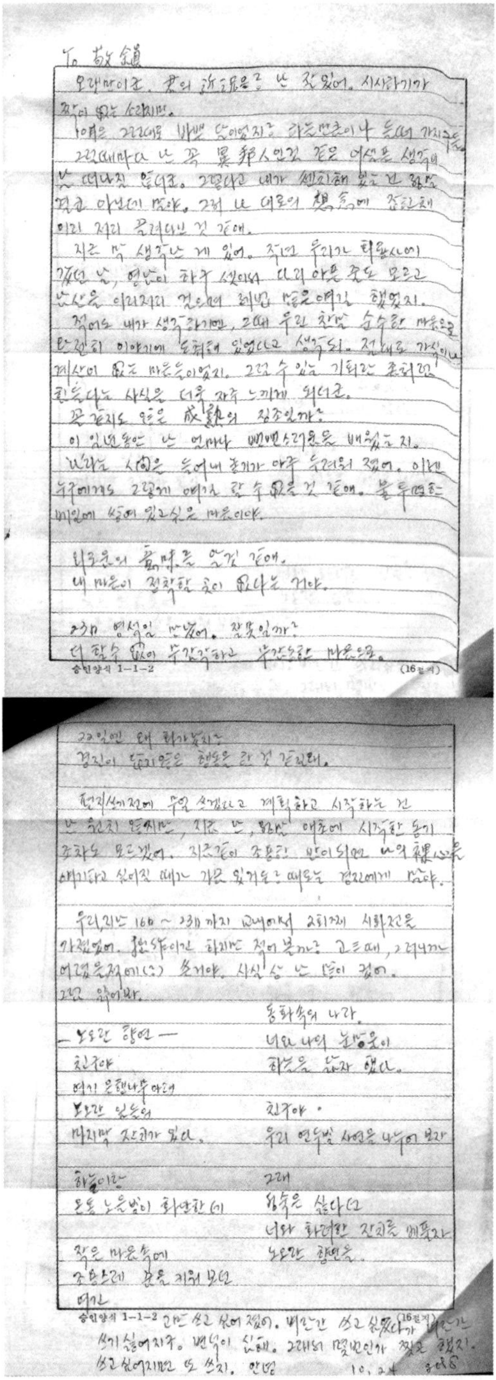

To 敬鎭

오래만이군. 君의 近況은? 난 잘 있어. 시시하기가 짝이 없는 소리지만.

10月은 그런대로 바쁜 날이었지? 하는 편지이나 늦어서 가지구.

그럴때마다 난 꼭 異邦人인것 같은 어색을 생각에 벗어나질 않더군. 그렇다고 내가 생각해 보는 건 절대 결코 아닌데 말야. 그저 난 나로의 想念에 집착해 이리 저리 끌려다닌 것 같애.

지금 딱 생각나는 게 있어. 작년 우리가 [illegible]사이 갔던 날, 영란이 하고 셋이서 다리 아픈 줄도 모르고 산길을 이리저리 걸으며 제법 많은 얘길 했었지.

적어도 내가 생각하기엔, 그때 우린 참말 순수한 마음으로 온전히 이야기에 도취해 있었다고 생각되. 절대로 가식이나 계산이 없는 마음들이었지. 그럴 수 있는 기회란 흔치(?) 않다는 사실을 더욱 자주 느끼게 되더군.

꼭 그렇지도 않은 成熟의 징조일까?

이 일년 동안 난 얼마나 뻔뻔스러움을 배웠는지.

[illegible] 사연을 늘어내 놓기가 아주 두려워 졌어. 이젠 누구에게도 그렇게 얘기 할 수 없을 것 같애. 불투명한 베일에 싸여 있고 싶은 마음이야.

외로움의 意味를 알것 같애.

내 마음이 정착할 곳이 없다는 거야.

그게 열성일(?) 뿐없어. 잘못일까?

더 할수 없이 무감각하고 무감동한 마음으로.

승인양식 1-1-2 (16절지)

그러면 왜 화가날지?

경진이 [illegible] 행동은 간 것 같더래.

편지쓰기전에 무얼 쓰겠다고 계획하고 시작하는 건 난 원치 않지만, 지금 난, 왜 애초에 시작한 동기 조차도 모르겠어. 지금같이 조용한 밤이되면 나의 [illegible]을 얘기하고 싶어질 때가 가끔 있거든? 때로는 경진에게 말야.

우리 [illegible]는 16日 ~ 23日 까지 교내에서 2회째 시화전을 가졌었어. [illegible]이라 하지만 적어 볼까? 고등때, 그러니까 어렸을적에(?) 쓴거야. 사실상 난 많이 겁이. 그걸 읽어봐.

— 노오란 향연 —

친구야
여기 은행나무 아래
노오란 잎들의
마지막 잔치가 있다.

하늘이란
온통 노을빛이 화안한 (이)

작은 마음속에
조용스레 꿈을 키워 보던
여기

동화속의 나라.
너와 나의 눈망울이
하늘을 날자 했다.

친구야.
우리 연두빛 사연을 나누어 보자

그래
[illegible] 싫다더
너와 화려한 잔치를 베풀자
노오란 향연을.

승인양식 1-1-2 (16절지)

그만 쓰고 싶어 졌어. 며칠간 쓰고 싶었다가 며칠간 쓰기 싫어지구. 변덕이 심해. 그래서 몇번인가 찢고 했지. 쓰고 싶어지면 또 쓰지. 안녕

10. 24

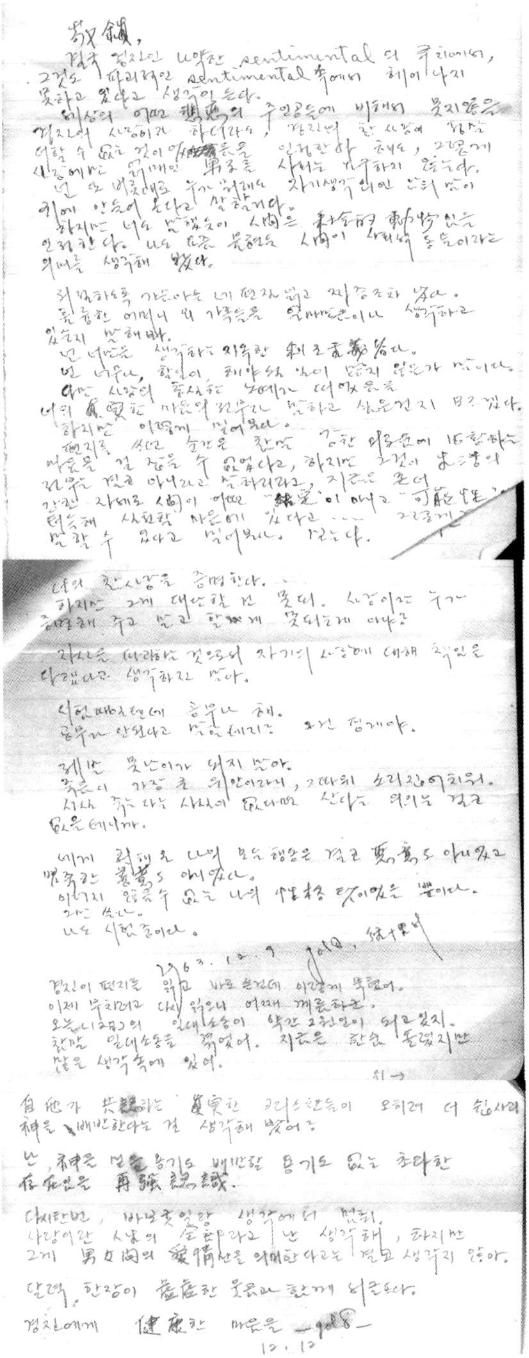

敬鎭,
결국 경자의 나약한 sentimental의 굴레에서,
그것도 파괴적인 sentimental 속에서 헤어나지
못하고 있다고 생각이 든다.
비상의 어떤 悲劇의 주인공들에 비해서 못지않은
경자의 사랑이라 하더라도, 경자의 한 사람에 대한
어찌할 수 없는 것이 [illegible]들을 인정한다 해도, 그렇게
사랑에만 얽매인 弱者를 사회는 용서하지 않는다.
넌 또 비웃겠지 누가 뭐래도 자기생각 외엔 논리 없이
귀에 안 들어온다고 생각하겠지.
하지만 너도 말했듯이 人間은 社會的 動物인 것은
인정한다. 나도 또한 훌륭한 人間이 사회적 동물이라는
의미를 생각해 봤다.

괴로워하도록 가는 아, 네 편지 읽고 짜증조차 났다.
훌륭한 어머니와 가족들을 얼마만큼이나 생각하고
있는지 말해 봐.
넌 너만을 생각하는 지독한 利己主義者다.
넌 너무나, 할 일이, 해야 할 일이 많지 않은가 말이다.
다만 사랑의 충실한 노예가 되었음을
너의 [illegible]한 마음이 괴로우나 말하고 싶은 건지 모르겠다.
하지만 이렇게 믿어 봤다.
편지를 쓰던 순간은 참말 강한 마음으로 [illegible]하는
마음을 걸 잡을 수 없었다고, 하지만 그것이 [illegible]의
전부는 결코 아니라고 말하리라고, 지금은 좀 더
강한 자세로 人間이 어떤 "[illegible]"이 아니고 "可能性"...
[illegible] 사회할 마음이 있다고 ... 그렇게
말할 수 없다고 믿어 봤다. 믿는다.

너의 참사랑을 증명한다.
하지만 그게 대단할 건 못돼. 사랑이란 누가
증명해 주고 말고 할 게 못되는 게 아냐?

자신을 [illegible]하는 것으로서 자기의 사랑에 대해 책임을
다했다고 생각하지 말아.

시험 때인데 공부나 해.
공부가 안 된다고 핑계 대지는 마. 그건 핑계야.

제발 못난이가 되지 말아.
죽는 게 가장 큰 위안이라니, 그따위 소리 집어치워.
사실 죽는다는 사실이 없다면 산다는 의의는 결코
없을 테니까.

네게 최해 온 나의 모든 행동은 결코 [illegible]도 아니었고
맹목적인 [illegible]도 아니었다.
이겨낼 수 없는 나의 性格 탓이었을 뿐이다.
그만 쓴다.
나도 시험 중이다.
1963. 12. 9 밤, 結[illegible]서

경자의 편지를 읽고 바로 쓴 건데 이렇게 늦었어.
이제 부치려고 다시 읽으니 어째 께름하군.
오늘 [illegible]의 일대 소동이 약간 그 원인이 되고 있지.
참말 일대소동을 겪었어. 지금은 한숨 돌렸지만
많은 생각 속에 있어.
뒤→

自他가 共[illegible]하는 [illegible]實한 크리스천들이 오히려 더 쉽사리
神을 배반한다는 걸 생각해 봤어?

난, 神을 믿을 용기도 배반할 용기도 없는 초라한
存在임을 再強認識.

다시 한 번, 바보 같은 생각에서 벗어나.
사랑이란 人生의 全部라고 난 생각해, 하지만
그게 男女間의 愛情만을 의미한다고는 결코 생각지 않아.

달려, 한강이 [illegible]한 웃음과 함께 부른다.

경자에게 健康한 마음을 —[illegible]—
12. 12

敬鎭,

정말 지독하게 고마웠어.

엉뚱한 問題이 하나 생긴셈이 되었지만 그건 걸 관계없고, 생각해 주는 친구가 있다는 事實이 充分히 날 흐뭇하게 만들었지. 그러구보니 난 모든 일에 늘 不誠實한가봐.

放學을 어떻게 보내고 있는 中인지.
나처럼 冬眠은 아니겠지.
后悔하는 것도 이미 초월한 상태야.
이럴때면 난 버릇대로 늘 초연한 체 하는거야.
눈꼴 사납게시리.

내게도 도전해 오는 世上이 있어.
내가 비난하고 경멸시했던 女人들의 대열에 끼어 들었단 말야.
그래도 난 次元이 다르고 싶었어.
그리곤 방관자가 되어 관조하는 버릇을 길러왔지.
하지만 그게 얼마나 비열한 도피책인가를
유치한 自慰책인가를 아는중야.
난 관객도 방관자도 아닌 연기자가 되야 할 단계인데 경험이 없어서 실패할 것 같아.
남의일 얘기하고 있는것 같지?
사람이 이렇게 뻔뻔스러워 질 수도 있더군.
난 정말 내세계에서만 살아왔어.
나대로 해석하고 판단하고.
하지만 그게 아니더군.

女子란 정말 어리석고 바보같고 호기심많은 존재더군.

사람이 環境에 適應하는 힘 말야.
참 크더군.

그러구 참, 祝賀하지 않겠어?
우리 맏언니의 長男을. (음력 1月4日)
조카가 생기는 동시에 이모가 됐거든.

安寧.

'64. 2. 21

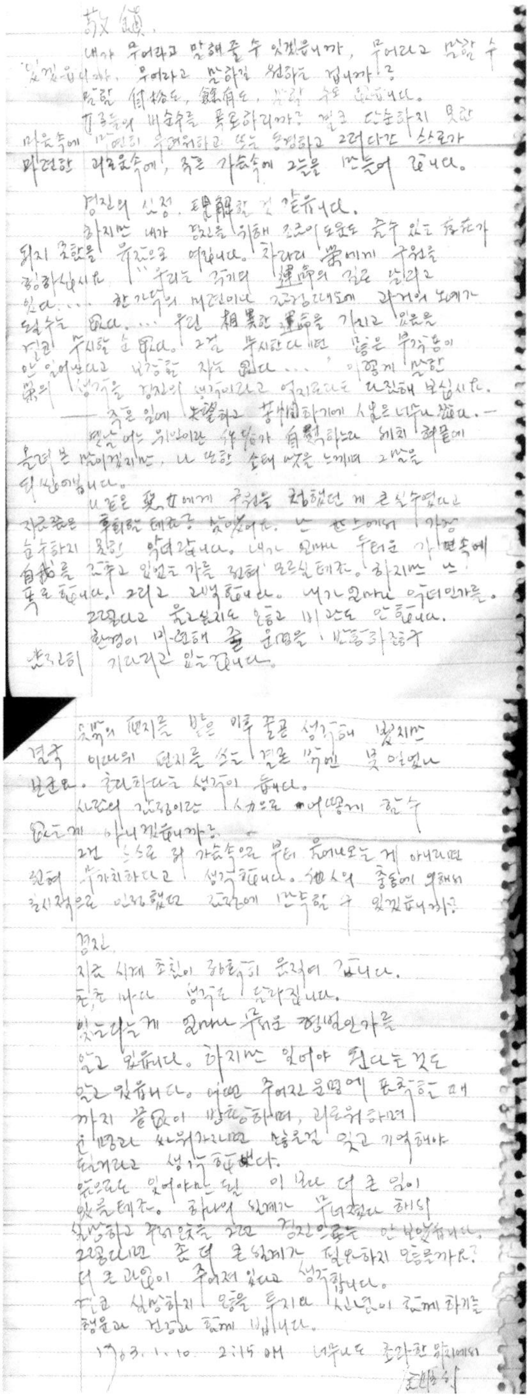

敬鎭,

내가 무어라고 말해줄 수 있겠읍니까, 무어라고 말할 수 있겠읍니까. 무어라고 말하길 원하는 겁니까?

말할 資格도, 餘裕도, 말할 수도 없읍니다.

女子들의 배신을 폭로하리까? 결코 단순하지 못한 마음속에 막연히 두려워하고 또는 동경하고 그러다간 스스로가 마련한 괴로움속에, 죽은 가슴속에 그늘을 만들어 줍니다.

경진의 심정. 理解할 것 같읍니다.

하지만 내가 경진을 위해 조금의 도움도 줄수 없는 존재가 되지 못함을 유감으로 여깁니다. 차라리 (?)에게 구원을 청하십시요. "우리는 각기의 運命의 길로 살려고 있다... 한 가닥의 미련이나 그리움 때문에 과거의 노예가 될수는 없다... 우린 相異한 運命을 가지고 있음을 결코 무시할 순 없다. 그걸 무시한다면 많은 부작용이 안 일어난다고 보장할 자는 없다..." 이렇게 말한 (?)의 생각을 경진의 생각이라고 여기고라도 다짐해 보십시요.

— 죽은 일에 失望하고 苦悶하기에 人生은 너무나 짧다. —

옛날 어느 위인이란 作家가 自覺하느라 (?) 올려본 말이겠지만, 나 또한 (?) 느끼며 그말을 되새겨봅니다.

나같은 (?)에게 구원을 청했던 게 큰 실수였다고 지금쯤은 후회할 테죠? (?) 난 (?)에서 가장 솔직하지 못한 악녀랍니다. 내가 얼마나 두터운 가면속에 自我를 감추고 있었는가를 전혀 모르실 테죠. 하지만 난 속으로 웁니다. 그리고 고백합니다. 내가 얼마나 악녀인가를.

그렇다고 용서해달라고 울고 비굴도 안 합니다.

한명이 마련해 줄 운명을 방황하면서 얌전히 기다리고 있는 겁니다.

오빠의 편지를 받은 이후 줄곧 생각해 봤지만 결국 이따위 편지를 쓰는 결론 밖엔 못 얻었나 봐요. 초라하다는 생각이 듭니다.

사랑의 감정이란 人力으로 어떻게 할수 있는게 아니겠읍니까?

그건 스스로 제 가슴속으로 부터 우러나오는 게 아니라면 전혀 무가치하다고 생각합니다. 他人의 충동에 의해서 일시적으로 인정했던 사랑에 만족할 수 있겠읍니까?

경진,

지금 시계 초침이 공허히 울리어 갑니다.

순간마다 생각도 달라집니다.

잊는다는게 얼마나 무서운 형벌인가를 알고 있읍니다. 하지만 잊어야 된다는 것도 알고 있읍니다. 어떤 주어진 운명에 도착할 때까지 끝없이 방황하며, 괴로워하며 운명과 싸워가면서 소중한걸 잊고 기억해야 되겠다고 생각했었다.

앞으로도 잊어야만 될 이보다 더 큰 일이 있을테죠. 하나의 시련이 무너졌다 해서 실망하고 주저앉을 그런 경진으로는 안 보았읍니다. 그렇다면 좀 더 큰 시련이 필요하지 않을까요? 더 큰 과업이 주어져 있다고 생각합니다.

결코 실망하지 않을 두지마 신념이 함께 하기를 행운과 건강과 함께 빕니다.

1963. 1. 10. 2:15 AM 너무나도 초라한 밤에서

(?)희

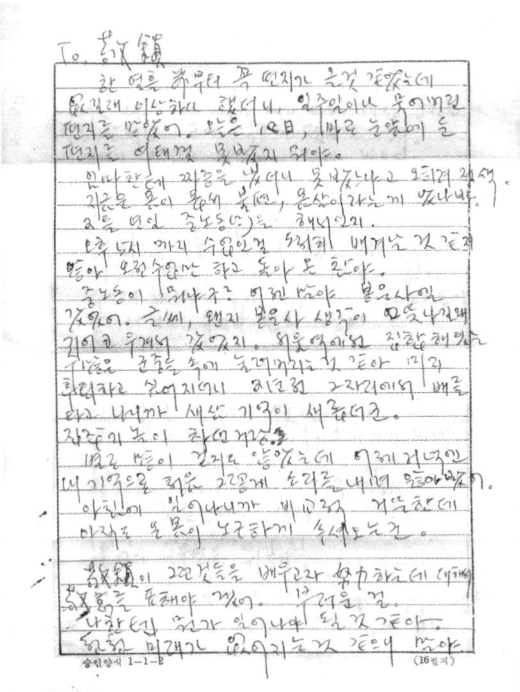

To. [illegible]鎭

한 열흘 前부터 꼭 편지가 올 것 같았는데
없길래 이상하다 했더니, 일주일이나 묵어버린
편지를 받았어. 오늘은 18日, [illegible] 눈앞에 둔
편지를 여태껏 못 받았지 뭐야.
엄마한테 짜증을 냈더니 못 받았냐고 오히려 걱정.
기운은 몸이 좋아서 [illegible], 몸살이라는 게 없나 봐.
2틀 연일 중노동(?)을 해냈으니.
오후 4시 까지 수업인걸 [illegible] 빼 먹는 것 같[illegible]
[illegible] 오전 수업만 하고 돌아 온 참야.
중노동이 뭐냐구? 여길 봐야 봉사일
같았어. 글쎄, 왠지 봉사 생각이 [illegible]
기어코 우겨서 갔었지. [illegible]에서 집합 해 있는
[illegible] 군중들 속에 놀러가기는 것 같아 미리
[illegible] 싫어지더니 [illegible] 그 자리에서 배를
타고 나니까 새삼 기억이 새롭더군.
[illegible] 참 [illegible]
[illegible] 걸리도 않았는데 이렇게 저녁인
내 기억으로 [illegible] 소리를 내며 울어 [illegible].
아침에 일어나니까 비교적 거뜬한데
아직도 온 몸이 노곤하게 [illegible]는 건.

[illegible]이 그런 것들을 배우고자 努力하는데 (내게)
[illegible]을 표해야 겠어. 부러운 걸.
나한텐 뭔가 일어나야 될 것 같아.
[illegible] 미래가 없어지는 것 같으니 말야.

승인양식 1-1-2 (16절지)

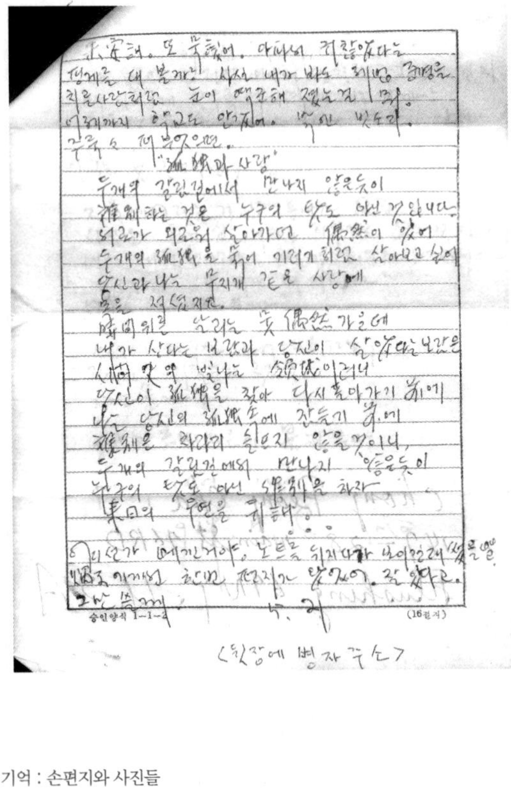

[illegible]. 또 무척[illegible]. 아파서 괜찮았다는
핑계를 대 볼까? 사실 내가 봐도 [illegible]
[illegible] 눈이 [illegible] 했는걸 [illegible].
이렇게까지 하고도 [illegible]. [illegible].
[illegible] 떠 봤으면.

"孤獨과 사랑"

두개의 갈림길에서 만나지 않은듯이
離別하는 것은 누구의 탓도 아닌 것입니다.
서로가 외로워 살아가며 偶然이 있어
두개의 孤獨 속에 기대어 [illegible] 살아보고 싶어
당신과 나는 무지개 같은 사랑에
몸을 적셨지요.
[illegible] 살리는 [illegible] 偶然 가운데
내가 산다는 보람과 당신이 살았다는 보람은
[illegible] 빛나는 [illegible]이려니
당신이 孤獨을 찾아 다시 돌아가기 前에
나는 당신의 孤獨 속에 잠들기 前에
離別은 차라리 슬프지 않을 것이니,
두개의 갈림길에서 만나지 않은듯이
누구의 탓도 아닌 離別을 하라
[illegible]의 우연을 위해.

[illegible]가 떼기는거야. 노트를 뒤지다가 보이길래 [illegible]
[illegible] 이제서 쓴 편지가 되었어. 잘 있다고.
그만 쓸께. [illegible]

승인양식 1-1-2 (16절지)

<뒷장에 별자국 소>

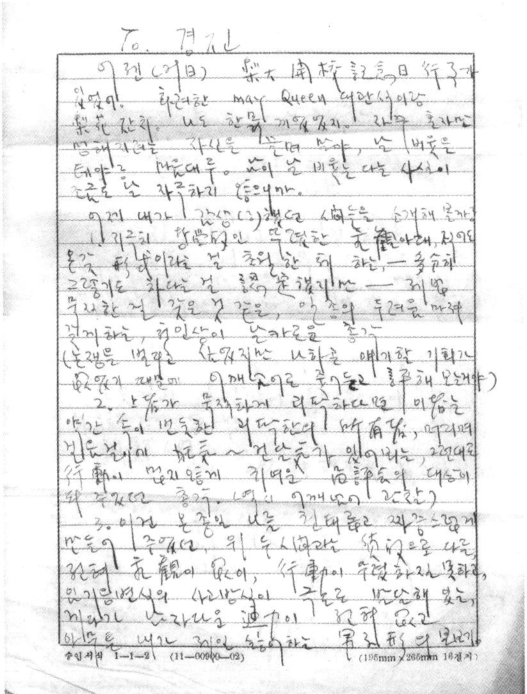

To. 경자

어젠(어제) 梨大 開校記念日 行事가 있었어. 화려한 May Queen 대관식이랑 梨花 잔치. 나도 한몫 끼었었지. [illegible] 혼자만 멍해지려는 자신을 누르며 [illegible] 마음대로. [illegible] 조금도 [illegible] 하지 않으니까.

이제 내가 감상(?)했던 書들을 소개해 볼까?

1. 지극히 常識的인 뚜렷한 主觀아래, 자기도 온갖 形式이라는 걸 초월한 듯 하는, — 多分히 그렇기도 하다는 걸 認定은 했지만 — 제법 무시한 것 같은 것 같은, 어떤 종의 두려움마저 갖게 하는, 현인상이 날카로운 [illegible] (논쟁을 벌이고 싶지만 나하고 얘기할 기회가 없었기 때문에 이제부터로 [illegible] 해 보는거야)

2. [illegible] 무지하게 [illegible] 이 [illegible] 所有者, [illegible] 있어라는, 그런대로 行動이 [illegible] 좋아. [illegible]

3. 이건 본질의 나를 [illegible] 만들어 주었던, 위 두 人間과는 [illegible] 다른, 전혀 主觀이 없이, 行動이 [illegible] 못하고, [illegible] 아무튼 내가 제일 [illegible] 하는 [illegible]

수입서식 1—1—2 (11—00900—02) (195mm×265mm 16절지)

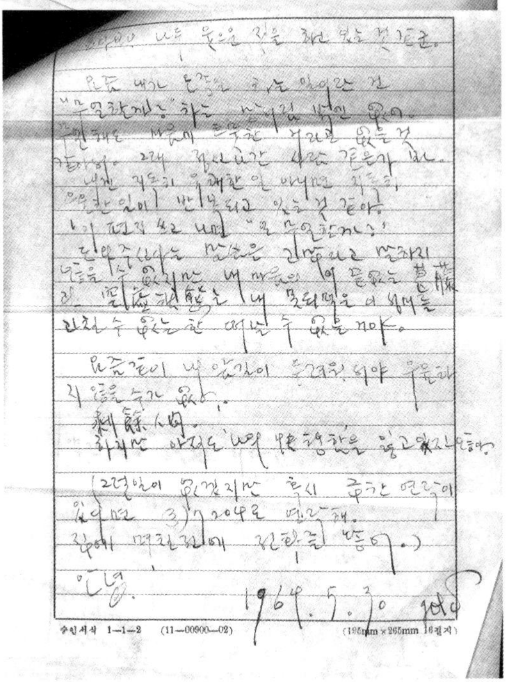

[illegible] 나는 웃음을 잃은 것 같군.

요즘 내가 [illegible] 말이란 건 "무얼할까?" 하는 말이랄 밖엔 없어. [illegible] 마음에 [illegible] 없는 것 같아. 그저 [illegible] 같은가 봐.

내겐 지독히 [illegible] 아니면 지독히 [illegible] 일이 반복되고 있는 것 같아. [illegible] "또 무얼할까?" [illegible] 말들은 [illegible] 않을 수 없지만 내 마음의 [illegible] 葛藤 [illegible] 수 없는 한 떠날 수 없을 거야.

요즘같이 내 앞길이 두려워 보여야 [illegible] 수가 없어.

[illegible]

하지만 아직도 나의 快活함을 잃고 있지는 않아요.

(그럴 일이 없겠지만 혹시 급한 연락이 있다면 (3) 7204로 연락해. 낮에 [illegible] 전화해 봐.)

안녕.

1964. 5. 30 [illegible]

수입서식 1—1—2 (11—00900—02) (195mm×265mm 16절지)

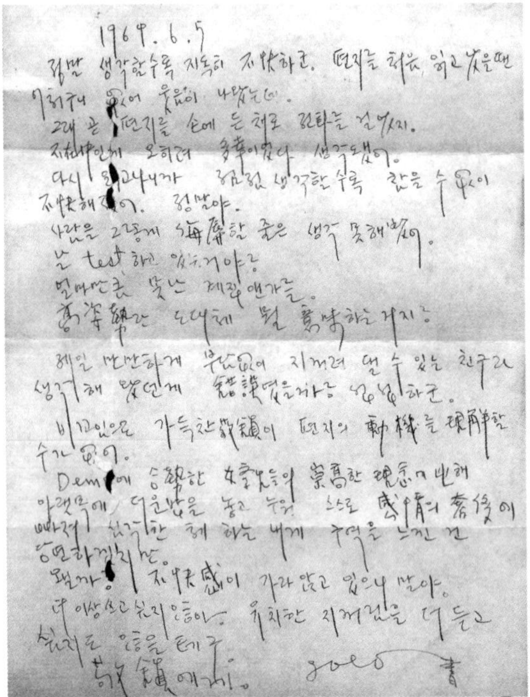

1964. 6. 5

정말 생각할수록 지독히 不快하군. 편지를 처음 읽고 났을땐 기막혀서 없어 웃음이 나왔는데.

그래 곧 편지를 손에 든 채로 전화를 걸었지.

지금에 와선 오히려 多幸이었다 생각됐어.

다시 읽고나니까 정말 생각할수록 참을 수 없이 不快해졌어. 정말야.

사람을 그렇게 侮辱할 줄은 생각 못해봤어.

날 test하고 있는거야?

얼마만큼 못난 제물앤가를.

高等學校 도대체 뭘 흉내하는 거지?

제일 만만하게 부담없이 지껄여 댈 수 있는 친구라 생각해 왔던게 錯誤였을까?! 생각하군.

비꼬임으로 가득찬 敬鎮이 편지의 動機를 理解할 수가 없어.

Dem에 승락한 女學生들의 崇高한 理念에 반해 아랫목에 더운밥을 놓고 누워 스스로 感情의 誇張에 빠져서 심각한 체 하는 내게 주먹을 느낀 건 당연하겠지만.

왠까 ! 不快感이 가라앉고 있으니 말야.

더 이상 소리치지 않을래. 유치한 지껄임을 더 듣고 싶지도 않을 테구.

敬鎮에게. goeo 書

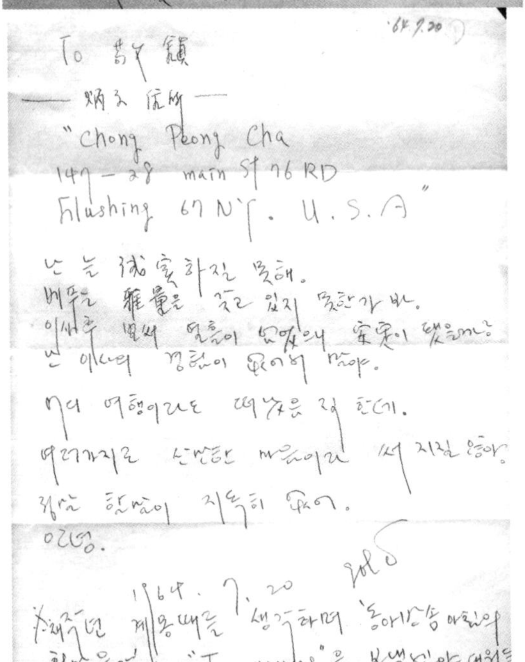

'64. 7. 20

To 敬鎮

— 病室 住所 —

"Chong Peong Cha
147 - 28 main St 76 RD
Flushing 67 N.Y. U.S.A"

난 늘 誠實하지 못해.

베풀 雅量은 갖고 있지 못한가 봐.

이해주길 벌써 말들이 없었으니 安定이 됐을까?

넌 이사의 경험이 없어서 말야.

어디 여행이라도 떠났은 것 한데.

여러가지로 산만한 마음이라 써 지질 않아.

정말 할말이 지독히 없어.

안녕.

goeo

1964. 7. 20

※ 재작년 제목 때를 생각하며 동아방송 아침의 희망음악에 "Too young"을 보냈었어, 대원들에게.

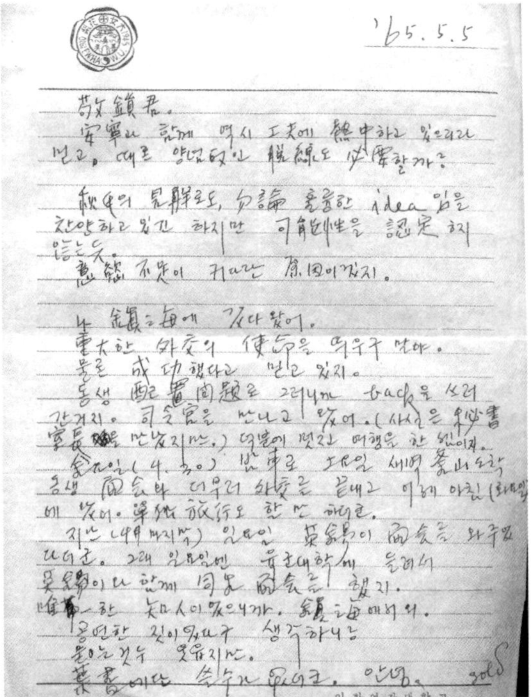

'65.5.5

敬鎭君.

安寧? 함께 역시 工夫에 熱中하고 있으리라 믿고. 때로 양념적인 脫線도 必要할까?

秋子의 見解로도, 勿論 훌륭한 idea 임을 찬양하고 있긴 하지만 可能性을 認定하지 않는 듯.

意慾 不足이 커다란 原因이겠지.

난 鎭海에 갔다 왔어.

重大한 外交의 使命을 띄우구 말야.

물론 成功했다고 믿고 있지.

동생 配置問題로 그러나 back을 소리 간거지. 司令官을 만나고 왔어. (사실은 秘書室長을 만났지만.) 덕분에 멋진 여행을 한 셈이지.

金요일(4. 30) 밤 車로 土요일 새벽 釜山도착 동생 面会와 더불어 外交를 끝내고 이례 아침(화요일)에 왔어. 單獨 旅行도 할 만 하더군.

지난 (4月 마지막) 일요일 英鎬이 面会를 와주었더군. 그래 일요일엔 육군대학에 들려서 英鎬이와 함께 同窓 面会를 했지.

唯一한 知人이었으니까. 鎭海에서의.

용연한 짓이었다구 생각하니 [illegible] 것두 웃읍지만.

葉書에다 쓸수가 없더군. 안녕. gold

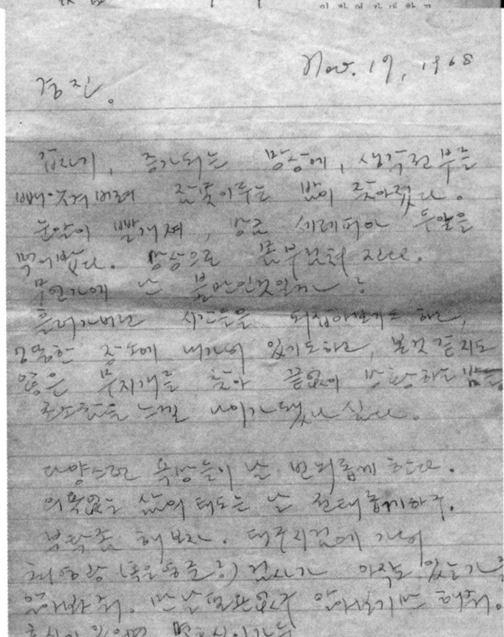

Nov. 19, 1968

경진.

겨울이, 증가되는 밤중에, 생각컨 부른 빠-작 떼려 꽃봉이두는 밤이 찾아왔다.

눈앞이 빨개져, 창문 식혀버려야 두알을 [illegible]. 방송으로 몸부림쳐 간다.

무언가에 쓴 불만인것일까?

흘러가버린 시간들을 되찾아보기도 하고, 고요한 창속에 내가에 있기도 하고, 보지 말자도 않은 무지개를 찾아 끝없이 방황하는 밤을 초조함을 느낄 나이가 됐나 싶다.

다양스런 욕망들이 날 번거롭게 한다.

어쭙잖은 삶의 태도는 날 절대 [illegible].

부탁좀 해보자. 대추리껍에 가서 최영참(혹은 [illegible]) 없는가 아직도 있는가 알아봐줘. 만날 필요없구 알아보기만 해줘. 혹시나 있으면 알고 싶으니까.

안녕.

김희자

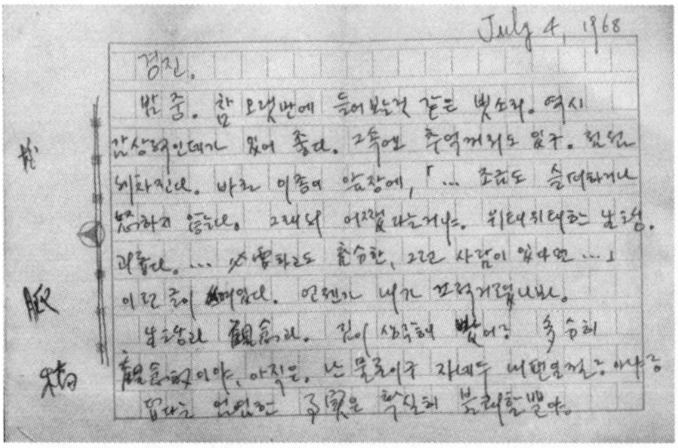
July 4, 1968

경진,

밤 중. 참 오랫만에 들어보는것 같은 빗소리. 역시 감상적인데가 있어 좋다. 그속엔 추억거리도 있구. [illegible] 바로 이층의 앞창에, 「... 조금도 슬퍼하거나 [illegible]하지 않는다. 그래서 어쩔 [illegible]. 위태위태한 [illegible]. [illegible]... [illegible] 순수한, 그런 사람이 있다면 ...」 이런 글이 씌여있다. 언젠가 내가 끄적거렸나봐.

[illegible] 觀念이라. 깊이 생각해 봤어? 순수히 [illegible]. 아직은. 난 물론이구 자네두 [illegible]

[illegible] 분리할 뿐야.

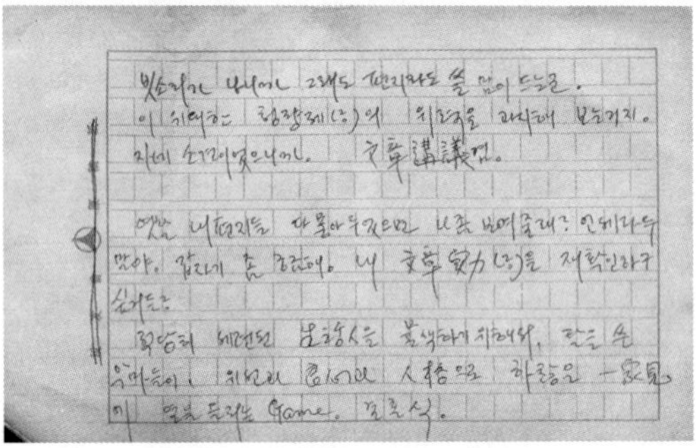
빗소리가 나네. 그래도 편지라도 쓸 맘이 드는군.

이 [illegible] 위력을 과시해 보는거지.

자네 소개해 [illegible]. 文學講義 [illegible].

옛날 내 편지들 다 몰아두었으면 나 좀 보여줄래? [illegible] 많아. 갑자기 좀 궁금해. 내 文學實力(?)을 재확인하구 싶거든.

[illegible] 一家見 [illegible] Game. 결혼식.

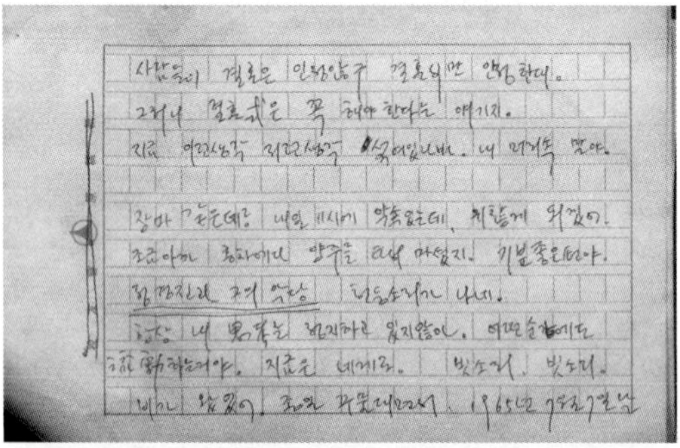
사람들이 결혼은 인정않구 결혼식만 인정한대.

그러나 결혼식은 꼭 해야 한다는 얘기지.

지금 이런생각 저런생각 [illegible]. 내 머리속 말야.

[illegible] 내일 11시에 약속있는데, [illegible]

조금 아까 [illegible] 기분좋은데야.

[illegible] 소리가 나네.

[illegible] 지금은 네게로. 빗소리. 빗소리.

비가 [illegible]. 1965년 7월 7일날

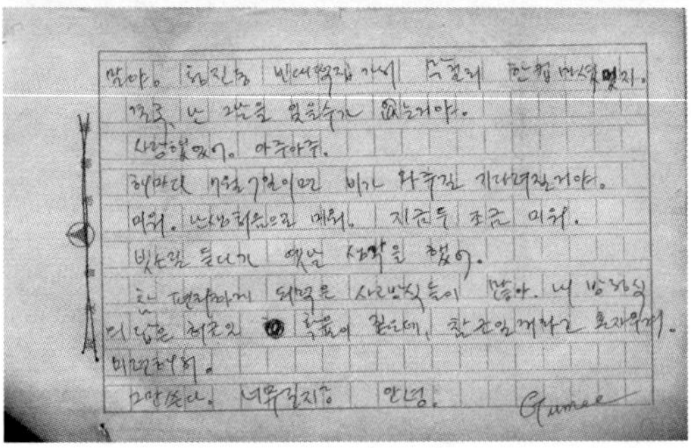
말야. [illegible] 가서 [illegible]

결국, 난 그날을 잊을수가 없는거야.

사랑했었기. 아주아주.

해마다 7월 7일이면 비가 와주길 기다려질거야.

미워. [illegible]. 지금두 조금 미워.

빗소릴 듣다가 옛날 생각을 했어.

[illegible] 많아. 내 [illegible] 혼자 [illegible].

[illegible].

그만쓴다. 너무길지? 안녕.

Gumee

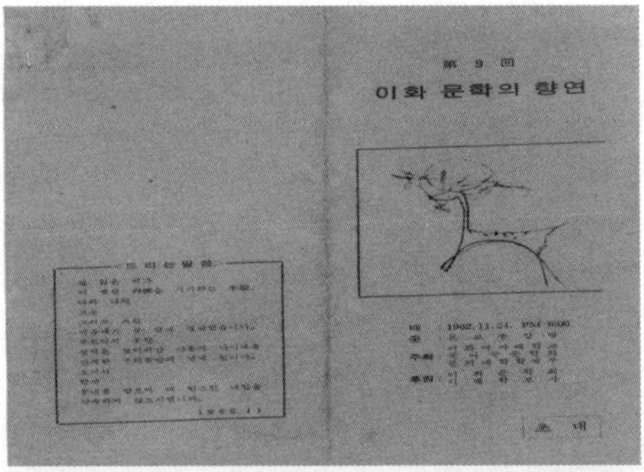

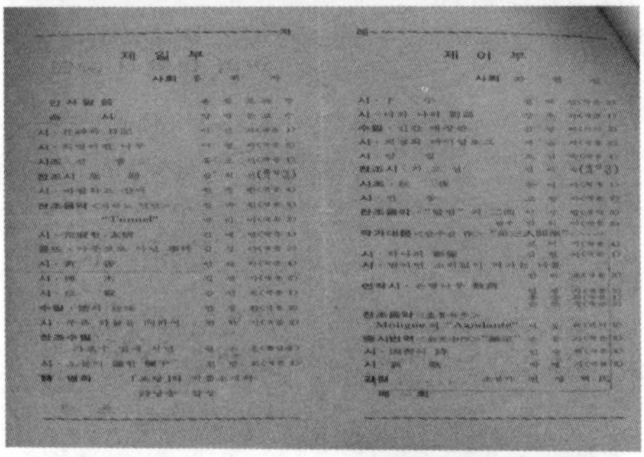

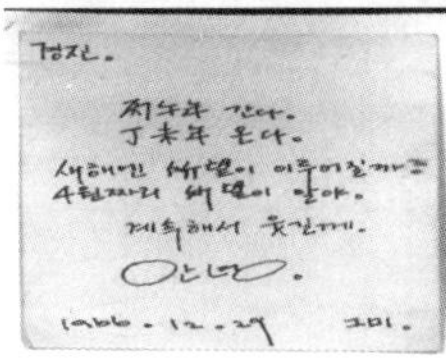
경진.

丙午年 간다.
丁未年 온다.
새해엔 所望이 이루어질까?
4월까지의 所望이 많아.
계속해서 웃길께.
안녕.

1966.12.29 그미.

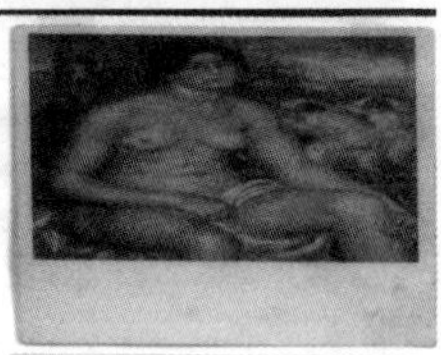

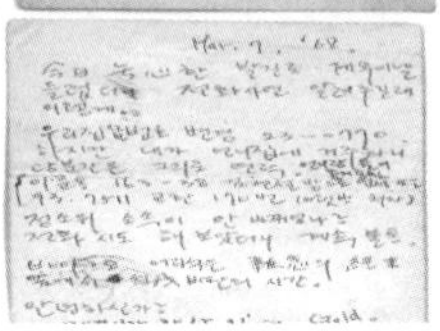
Mar. 7. '68.

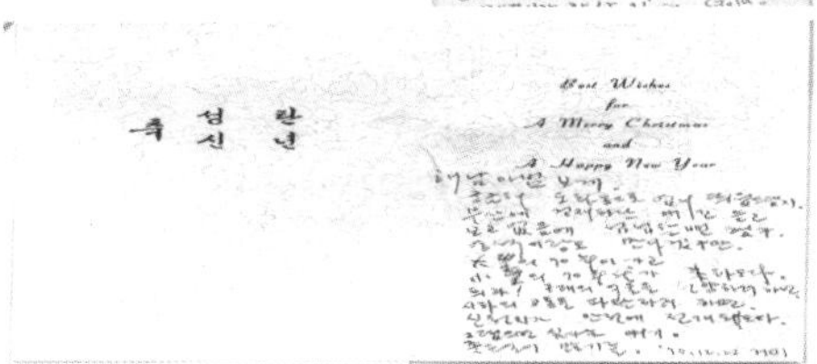

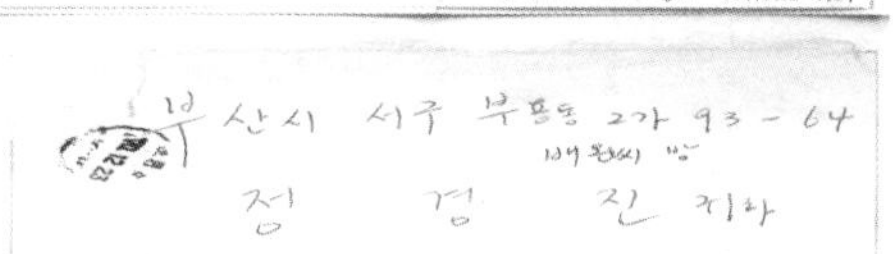
부산시 서구 부용동 2가 93-64
배○씨 방
정 경 진 귀하

當選論文 새世代의 倫理와 愛情觀

—大學街의 젊은이들을 中心으로—

<1>서 론
<2>본 론
<3>결 론

張 明 秀

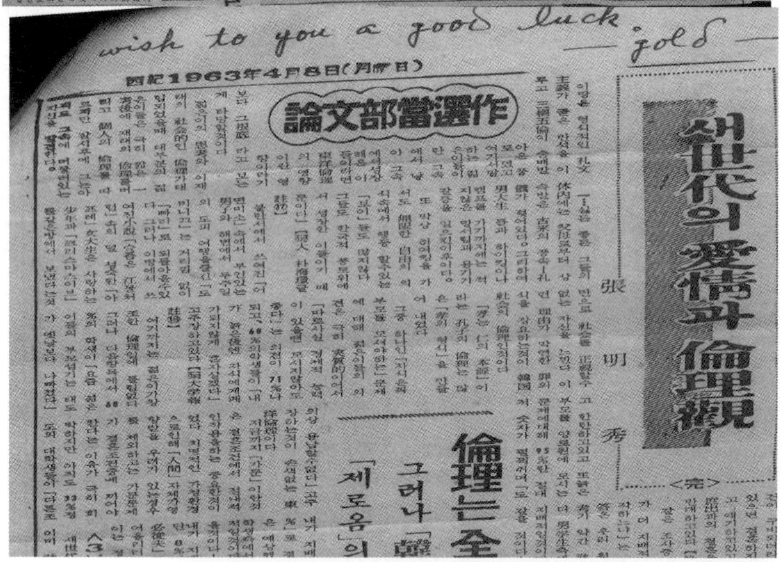

wish to you a good luck. — gold —

西紀1963年4月8日(月曜日)

論文部當選作

새世代의 愛情과 倫理觀

張 明 秀

<完>

論文部當選作

새世代의 愛情과 倫理

張 明 秀

3. 짧은 인연이 있었던 이들의 손편지

나는 고등학교 졸업 후 대학생이 된 후 인생설계의 첫 목표를 후레쉬맨인 대학 1학년 중에 일생을 함께 할 반려자 여성을 확정하겠다는 계획을 세우고 이를 이루면 그 후에는 공부에만 전념하여 꿈을 이루겠다는 결심을 했었다. 지금 생각하면 만 20세도 안 된 나이에 일생을 함께 할 배우자를 결정하겠다는 생각은 너무 무모한 것으로 생각되지만 그때 나에게는 매우 절실한 과제였던 것으로 생각된다. 요사이 젊은이들은 40세가 넘어도 결정을 못해 독신생활을 하는 사람이 남자, 여자를 불문하고 너무 많은데 아무리 60년 전이라 해도 나의 이런 생각은 너무 이루기 어려웠던 생각이 아니었던가 생각이 든다. 아무튼 나는 내 계획을 실행하기 위해 젊은 여인들을 만날 수 있는 기회나 장소에는 열심히 찾아다니며 애를 썼었다. 결국은 첫사랑의 실패로 모든 것이 허사로 내 인생의 첫 계획이 무산되는 슬픔과 허무함을 안고 헤매는 괴로움을 자초하는 계기가 되고 말았다.

그 시절 어떻게 인연이 시작되고 어떻게 인연이 끝났는지 어렴풋해 확실하게 기억되지 않는 손편지들이 있어 여기에 함께 실어본다.

그 중에 광주시 안 양은 내가 대학교 1학년 초에 눈 속에 기름샘이 자주 막혀 사직동 집에서 가까운 광화문안과에 자주 다니게 되었고 간호사와 친밀하게 되어 간호사 친구와 당시 외국어대에 다니던 친구 박 군과 병원진료가 끝나고 난 늦은 저녁에 시민회관(지금의 세종문화회관) 앞 광장에서 자전거를 타고 놀던 때 인연으로 잠시 동안 편지를 주고받았던 것 같다. 그때는 계속 한쪽 눈에 안대를 하고 다녀서 그 당시 상영된 영화 "원아이드 잭" 제목과 같이 원아이드 잭이라는 별명으로 친구들이 불러주던 기억이 떠오른다.

여동생 같이 지냈던 아내 친구 정 양과 주고받은 손편지

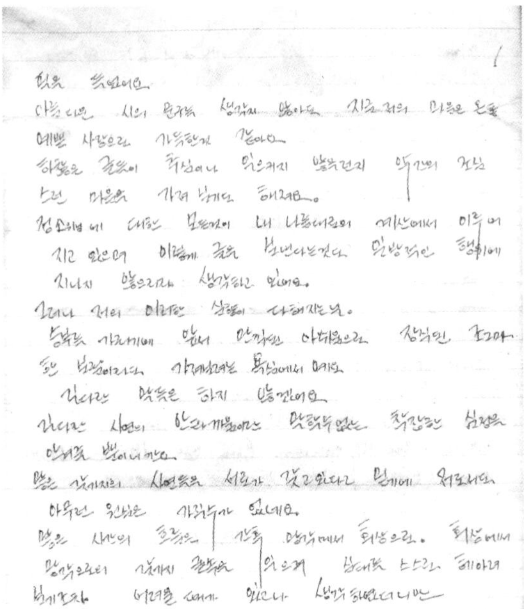

1

답을 쓰겠어요.
아름다운 시의 문구를 생각지 않아도 지금 저의 마음은 온통
예쁜 사랑으로 가득한 것 같아요.
하늘은 글씨에 충실하나 [illegible] 약간의 조심
스런 마음을 가져 보게도 해줘요.
정선생님에 대한 모든 것이 내 나름대로의 계산에서 이루어
지고 있으며 이렇게 글을 보낸다는 것도 일방적인 행위에
지나지 않으리라 생각하고 있어요.
그러나 저의 이러한 심정이 [illegible] 날.
[illegible] 아쉬움으로 장식된 조그마
한 보람이라도 가지려는 욕심에서예요.
[illegible] 하지 않겠어요
[illegible] 착잡한 심정을
안겨줄 뿐이니까요.
많은 갖가지의 사연들을 서로가 갖고 있다고 믿기에 외로워도
아무런 외로움은 가질 수가 없네요.
많은 시간의 흐름은 간혹 망각에서 회상으로. 회상에서
망각으로의 갖가지 [illegible] 살며시 스스로 헤아려
보게 되죠. [illegible] 생각하였더니만
시간과 환희의 [illegible] 마력에 의해 과거사가 애뜻하게
그리워 질 때도 있잖아요.

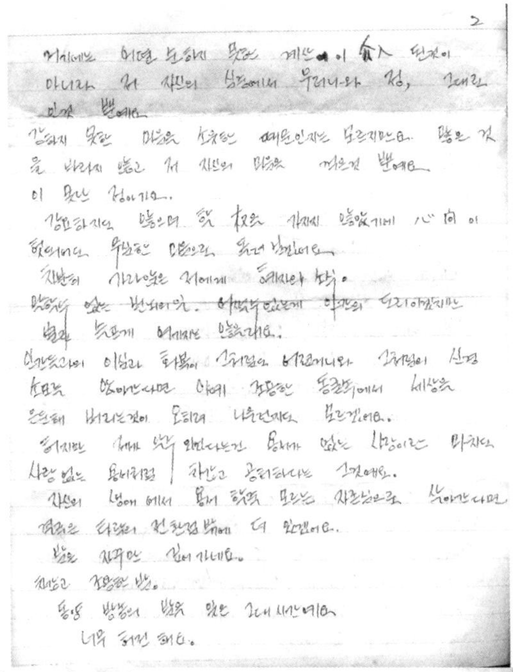

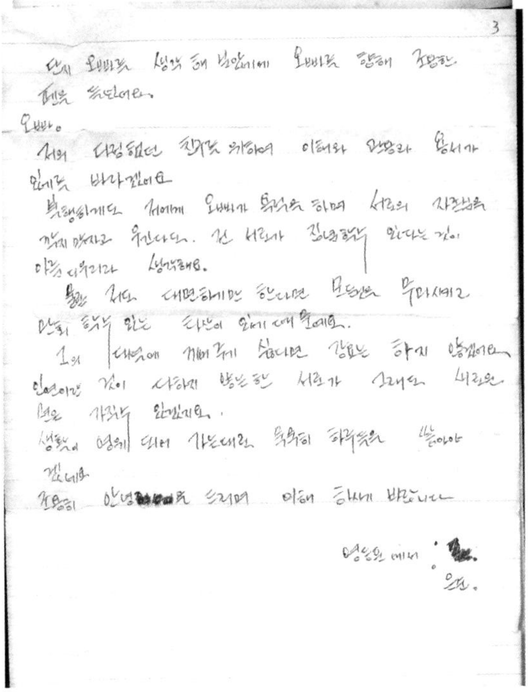

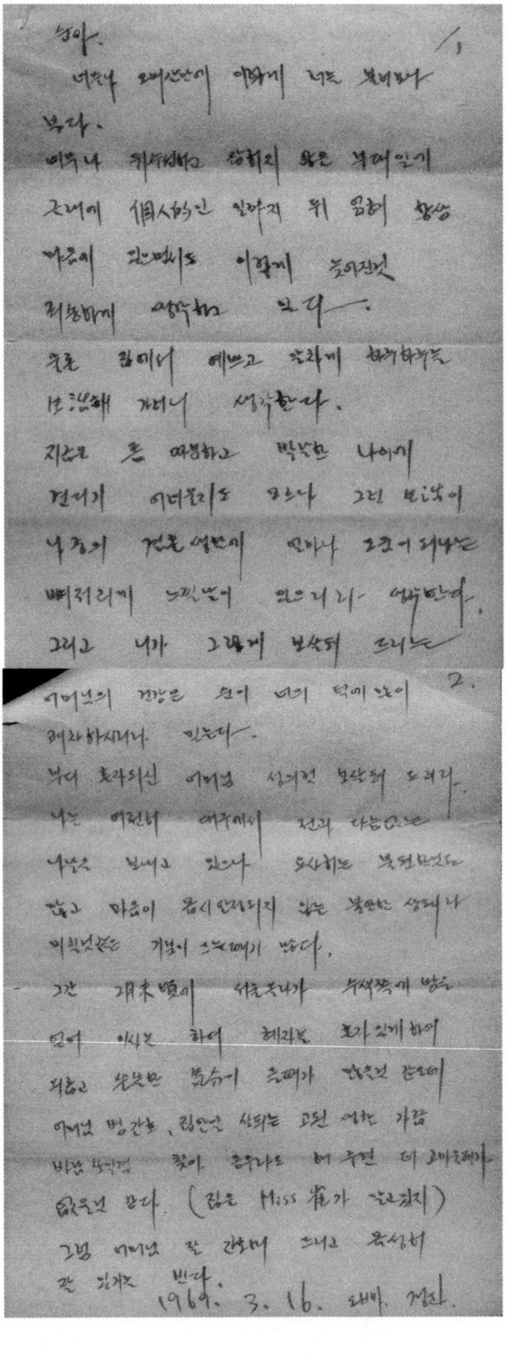
순아. 1

얼마나 오래간만에 이렇게 너를 불러보나
보다.
어쨌나 취직하고 결혼의 일은 부어 있기
때문에 個人的인 일까지 뒤 밀려 항상
마음이 있으면서도 이렇게 늦어진 것
죄송하게 생각하고 있다.
혼혼 짐이니 예쁘고 착하게 하루하루를
보람해 가려니 생각한다.
지금은 좀 따분하고 빡빡한 나이에
견디기 어려울지도 모르나 그런 날들이
나중의 결혼생활에 얼마나 도움이 되었는가
뼈저리게 느낄 날이 있으리라 생각한다.
그리고 내가 그렇게 보살펴 드리는 2.
어머님의 건강은 순이 너의 덕이 많이
회복하시리라 믿는다.
부디 홀로되신 어머님 성의껏 보살펴 드려라.
나는 여전히 여주에서 전과 다름없는
나날을 보내고 있으나 도시하고는 불편한 것도
많고 마음이 몹시 안정되지 않는 불안한 상태나
비친 것 같은 기분이 드는 때가 많다.
그간 2月末頃에 서울 온다가 수색쪽에 방을
얻어 이사를 하여 해피를 볼 수 있게 하여
되었고 살림은 봄날이 올 때가 많은 것 같은데
어머님 병간호, 김연수 씨 외는 고된 생활 가끔
바람 쐬러 찾아 온다라도 해 주면 더 고마울 것
같은 것 같다. (김은 Miss 崔가 알고 있지)
그럼 어머님 잘 간호해 드리고 충실히
잘 있기를 빈다.
1969. 3. 16. 오빠. 정환.

안과 간호사 친구 안 양에게서 받은 손편지

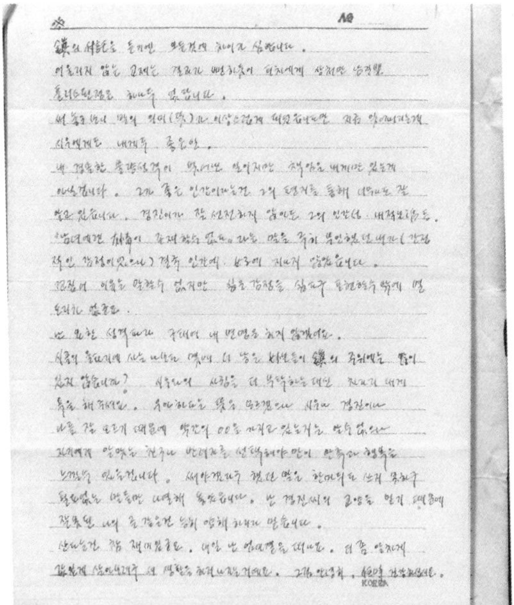

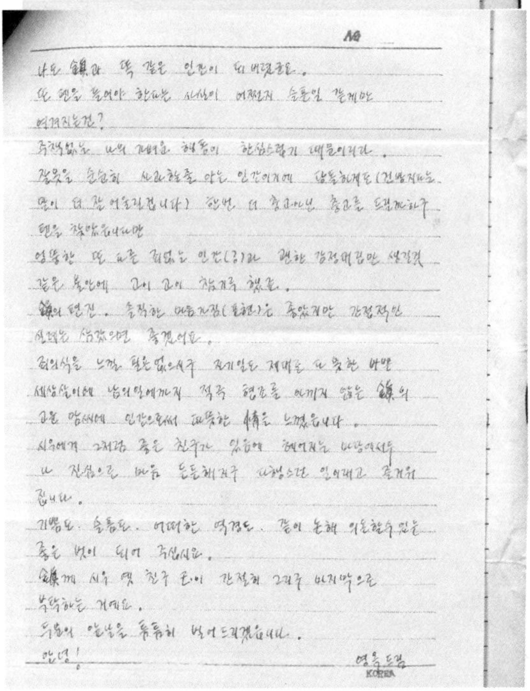

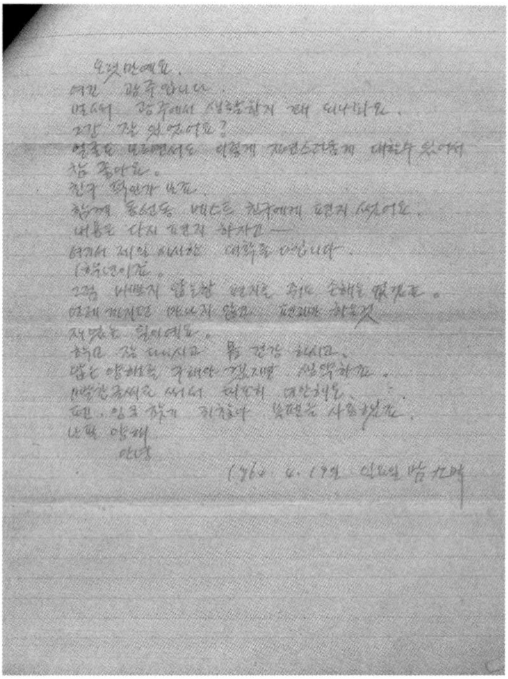

오랫만에요.
여긴 광주입니다.
[illegible] 광주에서 생활한지 꽤 되나봐요.
그간 잘 있었어요?
얼굴도 모르면서도 이렇게 자연스러웁게 대할수 있어서
참 좋아요.
친구 덕인가 봐요.
처음에 동성동 베드로 친구에게 편지 썼어요.
내용은 다시 편지 하자고—
여기서 제일 시시한 대학을 다닙니다.
1학년이죠.
그럼 바쁘지 않을땐 편지를 [illegible]
[illegible] 만나지 않고 편지만 하는것
재밌는 일이예요.
학교 잘 다니시고 몸 건강 하시고.
[illegible]
[illegible]
[illegible]
[illegible]
안녕
[illegible] 6. 19일 [illegible]

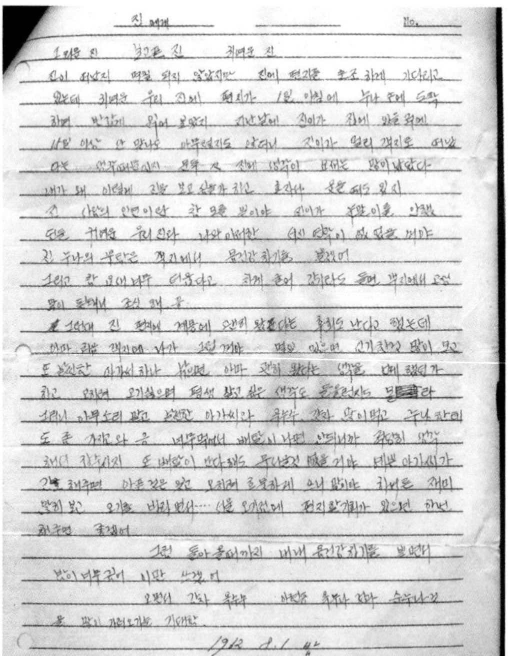

진에게 No.
그리운 진 보고픈 진 귀여운 진
진이 떠난지 며칠 되지 않았지만 진에 편지를 초조 하게 기다리고
있는데 귀여운 우리 진에 편지가 1일 아침에 누나 손에 도착
하여 반갑게 읽어 보았지 지난날에 진이가 집에 왔을 적에
[illegible] 만났을 아무렇지도 않더니 진이가 멀리 객지로 떠난
다는 생각때문인지 [illegible] 진에 생각이 [illegible] 많이 났단다
내가 왜 이렇게 진을 보고 싶을까 하고 혼자서 웃을 때도 있지
[illegible] 사람의 인연이란 참 모를 뿐이야 [illegible]
[illegible]
진 누나의 부탁은 객지에서 몸건강 하기를 바랬어
그리고 참 요새 너무 더웁다고 [illegible] 객지에서 [illegible]
[illegible] 조심 해 [illegible]
[illegible]
그럼 돌아 올때까지 내내 몸건강 하기를 빌면서
밤이 너무 깊어 이만 쓰겠어
[illegible]
[illegible] 기대함.
[illegible] 8. 1 밤
[illegible]
No. Date. Record from 서울에서 누나로부터

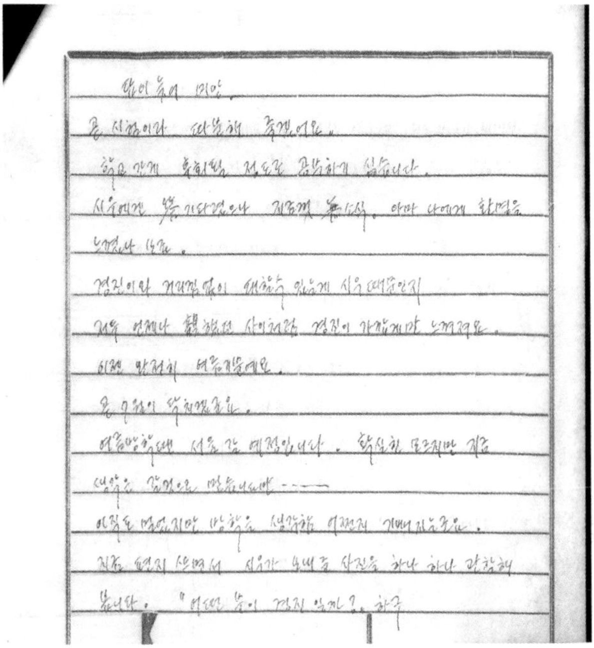

답이 늦어 미안.
곧 시험이라 따분해 죽겠어요.
학교 가게 휴학할 정도로 공부하기 싫습니다.
서울에선 봄을 기다렸으나 지금껏 無소식. 아마 나에게 화났음을
느꼈나 봐요.
경진이와 거리낌 없이 얘기할 수 있는게 서울 때문인지
저는 언제나 활발했던 사이처럼 경진이 가깝게만 느껴져요.
이젠 완전히 여름계절이에요.
곧 7월이 다가오겠군요.
여름방학때 서울 갈 예정입니다. 확실히 모르지만 지금
생각은 갈것으로 믿습니다만 ------
아직도 멀었지만 방학을 생각하면 여전히 기뻐지는군요.
지금 편지 쓰면서 서울가 보내준 사진을 하나 하나 관찰해
봅니다. "어떤 놈이 경진 일까?" 하구

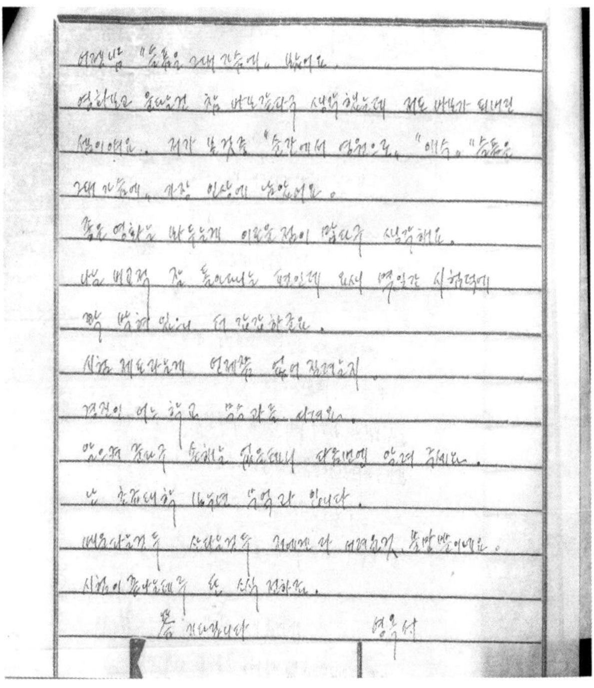

여전히 "슬픔은 그대 가슴에" 봤어요.
영화보고 울었는건 참 바보같다구 생각했는데 저도 바보가 되버린
셈이에요. 제가 본것중 "초원에서 영원으로" "애수" "슬픔은
그대 가슴에" 가장 인상에 남았어요.
좋은 영화는 봐두는게 이로운 점이 많다구 생각해요.
나는 며칠전 잘 들어내는 편인데 요새 며칠간 시험때에
꽉 박혀 있으니 더 갑갑하군요.
시험 제도라는게 언제쯤 없어 질려는지.
경진이 어느 학교 몇 과를 바래요.
앞으로 몇 년후 졸업할 때니 대학생때 알려 주세요.
난 초등때부터 내 꿈은 수학과 입니다.
배우시는거두 쓰시는거두 제게 다 써주시길 빌어봐요.
시험이 끝나는대로 또 소식 전하죠.
答 기다립니다　영옥서

야유회에서 만났던 김 양의 손편지

경진 씨 에게
그간 별일 없으셨는지요? 어제 (3월3일)는 매우 죄송했
어요. 기다리 실줄 뻔히알면서도 여유치 못한 환경 때문에
또제가 달리 생각한 바가 있어 부득이 한사정으로 마음
조리며 못나갔어요. 처음부터가 이렇게 될줄 알면서도 서로 친
하여 지려고 했던것이예요. 경진씨 미안 해요. 단 30
분이라도 소비 하게끔 만들어 놓여서... 경진 씨가 그날
집에 가서 퍽불쾌 했으리라 믿어요.....
경진씨. 외로운 사람 끼리 헤어 진다는 것은 슬픈 일인줄
저는 알고 있어요. 또이것을 표현 하려면 이것 역시 괴로움이
라는 줄을 누구 보다도 더잘알고 있읍니다.
경진씨... 경진 씨는 이렇게 생각 해본적은 없으신가요.?
굳은 의지와 굳은 신념. 그것에서 나오는 '인내력' 이것으로 외로운
사람은 통할수 있다고... 저는 종종 그렇게 생각 해왔어요. 그리고
그것이 제게 닥쳐 지기를 바래 왔던 것이어요. 그러나 막상
나에게 닥쳐 보니 이것이 내겐 너무이른 나이로 보니 어쩌는수
없이 지고 말았읍니다. 다시말하자면 서로가 친해 지기전에
헤어 져야만 했어요. 경진씨! 절대로 불쾌 하게 생각지
마세요 합니다. 이것이 서로 위하고 아껴주는 것이라고
저는 자부 하고 싶어요. 우리가 좀더 성인이 되어 생각하는
바가 각기 다를때가 있으리라 믿읍니다. 그때 에는 꺼리낌
없이 만나도 좋읍니다. 지금은 우정과 친구로서 다함께
지내고 싶어요. 언제 인가는 다 함께 모여 흉금을 터놓고
애기 할날도 머지 않았지요.
이글을쓰고 나니 더욱 경진씨께 죄송한 느낌이 듭니다. 3. 월 4 일
효자동에서.

경진씨!!
만뢰가 침묵속에 잠든 고요한 밤이 깊읍니다.
다만 이펜만이 지면 위를 달리고 있을뿐이예요.
경진씨!. 그곳에서 발송한 14일의 편지 15일날자로
잘받아 읽었어요. 읽고난 후에도 몇번 이러나와 읽는
중에도 얼마나 요전의 편지쓴것에 대하여 미안
한 느낌이 드는지 모르겠어요. 진작에 그런 말이 자신가
내용을 알았더라면 전에 편지에 그토록 쓰진않
았을것을... 모든것이 모르고 저지른 편지로 또 그간
좀 어려운 없이 경진씨를 대할수 있다는 믿는가운데
쓴것에 불과 하답니다. 경진씨 오해 마시고 노여
워 마세요. 제한통의 편지로 하여금 경진씨
의 쓰라린 상처를 건드렸다는데 대하여
제자 뉘우치며 아울러 사과 드립니다. 앞으로
절대 글에 없이 늘어 놓지 않기로 약속 합니다.
그리고 그편지 오기전에 정순이가 왔다가
함께 글을 읽어 봤어요. 한번 보고 싶다고
합니다. 저역시 만나면 할얘기가 많을것

To. 경진 씨께..
엊그제 보내준 주소쪽지 잘 받았읍니다. 편지 겉봉
에 쓴 것과 속에 쓴 주소는 읽을 줄 알아야 볼 것 아녜
요. 그래서 옆에 온 께 읽어 달라고 했더니.
읽어준 것을 들으니 바로 경진 씨의 주소드군요...
이봐요.. 경진 씨. 어째면 몇일전에 알으켜준 주
소를 대준다니 내가 한두번 해준 편지 주소를
잊었을 까봐 주소만 난딱 써 넣었어요?
그런 모욕적인 종이 길잡 아예 편지 할 생각 말아
줘요.. 경진씨의 인품을 다시 한번 생각 해봅니다
나는 경진씨와 같이 무식해 봤으면 하는...
경진씨! 무식자에 화나셨나요? 그렇게 노하셨
다면 곤란해. 실상 나는 좋게 이해 는가요.
내 편지 받었던 것이 불만이라 그렇게 했던
것이라 나도 믿어요. 하지만 경진씨. 먼어 상대
자라면 오해 받기 안성맞춤 아였는걸요 글...
다행이 제게 그렇게 썼으니 망정이지. 그렇지
만 경진씨의 먼어 상대 자께서는 섭섭한 편의

같은데요. 약속 시간을 좀... 정해 보시려
는지? 의견 입니다.
장소 곳은 경진씨 원하는 데로 (이번만은)
점순이는 일요일날 밖에는 시간이 없다고 하는데...
그렇지 않으면 휴일을 오후 자던가 (늦게.)
여하여튼 알아서 처리 하세요.
그럼 재차 전에 있던 후에 오해 없기를 바라며
건강 건투 빌겠읍니다.

1968. 6.16
휴무중 83. 6.2.
성원 씀.

※ 여유를 많이 두고 시간을 정해야 합니다.
어떻게 될지 모르겠으니 삼장을 넘 만날 기
간이 필요 하십니다.

항상 웃음이고 계실걸요 뭘. 그러나 오히려
받은 건덕지는 없지뭐 — 안그러요?
농담이 심해졌군요... 미안해요.. 원체 버릇없어서..
경진씨! 요즈음 무기휴학이자. 좀 시간이 많으실
것같은데 어떻게 다른 [illegible] 이라도 있나요
무기휴학을 계기로 하여 방학을 그냥 해버린
다는데 사실이어요?
경건한채 오늘은 이만 끝을까 합니다.
졸려서 글씨가 엉망입니다.
그럼 내내 경진씨의 건강 건투빌며 이만
쓰겠읍니다.

(追) 그새 우리집 전화 번호를 잊으셨나보죠?
알으켜 드릴까? 말까?
안가르쳐 주는것이 더 낫겠지...

1984. 6. 10. 23시 [illegible]

성원 씀.

TO. 경진 씨.
어제 저녁에는 정말 우연한 기회에 다
시 뵙게 됐군요. 학교에는 여전히 진학 하
시는지? 혹은 올봄에 졸업 하셨는지? 궁금해요.
또 배우시는 경마는 어떻게 되었읍니까?
어제 저녁 여유있는 시간이 있었던들 궁금
증은 풀었을건데 식구들 두 같았기에 행여
눈에 거슬릴까 두려워 얘기못한것이랍니다.
앞의 궁금증일랑 풀 수는 있겠죠..
전 여전합니다. 혼자 [illegible]에서 [illegible]
사온지도 벌써 제법이 넘었군요. 어제밤엔
중국집([illegible])에서 얼마안가 제왔는 집이랍니다.
주말마다 사창앞에 있는 중국집에 갔었는데 어제
는 비가 오는 까닭에 그냥 집앞에 있는 [illegible]
에 들어간것이 또다시 보게된 까닭이 었읍니다.
그럼 내내 몸건강하길 바라며 난필 줄이겠어요.
참!! 제이름을 명명 했어요. 잘했다는거죠.
김정원([illegible])으로 말예요. 남자이름 같다던요?

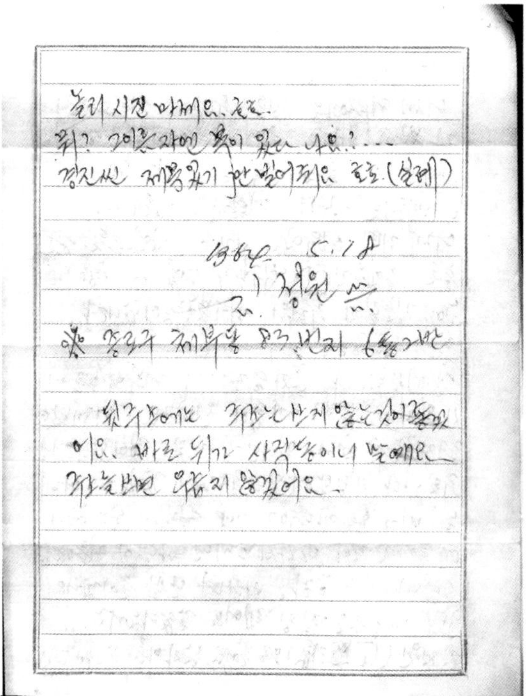

놀리지 마세요. 호호.
뭐? 그이름자에 복이 있다나요?...
경진씬 제목 짓기 참 잘하셔요 호호 (실례)

1964. 5. 18
김정원 씀

※ 종로구 체부동 83번지 6통 7반

뒷주소에는 정원은 쓰지 않는 것이 좋겠
어요. 바로 뒤가 사직공원이니 말예요.
정원을 쓰면 우습지 않겠어요.

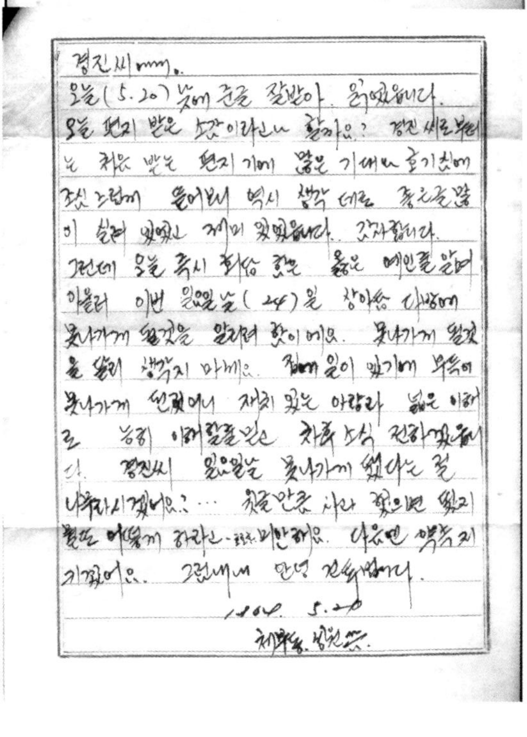

경진씨ㅠㅠ.
오늘(5.20) 낮에 글을 잘 받아 읽었습니다.
오늘 편지 받은 소감이라고나 할까요? 경진씨로부터
는 처음 받는 편지기에 많은 기대와 호기심에
조심스럽게 뜯어보니 역시 생각대로 좋은 글들
이 실려 있었고 재미있었습니다. 감사합니다.
그런데 오늘 혹시 회신 했을 줄은 예민을 알며
아울러 이번 일요일날(24)은 창경원 다방에
못나가게 될것을 알리려 함이에요. 못나가게 될것
을 노여워 생각지 마세요. 집에 일이 있기에 부득이
못나가게 된것이니 재치 있는 아량과 넓은 이해
로 능히 이해할줄 믿고 차후 소식 전하겠습니
다. 경진씨 일요일날 못나가게 됐다는 걸
나무라시겠어요?... 죄송한 말씀 사과 했으면 좋겠고
또 어떻게 하라고... 미안해요. 다음엔 약속 지
키겠어요. 그럼 내내 안녕 기원합니다.
1964. 5. 20
체부동 정원 씀.

여고 동창생이라고 보낸 손편지에 답장한 서울 미대생의 손편지

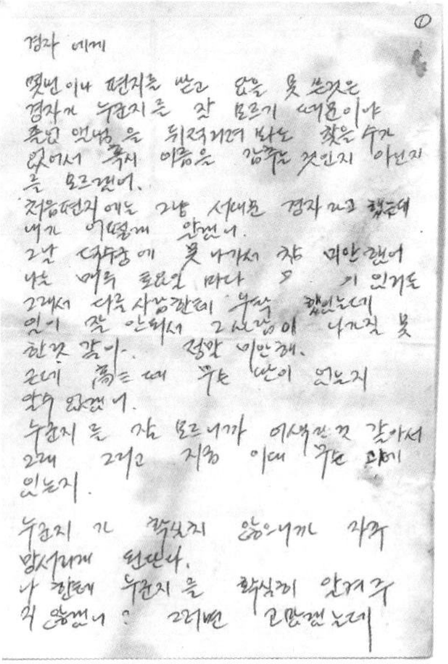

①

경자 에게

몇번이나 편지를 받고 답을 못 쓴것은
경자가 누군지를 잘 모르기 때문이야
졸업 앨범을 뒤적거려 봐도 찾을 수가
없어서 혹시 이름을 감추는 것인지 아닌지
를 모르겠어.
처음편지에는 그냥 서대문 경자라고 했는데
내가 어떻게 알겠니.
그날 덕수궁에 못 나가서 참 미안했어
나는 매주 토요일 마다 [illegible] 가 있거든
그래서 다른 사람한테 부탁 했었는데
일이 잘 안돼서 그 사람이 나가질 못
한것 같아. 정말 미안해.
근데 졸업 때 무슨 반이었는지
알수 없겠니.
누군지를 잘 모르니까 이상한 것 같아서
그래 그리고 지금 어디 무슨 과에
있는지.

누군지가 확실치 않으니까 자꾸
망설여지게 된단다.
나한테 누군지를 확실히 알려주
지 않겠니? 그러면 고맙겠는데

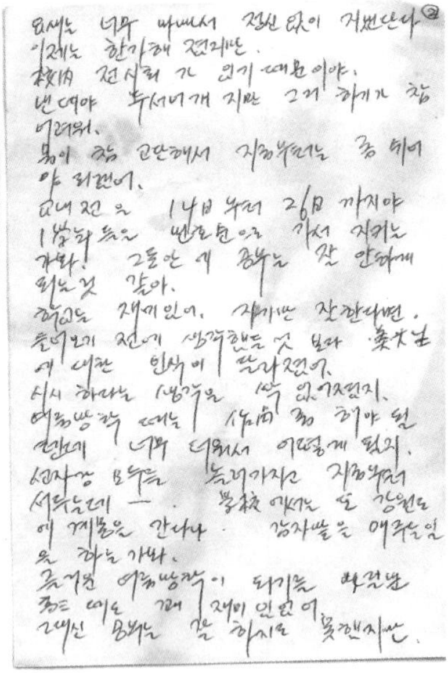

②

요새는 너무 바빠서 정신 없이 지냈단다
이제는 한가해 졌지만.
校內 전시회가 있기 때문이야.
낸데야 [illegible] 지만 그거 하기가 참
어려워.
몸이 참 고단해서 지금부터는 좀 쉬어
야 되겠어.
교내전은 14日부터 26日까지야
1학년 들은 [illegible]으로 가서 지키는
가봐! 그동안에 공부는 잘 안하게
되는것 같아.
학교는 재미있어. 자기만 잘 한다면.
들어오기 전에 생각했던 것 보다 美大生
에 대한 인식이 달라졌어.
시시 하다는 생각은 싹 없어졌지.
여름방학 때는 [illegible] 좀 해야 될
건데 너무 더워서 어떻게 될지.
성자랑 모두들 놀러가자고 지금부터
서두는데 —. 學校에서는 또 강원도
에 계몽을 간다나. 감자밭을 매주는일
을 하는 가봐.
즐거운 여름방학이 되기를 바라겠는데
[illegible] 때는 그게 재미 있었어.
그대신 공부는 잘 하지를 못했지만.

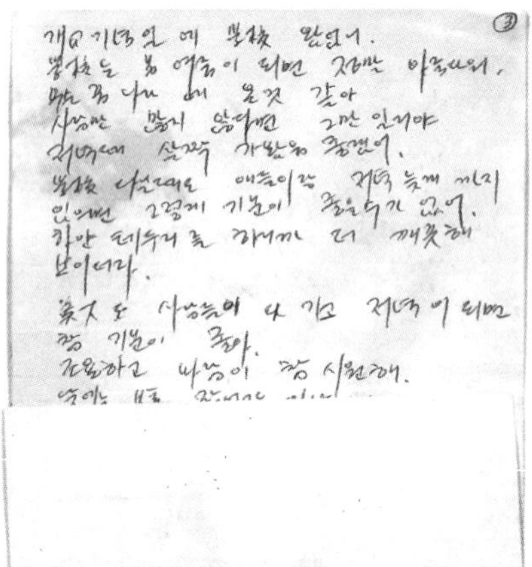

③

개교기념일에 學校 왔었어.
學校는 봄 여름이 되면 정말 아름다워.
[illegible] 좀 나와 [illegible] 볼것 같아
사람만 많지 않다면 그만 일거야
저녁에 살짝 가봤음 좋겠어.
學校 나올때도 애들이랑 저녁 늦게 까지
있으면 그렇게 기분이 좋을수가 없어.
하얀 테두리를 하니까 더 깨끗해
보이더라.
美大도 사람들이 다 가고 저녁이 되면
참 기분이 좋아.
조용하고 바람이 참 시원해.

군부대로 보내온 이름 모를 여성의 손편지

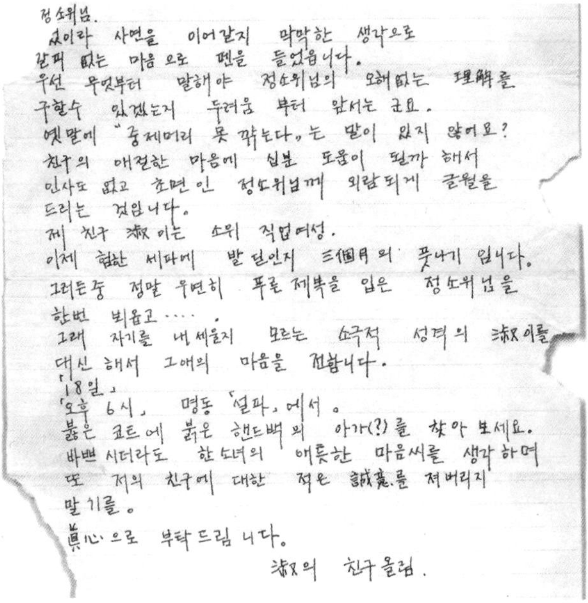

정소위님.
[illegible]이라 사연을 이어갈지 막막한 생각으로
갈피 없는 마음으로 펜을 들었읍니다.
우선 무엇부터 말해야 정소위님의 오해없는 理解를
구할수 있겠는지 두려움 부터 앞서는 군요.
옛말에 "중제머리 못 깎는다" 는 말이 있지 않어요?
친구의 애절한 마음에 십분 도움이 될까 해서
인사도 없고 초면인 정소위님께 외람되게 글월을
드리는 것입니다.
저 친구 淑이는 소위 직업여성.
이제 험한 세파에 발 딛인지 三個月의 풋나기 입니다.
그러든중 정말 우연히 푸른 제복을 입은 정소위님을
한번 뵈옵고····.
그래 자기를 내세울지 모르는 소극적 성격의 淑X이를
대신 해서 그애의 마음을 전합니다.
「18일」
「오후 6시」 명동 「설파」에서.
붉은 코트에 붉은 핸드백의 아가(?)를 찾아 보세요.
바쁘시더라도 한 소녀의 애틋한 마음씨를 생각하며
또 저의 친구에 대한 적은 誠意를 저버리지
말기를.
眞心으로 부탁드림니다.
淑X의 친구올림.

2부

내 삶의 기록

: 일기와 직접 쓴 글들

1장

나의 성장기
: 청년 시절까지
썼던 일기

1. 젊은 날의 일기장을 정리하면서

중학교 3학년 말경부터 학창시절, 군대시절, 사회초년병 시절까지 10여 년간을 써온 일기는 케케묵은 누렇게 바랜 대학노트 수십 권으로 가방 속에 보관되어 있었다. 그 읽기 힘든 일기장을 들춰보면서 까맣게 잊고 지낸 그 시절의 어려웠던 생활이 어렴풋이 확인되고 기억이 나서 마음이 아프고, 서럽기도 하고 무엇인지 모를 화가 치밀어 몇 번이고 일기장을 덮어버리고 집을 나서 하염없는 상념에 잡혀 무작정 공원 숲을 걸으며 어떻게 그 생활을 그 일을 그렇게 까맣게 잊어버리고 살아왔을까 하는 것에 전율을 느끼며 대상 없는 화가 너무나 치밀어 나를 몹시 괴롭게 하였다. 그때 그 많은 고생, 그 많은 생각을 가슴 깊이 새기며 매일 매일 일기를 쓰며 다짐했던 일들을 지금까지 뭐하나 제대로 이루지 못하고 80세가 되었나 하는 자책감에서 우러나오는 분노일까? 왜 그 어린 학창시절의 생각과 느낌과 다짐을 계속 되새기며 좀 더 나은 인생이 되도록 노력하지 못했을까 하는 후회가 이제 생이 얼마 남지 않은 이제서야 되돌아보게 되었는지 매우 아쉬운 마음이 나를 너무 아프게 한다. 지금 나의 세 딸은 모두 집을 장만하여 안정된 생활을 하고 있고,

우리 부부도 넓은 아파트에 경제적으로 크게 구애받지 않고 사는 평범한 중산층 시민이 되었지만 좀 더 젊은 날의 고생과 꿈을 일찍부터 되새기며 살아왔다면 지금보다 더 나은 삶을 살아오지 않았을까 하는 안타까움이 나를 회한에 잠기게 한다. 좀 더 일찍이 일기장을 열어보는 삶을 살았으면 좀 더 나은 인생을 살지 않았을까? 매일의 일상에 쫓기며 너무 생각 없이 인생을 살아온 게 아닌가 하는 안타까움이 나를 괴롭힌다.

이제 다시 고생 많고 꿈 많던 청소년 시절로 되돌아갈 수도, 다시 살 수도 없지 않은가? 그 때의 가족, 그 때의 친구, 지인들과 다시 인생을 살 수는 없는 게 아닌가? 그때의 고생과 꿈이 나에게 무의식 속에는 남아서 내 인생에 영향을 미치고 있었겠지만 너무 게으르고 생각 없이 일상에 쫓기는 80인생이 아니었나? 청소년 시절의 고생과 꿈과 포부를 잊고 나와 내 가족만을 위해 허둥지둥 80평생을 살아온 내 모습을 되돌아보며 회한의 허무함을 느끼며 너무 안타깝고 울적한 마음을 가누기 힘들어 일기장을 몇 번이고 덮어 버리곤 했다. 나이 들어가며 현실과 타협하며 점점 작아질 때마다 청소년 때 가졌던 포부와 희망을 위한 초심을 잊지 말자고 다짐했었는데 결국은 초심을 지키지 못한 삶을 살아온 꼴이 되어버렸다. 우리 인생이 덧없는 일장춘몽이라 하더라도 좀 더 보람되고 의미 있는 삶을 살 수도 있지 않았을까? 늦었지만 지금부터라도 깊이 생각해볼 일이라고 생각해본다.

2. 중고등학교, 대학 시절의 일기

〈첫 일기장 노트 표지〉

경복중학교 3학년 2반 51번

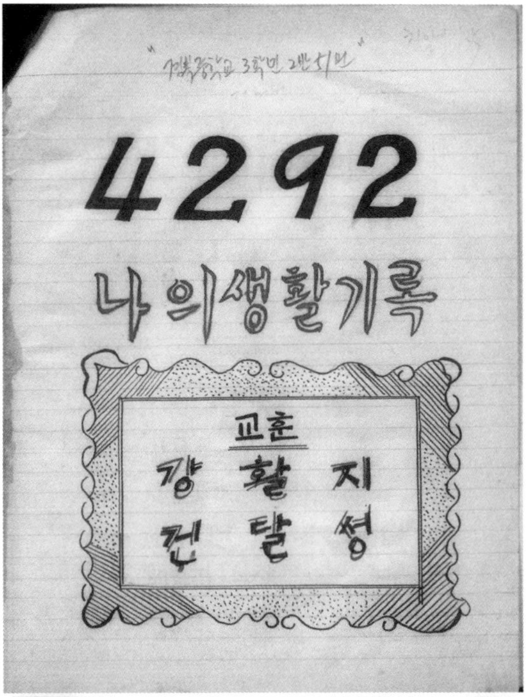

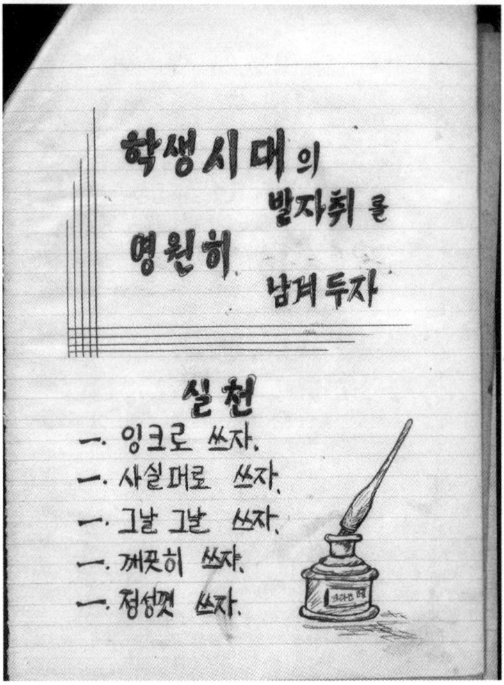

일기 쓰기를 시작하던 날 일기, 1959.

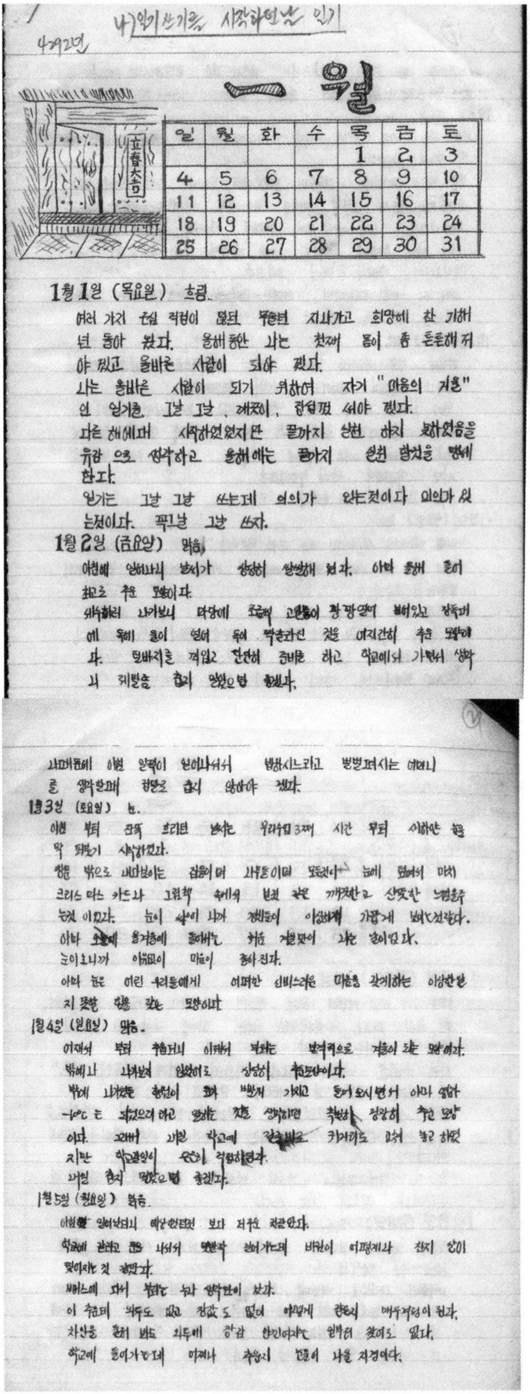

4292년

4) 일기 쓰기를 시작하던 날 일기

一 월

일	월	화	수	목	금	토
				1	2	3
4	5	6	7	8	9	10
11	12	13	14	15	16	17
18	19	20	21	22	23	24
25	26	27	28	29	30	31

1월 1일 (목요일) 흐림.

여러 가지 근심 걱정이 많던 무술년 지나가고 희망에 찬 기해년 돌아 왔다. 올해 동안 나는 첫째 몸이 좀 튼튼해지야 겠고 올바른 사람이 되야 겠다.
나는 올바른 사람이 되기 위하여 자기 "마음의 거울"인 일기를 그날 그날, 깨끗이, 참답게 써야 겠다.
지난 해에도 시작하였었지만 끝까지 실천 하지 못하였음을 유감으로 생각하고 올해에는 끝까지 실천 할것을 맹세한다.
일기는 그날 그날 쓰는데 의의가 있는것이다 의의가 있는것이다. 꼭 그날 그날 쓰자.

1월 2일 (금요일) 맑음.

아침에 일어나니 날씨가 상당히 쌀쌀해 졌다. 아마 올해 들어 최고로 추운 모양이다.
세수하러 나가보니 마당에 조금씩 고인물이 꽝꽝 얼어 붙어있고 장독대에 독에 물이 얼어 독이 짝 갈라진 것을 어지간히 추운 모양이다. 털바지를 껴입고 단단히 준비를 하고 학교에서 가면서 생각나 쉬는 ...

나때문에 이렇 일찍이 일어나셔서 밥하시느라고 분주하시는 어머니를 생각할때 정말로 쉽지 않아야 겠다.

1월 3일 (토요일) 눈.

아침 부터 잔뜩 흐리던 날씨는 우리수업 3째 시간 부터 시하얀 눈을 막 퍼붓기 시작하였다.
창문 밖으로 내다보이는 집들이며 나무들이며 모든것이 눈에 덮여서 마치 크리스마스 카드와 그림책 속에서 보던 것 같은 깨끗하고 산뜻한 느낌을 주는것 이었다. 눈이 쌓이니까 경치들이 이상하게 가깝게 보이는것같다.
아마 오늘에 올겨울에 들어서는 처음 거울만이 오는 날이었다.
눈이 오니까 어쩐지 마음이 좋아 진다.
아마 눈은 어린 우리들에게 어떠한 신비스러운 마음을 갖게하는 이상한 말지 못할 힘을 갖는 모양이다.

1월 4일 (일요일) 맑음.

어제서 부터 추워지니 이제서 부터는 본격적으로 겨울이 되는 모양이다.
밖에나 나가보지 않았어도 상당히 추운모양이다.
밖에 나갔든 형님이 코가 빨개 가지고 들어 오시면서 아마 영하 -10℃는 되겠으리 하고 말하는 것을 생각하면 확실히 굉장히 추운 모양이다. 그래서 나는 학교에 갈까말고 커다래도 교실 놓고 하였지만 학교갈일이 은근히 걱정이된다.
내일 춥지 않았으면 좋겠다.

1월 5일 (월요일) 맑음.

아침에 일어났더니 예상했던것 보다 더 추운 것같았다.
학교에 갈려고 문을 나서서 몇발작 걸어가는데 바람이 어찌나 찬지 얼굴이 떨어지는 것 같았다.
버스에 와서 보니 누가 생각만이 났다.
이 추운데 외투도 없고 장갑도 없어 어떻게 견딜지 매우 걱정이 된다.
차안을 둘러 보도 외투에 장갑 안낀아이는 일부러 찾아도 없다.
학교에 들어가는데 어쩌나 추웠지 눈물이 나올 지경이다.

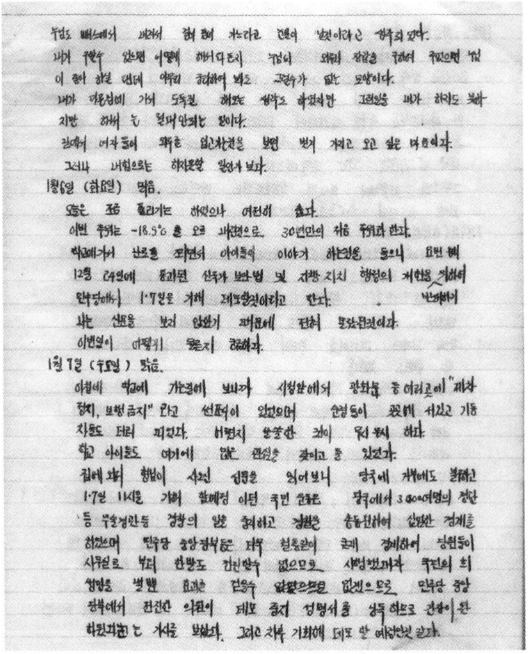

누님도 빠스에서 내려서 걸어 와서 가느라고 건물이 넘었다는 생각되었다.
내가 구할수 있는편 어떻게 해서라도 누님의 외투 장갑을 구하여 주었으면 싶
이 좋아 하실 텐데 아무리 궁리하여 봐도 구할수가 없는 모양이다.
내가 미군부대에 가서 도둑질 해보는 생각도 하였지만 그런일을 내가 하려도 못하
지만 해서 는 절대안되는 일이다.
길에서 여자들이 외투는 입은채걷는 것을 보면 벗겨 가지고 오고 싶은 마음이다.
그러나 내힘으로는 하지못할 일인가 보다.

1월6일 (화요일) 맑음.
오늘은 조금 풀리기는 하였으나 여전히 춥다.
이번 추위는 -18.5°C 를 오르 내렸으므로 30년만의 처음 추위라 한다.
학교에가서 난로를 쬐면서 아이들이 이야기 하는것을 들으니 요번
12월 24일에 통과된 신국가 보안법 및 지방 자치 행정의 개헌을 반대하여
민주당에서 1·7일을 기해 데모할것이라고 한다.
나는 신문을 보지 않았기 때문에 전혀 몰랐던것이다.
이번일이 어떻게 될른지 궁금하다.

1월 7일 (수요일) 맑음.
아침에 학교에 가는길에 보니까 시청앞에서 광화문 등 여러곳에 "차량 정지, 보행금지" 라고 선포되어 있었으며 순경들이 곳곳에 서있고 기동 차들도 더러 띄었다. 어쩐지 쓸쓸한 길이 무시무시 하다.
학교 아이들도 여기에 많은 관심을 갖이고 들 있었다.
집에 와서 형님이 사온 신문을 읽어보니 당국에 거부에도 불구하고 1·7일 11시를 기해 할예정 이던 국민 운동은 당국에서 3,000여명의 정사복 등 무술경관 등 경찰의 일을 총동원하고 경관을 총동원하여 삼엄한 경계를 하였으며 민주당 중앙당부는 더욱 철통같이 굳게 경비하여 당원들이 사무실로 부터 한발도 걸어갈수 없으므로 시행했겠다 국민의 희생을 벌벌 효과는 걷을수 없었으므로 민주당 중앙 당부에서 전진한 의원이 데모 중지 성명서를 낭독 하므로 간단히 된 하였다는 기사를 보았다. 그리고 차후 기회에 데모 할 예정인것 같다.

중학교 졸업하던 때의 일기

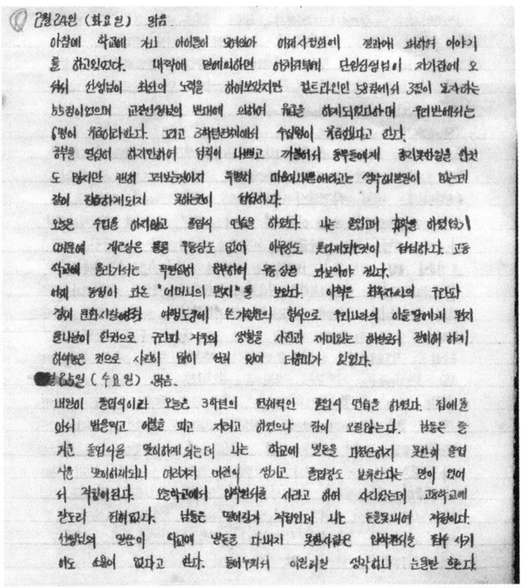

2월 24일 (화요일) 맑음.
아침에 학교에 가니 아이들이 모여앉아 어제 시험의 결과에 대하여 이야기 를 하고있었다. 대학에 발표하라면 아까 지난해 담임선생님이 자기집에 오셔서 선생님이 최선의 노력을 하여보았지만 커트라인인 58점에서 3점이 모자라는 55점이었으며 교장선생님의 반대에 의하여 유급을 하게되었다하며 우리반에서는 6명이 유급이라한다. 그리고 3학년전체에서 수십명이 유급했다고 한다.
공부를 열심히 하지않하여 성적이 나쁘고 까불어서 동무들에게 좋지못한일을 한것 도 많지만 괜히 그러보는것이지 특별히 마음이 나쁜애라고는 생각해본일이 없는데 같이 진급하게되지 못하는것이 섭섭하다.
오늘은 수업은 하지않고 졸업식 연습을 하였다. 나는 졸업때 휴학을 하였었기 때문에 개근상은 물론 우등상도 없어 아무상도 못타게되는것이 섭섭하다. 고등 학교에 올라가서는 열심히 공부하여 우등상은 타보아야 겠다.
어제 동생이 갖은 "어머니의 편지" 를 보았다. 이책은 최옥자씨의 구라파 경이 문화시찰에서 여행도중에 쓴 기행문의 형식으로 우리나라의 아들딸에게 편지 를 나눈이 한권으로 구라파 각국의 생활을 사진과 재미있는 해설로서 친밀히 하게 하여놓은 것으로 사진이 많이 실려 있어 더욱 재미가 있었다.

2월 25일 (수요일) 맑음.
내일이 졸업식이라 오늘은 3학년의 최종적인 졸업식 연습을 하였다. 집에 돌 아와서 밥을먹고 이불을 펴고 자려고 하였으나 잠이 오지않는다. 남들은 즐 거운 졸업식을 맞이하게 되는데 나는 학교에 낼돈을 지불하지 못하여 졸업 식을 맞이하게되니 여러가지 미련이 생기고 졸업장도 받을수있는 몇이 없어 서 걱정이 된다. 오늘학교에서 입학원서를 사라고 하여 사지않는데 고등학교에 갈도리 전혀 없다. 남들은 떨어질가 걱정인데 나는 돈을 못내어 걱정이다. 선생님의 말씀이 학교에 낼돈을 다내지 못한사람은 입학원서를 팔수 사기 하도 소용이 없다고 한다. 돌아누워서 이런저런 생각하니 눈물만 흐른다.

2월 26일 (목요일) 맑음. 1957. 2. 26.

오늘은 졸업식. 중학교를 졸업하는 것이니까 슬프지도 않고 다소 섭섭하기는 하지만 즐거운 기분으로 졸업을 하는 날이다. 다른 학생들은 그렇지 모르나 나는 한없이 슬픈 졸업식이다. 이것이 학교생활의 마지막일지도 모르는 일이기 때문이다.

다른 아이들은 어머니가 오셨고 아버지께 오셔서 졸업을 축하하여 주느라 야단이다. 오전 10시부터 식이 시작되었다. 개회식에 이어서 교장선생님의 회고 졸업장과 상품의 수여, 송사, 답사, 내빈축사 등 여러가지 일을 한시간에 만세 3창으로 식을 끝내었다. 식장 깨끗하고 아름답게 차려지고 밴드의 음악소리가 경쾌하게 울리었지만 나에게는 모두가 슬프게만 하지 즐거운 기분은 하나도 없었다. 상장을 수여할 때는 정말 기분이 좋지 않았다. 우등상, 개근상, 정근상, 동창회상, 학도호국단상, 소년한상 등 여러가지 [illegible] 상들이 차례 차례 수여되고 받는 아이들은 기쁜 얼굴로 받아오곤 하였지만 나는 그중에 하나도 받지 못하여 [illegible] 정말 답답하였다. 물론 병으로 휴학을 하였기 때문에 개근상은 물론 우등상에게까지도 영향을 미쳤을 것이지만 내 자신 노력이 부족한 것도 말하지 않을 수 없다. 이것 때문에 다른 학생들이 자랑스럽게 상을 받는데 나는 하나도 못받는 것을 어머님 오셔서 보면 얼마나 마음이 언짢겠는가 그래서 내가 어머니를 오지 못하게 한 것이다. 식장에서 나와 반반이 각기 자기 교실로 헤어져 들어갔다. 2층의 우리 반에 들어와 보니 복도에 학부형들이 잔뜩 와 있었다. 카메라를 멘 사람 졸업장을 넣는 케이스를 갖는 사람 각지 각색이다.

이윽고 담임선생님이 들어오셔서 졸업축하의 말씀을 하시고 졸업장을 나누어 주기 시작하였다. 나는 납부금을 안 내었기 때문에 졸업장은 주지 않을 줄 알았는데 의외로 졸업장을 주었다. 졸업장을 나눈 후에 상품과 상장을 분배하였다. 그리고 나서 빵 한봉지씩 주고 졸업식은 무사히 끝났다. 아이들은 제마다 부형들과 헤어져 갔다. 나는 혼자 쓸쓸히 부형들 사이를 헤치고 나와버렸다. 버스를 타고 집에 올 때에는 정말 창피하였다. 졸업장 케이스도 없이 졸업장을 말아 쥐고 상장과 상품은 하나도 구경을 못하고 그중에 졸업식 날인데도 엉덩이가 형편없이 떨어진 옷을 입은 내 꼴 쥐구멍이라도 들어가고 싶은 심정이다.

따라서 만약 고등학교를 가게 된다면 오늘의 이런 꼴은 보이지 않으리라 열심히 노력하여 1등상 등 여러 상을 받을 것을 결심하였다. 이것의 첫걸음으로 입학시험을 보게 되면 단연 '동수인'에 들 것을 입술을 깨물며 결심하는 것이다.

학교 들어온 후 이렇게 빈손으로 집에 가게 된 것이 처음이다. 나는 오늘 같이 슬픈 날이 없다. 졸업식을 무사히 끝마치었는데도 어딘지 마음 한구석이 텅빈 허전한 느낌을 주는 것이 무슨 이유일까 아마 납부금을 깨끗이 청산하지 못하고 졸업하게 되니까 그런 느낌이 들게 되지만 상장 없이 빈손으로 집에 돌아왔기 때문에 그런지도 모른다. 우리 반에 1등은 한 신대한이 졸업생 445명 중에 수석으로 1등상을 받았다. 내가 2등인 모양이지만 1등과 상당히 차이가 있는 모양이다. 졸업생 중 우등이 8명, 정근과 개근은 100명이 넘었고 특별공로상이 15명이었다.

10시쯤 되어서도 형님 제대 문제 알아보러 가신 어머니가 오시질 않아 고모에서 주무시는가 보다 하고 잠자리에 막 들어가는데 어머님이 오셨다. 이번 달에도 또 못하였다 했다고 그러시면서 힘이 하나도 없으시었다.

나는 어머니에게 조금이라도 걱정이 덜 되시게 하기 위하여 아무 말도 하지 않았다. 큰일이 났다. 이 일을 어찌하면 좋을까? 나 고등학교 못가는 것보다 귀여운 동생이 중학교를 못가게 되는 것이 큰 걱정이다.

2월 27일 (금요일) 맑음

오늘은 고등학교의 졸업식이기 때문에 집에서 쉬는 날이다. 하루종일 집에서 책만 보았다. 우울하기 짝이 없는 날이다.

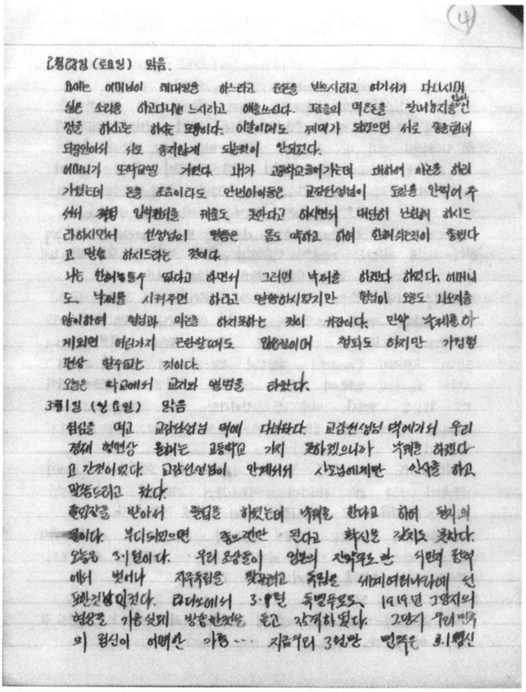

(4)

2월28일 (토요일) 맑음.

요새는 어머님이 [illegible] 하느라고 곗돈을 받으시려고 여기저기 다니시며 싫은 소리를 하고다니시느라고 애를쓰신다. 계꾼들의 먹은돈을 잘내놓지 않는 건 정을 하시고는 하는 모양이다. 이렇게 하여도 제때가 되었으면 서로 좋은편이 되었을텐데 서로 좋지않게 되는것이 안되었다.

어머니가 또학교엘 가셨다. 내가 고등학교에가는데 교회에 의논을 하러 가셨는데 돈을 조금이라도 안낸아이들은 교장선생님이 도장을 안찍어 주셔서 [illegible] 입학원서를 제출도 못한다고 하시면서 대단히 난처해 하시드라하시면서 선생님이 말씀은 몸도 약하고 하여 취직하는것이 좋겠다고 말씀 하시드라는 것이다.

나는 취직할수 없다고 하면서 그러면 낙제를 하겠다 하였다. 어머니도 낙제를 시켜주면 하라고 말씀하시었지만 형님이 오늘도 나오지를 않이하여 형님과 의논을 하지못하는 것이 걱정이다. 만약 낙제를 하게되면 여러가지 곤란할때도 있을것이며 창피도 하지만 가정형편상 할수없는 것이다.

오늘은 학교에서 교지와 앨범을 타왔다.

3월1일 (일요일) 맑음

점심을 먹고 교감선생님 댁에 다녀왔다. 교감선생님 댁에가서 우리 경제 형편상 올해는 고등학교 가지 못하겠으니까 낙제를 하겠다고 간것이었다. 교감선생님이 안계셔서 사모님에게만 인사를 하고 말씀드리고 왔다.

졸업장을 받아서 졸업을 하였는데 낙제를 한다고 하여 될지 의문이다. 부디되었으면 좋으련만 된다고 확신을 갖지도 못한다.

오늘은 3·1절이다. 우리 조상들이 일본의 잔악무도한 식민지 정책에서 벗어나 자주독립을 찾으려고 독립을 세계여러나라에 선포한것일 것이다. 라디오에서 3·1절 특별무로도, 1919년 그당시의 현상을 가옥 실제 방송한것을 듣고 감격하였다. 그당시 우리민족의 정신이 어떠한 가를… 지금우리 3천만 민족은 3.1정신

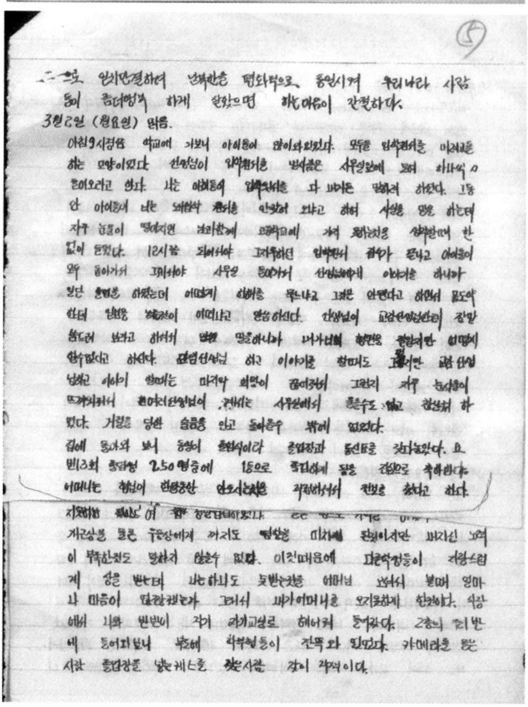

(5)

…으로 일치단결하여 남북한을 평화적으로 통일시켜 우리나라 사람들이 좀더 행복하게 살았으면 하는 마음이 간절하다.

3월2일 (월요일) 맑음.

아침9시정도 학교에 가보니 아이들이 많이와있었다. 모두들 입학원서를 [illegible] 하는 모양이었다. 선생님이 입학원서를 번호순은 사무실앞에 모여 하나씩 들어오라고 하였다. 나는 아이들이 입학원서를 다 써가는 것을 말하려 하였다. 그동안 아이들이 너는 왜 원서를 안쓰냐고 하여 사실을 말을 하는데 자꾸 눈물이 떨어지면 [illegible] 고등학교에 가지 못하는것을 생각할때 한없이 [illegible]. 12시쯤 되어서야 그지루하던 입학원서 접수가 끝나고 아이들이 모두 돌아가서 그제서야 사무실 들어가서 선생님께 이야기를 하니까 일단 졸업을 하였는데 어떻게 낙제를 하느냐고 그것은 안된다고 하면서 몸도 약한데 [illegible] 어떠냐고 말씀하신다. 선생님이 교감선생님한테 잘말씀드려 보라고 하셔서 [illegible] 말을하니까 [illegible] 형편은 [illegible] 어떻게 할수없다고 하신다. 교감선생님 하고 이야기를 할때도 그렇지만 교감선생님하고 이야기 할때는 마지막 희망이 끊어져서 그런지 자꾸 눈시울이 뜨거워져서 [illegible]선생님이 계시는 사무실에서 울은수도 없고 참느라 하였다. 거절을 당한 슬픔을 안고 돌아올수 밖에 없었다.

집에 돌아와 보니 동생이 졸업식이라 졸업장과 통신표를 갖다놓았다. 요번 3회 졸업생 250명중에 1등으로 졸업하게 됨을 진심으로 축하한다.

어머니는 형님이 [illegible] 안오시는것을 걱정하셔서 전보를 쳤다고 하신다.

[illegible]

개근상은 물론 우등상에까지도 [illegible] 미치지 못하였지만 빠지신 노력이 부족한것도 말하지 않을수 없다. 이것때문에 [illegible] 자랑스럽게 상을 받는데 나는 하나도 못받는것을 어머님 보셔서 볼때 얼마나 마음이 얼짢았는가 그래서 내가어머니를 오지못하게 한것이다. 식장에서 나와 반반이 각기 자기교실로 헤어져 들어갔다. 2층의 3학반에 들어가보니 복도에 학부형들이 잔뜩 와 있었다. 카메라를 든 사람 졸업장을 넣는 케이스를 갖은 사람 각이 각색이다.

1959년 3월 6일(금) 비.

아침부터 짓궂게 비가 왔다. 오늘 시험을 보는 501~1000번까지의 학생들이 체육 시험을 보는데 상당히 지장이 있을 것 같다. 어제 오신 형님이 비가 내리는 데도 외출준비를 하기에 어디에 가느냐고 하였더니 어디 갈 곳은 없지만 그냥 나가본다고 말씀하시었다. 저녁 때 돌아오신 형님의 말을 들으면 친구 집, 일가집으로 다니며 우리들 입학금 이야기를 하였다 하신다. 우리를 학교에 입학시키러 이렇게 애를 쓰시고 다니시는 형님을 볼 때 저절로 머리가 숙여지며 감사한 마음이 어디 비길 데가 없다. 광진이가 꼭 붙어야 할 터인데 걱정이 된다. 형님은 오늘 들어가야만 하기에 저녁 8시30분경 비가 오시는데 떠나셨다.

* * *

3월 7일(토요일) 흐림, 비.

아침나절에 어머니가 교감 선생님댁에 다녀왔다. 어제 형님이 와서 입학금 준비를 하여놓고 가셔서 입학금을 될 터이니까 동정이 되면 좀 봐주시라고 하셨다고 하신다. 그리고 교감선생 부인이 주셨다 하시면서 사과, 배, 카라멜 등을 가지고 오셨다. 동생이 "우리는 부탁을 하고는 되려 가져오네."하여 한바탕 웃었다. 교감 선생님 댁은 우리가 많은 은혜를 졌으니 꼭 그 은혜를 갚아야 한다.

* * *

3월 8일(일요일) 흐림. 맑음.

내일은 합격자 발표이다. 하루종일 마음이 심란하여 통 책이 손에 잡히지를 않는다. 부디 동생이 붙어야 할 터인데, 합격이 되어야 아침마다 함께 학교엘 다닐 텐데. 동생하고 나란히 교문을 들어설 때는 얼마나 자랑스러울까? 꼭 합격이 되기를 하나님께 부탁드립니다. 합격이 궁금하다. 어서 내일이 왔으면. 오늘따라 이상히도 시간이 늦게 가는 것 같다. 꼭 합격이 되기를 빌면서 잠자리에 들어간다.

3월 9일(월요일) 맑음.

합격자 발표의 날이다. 10시에 발표인데 궁금한 마음에 아침 7시가 조금 넘어서 떠났다. 동생과 누나, 나 셋이서 갔는데 시간이 안 되었는데도 벌써 합격자를 게시하여 놓았다. 차례대로 붙여놨는데 암만 봐도 103번 없다. 자꾸 찾어도 없으니까 눈물이 날 것 같이 눈시울이 뜨거웠다. 동생을 돌아보니 기가 막힌지 픽 웃는다. 얄미웁기도 하고 불쌍하기도 하다. 집에 오면서 연실 화가 나서 베길 수가 없다. 그저 한 대 쥐어박어 주고 싶은 심정이다. 불쌍한 마음도 생기지마는 돈이 없어서 쩔쩔매는데 합격까지도 못하여 어머님의 속을 썩여 드리는 것을 생각하면 원망스럽기만 하다. 2차 시험에나 떨어지지 말고 꼭 합격할 터인데 도시 안심이 안 된다. 정덕 국민학교 전교에서 1등 한 학생이 떨어진 것을 보면 선생님들도 어지간한 모양이다. 2차 시험에나 꼭 붙기를 원한다. 불합격을 하였지만 기분은 여전히 좋은 모양이라 안심이 되기는 하지만 걱정이 된다. 동생과 함께 나란히 교문을 들어서는 것을 눈에 그리며 즐거워했던 것이 꿈 같이 되어버리니 기분이 좋지를 않다.

* * *

3월 10일(화요일) 맑음.

오늘은 고등학교 입시 희망자의 소집일이다. 이에 동생과 함께 청운중학교의 입학원서를 사왔다. 오후 2시에 고등학교의 소집이라 와 보니까 다른 아이들은 전부 수험번호를 주는데 나만 없어서 선생님께 여쭈어 보니까 접수가 늦어서 그렇다고 교무실에 가서 해달라고 하여 한참 상당히 오래 걸려서 되었을 때는 다른 학생들은 주의사항을 듣고 전부 돌아간 후였다. 나는 본교 학생인데도 접수가 늦게 되어서 800번이 되었다. 본교 약 430명 타교 약 370명 중에 가장 뒷 번호 즉 수험생 중에 맨 마지막이 되어서 좀 섭섭하지만 돈을 못 내서 그러니까 선생님을 원망할 수도 없다. 내일은 국어, 사생, 수학인데 부디 잘 보아주기를 바란다. 내일이 시험일이라 오늘은 일찍 자기로 하였다. 저녁 때 형님이 오셨는데 광진이가 불합격이란 소리를 들으시고 상당히 언짢아 하신다. 형님, 동생과 함께 화신에 가서 교복을 한 벌 사왔다. 여지껏 엉덩이가 떨어진 옷을 입고 다니다가 새 옷을 사서 기분이 매우 좋다.

* * *

3월 11일(수요일) 맑음.

아침 일찍이 학교로 떠났다. 오늘은 고등학교의 첫 시험일이다. 너무 일찍 갔기 때문에 상당히 오래 걸려서야 교실에 들어가서 시험을 보게 되었다. 오늘은 국어, 사생, 산수 시험이 있었는데 잘 치르지를 못하여 걱정이 된다. 내일이 필기시험 마지막일인데 내일은 잘 보아야겠다. 시험이 끝나고 돌아오는 길에 화신에 들러 어제의 스냅을 찾았는데 내 모양이 가장 자연스러웠으나 말을 하는데 찍었기 때문에 입이 돼지 같이 되어서 한바탕 웃었다. 오늘 학교에서 가정환경 조사서라는 종이를 주었는데 보호자의 직업이 군인인데 무엇이라고 썼는지 몰라서 담임선생님한테 여쭈어 보려고 중학교에 가 보니 시험 중이라 선생님들이 전부 가셔서 뵙지 못하여 그냥 돌아와서 교감선생님께 여쭈어보려고 하였으나 오시지 아니하여 그냥 이야기를 하여놓고 돌아왔다. 시험 보는데 정신을 써야 할 터인데 이런 일에 자꾸 신경을 쓰게 되어서 곤란하다.

* * *

3월 12일(목요일) 맑음.

아침 일찍이 일어나서 담임선생님이 오셨나 가보았더니 마침 오셔서 여쭈어보니까 군인이라고 쓰라고 하신다. 다 쓰고 나오려고 하는데 교감선생님이 부르시더니 광진이 5점이 모자라서 떨어뜨렸다 하신다. 그러시면서 가정환경에는 아무 관계가 없다 하신다. 한 문제만 맞추면 합격하였을 것을 분하여 죽겠다. 오늘은 과학, 영어, 종합을 치르었다. 고등학교 입학시험이라 그런지 확실히 어려웠다. 이것으로 필기고사는 다 끝나고 내일 오후에 면접과 신체검사를 하면 입학시험을 다 치르게 된다.

3월 13일(금요일) 맑음.

오후에 학교에 가서 신체검사를 끝마치고 면접을 보았다. 면접에서는 보호자의 직업과 학비 대는 사람, 수험번호, 이름, 생년월일을 대답하는 것이다. 내가 맨 마지막인데도 면접과 신체검사를 하고 나니까 3시 조금 넘었다. 예상한 것보다 이른 것 같다. 돌아오는 부길이네 집에 가서 이고올 · 구우렝코의 원작의 The Fall of a Titan(거인) 상권을 보았기 때문에 중권을 빌려왔다.

＊ ＊ ＊

3월 14일(토요일) 맑음.

하루 종일 거인을 읽었다. 시험이 끝나고 집에서 놀기 때문이다. 아침에는 병원에서 가서 X사진과 혈액검사를 하고 왔다. 결과는 목요일에 오라고 한다. 낮에 형님이 오셨었다. 내일이 발표날이다. 본교학생이라 떨어질 리는 없다고 생각하였으나 가정환경으로 떨어질 것 같아서 걱정이 된다.

＊ ＊ ＊

3월 15일(일요일) 맑음.

아침에 일어나니까 쌀이 없다고 하시면서 빵을 하여 주셨다. 빵을 조금 떼어 먹고 학교로 떠났다. 학교에 가보니 교문 밖에 480명의 합격자를 발표하였다. 맨 마지막 800번을 보니까 정경진이라 쓰여 있었다. 합격된 것이다. 본교 학생은 11명이 떨어졌다 한다. 364번 영광이를 보니까 없었다. 중학교에 실패하여 동성 중학교에 들어갔다가 이번에 또 실패한 것을 보니 안 되었다. 오후 2시경 광진이와 청운중학교에 갔다왔다. 오늘은 2차 중학교의 소집일이기 때문이다. 동생이 붙어서 같이 다니었으면 좋을 걸 같이 다니게 되지 못한 것이 서운하다. 청운중학교에라도 합격이 되었으면 좋겠다. 돌아오는 길에 영광이네 집에 들려 거인 하권을 마저 빌려왔다.

1959년 고1 소풍 때 일기

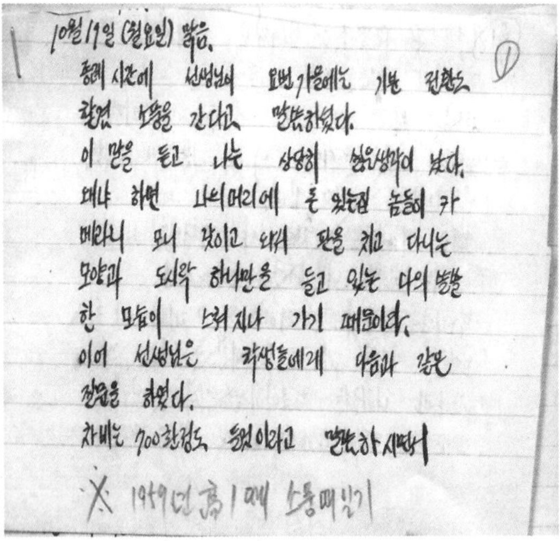

10월 19일 (월요일) 맑음.
종례 시간에 선생님께서 요번 가을에는 기분 전환도
할 겸 소풍을 간다고 말씀하셨다.
이 말을 듣고 나는 상당히 싫은 생각이 났다.
왜냐 하면 나의 머리에 돈 있는 집 놈들이 카
메라니 뭐니 갖이고 뒤에 판을 치고 다니는
모양과 도시락 하나만을 들고 있는 나의 불쌍
한 모습이 스쳐 지나 가기 때문이다.
이어 선생님은 학생들에게 다음과 같은
질문을 하였다.
차비는 700환 정도 들 것이라고 말씀하시면서

※ 1959년 高1때 소풍때 일기

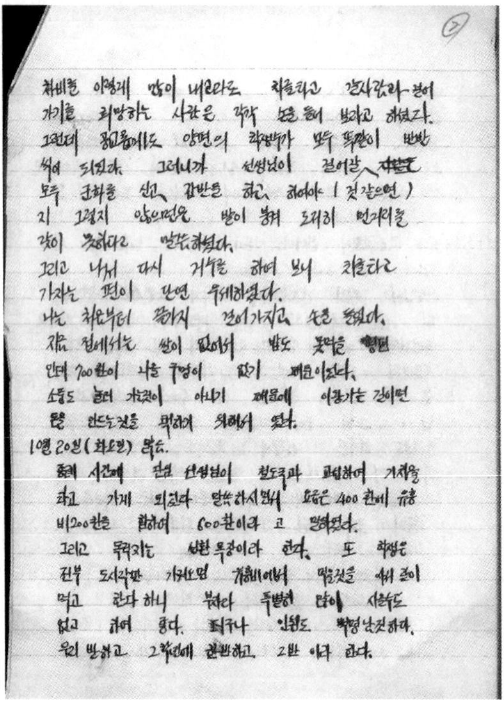

차비를 이렇게 많이 내더라도 차를 타고 갈 사람과 걸어
가기를 희망하는 사람은 각각 손을 들어 보라고 하셨다.
그런데 공교롭게도 양편의 학생수가 모두 똑같이 반반
씩이 되었다. 그러니까 선생님이 걸어갈 ~~사람도~~
모두 운화를 신고, 각반을 하고, 하여야 (것 같으면)
지 그렇지 않으면은 발이 붓게 도저히 먼거리를
갖이 못한다고 말씀하셨다.
그리고 나서 다시 거수를 하여 보니 차를 타고
가자는 편이 단연 우세하였다.
나는 처음부터 끝까지 걸어 가자고 손을 들었다.
지금 집에서는 쌀이 없어서 밥도 못먹을 형편
인데 700환이 나올 구멍이 없기 때문이었다.
소풍도 놀러 가는 것이 아니기 때문에 이왕 가는 길이면
돈을 안드는 것을 택하기 위해서 였다.
10월 20일 (화요일) 맑음.
종례 시간에 담임 선생님이 철도국과 교섭하여 기차를
타고 가게 되었다 말씀하시면서 요금은 400환에 유흥
비 200환을 합하여 600환이라 고 말하였다.
그리고 목적지는 삼천 목장이라 한다. 또 학생은
전부 도시락만 가져오면 기흥비에서 먹을 것을 내서 같이
먹고 한다 하니 뭐니라 특별히 많이 사올 수도
없고 하여 좋다. 더구나 인원도 빡빡 난 것 하다.
우리 반하고 2학년에 한반하고 2반 이다 한다.

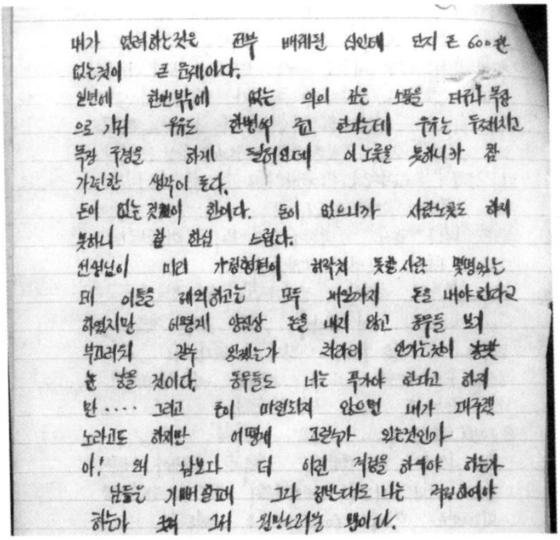

내가 염려하는 것은 전부 배제된 상인데 단지 돈 600환
없는 것이 큰 문제이다.
일년에 한번밖에 없는 의의 깊은 소풍을 더구나 목장
으로 가서 우유도 한번씩 준다 한다는데 우유는 둘째치고
목장 구경은 하게 될터인데 이 노릇을 못하니까 참
가련한 생각이 든다.
돈이 없는 것뿐이 한이다. 돈이 없으니까 사람노릇도 하지
못하니 참 한심 스럽다.
선생님이 미리 가정형편이 허락치 못한 사람 몇명있는
데 이들을 제외하고는 모두 내일까지 돈을 내야 한다고
하였지만 어떻게 양심상 돈을 내지 않고 동무들 보기
부끄러워 견뎌 있겠는가 차라리 안가는 것이 좋을
듯 싶을 것이다. 동무들도 너는 꼭가야 한다고 하지
만.... 그리고 돈이 마련되지 않으면 내가 대주겠
노라고도 하지만 어떻게 그럴수가 있는 것인가
아! 왜 남보다 더 이런 걱정을 하여야 하는가
남들은 기뻐할 때 그와 정반대로 나는 걱정하여야
하는가 참 그저 절망스러울 뿐이다.

1959년 10월 21일(수요일) 맑음.

아침에 학교 가니 돈을 걷느라고 야단이다. 그리고 반장은 남에 마음도 모르는 듯이 빨리 빨리 내라고 재촉을 한다. 나는 더 앉아있을 수가 없어서 교실에서 나와 교사 뒤쪽을 혼자서 왔다왔다 하다가 들어왔다. 아침 조례시간이었다. 선생님이 돈을 준비해 가지고 오지 못한 사람 손을 들어 보라고 한다. 내가 앞에 앉아서 그런지 드는 사람이 하나도 없는 것 같았다. 그래서 나도 손을 안 들고 가만히 있었다, 주호는 옆에서 자꾸 손 들라고 한다. 그래도 나는 손을 안 들었다. 선생님이 나가고 아이들이 나보고 자꾸 소풍을 가야 한다고들 한다. 돈 600환이 없어서 일 년에 한번밖에 없는 소풍을 못 가는 것을 생각하니 가뜩이나 슬픈데 아이들이 자꾸 그런 소리를 하니까 더한층 슬픈 마음이 들었다. 더구나 눈물까지 나왔다. 남 보기 부끄러워 억지로 참으려고 하였으나 그러면 그럴수록 더하는 것이었다.

오전 4시간 동안 나는 공부를 하는지 마는지 온통 소풍 생각으로 머리를 꽉 찼다. 남들은 소풍을 간다 즐거워하는데 나는 즐겁기는커녕 쓰라린 슬픔으로 고민하여야 하니 슬프기만 하고 아주 죽어 버리고 싶은 생각이 들었다. 내가 여지껏 돈 때문에 중학교 졸업식 날, 중학교 3년 생활 또 고등학교에까지도 와서 받는 서러움, 걱정, 멸시, 천대.

아! 나는 죽어 버리고 싶다. 그러나 어머니, 형님, 누님, 동생이 있다. 나는 죽을 수도 없는 몸이다. 아! 하나님은 우리 가정에 왜 복을 주시지 않으시나. 그만치 고생했으면, 됐지, 더 고생을 시키려는가. 돈 때문에 그 착한 아버지도 돌아가신 것이 아닌가, 생각하면 할수록 더욱 하느님이 원망스럽고 저주하고 싶은 생각이다. 옆에 있으면 당장에 대들어 말다툼이라도 하고 싶다. 점심시간이 되었다. 점심을 먹고 과학실로 갔다. 담임선생님이 계실 줄 알고 갔는데 담임선생님이 안계셨다. 집에서 몸이 약하다고 가지 말라고 하여 안 간다고 말하려고 하였다. 그러던 것이 그만 실패한 것이다. 종칠 무렵 내가 문을 나서는데 주호가 장난을 하느라고 떠다 민 것이 고만 내가 힘없이 나서는 참이라 5반에 신웅목한테 탁 부딪혔다. 그래서 내가 몸을 일으키려는데 왼쪽 광대뼈에 딱 하고 주먹이 날라 들었다. 나는 깜짝 놀랐다. 그놈이 연거푸 또 발로 얼굴을 올려 차는 것을 내가 약간 비켰기 때문에 어깻죽지를 채였다. 연거푸 또 차는 것을 나는 아주 멀찌감치 피해 버렸다. 나는 얼떨결에 그놈한테 대들려고 노려보았으나 내가 비록 잘 알고 한 것이 아니라도 남을 들이 받은 것이 잘못이고 급작히 당한 것이라 말이 금방 나오질 않아 들어와 버리고 말았다. 들어와서 생각해 보니 분하기 짝이 없었다. 그렇지만 내 힘으로는 어쩔 수 없었다. 당장 뛰어나가서 죽기를 결심하고 싸우고 싶은 생각도 있다. 이내 참아버렸다. 돈 없는 서러움에 힘이 약한 서러움까지 북받쳐 눈물이 저절로 나왔다. 암만 낙제를 두 번이나 하고 하여 물불을 모른다 할지라도 그렇게 남을 때릴 수가 있는가 생각하니 괘씸하기 짝이 없었다.

공부가 시작되었다. 아까 채인 어깻죽지가 아프기도 하였지만 그건 감각이 없을 정도인데서 까닭 없는 서러움으로 눈물이 자꾸 나왔다. 실내에서는 신을 벗게 되어 있는데도 그놈은 구두를 신고 떨그덕 떨그덕 신고 다녀도 선생님들이 그것을 강경하게 제지도 못한다. 선생님들도 병신 같은 생각이 든 적이 한두 번이 아니다. 또 그 놈은 기운도 상당히 세고 키도 크고 하여 가다 노릇을 하는 놈이어서 그런지 구두로 채인 곳이 조금 아팠다. 생각보다는 상당히 아픈 편이다. 주호도 어쩔 줄을 몰라 놀라하였다.

종례 시간이 되었다. 돈을 못 낸 사람이 20명이나 된다. 선생님은 이렇게 많이 돈을 안 내면 안 된다고 내일 7월 30일까지 학교로 모여서 걸어가야 한다고 막 화를 낸다. 그러니까 돈을 낸 아이들은 돈 안낸 놈들은 모두 총살시키라는 둥 돈 안낸 놈들은 전부 때

려죽이자는 둥, 돈 안 낸 아이들 욕을 하느라 지랄들이다. 돈 낸 사람만 가면 되지, 그런 소리를 하여 욕을 먹이는 선생님도 미웠지만 남의 사정도 모르고 떠들어 대는 놈들이 더 보기 싫었다. 내가 지금 생각하여도 돈 600환 준비하기가 뭐 그리 힘드는가 하는 생각이 든다. 그렇지만 막상 당하고 보니 단돈 100환이라도 어찌 할 수 없게 되는 것이다. 나는 이제야 비로소 돈의 위력과 돈의 필요를 절실히 느끼었다. 잠시 떠들썩하다가 아이들이 그럼 내일까지 돈을 가져오기로 하고, 오늘 유흥비 쓸 돈까지 합하여 표를 전부 사자고들 하였다. 그러니까 선생님이 그렇게 하자고 하시면서 그럼 표를 사는데 지상 없게 내일 안 가는 사람은 손을 들라고 한다. 만약 표를 더 사든지 들 사든지 하면 큰일이라고 한다. 나는 내일도 돈이 어서 나올 구멍이 없어 하는 수 없이 손을 들었다. 선생님은 무슨 의미로 웃는지 씽긋 웃으며 번호를 대라고 한다. 53번요 한 나는 또 콧마루가 시큰하며 눈앞이 뿌여짐을 느꼈다. 눈물이 뚝 떨어졌다. 참어도 참어도 눈물이 흘렀다. 내가 손을 들었을 때 아이들은 정경진 가라, 왜 안 가려하니, 야, 가라, 하면서 야단들이다. 눈물이 나서 내가 안경을 썼다. 남들이 안 보이게 하기 위해서다. 내가 우는 것을 보고 돈이 없어서 그러는지 안 모양으로 돈은 내가 책임을 질 터이니 꼭 가라, 경진아, 하며, 선생님 53번 가요, 하고들 하였으나 선생님을 못 알아 들으셨는지 가만히 있다. 선생님이 말씀하시는 한 오분 되는 시간이 나에게는 한없이 괴로웠다. 빨리 이곳을 빠져 나가고 싶었다. 아이들이 떠들 때도 나는 눈물이 나서 아무 말도 할 수 없어서 가만히 앉아 있기만 하였다. 이윽고 종례가 끝나서 나는 몇몇 아이들이 선생님한테 말을 하는 것을 보고 그냥 나와 버렸다. 호윤이가 따라와서 같이 동산에 올라갔다. 동산에 올라가서 나는 가만히 강당 공사장만 내려다보고 호윤이는 옆에서 위로의 말을 하였다. 자기도 이런 돈 없는 서러움을 많이 경험했었으며 그때마다 마음과 각오를 다시 하였었다, 이런 경험을 많이 하여야만 나중에 사회생활을 잘 할 수 있노라고 자기 아버지가 권세 많고 돈 많아 꺼덕이는 놈은 이 다음에 굶어죽기 좋은 놈이라고. 우리는 이런 모든 잡념을 버리고 오로지 공부를 열심히 하여 이 다음에 훌륭한 사람에 되자는 말. 호윤이의 말을 들으니까 마음속에 힘찬 각오가 세워지는 것이다. 그렇다! 호윤이 말과 같이 큰 각오와 결심을 갖자, 내 마음속의 나쁜 모든 마음을 전부 쫓아내고 오로지 한 가닥의 희망을 내일을 위하여 노력하자! 마침 방과 후에 우리 반 농구시합이 있기 때문에 구경하기로 하고 호윤이와 함께 내려왔다. 농구는 4반의 단연 우수로 21:9로 대패하였다. 농구가 끝나서 돌아오는 길에 윤식이, 평진이, 행배를 만나서 같이 걸었다. 형배는 내일 꼭 오라고 하고 헤어지고 윤식이는 내일 기다리라고 하며 헤어지고, 평진이는 내가 선생님한테 말하였으니까 내일 자기가 차비만 가져오면 된다고 말하였다. 그러면서 꼭 오라고 당부하는 것이다. 모두들 한없이 고마웠다. 내 언제든 이 은혜를 갚으리라 하는 마음이 생기며 동무들이 한없이 고마웠다.

* * *

10월 22일(목요일) 맑음.

아침에 윤식이가 온다고 하여서 나가서 기다렸다. 7시 35분에 윤식이와 함께 걸어서 서울역에 갔다. 아이들이 많이 나와 있었다. 안 간다고 그러드니 왔을 것 같을 생각이 들어 동무들 대하기가 좀 서먹서먹한 것 같았다. 9시 10분에 서울역을 출발하여 약 세 시간이 걸린 12시경에 성환에 도착하였다. 성환은 충청남도 북쪽에 있고 참외로 유명하다. 성환에서 내려 약 30분 걸어서 나무 숲이 빽빽한 얕은 산에 도착하였다. 시간이 극히 제한되어 있기 때문에 1시 40분까지 도착하기로 하고 헤어지게 되었다. 윤식이가 저하고 같이 가자고 하였지만 또 평진이는 저하고 같이 가지고 한다. 윤식이는 카메라도 가져오고 하였기 때문에 같이 갔으면 좋겠지만 평진이는 내가 소풍을 갈 수 있게 돈을 대 주었기 때문에 불가불 평진이와 같이 가서 점심을 먹었다. 점심을 먹고서 우리반 아이들이 전부 모여 놀았는데 준비해 간 프로도 없고 하여 시시하게 지내고 말았다. 목장에 오느라고 온 곳이 소도 한 마리 구경 못하였다. 목장은 이곳에서 한 오리나 더 들어가야 한다고 한다. 4반이 같이 가게 돼서 그런지 우유 배급은 없었다. 3시 20분쯤 해서 떠나 4시 20분쯤 역에 도착하였다. 기차를 4시 27분에 타고 6시 40분에 서울역에 도착하였다. 6시간의 기차여행이었다. 내가 경험한 중에 가장 장시간의 것이었다.

고등학교 때 첫 야영, 1960.

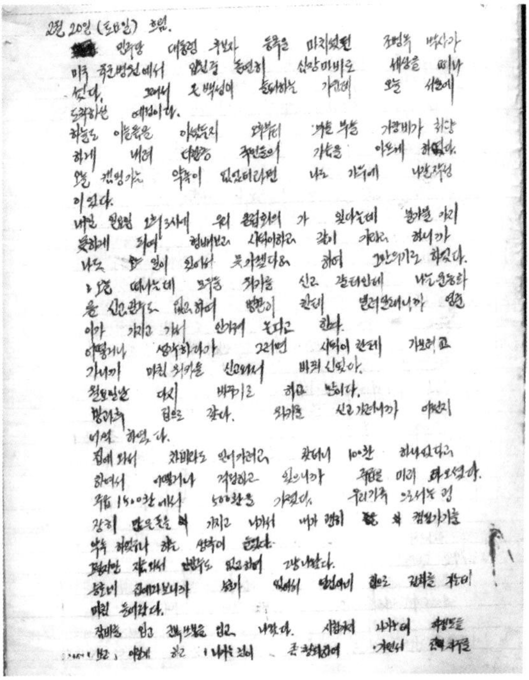

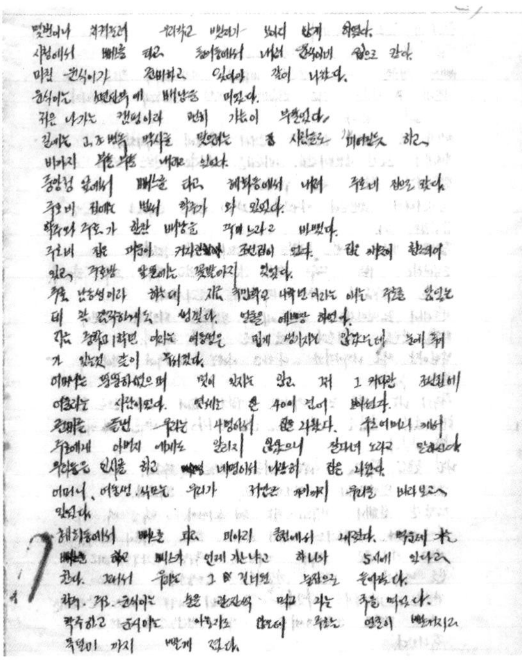

창문 밖을 내다보니 아까까지 비로 내린 것이 눈으로 변하여 쓸쓸하게 흩날리고 있었다. 이윽고 버스가 들어왔다. 버스는 곧 떠났다. 버스는 굉장한 속도로 달렸기 때문에 바깥 경치가 획획 스쳐갔다. 저번에 짚차를 타고 갈 적에는 그런 줄 몰랐는데 지금 보니까 바깥 경치가 좋았다.

버스가 한 30분 동안 쏜살같이 달려서 우이동에 도착하였다. 가게에서 술 한 병, 양담배 한 갑, 나비 한 갑을 사가지고 산으로 오르기 시작했을 때는 황혼이 깃들 무렵이었다. 조금 가려니까 금방 날이 어두웠다. 나무가 울창한 산속이라 더 금방 캄캄하여졌다. 중간쯤 가다가 텐트 칠 자리를 골라서 짐을 풀었다. 윤식이 하고 주호는 텐트를 치고 나하고 학주는 나무를 하였다. 텐트를 다 칠 무렵에 우리는 나무 몇 개를 잘러 왔다. 텐트에서 조금 떨어지는 바위틈에다 모닥불을 피었다. 불길이 바위를 삼킬 듯 피어올라 깜깜 산을 환하게 비췄다. 낙엽이랑 작은 나뭇가지가 다 타고 이제는 큰 나무에 불이 붙어 불길도 작아졌다. 학주와 나는 밥을 할 나무거리를 구하기 위하여 다시 산으로 올라갔다. 깜깜한 산길을 더듬더듬 올라가서 나무를 찍기 시작하였다. 나는 촛불을 밝히고 학주는 도끼로 나무를 찍었다. 생나무를 몇 개씩이나 찍어가는 것이 좀 안 되었다. 깜깜한 산에서 나무를 찍는 도끼 소리만이 퍽–. 퍽. 퍽. 울릴 뿐 아무 소리도 나지 않아 쓸쓸한 기분이 들었다. 이윽고 찌익 하고 나무가 쓰러졌다. 학주는 나무를 메고, 산을 내려갔다. 나는 가랑잎을 좀 모아가지고 가려고 저편 길로 내려가기로 하였다. 여기저기 나무가 서 있는 산등성이를 지나 저만큼 산꼭대기에는 숨은 병정들같이 나무들이 쭉 서있다. 여기저기 나무가 서 있고 시커멓게 엎드려 있는 바위 사이를 다니면서 낙엽을 좀 모았다. 무서운 생각이 들어서 곧 내려가기로 하였다. 저만큼 연기가 오르는 곳이 보였다. 우리가 텐트를 한 데까지 다 온 것이다. 바위에 엎드려서 내려다보니까 불빛에 주호하고 윤식이가 나란히 앉아서 불을 쪼이고 있었다.

주호가 가지고 온 돼지고기를 단도로 썩썩 잘라서 소금을 뿌려가지고 작대기에 하나씩 꼬여가지고 죽 둘러앉아서 불에다가 구워 가지고 서로 웃어가며 이게 이렇게 맛있는지 몰랐는데 서로 이야기하며 먹었다. 불에다 대면 지글지글 타서 기름이 뚜욱 떨어졌다. 이러고들 앉아서 먹고 있으니까 어느 서부 영화에서 본 영화의 한 장면 같았다. 서로들 "아, 이건 서부영화 같은데" 하며 떠들어댔다. 넷이 먹으니 한 근 될까 말까 한 것이 금방 없어졌다. 먹고들 나서는 서로 입맛을 쩍 다시면서 좀 더 먹었으면 하는 눈치들이었다. 그렇지만 하나도 없이 다 먹은 뒤였다. 이윽고 밥을 해먹기로 하였다. 새총같이 가지가 둘이 뻗친 나무 두 개를 양쪽에 꽂아놓고 쌀을 항고(코펠)에 담아서 물을 부어가지고 뚜껑을 닫아서 나무에 끼어놓고 그것을 그 새총 같은 나무에다 걸쳐 놓았다. 나무 꺾어 넣으면서 밥이 되기를 기다렸다.

밥이 될 동안 우리는 학교 얘기며, 집안 얘기며 서로 떠들어댔다. 윤식이는 나보고 "처녀캠핑"의 소감이 어떠냐는 등 익살을 부리며 노래도 불렀다. 이윽고 구수한 밥 냄새가 났다. 주호는 빨리 먹자고 안달을 하였다. 그렇지만 학주는 다시 물을 붓고 또 올렸다. 조금 있다가 또 내렸다. 주호가 숟가락을 가지고 한 숟갈을 퍼 먹고 야단이었으나 학주는 또 물을 붓고 이번에는 나무에서 빼어가지고 잿더미에 묻었다. 이쯤 되면 밥은 되었는데 이제는 반찬 걱정이다. 그래서 반찬은 멸치를 고추장에 넣어서 볶기로 하였다. 이윽고 밥과 반찬이 준비되었다. 숟갈을 하나씩 들고 모여들어 밥을 먹기 시작하였다. 밥과 고추장뿐이지만 맛이 참 좋았다. 밥을 먹고 조금 불을 쪼이면서 쉬었다. 얼굴이 차가워서 하늘을 쳐다보니 캄캄해서 잘 모르겠지만 눈이 오는 모양이다.

불을 대충 해놓고 텐트 속으로 들어갔다. 주호하고 학주는 담요를 덮고 윤식이하고 나는 후끄루(침낭) 속으로 들어갔다. 땅에서 습기가 올라오는 것이 몸이 으스스 해왔다. 추워서 못 잔다고들 술을 먹었다. 나는 한 모금만 먹었다. 그런데도 배가 뜨뜻해 오는 것이었다. 모두들 담배를 피웠지만 아무 이득 없는 담배를 먹을 필요성이 없다. 다른 애들은 다 자는데 나는 잠이 안 왔다. 내가 여기 이렇게 드러누워 있을 때 집에서들은 무엇을 하고 있을까. 아마 모두들 자겠지. 밑이 땅바닥이라 텐트 쪽하고 담요 깐 것으로 효과가 없어 등허리가 배기고 좁아서 갑갑하였다. 잠은 안 오고 불편하여 미칠 것만 같았다. 그렇다고 어떻게 할 수도 없고 하여 하나둘을 세면서 일부러 잠을 청하기도 하였다.

2월 21일(일요일) 맑음.

아침에 잠을 깨어보니 윤식이와 주호가 오줌을 누고 들어와서 다시 잔다. 그래서 옆에 텐트를 들쳐보니 눈이 확 부셨다. 밤에 눈이 와서 땅을 완전히 가릴 정도로 왔는데 막 지금 떠오르는 햇빛에 비치어 반사되어 하얗게 빛나고 있었다. 자리에서 일어나서 나왔다. 눈이 얇게 깔려져 사방이 환하고 아침 서늘한 공기가 마음을 상쾌하게 하였다. 오줌을 누고 산중에 아침 맑은 공기를 마음껏 호흡하기 위해 심호흡을 하였다. 마음과 몸이 한층 더 상쾌하였다. 나는 아침 공기의 신선함을 맛보았다. 산을 쳐다보니 우리가 어젯밤에 찍은 나무 등길이 보였다. 그렇게 많지도 않은 산등성이의 나무를 서넛이나 찍은 것이 몹시 안 되었다. 캠핑 가는 학생들이 올 적마다 나무를 이렇게 자를 터이니 은근히 걱정이 되었다. 캠핑 가는 학생들이 연료로 쓸 것이 없을까 하고 생각도 해 보았다. 한참 서 있다가 나는 도끼를 집어 들었다. 어저께 해다 놓은 나무가 고스란히 있기 때문에 좀 자르기 위해서이다. 밑동을 한 도막 자를 즈음하여 주호가 나왔다. 주호와 같이 나무를 하러 산으로 기어 올라갔다. 나무를 해가지고 오니까 윤식이도 나왔다. 나무를 불 살리우고 주호는 쌀을 씻으러 갔다. 밥을 다 해가지고 고추장만 해가지고 아침에 먹었다. 아침에 먹을 때부터 백운대로 가는 사람이 우리 있는 건너편 길로 꾸역꾸역 올라가기 시작했다.

먹은 후 셋이서 텐트를 걷고 짐을 꾸리고 나는 바위에 드러누웠다. 아침 햇살이 따뜻한 것이 눈이 부셔 저절로 눈이 감겼다. 여자, 남자, 어른, 아이 할 것 없이 산으로 가는 사람의 떼가 가고 또 가고 하였다. 여자들은 전부 맘보 쓰봉에 운동화 등으로 간편한 복장을 하고 남자들은 전부 워커에 스키파카를 입고들 하였다. 텐트를 다 걷고 짐을 싸고 우리도 산으로 올라갔다. 그런데 토요일부터 조금씩 조금씩 내린 비와 눈으로 길이 미끄러웠다. 가면서 몇 번이나 자빠지고 하면서 갔다. 마침내 쇠를 꽂아서 연결해놓은 바위 있는 데까지 왔는데 바위는 온통 얼음에 싸여 있었다. 저만큼 앞에 선 여대생 같은 사람들이 올라가는데 미끄러지고 하면서 거의 기다시피 간다. 우리도 간신히 올라갔다. 여자들이 여기를 지나간 것이 용하다. 거기를 지나서부터는 길이 온통 얼음에 깔려 불룩불룩 솟아난 바위 끝을 잡고도 기다시피 하면서 가야만 했다. 어떤 때 길로는 갈 수가 없어서 산등성이로 올라갔다가 내려서 가기도 하면서 갔다. 가는 도중에 주호는 몇

번 넘어져서 미끄러지기도 하였다. 이렇게 해서 샘 있는 데까지 왔다. 짐을 맡겨놓고 자이루(등산용 밧줄) 타는 데까지 올라갔다.

두 군데다 다 자이루를 매놓고 타고 있었지만 우리 학교 학생들 것은 아니었다. 역영이가 자이루를 가지고 온다고 하였는데 안 왔다고 학주가 화가 나고 주호는 내일 가서 뽀개노라고 야단이었다. 한참 바위 꼭대기에서 경치구경을 하다가 다른 아이들이 매논 자이루를 두 번 빌려 타고 내려와 버렸다. 샘터에 오니까 점심때인데 우리는 어떻게 점심할 수도 없고 하여 그 조그만 절간 같은 데 앉아서 내려다보이는 사람들을 구경하고 있었다. 기지배들이 이리 돌리고 저리 돌리면서 사진을 찍느라고 야단이다. 그리고 제법 솥을 걸어서 불을 때고들 있었다. 소리를 지르며 왔다갔다하는 남학생들, 가장 점잖게 올라온 남녀 대학생들, 쌀을 씻는데 반이나 흘리면서 씻고 있는 남학생들. 이런 것들을 보다가 길도 미끄럽고 하여 일찍 내려가기로 하였다. 내려갈 때는 올라올 때보다 더 힘이 들었다.

몇 번이나 자빠지고 미끄러지고 하면서 우리가 텐트 친 데까지 왔다. 그 위에선 여학생들 같이 보이는 여자들 한 열 명이 밥을 하고 있었다. 전부 맘보에 다른 웃옷을 입었는데 노래를 부르고 야단이다. 우이동에 내려왔을 때는 한 4시경쯤 되었을 것 같았다. 배가 고파서 먹을 건 없고 하여 차비까지 털어서 빵을 사 먹었다. 빵을 한 앞에 5개씩 먹었어야 간에 기별도 없어서 더 먹고 싶어 야단들이었다. 남은 쌀을 가지고 먹을 것하고 바꾸어 달라고 하여도 안 된다고 한다. 국수하고 바꾸어서 국수로 해달라고 하여도 안 된다고 하여 담배 한 갑만 사가지고 나왔다. 그리고 또 오징어 두 마리하고 걸어가면서 심심할 테니까 말이다. 오징어를 칼로 세로로 반씩 잘라서 하나씩 가지고 먹으면서 걷기 시작하였다. 처음으로 이 길을 걸어가는 나는 가면서 여기저기를 쳐다보면서 갔다. 군화를 신고 걸어가니까 무슨 강행군이나 하는 것 같이 자랑스러웠다. 가는 길가에는 무슨 장군 묘지니 무슨 선생 묘지니 하여 묘지로 가는 길이라고 쓴 표지가 많은데 나는 놀랐다. 가면서 다리도 서넛이 있고 양쪽 산에는 나무가 많은 것이 경치가 좋았다. 가면서 잔디밭에 누워서 쉬기도 하고 다리에 앉아서 쉬기도 하면서 수유리에 왔을 때는 어둠이 깃들 무렵이었다. 저기 보이는 아스팔트 길 너머로 논들이 거무끄레 하게 보였다. 여기서부터는 아스팔트길이라 걷기가 더 좋았다. 차들만이 휙휙 지나가고 저녁의

싸늘한 바람이 불어오는 것이 기분이 좋았다. 오징어 다 먹은 지도 벌써이고 지금은 그저 걸어갈 뿐이다. 셋이서는 담배를 피워 물고 걸었다. 미아리 버스 종점까지 왔을 때는 자동차들이 헤드라이트를 키고 다니는 어둠이 깃든 뒤였다.

갈 때 들린 술집으로 들어갔다. 주인아주머니가 구공탄 난로를 갖다 주면서 친절을 베푼다. 학주가 "우리 아무것도 팔어 주지 않고 쉬어 가려고 들어왔다"고 하면서 더운 물 좀 달라니까 없다고 안 준다. 그래서 배는 고프고 하여 어떡할까 하고 있었다. 이럴 때 돈이 있었으면 얼마나 좋을까. 빡클값이 250환 있는 것을 학주가 알고 있는데 남의 속도 모르고 지금 쓰고 또다시 쩨쩨하게 논다고 숭이나 보지 않나 하고 불안하였다. 그렇지만 나는 그러하지가 못된다. 빡클값도 꿔서 내고 이건 빚을 갚는 돈인 것이다. 아까 빵을 사먹을 때부터 몇 번이나 쓸까말까 하였지만 재현이한테 신용이 떨어질 것을 생각하고 꾹 참았다. 이윽고 윤식이가 자기 동무 돈이라고 하면서 500환을 내놓았다. 장국밥 100환짜리를 한 앞에 한 그릇씩 하고 100환 남는 것을 나중에 쓰기로 하고 우선 밥을 먹기 시작하였다. 배고픈데 먹는 밥이라 무척 맛있게 먹었다. 밥을 먹고 나니까 없다던 뜨거운 물이 한 그릇씩 나왔다. 100환을 가지고는 술을 청하였다. 술 두 컵이 나왔는데 윤식이가 한 잔을 먹고 학주는 안 먹는다고 하여 되로 물려서 50환을 받았다. 그래서 윤식이하고 나는 버스를 타고 주호와 학주는 또 걸어갔다. 윤식이는 혜화동에서 내려 중앙청 버스를 기다리고 나는 그냥 타고 갔다. 미도파 앞에서 내려서 한참 걸어서 와보니 승호는 아직 안 들어왔다. 구두 좀 닦으려고 구두약을 찾으니까 까만 약 밖에 없었다.

10시가 다 되어서야 승호가 들어왔다. 들어와서는 아이구 큰일 났다고 힘이 하나도 없어가지고 의자에 털썩 주저앉았다. 오늘 부림사에서 중놈들하고 싸웠는데 한 놈을 때렸는데 죽을 것 같아서 도망 왔다고 하면서…… 승호가 울퉁불퉁한 몽둥이로 한 대 깠더니 그것이 머리에 박혀서 푹 쓰러지는 것을 청학이가 도끼 뒤로 한 대 깠더니 쓰러져서 일어나지를 못하드라는 것이다. 의자에서 꾸벅꾸벅 조는 승호를 깨워서 같이 잤다.

경복고등학교 2학년 때 겪은 4.19학생혁명 당시 일기들

(1960년 4.18~4.30일 2주간의 일기들)

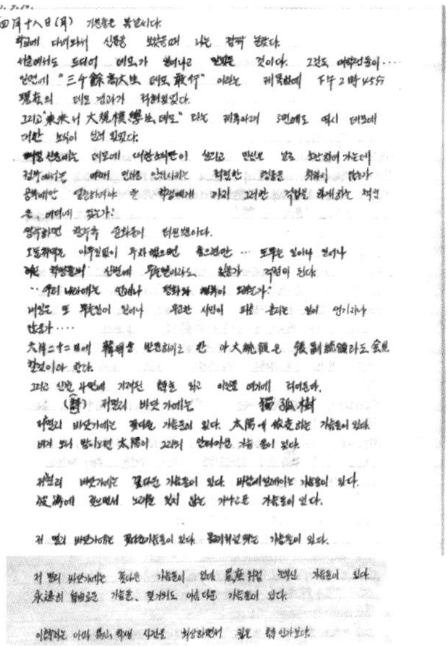

4월 19일(화) 맑은 후 밤 한 때 부슬비.

아침 일찍이 일어났다. 운동을 하고 밥을 다 먹고날 때까지 신문이 안 왔다. 필시 어제 무슨 일이 일어났음에 틀림이 없다. 학교 가는 시간을 좀 늦춰서 신문을 기다렸다. 신문이 왔다. 3면의 톱기사로 "고대 데모 귀도에 유혈의 수라장(高大 데모 歸途에 流血의 修羅場)"이라는 제목 하에 여러 가지 불상사가 실린 것을 보고 가슴이 덜컹하였다. 또 젊은 청년들이 죽었구나…… 자세히 살펴보니 고대학생들이 평화리에 데모를 하고 돌아가는 도중 종로3가에서 난데없는 불량배 30여명이 습격하여 혼란을 일으켜 유혈의 수라장이 되어 학생들이 많은 피해를 입은 모양이었다. 그러나 고대생들 8시 50분 귀교하였다 한다. 그러나 화신 앞 거리에서 고교생들과 경관의 충돌이 있어 어린 학생들 쫓기고 곤봉 세례를 당하였다는 보도는 더욱 가슴 아픈 일이었다. 궁금하였지만 학교시간이 늦을까 걱정하여 자세히 읽어보지도 못하고 학교로 갔다. 학교에서도 아이들은 어제 일을 이야기하느라고 야단들이다. 나는 골목길로 와서 구경하지 못하였지만 먼데 학생들 특히 버스를 타고 가는 학생들은 데모를 전부 구경하였다고 한다. 이윽고 종이 쳐서 선생님이 들어오셨다. 담임선생님은 데모에 대해서 여러 가지 주의사항을 말씀을 하셨다. 정치가들의 정당 싸움에 학생들이 괜히 젊은 기분에 참가해서는 안 된다는 말씀이셨다. 어제 학생데모가 있었다는 것을 안 학생들은 전부 기분이 들떴다. 더구나 총소리가 들리면서부터는 더하였다. 선생님들은 전부 나와서 교사 주변에서 서성거리고 있으며 학생들은 마음이 더 들떴다.

이럭저럭 점심시간이 되었다. 점심을 먹고 변소에 가서 소변을 보고 조금 있으려니까 종이 쳤다. 다른 때보다 10분이나 빨리 친 것이다. 총소리는 계속해서 들리고 아우성 소리가 귀를 기울이면 은은히 들려온다. 아마 무슨 큰 사태가 벌어진 모양이다. 더구나 옆에 청운고등학교에서 학생들이 운동장에 모이고 데모할 것 같은 기운이 돌더니 선생님이 나와서 전부 교실로 몰려 들어가는 소동들을 창문으로 목격한 우리 학교 학생들도 "나가자" "데모" 등을 외치면서 이리 몰리고 저리 몰리고 복도를 왔다갔다했으나 전부 진중한 뜻은 보이지 않고 전부 장난삼아 하는 것으로 웃고들 야단이다. 이윽고 선생님이 들어오셨다. 보강시간이다. 창문가에 앉은 아이들이 자꾸 창문을 내다보니까 자리까지 이동하였다. 그러다가 총소리가 나면 "아우"하면 아이들이 와 웃곤 한다. 나도 처음에는 웃는 얼굴로 있었으나 선생님이 아이들이 와 웃을 때 너희들은 무엇이 그렇게 우스우냐고 말하는 바람에 그 말이 가슴을 콱 찔러 그때부터는 심각한 표정으로 됐다. 그래도 아이들은 연실 웃고 떠들고 야단들이다. 나는 웃는 아이들을 한 대 쥐어 박어 주고 나라꼴이 이렇게 혼란한 지경이 되었는데 너희들 그것이 웃음거리로밖에 안 보이느냐 통탄할 노릇이다, 하고 해주었으면 속이 후련할 것 같았지만 꾹 참았다.

한 시간 지나갔다. 운동장엔 아이들이 하나도 없다. 전부 교실 내에서만 있게 하기 때문이다. 이윽고 종이 치고 이번에는 담임선생님이 들어오셨다. 가정환경조사서 가지고 들어오셨다. 보강이고 할 것이 없기 때문인가 보다. 마이크 장치를 하는 소리가 들리더니 교감선생님이 다음과 같이 말씀하셨다. 지금 시내에서는 대규모의 데모가 행하여지고 있으니 학생들 학교 안에서 지시가 있을 때까지 있으라는 것이다. 그리고 이어서 교장선생님은 데모대원들이 경무대까지 와서 순경과 충돌이 생겨 발포를 하고 혼란을 일으키는 중이라 말씀하셨다. 그리고 학생제군들은 아무 딴 생각 없이 학교에서 대기하라고 말씀하셨다. 그리고 한참 있더니 교장선생님의 공포에 질린 듯한 놀란 듯한 목소리는 의외의 소식을 전하였다. “지금 정부에서는 계엄령을 선포하였다”는 말씀과 다른 주의 말씀이었다. 아이들은 물론 선생님까지 놀란 표정을 하였다. 담임선생님은 계엄이 어떤 것인가에 관해서 이야기 하시고 걱정의 빛을 보이셨다. 또 교장선생님의 말씀이 들리셨다. 지금 학교에는 전화가 오고 야단이다. 학부형이 오신 분도 많이 계시다. 그러니까 학부형이 오신 사람부터 학부형과 동반하여 퇴교할 것을 지시한다고 말씀하셨다. 그리고는 학부형과 집에서 전화연락이 된 학생을 호명하기 시작하였다. 한참 만에 또 마이크가 울렸다. “각 반에 계신 담임선생님께 알립니다. 각반 담임선생님은 주소를 확인한 후에 학교에서 가차운 청운, 내수, 궁정, 사직, 효자 등에 있는 학생들에게 외출증을 떼어 먼저 퇴교시키십시오”라는 훈육주임 선생님의 숨 가쁜 소리가 울려나왔다. 병한이와 나는 빨리 가자고 말하였다. 또 마이크가 울렸다. 계엄령에 관한 것이었다. 국무위원은 오늘 1시에 계엄령을 선포하였다. 종류는 경비계엄, 지역은 서울, 계엄사령관은 육군중장 송요찬 등이라는 요지의 말이었다. 담임선생님이 학적부를 가지러 나가시면서 유급한 학생이고 우리 반의 오락부장인 김기택이를 불러 오락을 진행하라고 하시면서 나가셨다.

단에 올라선 김기택은 한참 서 있더니 심각한 표정을 지으며 다음과 같은 이야기를 했다. 내가 너희들에게 지금 진행 중인 데모에 관해서 이야기하겠다. 서울 각 대학교 학생들과 약간의 고등학생으로 된 데모대는 광화문 소방서를 습격하고 소방차를 타고 시위를 하고 있으며 일부는 경무대로 오다가 문교부를 부수고 중앙청에 침입하였으며 돈의동 파출소를 불 지르고 경무대로 오다가 경찰과 충돌하였다. 이번 데모에는 경기고등학교 학생도 좀 끼었다는데 우리 학교 놈들은 째째해서 한 놈도 끼지 못했다고 말하면서 늙은 사람은 몰라도 우리 젊은이들은 참을 수 없는 일이라고 이야기하고 무슨 이야기를 하려는데 담임선생님이 들어오셔서 그만 자리로 돌아갔다. 기택이가 끝으로 데모 경과를 말한 것을 내 창작이다라고 말하였지만 아이들은 거의 곧이곧대로 들었다. 궁금하던 차에 소식을 좀 들으니 나았다. 아까 변소에 간다고 나갔다가 늦게 들어오더니 학부형들한테 들은 모양이었다. 또 마이크가 울리고 계엄령에 의하여 학교는 무기휴학한다는 말이 전해지자 아이들은 와 하고 웃으며 좋아했다. 나는 한심스러웠다. 일류 고등학교에 2학년이나 된 학생들이 정신상태가 이렇던가…… 라디오와 신문에 의하여 등교지시를 기다리라고 하면서 말을 끝맺었다. 병한이와 나는 외출증을 받아들고 밖으로 나왔다. 학부형들이 이곳저곳에 보였다. 온실 있는 데 왔을 때 마이크에서는 이제 사태가 좀 완화되었으니 서대문, 영천 등지 학생에게도 외출증을 떼라는 훈육선생님의 엄숙하고도 숨 가쁜 소리가 뒤통수를 때렸다. 교문에 와보니 선생님들이 많이 나와서 계셨으니 교장선생님까지 놀란 표정, 불안한 표정을 지으시고 서 계셨다. 교문 밖에는 불안한 표정, 궁금한 표정을 한 얼굴 얼굴들이 자기 아들이 나오기를 고대하고 있었다. 교문 앞에서 일단 학생들을 정렬시켰다가 4명씩 내보냈다. 한꺼번에 몰려나가는 것을 피하기 위해서인 모양이었다. 효자동 종점으로 나가지 못한다고 하였지만 학생들은 거의 다 그쪽으로 갔다. 종점 거진 다 와서 종점이 내다보이는 곳에 철조망을 해놓고 실탄집을 허리에 차고 총을 무장한 경관 6명이 지키고 있었다. 모두들 그 옆의 골목길로 가느라고 길을 꽉꽉 하였다. 진명학교에서부터는 큰 길로 나가도록 되었었다. 작은 길로 계속 갈까 생각하다가 호기심으로 큰길로 갔다. 종점 쪽을 올려다보니 그 구석에 트럭이 한 댓 대가 있고 역시 철조망을 해 놓고 군인과 순경이 지키고 있었다. 진명강당 앞에 채찍을 들고 권총을 찬 군인이 이젠 계엄령이 선포되었으니까 너희들은 함부로 날뛰지 말라고 하면서 함부로 덤비면 쏴도 책임을 지지 않는다고 경무대를 쳐다보고 모여선 우리들에게 말하였다. 거기서부터 길은 전쟁을 치룬 뒤같이 조용하고 한산하며 길에는 종잇조각, 헝겊 나부랭이, 유리창 깨진 것 등이 너절하게 있었다. 유리창 깨진 것 같은 유리조각과 몽둥이들도 가끔 눈에 보였다. 길에는 집으로 가는 학생들만이 있을 뿐 차도 사람도 없었다. 적선동에 이르렀을 때 우리는 깜짝 놀랐다. 파출소가 파괴되어 벽만 남고 책상과 기물 등은 그 앞길에 끌어내어 불태워져 있었다. 순경도 없이 텅 빈 파출소는 조금 전에 일어났든 사태를 말하는 듯하였다. 그리고 건너편 중앙청 뒷문에는 하수도 공사를 하려고 갖다 놓았던 커다란 쇠들이 문을 막아놓았고 그 안에는 서류 같이 보이는 책종이들이 잔뜩 깔려있는 것이 들여다보였다. 길바닥에 피 같은 것이 있기에 발로 비벼 보았드니 피가 아닌 모양이었다. 아마 소방차가 뿌린 물감 탄 물인 모양이었다. 파출소를 조금 지나가면서부터는 눈이 맵고 눈물이 나서 도저히 갈 수가 없었다. 그런데 또 중앙청 쪽에서는 총소리가 따따따 났다. 나는 데모 대원들이 또 들어

와서 경찰들이 최루탄을 쏘는가보다고 생각하였다. 병한이와 나는 손을 붙잡고 가려고 했으나 눈물이 나와서 앞이 보이지 않고 총소리는 나고 사람들은 우르르 골목으로 모여들어 우리도 할 수 없이 골목으로 들어갔다. 골목으로 가다가 사잇길로 해서 또다시 해무청 앞으로 나왔다. 사람들이 많이 모여 있고, 총소리는 멈추었으며 중앙청 쪽은 아무렇지도 않고 조용하였다. 경찰서부터 이리로 오는 학생들은 모두 울면서 온다. 아마 아까 쏜 최루탄이 남아있어서 그런 모양이었다. 해무청 앞 로타리에는 전차 한 대가 유리창이 전부 깨져 가지고 서 있고, 그 뒤에는 순경 짚차인 듯한 흰색깔이 좀 보이는 차가 아직도 불꽃을 내며 타고 있었다. 우리는 광화문으로 해서 갈 생각으로 해무청을 지나 무사히 앞을 보며 사람들에 끼어가는데 뒤에서 돌연히 총소리가 요란히 들리며 외치는 소리가 들려서 돌아보니 군복을 입은 두 군인이 우리 쪽을 노려보며 "나와, 안 나오면 쏜다"고 총을 겨누는 것을 보고 깜짝 놀랐다. 사람들이 벽에 전부 붙어서 덜덜 떨었다. 나도 죽는가보다 생각하고 병한이와 같이 벽에 붙었다. 다리는 떨리고 가슴은 두근거리고 총소리로 귀는 멍한 것 같이 죽을 것 같은 기분이 들었다. 그때 별안간 병한이가 후다닥 뛰어서 해무청 쪽으로 달아났다. 혼자 남은 나는 더욱 무서웠다. 시퍼런 안경을 쓰고 총을 쏘면서 노려보는 군인이 무서워 쳐다보지도 않고 붙어 있다가 살금살금 군인 있는 곳에서 멀리 도망을 쳤다. 부인들은 집으로 가는 사람을 왜 그러느냐고 덜덜 떨고 여학생들은 찔끔찔끔 울고 야단이었다. 그때 형사인 듯한 어느 신사가 이 사람들은 집으로 가는 사람이라고 말하자, 왜 이렇게들 성질나게 굴어 하고 총 쏘는 것을 그쳤다. 그렇지만 중앙청 앞쪽에서도 총소리가 들려 그리 갈 수도 없고 사람들은 그쪽에서 이리 오고 또 그리 가는 사람들도 있었다. 나는 가만히 서 있다가 사람이 많이 갈 때를 틈타서 그 군인 앞을 지나 해무청 앞에까지 와서야 겨우 정신 들었다. 이제는 혼이 난 후라 이것저것 볼 사이도 없이 부지런히 집으로 향하였다. 종교교회에 왔을 때 도청 앞으로 나가보고 싶었으나 아까 일을 생각하고 그대로 집으로 향하였다. 오면서 그 인정사정도 없이 총을 쏘던 미친놈 같던 그 군인을 생각하고 몸서리 쳤다. 총소리를 들으며 집에 와 보니 아무도 없이 방이 텅 빈 것을 보고 깜짝 놀랐다. 가방을 놓고 옷을 벗으려는데 누나와 광진이가 돌아왔다. 몇 년 만에 본 것 같이 반가웠다. 한참 만에 어머니도 돌아오셨다. 궁금한 것은 어저께 동두천 취직을 하러 간 형님 걱정이었다. 어머니도 상당히 걱정하셨다. 기다리고 기다리던 신문이 왔다. 나는 얼른 펼쳐 들었다. 일면에 톱기사로 대문짝만큼 하게 "미회유의 학생 데모로 중대 사태(未曾有의 學生 데모로 重大 事態)"라는 대문짝만한 표제 하에 "2만 학생 경무대 앞서 유혈충돌 등" 여러 가지가 실려 있었으며 3면에도 "학생 데모 수도 서울을 휩쓸어"라는 제목 하에 데모에 관한 소식이 실려 있었다. 오늘 데모는 서울문리대서부터 시작하여 시내 각 대학교 학생이 참가하여 경무대까지 몰려갔다가 경찰과 충돌하여 경찰이 무차별 발포를 하고 학생들은 투석하여 일대 수라장을 이루었다는 것과 데모대는 가는 곳마다 파출소를 파괴하고 일시 중앙청을 점령하였으며 소방차 및 경찰차를 소각하고 데모 대원들은 소방차를 4대나 뺏어 타고 다녔다고 하며 이의장 댁 앞에서 농성하고 있다고 말하였다. 아무튼 계엄령이 선포가 되었으니 오늘의 데모는 이만저만이 아닌 모양이었다. 오늘 또 젊은 학생들이 많이 그 피지도 못한 고귀한 생명을 잃었을 것을 생각하니 눈물이 앞을 가린다. 오늘부터 7시에 통행금지 시간이다. 석양이 들기도 전인 6시 30분 무거운 사이렌 소리가 공포감을 한층 더 불러일으켰다.

※ 19일 한국일보 메아리의 일부: …… 지금 시각은 19일 정오. 효자동 방면에서 총성이 들려온다. 푸른 연기를 뿜는 최루탄이 공중에서 터지는 것이 신문사 창 밖으로 보인다. 효자동 방면으로 물밀 듯이 밀려간 수만 학생들 가운데 다친 학생들은 없었을까. 총탄에 쓰러진 학생이 있었다고 들리니 가슴 아프다……「미넬봐」의 부엉이는 정말 밤이 되어야만 날으는 것인 것 도대체 정부는 어떻게 하겠다는 것인지 답답하기 짝이 없다.

4월 20일(水) 흐린 후 맑음.

아침 일찍이 일어나 물을 길어놓고 운동을 하다가 라디오에서 어제 하오 5시에 비상계엄을 선포하였다는 소식을 듣고 깜짝 놀랐다. 신문이 왔다. 1면에 "정부 비상계엄을 선포(政府 非常戒嚴을 宣布)"라는 제목 하에 서울, 부산, 대구, 광주, 대전에 국무회의의 의결을 거쳐 국문원 공고 제86호로 비상계엄을 선포하였다고 발표하였다. 그리고 비상계엄이 내렸기 때문에 모든 보도사전검열을 한다고 하여 신문에 지운 곳이 상당히 상당히 많았다. 그리고 미국과 각국에서도 지대한 관심을 가진 모양이라고 하며 폭력

행사 및 유발조치에 유감표명이라는 제목 하에 「정당한 불만」의 해결을 희망한다는 미 대사관 공식성명이 실려 있었다. 그리고 3면을 보니 톱기사는 지워져서 4월 19일만 보이고 있다. 그리고 반공회관과 서울신문사의 타는 모습이 찍혀 있었다. 어젯밤에는 비를 맞아가며 탱크 부대까지 출동하여 시내 요소에 배치하였고 주요기관에는 바리케이트를 치고 군인들이 서울에 진입하였다 한다.

아침신문 「지평선」에서

▲아, 슬프다, 4월 19일! 눈물이 앞서고 손은 떨려서 무슨 말부터 써야 좋을지 모르겠다. …… 멀리서 아직도 총성이 들린다. 아, 슬프다. 4월 19일!

▲비상계엄은 선포되었다. …… 반공회관이 불타는 것도 보았다. 수많은 학생이 총탄에 쓰러지는 것을 보았다. 이 무슨 사태인가. 아! 4월 19일!

▲지금 계속 군대가 서울에 들어오고 있다. …… 자동차 엔진 소리가 요란하다. 전차 같은 차량소리도 울린다.

▲아! 슬프다 4월 19일! 민족적인 비극의 날이다. 꽃다운 청춘이 어째서 이렇게 죽어야 하고 일선을 수비할 군인이 어째서 후방의 질서를 위하여 서울까지 가야 하는가.

▲아, 4월 19일 눈물이 앞서고 손이 떨려서……. 더 이상 사람이 죽어서 안 되겠다. 이미 너무 많은 고귀한 생명이 꽃잎처럼 떨어졌다. 아, 슬프다. 이날! 4월 19일."

오늘부터 학교는 임시 휴교이다. 몇 번이고 시내에 나가보려 했으나 형님과 어머님의 말씀이 있어서 노트 사러 종교교회에 나간 것뿐이다. 날씨는 좋은 날씨이지만 공포에 싸여있다. 이럭저럭 저녁이 되었다. 신문이 왔다. 제1면은 미 허터 장관과 양 대사의 회견이 적혀있고 2면에는 각국의 반향이 적혀있었다. 모두들 창피한 소식들뿐. 우리나라의 위신은 땅 위에 떨어진 것이다. 삼면에는 "악몽의 하룻밤은 밝았다" "4월 19일은 역사에 묻고…… 포도(鋪道) 위엔 전차 발자국" 등의 제목으로 탱크, 부대, 헌병의 경비하는 모습, 바리케이트 위에 기관총을 건 군인들의 모습 등의 사진 등이 실려 있었다. 오늘 새벽에 또 데모가 있어서 사상자가 생긴 모양이다. 하루속히 진정이 되었으면 좋겠다. 그리고 어제일로, 병원에 누워서 신음하는 학생들의 기사가 실린 것은 정말 눈물겨운 것이었다.

※ 〈표주박〉 형사가 데모대를 연행하고 있는데 어떤 두 형사가 학생을 연행하려 시

발택시에 실었다. 투움, 라이트가 켜질 때 형사는 깜짝 놀라고 말았다. 경찰에 연행하려고 하던 그 중학생이 그 형사의 아우였으니…… 오늘도 여전히 6시30분에 묵직한 싸이렌이 울렸다. 아직도 환한 7시 통행금지 시간인 것이다.

* * *

4월 21일(목) 맑음.

요새는 신문 보는 것이 큰 일이 되었다. 아침 신문을 받아보니 1면에 "불만의 주요원인을 시정(不滿의 主要原因을 是正)"하겠다는 담화내용을 보고 기뻤다. 여지껏은 국내의 모든 데모 경과가 이대통령에게 제대로 보고가 되지 않았었는데 이번에는 아마 제대로 보고가 된 모양이었다. 4.19 사태에 심대한 충격을 받았다는 요지의 담화는 사설에서도 민주주의 부활이 약속된 이대통령의 담화라 하여 찬양하였다. 그러나 슬픈 보도가 있었으니 그것은 현재까지 판명된 사망자수가 92명에 달하는 것이다. 아직도 병원에서 신음하는 사람이 죽어갈 것을 생각하니 애처롭기 짝이 없다. 가족들이 얼마나 억울하고 원통할 것인가…… 그러나 3면에 부상자는 구해놓고 보자는 위문품 갹출의 「나이팅겔」 운동을 전개하고 있다니 반갑다. 이것이 부상자들에 조금이라도 위안이, 그들이 조금이라도 괴로움을 잊게 할 수 있기를 바란다.

※ 〈지평선〉 4.19 사건은 국내로 나이 어린 많은 청년들이 피를 흘린 슬픈 일인 동시에 국제적으로는 한국의 위신을 약화시킨 해외제국의 반응의 심각성을 유의하라고 허터 장관은 말하고 한국정부는 민중이 신임을 회복하기 위하여 언론, 집회의 자유, 비밀투표의 수호 · 반대안의 냉대방지를 제의하였다…… 자연계의 봄이 가면 피었던 꽃도 흩어지리라. 그러나 피어도 못 보고 흩어진 청춘의 꽃들은 명년춘삼월에 다시 피는 꽃같이 다시 피어도 못 보고 영원히 흩어진 것을 우는 것이 어찌 그의 어머니나 가족뿐이랴. 오직 역사만이 영원히 애회를 증언하리라.

학교는 안 가고 집에 있으니까 더 갑갑하고 심심하여 죽을 지경이다. 나하고 같이 이야기나 할 친구도 없고 더구나 놀이할 것이라곤 아무것도 없다. 저녁 때 영남이한테 공이 있어서 그것을 차고 놀았다. 그래도 그 공이라도 매일 갖고 놀아도 괜찮겠지만 바람이 빠져서 잘 튀지도 않는다. 거진 저녁 먹을 무렵 문자도 나와서 몇 번 차다가는 같이 배구하자고 하더니 기성이가 아무 말도 안 하니까 들어가 버렸다. 저녁 신문이 왔다. 무슨 뉴스가 실려 있을까 하며 펴 보았다. 전 국무위원 일괄사표를 제출한다고 적혀 있었다. 장관이 전부 사퇴를 한다고 하고 일이 크게 벌어지는 모양이다. 오늘에서야 비로소 사망자와 부상자의 명단이 발표되었다. "서울: 민간, 사망 94명, 부상자 456명/경찰, 부상자 76명./부산: 민간, 사망 11명, 부상자 81명/경찰, 부상자 81명./광주: 민간, 사망 6명, 부상자 21명/경찰, 사망 1명, 부상자 12명./도합 민간인 사망자 111명, 부상자 561명/경찰측, 사망 4명, 부상자 169명.

요번 4.19 데모 사건에 이렇게 많은 젊은 생명들이 죽고 혹은 다치고 한 것이다. 한번 피어보지도 못한 청춘 얼마나 안타까운 일이냐. 혹시나 하고 사망자 명단을 더듬어 내려가던 나의 눈은 안종길이라고 쓴 글자에서 딱 머무르고 만 것이다. 그 갸름한 얼굴이 눈앞에 떠오른다. 종길이가. 나는 내 눈을 의심했다. 또 다시 봤다. 그 글자가 없어질 리가 없었다. 우리 학교 문예반에서 이름을 날리던 종길이가 가고 만 것인가. 도저히 믿을 수 없는 일 같았다. 학교가 모이는 날이면 학교에서 또 만날 것만 같은 생각이다. 나하고 친한 사이가 아니지만 안면은 있는 정도였다. 나는 식구들에게 아까운 아이가 죽었다고 말했다. 어찌하다가 종길이가 죽었다는 말이냐. 종길아…… 나는 초조한 마음으로 사망자 명단을 지나 부상자가 명단까지 다 보고 나서야 안도의 숨을 쉬었다. 다행히 아는 사람이 안 나왔기 때문이다. 사이렌 소리가 요란히 들린다. 계엄령 하의 하루는 또 저물어가는 것이다. 자리에 누워서도 종길이 생각에 잠을 못 이루었다. 또 다시는 이런 불상사가 일어나지 않기를…… 종길이의 넋이 저승에 가서도 행복하기를 아울러 하느님에게 빌면서 오지도 않는 잠을 억지로 청하여만 하였다.

* * *

4월 22일(금) 맑음.

이 대통령은 사태수습책에 전직 고관들이 자문 희망하였으나 집종의 사정에 의하여

22일 이후로 무기 연기하였다는 것은 섭섭한 일이다. 하루속히 처리하여야 할 일이 이렇게 끄는 것은 좋지 않기 때문이다. 그러나 아이젠하워의 방한 계획은 불변할 것이라 한다. 미국에서는 유엔 감시 하에 총선 주장의 약화를 우려한다는 각서를 이대통령에게 전달하여 민주적 자유회복 설득시켰다고 한다. 어제는 버스 운행을 금지하여 시민들의 고통이 되었었는데 오늘부터 버스를 다시 운행한다. 단 서울시내 소형차량은 제한한다는 기사가 실렸다. 그리고 환자들에 대한 위문금품을 어제 하루 동안에 5백여만 원이 걷혀 좋은 성과를 거두었다니 반갑다. 고대생 습격주모혐의로 유지광 씨에 체포령이 내렸다 한다. 하루속히 그놈들을 체포하여 엄중 처단하여 대학생들의 감정을 풀어 주었으면 좋겠다.

〈사설〉 애도! 4.19 희생자. 드디어 그들의 명단이 어제 21일 상오 8시 계엄사령관에 의해 발표된 순간에 일점중한 구름이 삽시에 천지를 감싸더니 이윽고 여기저기서 애고지고의 곡읍성. 가슴을 읊조리는 명인의 소리가 모든 사람의 간장을 끊는 듯하였다. 그 누구의 아들딸이더냐. 13,4세의 홍안의 소년소녀로부터 22,3세의 청년들, 이제 막 인생의 꽃이 피려는 봉오리. 채 피기도 전에 넋 없는 꽃잎처럼 땅에 지고 말았구나. 그대들은 바로 엊그제 사랑하는 부모형제와 더불어 조반을 맞이하고 나서 책가방을 들고 학교로 향하여 나갔다. 이때 황량한 대지. 조조한 대공, 이 대우주 속에 만물이 생함과 같이 그대들은 행복하였다. 아아, 누가 그대들의 뒷모습이 마지막의 순간인줄 알았으리요. 지금은 많이 말하지 않으련다. 그대들이 비록 북악산상에 분묘 열하지는 못하더라도 어찌 나장이야 있을소냐. 그대들을 위로하고 그대들의 순결을 알아주는 부모형제들과 동포들이 그대들을 고이 묻어주고 한 그루 나무를 심으리라. 부디 편히 가거라. 영국의 문호 와일드는 말하였다.「죽음은 최후의 잔이로라. 아니 그것은 최고의 눈뜸이로라.」 아아! 아 말은 순결했기 때문에 폭풍의 언덕에 기어올라 어떠한 여인(旅人)도 다시 돌아오지 못하는 미발견의 나라로 향한 그대들의 발길을 이름이 아니겠는가. 지금은 많이 말하지 않으련다. 그대들이 아무 말 없이 죽었음과 같이. 이미 가고만 그대들. 우리의 손이 그대들을 위해 어찌하지 못함을 너그러이 용서하라. 그대들이 간 뒤에 여기 또 오백여십 여명의 신음 소리가 들려온다. 머리에, 혹은 가슴에, 혹은 배에, 혹은 다리에 총상을 입고 병상에 누운 그대들과 똑같은 청춘들이 있다. 어머니와 아버지 그리고 온 겨레가 이들을 죽음의 직전에서 구출하기 위하여 혼신의 노력을 하고 있는 것이다. 어느 병원의 원장은 자기의 피를 그 자리에서 뽑아 젊은 부상자를 위해 수혈하였다. 계속 병원에 실려오는 젊은이를 위해 의사와 간호원이 제각기 팔을 걷어 피를 뽑아 대주었다. 「내 피를 대주시오」하고 밀물처럼 병원으로 달려온 아주머니들, 누나들, 이름 모를 사람들이 다만 겨레이기 때문에, 돈을 털어놓았고 과즙을 사들고 달려왔다. 우리들은 시방은 열 일을 젖히고 이들의 목숨을 건져야 한다. 이름 모를 외국인이 팔을 걷고 피를 바치러 왔다. 다만 인류애의 외침 때문에. 무슨 일이 있더라도 시방은 이들의 목숨을 건져야 한다. 이러한 노력만이 「나이팅겔」 정신의 소생만이 순결했기 때문에 죽은 그대들의 넋을 위로하는 길인가 한다.

낮에 기성, 광진 이렇게 셋이서 제기를 찼다. 그런데 내가 제일 못한다. 어떻게 제기는 통 차 지지를 않는다. 기성이 혼자 하고 광진이하고 나하고 먹고 찼다. 한참 차는데 문자가 나와서 같이 차자고 한다. 여자애치고는 성격이 상당히 명랑한 편이다. 그래서 기성이하고 문자, 나하고 광진이 이렇게 편을 먹고 찼다. 이 집에 온 지가 1년이 되었지만 그동안 말 한 마디도 안 했었는데 요새 와서 같이 놀고 하여 처음으로 말을 하고 하였다. 나는 이 집안의 모든 사람들과 가족적인 분위기에서 허물없이 지내기를 원하는 것이다. 저녁 신문에는 4.19 사태 이후 처음으로 열린 국회의 소식이 실려 있었다. 4.19 사건으로 희생한 사람들의 명복을 비는 묵념으로부터 시작한 본 국회는 비상시국 대책위원회의 구성을 자유당의원 10명, 민주당 의원, 무소속 2명으로 할 것을 만장일치로 가결하였다고 한다. 이 비상시국수습대책특별위는 22일 하오 인선이 완료되면 23일부터 활동을 개시, 계엄선포의 적법성 여부를 심사하는 한편 사태수습자료를 모집 정리하여 대정부 건의안을 만들어 25일 본회의에 보고하게 될 것이라 한다. 그리고 김 국방장관의 비상계엄선포의 이유를 청취하는데 한 때 혼란을 일으켜 본 회의를 1시간 동안 정회하는 일까지 일어났었다고 한다. 또한 회담이 무기연기됨으로 대통령을 만나지 못한 변영태 씨의 이대통령에의 공개장이 실려 있었는데 참으로 이 국난을 수습하는 좋을 글이었다. 고대생에 테러를 한 깡패 등을 모조리 잡아넣으라는 제목 하에 유지광이며 임화수에 대한 글이 실려 있었다. 아주 나쁜 놈들인 모양이다. 하루속히 체포하여 엄중처단할 것을 희망한다. 반가운 소식은 의연금이 벌써 천오백만을 돌파하였다고 하는 것과 여학단에서 위문품 모집운동 등을 전개하고 있는 것이다. 부산에서는 통금시간이 2시간 연장되어 9시가 되었다고 하며 국민학교는 통학한다고 한다. 서울도 하루 속히 그렇게 되기를……

＊ ＊ ＊

4월 23일(토) 맑음.

이 대통령이 하 · 허 양씨를 초치하였다 하며 양씨는 솔직하고 대담한 수습책 건의를 하였다 한다. 그 내용은 이대통령이 정당에서 손 떼도록 권고하도록 하는 것 등 여러 가지를 장시간 동안 이야기한 모양이었다. 신문사에는 4.19 희생자들에 보내는 위문금품에 부친 편지들이 많이 들어와 그 몇 구절이 실려 있는「모두가 내 대신 죽어간 것만 같다」「모두가 내 대신 다친 것만 같아 견딜 수 없다」는 안타깝고 죄스러운 심정들의 글은 보는 이로 하여금 눈물을 자아내었다.「가는 길」우리들 모두 철드는 설움에 목메이는 시절!/ 친구여!/ 해마다 거뭇해보는 코밑을 쳐다보며 서로 웃기를 얼마나 하였소./ 이렇게도 간단히 가고 말 것을/ 멍하니 하늘 보기를 얼마나 좋아했소. (중략) 스므해도 못 살고 그만둘 것이기에/ 철이 드는 설움에 목들이 메어/ 산다는 게 그렇게도 좋았나 보오/ 아아 젊음은 해방되었지만/ 썩은 세대가 지은 죄 때문에/ 죄 없는 그대가 쓰러져 가오(후략)

낮에는 승기하고 관철이가 글러브를 가지고 와서 캐치볼을 했다. 오래간만에 받아보는 것이었지만 상상외로 잘 받혔다. 점심 먹으러 들어올 때는 손바닥이 얼얼하였다. 글러브가 헌 거라 솜이 전부 빠져 더 했다. 점심을 먹고 의료부 앞에 난간에 올라앉아 프란소이스 · 사강 지음인 "슬픔이여 안녕"을 읽는데, 광진이가 오더니 어떤 대학생이 찾아왔다고 하여 가보니 생각지도 못했던 담임선생님이 오셨다. 학교를 오래 안 나가게 될지 모른다고 숙제를 가지고 오셨다. 더우신데 선생님이 땀을 흘리고 오신 것을 보니 안 되었다. 선생님은 너 누구네 아는 집 있느냐고 하길래 병한이네 집을 안다고 하니까 같이 가자고 하시면서 같이 나갔다. 보인상업학교쯤 가시면서 어디냐고 하시기에 금춘계 시장 있는 데라고 하니까 그러면 혼자 가보라고 하시면서 광화문 쪽으로 지치신 듯한 뒷모습으로 가셨다. 병한이가 없어 식모에게 전하고 왔다. 와서 숙제를 대충 보니 굉장히 많았다. 나는 또 의료부 난간에 가서 책을 읽었다. 한참 있다가 머리를 쳐들어 나무들을 바라보고 하면서 읽었다. 파란 작업복 쓰봉에 연두색 와이샤쓰를 입고 솔솔 불어오는 바람에 기분을 상쾌히 하며 나의 책 읽는 모습. 앞집 나무 많이 있는 집 푸른 가지 사이의 집에서는 피아노 소리가 들려온다. 나무들은 가끔가다 산들바람에 나무 끝이 흔들리는 듯할 뿐 파란 하늘에는 태양이 맑게 빛나고 있다. 내 시야에는 움직이는 것이라고는 아무것도 없다. 그야말로 고요한 오후였다. 내 생각에는 이 모든 것이 더없이 평화롭게 생각되었다. 산들바람을 솔솔 받으며 세시루의 생활을 더듬는 나는 어느새 살짝 졸음에 취했다. 햇볕이 포근히 내려 쪼이는 봄날의 오후. 나무까지도 잠들어 움직이질 않는 봄날의 오후. 책 읽던 소년은 머리를 든다. 그림 같이 파란 하늘 금빛 같이 반짝이는 햇빛. 소년의 눈에는 호수같이 잔잔한 풍경만이 소년마저 난간에 가만히 기대 앉아 또 다시 세시루의 생활에 더듬는다. 솔솔 부는 봄바람만이 짓궂게 소년의 뺨을 어루만진다. 바람에 취했음인지 더 할 수 없이 포근한 햇빛에 취했음인지 소년을 책을 든 채 잠이 들었다. 소년다운 꿈에 취했음인지 부드러운 미소가 떠오른다. 저녁 신문에는 "장면 씨, 부통령직 사임과 이기붕 씨도 당선 사퇴 고려"의 성명서가 실려 있었다. 장 부통령의 사임은 이 비상시국을 타개하는 데는 아무런 도움이 없겠지만 이의장의 성명은 일반의 비판의 대상이 될 것이 뻔하였다. 그리고 경찰은 지난 18일의 고대 데모를 방해한 깡패들을 몇 명 잡아들였다고 하며 그들이 카메라 피하여 서로 들어오는 광경이 있다. 그들에게도 양친이 있다면 하루속히 그 진상을 자백하여 학생들의 분을 풀어야 할 것이다. 모금운동은 성과가 좋아 벌써 2000만원을 돌파하였다 한다. 호윤이도 계란 50개를 가져온 모양으로 신문에 실려 있었다. 데모에 참가도 못하고 하였으니 우리들은 대신하여 다친 학우들에게 위문금을 보내었으면 좋겠지만 콩나물 사 먹을 돈도 없는 형편, 돈이 없으면 사람 구실도 못한다. 내일은 4.19 사건에 희생된 학생을 위하여 전국에서 일제히 합동위령제를 거행할 것이라 한다. 나도 참가하고 싶은 마음이 간절하나 제한된(미리 선발) 사람만이 참가하게 한다는 것이다. 섭섭하기 짝이 없는 일이다. 서울도 이제는 통금 시간 2시간 연장이 되었다. 그리고 25일부터 국민학교가 개학한다는 것이다. 아마 우리도 곧 등교하게 될 것 같다.

＊ ＊ ＊

4월 24일(일) 비(보슬비).

이 대통령은 23일 하오2시 변영태, 허정씨를 다시 초대하고 3시간에 걸쳐 회담하였다 한다. 자유당 총재직도 사퇴하여 정당을 떠나 중립을 지키라는 역설(力說)에 국민이 원하는 일은 무엇이든 하자고 결약하였다고 한다. 하루속히 대통령이 그러한 태도를 취하여 하루속히 이 난국을 타개하고, 우리나라의 진실한 민주정치를 실현하게 하여주기를 원하는 것이다. 그리고 일본의 유대사도 민단대표들에 봉변을 당하고 외무부에 사의를 전보로 표시했다 한다. 또한 미국의 양유찬 대사도, 허터 장관과의 회견에서 얼토당토한 이야기를 하였다는 이야기. 도대체 우리나라의 수석 대사가 이런 짓을 하니 말이 되는가 말이다. 우리나라의 외교관의 소견이 이 모양이니 한심한 노릇이다. 임화수 · 유지광을 정식 구속하였다 하니 하루바삐 이들의 죄를 밝혀야 할 것이다. 3대 독자를 잃은 이계현 여사의 내 아들 장하게 죽었구나!의 글은 눈물겨운 것이었다.

"참다운 내 자식이여! 영원히 돌아가는 나에게 권하노니 난동이 일어난 후 널 보려고 삼사일을 헤매던 너를 만났지만 대답이 없구나! 백일 만에 너의 부친 이별하고 24년 너를 길러 일점혈육 너를 믿고 살아온 오늘날에 어미만 두고 너 혼자 가려하니 너무도 약속하구나! 「애국투쟁」 어머니도 환영하나 혼자 남은 어미 몸이 어느 곳에 의지하랴! 긴긴 세월 어찌 살아가랴. 어젯밤 너 누웠던 쓸쓸한 침대 위에 어미만 몸을 두어 고요히 무었으니 답답한 가슴 속에 비몽사몽간에 어리는 게 너로구나! 나도 같이 영원히 가려하였으나 병석에 팔십 조모 너의 영혼 역력히 있으니 너의 가슴 맺힌 원한 밝혀 원한 없이 할 터이니 고이고이 잠들어라. 가슴 맺힌 너의 원한 어미에게 현몽하라."

경자년 4월 22일. 홀로 남은 어미

아침을 먹고 나서 공부를 하다 11경쯤에 나갔다. 마침 관철이와 승기가 캐치볼을 하고 있어서 나도 했다. 오늘 처음으로 명옥이 형과 이야기했다. 올해 대학교에 시험을 치렀다고 한다. 점심 때 비가 와서 글러브을 갖다 주고 들어왔다. 오늘 오후에 4.19 사건

희생자와의 합동위령제가 있는 것을 하느님도 슬프게 생각하시는지 비는 계속해서 구슬프게 내렸다. 오후에는 이층에 올라가서 광진이는 책을 읽고 나는 노래를 불렀다. 저녁신문에 "이기붕 씨 모든 공직에서 사퇴" 부통령 당선도 사퇴하였다고 말하였다. 그리고 대통령께서도 자유당 총재와 일체의 사회단체서 손대겠다고 중대담화를 발표하였다. 앞으로 시국이 어떻게 변할는지……. "전 시민이 한 유족처럼" 이라는 커다란 제목하에 24일 용산에서 희생학생 합동위령제에 관한 소식이 실려 있었다. 피지 못한 넋 명복 빌며…… 하루속히 이 가엾은 넋들이 바라는 바가 실천되는 길이 이들의 넋을 위로하는 길일 것이다. 저녁에 사무실에서 녹음기를 갖다놓고 여럿이서 노래를 부르며 놀았다.

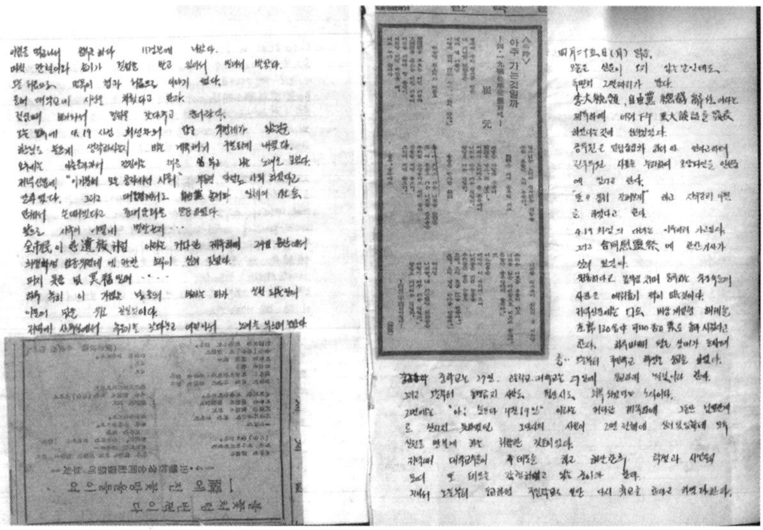

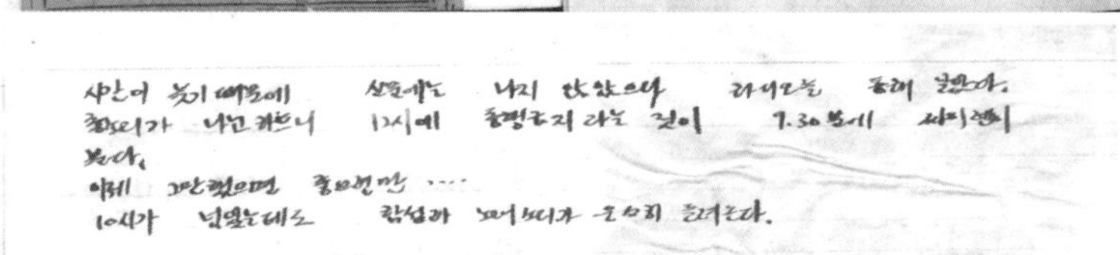

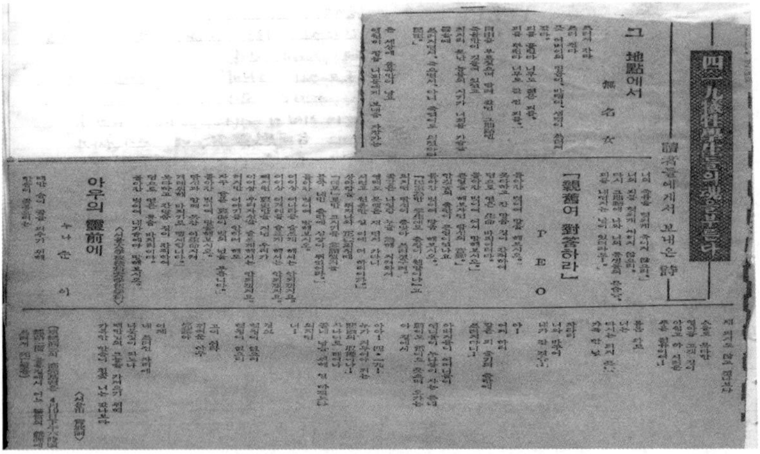

四一九犧牲學生들의 영 앞에 부른다

讀者들에게서 보내온 詩

그 地點에서

無名女

「親舊여 對答하라」

PEO

아우의 靈前에

누나 순이

4월 26일(화) 맑음.

아침에 일어나서 신문을 받았다. 어제 심야까지의 데모는 대통령, 국회의원, 대법관 사퇴 요구 등 학생의 피에 보답하라고 하는 대학교수 4백 명 데모에 뒤이어 학생과 시민들이 모여 자연발생적으로 일어난 것이라고 하는데 이기붕 씨 댁 앞에서 부상을 입는 등의 피해가 있었다고 한다. 그래서 서울지구에는 다시 비상계엄령이 선포되고 통행금지 시간은 다시 7시부터 5시까지가 되었으며 국민학교는 등교중지를 한다고 한다. 그래서 에덴원에 일하러 왔던 사람들도 일찍 가버렸다. 사람들이 가고난 후부터 정찰기가 요란하게 하늘을 날고 있었다. 그리고 방에 들어오는데 별안간 총성이 요란하게 들려왔다. 기관총을 쏘는 듯이 요란한 총소리가 울려 소리가 계속하여 하늘에 떠있는 듯하였고 거리도 대단히 가까운 모양이었다. 기집애들은 아구머니를 부르며 집안으로 뛰어 들어오고 총에 맞는 것 같아서 나가질 못할 지경이었다. 정찰기는 그 그림자를 땅 위에 그리며 요란한 소리를 내고 빙빙 돌고 있었다. 나가보고 싶었지만 어머니와 형님이 극력 말리므로 나가지 못하였다. 나가지 못하고 집에 있으려니까 사람들이 저 자식은 남자 자식이 뭐 저려냐고 욕을 하는 것 같았다. 라디오에서 이대통령 하야도 하겠고 이기붕이 모든 공직에서 사퇴하게 하겠고 책임내각제 개헌도 하겠다는 대통령의 담화를 발표, 특히 3.15선거에 부정이 많았다 하니 선거를 다시 하겠다는 내용도 있으므로 나는 안정 되겠지 하고 도청 앞에 나갔다. 사람들이 길을 가득 차 있었고 트럭에 실린 데모 대원들은 만세를 부르고 야단이었다. 경찰 무기 창고, 가로수에는 사람이 새까맣게 올라가 있고 자전거 위에 타 있는 사람도 있었다. 중앙청 앞 군인 바리케이트를 쳐다보는 모양이었다. 그리고 군측 트럭에서는 대통령이 담화 내용을 발표하고 진정하기를 원하고 있었다. 그런데 동대문 쪽에서 요란한 총성이 들리며 여기서 한두 발의 총성이 들리기에 그냥 들어와 버렸다. 저녁 신문에는 "국민이 원한다면 대통령직 사임하겠다"는 제목 하에 이대통령의 중대 결의를 발표한 것이 실려 있었다. 무엇보다도 반가운 것은 경향신문이 오늘부터 복간이 되는 것이다. "경무대는 민의를 맞았다. 봤다, 들었다"라는 제목 하에 "주권은 승리했다"는 등의 제목 하에 오늘의 데모 경과가 실려 있었다. 이 의장의 파괴와 가구를 전소, 최인규 선거장관 집의 소각, 한희석 씨 집의 파괴, 파고다공원의 이대통령 동상의 파괴 등 굉장한 짓들을 한 모양이었다. 이제는 국민들의 소원이 이루어졌으니 하루빨리 평상시기 돌아오기를 비는 마음 간절했다. 6시가 조금 넘어서 광진이와 오늘부터 복간된다는 경향신문을 사러 나갔다. 아직 수습이 안 되어서 안 내었는지 신문을 파는 아이가 없었다. 모처럼 광화문 길에 나가서 놀란 것은 어느새 가로수가 푸른 나뭇잎으로 풍성하게 된 것이다. 벌써 이렇게 됐나 하구 깜짝 놀랄 지경이었다. 자연에는 벌써 이렇게 올 것이 왔구나. 하루속히 우리 사람들의 마음도 풍성하고 명랑한 마음이 푸르르기를…… 싸이렌 소리를 듣고 신문로 파출소 있는 곳으로 하여 돌아왔다.

＊ ＊ ＊

4월 27일(수) 맑음.

아침 신문을 받아보니 이대통즉시하야를 결의. 내각책임제 개헌 단행, 재선거와 국회해산 등에 대한 결의를 하였다는 것이 실려 있다. 이제야 비로소 젊은 학도들의 피에 보답이 되고 민권이 얼마나 강한 것을 위정자들에 알려준 것이다. 이제는 어떠한 사람이 정치를 하더라도 국민의 소원에 어그러짐이 없이 잘하여줄 것이 기대되니 한없이 기쁘나. 외국 사람들은 한국민에게 존경한다고 하면서 연방 축하합니다를 연방하면서 이것은 혁명이었다고 말한다고 실려 있어 무엇보다 기뻤다. 그리고 4.19 데모에 앞장을 섰던 대학생들이 어제는 질서회복이라는 프랑카드를 아래 붙들고 청소를 하는 한편, 데모대원은 전부 귀가시키고 경찰서를 정비하는 등 여러 가지 일을 하였다 하니 믿음직스럽게 생각이 들며 또한 한없이 치사하고 싶었다. 어제도 약 300여명의 사상자가 있었다 하니 슬프기 짝이 없다. 그러나 이들의 고귀한 피의 대가로 우리는 제2의 민주공화국의 명랑한 시민이 될 수 있었던 것이다. 이들도 저승에서 자기들의 피가 헛되지 않음을 기뻐할 것이다. 고마운 이들이 영혼들이여! 고이 잠드소서. 이제 당신들의 원하고 원하던 모든 것이 이루어졌습니다. 점심 먹고 나가서 캐치볼을 했는데 보인상업학교 앞에 사는 우리 학교 학생이 와서 같이 볼을 받아서 서로 알게 되었다. 이 골목으로 들어올 때마다 골목에 깡패 같이 하고 서 있는 것을 보았었는데 저는 날 몰랐었다고 한다. 인상이 좀 험해서 그렇지 악감을 가진 것 같은 인상은 받지 않았다. 한 해 유급해서 지금은 2학년 4반이라고 한다. 볼이 정확하고도 세어서 참 잘 받았다. 오늘 하오 2시 5분 국회에 이대통령은 사임서제출하여 이 대통령은 오늘부터 대통령이 아니라 한 사람의 평민이 된 것이다. 젊은 시절에는 나라를 위하여 그렇게 애를 쓰셨건만 이제는 임기도 다 마치지 못하고 물러나시게 되셨으니 부하를 잘못 두신 노대통령이 측은한 생각까지 드는 것이다. 이기붕, 한희석, 이정재, 이존화 등 4명은 가족과 함께 월미도 미국인 군대에 피신중이라 한다. 내일부터 국민학교도 나가게 되고 통행금지 시간은 7시가 된다고 하며 중 · 고등학교도 금일간 나가게 될 것 같다.

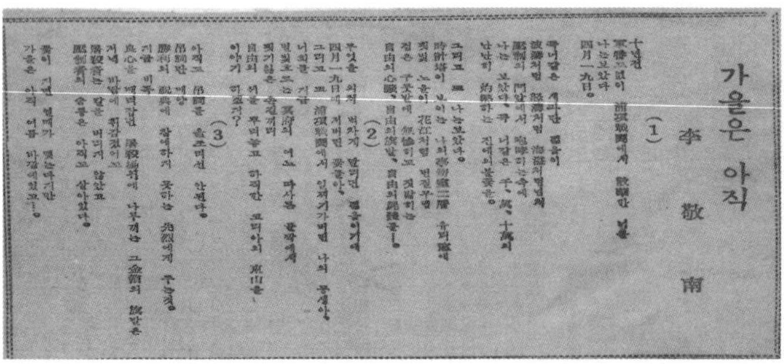

가을은 아직

李敬南

(1)

[illegible]

(2)

[illegible]

(3)

[illegible]

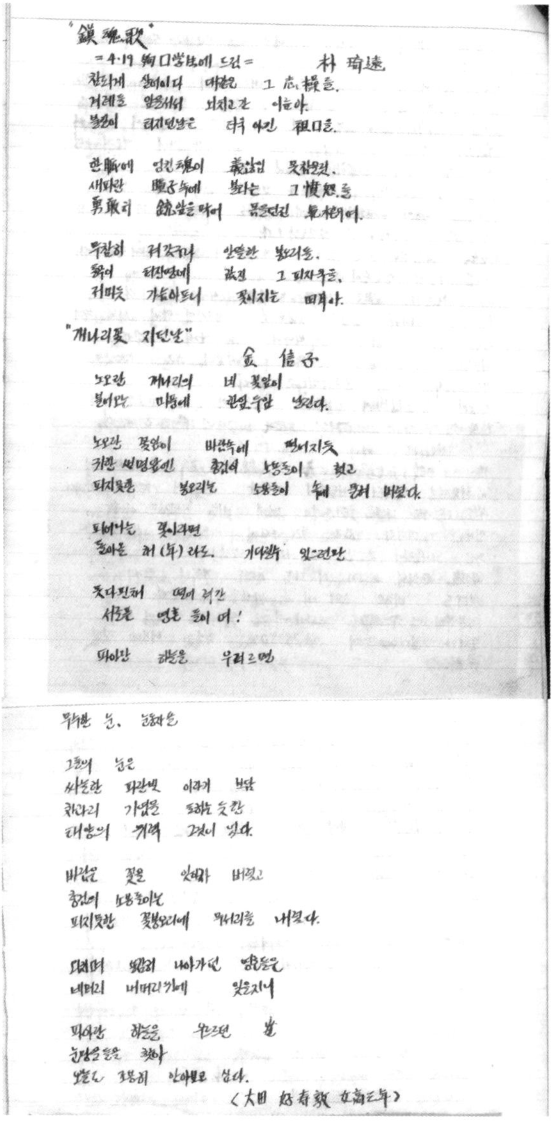

"鎭魂歌"

=4·19 殉國學生에 드림= 朴 琦遠

참되게 살려하다 때묻은 그 志操를.
거레를 앞을서서 뇌치고간 이들아.
불길이 터지던날은 더욱 아낀 祖國을.

한脈에 엉킨 魂이 義않엄 못참으련.
새파란 瞳子속에 불타는 그 憤怒를
勇敢히 銃알을 막어 몸을던진 英雄이여.

무참히 쓰러졌구나 안쓸한 봉오리들.
목이 터진영에 흩진 그 피자국을.
쥐어듯 가슴아프니 꽃이지는 때여야.

"개나리꽃 지던날"

金 信子

노오란 개나리의 네 꽃잎이
불어오는 미풍에 한잎 두잎 날린다.

노오란 꽃잎이 바람속에 떨어지듯
귀한 생명앞엔 총검의 노랑총이 쳤고
피지못한 봉오리는 노랑총이 속에 묻혀 버렸다.

피어나는 꽃이라면
돌아온 해(年)라도 기다림속 있으련만

못다핀채 떨어져간
서글픈 영혼들이여!

따아란 하늘을 우러르면
무수한 눈, 눈동자들

그들의 눈은
싸늘한 파란빛 이라기 보담
차라리 가엾음 토하는 듯한
태양의 빛깔 그것이 었다.

바람은 꽃을 앗아가 버렸고
총검의 노랑총이는
피지못한 꽃봉오리에 쇠사리를 내렸다.

외치며 용감히 나아가던 영혼들은
내머리 내머리속에 잊은지니

따아란 하늘을 우러르던 봄
눈망울들을 찾아
보람도 조용히 안아보고 싶다.

〈大田 好壽敎 女高三年〉

4월 28일(목) 맑음.

아침신문에 "제2공화국 탄생의 전야라는 제목 하에 정객들 간에 선거를 먼저하고 내각책임제 개헌을 하느냐 먼저 내각책임제 개헌을 하고 나중에 선거를 하느냐는 등 의견의 차이가 있는 것을 보고 안타깝게 생각했다. 모두 정치가들의 자기의 권력이나 이익에 치우침이 없이 솔직한 의견을 내어 서로 도와 이 나라의 제2의 공화국을 수립함에 있어 욕되는 일이 없기를 바라는 것이다. 이것이 죽어간 청년학도들의 혼을 위한 길이 될 것이다. 아무쪼록 이 나라의 민주발전을 위하여 희생된 학도들의 피가 헛되지 않도록 해주기를 바라는 것이다. 낮에 영어숙제를 하고 있는데 전순이 엄마가 내려오더니 이기붕 씨 일가족이 전부 자살하였다고 한다. 그 소리를 들었을 때 무어라 형용할 수 없는 감정과 몸이 오싹함을 느꼈다. 그러나 그것이 도시 믿어지질 않았다. 공부하던 것을 덮어놓고 밖을 나갔다. 기성이가 호외를 받았다는데 이강석이 쏴 죽였고 자기도 자살을 하였다고 써 있었다고 한다. 그래도 통 믿어지질 않는 것이다.

그리고 들어와서 점심을 먹었다. 오늘 대통령이 이화장으로 이사를 가시는데 걸어서 가신다고 하여 사람들이 구경 간다고 야단들을 하며 나갔다. 나는 안 갈 생각이었으나 어쩐지 마음이 끌리어 한참 있다가 혼자서 나가는데 지나갔다고 하며 사람들이 들어온다. 나왔던 길이라 병한이네 집에 들려 같이 이야기하다가 돌아왔다. 오면서도 이기붕 씨 가족에 관한 생각으로 꽉 차 있었다. 병한이는 시간까지 말하는 것이었다. 3시경쯤 뒷문 건너편 서울 공업고등학교 다니는 애하고 캐치볼을 했다.

이윽고 저녁 신문이 왔다. 이기붕 씨 일가족의 자결에 관한 소식이 실려 있었다. 어머님도 죽음엔 원수가 없다고 하시며 슬퍼하셨다. 시간은 오전 5시 40분부터 45분 사이, 장소는 경무대 별관 36호실(여비서실 집)이라고 한다. 아들이 아버지, 어머니, 동생을 권총으로 겨누었을 때 그 심정이 어떠했으랴. 이렇게 비극의 최후를 마칠 줄이야. 그 누가 알았으랴. 이제 와서는 내가 그 전에 이기붕 씨를 비판한 것까지도 내가 왜 그랬을까 하는 후회의 정까지 일으키는 것이다. 성격이 여성적이며 극히 온화하다던 만송 이기붕은 이렇게 정치의 마력 앞에 희생이 된 것이다. 우리는 이 슬픈 비극을 교훈 삼아 앞으로 건실한 민주주의를 위하여 일로 매진하여야 할 것이다. 이제 전 대통령 이승만 박사도 아들의 비참한 죽음을 한 곳에서 12년 동안 북악의 정든 경무대를 떠나 이화장으로 이사를 하셨다고 한다. 처음에는 도보로 하실 예정이었으나 국회의원 등이 눈물을 흘리며 만류하는 바람에 관1차로 이사하셨다고 한다. 내외분이 검은 옷을 입으시고 침통한 표정으로 차를 타고 나올 때 도로 연변에는 수많은 관중들이 박수와 만세로 환송하였다 하며 손을 들어 답례하시는 노대통령의 얼굴에는 눈물이 흘러내리더라는 것이다. 반평생을 독립투쟁을 위하여 애써오셨으며 우리나라의 초대 대통령으로 기반을 닦으셨던 이 박사의 이 은퇴를 애석하게 생각하며 도로 연변의 부녀자들은 눈물을 흘리며 슬퍼하였다 한다. 이제 임기도 다 마치지도 못하신 채 더구나 가족같이 지내던 이기붕 씨의 일가족의 자결을 목전에서 보신 이 대통령의 심중은 어떠한 것인가. 늘그막에 가셔서 이러한 일을 당하신 이 대통령이 한없이 눈물겹도록 애처로운 것이다.

"4월에 꽃들은"

4월은 꽃이 피었다가 지는 달이다 / 그러나 우리 4월은 피기도 전에 꽃이 지는 달 / 정녕 태양도 화창한 4월의 하늘 아래 / 너와 나는 피지도 못한 원한의 피를 머금고 / 4월의 꽃들은 피기도 전에 찢기운 잎잎이 흩어져간// 화려한 내일을 위하였기 순혈도 나어려서 애처로운 4월에 꽃들은 / 태극 깃발이 휘날린 조국 하늘은 피지도 못한 꽃잎이 뒤덮인 오 4월의 하늘에 꽃은 쳐가고 / 그 하늘에 별은 또 빛나고 / 내일이면 우리 4월이 핀다.

* * *

4월 29일(금) 맑음.

드디어 과도 내각의 6부장관이 발령되었다. 재무: 윤호병, 문교: 이병도, 부흥: 전례용, 상공: 전택보, 보사: 김성진, 교통: 석상옥 이렇게 임시 6부 장관만 발령하였다 한다. 하루빨리 완전히 구비되어 이 국난을 타개해나가 주기 바란다. 그리고 3면에는 이정재가 자수하였다는 기사가 실려 있었다. 하루속히 그 죄를 조사하여 학생들의 분을 풀어주어야 할 것이다. 그리고 무엇보다도 통쾌한 것은 선거 장관인 최인규가 그 자랑스러운 표정과 배짱은 어디에 있는지 초췌한 얼굴로 자진출두한 것이다. 29일 아침에 사법보호회로 연행하여 비밀지령 등을 추궁 중에 있으며 이존화, 한기석 등에도 체포령이 내렸다고 한다. 그리고 대통령 저격사건으로 수감 중이던 김시현과 공범 유시태와 함께 석방되었으며 서민호씨도 출옥을 기다리고 있는 중이라 한다. 이들은 모두 유능한 정치인이었었다고 한다. 앞으로 많이 기대된다. 터키에서 우리나라의 영향을 받아서 그런지 맨데레스 수상을 물러가라는 학생 데모가 일어나 경찰과 충돌하고 있다고 한다.

＊ ＊ ＊

4월 30일(토) 맑음.

오늘은 이기붕 씨 일가족의 장례식이 있는 날이다. 국회장으로 할 예정이었으나 가족들의 희망으로 가족장을 지내게 되었다고 하는데 오전 10시 수도 육군 병원에서 할 것이라 한다. 아침을 먹고 조금 있다가 사람들은 장례식 구경 한다고 나가고 나는 광진이와 함께 같이 영등포 옥기네 집에 가려고 나왔다. 도청 앞에 와보니 수도육군 병원 쪽으로 가는 사람이 길을 메우고 있었다. 서울역에서 갈아타고 갔다. 마침 옥기는 돈암동에 가고 아이들도 다 나가서 광진이와 같이 있으니까 석기가 왔다. 19일 날 가서 지금 처음 오는 거라고 한다. 마침 새벽 5월 호를 사왔기에 당신은 "누구의 편이요"라는 제목의 마산 사건이 자세히 적혀있는 것을 읽었다. 저녁 먹고 종국이한테 신사복을 빌려 가지고 왔다. 빌려 달라기가 참 챙피하였으나 형님이 미리 말해놓았고 또 내 용무가 그것이니까 빌려가지고 왔다. 내일 형님이 동두천에 가실 때에 입으실 것이다. 빨리 일을 하게 되어 양복도 해 입고 해야 할 텐데…… 저녁 신문에 이기붕 씨 일가의 장례식에 대한 기사가 실려 있었다. 어제의 권력, 명예, 재산도 이제는 다 사라지고 한 가족이 전부 비참한 최후를 마쳐 그렇게 쓸쓸하게 장례식을 치르게 되어 있으니 인생의 무상함을 다시 한 번 절실히 느끼게 되는 것이다.

"오빠 언니 영전에" (남대문 국민학교 4학년 한 경자.)

눈물로 답을 할까? 오빠 언니 영전에 단정히 무릎 꿇고 두 손 모아 기도를 할까요. 발버둥 치다 가시던 그날 서러워 하늘도 울었어요. 나도 울었어요. 그 밤은 고요했어요. 언니 오빠 기다리던 주인 없는 책상도, 접어 놓은 책 장도…… 그 날은 많은 별이 떨어졌어요. 하고픈 말들 아니 해도 좋아요. 하늘이 보고 땅도 보고 나도 보았어요. 오빠 언니! 짧았던 지난날들을 뒤돌아 보지마세요. 우리가 있어요. 우리가 있어요. 고이 가시어 편히 쉬세요. 오빠 언니 영전에 두 손 모아 기도합니다.

* * *

정치인들은 반성하라!

"기성 정치인들은 반성하라!" 학생들의 성스러운 피에 의해 혁명이 이렇게 이룩되어 폭악한 일인정치의 막이 내린 지도 다섯 달이나 되는데 사회는 더욱더 혼란이 계속 될 뿐이니 이게 무슨 일인가? 독재정권이 물러간 후 과도정부에 뒤이어 국민의 희망이던 내각책임제에 의해 새 정부가 들어선 지도 벌써 오래 되었는데 이 시급한 난국을 조속히 안정시키기는 고사하고 혁명의 뒤처리도 못하고 권력 싸움만 하고 있으니 이 어찌된 일인가? 뚜렷한 정책적 차이도 없이 그저 서로 헐뜯고 비난하는 노골적인 권력 싸움이니 이 무슨 말인가? 젊은 학생들은 희망에 찬 그들의 앞길을 버리고 오직 나라를 위해서 그 젊은 목숨을 버리었거늘 정치인들은 권력 하나 깨끗이 양보 못 하고 그것에 미련이 남아 애매한 소리들만 연발하는 졸장부란 말인가? 나라꼴은 어찌 되었든 눈앞의 권력에 욕심이 나서 이 시급한 때를 우물쭈물 보낼 텐가? 학생들의 피로 이루어진 혁명을 어찌 해서 기성 정치인들이 흐리려는가? 왜! 날마다 신문에는 앞날을 기약하는 건전한 정책이 안 실리고 ×파 ×파 하는 파당 싸움으로 국민을 실망하게 하는가? 이조 오백년의 당쟁싸움으로 나라를 빼앗긴 설움을 직접 맛본 사람들이 겨우 십년 남짓하여 잊어버렸단 말인가? 그 나라 없던 설움을 또 맛보고 싶단 말인가? 기성 정치인은 반성하여 좀 더 거국적인 뜻을 가지고 조국의 앞날을 바라보라!

〈4.19의거학생대책위원회 조의문〉과 〈4월혁명기념사업회 협회 취지문〉

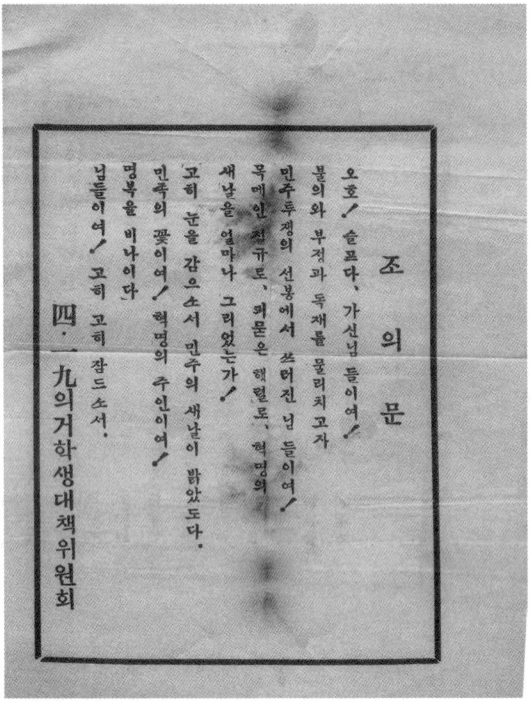

조 의 문

오호! 슬프다, 가신님 들이여!
불의와 부정과 독재를 물리치고자
민주투쟁의 선봉에서 쓰러진 님 들이여!
목메인 절규로, 피묻은 행렬로, 혁명의
새날을 얼마나 그리었는가!
고히 눈을 감으소서 민주의 새날이 밝았도다.
민족의 꽃이여! 혁명의 주인이여!
명복을 비나이다
님들이여! 고히 고히 잠드소서.

四·一九의거학생대책위원회

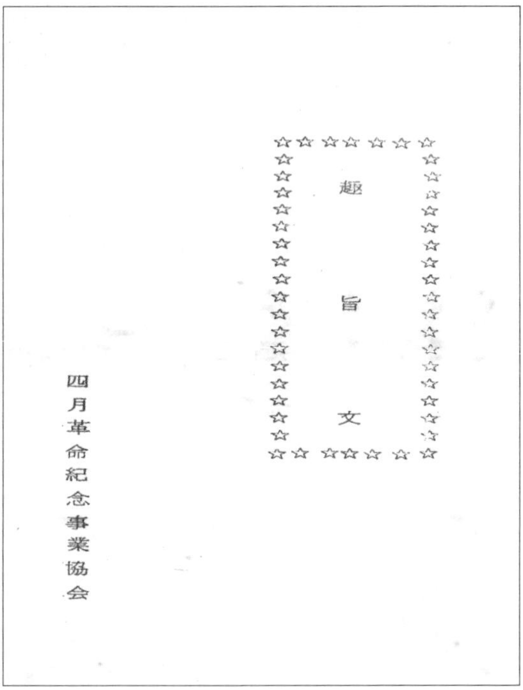

趣旨文

四月革命紀念事業協会

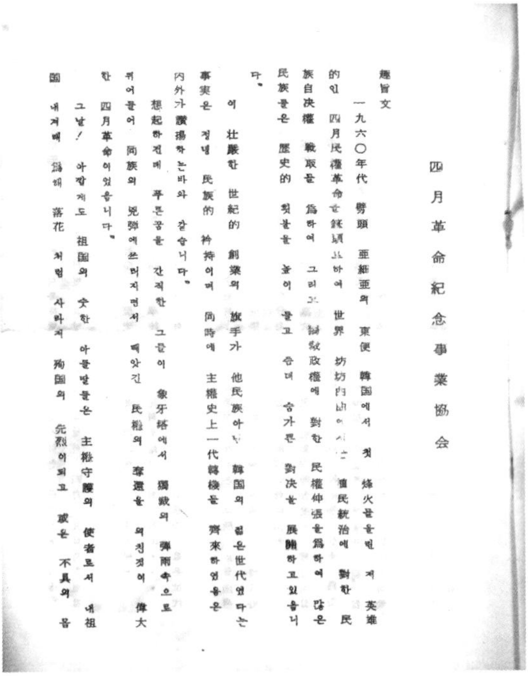

四月革命紀念事業協会

趣旨文

一九六○年代 劈頭 亞細亞의 東便 韓国에서 첫 烽火를 올린 저 英雄的인 四月民權革命은 [illegible]하여 世界 坊坊[illegible]에서는 植民統治에 對한 民族自決權 戰取를 爲하여 그리고 獨裁政權에 對한 民權伸張을 爲하여 많은 民族들은 歷史的 횃불을 높이 들고 [illegible] 對決을 展開하고 있읍니다.

이 壯嚴한 世紀的 創業의 旗手가 他民族아닌 韓国의 젊은世代였다는 事實은 정녕 民族的 矜持이며 同時에 主權史上 一代轉機를 齋來하였음은 内外가 讚揚하는바와 같읍니다.

想起하건데 푸른꿈을 간직한 그들이 象牙塔에서 獨裁의 彈雨속으로 뛰어들어 同族의 兇彈에 쓰러지면서 빼앗긴 民權의 奪還을 외친것이 偉大한 四月革命이었읍니다.

그날! 아깝게도 祖国의 숫한 아들딸들은 主權守護의 使者로서 내祖国 내겨레 爲해 落花 처럼 사라져 殉国의 先烈이되고 或은 不具의 몸

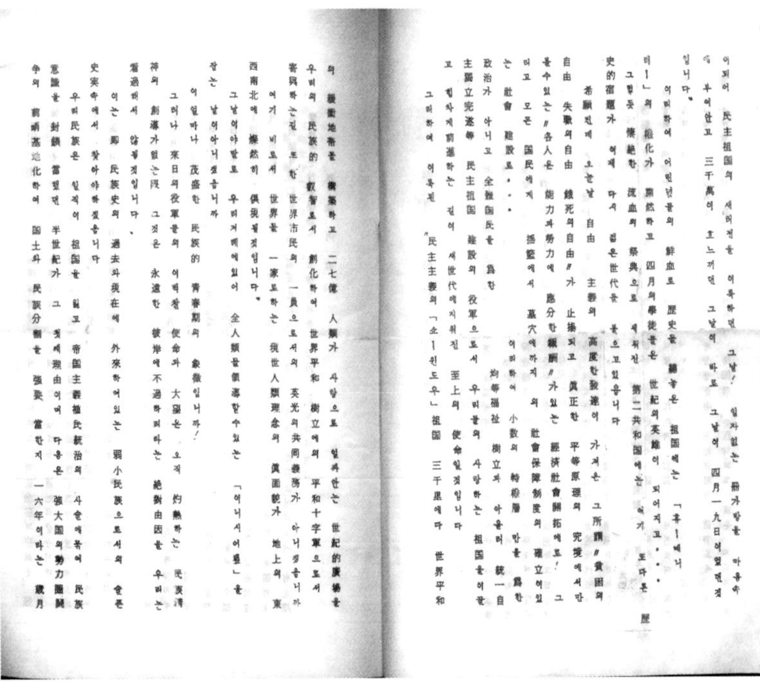

이되어 民主祖国의 새터전을 이룩하던 그날! 잊자없는 冊가방을 마음속에 부여잡고 三千萬이 흐느끼던 그날이 바로 그날이 四月一九日이었던것입니다.

이리하여 어린넋들의 鮮血로 歷史를 빼앗은 祖国에는 「후ー세너미ー」의 綠化가 [illegible]然하고 四月의學徒들은 世紀의英雄이 되어지고・・・

그렇듯 悽絶한 流血의 祭典으로 세워진 第二共和国에는 여기 또다른 歷史的宿題가 어제 다시 젊은世代를 불으고있읍니다

希願컨데 오는날 自由 主義의 高度한發達이 가져온 그所謂〃貧困의 自由 失業의自由 餓死의自由〃가 止揚되고 眞正한 平等原理의 究竟에서만 볼수있는〃各人은 能力과勞力에 應分한 報酬〃가있는 經濟社會開拓에로! 그리고 모든 國民에게 搖籃에서 墓穴에까지 의 社會保障制度의 確立에있는 社會 建設로・・・

이리하여 小數의 特權層 만을 爲한 政治가 아니고 全體国民을 爲한 均等福祉 樹立과 아울러 統一自主獨立完遂等 民主祖国 建設의 役軍으로서 우리들의 사랑하는 祖国을이룩하고 힘차게前進하는 길이 새世代에지워진 至上의 使命일것입니다

그리하여 이룩된 〃民主主義의「소ー윈도우」祖国 三千里에다 世界平和의 根據地帶를 構築하고 二七億 人類가 사랑으로 [illegible]는 世紀的廣場을 우리의 民族的 叡智로서 創化하여 世界平和 樹立에의 平和十字軍으로서 寄與하는길 또한 世界市民의 一員으로서의 榮光의共同義務가 아니겠읍니까

여기 비로서 世界를 一家로하는 現世人類理念의 眞面目가 地上의 東西南北에 燦然히 俱現될것입니다.

그날이야말로 우리겨레에있어 全人類를領導할수있는 「어니시어틸」을 잡는 날이아니겠읍니까

이얼마나 茂盛한 民族的 青春期의 象徵입니까!

그러나 來日의役軍들의 이벅찬 使命과 大望은 오직 灼熱하는 民族精神의 創導가없는限 그것은 永遠한 彼岸에不過하리라는 絶對由因을 우리는 看過해서 않될것입니다.

이는 即 民族史의 過去와現在에 外來하여있는 弱小民族으로서의 슬픈 史實속에서 찾아야할것읍니다

우리民族은 일직이 祖国을 잃고 帝国主義植民統治의 사슬에묶여 民族意識을 封鎖 當했던 半世紀가 그 첫째理由이며 다음은 强大国의勢力圈鬪爭의 前哨基地化하여 国土와 民族分斷을 强要 當한지 一六年이라는 歲月

에걸쳐 自主的인 民族精神의統一마저 分碎되고 同族相殘의悲劇을 體驗하여온 現實的 立地條件이 그럴께 理由인것은 熟知와같습니다 오늘 이처럼 頑强하게 拒否되고있는 祖國의自主獨立 遂行의大前提는 兩大勢力의握手를 促求할수있는 健全한世界觀에 立脚한 불타는 祖國愛의 培養을目標로하는奉族的인 國民運動에있음을 여기斷定하는바입니다

그러면 이運動의 主流는 아직도저때의感激이 波瀾치고있으며 民族史의 永遠에燦爛히빛날 四月革命精神 宣揚에 들어 다마도 最善의길일까 指摘하면서 이러한立脚地에서 本會會員一同은 叙上의 祖國將來의要請에 傾聽하고저 今般「四月革命紀念事業協會」를 發起하여 左記內容의事業을推進함으로써 꽃은四月에 흩도 落花의길을 떠돌어 愛國을證明하여 三千萬의 가슴마다 祖國愛의 불길을던지고 간 젊은넋들의 高潔한 四月革命精神을 國民精神으로서 宣揚紀念케하여 祖國의永久繁榮이期約된上記 國民運動의 一翼을 敢히 擔當코저하오니 有志諸賢께서는많은聲援과 聲援있기를 삼가 敬望하나이다

事業內容

一、民主政治研究院設置
二、祖國統一方案研究會組織
三、四月革命會館建立
四、四月革命圖書館設置
五、四月革命奬學會創設
六、四月革命負傷學徒職業補導院設置
七、四月革命不具學徒養護院設置
八、四月革命紀念植樹事業

一九六一年一月五日

會長 鄭璿世

理事 金錫源 宋必滿 尹亨男 鄭飛薦 申光均 李範秀 桂光淳 徐東辰 劉沃祐

金東郁 尹在根 鄭順膺 崔相彩 李南圭 朴瓚熙 鄭濬 李忠煥 金判述 徐範錫 張厚永

고3 소풍 때 일기

1961년 5월 4일(목) 雨.

내일 우리는 “가평 현등사”로 소풍을 가기로 하였다. 그런데 오늘도 비가 그치지 않고 줄기차게 온다. 내일도 그치지 않고 올 것 같은데 관상대에서는 내일 개었다 흐렸다 할 것이라 한다. 나는 소풍비 1,000환을 냈지만 영세는 내지 못했다. 나는 미안한 마음 때문에 어떻게 할 수가 없었다. 그렇다고 지금 영세 돈 1,000환을 더 받아낼 형편은 못된다. 나는 할 수 없이 도시락이나 싸다 주리라고 하였다. 말하기가 거북하였지만 나는 말이라도 같이 가자고 그러지 않을 수 없었다. 나는 돈이 없으면 친구를 이렇게 괴롭게 해주는 것이구나 생각하고 나의 지난 일을 생각해보았다. 영세의 마음을 즐겁게 해주기 위하여 좀 일찍 나가서 영세네 집에서 있다가 학관을 다녀서 집으로 왔다.

* * *

5월 5일(금) 흐렸다가 갬.

아침을 먹은 후 명찬이와 함께 학교로 향하였다. 명찬이와 홍근이와 용식이가 하숙하는 집에 들렀다가 필름을 두 통 사가지고 학교로 들어갔다. 조금 있다가 버스가 8대 들어오고 반대로 승차를 전후 차례차례 운동장을 뒤로 했다. 동대문을 지나고 청량리 지나서 어제 비로 인하여 먼지도 안 나는 깨끗한 길을 신이 나게 달렸다. 조용하던 차 안에 놀자는 소리가 나고 여기저기서 콧노래를 부르기 시작하였다. 어떤 놈이 Oh! carol를 부르면서 놀이가 시작되었다. 뒤에 여럿이서 합창 나오기 시작하였다. 앞에 있던 나는 뒤로 갔다. 영세 보구 같이 하자니까 안 한다. 할 수 없이 나는 그들과 함께 목소리 높여 노래 부르며 갔다. 나중에는 목소리가 안 나올 지경이었다.

드디어 오후 12시가 넘어서 현등사 입구에 도착하였다. 우리는 버스에서 내려 현등사를 향하여 걸었다. 한쪽에는 유리같이 투명한 개울물이 흐르고 한쪽에는 밀림을 연상하는 나무 빽빽이 들어차 있는 그야말로 이런 곳이 있었던가 할 정도로 경치가 아름다운 곳이었다. 현등사에 올라가서 우리는 3시에 모이기로 하고 일단 헤어지기로 하였다. 우리는 영세, 영준이, 성근이, 상근, 광택, 승구, 성길 등 많이 어울려 점심을 먹었다. 점심을 먹는 동안 성근이가 가지고 온 자동 카메라로 식사하는 사진을 찍었다. 밥을 먹고 난 후 우리는 마구 떠들며 사진을 찍으러 이곳저곳으로 다녔다. 마침 성근이가 도리스 두 병을 사가지고 와서 나는 다섯 잔이나 마셨다. 성길이도 한잔 먹었다. 그리고 Palmal도 성근, 상은, 광택, 나 이렇게 넷이서 하나씩 피웠다. 성길이 보기에는 좀 안되었지만 그런 아이들한테 좀 경진을 넓혀주기 위해서는 괜찮다고 생각했다. 잘 어울려 놀지도 못할 성길이는 나는 도시락을 내 빽에 넣어서 이렇게 같이 지내게 한 것이다.

산을 내려오면서 나는 이 일로 성길이가 느낀 게 많으리라 생각하였다. 3시가 넘어서 우리가 다시 버스를 타고 청평을 향하여 떠났다. 청평으로 가는 도중의 길은 큰 도로도 아닌 좁은 산길이었다. 길 건너편으로는 조그만 강물들이 잔잔히 흐르고 그 강기슭 산에는 사람의 손을 대지 않은 듯 새빨간 진달래꽃들이 밝게 피어있었다. 잔잔한 물 위에 비친 산의 그림자와 진달래꽃 정말 한 폭의 서양화를 연상하는 그런 경치였다. 아이들은 연상 야아 야아 하면서 그 경치를 감탄하였다. 5시가 되기 전에 우리는 청평에 다 왔다. 비온 끝이라 그런지 물이 많았다. 수문을 통하여 내려가는 물은 딱 부드러운 솜과 같이 보였다. 수문을 26개나 가지고 있는 이 발전소는 남한에서는 큰 발전소 중의 하나인 것이다. 마침 수리공사 때문에 내부를 견학하지 못하였다.

다섯 시경 버스를 타고 우리는 서울을 향하였다. 나는 운전수 옆의 엔진 위에 드럼통으로 만든 물통을 깔고 앉을 수가 있었다. 경옥이, 동석이, 내가 주동이 되어 주정이, 영세 등이 노래를 하기 시작하였다. 버스가 달리고 시간이 감에 따라 우리는 점점 흥분하기 시작하였다. 나는 물통을 두들기기 시작하였다. 물통이 두꺼웠기 때문에 손바닥이 깨져라 하고 치지 않으면 소리가 나지 않았다. 나는 손바닥이 터져라 하고 엔진소리가 들리지 않을 정도로 소리쳤다. 무엇에 대한 반항, 무엇에 대한 울분인지 모른다. 나는 나의 있는 기운을 다하여 소리치고 두들겼다. 그처럼 얌전하든 내가 어떻게 이렇게 됐나 의심스러운 듯이 나를 쳐다보는 아이도 있었다. 그도 그럴 것이 나는 문자 그대로 crazy였다. 나는 내 자신이 미친 것 같았다. 나중에는 소리가 안 나왔다. 갈 때는 서서 노래나 불렀지만 올 때는 그야말로 발광을 하는 것이다. 아이들이 뒤로 오라고 하여 뒤로 물통을 들고 가봤지만 자리가 불편하여 다시 앞으로 왔다. 남이 무어라거나 선생님이 무어라거나 나에게는 상관이 없다. 그냥 짐승같이 소리치고 미친 놈 같이 두드리면 나는 만족한 것이다. 시내로 접어들어서야 나는 내 정신으로 돌아왔다. 손바닥이 굳어서 쥐어지지 않고 그냥 뻣뻣하게 되고 퉁퉁 부었고 마디마디는 터져 있었다. 목은 형편없이 가라앉고 몸은 노곤하였다.

효자동 종점에서 버스를 내렸을 때는 7시 20분 종문이와 함께 어두운 길을 걸으면서 나는 내 쓰봉이 모두 찢어져 빤스가 비치고 손바닥은 아파서 빽을 들 수 없고 목은 쉬어서 말이 안 나옴을 느끼고는 깜짝 놀랐다. 내가 너무한 것이 아닌가 하고 아까 일을 돌이켜보며 걱정했다. 그렇지만 나는 일종의 승리감 같은 쾌감을 느끼고 있었다. 나는 내일부터는 얌전하게 지내야겠다고 다짐하면서 집으로 돌아왔다. 몸을 씻은 후 저녁을 먹고 자리에 누워서 나는 오늘 하루를 즐겁게 잘 보냈다고 생각하였다.

고등학교 때 고생하시던 어머님, 형님, 누님을 생각하며 쓴 일기

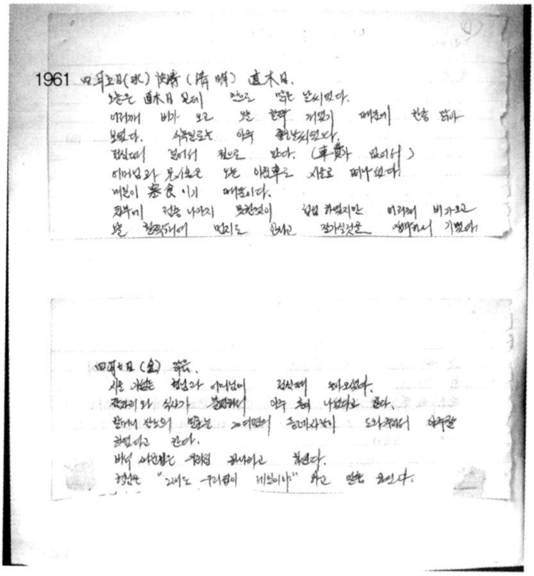

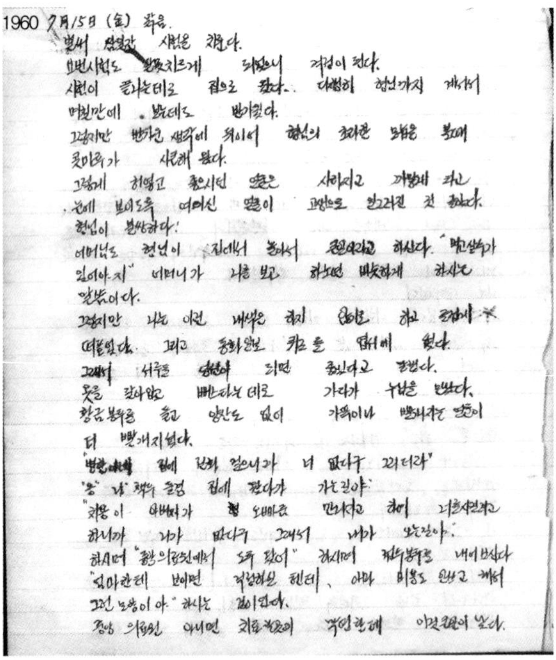

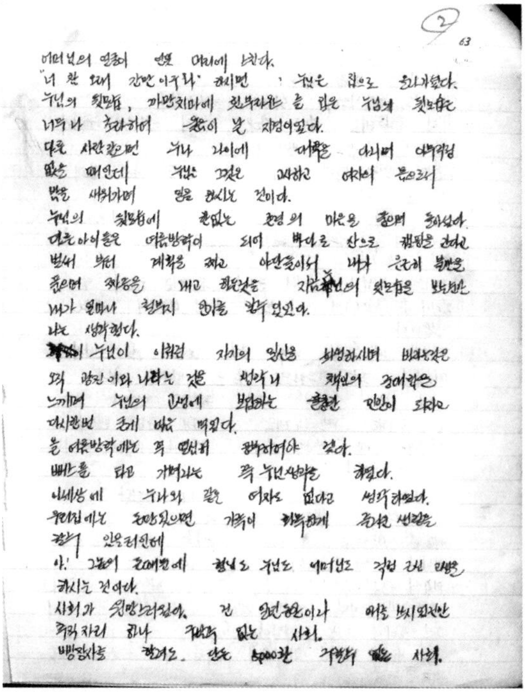

(2) 63

어머님의 얼굴이 언뜻 머리에 스친다.
"너 참 오래 간만이구나" 하시면 누님은 집으로 올라가셨다.
누님의 뒷모습, 까만치마에 흰블라우스를 입은 누님의 뒷모습은
너무나 초라하여 눈물이 날 지경이었다.
다른 사람 같으면 누나 나이에 대학을 다니며 아무걱정
없을 때인데 누님은 그것을 포기하고 여자의 몸으로서
밤을 새워가며 일을 하시는 것이다.
누님의 뒷모습에 한없는 존경의 마음을 품으며 돌아섰다.
다른 아이들은 여름방학이 되어 바다로 산으로 캠핑을 간다고
벌써 부터 계획을 짜고 야단들이어서 내가 은근히 불만을
품으며 짜증을 내고 하던것을 지금 누님의 뒷모습을 보는 순간
내가 얼마나 철부지 인가를 알수 있었다.
나는 생각했다.
누님이 이러한 자기의 일신을 희생하시며 바라는것은
오직 광진이와 나라는 것을 생각하니 책임의 중대함을
느끼며 누님의 고생에 보답하는 훌륭한 인간이 되리라고
다시한번 굳게 마음 먹었다.
올 여름방학에는 꼭 열심히 공부하여야 겠다.
뻐스를 타고 가면서는 꼭 누님생각을 하였다.
이세상에 누나와 같은 여자도 없다고 생각하였다.
우리집에는 돈만 있으면 가족이 화목하게 즐거운 생활을
할수 있을터인데
아! 그놈의 돈때문에 형님도 누님도 어머님도 각각 고된 고생을
하시는 것이다.
사회가 원망스러웠다. 천 일천원이라 어찌 쓰시겠건만
직장 자리 하나 구할수 없는 사회.
빵장사를 할려도 단돈 5000환 구할데 없는 사회.

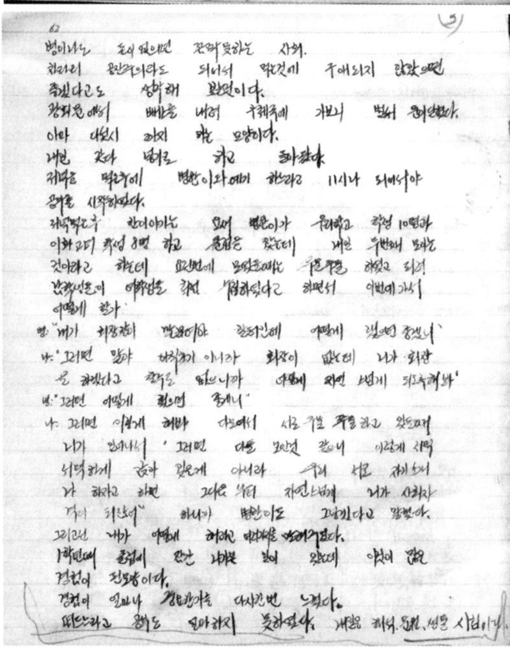

62 (3)

벙어리도 돈이 없으면 꼼짝 못하는 사회.
차라리 공산국이라도 되어서 먹는것에 구애되지 않았으면
좋겠다고도 생각해 보았었다.
광화문에서 뻐스를 내려 우체국에 가보니 벌써 문이 닫혔다.
아마 다섯시 까지 하는 모양이다.
내일 갖다 부치기로 하고 돌아왔다.
저녁을 먹은후에 병찬이와 얘기 하느라고 11시나 되어서야
공부를 시작하였다.
저녁먹은후 한이야기는 오는 병찬이가 우리학교 학생 10명과
이화고교 학생 8명 하고 총회를 갖는데 내일 두번째 모이는
것이라고 하는데 요전번에 모였을때는 [illegible] 하였고 회의
진행방법이 어렵겠다고 하면서 이번에 가서
어떻게 할가
병: "내가 회장격이 되어야 할텐데 어떻게 하면 좋겠니"
나: "그러면 말야 바른대로 이야기 하라 회장이 없는데 니가 회장
을 하겠다고 할수도 없으니까 어떻게 하면 쉽게 되도록해 봐"
병: "그러면 어떻게 하면 좋겠니"
나: 그러면 이렇게 해봐 다모여서 서로 [illegible] 을 하고 있을때
니가 일어나서 '그러면 다들 모였는데 이렇게 서먹
서먹하게 앉아 있을게 아니라 우리 서로 자기소개
나 하자고 하면 그다음 부터 자연스럽게 니가 사회자
격이 되잖어" 하니까 병찬이도 그렇겠다고 말했다.
그리고선 내가 어떻게 하라고 이야기를 해주었다.
1학년때 총회에 잠깐 나가본 적이 있는데 이번에 많은
경험이 될모양이다.
경험이 얼마나 중요한가를 다시한번 느꼈다.
떠드느라고 공부도 얼마하지 못하였다. 내일은 화학, 도덕, 생물 시험이다.

1960년 7월 23일(토요일) 맑음.

동회에 가서 누나한테 전화를 걸었다. 누나 친구가 나와서 누나가 어머니를 오시라고 한다. 아마 주급을 타게 된 모양이다. 이젠 며칠 동안은 굶지 않게 되었다. 다리가 아프시고 더구나 뙤약볕이 내리쪼이는데 돈 30환이 없어서 걸어가셔야만 했다. 그래서 내가 생각다 못해 집에 있는 미국 주화(one cent) 3개를 가지고 타고 가셔야 한다고 해서 타고 가셨다. 싫다고 하시는 것을 억지로 타고 가셔야지 된다고 우겨서 타고 가시게 한 것이다. 저녁 때 배급쌀을 일주일 분하고 고추 50환어치 고춧가루 50환어치를 사가지고 땀을 뻘뻘 흘리시고 들어오셨다. 누나가 2,500환을 주면서 일주일 살라고 하시드라는 것이다. 나중에 알았지만 이 돈도 사정사정해서 욕까지 먹어가며 탔다는 것이다.

* * *

1960년 10월 9일(일) 맑음.

경진아! 경진아! 하는 누나의 목소리에 잠을 깨있을 때는 6시가 다되었다. 돈암동까지 바래다 달라는 누나의 부탁이다. 시계를 본 나는 서둘렀다. 변소에 갔다가 세수를 하고 들어오니까 10분도 못 걸렸다. 나는 밥도 안 먹고 옷을 주어입고 꾸려놓은 누나의 짐을 들고 누나와 같이 급히 나와서 첫차를 아슬아슬하게 탈 수 있었다. 광화문에서 내렸다. 누나는 처음으로 이런 차림으로 나와서 모두들 누나만 쳐다보는 것 같다고 한다. 나는 괜찮다고 산에 가는 사람 다 그렇지 하고 누나를 편하게 해주었다. 광화문에서 정릉 가는 버스를 타고 돈암동 종점에서 내려 모이는 장소인 전차 정거장에 오니 우리가 제1착인 모양으로 아무도 보이지 않았다.

누나는 춥다고 사뭇 떨고 섰다. 한참 만에 성희, 진섭이, 태영이, 제훈이 이렇게 넷이서 왔다. 태영, 진섭이, 제훈이와는 악수를 하고 그동안의 일을 서로 말하고 하였다. 제훈이가 같이 온 것이 무엇보다 반가왔다. 체격이 든든하고 하여 오늘 이 등산에 지도자격이 잘 되어줄 것 같았기 때문이다. 누나와 성희는 안 올 줄 알았는데 제훈이가 왔다고 변도도 여섯이고 모두 여섯인데 어떻게 하느냐고 한다. 영아, 순동이를 기다리는 동안 나는 제훈이한테 사뭇 오늘의 일에 관해서 애기했다. 여자들이 위험한 곳에는 가지 말

것. 오늘, 여자들이 다치면, 그것은 남자들 책임이라는 것. 첫 등산이니 만큼 너무 무리하게 많이 걷지 말 것과 여자들과 같이 가는 만큼 쓸데없는 시비를 피할 것 등을 제훈이와 같이 말했다. 제훈이도 내 말을 승인하였다. 내가 어떻게 이런 걱정과 이런 일을 어떻게 말할 수 있는지 참 자랑스러웠으며 백운대에 갔다 온 것이 여간 다행이 아니었다.

이윽고 모두들 모였다. 내 예상에는 일행이 초라할 것으로 예상이 되었는데 그렇지도 않았다. 수수하게 보였다. 우이동 합승을 타러 왔다갔다 하는 것을 제훈이한테 말해서 7명이면 합승 값이 700환일 터이니까 조금 더 주면 택시를 타고 갈 수 있을 것이라고 물어보라고 하였다. 제훈이 모두들 다 같이 가자고 했으나 나는 교복을 입고 갈 수 없다고 하였다. 같이 가고 싶은 생각도 있었으나 음식 준비며 다른 것을 생각할 때 역시 안 가는 것이 좋을 것 같았다. 택시 값은 900환에 정해지고 간신히 7명이 타고 떠났다. 나는 마지막으로 잘 하라고 제훈이에게 인사를 하고 누나는 수고했다고 말했다. 저만치 달려가는 택시를 바라볼 때 같이 못간 것이 참 서운하였다. 무사히 잘 돌아오기를 바라며 집으로 돌아왔다. 벌써 여덟시가 넘어서 완전히 어두웠는데도 누님이 안 오신다. 늦으면 사람이 많아 차가 복잡할 테니 일찍 내려오라고 이렇게 늦는 것을 보니 걱정이 되었다. "혹시 무슨 일이나 생기지나 않았나?" 내 머리에는 여러 가지 좋지 않은 생각이 스쳐 갔다. 불도 나가구 하여 집 앞에 나가서 누님을 기다렸다. 아홉시나 다 되어서 단풍을 꺾어들고 누나가 왔다. 누나는 오늘 참 재미있게 잘 놀았다고 놀은 얘기며 산 경치를 지껄이고 자랑스러워한다. 누나가 아무 일 없이 재미있게 잘 놀다 왔다니 나도 기쁘다. 한 가지 잘못된 일은 누나가 돌에 손을 짓쳐서 손가락을 다친 것이다.

동아일보 신문을 구독하게 된 날의 일기

1959년 12월 27일(일요일) 맑음.

낮에 가만히 집에 앉아 생각하니 참 갑갑하였다. 동무네 집을 가자니 차 값이 여의치 않았지만 차 값이 있다 하드래도 아무 용건 없이 그리 놀러 간다는 구실로 동무네 집에 가는 것을 싫어하는 성격이기 때문에 그것도 안 되는 노릇이다. 그래서 어머님한테 의논하여 신문을 보기로 하였다. 어머님은 신문 값을 무엇으로 내려고 그러느냐고 하시었지만 내가 자꾸 우기는 바람에 마지못하여 승낙하셨다. 하루에 5,6백환을 쓸데없는 짓에 쓰는 효성이와 한 달에 600환이 무서워 신문 보는 것을 겁내는 나의 처지를 생각할 때 참으로 한심한 생각을 안 가질 수 없는 것이다. 방학 동안에 한 천환만 있다 하드래도 소설이나 빌려 보지 참 따분한 신세이다. 그렇게 벼르고 벼르던 스케이트는 배울 생각은 멀리 사라져 버렸다. 저녁 때 신문을 받았을 때는 몹시 즐거웠다. 일면부터 사면까지 죽 읽었다. 인젠 죽 신문을 본다는 생각을 하니 그지없이 즐거웠다. 도서관에서 나와 광화문까지 걸어와서 게시판에 신문 들여다보며 서로 얘기하던 호윤 생각이 났다. 전등도 없는 게시판에서 자동차의 불빛으로 신문을 읽고 있는 호윤이와 내 모습이 눈에 선히 떠오른다.

* * *

12월 28일(월요일) 맑음.

크리스마스에 상이군인 아저씨, 이영선생님한테서 카드를 받았는데 돈이 없어서 지금까지 그냥 잊었지만 어른한테서 카드를 받고 가만히 있을 수도 없고 하여 걱정하는 중이다. 그런데 인쇄소에 있는 동희 생각이 나서 얻으러 가기로 결정하였다. 연하장이라도 보내려는 심산에서였다. 내키지 않는 걸음을 억지로 하여 종로2가 동명사를 찾아가서 이런 얘기 저런 얘기 하고 놀았으나 이야기할 용기가 나지 않았다. 마침내 저녁이 되어 나오다가 용기를 얻어서 좀 달라고 말하니까 딱 10장을 주었다. 집에 와서 생각하니 봉투가 없다. 한 50환이면 봉투 열 장을 살 텐데 그것을 살 돈도 없다. 그래서 광진이가 내가 태영이한테 달랜다고 나가더니 봉투를 얻어 왔다. 겉봉을 전부 써 놨지만 이젠 우표가 문제이다.

* * *

12월 29일(화요일) 맑음.

겨우 돈 50환을 마련하여 가지고 시골로 가는 것 두 장을 부치었다. 나머지는 그냥 있다. 꼭 부쳐야 할 것인데 돈이 없어서 말이다. 몇 백 원짜리 카드를 보내고 야단들인데 우리는 우표 값 200환이 없어서 못 부치는 것이다.

* * *

12월 30일(수요일) 맑음(밤 동안 눈이 내렸음).

저녁 때에 겨우 돈 200환을 얻어서 나머지 8군데에 마저 부칠 수 있었다. 부치고 나니 기분이 좋았다. 3학년 때에 담임을 하셨든 이효령 선생님, 우연히 알게 된 권형, 상이군인 아저씨, 이영 선생님, 교감선생님(최석한)한테는 내 이름으로 그리고 교생선생님(수도 대학), 영어담당 선생님, 담임선생님한테는 광진이가 하고 영자 아버지와 청주 오씨한테는 형님이 하셨다. 도합 10군데에 연하장을 보낸 셈이 된다.

* * *

12월 31일(목요일) 맑음.

오늘로서 이 기해년도 마지막이고 새해인 경자년이 오게 된다. 처음 달력을 보았을 때 앞으로 12달이란 긴 동안에 내게 무슨 일이 일어날까, 즐거운 일 행복한 일이 있기를 빌면서 여러 가지 좋은 생각을 가지고 마음속으로 흐뭇하게 생각하던 정월 초하루가 바로 엊그제 같은데 벌써 마지막 날이 눈앞에 와 닿은 것이다. 세월이란 실로 놀랄만한 속도를 가진 모양이다. 아무 한 일 없이 벌써 그믐날이 되니 실로 허무하기 짝이 없다. 기해년은 나에게 있어서 실로 고생스러운 해였다. 새로 오는 경자년을 맞이함에 있어서 오늘까지의 모든 일을 깨끗이 청산하여지고 희망에 넘친 새해를 기약하면서 기해년이여 잘 가라고 할 따름이다.

* * *

1961년 3월 1일(수) 흐림.

아침에 학교에서 기념식이 있었다. 교장선생님이 독립선언서를 낭독하는 동안 아이들이 어지나 시끄러운지 참 한심한 노릇이었다. 긴장은 하지 못할망정 입도 다물 수 없단 말이냐. 확실히 "자극"을 잃을 학생들임을 나는 또 한 번 절실히 느끼는 것이다. 나라가 내일 망한다고 애통하는데도 웃고 있는 학생들. 도대체 그들의 마음속에는 무엇이 들어 있느냐 말이다. 묵념을 할 때도 킥킥 거리는 소리를 들고 나는 우리들은 우리 선열들의 그 위대한 행적을 기념할 수도 기념할 자격도 없는 사람들이라고 생각했다. 부디 우리 민족에게 하느님의 은총이 있기를 빌 뿐이다. 식이 끝난 후 집에 어머니와 함께 병원으로 나왔다. 김최진 외과에 들려 다리에 물을 빼시고 광화문 치과에 들렸다. 어머님이 치료를 받으실 동안 나는 행진 구경을 하였다. 씩씩한 학도들과 용감한 국군들의 행진모습은 믿음직스러웠다. 집에 오니 다섯 시가 넘었다. 하루해를 서서 보낸 셈이다. 라디오에서는 폭악한 일제의 억압 밑에서 오직 조국의 주권을 도로 찾고자 목숨을 걸고 투쟁한 우리 선열들의 그 의기, 그 애국심에 대한 자랑이 야단이다. 지금 우리들이 한 것은 하나도 없으면서 지나간 과거를 가지고 자주 떠드는 것이 어쩐지 창피하게 여겨졌다. 그렇지만 한편으로 생각하면 지금 우리 꼴은 이래도 우리는 이런 조상을 가졌노라 자랑이라도 해야지, 그나마 희망이라도 생기지 하는 생각을 하며 그렇던 국민들이 어떡하다 이렇게 변했나 하고 곰곰이 생각해 본다(상이군인 아저씨에게 편지를 썼다)

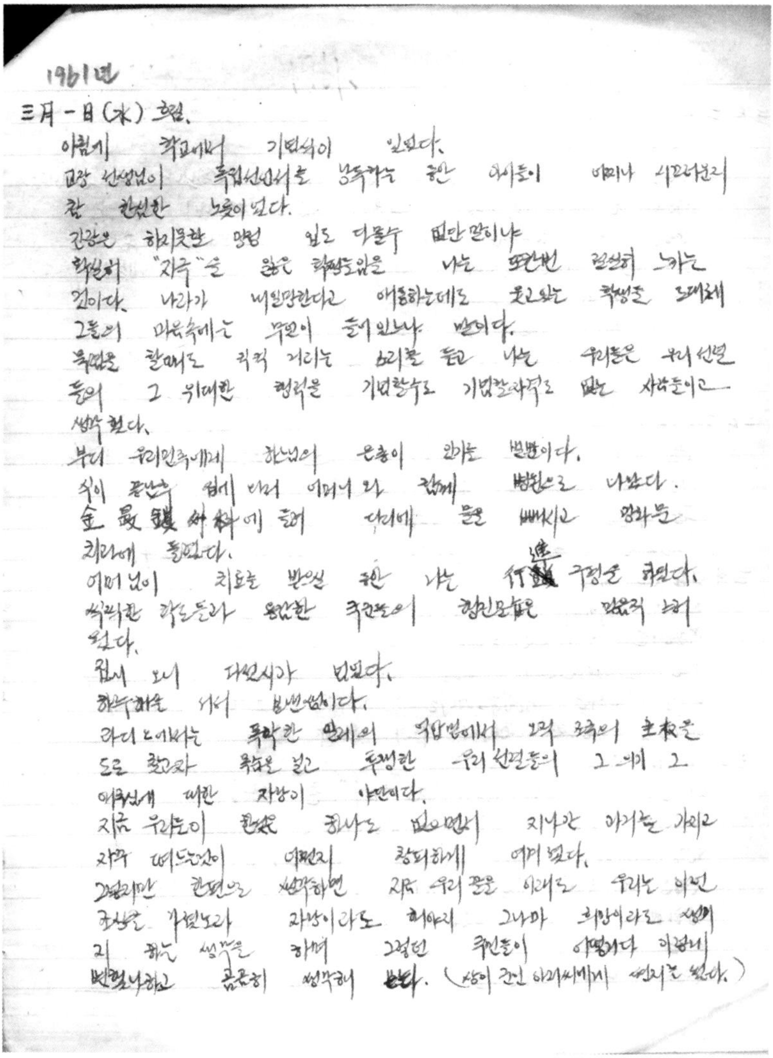
1961년

三月 一日 (水) 흐림.

아침에 학교에서 기념식이 있었다.
교장 선생님이 독립선언서를 낭독하는 동안 아이들이 떠미나 시끄러운지 참 한심한 노릇이었다.
간강은 하지못할 망정 입도 다물수 없단 말이냐
확실히 "자극"을 잃은 학생들임을 나는 또한번 절실히 느끼는 것이다. 나라가 내일망한다고 애통하는데도 웃고있는 학생들 도대체 그들의 마음속에는 무엇이 들어있느냐 말이다.
묵념을 할때도 킥킥 거리는 소리를 듣고 나는 우리들은 우리 선열들의 그 위대한 정렬을 기념할수도 기념할자격도 없는 사람들이라고 생각했다.
부디 우리민족에게 하나님의 은총이 있기를 빌뿐이다.
식이 끝난후 집에 와서 어머니와 함께 병원으로 나갔다.
金 最 外科에 들러 다리에 물을 빼시고 양약을 치료에 들었다.
어머님이 치료를 받으실 동안 나는 行進 구경을 하였다.
씩씩한 학도들과 용감한 국군들의 행진모습은 믿음직히 느껴 졌다.
집에 오니 다섯시가 넘었다.
하루종일 서서 발병이다.
라디오에서는 포악한 일제의 억압밑에서 그의 조국의 主權을 도로 찾고자 목숨을 걸고 투쟁한 우리 선열들의 그 의기 그 애국심에 대한 자랑이 한창이다.
지금 우리들이 한것은 하나도 없으면서 지나간 과거를 가지고 자꾸 떠드는것이 어쩐지 창피하게 여겨졌다.
그렇지만 한편으로 생각하면 지금 우리 꼴은 이래도 우리는 이런 조상을 가졌노라 자랑이라도 해야지 그나마 희망이라도 생기지 하는 생각을 하며 그렇던 국민들이 어떻게 다 이렇게 변했나하고 곰곰히 생각해 보았다. (상이 군인 아저씨에게 편지를 썼다.)

대학교 입학하던 날, 첫 입주 가정교사 하던 날 일기

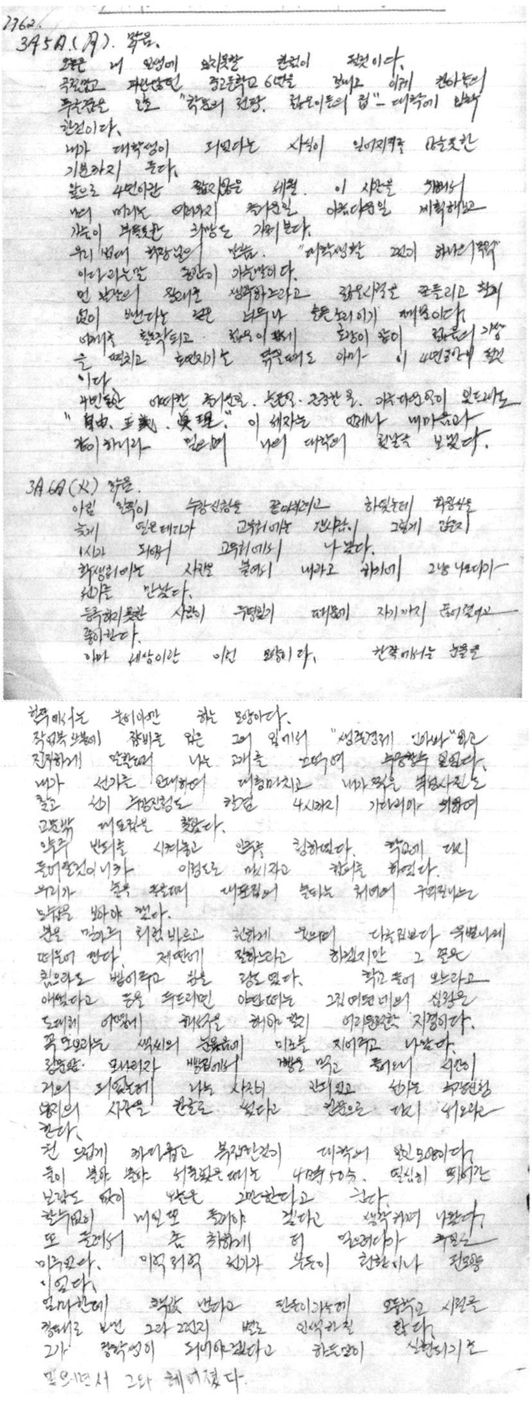

1962.
3月5日(月). 맑음.
오늘은 내 일생에 잊지못할 [illegible] 것이다.
[illegible] 중고등학교 6년을 [illegible] 이제 [illegible]
[illegible] "[illegible] 젊은이들의 [illegible]"- 대학에 입학
한것이다.
내가 대학생이 되었다는 사실이 믿어지지 않을 [illegible]
기분마저 든다.
앞으로 4년이란 [illegible] 세월. 이 시간을 [illegible]
나의 [illegible] 계획해보고
가슴이 [illegible] 희망도 가져본다.
우리 [illegible] 학장님의 말씀. "대학생활 [illegible]"
이라는말 [illegible] 가는말이다.
[illegible] 생각하느라고 [illegible] 돌리고 [illegible]
[illegible]
[illegible] 젊음의 기상
을 떨치고 [illegible] 아마 이 4년동안에 [illegible]
이다
4년동안 [illegible]
"自由. 正義. 眞理." 이 세자는 [illegible] 내마음과
같이 하리라 [illegible] 나의 대학에 [illegible] 보였다.

3月6日(火) 맑음.
아침 일찍이 수강신청을 [illegible] 하였는데 [illegible]
늦게 [illegible] 교무처에는 [illegible] 그렇게 [illegible]
1시가 되어서 교무처에서 나왔다.
학생회에는 사진을 붙여서 내라고 하기에 그냥 나오다가
[illegible] 만났다.
등록하지 못한 사람이 [illegible] 때문에 자기까지 [illegible]
[illegible].
아마 세상이란 이런 [illegible]. 한쪽에서는 눈물을
한쪽에서는 웃어야만 하는 모양이다.
[illegible] "생각[illegible]" [illegible]
진지하게 [illegible] 나는 고개를 [illegible]
내가 [illegible] 나의 [illegible]
[illegible] 4시까지 [illegible]
[illegible] 찾았다.
[illegible] 학교에 다시
[illegible] 하였다.
[illegible]
[illegible] 보아야 겠다.
[illegible]
[illegible] 하겠지만 그 [illegible]
[illegible] 학교 [illegible] 보느라고
[illegible]
[illegible] 지경이다.
[illegible] 나왔다.
[illegible] 시간이
거의 되었는데 [illegible]
[illegible] 다시 [illegible]
한다.
[illegible] 대학의 [illegible]
[illegible] 4時 50分. [illegible]
[illegible] 한다고 한다.
[illegible] 나왔다.
또 [illegible]
[illegible]
[illegible] 시험을
[illegible] 한다.
그가 [illegible] 되어야겠다고 하는말이 [illegible]
[illegible] 그와 헤어졌다.

1962년 3월 5일(월) 맑음.

오늘은 내 일생에 잊지 못할 한 점이 될 것이다. 곡절 많고 파란 많던 중고등학교 6년을 보내고 이제 한 아름의 푸른 꿈을 안고 "학문의 전당, 젊은이들의 집"—대학에 입학한 것이다. 내가 대학생이 되었다는 사실이 이뤄지지 않을 듯한 기분까지 든다. 앞으로 4년이란 짧지 않은 세월. 이 시간을 위해서 나의 머리는 여러 가지 즐거운 일, 아름다운 일 계획하고 가슴이 부풀 듯한 희망도 가져본다. 우리 법대 학장님의 말씀, "대학생활 그것이 하나의 목적이다"는 말, 동감이 가는 말이다. 먼 앞날의 장래를 생각하느라고 젊은 시절을 쪼들리고 활기 없이 보낸다는 것은 너무나 슬픈 소리이기 때문이다. 어깨를 활짝 펴고 젊은이답게 호랑이 같이 젊음의 기상을 펼치고 호연지기를 닦을 때도 아마 이 4년 동안에 될 것이다. 4년 동안 어떠한 즐거운 일, 슬픈 일, 곤궁한 일, 아름다운 일이 있드래도 "자유, 정의, 진리" 이 세 자는 언제나 내 마음과 같이 하리라 믿으며 나의 대학의 첫날을 보냈다.

* * *

1962년 8월 10일(금) 맑음.

아침 9시에 가방과 빽을 들고 집을 나섰다. 처음으로 공식적인 가정교사의 책임을 맡고 집을 나서니 아르바이트 한다는 독립되는 기분보다도 움츠러들게 된 것이 걱정되는 이상한 기분이다. 점심을 먹은 후에 수학공부를 시작해봤다. 중학교 3학년 학생치고는 점잖고 차근차근하여 다행이라는 생각이 들었다. 한 서너 시간 자유시간 동안 뒤 시간 낮잠을 자고나서 세수를 하고 방에 와 앉으니 별 생각이 다 든다. 아버지 존재도 살아계셔서 살림만 넉넉하였다면 이런 감옥 같은 생활은 치르지 않아도 되지 않을까. 방학 동안 꽉 차 있는 플랜을 포기하고 더운 방에 앉아서 나에게 별 도움도 안 되는 책과 씨름을 하는 가련한 생각을 하니 당장이라도 뛰쳐나가고 싶은 심정이다. 찾아볼 친구도 많고, 해야 할 일도 많은데 발이 묶여 있는 신세가 되나보다. 하여튼 우학이가 공부나 잘 해주어 이런 일 저런 일 생각 않게 되었으면 좋겠다. 내일 아침에도 일찍 일어나야 할 터이니 이만저만한 고역이 아닌 생활을 하게 될 모양이다. 일기장을 찾으려다 또 S의 편지를 꺼내어 봤다. 이제는 피까지 묻어서 후지레한 편지…… 어떻게든지 결판을 내야 할 터인데 곤란한 문제가 많이 있었다. 나의 체면에 관계된 문제도 있고 말이다. S가 모든 것 이해해 주기만 하면 간단하게 처리될 문제인데 여간해서 그렇게 바라기는 힘든 노릇이다. 어떻게 노력해보면 잘 되겠지. 그리고 이 집은 굉장히 안안한 살림을 하는 모양이다. 그저 규모 있는 살림인 모양이다. 이렇게 착실한 살림이 내 눈에 좋게 보이질 않으니 그동안에 나의 눈도 굉장히 무디고 녹 쓴 모양이다. 앞으로는 책임도 있는 사람이기도 하고보니 모든 것을 착실히 해야겠다. 요번 일요일에는 시덕이네 집에 꼭 들려야 하겠다. 나만 굴뚝같이 믿고 plan 짜고 있을 테니 미안하기 짝이 없다. 이것이 모두 돈이 없는 나의 불찰인지도 모르지만 할 수 없는 일이다.

＊ ＊ ＊

8월 11일(토) 맑음.

지금은 낮 12시 조금 전이다. 막 영어와 국어를 끝내고 이제 휴식 시간이다. 우학이를 가르치는 동안의 내 머리는 사뭇 경포대 해수욕장에서 남해바다로 달린다. 나중에 앞에라도 자유롭게 나갈 수 없게 된 것을 생각하면 머리가 멍해온다. 내 생애의 모처럼 화려하게 꾸며 보았던 즐거운 낭만이 한 달에 1000원에 팔려간 듯한 억울함까지 솟구친다. 이왕 이렇게 된 일인데도 모든 플랜을 확 떨쳐버리지 못하는 것은 무슨 이유인지 모르겠다. 자꾸만 남해 바다의 미련이 나를 못살게 군다. 지금쯤 집에는 효자동 친구들이 수없이 다녀갔을 게고 그들과 즐거운 이야기를 나누었을 테고 찬식이, 성길이, 시덕이는 꼭 찾아가야만 하는데 이렇게 앉아있게 만드는 돈의 위력이 새삼스레 느껴진다. 시간제로 할 걸 그랬구나 하는 생각도 든다. S의 일은 결정을 내야 할 터인데 주소는 어디로 해야 하는지 모든 것이 두통거리 같이만 여겨진다. 가정교사로 간다고 이리 오던 전날 밤 12시가 다 되도록 같이 얘기하며 올 때는 마중까지 나오면서 나를 격려해준 순누나의 생각도 든다. 모든 것을 다 집어치우고 내 자유대로 뛰쳐나가고 싶어도 형님의 얼굴이 나를 짓눌러 앉힌다. 형님은 우리들을 공부시키느라고 지금 나의 심정보다 더 쓰라리고 애달픈 경우를 겪었을 것을 생각하니 내 자신이 꽤도 염치없고 못난 놈 같이 여겨진다. 겨우 이틀이 됐는데 이 정도이니 앞으로 수많은 날들을 어떻게 치러나갈까 의문스럽다. 감옥 속에 갇힌 죄수 같아서 미칠 것만 같고 머리가 무겁지만 참자. 어떠한 일이 있드래도 참아보자. 내일 하루 종일 나갈 수 있게 돼야 하겠다. 내일도 못 나가고 붙어 있어야만 한다면 정말 미쳐죽을지도 모를 거라는 마음이 든다. 정말 이젠 담배라도 한 대 피우면서 체념의 마음으로 돌아가야겠다. 우학이 공부나 잘 되기를 빌면서 말이다.

아까 낮에 같은 심정이 이제는 사라진 듯한 느낌이다. 낮에는 정말 머리가 뽀개지는 것이 미친 것 같은 기분이었다. 처음으로 인간세파의 험한 파도위에서 태우는 어른들의 담배맛을 느끼는 듯한 심정이었다. 그때 만약 담배 한 대라도 없었더라면…… 담배 쭉 들이키며 째즈를 들으니까 나의 심경과 조화되어 훨씬 절실하게 느껴졌다. 대학 들어와서 여지껏 돈에 구속에서 해방되어 있는 동안 뮤직홀에 다니면서 듣던 그때의 느낌과는 전혀 다른 느낌이었다. 눈물을 흘리면서 빠른 째즈에 탬포에 맞추어 광란하고 싶은 충동을 간신히 억제하였다. 아마 이 심경이 미국 벗트족의 심경일지도 모르겠다. 지금은 이상하게 기분이 차분하게 가라앉아 있다. 내일 나갈 일을 생각해서인지도 모르지만 내일은 참 바쁠 것 같다. 될 수 있는 대로 많은 일을 하여야겠다. 낮에 휴식 시간에 준에게 편지를 써 놨다. S에게도 진으로서의 편지를 쓰고 몇 번이나 음미해가며 교정을 하였다. 부디 이 편지 받고 S의 생각에 변경이 이루어주었으면 좋겠다. 내일 하루종일 돌아다녀야겠으니 이젠 그만 자야겠다.

* * *

8월 12일(일) fine.

해방 된 기분으로 약수동(가정교사집) 집을 나와 집에 들렀다가 효자동 올라감. 홍원, 영남, 진삼, 영석, 홍성이 모두 만나다. 추경, 금희가 내일 쎄시봉을 나오라는 연락. 나는 자연히 포기되어야만 한다. 좀 섭섭한 일이다. 찬식이와 만나서 영세네 집까지 들림. 20여 일만에 만나니 반갑기 그지없다. 돈암동 시덕이네 집에 들려 저녁, 남해바다에 가는 건은 다행히 취소되었다고 한다. 이제는 좀 후련한 기분이다. 텔레비에서 "연예 50년"을 보고 창준이와 수희에게 편지 썼다.

3. 군 복무, 사회 생활 시절의 일기

군대시절 일기

1968년 8월 8일(목) 비.

기다림의 일주일이다. 타인을 기다린다는 것, 자기와 직접적인 이해관계 없이 타인을 기다리는 괴로움, 공허함을 알 것도 같다. 봄철이 지나기 전에 이 노트는 전부 채울 수 있을 것 같아 이 노트를 Spring이라 이름 지었다. 봄철이 다 가고 말복인 8월 8일 오늘이 지나도 이 노트는 많은 공백을 나를 위해서 남겨 놓고 있다. 거의 매일이다시피 일 시간시간 대하고 싶은 공백이지만 이런 저런 제약이 그리고 끄적거려 놓으면 영 내 마음과 절실한 기분과는 다른 허전함이 있어 외려 피하는 심정이 이러한 많은 공백을 내게 허하지 않았을까. 나의 이러한 문장실력의 부족함, 졸렬함이 안타깝지만 이것이 지금 내가 할 수 있는 전부의 실력이니 어쩔 수 없는 게 아닐까? 정말 너무나 복잡하고 너무나 젊은 나에게 타협을 강요하는 현실이다. 나는 내 주위의 사소한 일은 처리할 수 있는 능력, 혹은 너무나 허황한 일에 대한 자부심 그리고 그에 대한 자신밖에 없는 보잘 것 없는 존재가 아닐까? 신기루만 오락가락하는 사막에서 자기가 옳다고 찢어지는 갈증을 목에 느끼며 우왕좌왕 하는 너무나 보잘 것 없고 너무나 미약한 하나의 목숨이 내가 아닐까? 하지만 나는 항상 느끼고 항상 자부하는 내 끊이지 않는 정신이 있다. 비록 보잘 것 없는 너무나 미약한 생명이지만 그 속에 담긴 불멸의 정신. 바로 그게 내가 믿는 전부이고 내 생명을 이어가게 하는 생명력이고 나를 지탱해가는 전부라 믿고 또 믿는다. 부디 나를 버리지 않고 이 생명을 지켜주기 빈다. 나는 주위의 하찮은 내 자신을 위하여 존재하는 목숨은 아니라 새삼 새롭게 다시 다짐한다. 영광 있으라. 축복 있으라. 내 조국아.

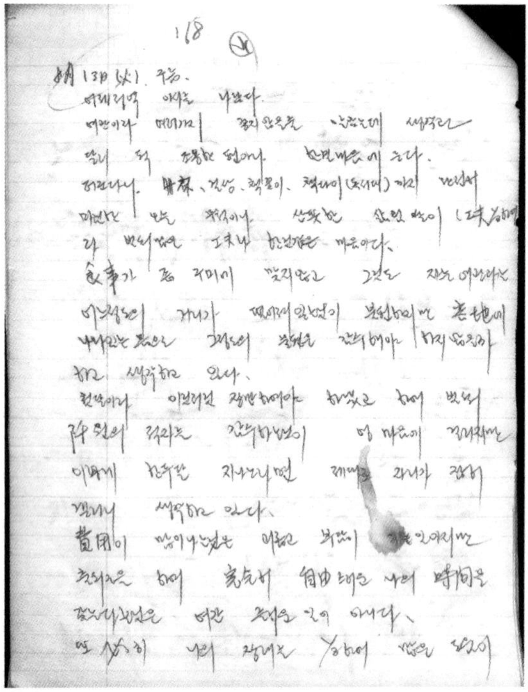

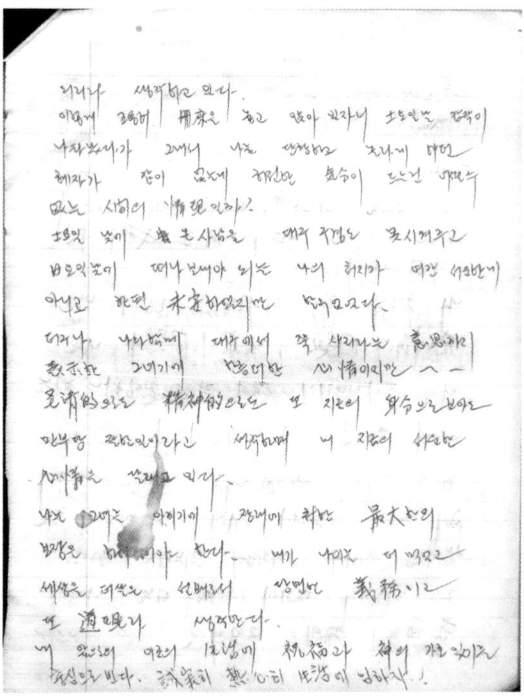

9月 10日 (火). 흐림.
가슴에 뜨거운 눈물이 흐른다.
가슴이 찢어질듯 하다.
生活이 너무 괴롭다.
[illegible]스러워 나의 처지도 괴롭다.
난 내 머리 [illegible]이 연속 [illegible]?
무엇이 나를 이렇게 가슴에 뜨거운 눈물이
흠이 되도록 괴롭히는가?
초라하고 [illegible]하고 두렵다.
生活을 모르고 부질없는 미래만을 꿈꾸며
現在의 時間을 소비하고 있다.
어차피 生活의 괴로운 고통은 받아야
할 人生의 과정이라지만
너무나 빨리 나를 찾아온 것 같다.
人生은 서두를 必要는 없다.
너무 빨리 성장할 필요도 없다.
그때 그때의 狀態가 있고 어차피
지나갈 과정인데 서둘러 갈 필요는
정말 없다고 항상 나는 생각하고
있는데…

어차피 生活의 苦痛을 받으며 살아가야 할
人生이라면 하루라도 빨리 체험하는게
도움이 되지 않을까? 생각하면 한편으로
자위도 되지만 나의 지금의 生活은
약간의 기형적인 狀態라고도 할 수
있으니 역시 그 자위는 흔들리게 한다.
生을 발랄해야만 할 젊은 내가 이렇게
벌써 生活의 苦痛을 받아야 하는 건
어쩌면 비극일지도 모른다.
하지만 나는 그게 비극이나 절망이라고
[illegible] 意味 있는, 價値 있는 비극
으로 생각하고 그렇게 승화시켜야 한다.
[illegible] 결혼에 있어야 할 나의 [illegible] (?)
[illegible] 하루빨리
[illegible]
사소하고 [illegible] 혼란하고 [illegible]

어차피 生活의 苦痛을 받으며 살아가야 할
人生이라면 하루라도 빨리 해결하는게
도움이 되지 않을까? 생각하면 한편으로
자위도 되지만 나의 지금의 生活은
약간의 기형적인 狀態라고도 할 수
있으니 어쩌면 그 자위는 흔들리게 된다.
生覺 발랄해야 할 젊은 내가 이렇게
벌써 生活의 苦痛을 받아야 하는 건
어쩌면 비극일지도 모른다.
하지만 나는 그게 비극이나 절망이라고
보다는 意味있는, 價値있는 비극
으로 생각하고 그렇게 승화시켜야 한다.
今 기회에 있어야 할 나의 생각(?)
는 대학교 속에서 있고 한 빨리
모든게 정리 정돈 되었으면 한다.
사소하고 또 혼란하고 마무리 할
決定은 決心을 강요하는 중이다. 모든
괴로움들 나는 짓누르고 가슴을 할퀴는
고통들은 어쩌면 K로 因하여 이루어졌다고
생각도 되지만 지금의 모든 고통과
괴로움은 또 K로 因하여서만이 해소되는
도로 어쩔수 없는 아이러니가 되고 말았다.
정말 지금의 즐거운 꿈은 K의 환기한
생동의 모습뿐이다.
그것마저 없다면 어떻게 나는
지탱해 갈까 의문스러울 때도 있다.

1968년 10월 28일(월) 흐림.

추석날(10월 6일) 새벽 4시차로 김해로 가서 급작스런 이동을 맡아보고 뒤처리 때문에 남아있던 그 고생스럽고 얼마간 굴욕스럽던 8일간 어째 나는 그렇게도 누구 말따나 재수가 없을까? 할 수 없이 급히 서울로 상경하여 또 김해의 뒤처리 때문에 허덕이던 8일간 돈 몇 만원을 15일 이상이나 걸려 억지로 해결할 수 있었던 대장이나 과장이나 너무 우스꽝스러운 인간들이다. 명색이 장교인 내가 대원 한 명을 데리고 민영업체 외상 몇만 원에 24시간 내무반 모퉁이에 이불 몇 장 차용하여 들싸고 감옥생활 같은 괴로움을 당하는 것이 그들의 눈에는 거의 실감이 나지 않고 내 그때의 정신적인 고통은 생각도 안 났던 것이 분명하다. 하는 일 없이 놀고먹고 있으니 얼마나 편하겠느냐 이겠지. 뭔가 좀 근본이 있고 책임이 있는 대과장급들도 좀 뭔가 달라져야하고 쇄신하여야 한다. 그 근본적인 정신적 자세에서부터 말이다. 내가 그들의 신분이 아니고 그들의 입장이 아니니까 단정적으로 이야기할 수 없다 할지라도 그런 정신적인 토대로부터는 무슨 일이 이루어지기는 어려운 노릇이다. 옹졸하고 치사하고 더러운 머저리들이 모여 우굴대어 보아야 이루어지는 일은 헛된 시간과 경비의 낭비 끝에만 가능한 것이며 그 밑에 일하는 모든 사람들에게 불신과 불만만을 가져오게 만들 것이다. 그로 인한 최대의 악은 순진한 사람들의 (사명감, 애국심은 아니라 할지라도) 적어도 어떠한 일에 대한 뜨거운 열의와 의욕을 완전히 파괴시키는 정말 너무나도 나쁜 병폐는 주지 않나 의심된다. 그리하여 치사한 장사속이나 그때그때 적당히 우물쩍거려 나가는 눈치 보아서 하는 좋지 못한 생활태도에 기여하는 일이 된다. 여하튼 김해는 일단락이 나고 대구로 다시 내려온 지 닷새, 전과 다름없는 일의 연속이다. 뭐 좀 산뜻하고 활기 있게 되어갈 수는 없을까? 성공, 실패, 책임문제 등 착잡한 여러 가지 한 명 때문에 박력있게 하지 못하고 불가한 성공으로 이끌어보려고 이리 지지부진하게 되는 거겠지. 최선은 다하자. 혹 실패하였을 때 관계한 사람으로서 변명하지 말자 다짐까지 했던 나도 한쪽으로 힘이 빠져나가 허탈해가는 심정이다. 요 사업자체만을 위하여도 나는 너무 권한한 힘이 없으니까?

* * *

1969년 3월 24일(월) 맑음.

서울에서 정상적으로 근무한 첫날이었다. 9시까지 수색에 출근하고 5시에 퇴근하였다. 대구 생활과는 너무나 대조적인 하루 종일 일이 없는 모양이다. 이렇게 노는 것이 겁이 날 정도로 한가한 근무이다. 대구 같으면 하루 종일 정신없이 이 일 저 일에 휘둘러질 터인데 오전에 서류를 전부 체크하여 서류를 산뜻하게 정리하도록 지시하여 오전을 이럭저럭 그 일로 근무하게 하였지만 오후는 방 중위, 권 상사가 들어와서 학생들과 어울려 화투놀이를 하였지만 나는 신문, 잡지 등으로 오후 시간을 지내었다. 당분간은 한가한 근무이겠지만 시간의 선용을 열거하여야 했다. 나뿐만 아니라 대원들의 시간선용도 구상하여 놓아야했다.

* * *

1969년 4월 19일(금) 맑음.

4월도 벌써 중순이 다 갔다. 3일부터 학생(조종학생) 임관이다, 신고다, 항공기 주기다, 제2차 TEST 준비다, 제3차 TEST가 끝난 어제 저녁 10시까지 긴장되고 바쁜 하루였다. 나는 아무래도 일을 끌고 다니는 것 같다. 아무 일이 없다가 갑자기 일들이 겹쳐서 아우성이니 여하튼 바쁘다는 것은 좋은 일이고 젊은이에게는 보람되는 일이 아닐까 하면서 얼마간의 자부심 같은 것도 생기지만 말이다. 여하간 TEST의 결과는 본부에서 할 일이지만 이곳 수색의 입장에서는 아무 사고 없이 무사히 모든 일을 끝마쳤다는 게 얼마나 다행한 일인지 모른다. 권 상사과 김 하사가 원대 복귀하였기 때문에 혼자서 쩔쩔매는 기분이었지만 그러기에 더욱 흐뭇한 기분이다.

* * *

1969년 8월 18일(월).

오랫동안 글을 써보지 못했다. 날짜를 헤아려보니 벌써 4개월이 지난 모양이다. 그동안 너무나 많은 일들이 지나갔다. 일생일대의 치욕의 1달간이 지나갔다. 그건 내 생이 다 하는 날까지 잊혀지지 않을 것이고 결코 잊어서는 안 되는 일일 거라 생각한다. 그 한 달 동안의 근신을 한 나의 제2의 생명인 해남이가 출생하였고 나는 너무나 많은 내적 시련을 겪어야 했다. 정신없이 울고 보챌 때는 정말 너무도 밉지만 천진하게 희죽거리며 재롱을 떨 때는 내 모든 시름이 없어지는 듯도 하다. 이제 열흘만 지나면 "백일"이 돌아오지만, 나는 아버지로서 너무나 초라한 모습이다. 셋방이라도 널찍하고 볼품있는 것 하나 장만하지 못하는 너무도 죽고 싶도록 초라한 형편이지만 보다 나은 내일이 있기를 믿으며 자위한다. 6월 30일부터 전속근무하고 김포 비행장 작전통제실 근무도 벌써 두 달이 되어간다. 또 지난 8월 8일에는 너무나 무리한 시도였지만 국가공무원 3급시험에 응시하여 보았지만 시험장을 나오는 나는 너무나 미칠 듯한 기분이 느껴졌다. 어쩌면 허탈감이었는지 모른다. 객관식이라 열심히 답으로 꽉 채워놓기 했지만 시험을 치르리라는 도저히 말할 수 없다. 지금 있는 집도 내놓을 형편이라 마포에 사글세 문간방을 하나 얻어 놓았지만 그래서인지 한결 쓸쓸한 기분이다. 점점 나아지리라는 확실한 보장은 하나도 없다. 너무나 막연한 기대만이 있을 뿐이다. 무어라도 붙잡아 보고픈 무력함이 나를 몹시 안타깝게 한다. 나는 이런 게 아니었는데~~~하는 내 발버둥이 나를 더욱 안타깝게 하여준다. 나를 버리지 않는 신의 가호가 있기를 빈다.

사회생활 시절 일기

1971년 4월 11일(일).

정말 많은 생각들을 너무나 많은 좋은 일들을 체계화하지 못하고 이론화하지 못하고 있는 것 같다. 인간이기에 갖는 특성때문에 하고 많은 날들을 생각만으로 상급만으로 보내고 마는 느낌이 너무나 간절하게 느껴져 피곤하곤 하다. 어저께는 Korea Times에 “삼포가는 길”을 읽었다. 황석영이가 쓴 단편 소설이다. 나는 더 좋은 구상, 더 좋은 내용을 너무나 많이 가지고 있었으니 머릿속으로는 어느 정도 구체화하기도 했었으며 지금도 하고 있다. 그러나 실체화하지 못하고 있는 것이다. 이것이 내 약점이다. 그러나 언젠가는 꼭 이루겠다는 집념은 있다. 또 꼭 이루어질 것이다. 그러나 주위에 자질구레하고 사소한 일들에서 항상 나는 헤어나지 못하고 모든 것이 생각뿐이다. 그만치 나는 현실적이면서 또 비현실적인 인간인 모양이다. 어제 오늘 일어났던 사소하다면 무척이나 사소한 일들을 정리해보고 싶어서 이렇게 pen을 들어 보았지만 또 너무나 많은 생각들이 머릿속에 드나든다. 나는 지금 내 인생의 큰 계기를 맞고 있는 것 같다. 사회생활로나 가정생활이나 그렇다. 그러면 ~~~~ 어떻게 할까.

* * *

1971년 6월 4일(금).

요사이는 근래에 없던 차분한 기분에 가정적으로는 서울 온 후 처음 가져보는 행복 같은 걸 느껴보는 것 같다. 해남, 경련, 화란이 모두 너무 티 없이 씩씩하게 자라고 wife도 근래 없이 조용하게 생활을 이끌어 나가고 있다. 그래서 그런지 아이들이 대견스러워 보이고 wife가 사랑스러워 보이기도 하는 느낌이 들어 인생살이에 이런 게 행복이 아닌가 하는 생각도 해보았다. 뭐 크게 감동적인 상황을 맞는다든가, 어떤 부귀나 영화가 갑자기 닥쳐 느끼는 커다란 환희는 행복은 아니지 않겠는가. 조용한 일상의 생활에서, 그 가운데서 자기가 처해있는 여러 가지 상황을 제대로 인식하고, 생활과 마음이 정리되어 일체가 될 때, 마음 구석에서부터 조용히 우러나오는 잔잔한 파문 같은 것, 이것이 행복의 본질이 아니겠는가 생각되어진다. 인간이 이러한 행복을 가지고 있을 때만이 이웃과 화목하게 되고 타를 이해할 수 있고 주위에 모든 일이 바람직하게 되어가는 게 아닐까 생각된다. 오늘 퇴근 무렵 갑자기 집에 전화를 걸고 싶어졌다. wife가 받으면 보고 싶어서 전화했다고 해야지, 그리고 조금은 어색할지 모르지만 사랑한다고 하는 말도 가능하면 해야 겠다 생각했다. 그런데 wife가 먼저 전화를 했다. 그래 나는 조금은 서운한 기분이었다. 내 생각은 미처 이야기할 겨를도 없이 집에서 일어난 일(경향신문 끊는 일)때문에 내가 두려워하던 언쟁이 또 있었고 예의 버릇대로 wife는 또 울음을 터트리고 악을 쓰고야 말았다. 이제는 제발 없어야지 하던 일이 또 생기고 말았다. 다시는 이런 일이 없어지기 위해 나도 좀더 매사에 처신을 잘해야 겠다 생각하며 내심 혼자 다짐하던 일이—. 연거푸 끊어 버린 전화가 다시 걸려 왔지만 나는 몇 마디 듣고는 이내 일방적으로 끊어버리고 말았다. 절실한 것은 아니지만 허탈한 기분은 누를 수가 없다. wife는 내가 그렇게 싫어하는 행동을 언제나 왜 그렇게도 버리지를 못 하는지, 왜 나는 별일도 아닌 일 가지고 wife가 그렇게 말하도록 하는 건지—. 왜 우리는 서로를 괴롭히는 이 짓을 자꾸 하는 건지 모르겠다. 몇 마디만 오가면 금방 언성을 높이고 그러다간 제풀에 눈물을 흘리며 악을 쓰는 wife를 나는 도저히 이해할 수가 없다. 거리를 조금 다니다가 집으로 향하는 버스를 타고 오면서 여러 가지 생각, 그중에는 근래 툭하면 입에 오르내리는 wife의 못살겠다는, 이혼하겠다는 데 대해 많이 생각해 봤다. 내가 wife를 완전히 이해하지 못 하는 한, 그런 일이 있을 때마다 쉽게 잊어버리지 못하고 한동안 마음이 괴로운 것이 없어지지 않는 한, 또 wife의 선언대로 나는 그렇게 되먹은 사람이 어쩔 수 없다는 게 진실인 한은 우리는 어차피 헤어져야 하는 게 아닐까 생각해본다. 8년이라는 세월을 이런 일 저런 일 함께 겪으며 살아온 것을 생각하면 무척이나 서운하고 억울한 일이지만. 위에 일들을 계속 되풀이하다면 앞으로 남은 더 많은 세월을 위해서 이혼을 하는 것이 옳지 않겠는가? 만약 한다면 아이들도 있으니 어떤 방법이 제일 현명한 일일까. 집에 도착하면 wife와 방법에 대하여 진지하게 논의를 해야 겠다 생각하면서 집에 왔을 때는 wife가 없었다. 이웃집 아주머니가 와서 잠깐 나갔다는 애들의 말이다. 내가 아무 말 없이 있는 탓인지 wife도 더 이상 이야기가 없어 나는 이 생각을 더 유예하기로 하였다. 일단 내 입에서 이혼의 말이 나오고 그 방법에 대해 왈가왈부 논의를 하게 되면 우리는 결코 행복하게 살 수는 없을 것 같다. 내 혼자 참으면 되는 고통을 이기지 못하면 결국 여러 사람이— 철모르는 삼형제까지도 불행해지는 게 아닐까. 혹시 나는 좀 많이 편해질지는 모르지만 애들은 더 행복해진다고는 도리어 생각할 수 없는 일이 아닐까???

한국 에스페란토 청년회, 고대지부 회장시 관련 기록들

평소에 자멘호프 박사가 창안하고 유엔에서 만국공통 국제어로 승인된 에스페란토에 관심이 있던 중 우연히 고려대학교 학생들 모임에 참가하게 되었다. 나는 에스페란토에 대해 문외한이었으나 4학년 중에 내가 처음으로 참석하는 학생이어서 얼떨결에 회장이 되어 그 후 여러 모임에 계속 참가하는 계기가 되었다. 마침 1965년 8월에 이웃나라 일본에서 제50회 세계 에스페란토 대회가 열린다 하여 여름방학을 이용하여 졸업기념 여행 삼아 참가하기로 하고 생전 처음 여권도 발급받고 아리랑호로 기억되는 일본행 배표를 구입하고 예방주사 접종까지 마쳤으나 한일협정 반대 속칭 6.3사태가 발생하여 학생 데모가 크게 계속되어 학생들의 일본 여행이 전면 금지되어 모처럼의 견문을 넓혀볼 기회가 무산되어 너무 아쉬웠던 기억이 새롭다.

당시 협회사무실이 안암동 고대 옆에 소재했던 노산 이은상 선생님(가고파, 봄처녀 가곡 작사로 유명하신 시조 작가이자 사학자)댁을 이용했던 것 같은데 조그만 체구의 선생님이 외출하실 때는 사람들이 드나드는 작은 대문이 있는데도 자동차가 드나들 수 있는 큰 대문을 양쪽으로 활짝 열어놓고 당당한 걸음으로 드나드셨던 모습이 아주 인상적이었던 생각이 난다. 아마 옛날 선비들은 다 그런 행태들을 평소에 하신 게 아니가 하는 생각도 했었다.

대학 졸업하고 군대 가고 결혼하고 취직하느라 바쁘게 보내서인지 더 이상 관심을 갖지 못했고, 에스페란토어도 처음의 좋은 뜻과 달리 세계 패권국가들의 호응을 못 받아서인지 흐지부지된 것 같아 아쉬운 마음이 그지없다.

정 정진 형.

몇일간 계속해서 쌀쌀하더니 오늘은 제법 풀린것 같군요. 정말로 오랫동안 만나지 못한것 같읍니다. 이제 졸업기 되어서 무척이나 바쁘실테지요.

그런데 설날은 어떻게 보내셨는지.

그러고 보니 벌써 1月도 다 지나가 버리요, 졸업식은 언제 쯤이나 될까요. 졸업하고 곧 또 마땅한 취직을 해야만 했지요.

나야 항상 방학이지만 9月 달의 개학을 생각하니 추운날씨 가운데 에도 하루~ 보내기가 아쉽기만 하군요.

개학하면 또 출근(?) 하기에 무척이나 고생해야 되니까요.

몇일전에 김윤라 형과 기와 "아마리노" 등도 만났읍니다. 요사이 몇개 대학에서의 초급강습에 고대생도 서너명 찾는것 같읍니다. 이제 형이 그만 두더라도 뒤를 이어서 계속 발전하도록 노력 해야 되겠지요.

차가운 날씨. 건강에 조심하시고
공부 열심히 하세요.

형 내외 형준과
새해 인사를 드립니다.

1966. 1. 26.

박정권

경진형에게.

무더운 여름철. 오늘이 「하지」! 그나마 거리에서 느껴보는 「후까시」 입빠이 틀어올린 반소매, 반 스커트의 아가씨한테서 오는 바람마저 외면한 채 방구석 깊숙한 곳에서 며칠 후의 시험 걱정을 하다가 반갑게 형의 글을 받았어. 이젠 어느 정도 그 생활에 익숙해서 웬만한 괴롬 정도는 참아나갈 수 있겠지만— 이곳 Seilo의 향수만은…… ĉu ne? 잠깐 Esperanto소식. 숙명대, 국제대, 국민대, 고려대, 수도여사대에서 강습 실시 중. 전 수강자는 250여명, 고려대는 김칠현이 맡았고 수도여사대는 내가 맡았어. 다행히 30여명 여학생들이 그리 억세지 않았기에 요사이는 그냥저냥 — 안심. 지개작대기로 공구고 있습니다. 이제 조금 후면 또 그리로 달려야 한답니다. 생기는 것 하나 없는, 그러나 그 의미를 찾는— 그저 그런 생활입니다. 학교에서는 7월 4일부터 시험, 11월에 하기 방학이 시작되나 봅니다. 바람이 약간은 일기 시작합니다. 비가 올 것 같기도 하고— 방학 plan이래야 별 것 없는데 오늘도 방구석에서 비지땀을 흘리기에 정신없는 정길이는 7월 달 형과 만나는 날만을 기다리겠습니다. 자— 형. 몸조심해! 연락할게. 안녕.

박정길.

서울. 1966.6.22.

* * *

정경진 형.

1966.5.24.

형. 이렇게 본의 아니게 답장이 늦어질 줄이야. 정말로~죄송합니다. 형의 긴 편지 받고서 몇 번식 읽으면서 내용을 음미했답니다. 우선 학교 운동부터 말씀드려 보죠. 말하자면 우리는 이번에 약간 운이 나빴다고 할 수 있겠죠. 석탑제전 때는 cut당했는데 그건 신청한 대다수가 당한 거니 상관없죠. 더구나 다음번의 도움을 약속 받았으니까요. 그래서 3,000._의 보조경비도 학생에서 나와서 5월 16, 7 양일간 본교 「금란실」 2층에서 전시회를 했었습니다.— 중간에 경비가 학교의 남은 것이 없어 미안하다는 말과 함께 역시 cut당했으나 석탑 축제 때가 지난 뒤 바로기에 이해할 것 같기도 합니다. 다시

기회를 봐야겠지요. 신청자가 40여명이어서 지금은 김칠현이가 매일 5~6시 1-202에서 강의중입니다. 저는 「아르바이트」를 하기 때문에 시간이 없죠. 이제 이중에서 30여명만 수료한다면 성공인 셈입니다. 그들은 전부 책을 산 사람들이니까 어느 정도 가망은 있겠죠. 형, 훈련에서 매일 바쁘고 힘도 드시겠죠. 전 이달 20일 연장 소집일이었는데 2대독자로 연기해버려서 무사히 넘겼답니다. 내년은 또 모르죠. 어떻게 될는지—. 날씨가 점점 불규칙스러워지는군요. 낮엔 무척 더우면서도 아침저녁으로 쌀쌀합니다. 형은 튼튼해서 걱정 없겠지만 저는 감기라도 걸릴세라 신경 써야 한답니다. 형, 감기 들면 연락하세요. 약 보내드리죠. -박카스 드링크- -노발긴 키니네- 안녕. 몸조심 바라면서.

박정길.

Salutvorto

인 사 말

저절로 동이 터는것은 자연의 새날입니다° 졸고 있어도 찾아오고, 자고있어도 찾아 옵니다。 그러나 역사의 새날은 바라고 기다려도 저절로 찾아 오는게 아닙니다。 힘써야 합니다。 전진해야 합니다。

시달림에 지쳤다고 체념이 허용되어서는 안됩니다。 패배자는 기적을 바라고 낙오자는 요행을 바랄런지 고릅니다。 그러나 패배도 낙오도 우리에겐 없읍니다。 오직 새날을 위한 창조가 있을뿐 입니다。

× × ×

우리의 역사는 건설의 역사요 창조의 역사여야 합니다。 남의 일이 아닙니다° 우리들의 일입니다。 바로 자신들의 일인 것입니다。 비평도 비난도 좋기는 합니다。 그러나 누구를 원망하고 누구를 탓한다고 되는 일이 있겠읍니까? 마음에 들지 않는다고 때리고 부순들 어떤 좋은 결과가 생깁니까? 우리는 다만 조그마한 일이나마 우리 힘대로 하는 겁니다。 오직 우리가 해야할 일을 하는것 뿐입니다。 우리는 우리역사의 방향을 스스로의 손으로 올바로 잡으려고 노력하는 것입니다。 여러분의 도움을………

1964. 12. 15

김기성	김문조	김영현	김정건
김태경	마준성	배기호	이남복
이동형	이문규	이성순	이수자
이영준	이정길	정영준	정진석
진영상	최남수	한종석	홍희철

한국에스페란토협회 본부회원이나 청년회 (세계청년 에스페란토 협회 한국지부) 및 고등학생회 회원이나 또 전국대학교 고려대학교 경희대학교 외국어대학지회회원이 아닌 사람도 옵서버 자격으로 많이 참석해 주시기를 바라서 특별석을 마련하였읍니다

한국에스페란토 협회
한국에스페란토 청년회

TAGO DE ESPERANTO

Okaze de la 105a datreveno
De la naskigo de Nia Majstro.
D-ro L. L. ZAMENHOF

21. Decembro 1964
Aslo de Centra YMCA
SEULO, KOREO

PROGRAMO

★Generala Kunveno de Korea Esperanto-Societo ……………11a h.
★ZAMENHOF-Festo ……………12a h.
★DistraKunveno ……………13a h.

KOREA ESPERANTO-SOCIETO
KOREA ESPERANTO-JUNULARO

한국에스페란토 협회 임 시 총 회

1964. 12. 21. (월) 11시
서울 중앙 YMCA 강당

사회…김 태 경

1. 개회……………………………사 회
2. 국민의례……………………………일 동
3. 회원호명……………………………한 종 석
4. 협회경과보고
   사무보고……………………………배 기 호
   재정보고……………………………이 성 순
5. 규약낭독……………………………이 정 길
6. 임원선출……………………………일 동
7. 명예회원 및 지도위원추대…일 동
8. 회장인사……………………………신임회장
9. 토의사항
   Ⅰ. 사무실 설치
   Ⅱ. 회보발행
   Ⅲ. 내년 일본대회파견
   Ⅳ. 기타
10. 기념촬영
11. 폐회

에스페란토 창안자
탄신 105주년기념

Zamenhof 제

1964. 12. 21. 월. 12시
서울 중앙 YMCA 강당

사회…김기성

1. 개 회……………………………사 회
2. 105회자멘호프탄신일을맞이하여…김만종
3. 기념강연회
   Ⅰ) 자멘호프의 생애……………진영상
   Ⅱ) 언어학자로서의 자멘호프…김태경
4. 시낭독=Sub verda standardo=
   ……………………낭독 정명희
   ……………………번역 배기호
5. La Espero 제창……………………일 동
   반주 아코디온 이홍기
6. 단막극 <현관문>……………고등학생부
7. 폐 회……………………………사 회

단막극 Dramo
La Pordo de Vestiblo
현 관 문
원작 (Original): Olli (Finnlando)
번역 (Traduko): V. Salonen(〃)
연출…김태경 해설…안병현 진행…마준성
남편역…송태일 아내역…유명희

한국에스페란토운동의 획기적 발전을 기약하는 선구자 동지들의 자축의향연

친 목 회

1964. 12. 21. 월. 13시
서울 중앙 YMCA 강당

사회…마준

1. 개회……………………………사
2. 아코디온 독주……………………이홍
3. 혼성중창……………………강주자 박숙 김부미 이봉 박정길 이동 박혜근 조문 (청 년 부)
4. 크라리넬 독주……………………조문
5. 에스페란토 부부합창……………한종 손덕
6. 키타독주 ……………………………박정
7. 독창……………………………강영
8. 합창…Klemenisn……… 정영금 송태 이남부 안병 (고등학생부)
9. 합창…Sankta Lucio……이정길 김영 이성순 홍희 정명희 이수 (대학생부)
10. 합창…Lorelejo……… 박정길 안삼 김금옥 나경 한용기 유재 (고려대학지회
11. 게임…………………………진행 이동 이수
12. 폐회……………………………사

KOREA ESPERANTO - JUNULARO
Korea Sekcio de T.E.J.O, UEA.
104-43, AN AM-DONG, SEULO. TEL. 5-1973

세계청년에스페란토협회 한국지부
한국에스페란토청년회
서울특별시안암동104-43, 5-1973

공문서

고려대학교 에스페란토 학회장
정경진 귀하

5월 13일에 영국인 "도리스·우스트" 여사의 내한에 따른 각 대학교에서의 강연회 및 제안 사항과 회원의 연회비 납입문제에 대한 상의를 하고저 하니 필히 참석을 바랍니다.

기 음

일시 : 1965년 5월 6일 (목요일) · 오후 6시.
장소 : 에스페란토 제과점 (시민회관 앞).
회비 : 50원

1965년 5월 3일.

세계청년에스페란토협회한국지부
한국에스페란토청년회
총무 대리 이녕순

한국에스페란토협회
서울국제사서함 1236, 진체서울1327

수신: 본부회원, 청년회, 학생회 및 각대학교 지회회원
참조: 서울에스페란티스토 및 지방 에스페란티스토
제목: 세계에스페란토협회 가입축하 및 D.w.Worcester이사 환영회

한국에스페란토협회는 안팎으로 어려운 가운데서도 꾸준한 활동을 계속한 결과, 12개대학 4개 고등학교 및 강능·인천·부평·목포·공주·여수·순천·대전 등 150여명의 회원을 가지게 되었고, 회비를 납입하지 않는 대학생 회원을 합하면 500여명에 이르고 있읍니다. 더욱이나 우리협회는 22개국 62명으로 구성되는 세계에스페란토 협회 이사회의 투표로써 가입국가단체로써의 정식 지위를 얻게 되었읍니다. 이것은 우리협회의 영광일뿐 아니라, 한국 에스페란토 운동사상 45년만에 이루어진 획기적 역사적 사실이므로 모든 한국에스페란티스토들의 기쁨이 아닐수 없읍니다. 따라서 오늘날까지 협회를 밀어준 여러 회원들과 함께 자리를 같이하여 이 감격적 기쁨을 나누고, 또 Doris M. Worcester여사도 세계협회의 사명을 받아 부진한 이나라 에스페란토 운동을 진작시키고자 내한 하겠으므로 치축과 환영을 함께 다음과 같이 갖고저 하오니 예사 번거로움에 기울함을 아오나 만사 제쳐놓고 꼭 오셔서 부디 자리를 함께 빛내 주시길 바라옵니다.

서기 1965년 5월 17일
한국에스페란토협회
총무 김태길

기 음

1965년 5월 22일(토) 오후 3시
"비원" 한도 옆 회비 100원
"세계협회에 납입할 활당회비 의거마 등을 위해 찬조해주실분은 성심으로 축하찬조해 주시기 바람."

21A KONGRESO DE TEJO
OOTU - KIOTO
8-15A, AUGUSTO, 1965

N-ro 127

Kongresa Karto
de

S-ro CHUNG Kyoungzin

por Loka Kongresa Komitato
Umeda

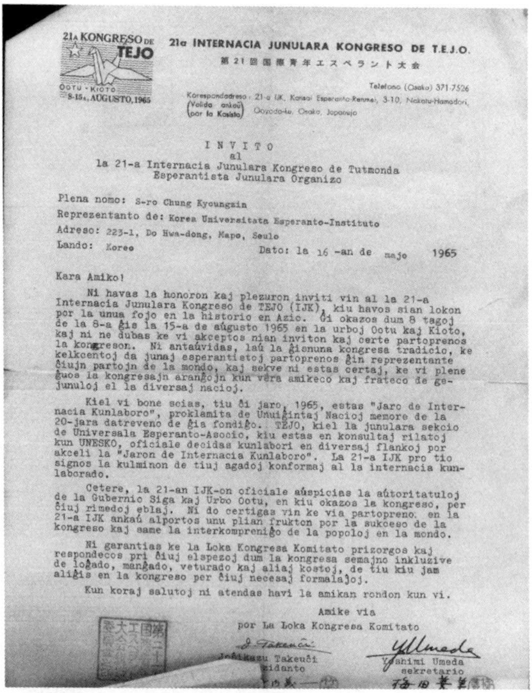
21A KONGRESO DE TEJO
OOTU - KIOTO
8-15A, AUGUSTO, 1965

21a INTERNACIA JUNULARA KONGRESO DE T.E.J.O.
第21回国際青年エスペラント大会

Telefono (Osaka) 371-7526
Korespondadreso: 21-a IJK, Kansai Esperanto-Renmei, 3-10, Nakatu-Hamadori,
(Valida ankaŭ por la Kasisto) Ooyodo-ku, Osaka, Japanujo

I N V I T O
al
la 21-a Internacia Junulara Kongreso de Tutmonda
Esperantista Junulara Organizo

Plena nomo: S-ro Chung Kyoungzin
Reprezentanto de: Korea Universitata Esperanto-Instituto
Adreso: 223-1, Do Hwa-dong, Mapo, Seulo
Lando: Koreo Dato: la 16 -an de majo 1965

Kara Amiko!

Ni havas la honoron kaj plezuron inviti vin al la 21-a Internacia Junulara Kongreso de TEJO (IJK), kiu havos sian lokon por la unua fojo en la historio en Azio. Ĝi okazos dum 8 tagoj de la 8-a ĝis la 15-a de aŭgusto 1965 en la urboj Ootu kaj Kioto, kaj ni ne dubas ke vi akceptos nian inviton kaj certe partoprenos la kongreson. Ni antaŭvidas, laŭ la ĝisnuna kongresa tradicio, ke kelkcentoj da junaj esperantistoj partoprenos ĝin reprezentante ĉiujn partojn de la mondo, kaj sekve ni estas certaj, ke vi plene ĝuos la kongresajn aranĝojn kun vera amikeco kaj frateco de gejunuloj el la diversaj nacioj.

Kiel vi bone scias, tiu ĉi jaro, 1965, estas "Jaro de Internacia Kunlaboro", proklamita de Unuiĝintaj Nacioj memore de la 20-jara datreveno de ĝia fondiĝo. TEJO, kiel la junulara sekcio de Universala Esperanto-Asocio, kiu estas en konsultaj rilatoj kun UNESKO, oficiale decidas kunlabori en diversaj flankoj por akceli la "Jaron de Internacia Kunlaboro". La 21-a IJK pro tio signos la kulminon de tiuj agadoj konformaj al la internacia kunlaborado.

Cetere, la 21-an IJK-on oficiale aŭspicias la aŭtoritatuloj de la Gubernio Siga kaj Urbo Ootu, en kiu okazos la kongreso, per ĉiuj rimedoj eblaj. Ni do certigas vin ke via partopreno en la 21-a IJK ankaŭ alportos unu plian frukton por la sukceso de la kongreso kaj same la interkompreniĝo de la popoloj en la mondo.

Ni garantias ke la Loka Kongresa Komitato prizorgos kaj respondecos pri ĉiuj elspezoj dum la kongresa semajno inkluzive de loĝado, manĝado, veturado kaj aliaj kostoj, de tiu kiu jam aliĝis en la kongreso per ĉiuj necesaj formalaĵoj.

Kun koraj salutoj ni atendas havi la amikan rondon kun vi.

Amike via
por La Loka Kongresa Komitato

J. Takeuĉi
Joŝikazu Takeuĉi
prezidanto

Y. Umeda
Yoŝimi Umeda
sekretario
梅田美

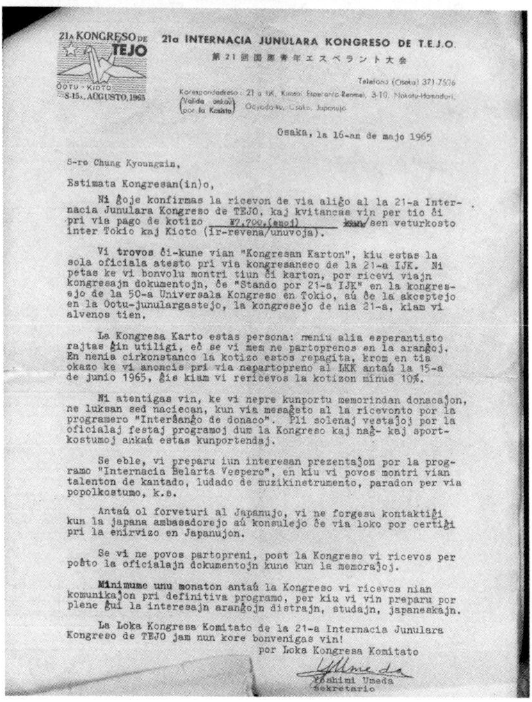
21A KONGRESO DE TEJO
OOTU - KIOTO
8-15A, AUGUSTO, 1965

21a INTERNACIA JUNULARA KONGRESO DE T.E.J.O.
第21回国際青年エスペラント大会

Telefono (Osaka) 371-7526
Korespondadreso: 21-a IJK, Kansai Esperanto-Renmei, 3-10, Nakatu-Hamadori,
(Valida ankaŭ por la Kasisto) Ooyodo-ku, Osaka, Japanujo

Osaka, la 16-an de majo 1965

S-ro Chung Kyoungzin,

Estimata Kongresan(in)o,

Ni ĝoje konfirmas la ricevon de via aliĝo al la 21-a Internacia Junulara Kongreso de TEJO, kaj kvitancas vin per tio ĉi pri via pago de kotizo ¥7,700.(enoj) ~~kun~~/sen veturkosto inter Tokio kaj Kioto (ir-revena/unuvoja).

Vi trovos ĉi-kune vian "Kongresan Karton", kiu estas la sola oficiala atesto pri via kongresaneco de la 21-a IJK. Ni petas ke vi bonvolu montri tiun ĉi karton, por ricevi viajn kongresajn dokumentojn, ĉe "Stando por 21-a IJK" en la kongresejo de la 50-a Universala Kongreso en Tokio, aŭ ĉe la akceptejo en la Ootu-junulargastejo, la kongresejo de nia 21-a, kiam vi alvenos tien.

La Kongresa Karto estas persona: neniu alia esperantisto rajtas ĝin utiligi, eĉ se vi mem ne partoprenos en la aranĝoj. En nenia cirkonstanco la kotizo estos repagita, krom en tia okazo ke vi anoncis pri via nepartopreno al LKK antaŭ la 15-a de junio 1965, ĝis kiam vi rericevos la kotizon minus 10%.

Ni atentigas vin, ke vi nepre kunportu memorindan donacaĵon, ne luksan sed naciecan, kun via mesaĝeto al la ricevonto por la programero "Interŝanĝo de donaco". Pli solenaj vestaĵoj por la oficialaj festaj programoj dum la Kongreso kaj naĝ- kaj sportkostumoj ankaŭ estas kunportendaj.

Se eble, vi preparu iun interesan prezentaĵon por la programo "Internacia Belarta Vespero", en kiu vi povos montri vian talenton de kantado, ludado de muzikinstrumento, paradon per via popolkostumo, k.s.

Antaŭ ol forveturi al Japanujo, vi ne forgesu kontaktiĝi kun la japana ambasadorejo aŭ konsulejo ĉe via loko por certiĝi pri la enirvizo en Japanujon.

Se vi ne povos partopreni, post la Kongreso vi ricevos per poŝto la oficialajn dokumentojn kune kun la memoraĵoj.

Minimume unu monaton antaŭ la Kongreso vi ricevos nian komunikaĵon pri definitiva programo, per kiu vi vin preparu por plene ĝui la interesajn aranĝojn distrajn, studajn, japaneskajn.

La Loka Kongresa Komitato de la 21-a Internacia Junulara Kongreso de TEJO jam nun kore bonvenigas vin!

por Loka Kongresa Komitato

Y. Umeda
Yoŝimi Umeda
sekretario

TENSHO-KOTAI-JINGU-KYO

Tabuse, Yamaguchi Ken, Japan

"Headquarters for World Peace through Spiritual Discipline."

Ni sendas al vi la Esperantan tradukon de unu de niaj eldonaĵoj "OGAMISAMA DIRAS...", kaj esperas, ke vi tralegos ĝin atente. Se vi dezirus pli da informon pri la Instruo de Ogamisama, ni feliĉe sendos iom da nia literaturon, aŭ angle aŭ hispane, al vi.

Tutkore ni salutas vin,

NA MJO HO REN GE KJO.

Sincere via,

Yoshito Kitamura
(Oficiala Reprezentanto).

한국「에스페란토」협회 규약

一、이 회는 한국「에스페란토」협회라 일컫는다。
二、이 회는 대한민국 수도에 본부를 두고 전국 시 군 단위 직능단위 및 해외 교포 거류지에 지부를 둔다。
三、이 회는「에스페란토」의 연구 보급및 회원의 친목과 국제친선을 도모함으로써 목적을 삼는다。
四、이 회는 이 회의 취지와 목적에 찬동하는 자로써 구성하되 정회원과 명예회원 2종으로 한다。
五、이 회는 아래의 부서 및 임원을 두되 임기는 三년으로 한다。
회 장 一명 부회장 약간명 총 무 一명
조직부 (부장 一명) 출판부
선전부 〃 사업부 〃
문화부 〃
六、이 회는 아래의 위원회를 둔다。
(다만 회장 부회장 총무는 총회에서 선출하며 부장은 회장이 이를 임명한다)
지도위원회 (명예회원중에서 이를 부탁구성하며 이 회의 제반사무를 지도한다)
기획위원회 (이 회의 임원으로써 구성하며 모든 사업을 결의한다)
七、이 회는 아래의 회의를 둔다。
정기총회 (매년 十二월 十五일「에스페란토」탄생 기념일을 전후하여 개최한다)
임시총회 (필요에 따라)
월 례 회 (지역별로 소집한다)
지도위원회 (필요에 따라)
기획위원회 (〃)
(다만 모든 회는 출석원의 반수 이상으로 의결한다)
八、이 회는 회원의 회비와 유지가의 찬조금으로써 운영한다。
九、이 회는 이 회의 명분을 손상하거나 이 회의 취지와 목적에 위배 되는 행위를 한 자에 대하여 기획위원회의 결의로 제명 또는 견책한다。
十、이 회의 갖추지 못한 점은 기획위원회의 결의에 따른다。

一九六四년 三월 일 시행

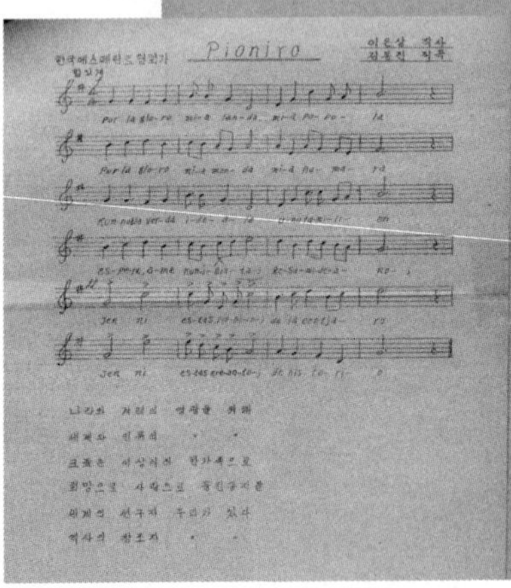

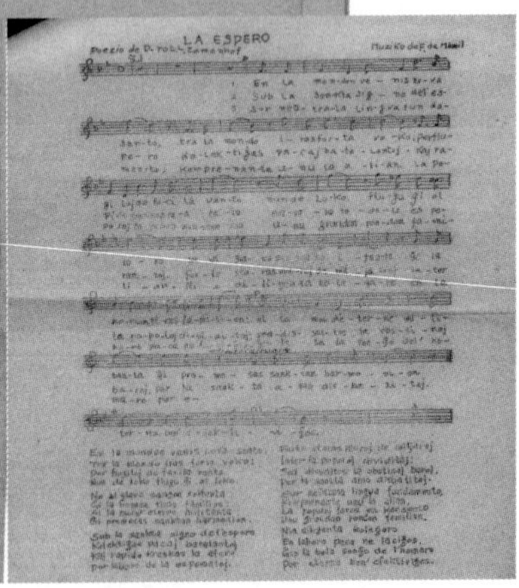

1965년 3월 고대교양학부 에스페란토 전시회 기념사진
(앞줄 세 번째 에스페란토 한국 청년회 회장 김태경, 오른쪽 두 번째 필자)

1964년 11월 고대교양학부 여학생 휴게실 에스페란토 전시회
(왼쪽 두 번째 필자: 맨 오른쪽 필자)

1965.5.19. 영국 에스페란토 협회 도리스 · 우스트여사 고대방문 강연회 기념사진
(앞줄 오른쪽 세 번째 필자)

1965.5.22. 영국 도리스 · 우스트 여사 방한 축하 비원모임에서 노래하는 필자

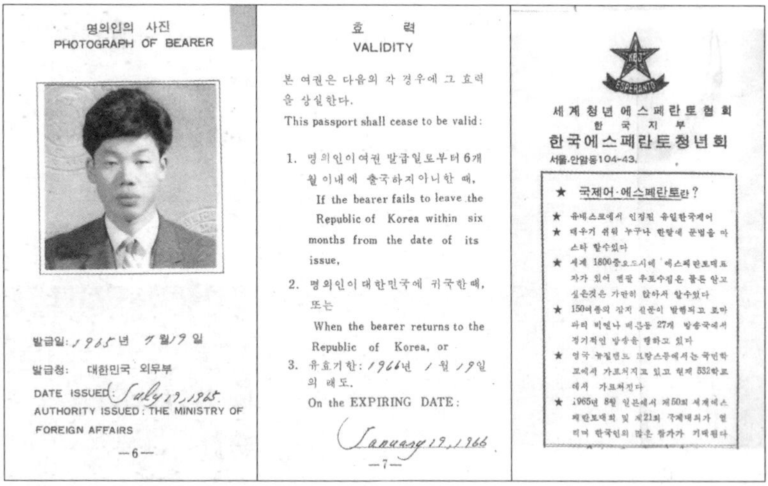

명의인의 사진
PHOTOGRAPH OF BEARER

발급일: 1965년 7월 19일

발급청: 대한민국 외무부

DATE ISSUED: July 19, 1965
AUTHORITY ISSUED: THE MINISTRY OF FOREIGN AFFAIRS

—6—

효 력
VALIDITY

본 여권은 다음의 각 경우에 그 효력을 상실한다.
This passport shall cease to be valid:

1. 명의인이 여권 발급일로부터 6개월 이내에 출국하지 아니한 때,
   If the bearer fails to leave the Republic of Korea within six months from the date of its issue,
2. 명의인이 대한민국에 귀국한 때, 또는
   When the bearer returns to the Republic of Korea, or
3. 유효기한: 1966년 1월 19일의 래도.
   On the EXPIRING DATE: January 19, 1966

—7—

세계청년에스페란토협회
한국지부
한국에스페란토청년회
서울.안암동104-43.

★ 국제어·에스페란토란?

★ 유네스코에서 인정된 유일한국제어
★ 배우기 쉬워 누구나 한달에 문법을 마스타 할수있다
★ 세계 1800중요도시에 에스페란토대표자가 있어 펜팔 우표수집은 물론 알고싶은것은 가만히 앉아서 알수있다
★ 150여종의 잡지 신문이 발행되고 로마 파리 비엔나 베른등 27개 방송국에서 정기적인 방송을 행하고 있다
★ 영국 뉴질랜드 프랑스등에서는 국민학교에서 가르쳐지고 있고 현재 532학교에서 가르쳐진다
★ 1965년 8월 일본에서 제50회 세계에스페란토대회 및 제21회 국제대회가 열리며 한국인의 많은 참가가 기대된다

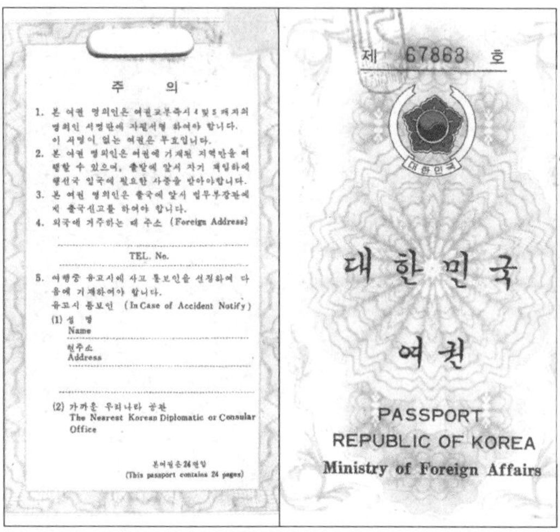

주 의

1. 본 여권 명의인은 여권교부즉시 4 및 5 페지의 명의인 서명란에 자필서명 하여야 합니다. 이 서명이 없는 여권은 무효입니다.
2. 본 여권 명의인은 여권에 기재된 지역만을 여행할 수 있으며, 출발에 앞서 자기 책임하에 행선국 입국에 필요한 사증을 받아야합니다.
3. 본 여권 명의인은 출국에 앞서 법무부장관에게 출국신고를 하여야 합니다.
4. 외국에 거주하는 때 주소 (Foreign Address)

TEL. No.

5. 여행중 유고시에 사고 통보인을 선정하여 다음에 기재하여야 합니다.
   유고시 통보인 (In Case of Accident Notify)
   (1) 성 명
   Name
   현주소
   Address
   (2) 가까운 우리나라 공관
   The Nearest Korean Diplomatic or Consular Office

본여권은24면임
(This passport contains 24 pages)

제 67863 호

대한민국

대한민국
여권
PASSPORT
REPUBLIC OF KOREA
Ministry of Foreign Affairs

〈여권〉과 〈뱃지〉

2장

나의 군인 시절
: 공군정보장교
복무 시절의 기록

1. 공군사관 후보생 제53기 훈련소 입영 시

1966년에 대학교를 졸업했으나 사회 진출 전에 군복무 문제를 해결해야 하는 문제가 대두되었다. 4년간 대학생 시절에는 군대가 면제되어서 졸업한 후 사병으로 입대하기에는 나이가 너무 많아 장교로 가는 것이 무난한데 당시만 해도 R.O.T.C를 하지 않으면 공군, 해군, 해병대 장교후보생 시험을 보게 되어 있었다. 공군은 타군에 비해 임관 후 복무기간이 1년이 더 길지만 공군이 주로 근무하는 비행단(비행장)이 대부분 전국 대도시 인근에 위치하고 출퇴근 근무를 하므로 야간 대학원 진학 등 자기개발의 시간을 가질 수 있어 타군보다 경쟁도 좀 센 편이었다. 공군간부 후보생 시험을 통과하고 대전에서 4개월간의 훈련을 위해 1966.3.6. 대전 소재 공군훈련소에 입소하였다. 자유분방하던 학창시절 후라 엄격한 규율의 단체 생활이 좀 힘들었으나 8개구대로 편성된 330명의 공군 제 53기 간부후보생들은 3명만이 탈락되고 모두들 무사히 훈련을 마치고 1966.7.1. 공군 소위로 임관하는 기쁨을 가졌었다. 4개월 훈련기간 동안 수양록이라는 일기를 매일 의무적으로 쓰고 검열을 받게 되어 있었다. 다행이 그때 쓴 수양록이 2권의 노트로 손편지들과 함께 보관되어 있어 그 중에 처음 며칠 일기와 마지막 며칠 일기를 발췌하였다. 마침 그때 나보다 한 살 위지만 나와 함께 다닌 고대에 입학하여 함께 다닌 원조카와 나보다 한 살 아래지만 같은 해 이대에 입학하여 함께 대학생활을 시작한 민조카 두 명이 훈련소로 보내준 위문편지가 있어 함께 실어 50여년 전의 추억을 되새겨본다.

지금도 독수리 훈련이라고 지도 한 장 들고 어설픈 독도법으로 헤매던 야간산악훈련, 대전에서 이산 현충사까지 3박 4일간 A텐트를 치며 하였던 종합군사훈련은 힘들었지만 지금은 커다란 추억거리가 되었다.

훈련소일기 수양록

〈수양록 표지〉

1.

1966년 3월 20일 (일요일) 맑은후 흐림

(1) 상사 요망 사항
주번 사관님 으로 부터 집합하여 신속한 행동을
전반에 대한 지시사항을 받음.

(2) 중요 실시 사항
10시 부터 12시까지 B지구에 있는 204 강당
의 예배모임 실시함.

(3) 우편물 수발사항
편지 2통 엽서 7장을 써 부침.

< 수 양 >

• 입영한지 보름이 되어야 하루는 모여 자유롭게
께서 어머님과 친구들에게 편지를 쓰고 또
이렇게 수양록이란 일기체의 기록을 시작하게
되었다.
벌써 오랜 어머님의 생각들이 되고 가고 병아리같은
단체라는 곳에 대해서 같은 느낌들도 가졌
었고 초조했지만 반갑게 지난 지금엔 추억이
되었지 아니하고 뿐이다.
생생하였던 그때 그때 진실한 마음가짐을 기록
하지 못했던 것이 좀 서운한 뿐이다.
얼마 후 수양록 시간은 이렇게 그때 그 때 기분을
느낀 그대로 쓰게 되었으니 기쁘기 짝이 없다.
병영 생활에 있어 일과중 근심을 풀 수 있는
시간이 될지도 모르니까 말이다.
이러면 되겠다 훈련속에 고된 일과가 될지도 모르지만,
앞으로 되리라는 정신으로 수양록을 기대하는 각오이다.

2.

1966년 3월 21일 (월요일) 맑음

(1) 상사 요망 사항
중대장님께서 아침조례 시간에 모든 후보생은 강한
정신적 자세를 갖일것을 말씀하심.
저녁 점호 시간에 구대장님으로 부터 보행시의 자세,
부동자세에 대한 말씀이 계셨음.

(2) 중요 실시사항
강령표 8장을 뽑아서 기재하고 내일부터 실시하기로 함.

(3) 우편물 수발사항
어제 쓴 편지 (집의 어머님, 청운동 은실이)에 우표를 붙이고
명동로 옥기(조카)에게 편지씀.

< 수양 >

말만 듣던 병영에 들어온지 보름이 지나서야 차분한
마음으로 이렇게 펜을 들었오.
이젠 좀 익숙하여 진듯도 하지만 지난 15日 동안은
괴롭다면 괴로운 시간이었오.
한껏 자유롭던 생활에서 갑자기 더구나 부자유
스러운 생활로 돌변하고 말았으니까 말이오.
자라는 지시가 있으면 앞도 다 이불을 정확히
30cm로 접어서 2안에 가져 놓아야 하고, 부동자세로
허겁지겁 먹어치워야 하는 식사, 제한된 시간에의
변소 출입, 더구나 컴컴한 새벽에 일어나자 마자
허둥지둥 옷을 입고 점호장으로 달려야 하는것은 나에겐
정말 힘드는 일이었오.
이젠 어느정도 몸에 익어가는 듯도 하지만 앞으로 3개월
이상을 철저히 지켜야 할것이고 또 지켜야만 하는
여러가지로 좀 나에겐 벅찬 일이지만 최선을 다하여
해 보겠오.
한번 해볼만한 생활인것도 같고 여러가지로 생각을 해보는
계기가 될듯도 있을것 같으니까 말이오.
앞으로 일어나는 여러가지 일들, 여러가지 느낌들을
적어보려 하오.
시간만 있다면, 좀 여유있게 쓸 시간이 있다면
식당앞에서 부동자세로 듣는 높은 스피카에서
울리는 멜로디의 음악과 함께 나의 병영 생활
에 큰 위안이 되는것같은 기대를 갖이며
첫번째 펜을 놓겠오.
나의 사랑하는 누나에게 전하마.

1966년 3월 22일(화요일) 비온 후 맑음.

(1) 상사 요망 사항: 구대장님께서 편지의 내용에 대한 주의를 들음(숫자 표기의 불허 등) 주번 사관님의 식사 군기, 자습 군기, 등에 대한 말씀.

(2) 중요 실시 사항: 감점표 제도의 실시. 단본부 옆의 아카시아 나무를 뽑아 영농 교육대로 옮김.

(3) 우편물 수발사항: 숫자 표기로 엽서 한 장 편지 세통이 되돌아 옴.

〈수양〉

대전엔 선배님들의 말씀과 같이 참 공기가 고르지 못한 것 같으오. 오늘도 비가 오고, 비만 오면 날씨가 추워지고 하여 전우들도 비 오는 것을 싫어하고 있소. 내준 비옷이 있어 비를 피할 수 있는 것이 다행이지만 이렇게 사개월이 지나면 모든 일이 익숙해지려니 생각하니 어느 면 기쁘기도 하오. 오늘은 단본부에 가서 아카시아 나무를 열한 그루씩 캐어 영농교육대에 날랐소. 상상외로 뿌리들이 깊게 박혀 뿌리들을 많이 상하게 되었지만 아카시아는 번식력이 강하다니 얼마간 안심은 되오. 더 쓰고 싶은 말이 많으나 시간이 없어 이만 줄이오.

순에게 진이가.

* * *

1966년 3월 23일(수요일) 맑음, 바람.

(1) 상사 요망 사항: 며칠 후 지휘검열에 대비하여 제 규정의 이행 정도 및 암기사항 등에 대하여 만전을 기할 것.

(2) 중요 실시 사항: 오후에 연병장에서 지휘검열에 대비한 연합사별 연습, 군가연습, 공군체조 연습.

(3) 우편물 수발사항: 없음.

〈수양〉

어제 오후였소. 식당 앞에 대기하고 있는데 국기 하강식의 나팔이 울려 퍼지자 길에 분주히 오가던 모든 병장들이 일제히 국기를 향하여 돌아서서 경례를 했소. 매일 있는 일이지만 오늘은 우리가 맨 뒤에 서 있었기 때문에 우리 앞에 서 있는 사람들의 자세를 똑똑히 볼 수 있었소. 믿음직한 마음과 함께 무언지 복받쳐 오르는 슬픔, 기쁨 같은 것을 느꼈소. 일제의 압박 하에 독립군들의 모습이 연상도 되고 먼 이국의 하늘 아래서 국기와 국가를 듣고 경례할 때의 심정들을 아직 경험은 없지만 충분히 알 것 같았소. 사회에서는 무슨 식이 있을 때를 제외하고는 이런 일이 드물지만 나는 이런 경우를 당할 때마다 무언지 모른 희열 같은 것을 느낄 수 있었소. 이것이 내 조국 내 나라다 하는 감회와 젊은 사람들이 이렇게 위하고 이렇게 아끼려는 조국의 현실이 좀 안타까운 것 같은 느낌이 들으오. 생각 같이, 의욕 같이, 마음과 같지 쑥쑥 성장하여 나갈 수는 없는 것인지. 군대뿐만 아니라, 군인뿐만 아니라 일반 모든 국민이 국기, 국가에 대하여 좀더 경건하게 형식적인 의례가 길에서도, 자동차에서도, 아무데에서도, 이루어지길 빌면서 오늘 글을 줄이겠소.

순에게 진이가.

＊ ＊ ＊

1966년 3월 24일(목요일) 맑음, 심한 바람.

⑴ 상사 요망 사항: 3월31일에 있을 지휘검열에 대비하여 제 규정의 이행 정도에 만전을 기할 것.

⑵ 중요 실시 사항: 오후 1시(13시)부터 지휘검열에 대비 훈련. 19시 M1소총을 칼빙소총으로 교환(B지구 병기고에서).

⑶ 우편물 수발사항: 없음.

〈수양〉

순에게. 시간의 여유만 있다면 순에게 여러 가지 일들을 자세히 적고 싶으나 세수도 제대로 못 하는 바쁜 생활이라 어쩔 수 없소. 떠오르는 생각들도 대충대충 줄여가며 써야 하니 말도 잘 안 되는 글이 되고 써놓으면 항상 섭섭한 마음이 드는 건 나도 안타까운 일이오. 하지만 담배 한 대 제대로 피울 수 없이 밀려오는 할 일들에 내게 마음 놓고 글을 못 쓰는 것에 대한 안타까움은 한갓 사치한 생각이인지도 모르오. 하지만 기계가 아닌 이상 나도 감정을, 느낌을 갖게 되는 것은 어쩔 수 없는 일, 아무도 말릴 수 없는 일이 아니겠소. 전에도 순에게 이야기한 것 같이 이럴 땐 차라리 혈관에 핏줄 아닌 쇳가루가 흐르는 것이 편할 것 같은 생각이 드오. 오늘은 구름이 조금 끼인 날씨에 어찌나 바람이 찬지 지금 내무반에서 이렇게 글을 쓰는 내 어깨는 뻐근한 것 같으오. 순이 있는 바다 건너 멀리 그곳의 기후는 어떠한지 여러 가지 궁금한 일들도 많지만 지금의 내 처지로는 어쩔 수 없는 일이 아니겠소. 지금은 20시 30분, 이제 이 글을 끝내고 점호 준비를 해야 하오. 누구보다도 자유스럽게, 자유인이라고 별명을 들을 만치 지내던 생활의 세상에서 지금의 생활이 고되기는 하지만 모든 게 다 나에게 도움이 되는 일이 아니겠소. 단 한 가지 인내심만 길러준다 하더라도 말이요. 그럼 이만 줄이겠소.

진이가.

〈수양〉

어제 비가 온 탓인지 오늘은 한결 여기가 덜 한 것 같은 하루였소. 저녁이 되면서 무더워지는 건 여름이라 어쩔 수 없는 필연의 일이겠거니 생각하오. 요사이는 새로이 배우는 게 없는 정리의 단계라 시간이 더디 가는 것같이 느껴지는 건 더위와 함께 나를 얼마간 괴롭힌다 할 수 있겠소. 이러한 후보생의 시련도 이제 열흘이 남았거니 생각하면 여러 가지 생각들이 오고 가오. 오늘은 제식훈련 시간, 휴식 시간에 나무 그늘에 있자니 갑자기 애국가의 우렁찬 연주의 소리가 갑자기 듣고픈 느낌이 들었소. 가만히 생각해 보니 병영생활을 시작한 지 4개월이 되는 동안 한 번의 연주도 들어 보지 못했고 내 목청으로도 한 번도 애국가를 불러본 기억이 없다는 게 새삼 놀랍게 느껴졌소. 매일 듣고 한다는 건 어떤 의미에서 국가의 권위를 해하는 게 될지 모르지만 간간히 그런 때가 있었으면 하는 아쉬움을 느꼈소. 웬지 뭔 이국땅에서 애틋하게 느껴지는 국가에 대한 향수(?) 같은 기분을 느끼며 열을 지어 대식당으로 향하였소. 도중에 국기 하강식을 맞아 경건한 마음으로 서 있는 나에겐 국가 하강식의 연주가 오늘만은 애국가로 되었으면 하는 안타까움 마저 느꼈었소. 그럼 오늘은 여기서 또 이별의 인사를 하여야 될 것 같으오. 당신의 평안을 빌며 진이가.

＊ ＊ ＊

1966년 6월 19일(일요일) 비.

(1) 상사 요망 사항: 휴식 군기를 지키라.

(2) 중요 실시 사항: 외출 실시

(3) 우편물 수발사항: 없음.

〈수양〉

후보생 시절의 마지막이 될지 모르는 외출을 하였소. 오랜만에 비까지 내려 외론 기분을 한껏 도와주었소. 마지막 외출이다 생각하니 서운한 기분도 들지만 외출이 끝난다는 건 나의 후보생 시절이 끝나는 거리 생각하면 서운한 것도 없지만 말이오. 그럼 당신의 몸 건강을 빌며 이만 줄이오. 대전에서 진이가.

＊ ＊ ＊

1966년 6월 20일(월요일) 맑음.

(1) 상사 요망 사항: 교육 집결 대비, 사열연습 준비.

(2) 중요 실시 사항: 없음

(3) 우편물 수발사항: 서울 성북구 동성동 4가 254 박시우(친구)

＊ ＊ ＊

1966년 6월 21일(화요일) 맑음.

(1) 상사 요망 사항: 교육 검열 대비.

(2) 중요 실시 사항: 항교 조회, 국군 위문단 공연.

(3) 우편물 수발사항: 서울 서대문구 부암동 208-40 박찬식

* * *

1966년 6월 22일(수요일) 맑음.

(1) 상사 요망 사항: 교육 검열 대비, 유종의 미.

(2) 중요 실시 사항: 16시 30분~ 18시까지 제1중대 특별훈련.

(3) 우편물 수발사항: 서울 마포구 도화동 223-1 동생의 편지

〈수양〉

순에게. 정말 요새같이 더워서야 어디 제 정신이 아닌 것 같으오. 가만히 앉아 있어도 푹푹 삶는 것 같이 더위를 느끼게 되니 어디 살맛(?)이 나지 않으오. 식사 때는 뜨거운 국에, 밥에 전우들은 온통 목욕을 하다시피 하오. 거기다 구보라도 한번 하면 정말 땀 주체를 하기 힘들게 되오. 추위에 귀가 온통 얼어 터지더니 이제는 더위에 귀가 새빨갛게 익다시피 하니 여하튼 계절이란 신기하게 느껴지오. 우리는 이런 고생이 한 열흘 정도면 끝이 나지만 다음 54기는 정말 힘이 들리라 생각되오. 이런 더위, 이런 수련을 안 해 본 건 아니지만 군대사회라 그런지 한층 더한 것 같이 느껴지오. 앞으로도 점점 더워져 갈 테니 부디 순, 당신의 몸조심하길 빌며. 이만 줄이오.

멀리 대전에서 진이가.

* * *

1966년 6월 23일(목요일) 맑음.

(1) 상사 요망 사항: 교육 검열 대비, 유종의 미.

(2) 중요 실시 사항: 병참학교서 육군과 함께 6.25 행사 준비 연습.

(3) 우편물 수발사항: 없음.

〈수양〉

칠월 초하루의 예정이던 임관일이 칠월 2일로 연기되는 모양이오. 요사이는 하루하루가 무척이나 길어 보이는데 하루가 더 늘어나니 정말 10년은 길어지는 듯한 기분이오. 7월 4일이 입과라는 말이 맞는다면 집에도 다녀오지 못할 사람이 많을 테니 영 임관 기분은 잡치는 게 아닐까 생각되오. 일주일은 아니더라도 한 사나흘 휴가는 기대했었는데 정말 서운한 일이오. 어제 병참학교에 가서 6.25행사 준비 분열 연습이 있었기 때문에 지금 아침에 서둘러 쓰고 있소. 그럼 여기서 또 줄여야겠소. 오늘도 당신과 함께 기쁨만이 보람만이 함께 하길 빌며. 대전에서 진이가.

고대생 원조카의 위문편지

답장이 너무 빨라서 미안!! 경진 아재에게!

얼마나 고달퍼? 낯익은 아재의 필서를 받고 어찌나 반가웠는지 몰라. 고생이라곤 해보지 못한 아재가 장교훈련에 얼마나 시달리겠어? 하지만 난 얼마나 섭섭했는지 몰라. 대전으로 떠나기 전에 좀 만나서 이야기라도 하고 싶었는데~~~. 내가 옥인동에다 전화 걸어 봤더니 대전으로 간지 며칠 안 된다는 말을 하잖아? 아마 바빠서 그랬겠지. 혹은 홍제동에 전화 걸었어도 내가 못 받았던지. 이해할게. 염려 탁— 놔. 여하튼 아재는 그래도 「운수 좋은 사내」라고 할 수 있어. 왜냐구? 뜨거운 여름에 갔더라면 그 고생을 다 어떻게 할 뻔 했어? 다행히 봄에 갔으니까 춥지도, 덥지도 않고 좋을 꺼야. 옥인동에 그 걸작이 말하던데, 아재가 6월이나 7월엔 휴가가 있어서 서울에 올 것이라고, 그때엔 번쩍 번쩍 하는 흰 밥풀을 달고 나온다면서? 아이 내가 뭐 알어? 그 까불이가 지껄이니까 그저 그러냐고 하구 수화기 놨지. 뭐 아재는 은근히 강하니까. 병 같은 건 안 걸렸으리라고 믿어. 어때? 소감이? 그렇게도 무질서하고 무규율적인 생활태도에서 꼼짝없이 묶여졌겠으니 말야. 잠도 마음껏 펴 자지 못 하구, 술도 못 꺼먹구, 돌아다니지도 못 하구 말야. 이 글 읽으면서 또 서울 생각에 잠기다가 야구 방망이 맞지 말구 정신 차려. 내일의 광명을 위한 단계라고 생각하구. 뒤가 들썩 들썩 하는 때가 있을지라두 꾹 주저 물러 앉아 있어. 그러면 빛나는 태양이 아재의 못난 얼굴(실례)을 환히 비추일 테니까. 종윤이가 그저께 왔다가 오늘 7시 차로 간다고 하더군. 취사장에서 오는 길에 아재를 맛났다고 하면서 아재가 "갤갤"하더라고 아재내 집에서 누가 면회 안 갔었어? 아재가 없으니까 할먼네도 갈일이 없어져서 안 가니까 통 소식을 몰라. 뭐 서울 소식을 전해야 할 텐데 그렇게 TOP 거리는 없구. 고궁의 벚꽃들은 이미 떨어지고 그 독특한 향기의 소유자인 라일락이 요즘 한창야. 바야흐로 고궁의 뜰은 5월의 푸른 잔치로 풍성하고 말야. 마음 들뜨지 말고 들어봐. 그리고 김현옥 특별시장이 부임해 와서 광화문에 지하도를 만든다고 요즘 교통이 불편해. 그리구 오늘 신문 봤는데 고대 석탑전이 한창인가 봐. 그 유명한 가상극은 좀 볼만했었나봐. 신일철 교수와 박세찬 교수가 지도한 가상극은 가령 이수일을 위대한 바보로 만들지 않게 하기 위해 저질렀다는 Miss 심의 변명이라던가. 학생데모는 불도저로 밀어내야 된다는 진시황은 경찰의 학원 난입은 난입이 아니라 산책이며 다만 Timing이 맞지 않았을 뿐이며 동승자가 바뀌어 최루탄이 되었을 뿐이라는 등 말야. 아주 신랄한 말들을 벌여들 놓았던데…… 아재가 있었다면 좀 같이 가봤을걸 고만. 아재! 종윤이 있는 데 하고 가까운 거리에 있어? 혹시 그러면 자주 만나 봐 줘. 집에서는 면회 갈 형편도 못 되고 종윤이가 난 불쌍해. 그리고 좀 잘 돌봐줘. 부탁야. 자학심 갖지 않고 굳건한 신념하에 성실한 인간이 되도록 자주 만나서 좋은 이야기 많이 좀 해줘. 혹시 또 그 아이가 대학을 졸업한 아재를 만나면 그런 심정으로 우울해질지도 모르니까…… 하기야 그런 아이도 아니지만. 가끔 집에 와도 그런 눈치는 안 보이지만 우리들은 대학을 다니면서 저 혼자 군에 가 있으니까 기가 죽을까봐 꼭 조심하고 해. 이러한 생각은 모두 나 혼자 생각야. 오늘은 이만 쓸까봐. 나에 대해선 말 안했는데 구태여 하고 싶지가 않군. 다만 하고 싶은 말은 직장과 학교에 열심히 다니고 있을 뿐야. 망각의 여로에서 깨어난 기분야. 언짢게 생각 마. 서울에서 다시 만날 때를 상상하며 이만 줄일께. 몸조심 짱짱허니 해. 종윤이 좀 부탁해. 잘 좀 돌봐줘.

1966. 5.8. 사무실에서. 6.10분에 끝마침.

이대생 민조카의 위문편지

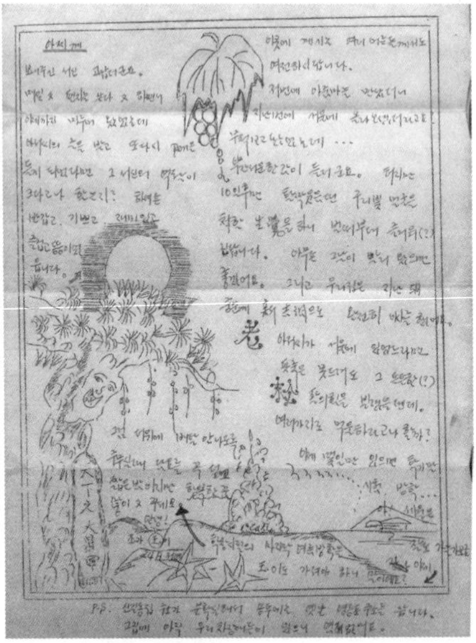

김포비행장 전투기 앞에서

전역하는 동기생들과 함께 기념사진(1970.4.30.)
〈김포 제11전투 비행단에서〉

종합훈련시 야영장에서(왼쪽 필자)

훈련 중 휴식 시간(왼쪽 필자)

훈련 중 휴식 시간

임관식 날 형님, 동생과 함께(가운데 필자)

임관식 날 어머니, 매형, 동행과 함께(우측이 필자)

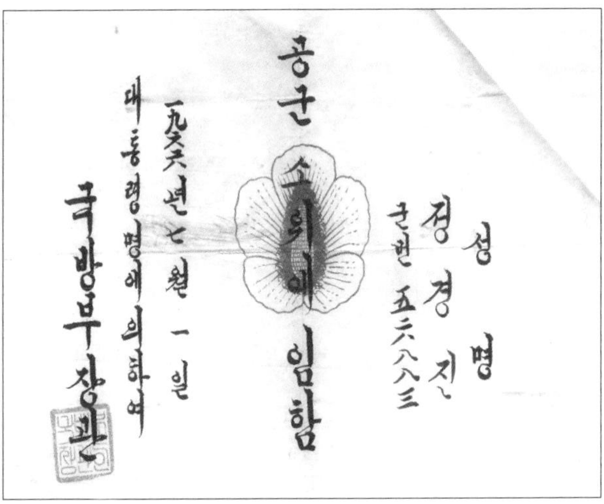

성명
정경진
군번 五六八八三
공군 소위에 임함
一九六六년 七월 一일
대통령 명에 의하여
국방부장관

〈소위임관 임명장〉

2. 실미도작전지원 208대 복무 시 회고

1966년 7월 1일에 공군소위로 임관하고 정보교육대에서 3개월간의 정보장교 특기교육을 받고 예하부대에 배속되었다. 배속받고 얼마 지나지 않아 1968년 1월 21일 김신조 사태가 발생되었고 그 후 바로 실미도 부대가 창설되었다. 처음부터 동 부대에 차출되었던 나는 만주 관동군 비행부대에 근무했었다는 항공기 설계사 김모씨와 그 당시에 부평에 소재한 신진자동차 공장 생산부장(우리나라 최초 PERT 시스템 전문가)의 미팅을 계속 주선하는 것으로 시작해서 실미도 공작원들의 전투장비 제작, 전투장비 항공 조종사들의 특수훈련을 지원하기 위해 대구 비행장, 김해 비행장, 서울화전비행장을 쉬는 날 없이 떠도는 임무를 부여받아 정신없이 수행했었다.

대학을 졸업하고 간부후보생으로 군대를 지원할 때 육군, 해군, 해병대보다 1년 이상 복무기간이 길지만 공군부대는 비행장 때문에 대도시 인근에 소재하여 출퇴근 등 복무환경이 좋아 선호하였는데 나는 실미도 부대에 배속되어 복무기간의 거의 반을 영내 생활을 한 꼴이 되었다. 수행하는 일이 힘들고 내 능력이 벗어나는 일이 많아 나는 대장님께 지금 하는 일을 접고 내가 실미도에 들어가 직접 훈련을 받고 공작원을 하게 해달라는 터무니없는 요청도 했던 기억이 난다. 결국은 실미도 공작원들이 3년여의 무인도 생활과 처음과 너무 다른 환경을 못 견디고 1971년 8월 23일 새벽 기간병들을 사살하고 섬을 탈출하는 사건이 발생되어 우리 기간병과 공작원 거의 모두가 사망하는 엄청난 사건이 벌어지고 말았다.

사고 당시 나는 전역 후 부산에서 직장생활을 할 때였고, 그 당시 첫 신문기사는 북한공비 20여명이 인천으로부터 침투하였다고 발표했으나, 당시 실미도 현지 훈련담당 소대장들과 친분이 있던 나와 아내는 직감적으로 실미도 대원들일 것이라고 생각했었다. 그 후 공비가 아니라 공군특수부대가 관리하는 병력이라고 확인되었을 때 우리가 돈을 많이 벌어 불행했던 그들을 위해 추모비라도 세워 주자 하며 몹시 슬퍼했던 아내의 말이 지금도 생각난다. 2003년도 말경에 김우석 감독이 영화 "실미도"를 개봉하여 관객을 크게 동원하였고, 1999년도에는 백동호씨가 밝은세상 출판사를 통해 2권의 장편소절 "실미도"를 발간하기도 했다. 소설 실미도 책자 표지에는 "사형수와 무기수 그리고 버림받은 뒷골목 인생들이 모여 지상에서 가장 잔혹한 특수부대원으로 조련된 곳, 실미도 그곳은 바로 '악마의 섬'이었다!"라고 쓰여 있었다.

그 시절 편지 3통을 첨부한다.

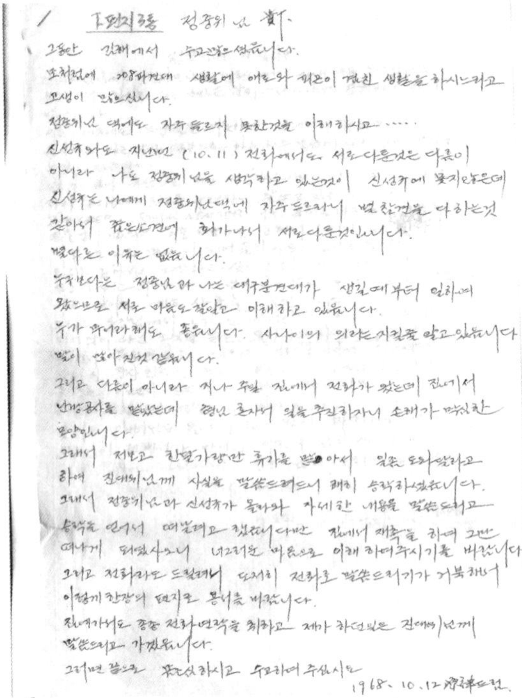

下宅지3통 정중위님 前.

그동안 김해에서 수고가 많으셨읍니다.

또처럼에 708파견대 생활에 애로와 피곤이 겹친 생활을 하시느라고 고생이 많으신니다.

정중위님 댁에도 자주 들르지 못한것을 이해하시고……

신성재와도 지난번 (10. 11) 전화에서도 서로 다툰것은 다툼이 아니라 나도 정중위님을 생각하고 있는것이 신성재에 못지않은데 신성재는 나에게 정중위님댁에 자주 들르라니 별 참견을 다하는것 같아서 좁은소견에 화가나서 서로 다툰것입니다.

별다른 이유는 없읍니다.

누구보다는 정중님과 나는 대구분견대가 생길때부터 일하여 왔으므로 서로 마음도 잘알고 이해하고 있읍니다.

누가 무어라해도 좋읍니다. 사나이의 의리는 지킬줄 알고 있읍니다

빨이 쌓아진것 같읍니다.

그리고 다름이 아니라 지난 주일 집에서 전화가 왔는데 집에서 난방공사를 맡았는데 형님 혼자서 일을 추진하자니 손해가 막심한 모양입니다.

그래서 저보고 한달가량만 휴가를 받아서 일을 도와달라고 하여 진대위님께 사실을 말씀드렸드니 쾌히 승락하셨읍니다.

그래서 정중위님과 신성재가 올라와 자세한 내용을 말씀드리고 승락을 얻어서 떠날려고 했읍니다만 집에서 재촉을 하여 그만 떠나게 되었사오니 너그러운 마음으로 이해하여주시기를 바랍니다

그리고 전화라도 드릴려니 도저히 전화로 말씀드리기가 거북해서 이렇게 한장의 편지로 몸서를 바랍니다.

집에가서도 종종 전화연락을 취하고 제가 하던일은 진대위님께 말씀드리고 가겠읍니다.

그러면 끝으로 몸조심하시고 수고하여 주십시요

1968. 10. 12 [illegible] 드림.

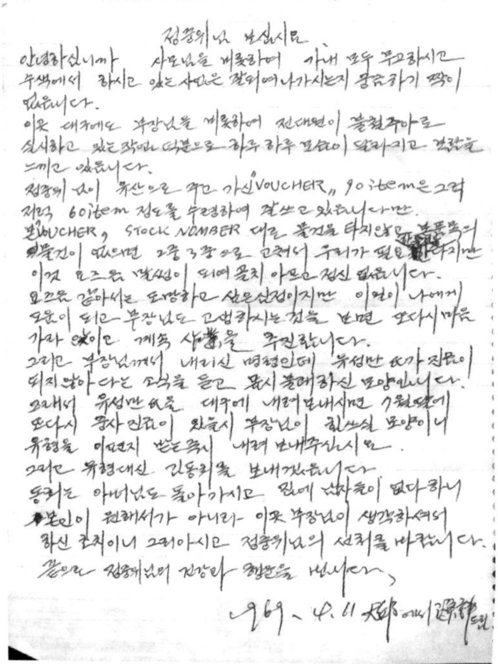

정중위님 보십시요

안녕하십니까 사모님을 비롯하여 가내 모두 무고하시고 수색에서 하시고 있는 사업은 잘되어나가시는지 궁금하기 짝이 없읍니다.

이곳 대구에도 부장님을 비롯하여 전대원이 불철주야로 실시하고 있는 작업 덕분으로 하루 하루 모습이 달라지고 보람을 느끼고 있읍니다.

정중위님이 유산으로 주고 가신 VOUCHER " 90 item은 그럭저럭 60 item 정도를 수령하여 잘 쓰고 있읍니다만.

보 VOUCHER, STOCK NUMBER 대로 물건을 타지않고 [illegible] 의 물건이 없으면 2종 3종으로 고쳐서 우리가 필요하다지만 이것 요즈음 말썽이 되어 골치 아프고 정신 없읍니다.

요즈음 같아서는 도망하고 싶은 심정이지만 이일이 나에게 도움이 되고 부장님도 고생하시는 것을 보면 또다시 마음 가라 앉이고 계속 사업을 추진합니다.

그리고 부장님께서 내리신 명령인데 유성만 氏가 진급이 되지 않아 다는 소식을 듣고 몹시 불쾌하신 모양입니다.

그래서 유성만 氏를 대구에 내려보내시면 7월달에 또다시 공사 진급이 있을시 부장님이 힘쓰실 모양이니 유형을 이번지 받는즉시 내려 보내주십시요.

그리고 유형대신 김동희를 보내겠읍니다

동희는 아버님도 돌아가시고 집에 남자들이 없다하니 본인이 원해서가 아니라 이곳 부장님이 생각하셔서 하신 조치이니 그리아시고 정중위님의 선처를 바랍니다.

끝으로 정중위님의 건강과 행운을 빕니다.

1969. 4. 11 大邱에서 [illegible] 드림

대장님.

대장님 곁을 떠난 지 벌서 며칠이 되었습니다. 갑자기 추워진 날씨에 얼마나 고생이 되실까 생각하면 마음이 몹시 괴롭습니다. 지금 기차를 타고 대구를 향하여야 할 약속된 시간인데 저는 너무나 벅찬 괴로움을 안고 죽어야 될까, 그래도 살아보나 하는 아픈 가슴을 쥐어짜고 있습니다. 지금 상태로서는 며칠 안에 대장님 곁으로 돌아가긴 힘들 것 같습니다. 아니 영원히 대장님 곁으로 돌아가기 힘들 것 같은 예감이 젊은 나이의 내 가슴을 몹시도 괴롭히어 미칠 것 같은 기분입니다. 정말 이렇게 주위를 괴롭히고 어수선하고 끝나게 되어질 것 같은 내 목숨이 너무나도 애처롭게 느껴도 지지만 하나를 해결하면 또 하나가 저를 못살게 괴롭히고 너무나 많은 장애들 너무나 많은 벽이 발버둥치는 나를 기어코 넘어뜨리려 달려들고 있습니다. 정말 티 없이 깨끗이 이루어 보려던 생활이었는데 사회의 많은 사람들과 그들의 수천 년 내려온 관습이 이렇게 모질게 우리를 학대할 줄은 정말 꿈에도 몰랐습니다. 돈이라는 것도 그렇게 큰 힘을 미치는 것인지도 정말 모르는 일이었습니다. 모든 게 잘 되길 진심으로 빌겠습니다. 즐거운 표정으로 하루빨리 대장님 곁으로 돌아가는 행운이 저와 함께 하길 두손 모아 빌고 있습니다.

죄송한 마음을 금치 못하며……

1969.2.26.

정경진 드림.

종 합 5

실미도

북파 공작원

그 진실은⋯

백령도서 '氣球 타고 北 침투' 계획

작전 취소되자 고깃국이 단무지국으로

23명 총 들고 서울로

실미도 공작원 유골 행방 묘연

〈실미도 영화 포스터〉

〈실미도 책표지〉

실미도 작전본부 공군 제2325전대(필자 앞줄 오른쪽 끝)

김해비행근무시(서 있는 필자)

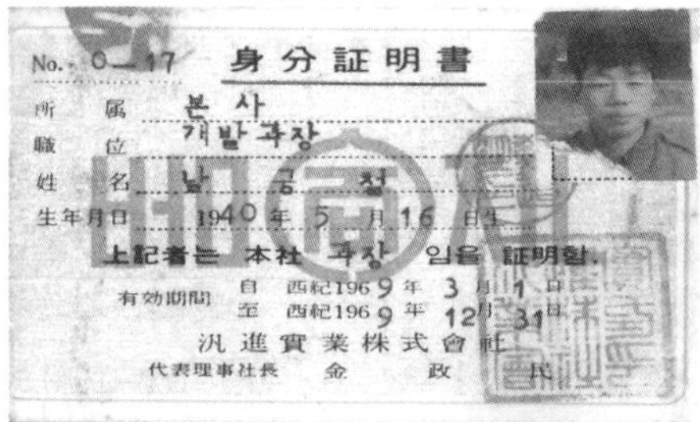

No. C-17 身分證明書

所 屬 본사
職 位 개발과장
姓 名 남궁철
生年月日 1940年 5月 16日
上記者는 本社 과장 임을 證明함.
有效期間 自 西紀1969年 3月 1日
至 西紀1969年 12月 31日
汎進實業株式會社
代表理事社長 金 政 民

〈208대 근무 시 필자의 위장 신분증〉

대구비행장 근무요원들과(오른쪽 사진 중앙, 왼쪽 사진 왼쪽 필자)

대구, 김해 파견대시절 대원들과 함께(1968년도 사진)

대구 비행장(필자 중앙)

대구 비행장 근무 시 대원과 위장 지원차량

김해 비행장(필자 왼쪽)

동료들과(가운데 필자)

1966.12.3. 정보교육대 신문관 교육 수료기념(상단 우측 끝이 필자)

2325전대 B지구에 함께 근무한 현역과 문관분들
(앞줄 우측에서 두 번째가 실미도에서 생존한 김방일 소대장과 김이태 소대장)

대 한 공 군

제131호

수료증서

계급소위 군번56883 성명 정경진

1943년 11월 23일 생

위의 사람은 소정의66년1차정보장교초급 과정을 수료 하였으므로 본증서를 수여함

1966년 7월 10일

공군제2325전대

전대장 공군대령 이 주

〈수료증서〉

3. 김포특수경비지구 사령부 근무 시 사건들

(요도호항공기 납치사건)

일본 적군파 요도호 항공기 납치 사건

나는 임관 후 3개월의 정보장교 특기교육 이수 후 부대에 배치된 후 1년 정도 경과된 후 실미도 부대 창설 준비 단계부터 처음에는 부평 신진자동차공장 생산부장(우리나라 최초로 제조업 분야에 퍼트 시스템을 도입하고 이에 대한 책자도 저술)과 옛날 일본관동군 항공부대에서 비행기, 날개, 동체 설계를 했던 설계사의 미팅관련업무, 대구 비행장(실미도 공작원의 침투장비 제작업무) 김해, 화전비행장(공작원 침투장비 조종사 훈련업무) 등을 수시로 왕래하며 남다른 고생도 많이 한 반면 소규모 파견대 형식의 불규칙한 근무로 스트레스도 많아 대원들과 함께 사고도 많이 쳐서 부대 안에 사고뭉치로 유명했었다. 마지막으로 공무원 침투장비 조종사 3명이 야간에 깜깜한 활주로에 드문드문 놓아둔 깡통불빛으로 이륙, 착륙 등 고된 훈련을 6개월 이상 수련하여 준위로 임관하던 날 본대에서 축하행사가 있을 것으로 잔뜩 기대하고 있었는데 아무런 연락이 없어 모두들 서운해 하여 화전비행장에서 퇴근하는 길에 내가 자비로 수색 인근 술집에서 축하회식을 해주는 자리에서 울적한 기분에 지방신문 기자 일행과 시비가 벌어졌는데 이를 계기로 부대에서 모두들 가기를 꺼려하는 김포 특수경비 사령부로 전출 발령을 받고 쫓겨나는 꼴이 되었었다.

김포 특수경비지구 사령부는 대간첩작전을 목적으로 하는 기구로 육군의 증강된 대대병력, 방공포대중대병력 및 각 군의 파견된 요원으로 구성된 부대로 김포 비행장 일원지역(인접한 한강, 임진강 유역 포함)에 침투하는 간첩을 방어, 격멸하는 임무를 수행하는 전문규모의 대간첩본부 소속이었던 것으로 기억된다. 사령관은 김포 제11전투비행단 단장이 겸직하는 것으로 되어 있었는데 지금은 김포 전투비행단도 대간첩본부라는 조직이 없어진 것으로 보아 이 사령부도 당연히 없어진 조직일 거라 생각된다.

내가 가는 곳마다 일이 많이 생기는 운명인지 여기서도 가자마자 계양산 간첩침투사건(2박3일 동안 육군대대병력이 총 동원되어 당시 텔레비전 값보다 비싸다는 조명탄을 수백 발을 투하하며 밤낮으로 수색작전을 전개하였으나 엉뚱하게도 평지 논두렁에서 농사짓고 있는 형태로 검거 되었었다. 또한 번번이 비싼 조명탄을 사용할 수 없어 수송기에다 서치라이트를 정착하는 방안이 강구되는 계기가 되었던 기억이 난다.), KAL기 남북사건(강릉에서 출발하여 김포로 오던 KAL기가 납북되어 납북 승무원들은 50년이 지난 지금까지 북한에 억류되어 있음), 그 유명했던 일본 적군파 비행기 납치 사건인 요도호 납치 사건(1970.03.31. 김포공항에 3박4일 착륙하고 있던 JAL351편은 결국 129명의 승객을 내려놓고 당초 목적지인 평양으로 들어갔음)으로 정신없이 제대 말년을 보냈던 기억이 지금도 생생하다.

요도호가 평양으로 간 후 수사기관에서 우리 사령부 상황실에 와서 요도호 사건관련 조사를 했었다. 요도호가 일본을 출발하여 김포 비행장으로 유도 착륙하게 된 경위 및 대처 상황 등이었던 것으로 생각되는데 상황실 근무 하급 장교였던 나는 전체의 흐름에 대해서는 아는 게 없었다. 사건 당시 김포 비행장에는 관련 정부 각료들, 대간첩 군 관련 고위 장성들, 평소에 볼 수 없었던 높은 분들이 너무 많이 상주하며 사태 수습에 참가하였다. 우리 상황실은 비행장이라는 넓은 지역이라 각자 휴대하고 연락하는 무전기들 소리(상황실에서는 그들 통화내용이 모두 청취됨)들이 섞여 정신없이 혼란한 상태가 계속되었었다. 더구나 당시 제주도 포도당공장 준공식에 내려가 계셨던 박대통령이 현장에 있는 각료들과 통화코자 하시는 유선전화 통화를 원활하게 연결치 못했던 일이 혹시 고의가 있었지 않았나 하는 의심이 제기돼서 당시 상황실에서 통신연락을 담당하는 상황실 근무 장교였던 내가 곤경에 처하였다. 그렇지만 실상은 현장에 계셨던 각료 지휘관들께서 넓은 사무실, 활주로 비행기 근처, 관제탑 등을 수시로 오가며 무전 연락을 주고받은 것을 가지고 특정인의 현재 위치를 확정하여 연결코자 하는 일이 용이하지 않은 상태였다.

다행이 상황실장이셨던 신 중령께서 사건 처음부터 상황실에서 통화한 모든 내용을 계속 녹음하고 계셨던 것이 상황증거가 되어 내 혐의는 벗어났지만 까딱하면 제대 말년에 불명예 고초를 당하는 일이 벌어질 뻔한 사건이었다.

여하튼 사고를 많이 내어 김포특수경비지구 사령부로 전출되었으나 여기서 착실히 근무하여 첨부한 사령한 표창장을 받고 능력을 인정받아 마지막 군대 생활의 유종의 미를 거둘 수 있게 되었던 것이 너무 다행스럽고 행복한 일이 되었다. 나는 이 사령부소속으로 1970년 4월 30일 전역을 하게 돼서 일 많고 힘들었던 4년 4개월간의 군대생활을 마감하고 민간인이 되었다. 전역 직전에 비행단 정보참모께서 장기복무를 권유하셨지만 군대보단 사회에서 더 많은 일을 할 것으로 생각되어 사양했던 기억도 새롭다.

전역 후 비행단에 함께 근무했던 동기생의 손편지(이영창, 조상호)

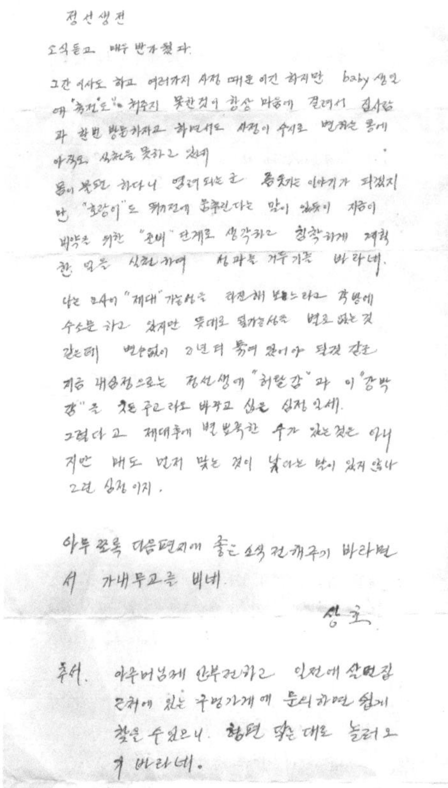

정선생전

소식듣고 매우 반가웠다.

그간 이사도 하고 여러가지 사정 때문이긴 하지만 baby 생일에 "축전"도 쳐주지 못한것이 항상 마음에 걸려서 집사람과 한번 방문하자고 하면서도 사정이 수시로 변하는 통에 아직도 실천을 못하고 있네.

몸이 불편하다니 염려되는군. 웃기는 이야기가 되겠지만 "호랑이"도 뛰기전에 움추린다는 말이 있듯이 지금이 비약을 위한 "준비" 단계로 생각하고 침착하게 계획한 일을 실천하여 성과를 거두기를 바라네.

나는 요사이 "제대" 가능성을 타진해 보느라고 각방에 수소문 하고 있지만 뜻대로 될가능성은 별로 없는 것 같은데 별수없이 2년 더 묶여 있어야 될것 같군.

지금 내심정으로는 정선생에 "허탈감"과 이 "강박감"을 주고라도 바꾸고 싶은 심정일세.

그렇다고 제대후에 별 뾰족한 수가 있는것은 아니지만 매도 먼저 맞는 것이 낫다는 말이 있지 않나 그런 심정이지.

아무쪼록 다음편지에 좋은 소식 전해주기 바라면서 가내무고를 비네.

상호.

추서. 아주머님께 안부전하고 인천에 살면 집 근처에 있는 구멍가게에 문의하면 쉽게 찾을 수 있으니 형편 닿는 대로 놀러오기 바라네.

5/31/72. 경진! 그간 별 일 없는지? 늦게 소식 전해 미안 미안…… 제수씨 및 조카들도 안녕하시겠지? 이 형은 그동안 염려지덕에 잘 지내고 있지. 자네도 요즘은 불황을 체험하고 있겠지. 나 역시 예외는 못되더군. 열심히 노력은 하려 하네. Wife도 잘 지내고 있지. 나는 지난 4월 초에 마포로 이사를 하였네. 전에 자네가 있던 곳과 그리 멀지 않다고 생각하네. 서울에는 들리지 않는지? 기회 있으면 들러서 전화(직장 8-2532) 좀 하게나. 만나서 대포 잔이라도 기울이며 회포나 풀세. 참 이번에는 자네도 Strike 한번 쳐야 하지. 꼭 소원 이루게. 서울에서 기다리겠네.(혹 내가 부산 가면……)

영창 부(付).

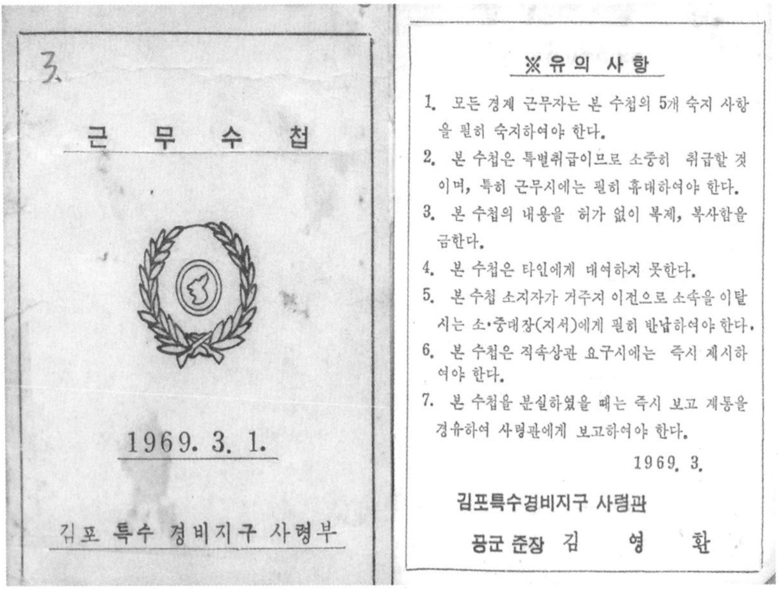

3

근 무 수 첩

1969. 3. 1.

김포 특수 경비지구 사령부

※ 유 의 사 항

1. 모든 경계 근무자는 본 수첩의 5개 숙지 사항을 필히 숙지하여야 한다.
2. 본 수첩은 특별취급이므로 소중히 취급할 것이며, 특히 근무시에는 필히 휴대하여야 한다.
3. 본 수첩의 내용을 허가 없이 복제, 복사함을 금한다.
4. 본 수첩은 타인에게 대여하지 못한다.
5. 본 수첩 소지자가 거주지 이전으로 소속을 이탈시는 소·중대장(지서)에게 필히 반납하여야 한다.
6. 본 수첩은 직속상관 요구시에는 즉시 제시하여야 한다.
7. 본 수첩을 분실하였을 때는 즉시 보고 계통을 경유하여 사령관에게 보고하여야 한다.

1969. 3.

김포특수경비지구 사령관

공군 준장 김 영 환

〈김포 특수 경비지구 사령부 근무수첩〉

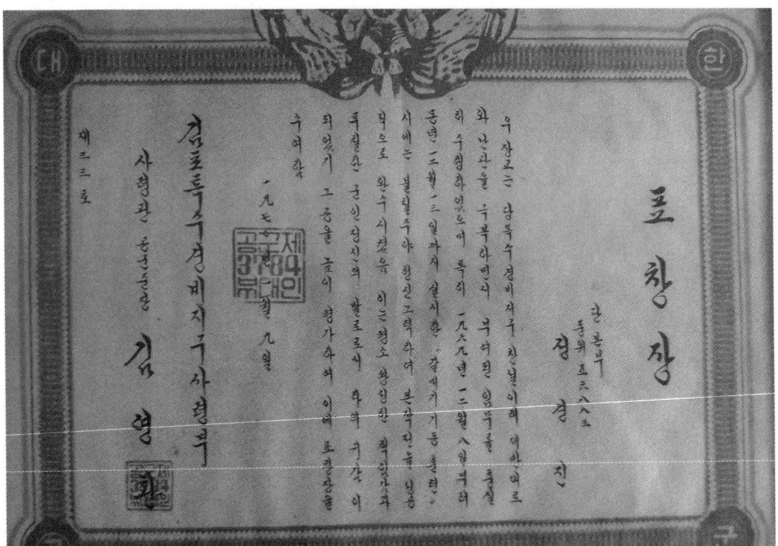

표 창 장

정 경 진

우 장교는 당특수경비지구 창설이래 [illegible]
와 난관을 극복하면서 부여된 임무를 충실
히 수행하였으며 특히 一九六九년 一二월 八일부터
동년 一二월 一三일까지 실시한 '갈매기 기동 훈련'
시에는 불철주야 헌신노력하여 본작전을 [illegible]
적으로 완수시켰음. 이는 평소 왕성한 책임감과
투철한 군인정신의 발로로서 타의 귀감이
되었기 그 공을 높이 평가하여 이에 표창장을
수여함

一九七〇년 一월 一九일

김포특수경비지구사령부

사령관 공군준장 김 영 환

〈김포 특수경비 사령부에서 받은 표창장(1970.1.19.)〉

내 생애 처음이자 마지막으로 공공기관에서 받은 유일한 표창장
(군복무 시 사고뭉치였는데 전역 직전에 받은 사령관 표창으로 빛을 갚은 기분)

가운데 사령부 상황실장 신 중령 외 근무요원(필자 우측에서 두 번째)

상황실 근무 공군요원들과 우측 두 번째 필자

3장

나의 직장생활
: 인연을 맺었던 직장들과
모임들

1. 주식회사 흥국상사(현재 SK에너지)

사회 첫 직장이었던 흥국상사 근무 시 추억

4년여의 공군장교 생활을 마치고 1970년도에 흥국상사(현 SK에너지)에 입사하였다. 그 당시 국내 기업에서는 생소하고 좀 심하다고 생각된 미국 걸프오일의 매뉴얼에 따른 3개월간의 신입사원 교육을 마치고 순금 회사 배지를 달고 부산지사에 첫 배속을 받았다. 그 곳에서 함께 근무했던 황광훈 군은 대전고등학교를 졸업하고 서울상대를 졸업한 수재로 그 당시에는 총각으로 객지 생활이어서 우리 집에 자주 들려 밥도 많이 먹고 하던 동료사원이었다. 황군은 퇴사 후 쌍미섬유에 다니다가 독립하여 중남미 온두라스, 코스타리카와 베트남에 섬유제품 생산 공장을 차려 주로 미국으로 수출했던 유양인터내셔날(주)이라는 중견 섬유회사를 약 20여 년간 운영했다. 바둑 · 포카 · 화투 등 잡기에 능한 재주꾼으로 직장동료로 만난 지 50여년이 지난 지금도 가끔 만나서 당구도 치며 지내는 사이가 된 친구다.

그 당시 백두현 부산지사장은 내 경복고등학교 5년 선배로 석유공사에서 이탈리아 유학까지 다녀오신 매우 유능한 젊은 경영자였던 분으로 부산지사 사원들로부터 존경을 받았던 것으로 기억된다. 백지사장님이 서울 본사 수송부장으로 올라가셨고 나도 몇 달 후 3여 년을 근무한 부산을 떠나 본사 관리부로 발령받아 본사에서 또 함께 근무했었다. 그 후 박정희 대통령과 인연이 있다는 서정귀 씨와 미국 걸프오일과 동업기업이었던 흥국상사가 당시 석유공사에 인수되어 석유공사의 자회사 신세가 된 흥국상사 직원들은 인사상 불이익을 받게 되었고 이를 불만으로 느꼈던 필자와 입사 동기생들은 대부분 자진 퇴사하였다. 퇴사 후 백지사장님과는 가끔씩 만나 뵙고 지냈었는데, 2001년 초에 갑자기 돌아가셔서 매우 황망했었다. 돌아가신 후에도 아내와 함께 지사장님 부인을 찾아뵈었었는데, 지금은 아쉽게도 연락이 끊겨 퇴사 후 함께 여행하며 찍은 사진 몇 장을 실어 당시 황망했던 슬픔을 달래본다.

본사 근무 시 제1차 오일쇼크가 발생하여 비상 대책반에서 개인 주력의 난방류(디젤, 석유 등)를 신청받아 한 드럼씩 배급받는 사태가 발생했었고 이 북새통에 헌 드럼통 장사들이 큰돈을 벌었다는 소문이 돌던 기억도 새삼스럽다.

부산지사 근무 시는 영업부 소매과 사원이어서 부산을 동 · 서 · 남 · 북 4개 지역 정도로 나누어 그 지역에 소재하는 보통 10개의 주유소 영업을 담당하는 시스템으로 운영하는 방법이었다.

그 당시에는 기름값이 비싸서 웬만한 주유소의 외형은 중소기업 정도가 되며 유류시장은 출하 후 45일 외상거래가 정상거래였는데 주유소 사장들은 가능한 외상기일을 늦추는 바람에 우리 영업사원들은 애를 많이 먹었고 회사는 사원별 평균 외상기간을 매달 체크하여 관리를 철저히 하였다.

심지어 주유소 사장들은 우리들에게 니들이 열심히 하는 것은 미국놈(걸프오일)들을 돈 벌게 하는 게 아니냐 하는 소리로 괴롭혔었다. 필자는 대금을 기한보다 빨리 주어도 안 받으며 서로의 정해진 거래 약속을 지키자는 것이라고 항변했던 기억도 잊지 못할 기억 중에 하나이다.

그래서 '세일즈맨의 죽음'이 이해가 간다는 말들을 영업사원들과 나누며 퇴근길에 소주잔도 기울이며 애환을 달래곤 했다.(그 당시 회사에서 필자의 별명은 군수)

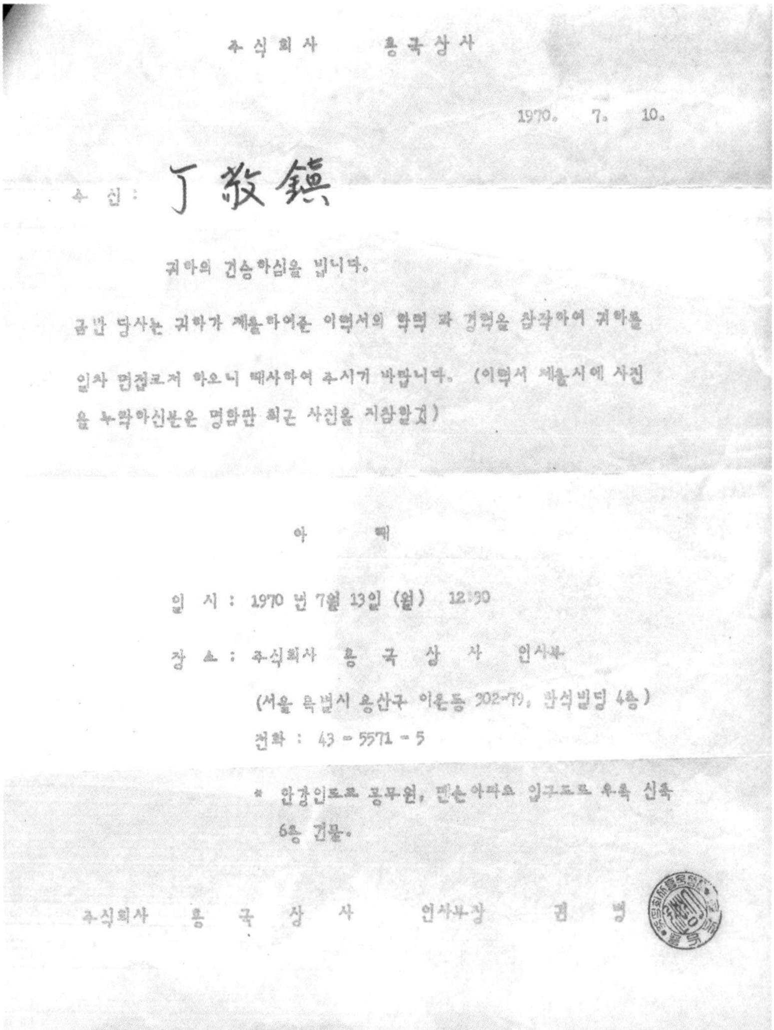

주식회사 흥국상사

1970. 7. 10.

수 신 : 丁敬鎭

귀하의 건승하심을 빕니다.

금반 당사는 귀하가 제출하여준 이력서의 학력 과 경력을 참작하여 귀하를 일차 면접코저 하오니 때사하여 주시기 바랍니다. (이력서 제출시에 사진을 누락하신분은 명함판 최근 사진을 지참할것)

아 래

일 시 : 1970 년 7월 13일 (월) 12:30

장 소 : 주식회사 흥 국 상 사 인사부

(서울 특별시 용산구 이촌동 302-79, 한석빌딩 4층)

전화 : 43 - 5571 - 5

* 한강인도교 공무원, 맨손아파트 입구도로 우측 신축 6층 건물.

주식회사 흥 국 상 사 인사부장 권 병

〈(주)흥국상사 면접시험 통지서〉

유양인터내셔날(주) 황사장의 손편지

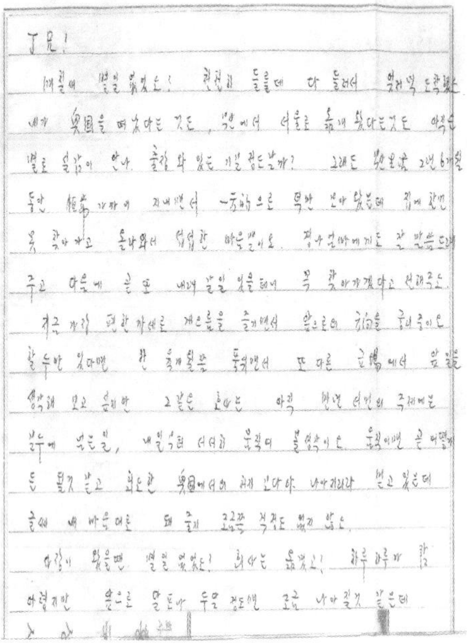

丁兄!

1개월에 별일 없었소? 천천히 들를 때 다 들러서 [illegible]

내가 吳國을 떠났다는 것도, 북경에서 서울로 옮겨 왔다는 것도 아직은 별로 실감이 안 나. 출장 와 있는 기분 정도랄까? 그래도 북경에서 2년 6개월 동안 [illegible] 가까이 지내면서 一方的으로 도움만 받아 왔는데 집에 한번 못 찾아가고 올라와서 섭섭한 마음뿐이오. 형수님께도 잘 말씀드려 주고 다음에 또 내려갈 일 있을 테니 꼭 찾아가겠다고 전해주오.

지금까지 편한 자세로 게으름을 즐기면서 앞으로의 計劃을 궁리 중이오. 할 수만 있다면 한 2개월쯤 쉬면서 또 다른 工場에서 삶의 길을 생각해 보고 싶은데 그것은 [illegible] 아직 [illegible] 주제에 분수에 넘는 일, 내일부터 서서히 움직여 볼 생각이오. 움직이면 곧 어떻게든 될 것 같고 [illegible] 吳國에서의 [illegible] 나아가리라 믿고 있는데 글쎄 내 마음대로 될 줄지 조금쯤 걱정도 없지 않소.

[illegible] 별일 없었소? 회사는 좋았소? 하루 하루가 참 어렵지만 앞으로 [illegible] 정도면 조금 나아질 것 같은데

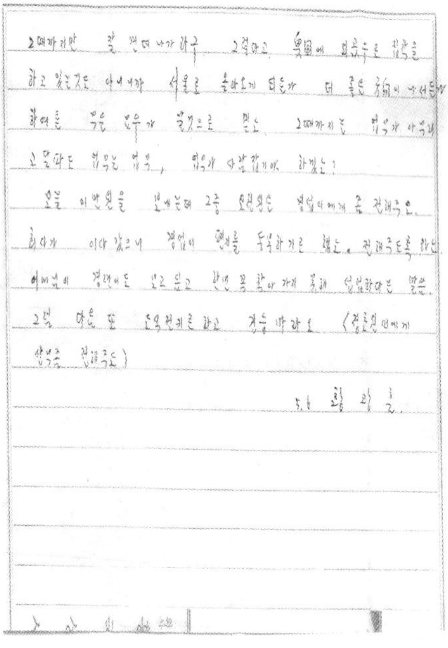

그때까지만 잘 견뎌 나가 주구. 그렇다고 吳國에 [illegible] 집착을 하고 있는 것도 아니니까 서울로 올라오게 되든가 더 좋은 [illegible]에 나서든가 하여튼 [illegible] 믿소. 그때까지는 [illegible]

오늘 이만원을 보내는데 [illegible] 전해주오. 회사가 이사 갔으니 [illegible] 독촉하기로 했소. 전해주도록 하던. 어머님의 [illegible] 보고 싶고 한번 꼭 찾아가지 못해 섭섭하다는 말씀. 그럼 다음 또 [illegible] 하고 [illegible] (정호진 [illegible]에게 안부 좀 전해주오)

5.6 황 [illegible]

㈜ 흥국상사 근무 시 사진들

서울 본사에서 전국 지사 대항 축구시합장에서

1973.2.27. 부산지사 양산 영치산 등산 시
(오른쪽 필자 아내)

가운데 황 사장, 우측 필자

영업사원과 함께(가운데 필자)

1971년 가을 흥국상사 부산지사 영업부원과 함께 밀양 아랑각에서
(왼쪽 끝에 서 있는 필자)

오른쪽 필자

1971년 가을 밀양 포충사
(뒷줄 가운데 필자)

(왼쪽에 앉아있는 필자)

흥국상사 부산지사 백지사장 내외분과 함께

좌측 백지사장 부부와 필자 부부

우측 백지사장과 함께

좌측 백지사장과 함께

좌측 백지사장과 필자 부부

2. 한국산업개발연구원(KID)

내가 흥국상사(현SK 에너지) 부산지사 영업부 사원에서 서울본사 발령을 받고 근무하던 때 우리 입사 동기생들이 모회사격인 석유공사(당시 석유공사와 흥국상사에는 미국 걸프오일이 투자하여 약 50%의 지분을 가졌던 것으로 기억)의 인사체증을 자회사인 흥국상사에 풀어 동기생 대부분이 예기치 않은 불이익을 받아 사표를 내던 때에 나도 그 당시 내가 소속된 관리과 과장과 불편한 관계도 있고 하여 만류하던 것을 뿌리치고 무모하게 사표를 던지고 퇴사하였었다. 그 후 그 당시 크게 성장하며 장래가 유망한 무역부문에서 일하고자하는 계획을 가지고 무역업무 및 영어 학원에 등록하고 열심히 공부하던 중 처자식이 있는 가장이 그렇게 지내기는 곤란하지 않느냐는 형님의 권유에 따라 한국산업개발연구소 경제 조사실 연구원으로 입사하게 되어 1974년부터 1977년까지 3년여를 근무했었다. 한국산업개발 연구소는 박정희 대통령이 파독 광부와 간호사을 위로할 겸 차관을 교섭 차 독일방문 시 통역을 겸한 경제자문으로 수행하였던 백영훈 박사(독일에서 경제학 박사 취득, 유정회 국회의원 역임)가 설립하여 대표가 되셨고 국무총리를 역임하였던 신혁학 총리가 회장으로 되어있던 경제문제 연구소로 주로 정부기관(상공부, 건설부 등)의 정책결정을 위한 연구용역이 주된 업무인 연구소였다.

군대경력 4년, 회사경력 4년의 나에게는 매우 생소한 업무였는데 선배연구원들이 항상 우리 연구소는 "남자를 여자로 만드는 방법 외 모든 연구를 수행"할 수 있다는 어느 면 너무 무모하게 생각되는 자부심이 대단했던 것으로 기억하고 있다. 박사, 석사 학위를 가진 연구원이 많아서 학위가 없는 필자는 처음 접하는 연구업무에 아무리 명문 고등학교, 대학교를 나왔다 해도 학위가 없는 설움을 느끼게 되었다. 연구 원고를 작성할 때 간혹 한자를 잘못 쓰면 대학은 나온 게 맞냐는 비아냥을 받기도 했던 기억이 새롭다. 그래서 나도 학위를 취득하여야겠다는 생각에 연세대 행정대학원과 건대 행정대학원 입학시험을 치뤄 입학허가를 받고 고심 끝에 좀 더 구체적이고 뾰족한 공부를 하는 것이 장차 도움이 될 거라 생각하고 건대 행정대학원 부동산 행정학과를 선택하였다. 내가 입학한 1976년 2학기부터 야간대학원 석사과정은 4학기에서 5학기로 변경되어 시간도 많이 걸리고 학비도 더 들어 부담이 되었다. 게다가 2년 반 동안 낮에는 연구소로 밤에는 낙원동, 묘진동으로 강의받으러 다니느라 고생이었고, 매일 늦은 밤에 따뜻한 냄비 밥과 간식을 따로 준비하는 아내의 고생도 많았다. 고생 끝에 1979년 2월 드디어 부동산 행정 석사학위를 받아 유종의 미를 거두는 기쁨을 아내와 함께하였다. 학위논문은 "기업체 부동산 소유실태에 관한 연구"–적정규모를 중심으로–로 대부분의 원생들이 앙케이트 조사로 논문을 작성하는 것과 달리 우리나라 300여개의 상장기업의 재무제표를 분석하는 방대한 통계계산 작업으로 연구소에 계산기 작업의 달인인 김정희 양의 치밀한 계산의 도움을 받아 우수논문으로 선정되는 기쁨을 누리게 되어 지금도 고마운 마음을 잊을 수 없다.

1977년도 연구소에서 한국생사(주) 기획실 기획조사 과장으로 옮기고, 그 후에도 여러 회사를 다니며 부동산 전공 석사에 1985년도에 도입된 공인중개사 제1회 자격증도 취득하여 명실공히 부동산 전문가로 대우받는 계기가 되었다. 각 회사에서 부동산 관련 업무에 공헌한 바 있으나 내 개인적으로는 아내가 "당신 부동산 전문가라는데 맞아?"할 정도로 별 볼 일이 없었다. 그것은 내가 아파트는 사람이 살기에는 부적합한 인계장이라는 생각 때문에 마당 있는 개인주택을 고집하여 개인주택에서 30년 가까이 살고 나니 1970년도 초에는 같은 규모의 아파트의 두배가 넘던 개인주택 가격이 아파트만 계속 오르는 주택시장이 되어 아파트 가격의 반값으로 형성되어 버려서 아내에게 핀잔을 받게 된 것이다. 주택살이를 힘들어하는 아내를 위해 2000년에 살기 편한 아파트로 이사를 한 이후 지금은 그 소리를 덜 듣게 되었다.

연구소 근무시절에 기억에 남는 것은 "한국무역의 장기전망"이라는 상공부, 한국무역협회가 공동 의뢰한 작업 시 우리나라 무역의 지난 10

여년의 실적을 기초로 그 당시 삼청동 공원을 지나 삼청각 근처에 있는 한국전산원을 뻔질나게 드나들며 작업한 일이다. 그 결과물이 너무 크게 신장되는 결과가 나와 경제신문사들이 과연 그렇게 한국무역이 성장될 수 있겠느냐는 의문을 제기하며 이견을 내놓았을 때 우리 연구소는 그간 실적을 기초로 한 시계열 컴퓨터 작업에 의한 결과라고 해명하였고 각 경제신문들은 연구원이 컴퓨터에 헤딩하는 그림 삽화까지 실으며 연구소의 무리한 장기 전망에 이의를 제기한 바도 있었다. 그러나 무역의 날을 정하는 등 정부의 무역진흥 정책에 따라 연구소의 무역실적 장기 전망은 크게 벗어나지 않는 결과를 이루었던 것을 그 후 알게 된 일이 있었다.

또 한 건은 건설부와 서울시청이 의뢰한 "서울시 불량주택 현황조사" 업무였는데 서울시에 불량주택이 너무 많고 너무 불량하다는 결과가 나와 이 조사가 북한으로 흘러들어갈 시 남한의 삶이 북한에 비해 낙후하다는 선전에 좋은 자료로 사용될 수 있으니 비밀에 부치거나 좀 좋은 결과가 나오도록 조정하여야 된다는 정부 당국의 우려로(당시 서울의 불량주택이 30%이상) 발표를 보류했던 것으로 기억하고 있다. 이 모두가 40여 년 전의 연구소에서 신참 연구원이 겪었던 작은 일일 수 있지만 내 인생에서 잊지 못할 기억으로 남아 있다.

필자 논문 통계 작성을 도운 여직원의 손편지

정 선생님.
봄 철에 안녕하세요.
보내드리겠다고 약속한 책이 바로 저희 교회(?) 중앙교회에서 발간되고 있는 신앙계 입니다.
정선생님과 사모님.
직장분들과 함께 보아 주세요.
매달 우편으로 우송해 드리겠습니다.
공부 열심히 하세요.

78年 4月 7日.
[illegible] 올림.

정 선생님 보세요.
어떤 사연의 두툼한 편지인가 처음 받는 편지 기대에 설레기까지 했는데 먼저서 죄송함이 우선으로 표현해야 할지 방도를 찾지 못했습니다.
이렇게 뜻밖에 글을 드리는 것도 용서하세요.
주신 사례금 감사히 받겠습니다.
경망스럽고 아무것도 모르는 저를 언제든지 항상 따뜻하고 자상하게 도와주시고 가르쳐 주신 정선생님의 은혜는 어떻게 보답을 해야 할지 모르겠읍니다.
제가 할 수 있는 일.
사모님과 세 꼬마 정선생님 가정을 위해서 하나님께 기도 드리겠읍니다.
동생이 취미를 맞았읍니다.
정선생님께 인사를 드렸으면 하는데 시간이 있으실런지 모르겠읍니다.
점심시간을 이용해서 동생이 전화를 걸고 가 뵙겠읍니다.
책이 무사히 나왔는지 궁금합니다.
책이 나왔으면 동생 편에 전해 주시면 고맙겠습니다.

그럼
이 한해가 정선생님의 공부하시는 한해가 되기를 빌면서 안녕히 계세요.

1979年 1月 12日
[illegible] 드림.

학위기 · 자격증

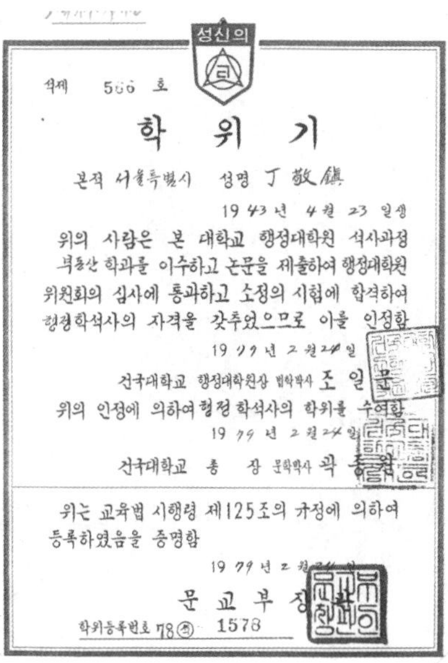

석제 566 호

학 위 기

본적 서울특별시 성명 丁敬鎭

1943년 4월 23일생

위의 사람은 본 대학교 행정대학원 석사과정 부동산 학과를 이수하고 논문을 제출하여 행정대학원 위원회의 심사에 통과하고 소정의 시험에 합격하여 행정학석사의 자격을 갖추었으므로 이를 인정함

1979년 2월 24일

건국대학교 행정대학원장 법학박사 조 일 문

위의 인정에 의하여 행정학석사의 학위를 수여함

1979년 2월 24일

건국대학교 총 장 문학박사 곽 종 원

위는 교육법 시행령 제125조의 규정에 의하여 등록하였음을 증명함

1979년 2월 24일

문 교 부 장 관

학위등록번호 78㉠ 1578

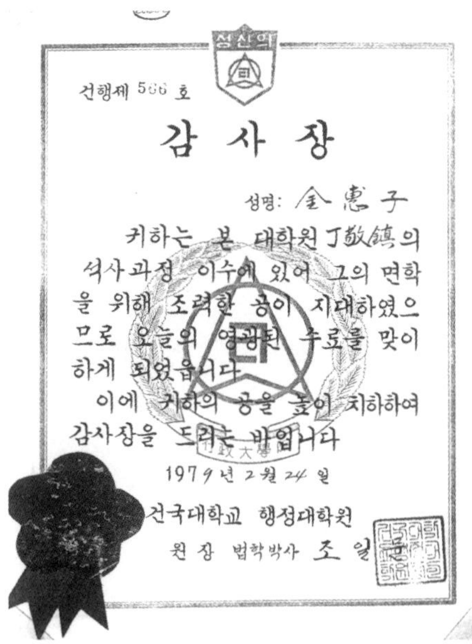

건행제 566 호

감 사 장

성명: 金惠子

귀하는 본 대학원 丁敬鎭의 석사과정 이수에 있어 그의 면학을 위해 조력한 공이 지대하였으므로 오늘의 영광된 수료를 맞이하게 되었읍니다

이에 귀하의 공을 높이 치하하여 감사장을 드리는 바입니다

1979년 2월 24일

건국대학교 행정대학원

원 장 법학박사 조 일 문

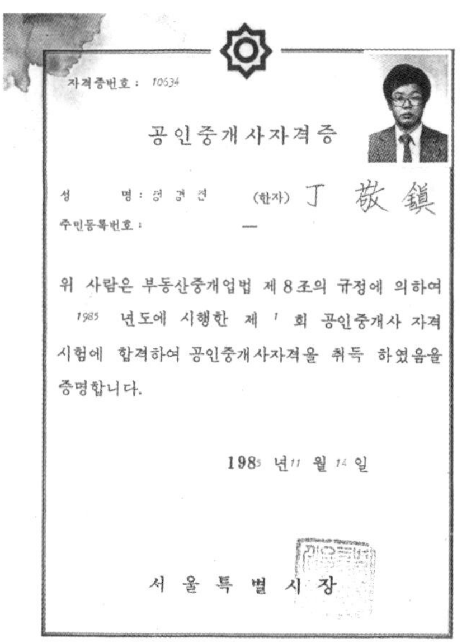

자격증번호 : 10634

공인중개사자격증

성 명 : 정 경 진 (한자) 丁 敬 鎭

주민등록번호 : —

위 사람은 부동산중개업법 제 8 조의 규정에 의하여 1985 년도에 시행한 제 1 회 공인중개사 자격시험에 합격하여 공인중개사자격을 취득 하였음을 증명합니다.

1985 년 11 월 14 일

서 울 특 별 시 장

석사학위논문

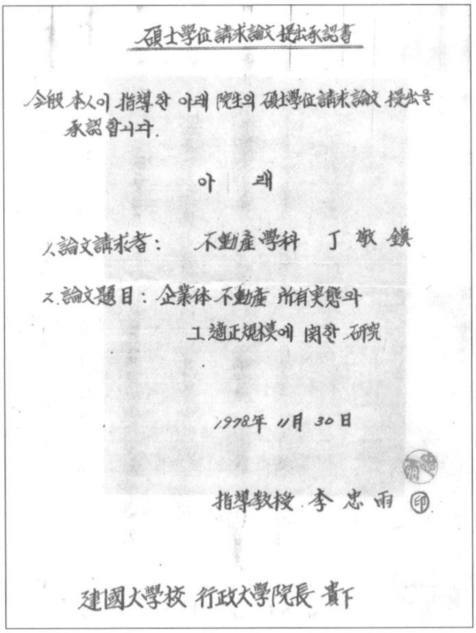

碩士學位請求論文 提出承認書

今般 本人이 指導한 아래 院生의 碩士學位請求論文 提出을 承認합니다.

아 래

1. 論文請求者: 不動產學科 丁 敬 鎭

2. 論文題目: 企業体 不動產 所有實態와 그 適正規模에 關한 研究

1978年 11月 30日

指導教授 李 忠 雨 ㊞

建國大學校 行政大學院長 貴下

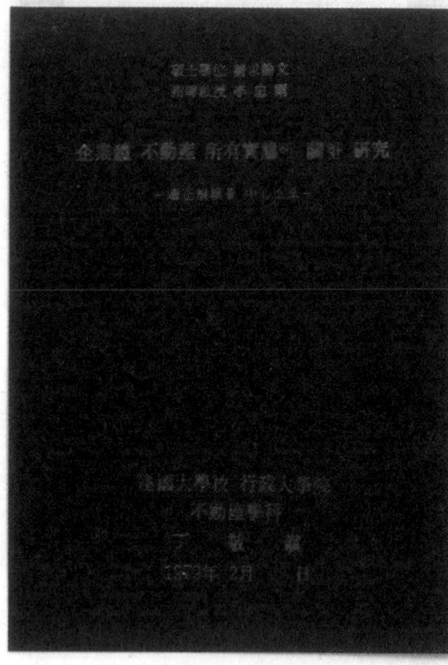

碩士學位 請求論文

指導教授 李忠雨

企業體 不動產 所有實態와 그 適正規模에 關한 研究

建國大學校 行政大學院

不動產學科

丁 敬 鎭

1979年 2月 日

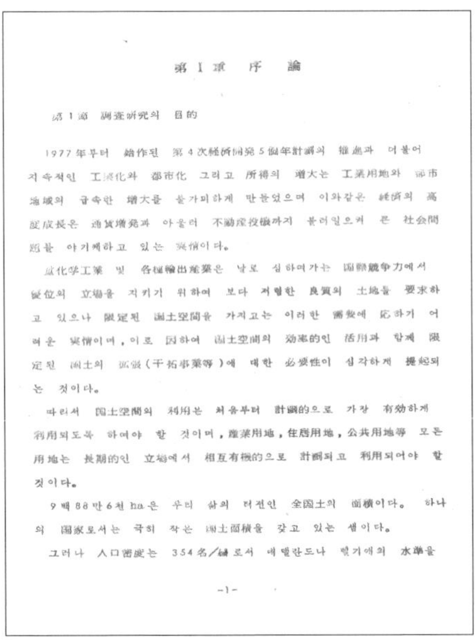

第 I 章 序 論

第 1 節 調査研究의 目的

1977 年부터 始作된 第 4 次經濟開發 5 個年計劃의 推進과 더불어 지속적인 工業化와 都市化 그리고 所得의 增大는 工業用地와 都市地域의 급속한 增大를 불가피하게 만들었으며 이와같은 經濟의 高度成長은 通貨膨脹과 아울러 不動產投機까지 불러일으켜 큰 社会問題를 야기케하고 있는 實情이다.

重化學工業 및 各種輸出產業은 날로 심하여가는 國際競爭力에서 優位의 立場을 지키기 위하여 보다 저렴한 良質의 土地를 要求하고 있으나 限定된 國土空間을 가지고는 이러한 需要에 応하기 어려운 實情이며, 이로 因하여 國土空間의 効率的인 活用과 함께 限定된 國土의 擴張(干拓事業等)에 대한 必要性이 심각하게 提起되는 것이다.

따라서 國土空間의 利用은 처음부터 計劃的으로 가장 有効하게 利用되도록 하여야 할 것이며, 產業用地, 住居用地, 公共用地等 모든 用地는 長期的인 立場에서 相互有機的으로 計劃되고 利用되어야 할 것이다.

9 백 88 만 6 천 ha 은 우리 삶의 터전인 全国土의 面積이다. 하나의 國家로서는 극히 작은 國土面積을 갖고 있는 셈이다.

그러나 人口密度는 354 名/㎢로서 네델란드나 벨기에의 水準을

-1-

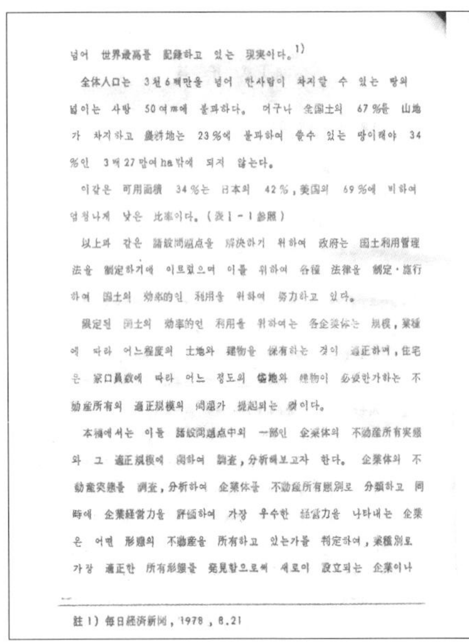

넘어 世界最高를 記錄하고 있는 現實이다.1)

全体人口는 3천 6백만을 넘어 한사람이 차지할 수 있는 땅의 넓이는 사방 50여m에 불과하다. 더구나 全国土의 67%를 山地가 차지하고 農耕地는 23%에 불과하여 쓸수 있는 땅이래야 34%인 3백 27만여 ha밖에 되지 않는다.

이같은 可用面積 34%는 日本의 42%, 美国의 69%에 비하여 엄청나게 낮은 比率이다. (表 1 - 1 參照)

以上과 같은 諸般問題点을 解決하기 위하여 政府는 國土利用管理法을 制定하기에 이르렀으며 이를 위하여 各種 法律을 制定·施行하여 國土의 効率的인 利用을 위하여 努力하고 있다.

限定된 國土의 効率的인 利用을 위하여는 各企業体는 規模, 業種에 따라 어느程度의 土地와 建物을 保有하는 것이 適正하며, 住宅은 家口員數에 따라 어느 정도의 垈地와 建物이 必要한가하는 不動產所有의 適正規模의 問題가 提起되는 것이다.

本稿에서는 이들 諸般問題点中의 一部인 企業体의 不動產所有實態와 그 適正規模에 關하여 調査, 分析해보고자 한다. 企業体의 不動產實態를 調査, 分析하여 企業体를 不動產所有態別로 分類하고 同時에 企業經營力을 評価하여 가장 우수한 經營力을 나타내는 企業은 어떤 形態의 不動產을 所有하고 있는가를 判定하여, 業種別로 가장 適正한 所有形態를 発見함으로써 새로이 設立되는 企業이나

註 1) 每日經済新聞, 1978, 8.21

1979.2.24. 석사학위 수여식에서

학위 수여식에 어머니와 함께

어머니, 매형과 우리 부부

앞줄 가운데 백영훈 박사, 뒷줄 좌측에서 7번째 필자

3. 주식회사 한국생사(김지태 회장 그룹사)

식구같이 지냈던 한국생사 동료직원들

1977년도 7월 필자가 한국산업개발연구원에 근무하던 시기에 상장기업으로 김지태 계열 그룹의 모기업 역할을 하였던 한국생사(주)는 정부에서 추진하는 종합무역상사 선정에 참여코자 계획 중이어서 기획실을 확대하고자 하였는데 그때 기획실장이 필자에게 기획실 기획조사과장 자리를 추천하여 연구소보다는 기업체 근무가 좋을 것으로 판단되어 회사를 옮겨 당시 미도파 앞 KAL 빌딩 한국생사 본사에 출근하게 되었다.

1970년 한국수출 총액이 1억 달러일 때 한국생사의 생사 등 수출이 3천만 불로 총수출의 30% 점유했던 회사가 그 후 대일본 생사, 견직물 등의 수출 감소로 큰 타격을 받아, 신규 사업 분야(반도체 등) 진출을 강구하였으나 그룹 내 회사들(장남의 조선견직계열, 차남의 한국생사계열, 삼남의 삼화계열, 사남의 대한판지 등)의 선의 경쟁으로 같은 분야에 중복 투자 등 비효율이 발생도 되고, 김회장이 5.16 군사 혁명 후 경영일선에서 물러나 전체적인 그룹의 통합 · 조정이 어려워 계열사들이 어려워지기 시작했던 것으로 생각되었다. 결국은 1979년도 박정희 대통령 서거 직전에 김지태 회장의 계열사(약 30개 기업)가 정부에 구제금융을 요청하는 사태까지 발생하게 되었었다.

그때 필자는 경리부장과 함께 방배동 소재 사장님 댁에서 밤 세워 작업을 하였었다. 경리부장은 회사의 긴급소요자금을 집계하였고 나는 김지태 회장님 등 오너일가의 개인소유 부동산 목록과 평가 업무를 수행하였다.

당시 박정희 대통령은 5.16혁명 직후 김지태 회장으로부터 MBC 방송과 부산일보를 헌납받아 5.16장학재단(현재 영수장학회)을 만들었던 데 대한 부담이 있었던지 처음으로 구제금융을 시행하여 증권거래소에서 이미 발표했던 김지태 계열회사의 상장회사 부도공시를 취소하고 6개 시중은행의 공동합의로 김지태 계열의 회사는 회생여력은 적은 것으로 보이나 당장의 고용효과 등을 감안하여 부도처리를 유예키로 하였었다. 그 후 회사의 임원진은 모두 떠나고 200명이 넘던 본사에는 경리부장, 견직사업부장과 필자 등 20명 이내의 인원만 남았고 전국 각지에 있던 제사공장은 생산시설과 직원들이 있으니 각 공장별로 개별회사처럼 각자 도생하는 상황이 벌어지는 사태까지 이르게 되었다. 결국은 경리부장, 견적사업부장까지 떠나고 간부사원으로는 나 혼자 남아

퇴직금은커녕 월급도 못 받는 처지가 돼버린 상태에서 회사의 최후 생존자란 별명을 들으며 관련기관과 개인 소액 주주들 관련 업무(우리 사주 업무 포함) 등 피치 못할 최소한의 업무를 몇 년간 하다가 1985년 3월 회사에 복귀한 사장님이 최소인원으로 남아줄 것을 얘기하였으나 그간의 괴로움과 서운한 심정을 못 이겨 현재 상황을 말씀드리고 아무런 계획 없이 회사를 떠났다.

지금 생각하면 내 50여 년 회사생활 중 실무자로서 가장 열심히 정말 최선을 다하여 근무했던 시기였던 것으로 생각된다. 그때 나와 함께 근무했던 사원들의 메모 연하장을 보면서 그들과 열심히 일했던 추억이 너무 그리워진다. 그 당시 직원들이 종종 우리집에 왔었는데, 특히 여사원들이 올 때마다 초등학생이었던 우리 세 딸과 함께 놀아주고 예뻐해 주었던 일들이 너무 고맙다는 생각이 든다. 그때는 대기업체는 독립된 의료보험조합을 운영하는 제도가 있었고, 총무부장이던 필자가 한국생사 의료보험조합원의 대표이사가 되었기 때문에 다음 메모에 대표이사라고 쓴 사원이 있었는데, 처음에는 그것이 의아하게 생각되었었다.

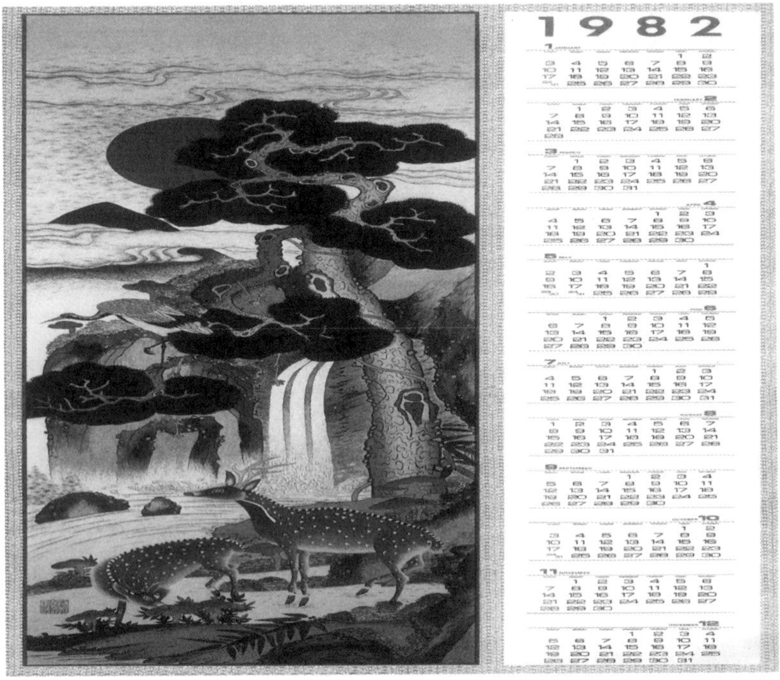

HAPPY NEW YEAR!
1982. 1. 2
張昌煥

" 성탄과 새해를 맞이하여
정학장님의 가정에 만복이 깃들기를 기원합니다. "
Miss 김 올림

Best Wishes for
A Merry Christmas and
A Happy New Year

어려움과 곤란했던 올해
보이지 않는 아낌과 보살펴 주심을
감사드립니다.
저물어 가는 한해를 즐거운
크리스마스와 더불어 家族의
평안함과 웃음이 하나님과 함께.
내년에도
회사에서나 宅에서
봄바람에 눈녹듯 훈훈한 새바람이
활기차게 일어나길 바라며
많은지도 부탁드립니다
복많이 받으세요.
1981. 12. 염미수

사모님!
새해에도 건강과 행복이 항상 넘치시길 빌겠어요.

혜심, 경영, 희숙아!
잘 있었니!
눈 왔으면 즐거운 성탄절이구나.
Christmas tree는 만들었니!
작년에는 많이 만들었었지!
예쁘게 잘 만들어 봐
그리고 크리스마스 이브에 좋은 꿈 많이 꾸고
선물을 많이 받아라.

올해도 다 기울고 몇 일 밖에가 다 되었어요
얼마 남지 않은 올해 즐거운 크리스마스와
함께 하세요

1. Merry X-Mas.
2. 새해에도 건강하고 아름다운
삼형제가 되려므나!
甲 浩 아저씨.

김미숙 1981. 12. 21
혜심아
이 해가 지나면 중학생이 되지요
좋은 학교에 가서 멋진 여학생이
되어주길 빌겠어요

1981
1981
1981

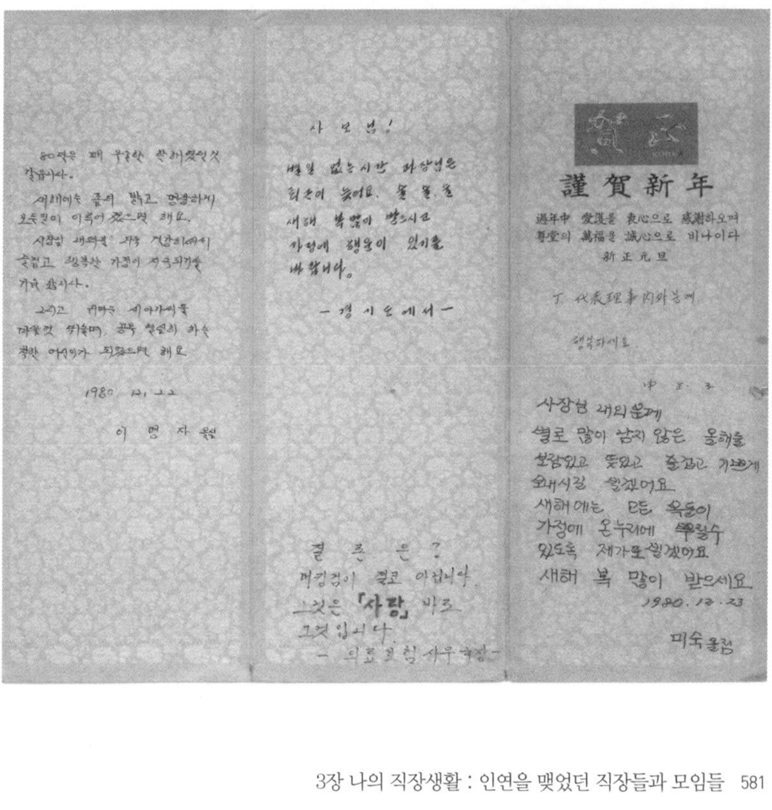
謹賀新年
過年中 愛護를 衷心으로 感謝하오며
貴堂의 萬福을 誠心으로 비나이다
新正元旦

7 1981 8
9 1981 10
11 1981 12

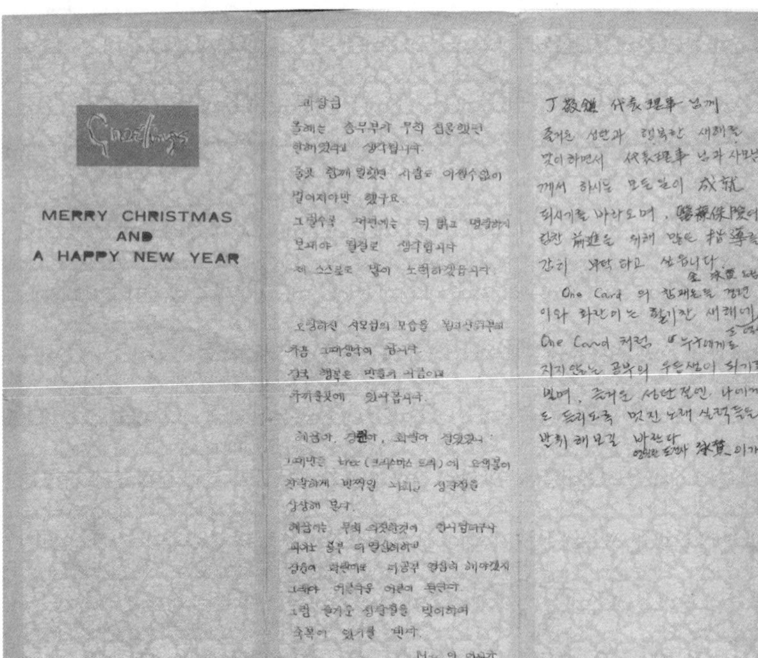

Greetings
MERRY CHRISTMAS
AND
A HAPPY NEW YEAR
올해는 총무부가 무척 침울했던
한해였다고 생각됩니다.
그럴수록 저편에는 더 밝고 명랑하지
보내야 될걸로 생각합니다
결국 행복은 만들어 가는것이며
우리들 맘에 있다고 봅시다.
상상해 본다.
그럼 즐거운 성탄절을 맞이하여
축복이 있기를 빈다.
Miss 임 언니가
丁 代表理事 님께
즐거운 성탄과 행복한 새해를
맞이하면서 代表理事 님과 사모님
께서 하시는 모든 일이 成就
되시기를 바라오며,
간히 부탁 하고 싶습니다.
One Card 의 한패로서 경진
One Card 처럼
반주해 보길 바란다

가나안 농군학교 참가 한국생사직원(우측 끝 필자)

가나안 농군학교 제233기 참가 대기업, 금융기관 36업체 기념사진

왼쪽 강 기획실장과 함께
(뒷줄 오른쪽
네 번째 필자)

기획실 강용민 실장과
함께

필자 대학원 졸업식에서
기획실 직원과 함께
(왼쪽 박상민,
오른쪽 정민수)

한국생사 기획실 야유회 사진 1

한국생사 기획실
야유회 사진 2

새해에 필자 집에 온
기획실 직원들
(김갑철, 박상민, 장창환,
정민수 부부)

한국생사 김영우 사장 수행비서겸 기획실 해외업무 담당 송 과장과 우리 부부

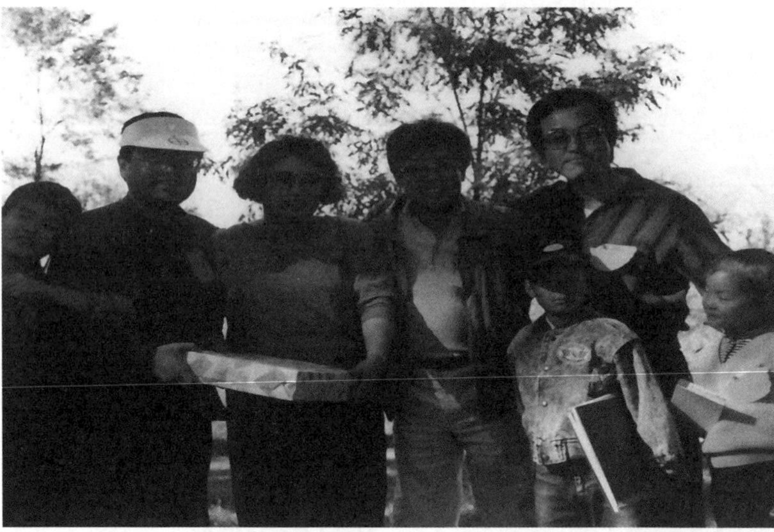

우측 한국생사 기획실 해외업무 인도네시아 담당 박상민 대리와 함께

4. 주식회사 리몽드(한진전자)

㈜ 리몽드는 1960년도 초에 각광받던 가발을 제조하여 미국에 수출하여 기반을 닦은 중견기업인데 가발특수가 시들해진 후 1970년대 초 업종을 변경했다. 그 당시 우리나라 전화사정이 좋지 않아 백색전화와 청색전화로 구분하였는데 양도 가능한 백색전화는 조그만 집 한 채 값과 맞먹었다. 그 시절에 리몽드는 선로집신장치라는 기술을 도입하여 전화 1회선을 98회선으로 늘리는 장치를 통신공사에 독점 납품하여 전화보급에 크게 기여함과 동시에 탄탄한 중견 중소기업으로 발돋움한 회사였다.

한국생사㈜의 최후 생존자 역할을 마친 지 두 달 후 친구의 추천으로 1984년 5월에 입사하여 1993년 7월까지 9년 이상을 근무한 회사로 88올림픽 때 조직위원회에 300대의 휴대폰을 국내 최초로 제조 납품하였다. 현재는 전국민 모두에 대중화된 휴대전화기를 처음으로 기술제휴 제작한 회사로 이를 계기로 다시 한 번 도약하는 기회로 발판을 잡으려 노력하였으나 전화선로집신장치처럼 통신공사에만 독점 납품하는 게 아니라 일반 소비자를 상대로 하는 시장을 새롭게 개척해야만 하는 사업으로 전국적인 유통망이 있어야 했는데 유통망 구축에 소요되는 막대한 자금, 인력을 중소기업이 감당하기에는 애당초 불가능한 일처럼 보였다.

그러나 선로집신장치 독점으로 크게 성장한 회사는 휴대폰시장도 독점하겠다는 자신감에 이를 간과하여 우리 회사는 생산만을 전담하고 대우전자는 전국유통망을 통한 판매를 하자는 제안을 거절하는 욕심을 부렸던 게 화근이 되었다. 우리 회사가 1대당 280만원으로 시장에 독립 공급하면서 유통망 구축을 시작하였으나 1년도 안 되어 우리 회사 독점이 해지되자 각 대기업에서는 생산가 이하인 대당 180만원에 기존의 자신들의 전국적인 대규모 유통망을 이용하여 판매하기 시작하였고 여기에 우리나라 무선 통신 사업개시 시기라 서비스 문제(셀룰라 지역 미세분화로 인한) 등이 겹쳐 처음으로 휴대전화기를 공급한 우리 회사는 여러 가지 어려움에 봉착하게 되었다. 새로운 독점 전자제품을 생산하면서 회사 제2의 도약에 부풀었던 꿈은 사라지고 오히려 극심한 자금난에 봉착하여 결국은 도산에 이르게 되고 말았다. 나와는 아무 인연도 없는 회사에 40세가 넘어 입사하고 몇 년 만에 임원이 되는 우대를 받은 것은 중소기업에서는 찾기 힘든 학력, 경력 등이 고려되어진 것일 수도 있지만, 그것보다는 열심히 일한 덕이라고 생각한다. 연고 없는 중소기업에 서 10여 년간 대우 받으며 근무할 수 있었던 또 다른 이유는 리몽드의 이성근(더글라스 이) 회장님이 나를 잘 본 데 기인한 것이라고 나름대로 생각해보았다.

이 회장님은 가발수출이 잘 되고 있을 때인 1960년대 뉴욕한인무역협회 회장을 역임하셨고 내가 리몽드에 오기 전에 최후 생존자라는 별명을 듣고 다닌 한국생사의 김 사장님은 그 당시 미국 유학생시절에 한국생사의 뉴욕지사장 직책을 가지고 있어 가까이 지내던 사이였다고 한다. 내가 리몽드에 입사한 후 두 분이 만난 자리에서 내 이야기가 나왔는데 김 사장께서 정 부장은 내가 회사로 돌아갈 때까지 끝까지 남아 애쓴 유일한 간부사원이라고 칭찬하며 내가 다시 재기할 때는 다시 데려갈 테니 그리 아시라는 말씀을 하였던 모양이다. 그래서 이 회장님은 나를 눈여겨보시게 되었고 나를 나름대로 잘 보신 게 아닌가하는 생각을 해본다.

역시 사람과 사람 사이에는 서로 진심을 가지고 최선을 다하는 것이 보람 있는 삶을 살 수 있게 하는 것이 아닐까하는 생각을 해본다. 한국생사(주) 근무 막판에 필자가 몇 명 남아있는 사원들과 함께 간신히 회사 명맥을 유지하고 지낸 지 1년 정도 지난 어느 날 김 사장께서 마포종점 인근 다방에서 나를 보자 한다하셔서 나갔었다. 대뜸 회사의 대표이사 인감 도장을 가지고 오라하여 그동안 본사 200여명이 사용하던 책상, 걸상, 캐비넷 등 집기, 비품까지 팔아가며 최소한의 명맥을 유지해온 데 대해 수고했다는 말도 없이 하여 몹시 서운하여 탁자를 뒤엎고 싶은 심정이었지만 꾹 참고 거절했던 일이 있었다. 그때 내가 그런 행동을 하였다면 김사장이 이회장에게 내가 그런 놈이라고 했을 수도 있고 그랬다면 리몽드 회사에서 바로 쫓겨나는 신세가 되지 않았을까 하는 생각을 해보며 미소지어보았다. 한국생사에서는 마지막까지 남아있던 사원 중 최고 직책인 총무부장으로 회사 도산을 맞이했고 동일한 상황에서 회사 도산을 맞이했던 리몽드에서는 상무이사여서 경영에 대한 책임도 있어 본사, 공장, 계열사 직원들에게 전화로 이제 회사는 여러분을 위해 체불임금, 퇴직금에 대한 아무런 대책이 없으니 사원들도 채권자가 되어 금융기관 및 거래처에 현명히 대처하여 피해를 최소화하도록 당부하고 개인 사물을 정리하고, 한강다리를 건너 집으로 돌아올 때는 눈물까지 흘렸던 아픈 기억이 새삼스럽다.

이렇게 1977년부터 1984년까지 한국생사, 1984년부터 1993년 리몽드까지 16년 동안 회사생활에서 두 회사에서 사원 신분과 임원 신분으로 회사 도산의 아픔을 겪은 후 한국생사에서 함께한 사원들과는 한기회(후에 한생회로 명칭 변경) 리몽드에서 함께 한 사원들과는 한동회라는 퇴직 직원들과의 모임을 만들어 30여 년이 지난 지금까지 계속 만나고 있다. 모임 초창기 퇴직 직원들이 재취업을 할 때는 퇴직직원 모임 이름으로 경력증명서를 발행하여 실질적인 도움을 준 일이 보람이 되기도 했다.

돌아가면서 회장을 맞는 한동회에서 내가 회장을 할 때인 2001년 10

월 한동회가 리몽드 회사의 전직사장, 임원, 사원들 연락 가능한 임직원 60여명을 초청하여 성수동에서 조촐한 저녁을 했던 것이 큰 보람으로 그때 내가 했던 인사 글을 실어본다.

또 리몽드 근무 시 총무부에 함께 근무했던 이준우 군이 회갑기념 자서전에 나와 근무당시 에피소드를 소개한 '소중한 만남들'이라는 글이 있어 그때의 사진과 함께 실었다. 이군은 고향인 당진에서 연호산업(주)을 창업하여 잘 운명하고 있어 대견하고 든든한 옛 동료이다.

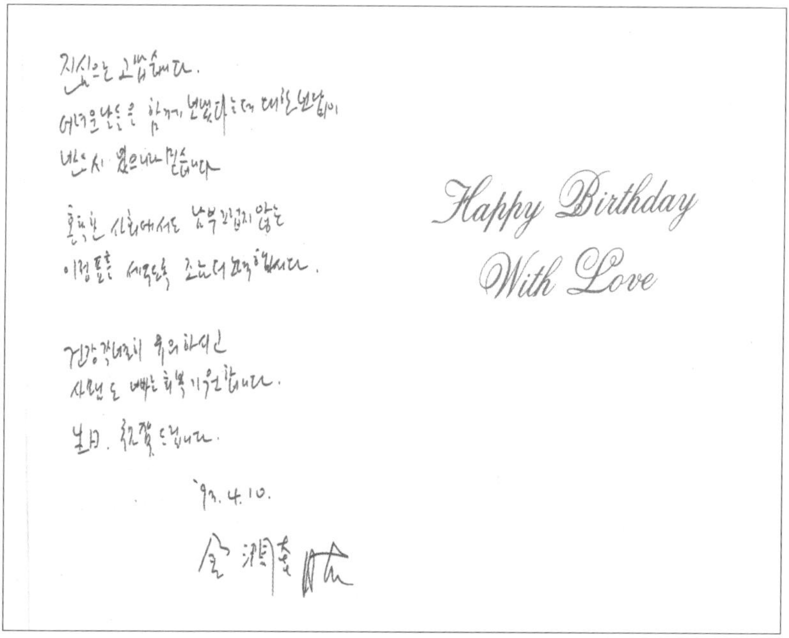
진심으로 고맙습니다.
어려운 날들을 함께 보냈다는데 대한 보답이
반드시 있으리라 믿습니다
혼탁한 사회에서도 남부끄럽지 않은
이정표를 세우도록 조금더 노력합시다.
건강각별히 유의하시고
사모님도 빠른 회복기원합니다.
生日. 축하드립니다.
'93. 4. 10.
金潤奎
Happy Birthday
With Love

(주)리몽드 김윤규 사장의 필자 생일 축하카드

이준우 군의 자서전에서 필자에 대한 글

끝이 없는 길!
함께 사는 삶!

(회갑 기념 자서전, 기고문)

이준우 지음

도서출판 나눔

목차

들어가며 _6

1

살아온 길

가. 성장 과정
- 유년기 시절 _16
- 초등학교 시절 _19
- 중학교 시절 _24
- 고등학교 시절 _29
- 대학교 시절 _42
- 군대 시절 _45
- 복학생 시절 _48
- 직장생활 시절 _53
- 사업의 길 _59

나. 사회 활동
- 당진지역사회연구소 _91
- 법무부 법사랑 위원 _96
- 당진장학회 _98
- 선거관리위원 _101
- 골프 _104

다. 소중한 만남들
- 김낙성님 _108
- 정경진님 _111
- 장공순님 _114

라. 우리 가족 _117

마. 내가 걸어온 길 _122

정경진님

정경진님은 1985년 4월 직장인 (주)리봉드에 입사하면서 총무부장과 사원으로 인연을 맺게 되었다. 1943년생이니 나와는 16년 차이가 나는 대선배로 만났다. 당시 대리만 해도 무시무시한 상사였지만 나와는 하늘과 땅 만큼의 차이가 나는데도 불구하고 우리 신입사원들을 인간적으로 배려해 주시면서 퇴근 후 술자리에도 불러주던 고마운 상사였다.

당시 나는 인사와 노무업무를 담당하였는데 인사고과 기간임에도 인사기록카드를 가져오라는 지시가 없어서 연유를 여쭈어보니 '인사기록을 먼저 보면 학연과 지연에 오도되어 순수한 마음으로 인사고과를 하기가 곤란 해 진다' 고 말씀하셔서 신선한 충격으로 다가왔던 기억이 생각난다. 정경진님은

1 살아온 길 111

런다. 다행인 것은 신평 양조장을 경영하면서 '2018년도 대한민국 식품명인' 으로 선정된 김용세 회장님과 경복중학교 동창생이라 하니 조만간 당진으로 모셔서 식사라도 할 계획이다.

나는 이런 훌륭한 분과 함께 할 수 있었던 것을 영광으로 여기며 가을에는 고구마를 보내고, 연말에는 연하장으로 소식을 전하면서 지금도 정기적으로 만나서 소주도 한잔하고 당구도 하면서 편하게 지내고 있다.

우측 2번째가 이준우, 필자는 가운데 앉은이

1 살아온 길 113

우측 2번째가 이준우, 필자는 가운데 앉은 이

뒷줄 오른쪽 끝 이 군,
가운데 필자

왼쪽 끝이 이 군,
오른쪽 2번째 필자

왼쪽 이 군, 가운데 필자

앞줄 오른쪽 필자

왼쪽 끝 필자

앞 오른쪽 필자

앞줄 왼쪽 2번째 필자

왼쪽은 필자,
가운데 김광영 총무부장

앞줄 오른쪽 2번째
앉은 이가 필자

야유회에서 김광영 부장(초대 한동회 회장)과 함께

앞줄 우측 3번째가 필자

5. 주식회사 진씨앤아이 & 삼성상호신용금고

(현재 키움YES저축은행)

필자는 1996년 6월 30일 삼성저축은행을 퇴직하여 1966년부터 시작한 30년간의 회사생활을 마감하고 1996년 7월 1일부터 손해보험 대리점 업무를 시작하여 개인사업자가 되었다.

그 시기에 형님이 지인과 함께 선릉역에 위치한 오피스텔 신축사업을 하는 중이셔서 시간이 자유로운 내가 오피스텔 신축사업의 형님 대리인 역할을 역삼동 사무실에서 하게 되어 나는 두 가지 일을 하게 되었었다. 중학교 때부터 늘 형님의 신세만 지어온 내가 환갑이 지나서 벌린 형님의 사업에 도움을 드릴 수 있다는 게 형님께 조그맣게나마 보답을 드릴 수 있는 일이라 생각하고 열심히 일했었다.

오피스텔 신축을 마치고 벤처기업 협회에 일괄 분양을 하여 사업이 마감된 후 형님은 ㈜진영씨피라는 개인회사를 만들고 나에게 대표이사를 맡기셨다.(2003년 2월 7일 설립)

처음에는 형님이 소유하고 계신 건물들의 관리 등을 맡는 일을 하면서 좋은 아이템이 생기면 노후에 걸맞은 소규모 사업을 해보자는 취지로 생각하신 것 같다. 그렇게 5년이 경과된 후 내가 소규모 전원 주택지를 개발하여 일거리도 만들고 조그만 수익을 얻어 작은 전원주택을 한 동네에 가져보는 것이 어떻겠냐는 제안을 하고 사무실 구성원이 모두 찬성하여 사업자금을 각각 출자하여 강원도 홍천군 북방면 북방리에 부지를 확보하여 전원주택지 개발 사업을 시작하고 ㈜진영씨피에 사업 시행을 의뢰하는 방법을 채택하였다.

처음 해 보는 사업이라 일반적인 기획부동산과 달리 37개 필지별로 네모반듯하게 필지를 완벽하게 분할완료하고 전기, 수도, 전화선까지 모두 갖추고 KOEX 전시장에도 한번 전시하는 등 심혈을 기울여 시작하였으나 처음 하는 일이라 만만치 않았다. 10여년이 지난 현재까지 37필지 중 22필지를 분양하는 데 그치고 말아 2020년도 초에 잔여 토지를 투자자별로 투자금액 비율로 조정하여 개별적으로 소유권을 정리하고 투자자별 투자금 비율로 사업을 정산하여 마감하였다. 기획부동산들은 적당히 처리하여 많은 이익을 보는 것이 일반적이라 하는데 우리는 원가수준에 분양하는데도 영업력의 부족인지 소비자들의 만족을 주지 못했던 것 같다.

강남아파트 두세 평 금액으로 서울에서 한 시간 남짓한 거리에 150평 정도의 부지에 20평 정도의 전원주택을 마련할 수 있는데 꼭 해야 하는 필요가 없어서인지 우리의 예측과 달리 분양이 잘 안 되었다. 내 생각은 세컨드하우스로 생각하여 전원주택을 마련하여 주말이나 휴가 시에 자녀나 손주들이 이용하게하고 집안에 멋진 소나무 등을 심어 부모님들이 돌아가시면 집안에 수목장을 해드려 일부러 산소, 납골당을 마련하여 찾아뵙는 수고도 덜 수 있을 것도 같은데, 다른 사람들은 그렇게 생각하지 않는 것 같다.

우리가 분양한 전원주택지에는 열 채 정도의 집도 들어서 제법 괜찮은 동네로 형성되어 군에서 진입도로도 포장해주고 하여 그럴듯한 단지가 형성되어 있다. 경제적으로는 손해가 많았지만 독자적으로 작으나마 사업을 경험해 본 것이 어느 면 보람은 있었던 게 아닌가 자위도 해보며 위로의 마음을 가져본다.

가)

칼럼

도시와 농촌을 오가며 사는 사람들(Multi – Habitation)

정경진

1980년대 부유층에서 유행하던 서울 근교의 별장주택은 가격이나 규모면에서 호화별장으로 불리며 세간의 눈총을 받았다. 1990년대에 들어서면서 경제적인 여유가 생긴 일반인들은 이를 전원주택이라는 신조어로 부르며 관심을 가졌으나 별장이라 불릴 정도의 규모를 선호해 경제적인 면에서 부담스럽고 상주하지 않을 경우 관리에도 문제가 있어 시들해진 바 있다.

그러나 최근 들어 주 5일 근무제, 휴가일수 장기화, 은퇴인구, 고령인구 증가 등에 따라 주말주택, 주말농장, 세컨하우스 등에 대한 관심이 다시 올라간 추세다. 그 때문에 도시근교나 농촌지역에 큰돈 들이지 않고 작은 농장이나 주택을 마련하는 사람이 늘고 있다. 유럽 등 선진국에서는 이미 오래전부터 이런 형태의 농장과 주택이 생겨 현재는 보편화 된 상태이다.

영국의 얼라먼트 가든Allotment Garden : 시민농장, 독일의 클라인가르텐Kleingarten : 작은 정원, 러시아의 다차Dacha : 주말농장, 일본의 시민공원 등은 도시안의 소규모 농촌주택을 뜻하는 말이다. 각국 정부의 적극적인 권장으로 독일은 1983년 독일연방 클라인가르텐법을, 일본은 1990년 시민농원 정비촉진법을 재정했다. 이는 도시와 농촌이 함께 발전하도록 제도적으로 지원한다.

6.25 전쟁으로 몇 년 시골에서 피난생활을 한 경험이 전부인 나도 시골에 조그마한 집을 하나 장만해 텃밭 농사도 해보고 자연과 함께하는 시골생활을 꿈꾸었다. 그러나 바쁜 일상에 쫓겨 이제까지 엄두를 못 냈다.

몇 년 전 우연히 강원도 홍천에 전원주택지로 아주 적합한 땅을 매입해 나같이 생각하는 사람들의 수요에 충족도 할 겸 내 꿈도 이룰 겸 "하늘청 전원주택단지" 조성사업이라는 전원주택지 개발 사업을 시작했다.

약 8,000평의 토지를 200평 내외 37개 필지로 분할해 바로 집을 지을 수 있도록 토목공사와 인허가를 얻어 분양 중에 있으며, 분양을 받은 사람들 중 8명은 벌써 집을 짓고 집안에 텃밭을 가꾸는 등 재미있게 지낸다.

이번 사업이 어느 정도 마무리되면 나도 한 필지를 정하여 큰 돈 들이지 않고 조그만 집을 지을 생각을 해 본다. 평생 못난 남편을 위해 애써온 아내의 손을 잡고 서울과 시골집을 오가며 시간에 구애받지 않고 평화롭고, 조용하게 여생을 정리하고 싶다.

그러다가 아내와 내가 죽으면 내 아이들에게 내가 말년에 오가며 살던 시골집 마당에 심어

10

北岳 37

景福同窓會

景福高 37回 同窓會

놓고 공들여 기른 소나무와 흰 꽃의 목련나무 밑에 수목장을 지내고 너희들은 형제와 손자들과 함께 부모님 만나러 가는 기분으로 주말주택을 이용해라 하면 되지 않을까 생각해 본다.

죽은 후 저승에서 염라대왕이 나를 보고 "너는 이승에서 무엇을 하고 왔느냐?" 라고 물으시면 "저는 시골에 예쁜 마을을 하나 만들어 놓고 왔습니다." 라고 대답을 할 수 있는 것도 어느 면 의미 있는 일이 아닐까.

아무튼 우리 동문 모두들 함께 건강하고 행복한 노후를 보내기를 진심으로 기원하며 이만 줄입니다.

2010년 초여름

2010 여름

11

진씨앤아이에서 함께 일한 직원들과 함께

역삼동 사무실에서
필자

필자 생일날
직원들과 함께
사무실에서

역삼동 사무실
어머니 방문 시 사진
(노영주 과장 촬영)

다)

하늘靑

우리는 부동산 시장에도 정도의 길은 있어야 한다고 봅니다

현재 국내 부동산 토지시장은 각종 기획부동산의 난립으로 인해
혼란이 가중되고 이에 따른 피해자가 속출하고 있습니다.

그래서 이렇게 출발하였습니다.
저희는 '자연이 살아 숨쉬는 청정고장 홍천' 에 100% 토지를 매입하여,
토목공사는 물론 시행, 시공에 대한 모든 것을 책임지고 있습니다.

이러한 안정성이 확보된 곳에서 우리와 뜻을 같이 하는 사람들과 함께
좋은 커뮤니티를 형성하여 숨쉬고자 합니다.

아울러 저희 사업장 주변에는 동서고속도로 개통 및
대규모 복합 레포츠 단지 조성 등 각종 개발호재로 안전성은 물론
향후 미래가치(투자성)까지 확보하였습니다.

안정성과 투자성이 확보된
'鎭 씨앤아이-하늘靑' 이 뜻을 같이 하는
사람들과 함께 정도의 길을 걷고자 합니다.

대표이사 정경진 부사장 권성장 전무이사 민용기 전무이사 최계영 外 하늘靑 직원일동

홍천 프리미엄의 블루칩
하늘靑 전원주택단지

문의 : 02)3452-4135
서울특별시 강남구 역삼동 625-11 鎭 씨앤아이 사옥 B/D

시공 · 시행사
鎭 씨앤아이

2008년, 토지시장 최고의 블루칩으로 떠오른 홍천!

레저특구 홍천의 가치를 누릴 최적의 기회, 지금 잡으십시오

테마파크, 골프, 휴양지로의 잇따른 개발호재로 미래가 주목되는 홍천.
고속도로 개통으로 접근성이 뛰어나 서울을 가깝게 누리며,
최상의 전원주택지로 기대되는 하늘靑의 가치를 지금 잡으십시오.

"Blue Vision"
돈 되네~

복합레포츠도시 홍천의 미래가치와 교통인프라를 누리십시오!

- 동서고속도로(2009년 서울~홍천) 개통 시 서울에서 현장까지 1시간 이내 거리
- 사통팔달의 고속도로 인접(중앙고속도로, 동서고속도로, 제2영동고속도로)
- 홍천 북방면에 스키장과 대중골프장 27홀 등을 갖춘 대규모 복합레포츠단지 조성
- 220만평 규모의 운두령 리조트 개발
  (900억 투자, 동해안과 산림지대를 연결하는 고원산악리조트)
- 홍천군 장정평리에 홍천 C.C. 30만평 개발 (18홀)
- 홍천강 수변도로 건설 (소매곡리 ~ 도사곡리 ~ 굴지리 ~ 장항리 ~ 노일리)
- 홍천IC, 조양IC, 동홍천IC에서 12분대 진입
- 자체 단지개발로 인한 지가상승 기대

"Blue Value"
누리고 싶다~

풍수지리학적으로 탁월한 입지에 편리한 생활프리미엄이 펼쳐집니다!

- 산과 계곡이 어우러진 천혜의 자연환경
- 웰빙하이로가 시작되는 환경 친화형 전원마을
- 남저북고 배산임수형의 정남향 세대배치
- 인접도로, 상 · 하수도, 인터넷 시설 등을 모두 갖춘 완성형 단지
- 토목공사에서 건축설계와 준공까지 100% 책임시행, 시공

〈홍천 전원주택단지 안내장〉

손해보험 대리점을 운영한 20여 년 세월

필자가 이사로 있던 삼성상호신용금고(현 키움 Yes 저축은행)가 1996년 1월에 대한제당으로 인수되어 전직 임원들은 6월 말로 퇴사하게 되었다. 50세가 넘은 나이에 새로 취직하는 것도 여의치 않을 것 같아 향후 무엇을 하고 지내야 하나 걱정을 하면서, 공인중개사 자격증을 활용하여 부동산중개업(복덕방)을 해볼까 하는 생각은 했지만 사무실을 차리는 비용과 임대료, 인건비 등이 만만치 않을 것 같아 쉽게 결정하지 못하고 이리저리 궁리만 하고 있었다.

그 해 3월경에 옛날에 함께 한국산업개발 연구원에 다니던 지인(노희봉)이 찾아와 회사소속 자동차의 보험 가입을 권유하고 얘기를 나누던 중에 현재 내 처지를 말하니까 정형같이 여러 회사를 다녀 친구, 지인들이 많은 사람은 보험 대리점을 운영해 보는 것도 좋을 것 같다고 말하며 자기가 소속된 삼성화재 보험 담당 부장을 소개해 주어 면담을 하게 되었다. 우선 초기 비용이 안 드는 일이라 해보기로 결심하고 4월부터 삼성화재에서 대리점 실무 교육을 받고 보험연수원에서 시행하는 손해보험 대리점 시험에 합격하고 1996년 6월 30일 퇴직 후 7월 1일부터 진영보험 대리점을 개설하여 금융감독원에 등록하고 대리점 영업을 개시하였다.

동시에 형님이 지인과 함께 운영하던 진영씨티(주)의 감사 업무를 함께 하게 되어 다른 대리점들과 같이 삼성화재의 사무실을 이용하지 않고 형님 회사의 사무실을 이용하게 되어 대리점일은 "사이드 잡"이 되는 꼴이 되었다.

나이도 있고 회사일도 있어 대리점 영업을 특별히 하지 못하고 친구, 지인들에게 손해보험 대리점 개설 안내장만 작성하여 우송하는 것으로 대신하였다.

1996년 7월 1일부터 시작하여 2020년 9월 30일까지 20여년을 삼성화재와 대한보증보험의 손해보험을 운영하면서 친구, 지인들과의 관계가 업무관계로 더욱 친밀하게 되었으나, 동시에 나 때문에 다른 대리점 등을 편하게 이용하지 못 하는 게 아닌가 하는 미안함이 항상 있었다. 그렇지만 나는 내 고객들께 한 번도 보험가입을 권유하지는 않았다는 것으로 위안을 삼고 고객들께 할 수 있는 한 최선을 다해 안내해 드리고 성심을 다했다고 생각하고 있다. 삼성화재 담당자는 조금 더 하시지 왜 그만두느냐고 몇 년만 더 하시라 권유했지만 내 나이도 많아 업무도 옛날 같지 않고 아내의 권유도 있고 해서 그 참에 2020년 9월 30일자로 손해보험 대리점을 접기로 결정하고 그동안 이용해 주셨던 고객들께 감사의 인사장을 보내드리는 것으로 20여 년간 손해보험 대리점을 접고 완전한 은퇴를 하게 되었다. 지금도 3개월에 한 번씩 만나는 대리점 사장들과의 만남을 계속하면서 아쉬운 마음을 달래고 지낸다.

제 1996060480 호

대리점등록증

상 호: 진영
대 표 자: 정경진
주민등록번호:
주 소: 서울 서대문구 홍은3동 277-43
종류및등급: 손해보험 총괄
등록일자: 1996.06.10
근 거: 보험업법 제149조

위와 같이 등록함

2001 년 08 월 10 일

금융감독원장

모집을 위탁한 보험사업자

보험사업자명	신고년월일	확인
삼성화재	1996.06.10	
서울보증	1996.07.15	
현대생명	1996.10.18	

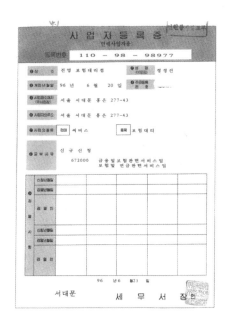

변경사항

변경구분	변경내역	신고년월일	확인

제 11672 호

수 료 증

성 명 : 정경진

위 사람은 보험연수원에서 실시한 제 23 회 손해보험 초급 대리점시험에 합격하였기에 이 수료증을 드립니다.

1996 년 05 월 11 일

보 험 연 수 원 장

사 업 자 등 록 증

(면세사업자용)

등록번호 110 - 98 - 98977

①상 호	진영 보험대리점	②성 명 (대표자)	정경진
③개업년월일	96 년 6 월 20 일	④주민등록번호	
⑤사업장소재지 (주사업장)	서울 서대문 홍은 277-43		
⑥사업자의주소	서울 서대문 홍은 277-43		
⑦사업의종류	업태 써비스	종목	보험대리
⑧교부사유	신규신청 672000 금융및보험관련서비스업 보험및 연금관련서비스업		

⑨검열사항

신청년월일					
검열년월일					
검 열 인					
신청년월일					
검열년월일					
검 열 인					

96 년 6 월 21 일

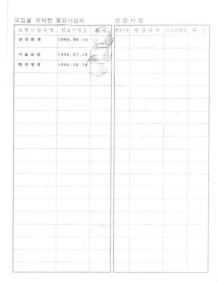

서대문 세 무 서 장

보험대리점 취급 업무

삼성화재해상보험(주) 대리점 업무

화재보험, 자동차보험, 상해보험, 배상책임보험, 도난보험, 운송보험
종합보험, 장기저축보험, 개인연금보험, 대출.

대한보증보험(주) 대리점업무

신원보증보험, 이행 (입찰, 계약, 차액, 하자, 선급금, 지급) 보증보험
납세보증보험, 인.허가보증보험, 보석보증보험, 공탁보증보험, 리스보증보험.

학력 및 경력

1959-1962 : 경복고등학교 졸업
1962-1966 : 고려대학교 법과대학 행정학과 졸업
1976-1979 : 건국대학교 행정대학원 부동산학과 졸업
1966-1970 : 공군 간부 제53기 만기전역 (정보장교)
1970-1974 : 홍국상사 주식회사 총무부 관리과 대리
1974-1977 : 한국산업개발연구원(KID) 경제조사실 연구원
1977-1984 : 한국생사 주식회사 총무부장
1984-1993 : 한진전자 주식회사 관리담당 상무이사
1994-1996 : 주식회사 삼성상호신용금고 이사
1985.11.14 : 공인중계사 자격증취득
1996.6.10 : 손해보험 대리점 자격증 취득

1996. 보험대리점 개업 인사

SAMSUNG 삼성화재 대한보증

인사의 말씀

1996年 7月 1日

丁 敬 鎭

인사 올립니다.

온 세상에 생기가 충만한 신록의 계절을 맞이하여 하시는 일 모두 성취하시기를 기원합니다.

저는 이번에 (주)삼성상호신용금고를 끝으로 30년간의 직장 생활을 마치고 자연인으로 돌아왔읍니다. 그 동안 크고 작은 여러 조직에서 직장생활을 하는 동안 베풀어 주신 후의에 깊이 감사드립니다. 직접 찾아뵙고 인사를 드리는 것이 도리이오나 우선 서면으로 감사의 말씀을 드리오니 관용하여 주시기 바랍니다. 조직생활을 떠나 자유인으로 살아갈 남은 삶도 중요한 제2의 인생이라는 생각으로 앞으로는 형님이 건축중인 선릉역전의 오피스텔 신축사업을 도와 드리며, 30년간 관리부문에서 일한 경험을 토대로 국내에서 아직은 미개척분야인 보험분야에 몸담아 너무나 복잡 다기한 생활환경의 각종 위험으로부터 우리 기업과 개인을 보호하여 안정된 경영과 삶을 구가하는데 일조를 하며 저의 제3의 노후인생을 준비코자 합니다.

이를 위해 삼성화재해상보험(주)와 대리점계약을 마치고 현재 대한보증보험(주)와 대리점 계약을 추진중이며 역삼동 소재 성지하이츠 오피스텔에서 오는 7월 1일 부터 업무를 개시코자 하오니 변함없는 사랑과 가르침이 있으시기를 부탁드리며 여러분의 성원에 열심히 일함으로써 보답코저 합니다.

아무쪼록 하시고자 하는 일 모두 성취하시고 가정에 건강과 행운이 늘 함께 하시기를 기원합니다.

1996년 6월 일

진영씨피 주식회사 감사 정 경 진
진영보험대리점 대표 정 경 진

주 소 : 서울특별시 강남구 역삼동 642-16 성지하이츠 II 빌딩 1105호
대표전화 : (02) 3452-5720 FAX : 3452-5721

제 204 호

SAMSUNG
FIRE & MARINE
INSURANCE

수료증

과정 : 대리점실무과정
기간 : 96. 05. 16–96. 05. 29
소속 : 대리점1부 성명 : 정경진

위 사람은 인재육성 계획에 따라
실시한 위 과정을 이수하였으므로
이 증서를 드립니다.

삼성화재해상보험주식회사

199 6년 5월 29일
대표이사 부회장 이 종 기

제 일-9607-12 호

SAMSUNG
FIRE & MARINE
INSURANCE

수료증

과정 : 일반대리점 과정
기간 : 96.06.04 ~ 96.07.26
소속 : 대리점1부 성명 : 정경진

위 사람은 인재육성 계획에 따라
실시한 위 과정을 이수하였으므로
이 증서를 드립니다.

삼성화재해상보험주식회사

199 6 년 07 월 26 일
대표이사 부회장 이 종 기

2020. 보험대리점 폐업 인사

인사 올립니다

고객 님

안녕하십니까?
근래 뜻하지 않은 코로나19사태가 발생하여 얼마나 걱정과 고생이 많으십니까?
아무쪼록 이 어려운 시기를 잘 견디어 내시기를 기원드립니다.
제가 삼성저축은행을 끝으로 30여년간의 직장생활을 마치고 제2의인생으로 생각하고 시작하였던 보험회사(삼성화재,대한보증보험)대리점 업무를 올해인 2020년 9월 30일부로 마치게 되었음을 알려드립니다.
그동안 고객님이 저에게 보내주신 성원과 배려에 다시한번 깊은 감사의 인사를 드립니다.
저는 이제 모든 일에서 손을 놓고 완전한 자연인으로 제3의 노후인생으로 돌아가려 합니다.
제게 얼마나 남아있을지 모르는 살아갈 날들을 생각해보며 그동안 제가 부지불식간이라도 섭섭하게 해 드렸거나 잘못한 일이 있었다면 너그러히 용서하여 주시기를 간절히 바랍니다.
아무쪼록 하시고자 하는일 모두 성취하시고 가정에 건강과 행운이 늘 함께하시기를 기원합니다.

2020년 8월 일

삼성화재 스피드대리점(구 진영) 정 경진

*참고사항
금년 9월 이후 보험관계로 마땅한 거래처가 없을시는 삼성화재 노영희 팀장에게
직접 연락하시면 최선을 다해 안내해 드릴 것입니다.
사무실전화: 02-6352-4603, 팩스: 0505-163-7100
개인휴대전화: 010-2242-4939

삼성상호신용금고(현재 키움 Yes 저축은행)

1995年 6月 10日 景福高 37回 同窓會報 第31號 [5]

同門隨想

"금융업계의 새내기 변"

-금융인으로 새출발하는 시점에서-

정 경 진 同門(삼성상호신용금고이사)

93년 8월 만10년을 다닌 회사가 부도가 발생되어 소멸되고 나니 허무함과 함께 앞으로의 일이 막연했었다. 여지껏 직장생활만 해온 사람이 몸에 밴 기술이 있나, 아는 장사가 있나, 나이나 작나 월급쟁이로는 환갑나이인 오십이 넘어 버렸으니 내 전문분야인 직장생활에서도 자리잡기가 매우 난감한 형편에 처하게 되었다.

거의 휴가도 없이 지냈던 직장생활에서 장기휴가를 얻은셈 치고 회사가 막판에 몰며 겪었던 온갖 어려움에서 해방되어 얼마쯤은 홀가분한 기분으로 친구들도 만나고 여행도 해보면서 한가로운 기분을 즐겨 보았으나 두 세달 시간이 흐르고 나니 초조한 기분도 들고 자꾸 위축되어 가는 마음을 어쩔수 없어 지나온 직장생활에 대한 후회도 들어 왜 진작 직장을 때려치우고 홀로서기를 해보지 않았던가 하는 아쉬움도 있었으나 곰곰히 생각해보니 나는 역시 전문 직장인이 아닌가 나이가 들었어도 자기 전문분야에서의 자리를 찾아보아야 하지않나 하는 생각이 들고 이것이 최선의 방법일것이라는 생각을 지울수 없었다.

시간이 지남에 따라 집사람과 애들도 직접 말을 하지는 않지만 아버지는 왜 일을 벌리지 않고 무슨 생각을 그리 하고 있나 답답해하는 눈치였지만 오십이 넘은 나이에 해보지도 않은 일을 벌리기도 어려운 일이었다. 미국에도 가서 이사람 저사람 사는것도 보고 유심히 관찰도 해보았지만 역시 내가 살아갈수 있는 세상은 아닌것으로 생각되었다. 생각했던것 보다도 문화의 차이가 큰 것으로 보였고 이제는 갈때가 아니라 올때인것 같은 생각도 들었다. 그러던중 93년 12월 주위 친지들이 추천해 주어 지금의 직장인 삼성상호신용금고의 이사로 새로운 직장을 갖게되어 나이 오십이 넘어 평소 생각지도 못했던 금융인으로서 새로운 출발을 하게되어 금융업의 새내기로서의 변을 하게되었다.

직장생활을 주로 기획, 총무, 경리분야인 관리부분에서 근무한 탓으로 금융기관과 무관하지는 안았지만 입장이 뒤바뀐 처지에서 생각보다 생소한 일이 많이 있는것으로 보였다. 금융업이라는 특수한 여건이라 그런지 사·내외적으로 모든게 상당히 보수적이고 일반기업에서 느끼지 못했던 일상 업무와 관련된 규제·감독등이 상당히 많이 있으며 이는 공신력을 생명으로 하는 금융기관 특성상 어쩔수 없는 일이라 생각되었다.

예를들면 주주들이 이사를 선임하고 정부관련기관의 승인을 받아야 되는데 생각보다 임원의 자격요건을 심사하는게 상당히 까다로운 일 등이다. 내 경우에는 상경·법학계열의 석사학위 이상 소지자는 금고의 이사자격이 있다는 조항으로 이사선임 등기후 승인을 신청하였으나 행정학석사는 상경·법학계열이 아니라는 사유로 반려되었으며 이차로 일반기업체 임원으로 5년이상 재직한 경력으로 재신청 하였으나 일반기업체는 상장법인으로 한정한다고 거절되었으며 국가기관 3년이상 근무자라는 규정에 따라 공군장교 4년복무로 세번째 신청하였으나 학사장교는 2년을 공제하여 2년만 인정되기 때문에 다시 반려되었으며 국가투자기관이나 재투자기관에 3년이상 근무한 경력이 있는자라는 조항으로 네번째로 신청하여 겨우 승인을 받을 수 있었다.

내가 70년 4월 제대후 첫 직장이 당시 대한석유공사(현 선경그룹의 유공)의 판매·수송담당 자회사인 흥국상사에 4년간 근무한 경력이 있는데 이회사가 정부 재투자기관에 속하는것으로 판단되었기 때문이다. 이과정에서 당시 재무부 중소금융과를 수차례 방문하여 내가 공부하던 때는 행정학이 법학계열에 속해 있던점, 내가 입대 복무하던 때는 공군에는 학사장교(R.O.T.C)제도가 없었던 점 등과 비상장법인이라도 자본·매출등에서 중소상장법인 보다 규모가 큰 회사도 있다는 점을 누차 설명하였으나 안되는 일이었다.

결국은 이십대 나이에 사원으로 근무한 4년의 경력으로 임원자격 승인을 받았으나 무언지 모르게 너무 형식에 매어 내용이 없는일이 벌어지는구나 하던 생각을 지금도 버릴수가 없다. 내가 금융기관의 임원으로서의 능력이 있느냐 없느냐를 따지는것은 이해할수 있는 일이라 생각되었지만 일을 해볼 자격조차 없다는것은 승복하기 어려운 일이었으며 아! 이런게 알게 모르게 우리 생활의 모든분야에 만연되어 있는 기득권층의 자기보호 방벽이 아닐까 하는 생각이 들기도 했었다(별표2 참조). 하여간 나는 이런 우여곡절을 겪고 94년 9월부터 제2금융권에 속하는 상호신용금고의 새내기 이사가 되었고 이제 어느정도 자리를 잡아가는 중이다. 모두들 주위에서 내 일같이 열심히 도와준 덕택으로 진심으로 감사를 드리며 앞으로 더욱 열심히 노력할 각오이니 새내기가 날개를 달고 높이 날수 있도록 많은 성원을 빈다.

95년도 우리동창회 명부를 보니 수록되어 있는 동기생 570명중에 금융업계에 진출해 있는 동문은 전체의 4.7%인 27명이고(별표1 참조) 이를 분야별로 보면 시중은행이 전체의 44.5%인 12명으로 약 절반가량이며 대부분이 지점장급으로 근무하고 있으며 은행감독원, 보험감독원, 신용보증기금등 금융감독기관에 근무하는 동문이 5명, 증권회사가 4명, 보험회사가 3명, 종합금융과 창업투자회사에 각1명 그리고 상호신용금고에는 나혼자 근무하는 것으로 되어있어 동창간에는 금고업계를 대표하는 형편이 되었다. 그래서 금고업계 홍보도 할겸, 동창들의 금고업계에 대한 상식을 높이는데 도움도 줄겸해서 우리 금고업계 현황을 간단히 설명해보고자 한다.

상호신용금고는 72.8.2 제정공포된 상호신용금고법에 의거 재무부 인가를 받아 설립된 제2금융권(단기금융회사, 종합금융회사, 상호신용금고)에 속하는 금융기관으로 서민과 영세상공인 및 소규모기업의 금융편의와 저축증대를 목적으로 설립된 지역금융회사로 회사가 소재한 시·도지역의 금융업에 한한다. 현재 전국에 237개 업체가 있으며 이중 약 20%인 46개 업체가 서울에 소재하고 있으며 서울소재 금고가 전체 금고업계 여·수신의 약 1/3을 점하고 있다. 상호신용금고는 은행에 비해 소액위주의 금융을 수행하는 기관으로 은행과 상호 보완관계에 있다할수 있으며 금융기관중 가장높은 확정예금이자를 지급하며 대출이자도 금융기관중 가장 높으나 은행에 비해 모든업무를 신속히 처리하는 특징이 있다.

첨가하여 본글과 관련이 없지만 지난번 동창회보에 쓴 -고 박영세군을 그리며-라는 글을 보고 전화해준 몇몇동문과 나눈 이야기를 적어보며 이만 줄이고자 한다. 전화를 한 동문의 의견은 우리동문 중에는 정치·경제·사회·문화적으로 사회에 공헌하고 업적을 남겨 만일 유명을 달리하는 경우에 언론등 사회에서 그 사람의 업적을 기리며 많은 조의를 표하는 일이 생기겠지만 그저 평범한 서민생활을 하다가 유명을 달리하는 경우에는 동창명부에 작고로 추기하는데 그치는 아쉬움과 쓸쓸함이 있으니 이경우 가까이 지냈던 동문이 우리 동창회보에 나마 조사를 적어 그 동문친구의 명복을 빌어주는 전통을 세워 조금이라도 위로를 하고 받는 계기가 되었으면 한다는 좋은 의견이 있어 함께 동문들에게 알려드리니 모두 한번 생각해보는 기회를 갖는것도 의미있는 일이라 생각된다.

〈별표 1〉 동문 금융업계 진출 현황

(단위 : 명, %)

금융기관명	인원수	구성비
시중은행	12	44.5
은행·보험감독원등	5	18.5
증권회사	4	14.8
보험회사	3	11.1
종합금융회사	2	7.4
상호신용금고	1	3.7

자료 : '95 동창회 명부

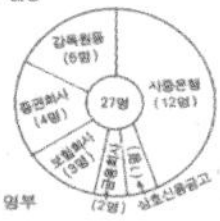

〈별표 2〉 전국 상호신용금고 업체현황

'95.1.1 현재 (단위 : 명)

구분	회사수	지점수	합계점포수	임원	직원	합계	예금액	대출액
전국	237	99	336	917	9,312	10,229	23조1천억원	21조8천억원
서울	46	29	75	201	2,770	2,971	7조6천억원	7조4천억원

서울소재 금고 임원현황

'95.1.1 현재 (단위 : 명, %)

구분	근무기관	인원	구성비	구분	나이	인원	구성비
경력별	금융기관	173	86.0	년령별	60세이상	49	24.3
	공무원	9	4.5		50~60세	133	66.2
	기업체	17	8.5		40~50세	12	6.0
	기타	2	1.0		40세이하	7	3.5

〈신문기사〉 "금융업계의 새내기 변"

삼성상호신용금고 재직 시 야유회 사진

오른쪽 세 번째 앉은 사람 필자(오른쪽 두 번째 유종헌 사장)

뒷줄 왼쪽 두 번째 필자(왼쪽 6번째 유종헌 사장)

6. 오륙십 년이 지난 지금도 계속되는 친구들의 모임

고대 법대 62학번 친구들의 모임: 이경회

이경회는 고려대학교 법과대학 1962년도 입학한 동창들 중에 우연히 10명이 자연스럽게 어울리게 되고 자주 함께 다니게 되자 다른 동창들이 우리들을 모임으로 인정하게 되었다. 대학을 졸업 후에도 자주 만나게 되었고 각자 결혼을 할 때는 돈을 모아 한 냥짜리 금팔지를 만들어 신부에게 선물하는 관례를 만들어 부부동반 모임으로 발전되어 60년이 된 지금까지 자주 만나는 사이가 된 좋은 친구들 모임이 되었다.

모임의 이름도 없이 지내다가 10명 중 5명이 경복고 동창으로 이들의 고교친구 모임이 '무명회'라고 하니까 우리는 '유명회'로 하자하고 그동안 몇 번인가는 '유명회', '무명회'가 함께 모이기도 했었다. 그 후 회원 중에 은퇴 후 늦게 공부를 시작하여 한문학 박사가 된 김소영 친구가 사람이 사귄 지 오래되어도 공경으로 대한다는 논어의 "久而敬之(구이경지)"라는 문구를 인용하여 지은 "이경회"라는 좋은 뜻의 이름을 갖게 되었다.

60년 함께 잘 지내오면서 가장 안타까운 일은 몇 년 전에 채경석, 김소영 회원이 먼저 세상을 떠나서 친구들을 몹시 슬프게 하였다.

이경회 회원 중에 손편지를 주고받은 친구는 김소영, 박수명, 박석원, 채경석, 최종문 등 5명이고, 나머지 친구들은 아무리 뒤져도 편지 한 통을 찾을 수 없었다. 그 친구들 중 오랜 판사 생활(서울 남부, 북부 지원장)을 마치고 현재 법무법인 민주에서 고문변호사인 김목민과 농협(농협중앙회 부회장, 농협대학 학장)에서 은퇴한 후 현재 법무법인 대륙아주의 고문인 박해진은 모두 팔십이 된 나이에도 현역이고 관운이 좋은 친구들이다. 공보처 차관을 지냈던 유세준은 30대에는 같은 역촌동에서 살았고, 60대 중반부터는 문정동의 같은 아파트 단지에서 살게 되어 안사람끼리도 친하고 다른 친구들에 비해 자주 만나고 지내는 사이이다. 그리고 채창염은 ㈜한진에서 중역으로 은퇴한 후 미군을 상대로 한 용역회사를 차려 사업수완을 발휘한 복 많은 친구인데 요사이 건강이 좋지 않아 친구들이 많이 걱정하고 있다. 모두들 성실하고 좋은 친구들이니 노년을 건강하고 평안하게 보내기를 기원하며 60여년을 함께 해온 그들과의 우정이 계속되는 행복한 나날이 되기를 바랄 뿐이다.

고대 법대 재학 시 함께 찍은 사진

이경회 모임 시 함께 찍은 사진

중국 여행 시 함께 짝은 사진

㈜리몽드, 한진전자(주) 근무 시 동료 모임: 한동회

한동회는 내가 ㈜리몽드라는 중견기업에 입사하여 10년간을 근무하였던 시기에 함께 근무하였던 사무들과 80년도 초에 결성한 모임이다.

리몽드는 재미교포로 뉴욕한인무역협회 회장을 지낸 이성은 회장님이 70년도 초에 한국에 세운 가발제조업체였고, 그 후 우리나라 전화값이 조그만 집 한 채 값과 맞먹던 시기에 선로집신장치라는 기술을 도입하여 전화 1회선을 98회선으로 확대하는 기술을 한국통신공사에 납품하여 크게 성공한 업체로 전화 사업이 마무리될 때는 당시 무선통신기기 전문업체인 한진전자㈜를 인수하여 무신통신업계에도 진출하였다. 88년도에는 우리나라 최초로 휴대폰을 제조하여 올림픽위원회에 단독 납품하는 쾌거를 이루어 제2의 도약기회를 맞이하였으나 삼성, 현대, 대우 등 대기업의 전자회사와의 경쟁과 회사가 처음으로 접해보는 국내 내수시장에서의 영업에 대한 환경에 적응하지 못해 자금 부족 등을 견디지 못하고 93년도에 부도로 회사문을 닫게 되었다.

그 시기에는 ㈜리몽드와 한진전자㈜를 합병한 후였지만 전원장치 제조화사인 한진전원(주), 가방전문제조업체인 리몽드(주), 건물관리시스템 제조업체인 리몽드전자(주) 등의 자회사를 거느리고 있던 중견기업으로, 관련분야에서는 장래를 기대해볼만 한 여건이었는데 무척이나 아쉽고 안타까운 일이었다.

리몽드에 오기 전에 근무했던 한국생사(주)에서는 사원(부장) 신분으로 회사의 마지막을 지켰던 최후의 생존자라는 별명까지 들으며 끝까지 마무리하였으나 리몽드에서는 그 때와 달리 관리담당임원의 신분이어서 부도나던 날 남아있던 임원으로 화성공장과 계열회사에 전화를 연결하여 회사의 부도사태를 알리고 각각 회사의 사원들이 자력으로 본인들의 급여, 퇴직금 등을 수호하여야 하는 방법을 강구하여야 한다는 상황을 알리고 필자도 사무실을 정리하고 한강다리를 건너 집으로 향할 때는 나도 모르게 눈물이 나던 기억이 지금도 새롭다.

지금 한동회를 10명 정도의 인원이 정기적으로 모임을 갖고 옛날 함께 근무하던 회사의 이야기를 나누며 지내는 모임으로 2개월에 한 번씩 모이고 있으나 근래는 코로나 19 사태로 모임을 못하고 있어 카톡이나 문자로 서로의 소식을 전하고들 지내고 있다.

나의 칠순 축하 한동회 모임(2012. 4. 23)

한동회 회원 정기 모임 시

왼쪽 3번째 필자

왼쪽 2번째 필자

한동회 부부동반 남도 여행 시

회장 인사 말씀

모두들 안녕하셨습니까?
가을이 깊어 가는 오늘 우리 한진전자 공장과 사옥이 있던 이곳 성수동에서 옛날에 같이 근무했던 여러분들을 10여 년만에 만나 뵈니 정말로 감개가 무량합니다.

돌이켜보면 우리 한진전자가 그 당시 조금만 뒷심이 있었고, 우리가 좀 더 현명하여 몇 년만 더 버티었다면 지금쯤은 근래 각광 받는 전자통신업체의 대기업이 되어 일류호텔에서 같이 근무했던 모든 분들을 초대하여 성대한 연회를 가질 수도 있었지 않았나 하는 아쉬움도 있습니다.

그러나 우리 모두 건강하게 잘 지내고 있고, 이렇게 조촐한 자리나마 함께 할 수 있는 것도 행복한 일이 아닐까 생각해 봅니다. 94년 초에 같이 근무했던 10여명이 모여 "한동회"라는 조그만 모임을 갖게 되었고, 두 달에 한번씩 모이면서 서로 소식을 전하고 지내왔는데 옛날에 같이 근무하던 분 중에서 연락이 가능한 사람들끼리 한번 모임을 갖는 게 어떻겠냐는 의견이 있어 오늘 이 모임이 있게 되었습니다.

좋은 가을 날씨에 바쁘신 일이 많으실 텐데 옛정을 생각하시어 참석해 주신 여러분들께 다시 한번 감사 드리며, 오늘의 이 조촐한 모임의 비용은 우리 "한동회" 회원들이 전액 부담 예정이오니 많이들 드시고 좋은 이야기를 나누시길 바랍니다.

저는 84년 5월에 리몽드에 입사하여 93년 7월까지 약 9년 간을 관리 부서에서 근무했으며, 그 후 약 3년 간을 함양에 있는 함양 식품과 서울의 삼성상호신용금고에서 근무하고 월급쟁이 생활을 끝냈습니다. 그리고 96년 7월부터 보증보험과 삼성화재의 대리점을 조그맣게 하고 있습니다.

일 이외의 건강을 위한 여가생활을 대학교 때 배운 승마를 5년 전부터 다시 시작하여 주말마다 운동을 하고 있습니다. 승마에 관심이 있으신 분이 있으시다면 아무 때나 주말에 연락주시면 모시고 가겠사오니 참고하시기 바랍니다.

그럼 식사와 담소를 천천히 하시면서 한 분씩 그동안 지내신 이야기를 들려주시면 고맙겠습니다. 그럼 처음으로 우리 사장님이시며 이 자리에서 제일 어르신인 신사장님을 모시고 좋은 말씀 듣겠습니다.

2001. 10. 20
한동회 회장 정경진

한국생사(주)에 근무했던 사우들의 모임: 한생회

한국생사(주)는 문화방송(MBC)과 부산일보를 소유했던 부산의 재벌이었던 김지태 회장님의 소유기업인 ㈜삼화, 조선견직(주), 대한판지(주) 등 여러 기업의 하나로 우리나라 전체 수출이 1억불 정도였을 때 일본에 생사를 3천만 불 정도나 수출했던 국내 잠사업의 대표기업으로 상주, 전주, 진주, 원주, 안동 등 전국 곳곳에 제사공장을 운영했던 상장기업이었다.

내가 1977년 한국생사(주) 기획실 기획과장으로 입사하여 근무하였을 때 기획실에 함께 근무하였던 사우들이 회사가 도산한 후 뿔뿔이 헤어졌다가 옛 정이 그리워 한기회라는 모임을 만들고 정기적으로 만나는 모임을 갖게 되었다.

회사가 도산되어 사원들이 경력증명서를 발급받을 수가 없어 곤경에 처할 때 퇴직 직원의 모임인 "한기회" 명의로 경력증명서를 만들어 주었을 때는 단순한 친목 모임에 대한 보람도 있었다. 70년도 말부터 지금도 계속하고 있는 한기회는 기획실 근무자만을 위한 모임을 탈피하고 타부서 근무자도 수용하자는 의미에서 모인 명칭을 "한생회"로 바꾸고 지금도 정기적으로 만나며 지낸다.

특히 기획실 젊은 사원들이 우리 집에 자주를 놀러와 우리 꼬맹이 딸들을 많이들 예뻐해 주었고 아내를 형수처럼 따르며 트리도 근사하게 만들어 놓고 함께 크리스마스 파티도 하곤 했다.

젊은 사원들이 결혼하면 부인들과 함께 하고 애들을 낳으면 애들도 함께 데리고 와 회사원이 아니라 가족같이 지내던 사원들이 지금은 환갑이 훨씬 지나 손주들까지 본 할아버지 할머니들이 되었다.

나의 회사 생활 중에 가장 즐겁고 보람되게 지냈던 그 시절이 지금도 그리워진다. 지금도 모이면 격의 없이 즐겁게 옛 추억을 나누는 친구들이 되었다. 최근에 침과 뜸 공부를 열심히 해서 별명이 명의 "화타"였던 백영남 회원이 타계한 것이 너무 안타깝다. 오늘도 미국에서 대륙횡단 덩치 큰 화물차를 운전하며 열심히 살고 있는 정민수 회원을 다시 만날 날을 고대해 보며 모두들 건강하고 행복하기를 기원한다.

필자 집에서 한생회 모임 시 사진

한생회(구 한기회) 회원 사진

한생회 야유회에서(좌측 두 번째 필자)

필자 졸업식에서(신숙자, 장창환, 필자, 정민수, 김갑철)

송 과장 부부와 필자 부부(우측)

경복고 37회 친구들이 모임: 한뫼회

한뫼회는 경복중고등학교를 3년~6년을 함께 다녔던 동창들 중에 가까이 지냈던 친구들의 모임으로 항상 10명 내외의 회원들이었는데 그동안 먼저 간 친구가 많아 이제는 10명 안 되는 회원만 남아 있다.

중학교 학창시절부터 함께한 친구들이니 살면서 부모형제를 제외하고는 제일 먼저 만나고 인연을 간직해온 제일 오래된 너무들 서로를 잘 아는 친구들이다. 당초 모임의 이름이 무명회였는데, 먼저 간 회원이 많아 이름에 문제가 있는 것 같다고들 하자 학창시절에 문학 소년으로 이름을 날렸던 전수철 회원의 제안으로 한뫼회로 이름을 바꾸게 되었다. 이름을 바꾼 후에는 다행히도 사고가 없어서 바꾸길 잘했구나 하는 생각들로 모두들 고마워했다. 2012년 9월에 큰형님 댁에 안 좋은 일이 생겨 온 집안이 정신없이 혼란스러울 때 모임의 한 친구가 엉뚱한 시비를 일으켜 집안 내에서 필자가 아주 곤경에 처하게 되었고 그 후유증으로 내가 한뫼회를 떠나는 결정을 하게 되었다. 어린 학창시절부터 50여 년간을 함께한 가까운 친구들의 모임을 내가 탈퇴하여 그 후로는 모임에 나가지는 않지만 다른 친구들은 개별적으로 만나 우정을 나누며 아쉬움을 달래고 지낸다. 이제는 우리 모두가 팔십 세가 된 노년생활이니 얼마가 될지 모르는 남은 인생을 건강하고 보람되게 잘 마무리 되도록 서로를 아끼고 배려하며 잘 지내기를 빌어본다.

한뫼회 회원 모임 시 사진

전수철 회장 부부, 중앙 필자 부부

한뫼회 회원 국내 여행 시

한뫼회 회원 국내 여행 시

한뫼회 회원 일본 북해도 여행 시

남자 회원
고교 소풍 시 사진

4장

나의 기록들
: 살면서 써 온 글들

1. 평생의 취미, 승마 예찬

1963년 2월 혁명정부에서 시작한 대학생특수체육훈련(승마, 글라이더, 조정 등)의 제1기 학생특수체육 승마훈련에 참가하였던 것이 계기가 되어 내 평생의 취미이자 유일하게 70세가 되도록 계속한 운동이 되었다.

1963년과 1964년 2년간 특수체육 한국학생 승마연맹의 승마훈련을 마치고 졸업준비, 군대생활, 부산 직장생활로 승마를 못하다가 서울로 올라온 1973년부터 워커힐 승마장(현재 워커힐 아파트), 신갈 승마장, 과천 승마장, 뚝섬 승마장 등에 회원으로 가입하여 70이 넘어서까지 승마를 즐겼는데 이제는 나이가 많다고 승마장에서 기승을 만류하여 할 수 없이 50여 년 동안 함께한 취미이자 운동을 그만두게 되었다.

그동안 기억에 남는 것은 승마클럽 회원들과 태안반도, 안면도 등에 외승을 나갔던 일, 제주도로 함께 승마하러 갔던 일, 뚝섬 승마장 회원들과 중국 내몽고 자치구에 아시아 아마추어 승마대회에 참관하였던 일 등 많은 추억을 갖게 되었다.

안면도 해변에서 승마하다 말이 갑자기 습보를 하여 크게 낙마하여 바로 일어서지 못하는 경험을 한 적이 있으나 크게 다친 일은 없었고, 20여 년 전쯤인가 제주도로 승마 갔다가 성산 해변가에서 낙마하여 왼쪽 갈비뼈 4대가 부러져 몇 달 고생한 것이 전부이니 50여 년 승마를 해온 나는 운이 좋았던 것 같기도 하다.

아무튼 승마는 내 인생에서 잊지 못할 추억거리와 삶의 활기를 선사했다. 특히 2003년 9월 18일부터 20일까지 3일간 잠실 올림픽주경기장에서 공연된 이탈리아 왕립극장의 "오페라 아이다"에 기마병으로 출연해 공연에 참석했던 일이 가장 기억에 남는 멋진 추억이다.

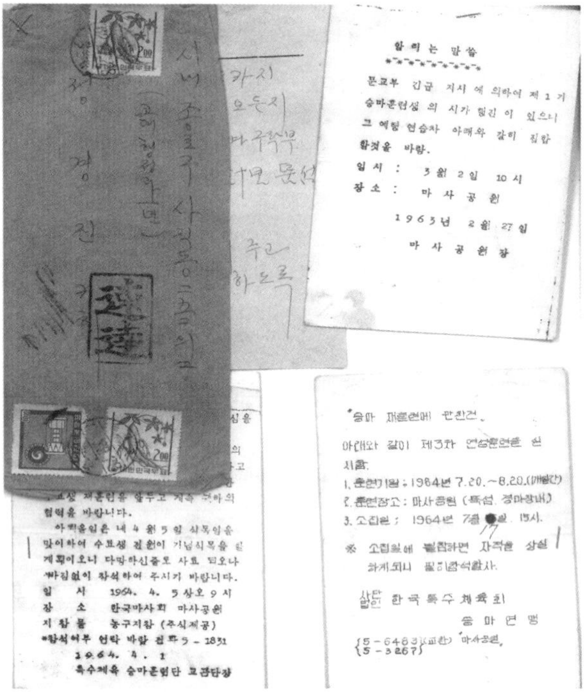

알리는 말씀

문교부 긴급 지시에 의하여 제 1 기 승마훈련생의 시가 행진이 있으니 그 예행 연습차 아래와 같이 집합 할것을 바람.

일시 : 3월 2일 10 시
장소 : 마 사 공 원

1963년 2월 27일
마 사 공 원 장

승마 재훈련에 관한건.
아래와 같이 제3차 연성훈련을 실시함.
1. 훈련기일 ; 1964년 7.20.~8.20.(1개월간)
2. 훈련장소 : 마사공원 (특설 경마장내)
3. 소집일 ; 1964년 7월 17일 15시.
※ 소집일에 불참하면 자격을 상실하게되니 필히참석할사.
사단 한국특수체육회
승마연맹
{5-6483 (교환) 마사공원.
{5-3267}

... 수료생 재훈련을 앞두고 계속 귀하의 협력을 바랍니다.
[illegible]일은 내 4 월 5 일 식목일을 맞이하여 수료생 전원이 기념식목을 할 계획이오니 다망하신줄로 사료 되오나 빠짐없이 참석하여 주시기 바랍니다.
일 시 1964. 4. 5 상오 9 시
장 소 한국마사회 마사공원
지 참 물 농구지참 (주식제공)
*참석여부 연락 바람 전화 5 - 1831
1964. 4. 1

특수체육 승마훈련단 교관단장

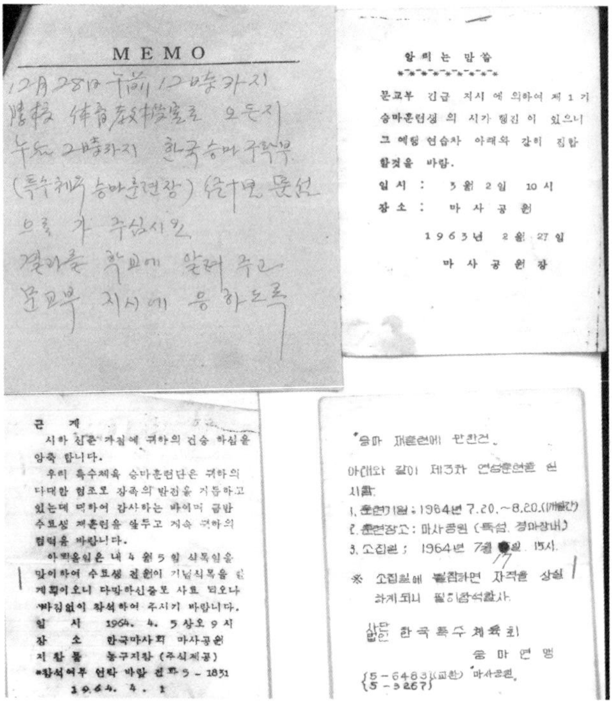

MEMO

12月 28日 午前 12時까지
陸校 体育教材室로 오든지
午后 2時까지 한국승마구락부
(특수체육 승마훈련장) 서부면 문선
으로 가 주십시오
결과를 학교에 알려 주고
문교부 지시에 응하도록

알리는 말씀

문교부 긴급 지시에 의하여 제 1 기 승마훈련생의 시가 행진이 있으니 그 예행 연습차 아래와 같이 집합 할것을 바람.

일시 : 3월 2일 10 시
장소 : 마 사 공 원

1963년 2월 27일
마 사 공 원 장

근 계

시하 신춘 가절에 귀하의 건승 하심을 앙축 합니다.

우리 특수체육 승마훈련단은 귀하의 다대한 협조로 장족의 발전을 거듭하고 있는데 대하여 감사하는 바이며 금반 수료생 재훈련을 앞두고 계속 귀하의 협력을 바랍니다.

[illegible]일은 내 4 월 5 일 식목일을 맞이하여 수료생 전원이 기념식목을 할 계획이오니 다망하신줄로 사료 되오나 빠짐없이 참석하여 주시기 바랍니다.

일 시 1964. 4. 5 상오 9 시
장 소 한국마사회 마사공원
지 참 물 농구지참 (주식제공)
*참석여부 연락 바람 전화 5 - 1831
1964. 4. 1

승마 재훈련에 관한건.
아래와 같이 제3차 연성훈련을 실시함.
1. 훈련기일 ; 1964년 7.20.~8.20.(1개월간)
2. 훈련장소 : 마사공원 (특설 경마장내)
3. 소집일 ; 1964년 7월 17일 15시.
※ 소집일에 불참하면 자격을 상실하게되니 필히참석할사.
사단 한국특수체육회
승마연맹
{5-6483 (교환) 마사공원.
{5-3267}

제1기 대학생 특수체육 승마훈련 수료식(1963.2.24. 마사공원)

제1기 승마훈련 수료자 전원 기념사진

제1기생 제2소대 A중대원(좌측 4번째 필자)

제1기생 중 고려대학생 (필자 좌측 2번째)

뚝섬 마사공원(경마장) 내 승마 훈련장(1963.2.21.)

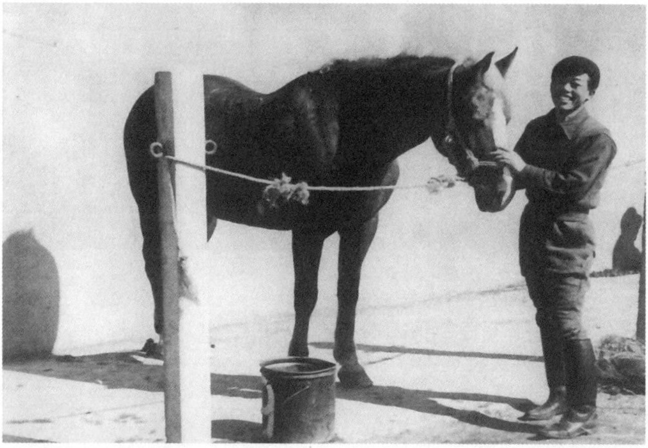

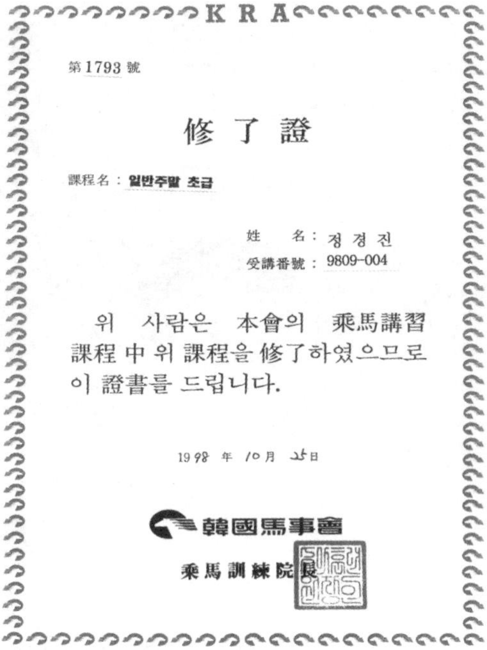

KRA

第1793號

修 了 證

課程名 : 일반주말 초급

姓　　名 : 정 경 진
受講番號 : 9809-004

위 사람은 本會의 乘馬講習 課程 中 위 課程을 修了하였으므로 이 證書를 드립니다.

1998 年 10月 25日

韓國馬事會
乘馬訓練院長

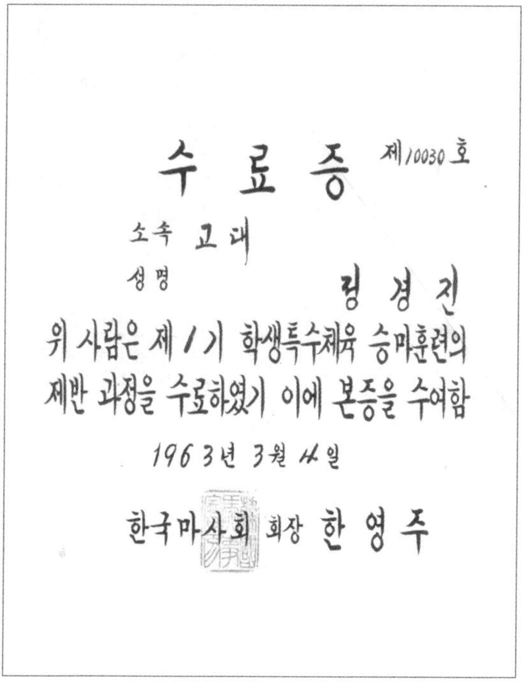

수 료 증　제10030호

소속 고대
성명 정 경 진

위 사람은 제1기 학생특수체육 승마훈련의 제반 과정을 수료하였기 이에 본증을 수여함

1963년 3월 14일

한국마사회 회장 한 영 주

잠실 주 경기장 오페라 아이다 공연시 승마 기수단 출연시(2003.9.18.~9.20)

좌측 사진 필자

앞에 기수 필자

좌측 필자

Great
The Opera
AIDA
이탈리아 파르마왕립극장 내한공연 · 베르디 오페라 아이다

이탈리아 파르마 왕립극장 오페라단 초청공연
AIDA
소속: 가수단
성명: 정경진
준수사항

세 부 일 정

8월21일(화)	11:00	인천공항 집결
	13:05 - 14:05	인천출발 ~ 북경도착
	16:00 - 17:00	북경출발 - 후호트시 도착
	Check- in 및 식사, 자유일정	
8월22일(수)	07:00	아침식사
	08:00 - 10:30	초원외승(선택)
	10:40 - 12:30	중식 및 휴식
	14:00 - 17:00	외승
	17:00 - 19:00	호텔도착
	20:00 ~	환영연
8월23일(목)	08:00	아침식사
	09:30 - 12:00	국제승마대회 식전 행사 및 단체전 관람
	14:00 -	오후외승 (선택),초원숙박 채험(지원자)
8월24일(금)	08:00	아침식사
	09:30 - 12:00	아시아승마연맹회의,쇼핑,관광,발맛사지
	20:00 ~	연회
8월25일(토)	08:00	아침식사
	09:30 - 12:00	개인전시상식
	14:00 ~	쇼핑,관광,발맛사지
	18:00	한식디너(한인식당)
8월26일(일)	08:00	아침식사
	09:00-18:00	초원관광,외승 공식일정
8월27일(월)	08:00	아침식사
	10:00	Check- out
	14:35 - 15:45	후호트시 출발-북경도착
	18:45 - 21:25	인천도착
	21:50	해산식

※현지 사정에 따라 변경가능한 개략의 일정입니다.

〈2007년도 승마대회 세부일정〉

아시아 승마 연맹 중국 내몽고 국제승마대회(2007.8.23.~8.27)

국제승마대회 식전행사 참석(앞줄 우측 끝 필자)

국제승마대회 참관 한국대표(우측 두 번째가 필자)

우측 끝이 필자

우측 필자

우측 필자

필자

SRC
SHINGAL RIDING CLUB

THE
CERTIFICPTE
OF
KPM

NAME : 정 경 진
NUMBER : A-97-10280

귀하는
신갈승마클럽
정회원임을 증명합니다.

1997. 11. 9.

신갈승마클럽
대 표 최 태 진

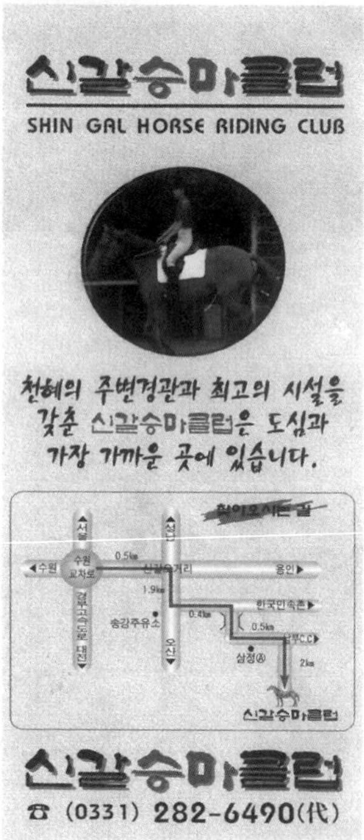

용인시 기흥읍 신갈 승마장에서

신갈 승마장 태안반도 외승 시 회원들과 기념사진

우측 두 번째가 필자

필자

우측이 필자

용의 눈물 출연진과 골수기증 캠페인(갑옷 입은 필자)

새 생명의 기쁨 · 골수 기증

2. 내 인생 최고의 네팔 여행기

1996년 2월 네팔 한국대사였던 경복고교 동창 성정경 대사가 학창시절 절친이었던 홍익대학교 박언곤 교수에게 가까운 동창 친구들과 네팔로 한 번 여행 오는 것이 어떠냐는 제안이 있어 성사된 동창 친구들의 네팔 여행은 내 인생에서 최고의 여행으로 기억되는 멋진 여행이었다.

네팔의 카투만두 인근의 해발 3,000미터의 풀초키 산에서 북쪽 멀리 만년설을 하얗게 머리에 이고 있는 7,800미터의 히말라야 산맥의 고봉들이 병풍을 친듯 동서로 계속 펼쳐 있는 모습은 세상에서 처음 보는 숨막힐 듯한 장관이었다.

자연이 이렇게 외경스럽기까지 하도록 아름다울 수 있을까? 그 벅찬 감동이 지금까지도 생생하게 느껴진다. 아울러 중세 시대에 온 듯한 카투만두 시내의 건축물들과 사람들, 우리나라 지방 버스터미널에 온 듯한 수도 카투만두, 제2의 도시 포가라의 비행장 등 모든 것이 너무 예상밖의 풍경을 보여주고 있어 타임머신을 타고 옛 과거로 돌아간 듯한 착각이 들도록 신기한 일들의 연속이었다.

같이 간 일행은 11명이었는데 친구 3명이 부부동반을 해서 6명을 제외한 싱글 5명은 대사관에서 숙식을 하였고 부부동반 친구들은 시내 호텔에서 묵었었다.

아마추어 사진작가로 여행 내내 일행 사진과 히말라야 고봉들의 사진을 찍느라고 수고했던 민항기 사장을 빼놓고는 모두 경복고 동기동창 친구들이라 여행 내내 편안히 지낼 수 있었던 것도 정말 좋았었다.

날씨가 좋지 않아 경비행기를 타고 히말라야 산맥을 누비며 비행하는 관광을 하지 못한 것이 못내 서운했지만 그것까지 했다면 정말 더할 나위 없는 완벽한 여행이 되었을 거라는 생각이 지금도 느껴지는 행복한 여행이었다.

네 팔 여행기

"나마스테-네팔왕국, 단냐바드"

— 히말라야의 나라 성정경 한국대사를 찾아서 —

네 팔 여행기

정 경 진 同門〈진영종합보험대리점 대표〉

◇ 읽기전 참고사항 ◇
네팔왕국(Kingdom of NEPAL)
수도 : 카트만두(KATH MANDU)
인구 : 백만명(공식인구 50만명)
기후 : 우기·건기의 아열대 몬순기후(평균 기온 : 20℃~40℃)
인구 : 2천만명
면적 : 147천KM²(한반도의 2/3크기)(동서 1,000KM, 남북 15KM)
인종 : 아리안족, 몽골족
언어 : 네팔어(공용어)외 10여개 부족의 부족어
종교 : 힌두교(89.4%), 불교(9%), 회교(1.6%)

수도 카트만두에서

화창한 햇살, 티없이 푸른하늘, 바쁠것 없는 걸음걸이, 피재재한 얼굴에 초점없는 눈으로 앉아있는 군상들, 고층건물 하나없는 2~4층의 갈색 낡은 벽돌집이 줄지어 있는 어느 중세시대의 큰 마을을 연상케 하는 네팔왕국의 수도 카트만두의 트리부단 국제공항에 도착한것은 '96.2.11. 정오를 조금 지나서였다. 우리 일행 11명은 시골도시의 큰 버스대합실과 흡사한 공항을 빠져나와 한국대사관을 향하면서 현대를 떠나 먼 과거의 어느 옛도시에 갑자기 버려진듯한 느낌을 받으며 이 도시에 하늘에서 젯트기를 타고 내려와 최신의 벤츠 승용차를 타고 중세풍의 사원이 드문드문한 거리를, 그 옛날의 복장을 한 사람들이 우글거리는 거리를 지나는 묘한 분위기에 휩싸여 울긋불긋한 이상한 문자와 숫자로 가득한 어울리지 않는 커다란 모자를 무겁게 얹은 낡은 차량들의 행렬과 쬐그만 릭사(자전거인력거), 오토릭샤가 차선도 없는 거리를 복잡하게 꺼꾸로 오고가는(영국식으로 좌측통행)모양을 보며 마치 사람, 소, 개들의 유령이 함께 흐느적거리며 어지럽게 흘러다니는듯한 기괴한 옛도시에 나타난 이방인이 된듯한 기분이었다.

네팔왕국의 수도 카트만두는 멀리는 7,000~8,000M의 세계 최고의 희말고산에 둘러있고 가까이는 수천M에 이르는 5개의 산에 둘러쌓인 해발 1,400M정도의 분지로 멕시코시티에 이어 세계에서 두번째로 공해가 심한 분지 도시라는 의외의 성정경대사의 설명을 들으며 대사관에 도착하여 총각 5명(권성상, 김대복, 민항기, 박명진, 정경진)은 대사관저 2층에 여장을 풀고 고수봉, 남충우, 임운학 부부는 대사관 인근의 솔티호텔에 여장을 풀고 서울부터 1박2일(방콕경유)에 거쳐 도착한 여독을 잠시 풀었다.

오후에 모두들 가벼운 복장으로 대사관에 모여 미니버스에 탑승하여 성대사의 안내로 스와얌부나트사원(일명 몽키사원) 관광길에 나섰다.

약 100만명이 거주한다는 카트만두 분지의 유일한 언덕(서울의 남산정도)위에 있는 몽키사원은 여기저기 아무렇게나 매달려 어지럽게 옮겨 다니고 있는 야생원숭이들과 어우러져 묘한 모습을 하고 있었다. 수백년, 수천년은 되었을 것같은 사원 건물들, 스투파, 역사유물들이 전혀 환경정리가 되지 않은채 방치되어 있고 여기저기 빈터마다 이상한 조각품들을 길바닥에 깔아놓고 "굿 프라이스"를 중얼거리며 호객하는 행상무리들과 그 틈바구니를 더러운 얼굴로 돌아다니며 관광객에 무언가 얻으려고 애쓰는 어린애들 무리는 건물, 사람, 물건, 공기등 어디서나 은은히 배어나고 있는 사향냄새같은 약간 역겨우나 그리 싫지않은 냄새등과 어울려 한층 이국적인 풍경을 자아내고 있었다.

가꾸고 닦아 잘 보존해야할 귀중한 역사유물을 아무렇게나 방치하고 지내야하는 그들의 삶(연간 1인당 국민소득 170달러)에 대한 안타까움이 언뜻 떠오르는 6.25동란 직후 폐허 속에서 헤매던 우리의 먼 유년시절의 모습과 함께 이국의 신기함을 관광하는 기분보다는 무언가 아픈 기억을 되살아나게 하는 고통 같은것을 느끼게하는 기분을 느끼며 몽키템플을 뒤로하고 대사관으로 발길을 돌렸다.

포카라(네팔어로 호수를 뜻함)에서

카트만두에서 동쪽으로 200Km거리(NECON 항공으로 약30분 비행)에 있는 네팔왕국 제일의 관광도시 포카라는 넓은 호수들과 안나프르나 3봉(8,091M, 7,937M, 7,525M)을 가까이 볼수 있는 표고 800~900M에 위치한 정말로 평화롭고 한가로움을 느끼게 하는 관광마을로 표고 800M정도의 지점에서 8000M급의 산들을 바로 앞에서 볼수있는 세계유일의 전망지라 하며, 포카라의 상징이며 네팔왕국의 영산으로 입산이 금지되어 있다는 마차푸차레봉(물고기의 꼬리라는 뜻. 6,993M)의 만년설이 뒤덮인 피라미드형의 아름다운 모습과 함께 유명한 곳이라 한다.

▲ 히말라야 연봉의 일출 "포카라사란코트"에서

안나프르나 연봉을 배경으로 하고 있어 더욱 높아보이는 마차푸차레는 무시무시한 폭풍이 일고 있는듯 산봉우리에서 하늘로 굴뚝연기 뿜듯 만년설을 날리고 있는 모습은 아름다움을 지나 외경스러운 모습이었다.

우리가 묵었던 훼와호수 가운데 휘시테일호텔(뗏목으로 건너다님) 나룻터에 앉아 넓은 호수물을 건너 바라보는 마차푸차레봉은 낮에는 순백의 흰색으로 저녁놀때는 황금색으로 해진후에는 웅장하고 무시시한 회색의 자태를 뽐내고 있어 사람들의 접근을 거부하는 듯한 신비하고 환상적인 분위기를 자아내고 있는 영원히 잊지못할 광경이었다.

새벽 5시에 일어나 깜깜한 산길을 올라 2,000M급의 사랑코트 정상에서 으시시한 추위를 느끼며 맞이한 일출광경은 일출 직전 고산 봉우리 끝으로 부터 금빛으로 불을 지피듯 시작되어 조명처럼 내려오는 산록에서의 불쑥 솟는 찬란한 태양은 장관중에 장관을 이루는 멋진 모습이었다.

아마 불타는 아프리카 대평원에서 뜨는 태양도 저만하지는 못하겠지 하는 생각을 문득 해보며 언젠가 기회를 만들어 아프리카에 가서 오늘의 이 광경과 비교해 보아야지 하며 드문드문 산간마을 주택과 가파른 산길을 이마에 걸치는 신기한 대바구니 짐을 가득 지고 아무힘도 안드는 듯이 오르내리는 네팔인들을 스치며 날이 밝은 가파른 산길을 아쉬운 기분으로 내려왔다.

이곳 포카라는 우리나라 제주도와 흡사한 것이 많이 있었다. 여기저기 유채꽃이 노랗게 피어있는 모습과 문에 3개의 기둥을 걸쳐놓은 모습, 집 주위나 밭 뚝에 돌을 주워 쌓아놓은 모습, 제기차기, 자치기하는 어린이들 모습들은 현대도시를 느끼게 하는곳이 하나도 없는것을 제외하고는 마치 제주도의 어느 산간마을에 온듯한 기분이 들었으며 더구나 마헨드라 동굴이라는 종유동굴의 입구는 규모는 좀 작지만 제주도의 만년장굴 입구와 똑같이 생긴 신기한 모습이었다.

오염되지 않은 풍광, 손질되지 않은 환경, 비행기에서 내려 소가 어슬렁거리는 비행장 초지를 느긋하게 걸어서 시골 읍내 버스대합실같은 공항을 나설수 있는 포카라. 한가하고 태평스럽게 지낼수 잇는 포카라. 언젠가 다시 한번 찾아와 유유자적하고 싶은 곳이었다.

풀쵸키 산과 쿠마리 사원에서

카트만두 동남 약 20KM지점의 3,000M급의 풀쵸키산에서 바라본 장엄한 병풍같이 끝이없이 이어진 히말라야의 웅장한 고산들의 열병식은 만년설로 뒤덮인 빛나는 흰색이어서 인지 그 황홀한 광경이 마치 자연이 아니라 셋트를 꾸며 놓은듯이 보이는 것은 거리감에서 오는 착각인지 검은 녹색의 산에 익숙한 탓인지 참 이상하게 느껴지는 모습이었다.

고산병 증세는 3,000M 정도부터 시작된다는 성대사의 설명을 들으니까 괜히 조금은 가슴이 답답한것 같기도 했지만 우리 일행 모두는 특별한 이상을 느끼지는 않는듯 했다. 모두 고소 적응이 가능한 체질들이 아닌가 하는 생각을 해보았다.

3,000M 이상의 고산에 사는 사람들은 목욕을 평생 안하고 지낸다고 한다. 목욕을 하면 몸의 신진대사가 갑자기 왕성해져 많은량의 산소가 필요하기 때문에 머리를 치는듯한 고산병 증세가 발생할수 있다고 한다. 잘 씻지 않는듯한 산간 마을 사람들의 모습은 고속 적응을 하기위해 몸의

때로 보호막을 형성케하는 자연의 순응방법인지도 모르겠다.

쿠마리 사원은 살아있는 처녀여신(생불), 쿠마리의 화신으로 숭배되는 소녀가 거주하는 사원으로 관광료를 내면 2층 창문에 잠깐 내밀어 주며(사진촬영은 금지), 해마다 9월에 거행되는 인드라자트라 라는 축제의 주인공이 된다고 한다. 이때는 이 나라의 국왕도 쿠마리 앞에 무릎을 꿇고 경의를 표한다고 한다.

쿠마리는 명문가의 어린 소녀(5~6세) 가운데서 선출된다고 하는데 초경을 맞게되면 다음 쿠마리를 선출하여 교대하게 되며 그후 일생을 처녀로 지내게 되는데 불행한 운명의 길을 걷는 경우가 많아 쿠마리의 비극을 그린 "쿠마리"라는 비극적인 영화작품도 있다고 한다.

두터운 신앙심이 없는 하루를 도저히 생각할수 없는 나라, 기도로 지탱하며 살아가는 듯한 사람들의 모습은 이성적으로는 해석하기 곤란하고 영혼으로 느껴야 되는게 아닌가 하는 생각이 들게한다. 이나라 종교의 대종을 이루는 힌두교와 불교, 회교, 라마교가 어우러져 있는 모양이나 우리 눈에는 비슷한것 같아 구별할 수는 없지만 아무튼 오랜세월 깊은 신앙심을 안고 살아온 사람들, 종교에 관해서는 무섭도록 엄숙함을 지니고 사는 이들의 모습은 이방인들에게는 신비함을 느끼게 하는 삶인것 같다.

한국 대사관에서

바렌드라 국왕의 삼촌이 살던 집을 임대하여 쓴다는 한국대사관은 흰색으로 칠이된 2층짜리 여러개의 건물로 구성된 열대식물이 정원 이곳저곳에 보이는 아랍풍의 큰 저택으로 일본 대사관저와 마주하고 있었으며 정문에는 2명의 보초가 경비를 하고 있었다.

성대사를 포함한 5명의 대사관 직원과 12명의 현지인이 근무를 하고있다고 하는데 외국공관이라는 긴장감을 깔고 있는듯하나 무척 평화스러운 모습이었다.

우리 일행이 도착한 2월11일 저녁 만찬은 성대사 부부가 정성스레 마련하여 주었고 넓은 식당의 식탁에 유럽풍의 촛대에 10여개의 촛불을 밝혀 놓고 2명의 남녀 하인(?)의 정성스러운 써브를 받으며 모두 함께한 저녁식사는 마치 유럽의 중세 귀족이나 된듯한 기분좋은 저녁이었고, 떠나는 날 아침에 성대사 부인이 고향에 온 자녀들에게 해주듯 마련해준 정이 듬뿍담긴 떡국과 무척 맛이있던 여러 종류의 김치와 함께 우리 모두에게 이번 여행에서 잊을수 없었던 큰 추억이 될 것으로 생각된다.

이곳 네팔에서의 근무가 만 3년이라는 성대사 부부는 우리 모두를 허물없이 편하게 대해 주었고 오랜 외국생활로 인한 외로움도 있어서 인지 시종 무척이나 반갑고 친절하게 직접 챙기고 배려해주어 무척이나 고마운 생각이 들었다.

부임이 끝나고 이번 2월말경에 귀국한다고 하는데 귀국하여 익숙치 못한 국내생활을 하는동안 여러가지로 도움이 되도록 해야겠다는 생각도 해보며 좀더 친밀히 지낼수 있는 계기도 마련해 보아야지 하는 생각도 해보았다.

기후·정치·문화와 구루카 병사에 대하여

성대사로 부터 춥지 않다는 소식을 듣고 떠났으나 우리가 생각하는것 보다는 춥지않다는 뜻일거라는 나름대로의 해석을 한것이 얼마나 틀린생각인가를 카트만두의 상공에서 내려다본 노란 유채꽃의 물결을 보고였다.

춥지 않은것이 아니라 서울의 강추위와 달리 이곳은 완전히 열대지방인 셈이었다. 맨발로 다니는 사람, 맨발에 샌들을 걸친 사람들이 오가는 우리나라의 여름같은 날씨였다. 네팔하면 히말라야 고산지대를 연상하고 이와함께 생각되는 무서운 추위와 바람을 생각하는 선입관 때문이었으리라.

네팔왕국은 이렇다할 산업이 없는 나라로 동남아시아 국가보다도 국민소득이 낮으며 국가수입은 해외 구루카 병사의 송금, 외국원조, 관광산업소득 정도로 년간 국가예산이 7억불정도로 우리나라 웬만한 기업체의 1년간 매출액 정도며 이 예산의 절반 정도는 외국의 원조라 하니 그 빈약함이 생각하던것 이상이었다. 전국토의 80% 이상이 높은 산지라 하며 대부분의 국민은 산간마을에서 계단식으로 조성한 농지에 농사를 지어 자급자족하며 살고있어 산을 내려와 도회지로 올일도 시장을 갈일도 없는 생활을 하고 있는 모양이었다.

19세기에 인도를 점령한 영국군이 네팔을 침략할때 산악전에서 영국군이 패전한후 네팔병사의 용맹함이 눈에 들어 이후 영국이 고르카(GORKHA)왕조의 젊은이를 영국군에 용병으로 입대시켜 구루카(GURKHA)연대를 창설하였다 하고 이들은 2차대전때는 버마전선에 투입되어 일본군과의 전투에서, 최근에는 영국·알젠틴간의 포클랜드 분쟁에 투입되어 용맹을 떨친바 있다 하며 이들이 해외에서 송금하는 돈과 제대후 돌아와 자유로운 영어를 구사하며 운영하는 소규모 관광여관등이 이나라 경제에 크게 보탬이 되고있다 한다.

1960년 현 국왕의 아버지 마헨드라왕이 구데타를 일으켜 국왕 친정의 비민주적 정치를 하여 왔으나 1990년 민주화운동으로 새 헌법이 제정되어 1991년 5월에 신헌법에 의해 이나라 최초의 선거가 이루어져 국왕은 정치에서 한발 물러나 있는 현정부 형태를 갖게 되었다하며 공산당이 합법화되어 있다하나 치안은 양호한 상태로 보였다.

국민학교 5년 과정을 의무교육으로 시행하며 영어교육도 함께하고 있다하나 국민들은 교육에 별 관심이 없어 성인의 70~80%가 문맹이라 하며 특히 좋은 아내는 교육수준이 아니라 숙련된 노동자인지 아닌지로 평가하므로 여성 문맹율이 훨씬 높다고 하며 국민학교에 갈 정도의 어린아이들이 어른 한사람 몫의 일을 하며 여자아이들도 농작업·가축사육 등에 작은몸으로 열심히 일하는 모습은 할일없이 어슬렁 거리는 남자 성인들과 대조를 이루는 인상적인 모습이었다.

네팔에는 부족마다 부족고유의 언어가 있으며 공용어로 네팔어를 갖고 있으나 관광객과 구루카 병사의 영향을 받아서인지 어린 아이들이 영어를 곧잘 하는게 신기하였고 지금 세계공통으로 쓰고있는 아라비아 숫자의 원조가 되었다는 이나라 숫자 1, 2, 3… 숫자에 혹·꼬리등이 달린듯한 숫자를 자동차 번호판에 아직도 달고 다니며 별도의 고유달력인 비크람달력을 사용하고 4월을 신년으로 하고, 토요일이 휴일, 일요일이 월요일인 자기 고유문화를 유지하고 있는것을 보면 예전에는 상당한 문화를 이룩하고 잘사는 민족이 아니었나 하는 생각을 들게도 하며 아직도 수많은 종교축제와 이들 고유문화는 물론 도가 지나친것 같은 종교생활등이 이나라 경제발전의 걸림돌이 되고있는게 아닌가하는 안타까움을 느끼게 한다.

이나라 북쪽 전체가 세계 최고의 히말라야산맥의 최고봉들이 둘러있는 아름다운 경치속에서 신선같이는 살지 못할망정 소·개 등과 어우러져 지저분하고 가난하게 사는게 너무 애처롭게 생각되어 가슴에 찡하게 느껴오는 슬픔같은 것은 물질만능의 풍토속에 찌들은 내 속물근성 때문일까? 그들의 정신세계를 내가 이해하지 못하여 갖는 생각일까. 어쩌면 그들은 겉과 달리 마음은 내가 생각하는 이상으로 신선같이 살고있는 것을 내가 모르고 있는지도 모른다고 생각해보며 얼마간 위안을 가져본다.

사갈마타(큰바위의 이마)를 떠나며

먼 중세의 옛도시를 타임머신을 타고 휘 돌아본듯한 3박4일간의 에베레스트(네팔어로 사갈마타) 나라를 여행하고 서울로 돌아오는 비행기 속에서 내내 느껴지던 어리둥절함. 돌아온지 열흘이나 지났건만 아직도 꿈결같은 이번 네팔여행은 라이프항공의 이영목상무의 주의에도 불구하고 방콕 공항에서 겪었던 예상치 못했던 해프닝등이 있었음에도 세련된 국제신사의 면모를 갖추고 여행동안 내내 보이지 않는 리더역할을 수행하여준 남충우부부와 재정을 담당하여 세심하게 챙겨주어 전혀 부담없이 여행할 수 있도록 배려한 임운학부부 덕에 11명이나 되는 일행이 한사람이 움직이는듯한 생활을 하며, 일행간에 흔히 있을수 있는 사소한 마찰도 없이 여행에 흠뻑 몰두할수 있는 환경이어서 더욱 그렇게 생각되었는지도 모르겠다.

서양여자가 등산장비가 즐비한 시장터에서 "해브어 트래킹"하며 다가가도록 큰키에 무거운 사진장비를 들고 처음보는 신기한 풍물을 하나라도 더 담아보려고 애쓰던 민항기(휘문고를 나왔지만 우리 37회에 친구가 많아 동창같이 지내는 인쇄소 사장)의 번뜩이는 눈초리며, 노점상이나 행상들이 쫓아다니며 50달라라고 하면 60달라라고 하던 무조건 점잖은 목소리로 나직히 "텐달라"하던 권성상이의 익살스런 모습이며 산을 너무 좋아해 수천키로 미터의 히말라야 산맥에 우뚝우뚝 솟은 세계의 최고의 히말봉우리들의 이름과 위치를 확인하고 확인하느라 분주하던 김대록이, 틈만나면 총각파티를 주선하려고 애쓰던 박명진. 그리고 우리 여자일행을 안내하여 좋은 물건을 싸게 사도록 땀을 뻘뻘 흘리며 두시간이 넘도록 흥정하여 주던 성정경대사 부인의 자상하던 모습등이 이제는 추억속의 한 페이지가 되고 말았다.

수돗물로 양치질도 못하게 하며 혹시 배탈이나 날까하는 성대사의 걱정으로 현지음식을 삼가토록하여 로키시(현지 화주) 한잔외에는 거의 토속음식을 접하지 못했던 아쉬움이며, 해외여행 한번 못해본 사랑하는 아내 때문에 계획했던 이번여행을 혼자만 다녀오게 된 아쉬움과 아울러 너무 짧은 일정으로 인해 그 유명한 트래킹(TREKKING:3,000~5,000M의 산간지방을 걸으며 하는 여행)이며 래프팅(RAFTING:만년설이 녹아 흐르는 계곡을 따라 고무보트를 타고 하는 여행)을 못해본 아쉬움은 크지만 그래도 와보길 잘했구나 하는 내 일생에 잊지못할 여행길이었다.

네팔이여! 나마스테-.

【'96.2.26.정경진】

네팔 여행 친구들
모두와 함께
뒤쪽 우측 두 번째 필자

한국 대사관 현관에서
(왼쪽 필자,
가운데 성정경 대사)

네팔 한국대사관에서
(왼쪽 처음 성 대사,
4번째 필자)

뒤편 멀리 만년설에 덮인 히말라야 산맥을 배경으로

우측 끝 필자

네팔 카트만두 시내에서

네팔 중부
포카라 호수에서

네팔 성정경 한국 대사,
필자,
타워호텔 남충우 회장

네팔 한국대사관에서
만찬(오른쪽 끝에 필자)

함께 여행하며 내내 사진 촬영에 애쓴 민항기 사장
(두 사진 오른쪽 끝에)

3. 경기도 소리산 수봉정의 추억

소리산 수봉정은 경복 고등학교 동창인 고수봉 동문이 소리산 아래 자신의 별장 앞마당에 자기 이름을 따 수봉정이라 명명한 별장 이름이다.

고 동문은 전에 청계천 상가에 금성콘트롤㈜라는 중소기업을 성실히 운영하여 성공한 중소상인으로 큰 부자는 아니라도 가끔 수십여 명의 경복고 동문들을 수봉정으로 초대하여 식사대접도 하고 기념품도 만들어 나누어 주는 등 넉넉한 마음을 써주어 동문들 간에 칭송이 자자하다. 나는 1996년도 여름에 고수봉 동문과 가까이 지내는 김대록, 박종국 내외와 우리부부 6명이 수봉정을 방문하여 하룻밤을 소리산 계곡물에 함께 목욕도 하고 밤늦도록 소주잔을 나누며 가족관계, 부부관계에 대한 토론을 벌인 일이 있는데 그날 내가 술이 많이 취해 천륜이니 인륜이니 하며 결혼이란 인륜에 지나지 않아 천륜에는 미치지 못한다고 하여 아내를 섭섭하게 한 것이 마음에 걸리던 차에 마침 동창회보에 그날 같이 밤을 새었던 친구 부부들과 아내에게 사과 의미의 글을 실었었다. 결혼이 천륜에 못 미치는 관계가 아니라 동등하게 대접받아야 하는 관계임을, 술김에 상대적으로 비하하는 듯한 발언을 한 것은 내 본의가 아니었다는 마음을 헤아려 달라는 것을 "천륜을 잉태한 우리 아내"라는 글로 대신하였던 추억이 있는 곳이다.

처음 수봉정을 찾을 때만 해도 경기도에 이런 오지가 있나 했는데 지금은 포장도로가 수봉정 앞을 시원하게 지나가는 멋지고 편리한 장소가 되어 가끔 가보고 싶은 곳이다.

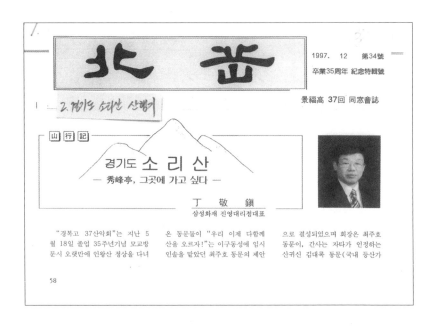

1.

北岳

1997. 12 第34號

卒業35周年 紀念特輯號

景福高 37回 同窓會誌

2. 경기도 소리산 산행기

山 行 記

경기도 소리산

— 秀峰亭, 그곳에 가고 싶다 —

丁 敬 鎭

삼성화재 진영대리점대표

"경복고 37산악회"는 지난 5월 18일 졸업 35주년기념 모교방문시 오랫만에 인왕산 정상을 다녀온 동문들이 "우리 이제 다함께 산을 오르자!"는 이구동성에 임시 인솔을 맡았던 최주호 동문의 제안으로 결성되었으며 회장은 최주호 동문이, 간사는 자타가 인정하는 산귀신 김대록 동문(국내 등산가

58

능한 300여개의 산중에 200여개 산을 즉시 안내할 수 있는 산도사)이, "올라가자, 올라가자"로 줄기차게 전매하는 힘좋은 박명진 동문이 총무역할을 하는 것으로 이심전심으로 결정되어 운영하고 있는 경복37회의 통합 산악회이다.

37산악회는 모교 방문시 인왕산에서 오픈게임으로 발을 맞추어 본 덕이 되고 제1회 산행은 지난 6월 15일 수유리 그린파크 호텔에서 만나 북한산 종주 산행을 21명의 동문(최주회 동문 부인 포함)이 아주 즐겁게 하였으며 제2회 산행을 준비중에 최칭평 회장이 고수봉 동문이 소유하고 있는 경기도 양평군 단월면 석산리 소재 산가(일명 사슴농장) 뒤의 소리산(해발 479m)을 택하는 것이 어떠냐는 제안이 있었고, 고수봉 동문도 기꺼이 산가에서의 보신요리는 물론 일체의 비용을 부담하겠다는 반가운 연락도 주고 하여 산행으로서는 조금 약하지만 건강이 좋지 않은 동문들도 다 참여할 수 있는 좋은 기회로 삼자고 하여 모두들 신이나서 준비하게 되었다.

세모꼴의 빨간 2층집이 있는 고수봉 동문의 산가 별장은 10여년 전에 김용섭 동문이 우연히 이 지역을 알게 되어 고수봉 동문과 동행해와 소개하게 되었고 이 지역의 경치와 분위기에 홀딱 반한 고수봉 동문이 이 지역을 자주 드나들다가 현재의 별장을 매입하게 되었다고 들었다. 그때만 해도 이곳은 인적이 없는 경기도의 두메산골로 조용하고 아늑하며 멋진 산이 있고 맑은 물이 있는 아주 경관이 수려한 곳이었다고 한다.

山行을 마치고 秀峰亭에서(앞줄 왼쪽이 高秀峰 同門)

이곳에서 멀지 않은 산기슭이 해방초였던가 세상을 떠들석하게 하였던 사이비 종교 백백교가 은거하였던 곳이라 하니 이곳은 은밀함을 알아줄만 하였던 곳이라 생각된다. 나도 3년전쯤 김대록 동문과 부부동반으로 이곳을 방문하여 고수봉 동문과 밤 늦도록 술을 들며 하룻밤을 지낸 적이 있었는데 이제는 집 바로 앞으로 멋진 포장도로가 말끔하게 뚫려 있어 접근하기가 무척 좋아졌고 이에 땅값도 크게 올랐겠지만 왠지 먼지 날리던 비포장 자갈길이 그리워지기도 하는 기분이다. 다시는 비포장길에 먼지를 뒤집어쓰고 가는 여행의 맛을 이곳에서도 더는 못 느끼게 되었구나 하는 아쉬움이 있었다.

서울 역삼전철역에서 신화관광의 45인승 관광버스가 출발한 것은 쾌청한 초가을 날씨로 마음도 한결 가볍게 한 9월 28일 일요일 아침 8시 15분, 당초 출발시간 8시 정각이 지난것은 남해곤 동문이 꼭 온다는 어느 동문의 말에 5분이 지연되어 남해곤 동문이 기어코 나타났고 이어 헐레벌떡 도착한 손종할 동문이 큰일보러 화장실까지 다녀오겠다고 떼를 써서 할 수 없이 15분간이 지연되게 되었다. 탑승인원은 35명 모두들 가벼운 등산복 차림에 서로 자주 못본 동문들도 있고 하여 즐겁게 인사를 나누며 소풍가는 초등학교 학생같이 기쁜 얼굴들이었다. 출발전에 "양평길이 밀리기 시작하니 올림픽도로를 택하여 한강 남쪽에서 양평대교를 건너는 것이 좋겠다."는 고수봉 동문의 자상한 현지전화로 김대록 동문이 서울부터 길안내 책임을 맡아 버스기사와 의논하여 길을 잡아 나아갔다. 버스안에서는 이른

59

일요일 아침이라 아침을 거른 친구들을 위해 박명진 동문이 빵과 우유를 나누어 주기 시작했고 박언곤 동문이 "쓰르메나 커피나 재란있어요."하고 익살을 떨며 따끈한 삶은 달걀과 소금을 나누어 주었다.

버스가 방향을 잡자 김대록 동문은 차내 마이크를 잡고 오늘의 일정과 지금 우리가 가는 소리산에 대하여 여러 가지로 설명해 주었다. 워낙 여러산을 누비고 다닌 실력이라 우리가 가는 소리산도 고수봉 동문이 별장을 매입하기 5년전쯤 이곳을 두어번 다녀간 기억이 있다고 하였다.(이 친구 이사할 때마다 답사한 산에 대한 기록책자가 한 리어커 분량의 책자가 되어 꼭 한번씩 부인의 투정을 받곤 한다고 한다.)

조용한 틈을 타 김성환, 김승일 동문이 "아무리 산행이라도 맥주 한잔이나, 소주 한잔 정도는 줘야 할 것 아냐!"라는 투정을 들어가며 깨끗이 새로 포장된 아스팔트 길을 따라 빨간 지붕의 수봉정에 버스가 도착한 것은 서울을 출발한지 2시간이 좀 지난 10시 30분 정도이었다. 잘 정돈된 별장 정문 앞에 고수봉 동문의 반가운 마중이 있었고 미리 도착한 최칭평 회장, 임경순 총무 그리고 이인학 고문의 허연머리가 뒤로 보였다.

모두들 버스에서 내려 인사를 나누며 마당에 들어서니 멀리 화천에서 내려온 조의남 부부가 준비해 온 떡과 막걸리를 나누어 주기 위해 풀어놓고 있는 반가운 모습이 보였다. 반갑게 인사들을 나누며 별장주변을 둘러보고, 줄을 서서 앉았던 소파들도 보며, 별장 앞 개천건너 바위절벽 위에 멋있게 느러 있는 노송들을 올려다보며 경탄도 하고들 있는데, 이윽고 안내 사령관 김대록 동문이 떡, 막걸리, 귤 등을 적당히 분해하여 지참케 하고 등산대열로 집합시켜 소리산 산행으로 들어갔다. 앞에는 소리산 산행을 여러번 해보아 길도 알고 "내가 앞서야 니들이 편해"하며 김용섭 동문이 앞을 섰다. 산은 생각보다 가파른 곳이 많이 있었고 사람들이 거의 다니지 않는 산이라 초가을 자연스런 정취가 한결 더했다. 일요일인데도 우리가 산행을 시작해서 내려올때까지 다른 등산객을 만나지 못했으니 호젓하고 아늑한 기분은 우리만을 위한 산을 준비한 듯 했다.

하산길에 별장에서 올려다보던 바위절벽의 노송나무 등걸에 앉아 막걸리 한잔 기울이며 멀리 내려다 보는 맛은 정말 상쾌하였다. 수봉정에 무사히 전원 도착한 것은 12시 45분경 약 2시간 정도의 산행이었다. 넓은 별장마당에는 고수봉 동문이 성의를 다해 정성껏 마련해 놓은 산중의 보신요리(개고기, 돼지고기, 닭고기 등)가 싱싱한 야채와 곁들여 정갈하고 먹음직스럽게 우리를 맞이했다. 모두들 소주, 맥주, 막걸리를 식성대로 들어가며 좋은 경관에서 좋은 친구들과 신선한 공기를 마시며 바쁜 일, 걱정되는 일, 모두 잊고 자연으로 돌아가 정신없이들 먹고, 떠들며 시간 가는줄 몰랐다.

모든 것이 허락된다면 며칠이라도 묵으면서 마음껏 이 순간을 즐기고 싶은 아쉬움을 뒤로 하고 모두들 버스에 오른것은 오후 5시경 점심때 나타난 백준기, 이동식 동문까지 가세하여 모두들 취기가 상당히 올라, 돌아가는 아쉬움은 더했겠지만 고수봉 동문이 만들어준 기념타올을 한장씩 들고 차에 오르자 가면서들 들라고 양주까지 실어주며 고수봉 동문도 아쉬운 듯 작별인사를 나누었다. 이번 山行을 위해 50만원의 行事지원금은 물론 모든 뒷바라지를 마다 않은 고수봉 동문의 조용하면서도 넉넉한 마음을 뒤로 하고 버스는 복잡한 서울을 향했다.

서울 오는길은 갈 때와는 달리 술도 나누어 마시고 노래도 하며 이친구, 저친구, 되는 소리, 안되는 소리 떠들기도 하며 출발지인 서울 역삼전철역에 도착한 것은 저녁 8시. 이제 우리 모두는 정신차리고 다시 바쁜 일상으로 돌아가야 한다. 흰눈 쌓인 겨울쯤 제3회 겨울산행을 하며 또 바쁜 일상에서 잠시나마 떠날 수 있는 기회를 만들어 주기를 최주호, 김대록, 박명진 동문에게 부탁하면서 되는 소리, 안되는 소리를 이만 줄여야 겠다. 또 다시 반가운 만남을 기약하며……

60

1999/8/20 北岳 第35號 〔5〕

제언/아내 사랑

천륜을 잉태한 '우리' 아내

모든 사랑은 아내 사랑에서 비롯되나니

정경진

아내 푸념 속 30년

아내와 내가 결혼한 것이 1968년 8월이니까 벌써 결혼 후 30여 년의 세월이 흘렀다. 내가 26살 군 복무시에 만나 세 딸을 기르며 지나온 30년 세월은 금방인 것 같기도 하고 어떻게 생각하면 기나긴 세월이었던 것 같기도 하다.

내가 공군이었던 관계로 대구비행장 근처의 부엌도 없는 단칸방에서 신혼 살림을 시작했다. 밤낮으로 신규 도입된 팬텀 전투기의 폭음이 유난하던 곳이었다. 제대 후 첫 직장인 부산의 전셋집으로, 그리고 서울의 우리집으로 이어졌다. 그 동안 귀여운 세 딸아이가 태어나고 자랐고, 본의 아니게 이 회사 저 회사로 옮겨 다니며 국가의 경제 발전과 맞물려 정신 없이 지내온 세월이었던 것 같다.

남들보다 빠른 편인 결혼 생활은 처녀 총각 시절에는 생각하지도 못했던 본가며 처가, 친척들의 번거로운 관계에 익숙하지 못해 다투었던 일도 많았고, 이로 인해 내가 폭음하는 일도 잦아져 헤어지자는 아내의 푸념도 많이 듣곤 하였지만 어쨌거나 30여 년이 지난 오늘까지 큰 탈없이 잘 살고 있는 셈이다. 생각해 보면 서로 다른 집에서 태어나 서로 다른 풍속과 습관에서 자라온 남남이 만나 처음부터 오순도순 산다는 것은 그리 쉬운 일이 아니라 생각된다. 서로 상대방을 이해하고 감정까지 이해 한다는 것은 아무리 부부간이라 해도 상당한 기간과 노력이 수반되어야 하는 것이지 서로의 사랑만 갖고는 어려운 일이 아닐까 생각된다. 그래서 아내가 '헤어지자, 이혼하자'고 달려들면 나는 '우리가 각기 혼자 살아온 기간만큼 함께 하는 세월이 흘러야 서로 이해하고 마음을 맞출 수 있는게 아니냐. 그 기간이 지난 후에도 헤어지자면 그렇게 하겠다'고 둘러대곤 하면서, 정말 그만한 세월이 지나면 서로를 이해할 수 있겠지 하고 생각했는데 내가 혼자 살아 온 세월보다 더 오랜 30여 년이 지난 지금에도 이런 상황은 별반 달라진 게 없는 것으로 생각되니 부부 관계, 남녀 관계는 정말로 알지 못할 관계인지도 모른다.

누가 천륜을 만드는가

여하간 사랑할 때에는 가장 가까운 사이이지만 문제가 생기면 가장 먼 것이 부부 관계라는 말이 있듯이 남편과 아내라는 부부 관계는 쉽고도 어려운 관계임은 틀림없다는 생각이 든다.

그래서 옛 어른들이 결혼이란 '인륜지대사'라고 하여 사람이 살아가는 동안 행하는 여러 가지 일 중에서 결혼이 가장 큰 일이라고 이야기했는지 모른다. 물론 부모자식 형제들의 관계는 천륜이라 하여 인간의 의지와 관계없이 하늘의 뜻에 의해 정해진 관계라 하여 인륜지대사보다 한층 높은 차원의 일로 생각한 것에 대비코자 한 저의가 있는 말인지는 모르지만 사람의 뜻으로 할 수 있는 가장 중요한 일임에는 틀림없는게 아닐까 생각된다.

그럼에도 불구하고 옛날 사대부들은 정부인 외에 후실에 두는게 일반적이었던 것 같고, 아내가 투기를 하면 안된다는 '칠거지악'이니 '삼종지의'를 내세워 천륜인 부모형제는 바꿀 수 없지만 아내는 바꿀 수 있다는 논리로 여자들, 아내들이 한평생을 한숨과 탄식으로 살게 하였고, 이러한 생각은 제트 여객기가 음속으로 날아다니고 많은 일을 컴퓨터가 처리하는 현재에 와서도 우리 의식의 밑바닥에 자리잡고 있는 것으로 생각된다.

그러나 가만히 생각해 보면 이건 말이 안되는 일이 아닌가 생각된다. 인륜보다 중요한게 천륜이라 하더라도 천륜을 만드는 것이 누구인가? 아무리 하늘의 뜻이고 보이지 않는 절대자의 뜻이라 하더라도 이를 직접 실행하는 것은 우리 아내가 아닐까?

죽도록 아내를 사랑하자

여자가 결혼해서 아내가 되고 우리 아내가 잉태하여 자식을 낳아 부모, 자식, 형제를 만드는 것이 아닌가? 즉, 우리 아내가 '천륜을 잉태'하여 천륜을 이어 가는 것으로 보아야 하지 않을까? 그렇다면 우리 아내는 하늘의 뜻을 실행하는 천륜의 실행자인 것이다. 그러므로 아내이며 어머니인 여자들은 남편 아니 우리 모든 인간들에게 사랑을 받고 존경을 받는 대상이 되어야 하는게 아닌지.

아내를 사랑하면 이 세상에 아내를 있게 한 아내의 부모를 사랑하게 될 것이고, 당연히 아내가 고생하며 낳은 자식을 사랑하게 될 것이고 아내의 형제며 친구를 사랑하게 될 것이며, 그들의 이웃을 또한 사랑하게 될 터이니 이는 모든 인간에 대한 사랑으로 자연스럽게 확산되어 가는 것이라는 생각을 해 본다.

이제부터라도 인생의 최고의 가치를 누리기 위해서, 성공한 삶을 위해서 우리는 아내 사랑을 시작해야 한다.

아내 사랑을 못하는 삶은 살아갈 가치가 없는 인생이라 생각하며 열심히 아내를 사랑하여야 한다. 평생을 나와 함께 살아갈 '천륜을 잉태'한 내 아내를 사랑하지 못한다면 내가 무엇을 할 수 있을까 생각하며 오늘도 내일도 죽는 날까지 변함없이 아내를 사랑해야 한다. 그래서 인생의 황혼에 사랑으로 곱게 늙은 아내와 손을 꼭 잡고 살아온 긴 세월을 돌아보며 다정한 모습으로 오손도손 옛이야기를 나눌 수 있어야 한다. 그래야 우리가 이 세상에 태

수봉정 앞마당에서 경복 37회 동문 야유회
(앞줄 왼쪽 끝에 앉아있는 수봉정 주인 고수봉 동문)

수봉정 앞 소리산에서 경복고 37회 산우회

우측에 수봉정 별장 소유자 고수봉 동문, 가운데 필자

우측부터 김대록, 박종국, 최주호, 박호일 동문

4. 내 손으로 써낸 글들

고등학교 졸업 30주년 기념 동창회보에 기고한 글

北岳

1991년 12월 第 24 號 〈送年號〉

景福高 37回 同窓會報

同門 論告

◈ 同門論告 ◈

"어허! 30年… 지금 어디서 무얼하나"

同門 정 경 진

1962年度에 졸업을 하였으니까 졸업을 한지가 30年이나 되었다.

모두들 청운의 꿈을 안고 北岳기슭에 모여 짧게는 3年, 길게는 6年의 시간을 同門修學하고 헤어져 간지가 四半世紀 넘어 이제 한 세대가 흘러 버렸다. 30年이 지난 지금 그 모두들은 어디에서, 어떻게 살고 무얼하며, 무엇을 생각하고 지낼까? 同窓回報편집을 맡아 멋지게 꾸미고 있는 徐弘源 同窓이 "다음 同窓回報에 글 한번 안쓸래" 하는 電話를 받고 學窓時節에 꽁트인가를 한 두번 써서 校紙에 실렸을 때의 기뻤던 記憶이나, 불현듯 글을 써보고 싶은 衝動이 일어났으나, 벌써 30年도 더 지난 時節의 이야기이고 이제 내가 무엇을 쓸 수 있을까 하는 생각이 들었다.

最近에 글을 써본 記憶을 더듬어 보니 1966年度 軍隊時節에 억지로 섰던 修養錄과 父母님께 썼던 便紙 밖에 없는 것 같고, 그 후는 회사생활을 하며 재미없고 딱딱한 稟議書, 報告書, 評價書 등이나 쓰면서 글이라고는 한줄도 안쓰고 20余年이 지나온 것이 새삼 아쉬운 생각이 든다.

돌이켜 생각해 보면 학창시절에 이런일 저런일로 同窓들의 도움을 많이 받았고, 恩師님들의 恩惠도 많이 입었는데 나는 同窓이나 恩師님들을 위하여 졸업 후 30年동안 아무것도 한일이 없는 것이 부끄러운 생각이 들어 불현듯 얼굴이 붉어진다.

나는 졸업후 30年을 어떻게 지냈나?

高校 졸업후 法科大學 生活 4年, 空軍將校 時節 4年余, 그리고 내외 一般 企業體에서 職場生活을 하면서 結婚하여 딸자식 3名 두고, 아내와 함께 정신없이 살아온 20余年인것 같아 새삼 허망한 생각 까지 든다. 지금은 딸자식 세 名이 대학교 1年, 2年, 4年에 在學하고 있고, 모두들 건강하고 이쁘게 성장하였고, 비록 인기는 없는 江北이기는 하지만 제법 괜찮은 單獨住宅에 살고 있고, 中小企業이긴 하지만 會社 重役이 되어 株主와 社員을 위하여 딴에는 不撤晝夜 열심히 일하고 있으니 가장 平凡한 보통 사람의 삶을 살아온 셈이다.

아내가 健康하지 못한게 걱정이고, 앞으로 結婚할 딸아이들의 앞날이 걱정스럽고, 몸담고 있는 會社가 생각대로 繁昌해 가지 못하는게 걱정이긴 하지만 그만한 걱정이 없이는 世上이 살아지는게 아닐테고….

이제는 뒤도 돌아보고 앞날도 차근히 살펴 생각해 보면 반 넘어 살아온 인생을 좀더 보람있고, 진지하게 마무리해 가야할 준비를 할때가 아닌가하는 생각이 든다. 그렇다면 여지껏 살아온 세월보다 마음은 더 바쁘게 생활하여야 하는게 아닌지….

내 아무리발버둥치고 따져보아도 내 인생이 끝나는 時點은 알수없는게 人生이기에 매일매일을 마감하는 기분이어야 하지않을까 하는 생각을 해본다.

이제껏은 누구 말 마따나 마이크 잡았을때 氣分내는식의 괜한 푸념을 한것 같고 이제는 본론으로 가야할 것 같다.

고등학교 졸업 50주년 기념 동창회보에 기고한 글

추억의 시절

그리운 경복중학교 시절

정경진

올해로 우리 동문이 경복고등학교를 졸업한 지 50년이 되는 해라 이를 기념하기 위해 동창회 회장단을 비롯한 많은 동문이 50주년 행사를 위해 아주 애를 쓰고 있다는 소식을 들었다. 행사기금 모금에도 적극적으로 참여하여 목표액을 훨씬 뛰어넘는 1억5000만원에 육박한다고 하니 해외 · 국내 동문의 열정에 새삼 놀라움과 찬사를 드리고 싶다.

가끔 〈북악37〉에 기고를 한 적이 있어서인지 금번 〈북악37 특별호〉에 학창시절에 대한 원고를 부탁한다는 진형섭 동문회장의 요청이 있어 50여 년 전의 학창시절을 되돌아본다. 70평생 앞만 보고 사느라 지난날을 되돌아볼 시간이 없었던 내게도 잠시나마 의미있는 시간이었다. 북악산 및 경복교정에서 보낸 6년 중 아직도 선명히 기억되는 중학교 입학 합격자를 발표하던 날이 생각나 제목을 '그리운 경복중학교 시절'이라 정하고 그때의 기억을 적어보려 한다.

우리가 중학교 입학시험을 본 것은 지금으로부터 26년 전인 1956년도일 것이다. 서울에서는 경기 · 서울중학교와 함께 3대 명문중학교였던 경복중학교는 입학 경쟁이 심했다. 합격자 발표 날까지 마음을 졸이다 발표날 아침 광화문에서 전차를 타고 효자동 종점에서 내려 기다란 육상궁을 왼쪽으로 돌아 학교 정문에 도착하니 그날따라 많은 눈이 내려 주위가 온통 은세계를 이루고 있었다. 멀리 북악 산록이 파노라마처럼 펼쳐진 배경을 뒤로하고 교문 앞 양쪽에 흰 눈이 수북이 쌓여있고 큰 장대에 높게 합격자 명단이 쓰여 있었는데 합격 방에 丁敬鎭 내 이름이 선명하게 쓰여 있던 것을 발견 하였을 때 그 큰 기쁨은 56년이 지난 지금도 생생히 기억이 난다. 그때의 기쁨이 70살이 된 지금까지 내 인생에서 제일 기뻤던 날로 기억이 되는 걸 보면 어지간히 기뻤던 모양이다. 그 후 살아오면서 고등학교 · 대학교 · 공군장교시험 · 입사시험 등 수많은 시험을 보고 합격을 했지만 중학교 입학시험보다 더 큰 기쁨을 주지는 못했던 것 같다.

중학교 1학년은 원선희 선생님 반, 2학년은 이정 선생님 반, 3학년은 이효철 선생님 반으로 졸업하고 그때 같이 중학교를 들어온 친구들은 거의 다 같이 경복고등학교에 진학하여 다시 3년간 같이 다녀 6년간을 함께 동문수학하여 경복37회 동문은 내 생애 가장 긴 기간을 함께 학창시절을 보낸 아주 가까운 친구들이다.

景福高 37回 同窓會

졸업 50주년 특집호

발행처 경복고 37회 동문회 | 발행인 진형섭 | 편집인 김형두, 한병화

http://cafe.daum.net/kyungbock37

2012 봄

나는 광화문, 지금의 세종문화회관 자리에서 태어나 수송국민학교 2학년 때 한국전쟁을 맞아 충청북도 괴산의 명덕국민학교를 3년 다니고 다시 서울에 올라와 돈암동에 있는 정덕국민학교에서 6학년을 마쳤다. 국민학교를 5년간 세 군데를 다녀서인지 지금까지 연락이 되고 만나는 국민학교 동창은 애석하게도 한 사람도 없다. 그래서 중학교 시절이 더 그리운 추억이 되었는지 모르겠다. 더구나 경복중학교는 이제는 없어진 학교가 되어 대부분은 함께 경복고등학교에 진학하였으나 몇몇은 개인 사정 등으로 중학교만 다닌 동창이 있어'경복 37회 동창회' 회원이 못되는 동문이 있는 것 같아 안타까운 심정이다.

졸업장
우자는 본교 소정 三개년의 전과정을 졸업하였기 이에 본장을 수여함
단기 四二九二년 三월 一일
경복중학교장 서병성

내가 이 글에 첨부한 단기檀紀 4292년 3월 1일자 경복중학교 졸업장을 보면 서병성 교장선생님 명의로 되어있는데 그 당시 경복 중·고등학교 교장은 서교장선생님 한 분으로 중학교·고등학교로 학사가 나뉘었을 뿐 아침조회도 같이 하였던 사실상 같은 학교였다고 생각된다. 따라서 지금 "경복37회 동창회 회칙 제 4조 (회원의 자격) 본회의 회원은 1959년도 경복고에 입학한 자 및 1962년도에 졸업한자로 한다."는 조항에 1956년도에 경복중학교에 입학한 자를 추가하는 것이 어떨까 하는 생각을 해본다. 해당자가 거의 없을지는 모르겠으나 중학교에 같이 입학하여 3년이라는 학창시절을 함께 보냈는데 정부의 문교정책 변경으로 중학교는 없어지고 개인사정으로 경복고등학교에는 진학을 못한 동문들에 대한 배려를 해보는 것이 도리가 아닐까 생각이다.

위에서 말한 서 교장선생님은 우리가 고등학교 때 일어난 4·19혁명 때 우리 학교와 바로 인접한 경무대에서 경찰의 발포로 많은 학생들이 희생되었을 때 학교 교문(경복 중·고등학교는 같은 문을 사용했다)에서 필사적으로 학생들을 막아 경복중·고등학교 학생들이 피해를 안 당하도록 노력하신 교장선생님이셨다. 그때 교장선생님이 막지 않았다면 끔직한 사고가 있었을 수도 있지 않았을까 생각이 된다. 그 후 경무대 앞에 데모가 진정된 후 하교하도록 하셨는데도 우리들의 동문 안종길 군이 광화문에서 을지로 입구 내무부로 가는 길목에서 유탄을 맞아 사망한 것은 참으로 애석한 일이었다. 안종길 동문은 학교 문예반에 몸담아 시를 많이 썼던 장래가 촉망되는 학생 시인이었는데…….

이번 기회에 가지고 있던 중학교 시절의 흔적을 찾아보니 1957년 12월 크리스마스에 전수철 동문이 내게 보내준 55년이 된 반가운 카드와 뒷면에 4290. 10 .18 진관사(중학교 2학년 가을소풍)에서 찍은 사진이 있어 추억을 되새기며 그리움을 달래본다.

아무쪼록 우리 동문 모두들 여생을 건강하게 잘 지내시기 기원하며 금번 5월 초에 예정되어있는 '사랑하는 동문들과 추억 만들기 여행'에서 반가이 만나 또 하나의 뜻있는 추억을 만들기를 기대해 보며 이만 줄인다.

가운데가 필자

← 왼쪽 2번째 필자

← 맨 밑줄 왼쪽끝이 필자

2001년
9월 6일
목요일
제16판

매일경제
MAEIL BUSINESS NEWSPAPER

2001년 9월 6일 목요일 매일경제

'지키면 손해' 의식 바꿔야

제5부 질서… 이렇게 지킵시다 ⑳③

사회 곳곳에서 '질서를 지키자'는 캠페인 구호를 쉽게 찾아볼 수 있다.

하지만 사회문제가 될 때마다 반짝할 뿐 일상생활에서 실천하는 사람은 거의 없는 게 현실이다.

질서를 잘 지키는 것은 모두에게 편안한 것이며 잘 지켜지면 모두를 즐겁게 하고 더 나아가서는 아름답기까지 하다.

선진국에서는 정착돼 있지만 선진국 문턱에 와 있는 우리에게는 좀처럼 정착되지 못하고 있다.

각종 설문조사에서 나타나는 것처럼 질서를 지키고 줄을 서는 사람은 손해를 본다는 생각을 가지고 있는 것이 질서를 지키지 않는 근본문제가 되는 것이 아닐까 생각해본다.

손해보는 짓을 마음에서 우러나서 하지 않을 것이며, 체면 때문에 마지못해 하거나 눈치를 보며 시늉이나 내는 정도에 그치는 식이니 제대로 될 리가 없지 않을까.

이는 결과를 위해서는 과정도 중요하지 않고 목적을 이루지 못하면 모든 것이 허사라는 생각을 하게끔 하고 이에 따라 무리를 하고, 억지를 쓰는 생활습관이 개개인의 몸에 밴 것은 아닐까 하고 생각해본다.

정 경 진

우리가 애꿎은 국민성을 탓하고 선진화되지 못한 국민의식을 탓할 게 아니라 질서는 안전의 기초라는 것을. 더구나 기초질서는 안전의 최우선이라는 것을 강조해야 되지 않을까 생각한다.

화장실 입구와 에스컬레이터에서 한 줄을 비워놓는 것은 질서를 지키는 것뿐만 아니라 폭발, 붕괴, 갑작스런 정지 등 예기치 않는 사고가 발생했을 때 인명피해 위험을 최소화하는 안전을 위한 기본수칙이다.

우리 사회가 안전에 대한 의식을 갖도록 홍보하고, 교육하고, 생활화되도록 안전문화를 고취하는 것이 질서를 지키는 지름길이고 효과적인 방법이라 생각한다.

<삼성화재 진영보험대리점 대표>

녹원 영아원을 다녀와서

12월 25일 오늘은 이 세상의 모든 죄악을 씻기 위하여 예수께서 탄생하신 성스러운 날이다. 이 뜻 깊은 날을 맞이한 우리교회에서는 영아원 위문을 가기로 하였다. 교회에서 점심을 먹은 후 우리 학생회 일행은 이 집사님을 모시고 교회를 나섰다. 좀 쌀쌀하기는 하였으나 연푸른 하늘에 구름 한 점 없는 아주 청명한 날씨였다. 영아원에는 아직 가보지 못한 나는 내 멋대로 아이들의 모습을 상상하면서 서대문에서 버스를 갈아타고 불광동에 있다는 영아원을 향하였다. 오랜만에 보는 교외의 풍경들이 한층 신기스럽기도 하였다. 불광동 버스 종점에서 내려서 좁은 오솔길을 걸어서 조금 가니 "녹원 영아원"이라고 깨끗한 한글로 쓰여 있는 조그마한 문패가 있는 푸른색의 정문이 우리를 반겼다. 우리들은 차례차례 좁은 쪽문으로 해서 안으로 들어섰다. 문에서 느낀 깨끗하고 아담한 맛이 한층 더한 것이 호감이 갔다. 깨끗한 단층 양옥집 주위에는 잘 가꾸어진 화단들이 둘러있고 널찍한 마당은 티 하나 없이 깨끗이 청소되어 있다. 저만치에는 수평대도 있고 헛간 같은 양철집도 있는 것이 울 안이 상당히 넓었다. 보모들의 친절한 인사를 받으며 우리는 집안으로 들어섰다. 윤이 나는 마루 복도에는 울긋불긋하게 전기로 잘 단장된 크리스마스트리가 서 있었다. 우리가 안내된 방은 오일스토브가 한가운데 자리 잡고 있고 문 쪽에는 조그마한 올갠이 놓여 있으며 주위에는 벽에 붙어서 장난감 같은 영아용 침대가 있는 마루방이었다. 조금 있으려니까 옆방으로부터 아이들이 하나둘 우리한테로 왔다. 나는 깜짝 놀랐다. 아이들이 그렇게 깨끗하게 차려입고 있을 줄은 정말 몰랐기 때문이다. 그 어린 눈이 초롱초롱 빛나고 있는 얼굴은 엷은 화장이라도 한 듯이 불그스름하게 상기되어 있는 것이 싱싱한 과일과도 같이 청신하였다. 또한 한 곳의 어색한 점을 찾을 수도 없게 차려입은 어린애들이 손에 매달리고 등에 기어오를 때에는 정말 여기를 찾아온 보람을 느끼는 것 같았다. 이윽고 안경 낀 여선생이 오르갠에 앉아서 악보를 펴고 보모인 듯한 중년부인이 우리 있는 방의 문을 열어놓고 아이들을 우리가 마주 바라보이는 마루에 차례차례 불러다가 노래도 시키고 무용도 시키고 하는 것이다. 고 깜직한 얼굴과 손발을 움직이며 무용과 함께 노래를 부르는 그들의 귀여운 모습에 우리는 한 가지 한 가지가 끝날 때마다 손뼉과 웃음을 아끼지 않았다. 그렇게 웃음이 없으신 이 집사님까지 즐겁게 웃으셨으니 우리가 정신없이 웃은 것은 말할 필요도 없다. 정신없이 웃고 손뼉을 치며 그들을 따라 왔다갔다하며 무용을 흉내 내면서 내가 어린 시절로 돌아간 듯 기뻐했다. 비행기, 고요한 밤 등의 노래와 무용을 계속해서 보는 동안 나는 이상한 점을 발견하였다. 우리가 그렇게 손뼉을 치며 기뻐해주건만 그들은 조금의 기쁜 빛이나 웃음을 띠우지 않고 다만 그들의 할 일만 충실하게 거의 기계적으로 무감각하게 하고 있을 뿐이다. 나는 그들의 눈빛을 살폈다. 호수와 같이 새파란 눈(혼혈아인 모양)에는 알지 못할 슬픔이 깃들어 있는 듯 조용할 뿐이다. 거의 성숙한 아이와도 같은 침착함이 깃들어 있었다. 나는 얼굴이 화끈 달아 옴을 느꼈다. 이 어른 같은 아이들 앞에서 내가 철없는 어린애가 되었던 신분의 바뀌임에서보다는 "아이를 낳으면 여기에 맡겨 깨끗하고 똑똑한 아이로 만들고 싶다"는 어떤 어버이들의 말을 수긍하였던 나의 조금 전의 경솔함 때문이라고 생각하였다. 이제는 그것이 될 법이나 한 소리냐고 생각하는 것이다. 흥을 잃은 나는 여전히 하지 않으면 안 된다는 의무감에서 감정을 빼앗긴 이 조그만 기계들의 움직임을 측은하게 바라볼 뿐이다. 이제는 그들의 눈을 바라보기가 괴로웠다. 그들의 이 모습을 어린이의 천진난만한 재롱이라고 볼 조금의 모습도 그들의 얼굴에서는 찾아볼 수가 없었기 때문이다. 한시바삐 그만둬줬으면 하는 생각만 있었다. 영세와 나는 성봉이와 미숙이가 가지고 올 과자를 기다리느라고 그 괴로운 자리를 빠져 나왔다. 그처럼 즐겁던 것이 이렇게 될 줄이야. 바깥 쌀쌀한 공기를 마시면서 걸어 나오는 내 머리에는 알지 못할 슬픈 사연을 지니고 말 못하는 호수와도 같은 푸른 눈동자가 머리에 아른거려 나를 괴롭히는 것이다. 한참 만에 우리는 과자 보따리를 들고 들어왔다. 예정한 노래와 무용은 끝난 모양인데 나중에 들어온 우리를 위해서 나무꾼이라는 것을 다시 한다는 것이다. 중년부인이 호명을 해서 그 안경 낀 선생은 오르간을 치고 그 조그만 기계들은 움직임을 시작하는 것이다. 보모는 옆에 서서 심각한 얼굴로 그들을 바라보고 있다. 아마 그들이 무슨 실수라도 하여 우리 눈에 잘못 보이지나 않을까 하는 염려의 생각에서인 모양이다. 그 보모의 얼굴에서는 아들딸의 재롱을 보고 기쁨을 금치 못 하는 어버이의 표정이라고는 추호도 찾을 길이 없었다. 난 그 보모가 미웠다. 이렇게 외부 사람에게 잘 보여 외부로부터의 원조나 칭찬을 받으려고 그러지 하는 증오로 그 부인을 바라보았다. 물론 이 여러 영아들을 기르고 이 원을 운영해 나가는 데는 이러지 않으면은 안 될 애로가 있을 것이라고 생각은 해보지만 한 번 하는 것을 다시 시키는데도 조금의 싫은 표정이나 그렇다고 자기들의 재롱을 자랑하는 즐거움의 빛을 일부러 찾으려도 찾을 수 없게까지 이들의 감정을 메마르게 한데 대한 증오의 염은 없어지지를 않는 것이다. 좀 더 어린이들의 감정을 살려가며 기를 수는 없는가? 장차 이 애정의 고갈자들이 커서는 어떻게 될 것인가? 나는 이들의 장래를 생각할 때 한없는 불안함을 느끼는 것이다. 이럭저럭 재롱 아닌 재롱이 끝나고 우리가 준비한 과자를 나누어주게 되었다. 보모는 우리를 그 옆의 온돌방으로 안내하였다. 우리는 애들을 하나씩 안고 삥 둘러앉았다. 한 아이 앞에 한 웅큼 씩의 과자를 나누어주고 우리는 사과를 하나씩 깎아들었다. 아이들은 다른 것에는 아랑곳 하지 않고 과자를 먹기 시작하였다. 이 먹는 것이 또 눈에 거슬렸다. 식욕이 한참 왕성하여 우기우기 막 먹는 어린애다운 모습이라고는 조금도 없고 눈치를 살펴가면서 먹는 것이 얌전하게 한 입씩 떼어먹기 때문이다. 주는 것 이외는 더 먹을 엄두는커녕 쳐다보지도 못하는 것 같았다. 저녁에 어떤 교회에 가기로 되어있다고 하여 우리는 몇 시간 동안 깊이 정든 애들과 석연치 않은 이별을 하고 문밖을 나왔다. 잘 있으라고 인사를 할 때 나는 그 푸른 눈이 우리에게 잊지 못하는 무엇을 열심히 요구하고 있다는 것을 눈치 챌 수 있었다. 나는 그 눈이 무엇을 원하는지 꼭 집어 말한 수는 없었다. 그렇지만 그 실제적인 요구는 모를지라도 근본적인 것을 알 수 있었다. 그것을 두말 할 것도 없이 사랑인 것이다. 그들은 어버이의 따뜻한 사랑이 그리운 것이다. 그것이 어떤 형태로 나타나든지 그들은 무릎에 올라앉아 그 귀여운 재롱을 마음대로 부릴 수 있는 부모님의 따뜻한 품 안이 그리운 것이다. 한참 천진난만한 재롱을 부릴 때인 이들이 어찌해서 이렇게 사랑 없는 쓸쓸한 생활을 하여야 하는가? 인간이 세상에 태어나서 죽을 때까지 사랑 없이는 하루도 살 수 없다는 그 사랑을 이들은 왜 이렇게도 일찍부터 잃어야만 하는가? 이 어린애들의 지금 이렇게 된 죄는 누구에게 있는가. 나는 이들이 이렇게 되게 한 현실을 저주해보고 원망해 보는 것이다. 나는 저물어가는 거리를 차창으로 내다보면서 사랑이 얼마나 귀중한가를 사랑이 얼마나 중요한가를 새삼스럽게 느끼는 것이다. "나는 한 여성의 순결하고 진실한 사랑 없이는 일 년도 살 수 없다"고 한 애드가 알랜 포의 말을 차창 밖의 어둠과 함께 되씹으며 이들에게 하루속히 따뜻한 부모(물로 양부모다.)의 손길을 뻗치기를 간절히 기도하는 것이다. 부디 하느님의 영원하신 사랑이 이들과 함께 하여 주시기를……

1961.1.4. 정경진.

—

J、"서울 놈은 깍쟁이"

- 거대도시의 생활문화 -

나는 8.15 해방전인 1943년 봄 서울에서 태어나 6.25 사변 시 충청도로 피난 가서 4년 간, 1970년대 초 부산에서 회사생활 3년 간을 빼놓고는 50년 이상을 계속 서울에서 살아온 이른바 서울 토박이인 셈이다.

피난 시절은 초등학교 시절이었고, 부산 직장생활은 결혼한 후였지만 지방생활시 주위의 사람들이 서울 놈들은 깍쟁이라는 이야기를 하며 억지로 서울말씨 흉내를 내며 "서울 사람 표티 납니까?"하는 농담들을 하며 즐거워하는 것을 보고 서울 사람들을 깍쟁이라 욕하는 것 같아 좀 부담스러워했던 기억이 있다. 함경도 아바이, 강원도 감자바위, 경상도 문둥이, 전라도 개똥쇄 등 지역에 따른 재미있는 별명들이 있는데 서울 사람들을 깍쟁이라고들 한다.

서울 사람들이 유독 타지방사람보다 깍쟁이 성격을 타고나고 그렇게 하는 것일까? 깍쟁이라는 것은 "남에게 인색하고 자기 이익에는 밝은 사람, 얄밉도록 약삭빠른 사람"이라고 국어사전에 나와 있는 것과 같이 남의 사정을 이해하지 않고 자기 이익만을 고집하는 영악한 사람, 남에게 정을 주지 않는 매몰찬 사람으로 생각되는 부정적 이미지를 갖고 있는 게 사실이다.

그러나 이를 곰곰이 생각해보면 서울 깍쟁이를 부정적으로 생각할게 아니라 긍정적으로 생각하여 서울에서는 이를 발전시켜 "깍쟁이 문화"를 올바르게 세워야 되는 게 아닌가 생각한다. 즉, 서울 문화는 깍쟁이 문화라 하는 것을 정립하여 홍보하고 정착화 시켜야 되는 게 아닌가하는 생각이다.

지방 사람들에게 깍쟁이로 보이는 서울 사람들의 행태를 잘 살펴보면 서울 사람들은 남에게 폐를 끼치는 것도 싫어하지만 남에게 신세를 지는 것도 싫어하는 사람들이며 이는 너무나 복잡한 생활이 경우가 밝고 매사 분명하게 사리를 따져서 생활하지 않으면 안 되는 생활환경 탓도 있고, 또한 서울은 엄청난 사람들이 모여 마구 부대끼며 살기 때문에 일일이 남에게 정을 주고, 받고 하는 일을 하기에는 너무나 바쁜 일상이 반복되기 때문에 섣불리 남의 이익에 간여하고 정을 나누는 것은 오히려 바쁜 이웃에 폐를 끼치고 일을 복잡하게 하는 꼴이 된다는 것을 경험적으로 알기 때문일 것이다.

- 1 -

지방 생활은 서울보다 복잡하지 않고 이웃도 빽빽이 모여 사는 서울보다 많지 않아 사소한 이익도 주고받으며, 정을 나누는 여유 있는 생활도 공간도 있지만 하루를 쫓기듯 살아야하는 서울 생활에서는 어렵기 때문에 터득한 방법일 것이다.

지방은 출퇴근하는 게 이삼십 분이 소요된다면 서울은 두세 시간 심지어 서너 시간이 소요되는 사람도 많을 것이다. 이렇게 되면 하루는 지방사람은 24시간, 서울사람은 20시간이 되는 꼴이고 이로 인해 바쁜 일상이 강요되는 생활이 되게 마련이다.

이래서 남을 배려할 여유가 없고 남에게 정을 나눌 시간이 없고 "이는 내 이웃도 마찬가지 일 테니까" 나나 잘하여 남에게 폐를 끼치는 일이 없도록 하는 것이 최선의 방법이라는 것을 알고 서로를 위해서 깍쟁이들이 되는 게 아닐까?

교우, 동창 등 이웃관계도 서울 사람은 수평적으로 사귀게 되고 지방사람은 수직적으로 사귀게되는 경향이 있는데 이도 서울사람은 사람이 많이 모여 살다 보니까 같은 처지, 또래가 많아 구태여 선배, 후배 등의 어려운 사귐이 없어도 생활의 아쉬움이 없으며 이는 또 서울 깍쟁이 놈들은 선·후배도 몰라본다는 오해를 일으키게 되는 점도 있을 것이다.

지방사람들은 어디서 만나던 같은 고향이면 금방 선·후배간이라도 잦은 만남이 이어지고 서로 정을 나누어 선배의 도움을 받고 후배를 이끌어주는 계기가 되어 서울 사람보다 효과적인 인생살이를 할 수 있어 큰 인물들을 배출할 수 있는 소지를 갖게 되는 게 아닐 까도 생각해 본다.

그래서 나는 서울친구들에게 또래끼리만 만나서 지내는 서울 놈들은 크지 못하게 마련이라 아마 서울 놈이 대통령 되는 일은 없을 거라는 농담을 곧잘 하곤 한다.

"서울 놈들은 깍쟁이 성격이라 대통령 되기는 틀렸어. 자식놈들 크게 키우고 대통령 만들고 싶으면 서울을 떠나 지방으로 가야돼"라는 농담 반 진담 반의 이야기를 자주 한다. "늘 상 경우나 따지고 억지를 부릴 줄도 모르는 서울 놈들이 큰일을 하겠어?"하고 말이다. 그러나 대통령이 될 수는 없을지 몰라도 서울 깍쟁이는 복잡한 현대사회에서는 꼭 필요한 최선의 효과적인 성격이며 사회질서를 이루는 가장 기초적인 생활방식이며 더구나 천 만명 이상이 몰려 사는 거대도시를 질서 있게 지탱하고 유지하는 힘이며, 참다운 생활의 지혜라는 생각을 버릴

- 2 -

수가 없다.

서울 사람들은 서울 깍쟁이라는 말에 위축되지 말고 오히려 자부심을 갖고 거대도시 생활의 경험에서 온 남다른 지혜라 생각하며 깍쟁이문화를 유지 발전시켜 서울을 세계최고의 아름다운 살기 좋은 도시로 가꾸어가야 되지 않을까 생각해 본다. 서울 사람들은 대통령은 못되더라도 세계최고의 살기 좋은 도시의 시민이라는 긍지를 갖고 살 수 있도록 서울 깍쟁이 문화 발전을 위해서 모두들 열심히 살아야 되지 않을까 생각해 본다.

그래야 그 엄청난 인파, 그 엄청난 교통혼잡, 너무나 복잡한 주거 환경 속에서 지치지 않고, 포기하지 않고, 싸우지 않고, 서로를 이해하고 양보하며 바쁘고, 분주하고, 피곤한 일상을 즐겁고, 보람된 일상으로 승화시키는 삶을 영위할 수 있는 능력을 갖춘 참다운 서울시민이 되는 게 아닐까 생각한다.

깍쟁이 문화란 서울은 국내 최고의 부자들이, 유명한 석학들이, 제일 높은 사람들이 많이 모여 살기 때문에 돈 많다고 함부로 거들먹거리지 못하는 문화, 아는 게 많다고 뽐잡지 않는 문화, 출세했다고 재세 하지 못하는 문화 즉 자기 분수와 처지를 알고 이를 지키는 문화가 자연스럽게 형성된 것이고 이런 것들이 깍쟁이 문화의 본질이 되는 거라 생각해 본다.

이는 우리 사회의 중심이 되고 우리사회를 지탱하여가는 중산층문화라 할 수 있고 서울말이 표준말이 되는 것과 같이 "서울 깍쟁이 문화"가 현대 시민사회 문화의 가장 중요한 표준 요소가 되는 게 아닐까 생각해 본다.

어느 면에서는 메마르기도 하고, 이기적이기도 한 깍쟁이 문화에 정이라는 물을 주고 진정으로 남을 배려하는 이타의 비료를 주어 멋있는 서울의 문화로 가꾸어 나아가야 하지 않을 생각한다.

-3-

정주영 회고록 『이 땅에 태어나서』를 읽고 나서

팔십이 다 된 나이에 작은 글씨로 400페이지가 넘는 정주영 회장의 회고록을 처음 대하였을 때는 재미있을 것 같지도 않아 보이는 그저 크게 성공한 대기업 회장의 자기 자랑이나 늘어놓은 이야기겠지 생각하며 끝까지 읽을 수나 있을까 하는 생각이 들기도 했다. 내 나이 또래 사람들은 사는 동안 신문지상이나 여러 매체를 통해 익히 알고 있는 정 회장의 성공 스토리의 나열일테니 무슨 재미가 있겠는가 하는 생각이었다. 더구나 평소 나의 정 회장에 대한 생각은 본인의 엄청난 노력과 우리나라 시대상이 잘 맞아떨어져 원 없이 돈을 벌었고 그 돈을 남이 상상도 못했던 소떼를 몰고 북한을 다녀오는 등 원 없이 돈을 쓰고 간 대단한 분이라고 생각하는 정도였다. 그런데 책 첫머리 "글을 시작하며"부터 너무 진솔하게 자기가 살아온 이야기를 조금의 가감도 없이 한마디 자랑의 말도 없이 사실 그대로 담담하게 풀어나가 책을 놓지 못하게 하는 매력이 있어 내 마음에 큰 울림을 주었다.

사람의 인생이란 시련의 연속이며 그것을 극복하는 과정이고 모든 이들의 삶은 다 그 자리에서 나름대로 진지하고 엄숙한 것 이라는 것과 성공할 수 있는 기회는 누구에게나 공평하게 주어지는 것이므로 누구나 죽도록 최선의 노력을 다한다면 원하는 일을 성취할 수 있다는 게 정 회장의 신념과 철학이다.

나의 지나온 삶을 돌이켜보면 나는 나태하여 보잘 것 없는 너무나 평범한 일상의 작은 삶을 살아왔구나 하는 후회와 자괴감을 갖게 하였다. 항상 머릿속의 생각을 구체화하고 새로운 일, 보다 큰 일을 만들어 이를 기필코 이루어 내고야 마는 행동력으로 우리나라 경제 발전에 너무나 큰 업적을 이룩한 정 회장의 크신 삶은 위인으로 존경받아야 되지 않을까 하는 생각도 들었다. 특히 다른 대기업에서도 엄두도 못낸 조선, 자동차, 철강, 시멘트 같은 중공업 분야에 처음으로 발을 디뎠고 고속도로, 댐, 발전소, 교량 등 가장 가난한 나라를 10대 경제대국이 되도록 기반을 조성한 정 회장의 업적은 실로 대단한 것으로 동 시대 국민의 한 사람으로 감사를 드릴 수밖에 없다는 생각이 들었다. "글을 마치며"까지 정독하면서 아쉽고 안타깝게 생각되는 점은 일제 식민지하에서 30여년간, 공산당의 6.25남침 전쟁의 동족상쟁의 시절 시련을 겪으신 분이 회고록 어디에서도 광복운동이나 반공 정신에 대해서는 한 줄도 언급이 없는 것이 너무 이상하고 아쉬운 생각이 들었다. 정 회장 같은 분이 일찍이 광복과 반공에 대해 뜻을 세우셨다면 우리의 현대사는 크게 달라지지 않았을까하는 생각이 문득 들기도 했다. 어려운 시절에 가난한 농부의 8남매 장남으로 20여 명의 식솔의 생계가 절실하였고 사업을 시작하곤 경영에 몰입하느라 그런 생각을 할 겨를이 없었을 것이라는 생각은 들었다.

그러나 1992년 1월 가족과 주변의 만류에도 불구하고 대통령 선거에 출마, 정치 참여를 결정하셨던 것을 보면 표현은 안하였지만 마음속 한편에는 늘 그런 생각을 하고 계시지 않았었나 하는 생각도 든다. 현대의 성공신화인 이명박 전 대통령이 국민들로부터 존경받는 성공한 대통령이 되었더라면 현대가 정 회장에 이어 두 세대에 걸쳐 우리 국가에 크게 기여하여 정 회장의 삶이 한층 더 빛나는 계기가 되었을 텐데 하는 안타까운 마음이 든다.

서울의 명문고와 대학을 다니며 국가와 민족을 위해 보람된 일을 해야 한다는 사명감을 가지고 젊은 날에는 고심도 많았으나, 살아가며, 현실과 타협하며 내 가족, 내 식구의 생계를 위한 일밖에는 이루지 못한 내 작은 삶에 대한 안타까운 마음을 더운 느끼게 하는 정 회장의 회고록이었다. 지난 1월 말에 정 회장의 막내 동생인 정상영 KCC 회장까지 영면하여 현대 창업 1세대는 모두 타계하였다. 신생 조국의 경제부흥과 발전에 각 분야에서 크게 기여한 창업 1세대들에게 우리 사회가 경제적으로 많은 도움을 받은데 대하여 커다란 고마움을 느껴야 할 것 같다. 국가와 사회에는 아무런 기여도 못한 평범한 나의 삶이지만, 남에게 피해주지 않고 열심히 성실하게 살아온 내 인생도 국가 민족을 위해 큰 삶을 살아가셨던 조상들의 삶 밑바닥에 조금이라도 기여하였을 것이라고 자위해보며 다시 한 번 이 땅에 태어나서 80여 년 살아온 정주영 회장의 생애에 경의를 드린다.

2021년 겨울에

중부교육청 '학교기록물 수집 공모전(동상 수상)'에 제출한 글

그 시절의 봄날

지금부터 60여년전 광화문에서 붐비던 전차를 올라타고 경복궁을 돌아 효자동 전차 종점에서 내려 육상궁옆을 지나가던 북악산자락의 학교는 특히 봄철에는 각종 꽃이 만발한 정말 아름다운 정원 같은 교정이었다. 북악산과 학교 사이 자하문으로 올라가는 샛길에는 봄철에 아카시아꽃 숲이 크게 우거져 꽃향기가 온몸에 배어들 정도였다.

"대은암 도화동 이름난 이곳 북악을 등지고 솟아난 이집
조상의 지나던 자취를 밟고 새로이 배우려 몰려든 동무
아침해 저녁별 새로운 빛을 비춰라 경복을 누리에 넓게"

교가를 부르며 꿈을 키웠던 1956년부터 1962년 봄까지 6년간의 학창시절은 80세가 다 되어가는 내 인생에 잊지 못할 추억으로 새겨져 있다. 그 시절에는 지금의 청와대가 봄철에는 일반에게 개방되었었는데, 학교에서 가까워 친구들과 함께 가서 사진도 많이 찍고 대통령은 못되어도 국무총리나 장관 정도는 할 수 있지 않을까 하는 포부도 서로 나누며 즐겁게 봄날의 소풍을 즐겼던 기억이 한층 새롭게 생각난다.

2020년 봄 정경진

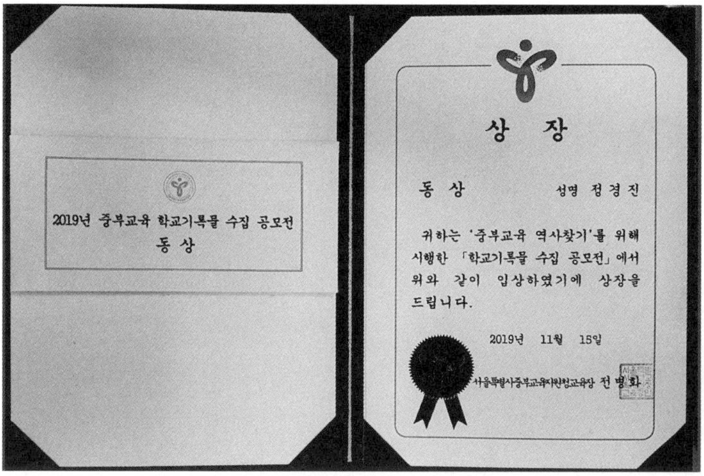
2019년 중부교육 학교기록물 수집 공모전
동 상
상 장
동 상
성명 정 경 진
귀하는 '중부교육 역사찾기'를 위해 시행한 「학교기록물 수집 공모전」에서 위와 같이 입상하였기에 상장을 드립니다.
2019년 11월 15일
서울특별시중부교육지원청교육장 전 병 화

학교 기록물
수집 공모전
학창시절
추억의 기록을
찾습니다.

공모전 출품 자료

9
4292
졸업장
본적 서울특별시
성명 丁敬鎭
우자는본교소정三개년
의전과정을졸업하였기
이에본장을수여함
경복중학교장 서병성
졸 업 장
이 사람은 본교 3개년의 온 과정
이수하였으므로 이를 수여함
1962. 2. 3.
경복고등학교
고등학교장 김인수
제3학년
이름 丁敬鎭
이 사람은 1개년간 개근
하였으므로 이 상장을 줌
1962년 2월 3일
경복고등학교
고등학교장 김 인 수

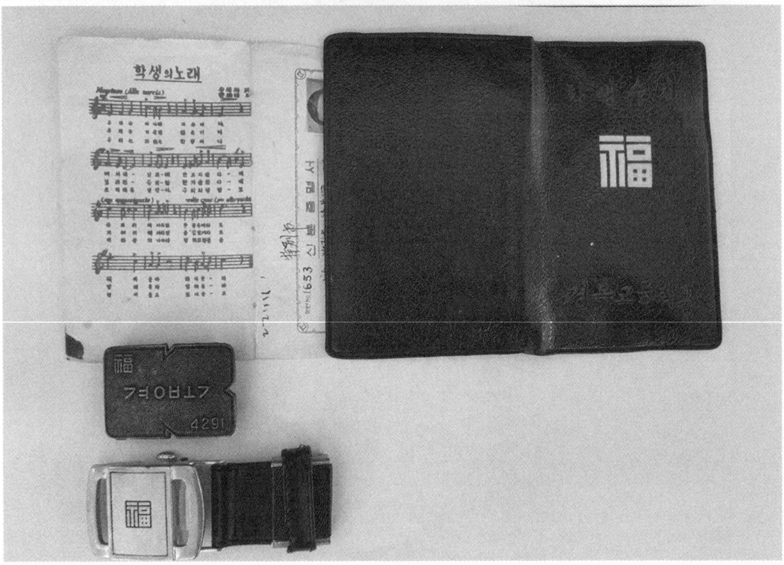
학생의노래
福
4291

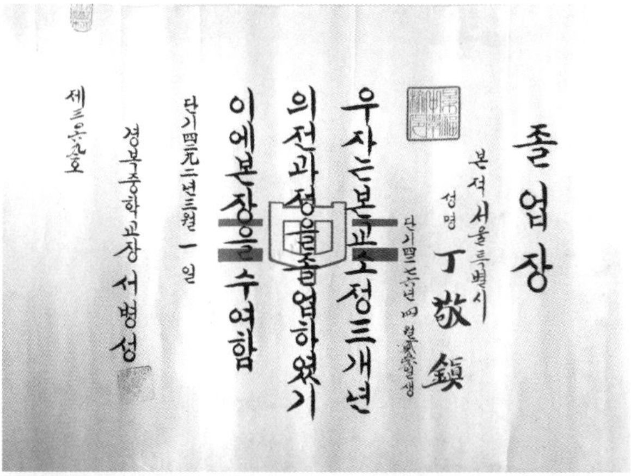
졸업장
본적 서울특별시
성명 丁敬鎭
우자는본교소정三개년
의전과정을졸업하였기
이에본장을수여함
단기四二九二년三월 一일
경복중학교장 서병성

경복중학교 졸업장

위 사진 : 경복중학교 교정

우측 사진 : 경복고등학교 시절 모자와 가방

사랑하는 세 딸에게!

"사랑하는 세 딸(사위)에게"

올해로 우리 세 딸이 모두 50대가 되었으니 세월이 빠르기는 한 모양이란 생각이 든다. 이제는 모두 독립하여 부모와 떨어져 열심히들 살고 있으니 대견하고 고마운 마음뿐이다. 돌이켜 생각해보면 군인 신분인 너무 젊은 나이에 결혼하고 곧바로 연년생 딸들이 태어나 정신없이 사느라 부모로서 따뜻한 정도 주지 못한 것 같아 미안한 마음이 많지만 지금도 똑같으니 어쩔 수 없는 심정 탓이려니 생각한다.

큰딸은 어릴 적부터 의젓하여 엄마를 도와 동생들을 잘 살펴주어 아내로부터 그 시절 너무 고마웠다는 칭찬을 듣곤 하고 있다. 큰 도움을 주지 못했지만 혼자 열심히 공부하여 대학 강단에 서고 있는 것이 부모로서 자랑스럽고 대견한 마음이다.

둘째 딸은 20여 년간 직장생활을 하면서도 대학원을 다녀 경제학 석사 학위도 받고 퇴직후에는 한지공예를 배워 공예전에 출품하여 입상도 하여 즐겁게 해주기도 하였다. 더구나 세 딸 중에 유일하게 결혼하여 듬직한 아들(사위)을 선사 받은 듯한 기쁨을 주기도 하였다. 사위가 일본 전문 여행사에 다니는 덕에 식구 모두가 여러 차례 일본의 숨은 명소를 여행 다니는 호사도 누리게 해주었다.

셋째 딸은 딸 중에 가장 활달하고 호기심 많은 성격이라 어릴 때부터 집안 분위기를 즐겁게 해주는 분위기 메이커 노릇을 도맡아왔다. 커서도 10여년간의 직장생활을 과감하게 정리하고 새로운 시도와 도전을 거듭하며 자신의 삶을 씩씩하게 꾸려가고 있는 모습에 아내가 가끔 걱정할 때도 있지만 내가 보기에는 막내딸이 대견할 뿐이다.

이제 얼마 안 있으면 딸들도 은퇴를 하게 될 터인데 내 꿈은 마음에 드는 농촌에 자그만 건물을 지어 함께 살며 큰딸은 지방 학생들에 수준 높은 수학 공부를 가르치고 둘째와 셋째딸은 주부들에게 한지공예와 한식 요리를 가르치고, 사위는 도회지 어린이들을 모아 농촌체험 농장을 하며 살면 얼마나 즐겁고 행복할까 하는 생각을 해보기도 하는데 아내와 딸들은 별 관심이 없는듯하여 조금은 섭섭한 마음이다. "꿈은 이루어 진다"라는 말이 있지만 꿈은 꿈일 뿐이라는 생각을 해보며 마음을 달래고 지낸다.

잘난 것 하나 없는 부모 밑에서 자신들의 힘으로 잘 자라고 커서는 늘 엄마, 아빠를 배려해주는 세 딸에게 진심으로 고마운 마음을 전하며 엄마, 아빠가 저세상으로 떠난 후에도 지금같이 우애있게 잘 지내며 가끔 엄마, 아빠 생각도 해주면 고맙겠다.

정말로 사랑하는 내 세 딸과 사위에게 아빠가!

2022년 2월 28일.

둘째 딸과 사위와 함께

에필로그

추억의 손편지와 옛날 사진의 정리를 마치면서

6.25사변으로 서울 광화문에 있던 우리 집이 폭격으로 모두 소실되어 나의 어린 시절 사진 등이 모두 사라진 아쉬움을 달래보려 피난 시절 초등학교 때부터 70여 년간 모아놓은 사진과 내가 받은 편지들을 정리하면서 내 가족, 친척들 그리고 내 지인들이 나를 얼마나 아껴주고 사랑했나를 새삼 깊이 느껴 볼 수가 있어서 너무 고맙고 감사한 마음에 눈시울이 뜨거워지는 계기가 되었다. 나와 삶을 함께했던 소중한 사람들이 많이도 있었구나! 이 사람들의 덕택으로 큰 사고 없이 내가 80년 세월을 살아 왔구나 생각하니 그들 모두에게 진정으로 감사를 드려야겠다는 생각이 들었다. 그런데 나는 그들에게 고마운 마음 한번 제대로 표시 못하고 내 가족, 내 자신만을 위해 허둥대며 살아온 게 아닌가 하는 회한이 나를 몹시 부끄럽게 한다.

고마운 마음을 담아 나에게 보내준 손편지들이 비록 내 주위 사람들에 국한하여 공개되는 것이지만 이로 인하여 그들에게 불편한 마음을 갖게 하는 게 아니가? 하는 두려움도 없지 않지만 대부분 나와 같이 80세 전후가 되신 분들로 인생을 살만큼 사신 분들이니 내 부질없는 이 짓을 너무 나무라지는 않겠지 하는 마음으로 자위해보며 혹시 서운하신 게 계신다면 넓은 마음으로 용서해 주시길 바란다.

크게 무슨 계획이 있어 시작한 일은 아니었는데 옛 손편지를 하나하나 읽어보며 정리해 보니 뭐하나 크게 한 일 없는 평범한, 길다면 긴 내 인생을 되돌아보고 정리해보는 계기를 갖게 된 것이 어느 면 조그만 의미도 있는 게 아닐까 생각해 본다.

아쉬운 것은 내게 다정한 손편지를 수없이 보내 주었던 막역한 친구들 중 유명을 달리한 친구들이 많아 그들과 함께 옛 추억을 나누지 못하는 안타까움이 너무 괴로워 아쉬운 마음을 주체하기 힘들었다.

조물주, 하느님이 앞으로 나에게 얼마의 시간을 허락하실지 모르나 내 생명이 다하는 날까지 내 주위 모두에게 보답한다는 심정으로 살아가야 하겠다.

다 마치고 나니 내 인생을 어느 정도 정리했다는 생각에 이제 아무 때나 떠나도 된다는 홀가분한 기분이 들기도 한다.

어려운 시기에 태어나 이제 50세 전후가 된 세 딸들과도 아버지와 어머니의 지난 세월에 대하여 아버지로서 진지한 대화를 충분히 못 나누고 바쁘게 살아온 부모의 인생에 대하여 조금이라도 이해하는 계기가 되었으면 더 바랄 게 없다는 생각이 드는 것은 곧 세 딸을 두고 이 세상을 떠날 때가 된 부모의 아쉬운 마음이 아닐까?

부모가 떠나더라도 오래도록 건강하고 행복한 삶을 살아갈 것이라는 바램과 기대를 하며 이만 마쳐야 하겠다. 끝으로 내 인생에서 인연을 맺었던 모든 이들에게 "진심으로 사랑합니다"라는 말을 꼭 전하고 싶다.

"남은 세월이 얼마나 된다고"

–김수환 추기경–

가슴 아파하지 말고

나누며 살다 가자

버리고 비우면
또 채워지는 것이 있으려니
나누며 살다 가자

누구를 미워도
누구를 원망도 하지 말자

많이 가진다고 행복한 것도
적게 가졌다고 불행한 것도 아닌 세상살이

재물 부자이면 걱정이 한 짐이요
마음 부자이면 행복이 한 짐인 것을

죽을 때 가지고 가는 것은
마음 닦은 것과 복 지은 것뿐이라오

80년 내 인생 해넘이 길에서

초 판 1쇄 2022년 05월 16일

엮은이 정경진
펴낸이 류종렬

펴낸곳 미다스북스
총괄실장 명상완
책임편집 이다경
책임진행 김가영, 신은서, 임종익, 박유진

등록 2001년 3월 21일 제2001-000040호
주소 서울시 마포구 양화로 133 서교타워 711호
전화 02) 322-7802~3
팩스 02) 6007-1845
블로그 http://blog.naver.com/midasbooks
전자주소 midasbooks@hanmail.net
페이스북 https://www.facebook.com/midasbooks425
인스타그램 https://www.instagram.com/midasbooks

ISBN 979-11-6910-018-2 03810

값 45,000원